Op leven en dood

W0395216

Van dezelfde auteur

De jacht op de Red October
Operatie Rode Storm
Ongelijke strijd
Kardinaal van het Kremlin
De Colombia Connectie
Golf van ontzetting
De meedogenlozen
Ereschuld
Uitstel van executie
Uur van de waarheid
SSN
De beer en de draak
Het rode gevaar
De tanden van de tijger

Woestijnstorm
Slag om Kuweit
Special Forces

Tom Clancy's Power Plays-serie
Tom Clancy's Op-Center-serie
Tom Clancy's Netforce Explorers-serie
Tom Clancy's Net Force-serie

Bezoek onze internetsite www.awbruna.nl
voor informatie over al onze boeken en dvd's.

Tom Clancy

Op leven en dood

A.W. Bruna Uitgevers B.V., Utrecht

Oorspronkelijke titel
Dead or Alive
© 2010 by Rubicon, Inc.
Vertaling
Hugo Kuipers
Omslagbeeld
© Stephen Mulcahey/Arcangel Images/Hollandse Hoogte
Omslagontwerp
Studio Jan de Boer
© 2010 A.W. Bruna Uitgevers B.V., Utrecht

ISBN 978 90 229 9137 4
NUR 332

Mixed Sources
Productgroep uit goed beheerde bossen, gecontroleerde bronnen en gerecycled materiaal.
www.fsc.org Cert no. CU-COC-802528
© 1996 Forest Stewardship Council
FSC

Dit boek is gedrukt op papier dat het keurmerk van de Forest Stewardship Council (FSC) mag dragen. Bij dit papier is het zeker dat de productie niet tot bosvernietiging heeft geleid. Een flink deel van de grondstof is afkomstig uit bossen en plantages die worden beheerd volgens de regels van FSC. Van het andere deel van de grondstof is vastgesteld dat hiervoor geen houtkap in de laatste resten waardevol bos heeft plaatsgevonden. Daarom mag dit papier het FSC Mixed Sources label dragen. Voor dit boek is het FSC-gecertificeerde Munkenprint gebruikt. Dit papier is 100% chloor- en zwavelvrij gebleekt en wordt geleverd door Arctic Paper Munkedals AB, Zweden.

Behoudens de in of krachtens de Auteurswet van 1912 gestelde uitzonderingen mag niets uit deze uitgave worden verveelvoudigd, opgeslagen in een geautomatiseerd gegevensbestand, of openbaar gemaakt, in enige vorm of op enige wijze, hetzij elektronisch, mechanisch, door fotokopieën, opnamen of enige andere manier, zonder voorafgaande schriftelijke toestemming van de uitgever. Voor zover het maken van reprografische verveelvoudigingen uit deze uitgave is toegestaan op grond van artikel 16 h Auteurswet 1912 dient men de daarvoor wettelijk verschuldigde vergoedingen te voldoen aan Stichting Reprorecht (Postbus 3060, 2130 KB Hoofddorp, www.reprorecht.nl). Voor het overnemen van gedeelte(n) uit deze uitgave in bloemlezingen, readers en andere compilatiewerken (artikel 16 Auteurswet 1912) kan men zich wenden tot de Stichting PRO (Stichting Publicatie- en Reproductierechten Organisatie, Postbus 3060, 2130 KB Hoofddorp, www.cedar.nl/pro).

1

Lichte troepen – lichte infanteristen, code 11B volgens het vakgebiedsysteem van het Amerikaanse leger – worden geacht 'mooie', opgepoetste militairen te zijn, met een smetteloos uniform en een gladgeschoren gezicht, maar zo kon je sergeant eerste klasse Sam Driscoll niet omschrijven, al een hele tijd niet meer. Camouflage hield vaak veel meer in dan een patroon op je BDU, je *battle dress uniform*, je gevechtsuniform. Nee, wacht, zo heette dat niet meer, hè? Tegenwoordig heette het *army combat uniform*. ACU. Een nieuwe naam, maar het kwam op hetzelfde neer.

Driscolls baard was minstens tien centimeter lang, met zoveel wit erin dat zijn mannen hem Kerstman waren gaan noemen. Dat was nogal ergerlijk voor een man van amper zesendertig, maar als je teamgenoten gemiddeld tien jaar jonger waren dan jij... Nou ja, het had erger kunnen zijn. Het had 'pa' of 'opa' kunnen zijn.

Zijn haar was nog langer dan zijn baard. Het was donker, ruig en vettig. Gezichtsbeharing was goede camouflage en de mannen in dit land gingen niet vaak naar de kapper. Ook zijn kleding was volkomen inheems, net als die van zijn team.

Ze waren met vijftien man. Hun compagniescommandant, een kapitein, had zijn been gebroken door een misstap – meer was er in dit terrein niet voor nodig om je uit de roulatie te halen. De kapitein zat op een heuveltop te wachten tot de Chinook hem evacueerde, samen met een van de twee ziekenbroeders van het team, die was achtergebleven om erop toe te zien dat hij niet in een shocktoestand raakte. Dat betekende dat Driscoll nu de leiding van de missie had. Dat vond hij niet erg. Hij had meer ervaring in het veld dan kapitein Wilson, al had de kapitein een universitair diploma en moest Driscoll dat nog halen. Eén ding tegelijk. Als hij deze operatie overleefde, kon hij weer aan de universiteit van Georgia gaan studeren. Eigenlijk was het vreemd, vond hij, dat hij er bijna dertig jaar over had gedaan om plezier te krijgen in studeren. Nou ja, beter laat dan nooit.

Hij was moe. Het was de verdovende, verpletterende vermoeidheid die de Rangers maar al te goed kenden. Hij zou zelfs op een blok graniet kunnen slapen als een paard, met alleen een geweerkolf als kussen, maar hij kon alert blijven, ook als zijn hersenen en lichaam tegen hem schreeuwden dat hij moest gaan liggen. Er was alleen het probleem dat hij, nu hij dichter bij de veertig dan de dertig was, wat meer last van pijn had dan toen hij twintig was, en dat hij er 's morgens twee keer zo lang over deed om zijn spieren en gewrichten weer soepel te krijgen. Aan de andere kant werden die pijnen gecompenseerd door wijsheid en ervaring. In de loop der jaren had hij geleerd dat het waar was wat ze altijd zeiden: wilskracht was belangrijker dan fysieke kracht. Hij had geleerd pijn grotendeels te blokkeren, wat erg handig was als je leidinggaf aan veel jongere mannen, wier rugzakken vast lang niet zo zwaar op hun schouders drukten als de zijne. Het ging er in het leven om dat je het een met het ander wist te compenseren, vond hij.

Ze waren nu twee dagen in de bergen, en al die tijd waren ze in beweging geweest. 's Nachts hadden ze maar twee tot drie uur geslapen. Driscoll maakte deel uit van het commandoteam van het 75ste regiment Rangers, dat gelegerd was in Fort Benning, Georgia, waar ze een leuke bar voor onderofficieren hadden, met goed bier op de tap. Als hij zijn ogen dichtdeed en zich concentreerde, kon hij zich inbeelden dat hij het koude bier proefde, maar dat moment was snel voorbij. Hij mocht zijn gedachten hier geen moment laten afdwalen. Ze bevonden zich vijfduizend meter boven de zeespiegel in het Hindu Kushgebergte, in de grijze zone die tegelijk Afghanistan en Pakistan was, en ook geen van beide – tenminste, dat vond de plaatselijke bevolking. Een lijn op een kaart was nog geen grens, wist Driscoll, zeker niet in dit deel van de wereld. Hij zou op zijn gps-apparaat kijken om zeker te zijn van zijn positie, maar bij deze missie deden lengte- en breedtegraden er eigenlijk niet toe. Het ging erom dat ze op hun bestemming kwamen, en daarbij maakte het niet uit waar die op de kaart stond aangegeven.

De plaatselijke bevolking wist weinig van grenzen en maakte zich er ook niet druk om. Voor hen telde alleen tot welke stam je behoorde, van welke familie je deel uitmaakte, en wat voor soort moslim je was. Hier gingen herinneringen honderd jaar mee, en verhalen nog langer. En wrok nog weer langer. De dorpelingen pochten nog steeds dat hun voorouders Alexander de Grote uit het land hadden verdreven, en sommigen van hen wisten nog steeds de namen van de krijgers die hadden gewonnen van de Macedonische speerwerpers die tot dan toe elke plaats hadden veroverd waar ze terechtkwamen. Toch had de plaatselijke bevolking het vooral over de Russen: hoeveel ze er hadden gedood, vooral vanuit een hinderlaag, maar soms met messen, van man tot man. Ze grijnsden en lachten om die verhalen en legenden die van vader op zoon werden doorgegeven. Driscoll betwijfelde of de Russische soldaten die levend uit Afghanistan waren teruggekomen nog veel lachten om wat ze daar hadden meegemaakt. Nee, dit waren geen aardige mensen, wist hij. Ze waren meedogenloos, keihard gemaakt door oorlog, barre weersomstandigheden en hongersnood. Bezig te overleven in een land dat het grootste deel van de tijd zijn best leek te doen om je dood te maken. Driscoll wist dat hij sympathie zou moeten hebben. God had die mensen slechte kaarten gegeven, en misschien was dat niet hun schuld, maar het was evenmin Driscolls schuld, en ook niet zijn probleem. Ze waren vijanden van Driscolls land, en zijn meerderen hadden hem en zijn team aangewezen om hierheen te gaan. En hier waren ze dan. Dat was de waarheid die op dit moment centraal stond, de reden waarom hij in deze vervloekte bergen was.

Nog één helling – dat was de andere grote waarheid op dit moment. Sinds ze uit de CH-47 Chinook-helikopter waren gesprongen, een Delta-variant, de enige van hun helikopters die op deze hoogte kon opereren, hadden ze vijfentwintig kilometer gelopen, bijna voortdurend naar boven en over scherpe rotsen en puin.

Daar... boven aan die helling. Nog vijftig meter.

Driscoll verlaagde zijn tempo. Hij liep voorop, leidde de patrouille omdat hij de hoogst aanwezige onderofficier was, en zijn mannen hadden zich ongeveer honderd meter achter hem verspreid, alert, hun blik naar links en rechts, naar boven en naar beneden, hun M4-karabijnen in de aanslag en op hun sectoren gericht. Ze verwachtten dat er daarboven een paar wachters zouden zijn. De mensen in dit gebied mochten dan onontwikkeld zijn in de traditionele zin van het woord, ze waren beslist niet dom. Dat was ook de reden waarom de Rangers deze operatie 's nachts uitvoerden. Driscolls digitale horloge gaf aan dat het nul-een-vier-vier was, oftewel kwart voor twee. Er stond geen maan vannacht, en de hoge wolken waren dicht genoeg om het licht van de sterren tegen te houden. Goed jachtweer, dacht hij.

Hij keek meer naar beneden dan omhoog. Hij wilde geen geluid maken, en geluid kwam van je voeten. Eén steen die los raakte en over de helling omlaag rolde, kon hen allen verraden. Dat kon hij niet gebruiken. Dat zou zonde zijn van de drie dagen en vijfentwintig kilometer die ze erover hadden gedaan om zo dichtbij te komen.

Nog twintig meter tot ze boven waren.

Hij tuurde omhoog, zoekend naar beweging. Niets dichtbij. Weer een paar stappen, een blik naar links en rechts, zijn karabijn met geluiddemper in de aanslag tegen zijn borst, zijn vinger losjes op de trekker, net genoeg om te weten dat het wapen er was.

Het was moeilijk aan mensen uit te leggen hoe zwaar dit was, hoe vermoeiend en slopend – veel meer nog dan de voettocht van vijfentwintig kilometer door de wildernis: de wetenschap dat er misschien ergens iemand met een AK-47 op de loer lag, zijn vinger op de trekker, de schakelaar op volautomatisch, klaar om je in tweeën te maaien. Zijn mannen zouden met zo iemand afrekenen, maar dan zou het voor hem al te laat zijn, wist Driscoll. Hij troostte zichzelf: als het gebeurde, was de kans groot dat hij het niet eens merkte. Hij had genoeg vijanden naar de andere wereld geholpen om te weten hoe het werkte: het ene moment liep je ergens en tuurde je voor je uit, spitste je je oren, bedacht op gevaar... Het volgende moment was er niets. De dood.

Driscoll wist hoe het zat, hier in de ruige bergen, in het holst van de nacht: langzaam is snel. Langzaam bewegen, langzaam lopen, voorzichtig je stappen zetten. Dat was hem al die jaren goed van pas gekomen.

Nog maar zes maanden eerder was hij als derde geëindigd in de Best Ranger Competition, het kampioenschap van commandotroepen. Driscoll en kapitein Wilson waren samen als team 21 begonnen. De kapitein zou wel kwaad zijn nu hij zijn been had gebroken. Hij was een vrij goede Ranger, vond Driscoll, maar een gebroken scheenbeen was een gebroken scheenbeen. Als een bot brak, kon je daar niet veel aan doen. Een gescheurde spier deed verschrikkelijk veel pijn, maar werd snel beter. Een gebroken bot moest langzaam helen, en dat betekende dat je een paar weken in een hospitaal op je rug lag totdat je er van de dokters weer gewicht op mocht laten rusten. Dan moest je opnieuw leren hardlopen, nadat je eerst had geleerd gewoon te lopen. Wat een ellende... Hij had geluk gehad, had nooit iets ergers opgelopen dan een verstuikte enkel, een gebroken pink en een gekneusde heup, en had nooit veel langer dan een week buitenspel gestaan. Nog geen schampschot, nog niet het kleinste granaatscherfje. De Ranger-goden waren hem blijkbaar welgezind.

Nog vijf stappen...

Oké, je bent er... Ja. Zoals Driscoll had verwacht, was er een wachter, precies op de plaats waar hij zou moeten staan. Vijfentwintig meter naar rechts. Het was de meest voor de hand liggende plaats voor een schildwacht, al bakte deze er niet veel van. Hij zat daar maar wat en keek vooral naar achteren. Waarschijnlijk verveelde hij zich, was hij half ingedut en telde hij de minuten tot hij werd afgelost. Nou, verveling kon je dood worden. Dat zou binnen een minuut met deze man gebeuren, al zou hij het zelf niet beseffen. *Tenzij ik misschiet*, zei Driscoll tegen zichzelf, maar hij wist wel beter.

Hij draaide zich nog één keer om en keek door zijn PVS-17-nachtkijker naar de omgeving. *Niemand anders in de buurt. Goed.* Hij hurkte neer, zette de karabijn aan zijn rechterschouder, richtte het vizier op het rechteroor van de man, beheerste zijn ademhaling...

Rechts van hem, op een smal pad, was het geluid van leer op steen te horen.

Driscoll verstijfde.

Hij ging vlug na waar de rest van het team zich bevond. Was daar iemand van hen? Nee. De meeste teamleden waren rechts achter hem verspreid. Overdreven langzaam draaide Driscoll zijn hoofd in de richting van het geluid. Niets in de nachtkijker te zien. Hij liet zijn karabijn zakken en hield hem schuin over zijn borst. Hij keek naar links. Drie meter bij hem vandaan hurkte Collins achter een rots neer. Driscoll maakte een gebaar: *geluid links, neem twee mannen mee.* Collins knikte en kroop achteruit tot hij uit het zicht was verdwenen. Driscoll deed hetzelfde en ging toen plat op zijn buik tussen de dorre struiken liggen.

Op het pad was nu een ander geluid te horen: vloeistof die op steen klaterde. Driscoll glimlachte onwillekeurig. *De roep van de natuur.* Het urineren verminderde en hield toen op. Er kwamen voetstappen het pad af. Op zeven meter afstand, schatte Driscoll, voorbij de bocht.

Even later verscheen er iemand op het pad. Hij liep ongehaast, bijna loom. In de nachtkijker zag Driscoll dat de man een AK-47 aan zijn schouder had hangen, met de loop omlaag. De wachter bleef dichterbij komen. Driscoll bewoog niet. Vijf meter... drie.

Een figuur kwam uit de schaduw naast het pad tevoorschijn en glipte achter de wachter. Er verscheen een hand boven de schouder van de wachter, en daarna flikkerde er een mes boven diens andere schouder. Collins draaide de man naar rechts en legde hem op de grond. Hun schaduwen gingen in elkaar over. Er verstreken tien seconden. Collins stond op, ging vlug van het pad af en trok de wachter uit het zicht.

Een uitschakeling volgens het boekje, dacht Driscoll. Behalve in films speelden messen geen grote rol meer in hun vak. Maar het was duidelijk dat Collins nog wist hoe het moest.

Even later dook Collins rechts van Driscoll op.

Driscoll richtte zijn aandacht op de wachter boven aan de helling. Die was er nog. Hij had zich niet bewogen. Driscoll bracht zijn M4 omhoog, richtte het vizier op de nek van de man en verstrakte zijn vinger om de trekker.

Rustig, rustig... drukken...

Plop. Nauwelijks een geluid. Moeilijk te horen op een afstand van meer dan vijftig meter, maar de kogel trof doel en ging dwars door het hoofd van het doelwit, met achterlating van een wolkje groene damp, en de man ging naar Allah, of welke god hij ook maar aanbad. Hij was misschien nog maar net in de twintig, maar aan het groeien, eten, leren en waarschijnlijk ook vechten was abrupt en onverhoeds een eind gekomen.

Het doelwit zakte in elkaar en viel zijdelings uit het zicht.

Pech gehad, makker, dacht Driscoll. *Maar wij jagen vannacht op groter wild dan jij.*

'Wachter uitgeschakeld,' zei Driscoll zachtjes in zijn radio. 'De helling is vrij. We gaan verder. Rustig en niet te ver bij elkaar vandaan.' Die laatste waarschuwing was niet echt nodig – niet voor deze mannen.

Hij keek achterom en zag zijn mannen een beetje vlugger lopen. Ze waren opgewonden, maar liepen beheerst, klaar om in actie te komen. Hij zag het aan hun houding, het zuinige bewegen dat de echte schutters onderscheidde van de branieschoppers en degenen die alleen maar wachtten tot ze naar het burgerleven konden terugkeren.

Hun echte doel was nu misschien minder dan honderd meter bij hen vandaan, en ze hadden er in de afgelopen drie maanden hard aan gewerkt om die rotzak te pakken te krijgen. Bergen beklimmen was niemands hobby, misschien met uitzondering van een paar gekken die naar de Mount Everest en K2 verlangden. Maar het hoorde bij het werk en ook bij de missie waar ze nu mee bezig waren, en dus legden ze zich erbij neer.

De vijftien mannen vormden drie vuurteams van vijf Rangers. Een van die teams zou hier blijven met de zware wapens – ze hadden twee M249 SAW (*squad automatic weapon*) machinegeweren meegebracht om vuurdekking te geven. Je wist nooit hoeveel schurken er in de buurt waren, en een SAW kon uitkomst bieden als je in de minderheid was. Satellieten konden je maar een bepaalde hoeveelheid informatie verstrekken; met sommige factoren moest je afrekenen wanneer ze op je af kwamen. Al zijn mannen tuurden nu naar de rotsen, op zoek naar beweging. Welke beweging dan ook. Misschien alleen maar een schurk die een plekje zocht om te poepen. Als je in deze rimboe iemand tegenkwam, was er negentig procent kans dat het een schurk was. Dat maakte hun werk veel gemakkelijker, dacht Driscoll.

Hij liep nu nog langzamer. Sluipend ging hij naar voren. Bij elke stap keek hij waar hij zijn voet neerzette, bedacht op losse steentjes en takjes, en dan keek hij weer naar voren, turend, turend... Dat was een voordeel van ervaring, dacht hij: ook als je dicht bij je doel was, kon je je opwinding bedwingen. Daar gingen nieuwkomers vaak in de fout: als ze hun doel naderden, dachten ze dat het moeilijkste achter de rug was. En dan, wist Driscoll, tikte de wet van Murphy (wat fout kan gaan, gaat ook fout) meestal op je schouder en stond je een lelijke verrassing te wachten. Spanning en verwachting waren dodelijke kanten van hetzelfde muntstuk. Als je van een van tweeën op het verkeerde moment een dosis kreeg die groot genoeg was, kon dat je dood worden.

Maar deze keer niet. Niet terwijl ik het bevel voer. En niet met zo'n goed team als dit.

Driscoll zag de bovenkant van de helling op nog geen drie meter afstand voor hem opdoemen, en hij boog zich naar voren, waarbij hij zijn hoofd zorgvuldig onder de rand hield om geen verleidelijk silhouetdoel te vormen voor een waakzame vijand. Hij stapte de laatste meters zorgvuldig over de rotsbodem, boog zich toen met zijn linkerhand op de rots naar voren en bracht behoedzaam zijn hoofd omhoog.

En daar was hij... De grot.

2

'Weinig brandstof,' woep woep, 'weinig brandstof,' zei de computerstem.

'Ik weet het, ik weet het,' bromde de piloot.

Hij kon die informatie ook op zijn instrumentenpaneel zien. Het waarschuwingslichtje van de boordcomputer knipperde al een kwartier. Ze waren tien minuten geleden boven Canada gekomen, en als het overdag was geweest, hadden ze nu groen land gezien, met kleine bomen. Tenzij hij zijn navigatie totaal had verknald, zouden ze straks lichten zien. In elk geval hadden ze weer vaste grond onder zich, en dat was een hele opluchting.

De wind boven de Atlantische Oceaan was veel harder geweest dan was voorspeld. Het meeste luchtverkeer ging op dit nachtelijke uur naar het oosten, en die vliegtuigen hadden veel meer brandstof aan boord dan deze Dassault Falcon 9000. Ze hadden brandstof voor nog twintig minuten. Tien minuten meer dan ze nodig hadden. Hun luchtsnelheid lag iets boven de vijfhonderd knopen. Hun hoogte was achtduizend meter, en ze daalden.

'Gander,' zei hij in zijn radiomicrofoon. 'Dit is Hotel nul-negen-zeven Mike Foxtrot. We komen landen voor brandstof. Over.'

'Mike Foxtrot,' was het antwoord. 'Dit is Gander. Er is weinig wind. Adviseren landingsbaan twee-negen voor normale nadering.'

'Weinig wind?' merkte de tweede piloot op. 'Verrek.' Ze waren net door een straalstroom van meer dan honderd knopen gekomen, die frontaal tegen hen aan had gebeukt. Drie uur lang waren ze enigszins heen en weer geslingerd, niet al te erg voor een hoogte van twaalfduizend meter, maar toch heel goed merkbaar. 'Langer dan dit hoeft zo'n oversteek over het water voor mij niet te duren.'

'Zeker niet met zoveel wind,' zei de piloot. 'Ik hoop dat de motoren ook op damp werken.'

'Zijn we klaar met de douane?'

'Dat moet wel. We hebben de CANPASS gedaan, en we hebben toestemming om naar Moose Jaw te gaan. Zullen we daar de immigratiedienst doen?'

'Ja, goed.' Vanaf Gander tot aan hun eindbestemming zou deze vlucht een beetje ongewoon zijn, wisten ze allebei. Maar ze werden ervoor betaald. En de koersverhouding van euro en dollar zou in hun voordeel werken. Vooral omdat het Canadese dollars waren.

'Ik zie de lichten. Nog vijf minuten,' zei de tweede piloot.

'Oké, landingsbaan in zicht,' zei de piloot. 'Kleppen.'

'Kleppen omlaag naar tien.' De tweede piloot werkte met de knoppen, en ze hoorden het gieren van de elektrische motoren die de kleppen lieten opengaan. 'Zullen we de passagiers wakker maken?'

'Nee. Waarom zouden we?' vroeg de piloot. Als hij dit goed deed, zouden die pas iets merken wanneer ze accelereerden om weer op te stijgen. Nadat hij zijn sporen bij Swissair had verdiend en daar twintigduizend vlieguren had gemaakt, had hij ontslag genomen en zijn eigen tweedehands Dassault Falcon gekocht, die hij gebruikte om miljonairs en miljardairs naar Europa en de rest van de wereld te brengen. De helft van de mensen die zich zijn diensten konden veroorloven, ging naar dezelfde plaatsen: Monaco, Harbor Island in de Bahama's, Saint-Tropez, Aspen. Het was vreemd dat de passagier die hij op dit moment vervoerde naar geen van die plaatsen ging, maar zolang hij betaalde, deed de bestemming er niet toe.

Ze gingen omlaag tot onder de drieduizend meter. De lichten van de landingsbaan waren goed te zien, een rechte rij in de duisternis. Er was daar ooit een eenheid F-84-onderscheppingsjagers gestationeerd geweest.

Vijftienhonderd meter en dalend. 'Kleppen naar twintig.'

'Oké. Kleppen twintig,' bevestigde de tweede piloot.

'Landingsgestel,' beval hij, en de tweede piloot stak zijn hand uit naar de hendels. Toen de luiken van het landingsgestel zich openden en de struts omlaaggingen, drong het geluid van snelstromende lucht in de cabine binnen. Honderd meter hoogte.

'Omlaag en vastgezet,' zei de tweede piloot.

'Dertig meter,' zei de computerstem.

De piloot spande de spieren in zijn armen, ontspande ze weer, en liet het vliegtuig langzaam naar beneden gaan, voorzichtig, voorzichtig, tot hij het juiste punt had bereikt om te landen. Alleen iemand met zijn ervaring kon voelen op welk moment de Falcon de grond raakte. Hij zette de straalomkeerders aan, en de Dassault verloor vaart. Een truck met knipperende lichten liet hem zien waar hij heen moest en wie hij moest volgen om op de plaats te komen waar de brandstoftruck stond te wachten.

Ze bleven in totaal twintig minuten aan de grond. Een immigratieambtenaar nam radiocontact met hen op en stelde vast dat er geen verandering in de CANPASS-gegevens was gekomen. Buiten maakte de chauffeur van de brandstoftruck zijn slang los en zette de brandstofklep vast.

Oké. Dat is gebeurd, dacht de piloot. Nu kon hij aan de tweede van de drie etappes van zijn vlucht beginnen.

De Falcon taxiede naar het noordelijke eind van de startbaan. Nadat de piloot daar had gewacht, nam hij de checklist voor het opstijgen door, zoals hij altijd deed. De acceleratie verliep soepel; toen kwamen de wielen omhoog, toen de kleppen, gevolgd door het opstijgen. Na tien minuten waren ze op elfduizend meter hoogte, de hoogte die hun aanvankelijk was toegewezen door de verkeersleiding in Toronto.

Ze vlogen naar het westen met een snelheid van mach 0,81 – ongeveer vijfhonderdtwintig knopen, of duizend kilometer per uur ware luchtsnelheid. Terwijl de motoren vijftienhonderd kilo brandstof per uur opslokten, lagen hun passagiers te slapen. De transponder van het vliegtuig gaf hun snelheid en hoogte aan de radar van de luchtverkeersleiding door. Afgezien daarvan was er geen behoefte aan radioverkeer. Bij ruw weer zouden ze om een andere, waarschijnlijk grotere hoogte hebben gevraagd om comfortabeler te kunnen vliegen, maar de toren van Gander bleek gelijk te hebben. Nu ze het koufront dat tijdens hun vlucht naar Newfoundland tegen hen aan had gebeukt achter zich hadden gelaten, zou het net hebben geleken of ze helemaal niet bewogen, als het gedempte bulderen van de straalmotoren aan de staart er niet was geweest. De piloot en tweede piloot zeiden niet veel tegen elkaar. Ze hadden zo vaak met elkaar gevlogen dat ze dezelfde grappen kenden, en tijdens zo'n vlucht zonder incidenten was het niet noodzakelijk om informatie uit te wisselen. Alles was tot in de kleinste details gepland. Ze vroegen zich allebei af hoe het in Hawaï zou zijn. Ze konden zich verheugen op een paar kamers in het Royal Hawaiian, en lang slapen om door de jetlag heen te komen die onvermijdelijk het gevolg was van de tien uur extra daglicht die ze zouden meemaken. Nou ja, ze hielden allebei van een dutje op een zonnig strand, en volgens de voorspellingen zou het weer in Hawaï zo monotoon volmaakt zijn als gewoonlijk. Ze waren van plan daar twee dagen te blijven tot ze teruggingen naar hun thuisbasis bij Genève. Op de terugreis zouden ze geen passagiers hebben.

'Moose Jaw over veertig minuten,' merkte de tweede piloot op.

'Tijd om weer aan het werk te gaan, denk ik.'

Het plan was eenvoudig. De piloot nam de HF-radio – een overblijfsel uit de Tweede Wereldoorlog – en sprak met Moose Jaw. Hij maakte bekend dat ze eraan kwamen en begonnen te dalen. Hij noemde ook de verwachte aankomsttijd. De toren van Moose Jaw ontving de informatie van de luchtverkeersleiding en de signalen van de transponder.

De Dassault verloor hoogte voor een volkomen normale nadering, zoals ook werd geconstateerd door de verkeersleiding in Toronto. De plaatselijke tijd was 03.04 uur, of Zulu -4.00 uur volgens de Greenwich Mean/Universal-tijd, dus vier uur naar het oosten.

'Daar is het,' zei de tweede piloot. De lichten van Moose Jaw verschenen in het zwarte landschap. 'Hoogte vierduizend, dalend met driehonderd per minuut.'

'Zet de transponder op stand-by,' beval de piloot.

'Begrepen,' antwoordde de tweede piloot. De transponder werd door de bemanning zelf afgesteld.

'Tweeduizend meter. Kleppen?'

'Laat ze zitten,' beval de piloot.

'Begrepen. Landingsbaan in zicht.' De lucht was helder, en de lichten van Moose Jaw knipperden in de wolkeloze hemel.

'Moose Jaw, dit is Mike Foxtrot, over.'

'Mike Foxtrot. Dit is Moose Jaw, over.'

'Moose Jaw, ons landingsgestel wil niet omlaag. Wilt u stand-by blijven? Over.' Toen ze dat hoorden, waren ze klaarwakker.

'Begrepen. Is dit een noodgeval, over?' vroeg de toren meteen.

'Nee, Moose Jaw. We kijken de elektrische circuits na. Stand-by.'

'Begrepen. Wij zijn stand-by.' Niet meer dan een zweem van bezorgdheid in de stem.

'Oké,' zei de piloot tegen zijn tweede piloot. 'We verdwijnen op driehonderd meter hoogte van hun radar.' Ze hadden dit natuurlijk al vaker gedaan. 'Hoogte negenhonderd en dalend.'

De piloot stuurde naar rechts. Dat deden ze om een koersverandering te zien te geven op de radar van Moose Jaw, niets ernstigs, maar toch een verandering. Omdat hun hoogte afnam, zou het een interessant gezicht op de radartapes zijn, als iemand daar ooit al naar keek. Het zoveelste stipje dat in het luchtruim verloren ging.

'Zeshonderd,' zei de tweede piloot. Op deze lagere hoogte zat er wat meer turbulentie in de lucht, maar niet zoveel als ze nog zouden krijgen. 'Vierhonderd. Misschien wil je het daaltempo veranderen.'

'Inderdaad.' De piloot trok de knuppel naar achteren om minder snel te dalen, om uiteindelijk op driehonderd meter boven de grond te blijven vliegen. Het was laag genoeg om in de *ground clutter* van Moose Jaw terecht te komen, de chaos van radarecho's dicht boven de grond. Hoewel de Dassault allesbehalve een *stealth*-vliegtuig was, zagen de meeste radars van civiele verkeersleidingen vooral transpondersignalen, geen *skin-paint*. In het commerciële vliegverkeer was een vliegtuig op de radar niet meer dan een abstract signaal in de hemel.

'Mike Foxtrot, Moose Jaw, geef uw hoogte, over.'

Ze deden dit al een tijdje. Het team in de plaatselijke verkeerstoren was ongewoon alert. Misschien waren ze midden in een oefening terechtgekomen, dacht de piloot. Jammer, maar geen groot probleem.

'Automatische piloot uit. Bestuur het vliegtuig met de hand.'

'Piloot bestuurt,' antwoordde de tweede piloot.

'Oké, naar rechts nu. Transponder uit,' beval de piloot.

De tweede piloot zette de transponder uit. 'Uitgezet. We zijn onzichtbaar.' Nu hadden ze de volle aandacht van Moose Jaw.

'Mike Foxtrot, Moose Jaw. Geef uw hoogte, over,' beval de stem op scherpere toon. En toen nog een keer.

De Falcon was klaar met zijn noordelijke lus en vloog nu op een koers van twee-twee-vijf. De grond onder hen was vlak, en de piloot kwam in de verleiding om naar honderdvijftig meter hoogte te dalen, maar deed dat niet. Het was niet nodig. Zoals gepland, was het vliegtuig zojuist van de radar van Moose Jaw verdwenen.

'Mike Foxtrot, Moose Jaw. Geef uw hoogte, over!'

'Klinkt opgewonden,' merkte de tweede piloot op.

'Ik kan het hem niet kwalijk nemen.'

De transponder die ze zojuist hadden uitgezet, hoorde bij een heel ander vliegtuig, dat waarschijnlijk geparkeerd stond in zijn hangar buiten Söderhamn in Zweden. Deze vlucht kostte hun chartergezelschap zeventigduizend euro extra. De Zwitserse bemanning was gek op extra geld, maar ze vervoerden geen drugs of zoiets. Geld of niet, dat soort lading was de moeite niet waard.

Moose Jaw lag nu zeventig kilometer achter hen en verdween volgens de dopplerradar van het vliegtuig met twaalf kilometer per minuut in de verte. De piloot gebruikte de stuurknuppel om de zijwind te compenseren. De computer bij zijn rechterknie zou afwijkingen bijhouden, en de computer wist precies waar ze heen gingen.

Tenminste, tot op een bepaald punt.

3

Het zag er anders uit dan in de computeranimatie – dat was altijd zo –, maar ze waren op de juiste plaats. Dat stond vast. Driscoll voelde dat de vermoeidheid uit hem wegtrok en plaatsmaakte voor spanning en concentratie.

Tien weken eerder had een CIA-satelliet een radiobericht opgepikt, en een andere satelliet had een foto gemaakt, die Driscoll nu in zijn zak had. Dit was het – geen twijfel mogelijk. Een driehoekige formatie van rotsen aan de bovenkant gaf de plaats aan. Het was geen versiering – al zag het eruit alsof het door de mens was gemaakt –, maar iets wat was achtergelaten door de laatste gletsjers die zich god mocht weten hoeveel duizenden jaren geleden een weg door dit dal hadden gebaand. Waarschijnlijk had hetzelfde smeltwater dat de driehoek had uitgesleten ook geholpen de grot te maken. Of hoe grotten ook maar ontstonden. Driscoll wist het niet, en het kon hem ook niet veel schelen. Sommige grotten waren erg diep, soms wel honderden meters. Het waren volkomen veilige gaten om in weg te kruipen. Maar uit deze grot was een radiosignaal gekomen. En dat maakte hem bijzonder. Verrekte bijzonder. In Washington en op het CIA-hoofdkwartier in Langley hadden ze er meer dan een week over gedaan om deze plaats te vinden, maar ze waren daarbij heel voorzichtig te werk gegaan. Bijna niemand wist van deze missie. Minder dan dertig personen, en de meesten van hen zaten in Fort Benning. Waar de onderofficierenclub was. Waar hij en zijn team binnen achtenveertig uur terug zouden zijn. Met Gods wil – *inshallah*, zoals ze hier zeiden. Het was niet zijn religie, maar het sentiment sprak hem wel aan. Driscoll was methodist, al weerhield dat hem er niet van om op zijn tijd een biertje te nemen. Hij was vooral soldaat.

Oké, hoe doen we dit? vroeg hij zich af. Hard en snel natuurlijk, maar hoe deed je het hard en snel? Hij had zes granaten bij zich. Drie echte en drie M84-*flashbangs*. Die laatste hadden een huls van plastic in plaats van staal en zaten boordevol lawaaimakende explosieven. Er zat een soort mix van magnesium en ammonium in waardoor het leek of het oppervlak van de zon een onverwacht bezoek had gebracht om iedereen die in de buurt kwam volledig te verblinden. Driscoll interesseerde zich nauwelijks voor chemie en fysica, maar ze werkten verdomd goed, en daar ging het om.

De Rangers deden niet aan eerlijk vechten. Dit waren gevechtsoperaties, geen Olympische Spelen. Misschien pasten ze eerste hulp toe op schurken die in leven bleven, maar verder gingen ze niet, en dan nog alleen omdat overlevenden vaak een beetje spraakzamer waren dan doden. Driscoll tuurde weer naar de ingang van de grot. Iemand had precies op die plaats gestaan om een gesprek via satelliettelefonie te voeren. Een RHYTHM ELINT-satelliet had het opgepikt, een KEYHOLE-satelliet had de plaats aangegeven, en ze hadden toestemming voor hun missie van SOCOM, het *Special Operations Command*. Hij bleef naast een grote rots staan, zo dichtbij dat zijn silhouet erin zou opgaan. Binnen was geen beweging zichtbaar. Dat verraste hem niet. Zelfs terroristen moesten slapen. En dat vond hij goed. Heel goed zelfs. Tien meter. Zijn bewegingen zouden komisch aandoen voor een buitenstaander: hij tilde zijn voeten hoog op en vermeed zorgvuldig alle losse steentjes. Toen was hij er. Hij liet zich op een knie zakken en keek naar binnen. Hij keek over zijn schouder om er zeker van te zijn dat de andere teamleden niet te dicht bij elkaar waren. Daar hoefde hij zich geen zorgen over te maken. Evengoed voelde Driscoll een lichte spanning in zijn buik. Of was het angst? De angst dat hij het karwei verknoeide, de angst dat de geschiedenis zich zou herhalen. De angst dat er mannen om het leven zouden komen.

Een jaar eerder had kapitein Wilsons voorganger, een onervaren tweede luitenant, in Irak een missie gepland – een eenvoudige jacht op opstandelingen langs de zuidelijke oevers van Buhayrat Ṣaddam (het Saddam-meer) ten noorden van Mosel – en Driscoll was daarmee akkoord gegaan. Jammer genoeg had de jonge luitenant het belangrijker gevonden een schitterend rapport te kunnen indienen dan dat zijn Rangers veilig terugkwamen. Tegen Driscolls advies in had hij het team bij het vallen van de avond in tweeën gesplitst om een bunkercomplex van weerskanten aan te vallen, maar zoals met haastig uitgedachte plannen vaak het geval was, sneuvelde dit plan bij het eerste contact met de vijand – in dit geval een verzameling Saddam-loyalisten ter grootte van een compagnie, allemaal ex-militairen, die het vuurteam van de jonge luitenant hadden omsingeld en afgeslacht om vervolgens hun aandacht op Driscoll en zijn mannen te richten. Ze hadden er het grootste deel van de nacht over gedaan om zich vechtend terug te trekken, en uiteindelijk hadden Driscoll en drie anderen kans gezien de Tigris over te steken en binnen bereik van een vuurbasis te komen.

Driscoll had geweten dat het plan van de luitenant een ramp zou worden. Maar had hij zijn bezwaren krachtig genoeg naar voren gebracht?

Als hij meer had geprotesteerd... Tja. Die vraag spookte nu al een jaar door zijn hoofd. En nu was hij weer hier, maar ditmaal moest hij alle beslissingen – de goede, de slechte, de rampzalige – zelf nemen.

Ogen op de bal, beval Driscoll zichzelf. *Je aandacht bij de wedstrijd.*

Hij deed weer een stap naar voren. Nog steeds niets te zien. De Pashtuns mochten dan gehard zijn – dat ze dat waren, wist Driscoll donders goed –, maar ze hadden in hun training alleen maar geleerd een geweer te richten en de trekker over te halen. Er had iemand de wacht moeten houden bij de ingang van de grot. Hij zag sigarettenpeuken liggen. Misschien had er een wachter gestaan, maar waren zijn sigaretten opgeraakt. *Slechte gewoonte, makker*, dacht Driscoll. *Slecht veldwerk.* Langzaam, zorgvuldig glipte hij naar binnen. Zijn nachtkijker was een godsgeschenk. De grot ging voorlopig ongeveer vijftien meter door, met ruwe kanten. De opening had ongeveer de vorm van een ovaal. Er waren geen lichten. Zelfs geen kaars, maar omdat hij wel een bocht naar rechts kon zien, bleef Driscoll uitkijken naar licht. Er lag geen puin op de bodem van de grot. Daar kon de sergeant veel uit afleiden: er woonden hier mensen. Ze hadden goede informatie gekregen. *De wonderen zijn de wereld niet uit*, dacht Driscoll. Vaak leverde zo'n jachtexpeditie alleen een lege schuilplaats op, en een stel kwade Rangers die voor paal stonden.

Zou het de juiste grot zijn? Hij stond het zichzelf niet vaak toe om zoiets te denken. *Zou dat niet geweldig zijn?* dacht Driscoll een ogenblik. *Dat zou een grote buit zijn.* Maar hij zette die gedachte meteen weer uit zijn hoofd. De grootte van de buit had geen invloed op de manier waarop ze hun werk deden.

Hun schoenzolen waren flexibel. Dat liep gemakkelijker, maar wat nog belangrijker was: je maakte minder geluid. Hij hield zijn M4-karabijn dicht bij zijn schouder. Hij had zijn rugzak buiten laten staan, want hij had in de grot geen enkele behoefte aan extra gewicht of volume. Driscoll was niet buitengewoon groot. Hij was net geen een meter tachtig en woog tachtig kilo, en hij was slank en taai, met blauwe ogen die naar voren tuurden. Hij had twee soldaten een paar meter achter hem, en hoewel ze zijn ademhaling konden horen via de radio die ze allemaal bij zich hadden, zei hij geen woord. Hij maakte alleen handgebaren, die trouwens duidelijk genoeg waren.

Beweging. Er kwam iemand hun kant op.

Driscoll liet zich op een knie zakken.

De voetstappen bleven dichterbij komen. Driscoll hield zijn linkervuist omhoog om de mannen die achter hem waren te kennen te geven dat ze zich moesten laten zakken. Zijn karabijn kwam omhoog. De voetstappen klonken nonchalant. Alerte stappen klonken anders; dat kon

Driscoll met zijn getrainde oor horen. Achter hem kletterden kiezelsteentjes en Driscoll wist wat de bron van dat geluid was, want het was hem zelf ook vaak overkomen: een schoen die uitgleed. Hij verstijfde. Om de bocht hielden de voetstappen op. Er gingen tien seconden voorbij, toen twintig. Dertig seconden lang was er niets wat bewoog. Toen kwamen de voetstappen weer in beweging. Nog steeds nonchalant.

Driscoll hield de M4 tegen zijn schouder, ging de bocht om, en daar was de vijand. Even later had de man twee kogels in zijn borst en een derde in zijn voorhoofd en zakte hij in elkaar zonder geluid te maken. Hij was ouder dan de man buiten, een jaar of vijfentwintig, met een volwassen baard, zag Driscoll. *Pech voor jou.* Driscoll liep door. Hij stapte om het lijk heen en ging de hoek om naar rechts, waarna hij wachtte tot zijn mannen bij hem waren. Hij kon ongeveer zes meter naar voren kijken. Daar was niets te zien. *Doorgaan.* Hoe diep was deze grot? Op de plaats waar hij nu stond, kon hij dat niet nagaan. Hij hield de karabijn in zijn handen geklemd.

In de verte was licht. Het flakkerde. Waarschijnlijk kaarsen. Misschien hadden de vijanden behoefte aan een nachtlampje, net als Driscolls kinderen. Nog altijd lag er geen puin op de bodem van de grot. Iemand had opgeruimd. Waarom? vroeg Driscoll zich af. Hoe lang geleden?

Hij liep door.

Er kwam nu een bocht naar links, een flauwe, lange bocht in het kalksteen, en bij de volgende bocht was veel licht te zien – relatief gezien. Zonder de PVS-17's zou het op zijn hoogst een dof schijnsel zijn geweest.

Toen hoorde hij geluid. Iemand die snurkte. Niet ver voor hem. Driscoll liep nog langzamer. Het was tijd om extra voorzichtig te zijn. Heel behoedzaam liep hij naar de bocht, zijn wapen naar voren. Hij draaide, draaide, uiterst langzaam.

Daar. Dat zocht hij. Half afgewerkt timmerhout. Ruwe balken, en die groeiden niet uit de grond. Iemand had ze uit de beschaafde wereld hierheen gebracht, en die iemand had een zaag gebruikt om ze op maat te maken.

Ja, hier woonden mensen, en het was ook geen tijdelijke vluchtplaats. Die balken waren een duidelijk teken.

Hij raakte opgewonden, voelde een tinteling in zijn buik. Dat overkwam sergeant eerste klasse (E-8) Sam Driscoll niet vaak. Met zijn linkerhand gaf hij zijn mannen een teken dat ze dicht bij hem moesten komen. Ze verkleinden de afstand tot ongeveer drie meter en kwamen achter hem aan.

Stapelbedden. Daar was dat hout voor. Hij kon er acht zien. Zes ervan waren bezet. Zes bedden, zes vijanden. Een had blijkbaar zelfs een matras, zo'n opblaasbaar plastic ding dat je op Gander kon kopen. Er lag een voetpompje. Blijkbaar iemand die graag comfortabel sliep.

Oké. Wat nu? vroeg hij zich af. Het gebeurde niet vaak dat hij niet wist wat hij moest doen, en in veel gevallen vroeg hij in zulke omstandigheden zijn compagniecommandant om raad, maar kapitein Wilson zat met een gebroken been op een heuveltop vijftien kilometer achter hen. Driscoll had dus de leiding, en dat gaf hem plotseling een erg eenzaam gevoel. Tot overmaat van ramp was dit niet de laatste kamer. De grot ging nog door. Het was niet te zien hoe ver. *O, shit.*

Weer aan het werk.

Hij liep langzaam verder. Zijn orders waren tamelijk eenvoudig, en daarom had hij een geluiddemper op zijn pistool. Dat trok hij nu uit zijn holster. Hij liep naar voren en kwam bij de eerste slapende man aan. Hij hield de Beretta naast het hoofd van de man en schoot de eerste kogel af. De demper werkte zo goed als de leverancier beweerde. Het mechanisme van het pistool maakte veel meer geluid dan het schot zelf. Hij hoorde zelfs dat de koperen patroonhuls met een speelgoedachtig getinkel op de vloer viel. Waar de man ook van had gedroomd, het was nu echt geworden. De mannen die op de benedenbedden sliepen, gingen er op dezelfde manier aan.

Het schoot Driscoll even te binnen dat dit in de beschaafde wereld als moord zou worden beschouwd, maar dat was niet zijn probleem. Deze mannen hadden zich aangesloten bij mensen die oorlog voerden tegen zijn land, en het was niet zijn schuld dat ze hun verblijf zo slecht bewaakten. Luiheid had gevolgen, en oorlog had regels, en die regels waren hard voor degenen die zich er niet aan hielden. Binnen drie seconden waren de overige mannen gedood. Misschien kregen ze hun maagden. Driscoll wist het niet en het kon hem ook niet veel schelen. Negen vijanden dood. Hij liep door. Achter hem kwamen twee Rangers, niet te dichtbij maar dichtbij genoeg. Ze hielden respectievelijk een pistool en een M4-karabijn in de aanslag, precies volgens het boekje. Een meter verder maakte de grot een bocht naar rechts. Driscoll ging verder. Hij nam alleen de tijd om adem te halen. Nog meer bedden, zag hij. Twee stuks.

Geen van beide was bezet. De grot ging door. Hij was wel vaker in zulke grotten geweest. Een paar hadden zich wel drie- of vierhonderd meter uitgestrekt. De meeste niet. Sommige waren niet meer dan inloopkasten, maar zo klein was deze niet. Hij had gehoord dat er grotten in Afghanistan waren die een eeuwigheid doorgingen. Die waren zo diep dat de Russen er niets tegen hadden kunnen beginnen, al hadden ze verregaande maatregelen genomen, zoals ze volspuiten met diesel en daar dan een lucifer bij houden. Misschien zou benzine hier beter zijn geweest, dacht Driscoll. Of explosieven. De Afghanen waren taai genoeg, en de meesten van hen waren niet bang voor de dood. Voordat Driscoll naar dit deel van de wereld was gekomen, was hij nog nooit zulke mensen tegengekomen. Maar ze gingen net zo goed dood als ieder ander, en dan kwam er ook een eind aan de problemen die ze veroorzaakten.

Eén stap tegelijk. Negen lijken achter hem, allemaal mannen, allemaal in de twintig, waarschijnlijk te jong om over nuttige informatie te beschikken, en er zaten in Guantánamo al genoeg nutteloze mensen achter het prikkeldraad. Als ze dertig jaar of ouder waren, viel er iets voor te zeggen om hun leven te sparen en een inlichtingenman met hen te laten praten. Maar ze waren allemaal te jong geweest, en nu waren ze allemaal dood.

Weer aan het werk.

Er was hier niets meer te zien. Maar er was nog een vaag schijnsel in de verte. Misschien nog een kaars. Hij keek elke halve meter omlaag, oppassend voor steentjes die geluid konden maken, want geluid was op dit moment zijn gevaarlijkste vijand. Geluid maakte mensen wakker, zeker in zo'n grot. Echo's. Daarom hadden zijn schoenen zachte zolen. De volgende bocht ging naar links en was blijkbaar scherper. Tijd om weer langzamer te gaan lopen. In een scherpe bocht kon een wachter staan. Langzaam, langzaam. Vier meter. Langzaam, voorzichtig. Alsof hij de kamer van zijn dochtertje binnensloop om haar in haar bedje te zien liggen. Maar nu was hij bang dat er een volwassen man om de hoek stond, met een geweer en maar half slapend. Hij hield zijn pistool in beide handen voor zich uit, met de demper, die op een frisdrankblikje leek, aan het eind geschroefd. Er zaten nog elf patronen in het magazijn. Hij bleef staan en draaide zich om. De twee andere Rangers waren er nog en keken strak naar hem. Ze waren niet bang, maar wel gespannen en uiterst geconcentreerd. Tait en Young, twee sergeants uit compagnie Delta, tweede bataljon, 75ste regiment Rangers. Serieuze professionals, net als hij, allebei van plan hun hele carrière bij het leger te blijven.

Aandacht bij het werk. Het was soms moeilijk om je te blijven concentreren. Nog een halve meter naar de scherpe bocht. Het was een scherpe hoek. Driscoll schuifelde ernaartoe... en stak zijn hoofd om de hoek. Er was iemand in de buurt. Een Afghaan, of een andere vijand. Hij zat op een... stoel? Nee, het bleek een rots te zijn. Deze man was ouder dan Driscoll had verwacht. Misschien dertig. De man zat daar maar. Hij sliep niet, maar hij was ook niet helemaal wakker. Iets daartussenin, en in elk geval lette hij niet op. Hij had een wapen, een AK-74, dat ongeveer een meter bij hem vandaan tegen een rots stond. Dichtbij, maar niet zo dichtbij dat hij het te pakken kon krijgen in geval van nood, en die nood zou voor hem nu aanbreken.

Driscoll ging zachtjes naar hem toe, weer met die overdreven hoog opgetrokken voeten. Hij kwam dichtbij en...

Hij sloeg tegen de rechterkant van het hoofd van de man. Misschien genoeg om hem te doden, maar waarschijnlijk niet. Driscoll greep in de zak van zijn jasje en trok er een stel plastic handboeien uit. Deze man was waarschijnlijk zo oud dat de inlichtingenmensen wel met hem wilden praten. Waarschijnlijk zou hij in Guantánamo terechtkomen. Driscoll zou hem door Tait en Young laten inpakken voor transport. Hij trok Taits aandacht, wees naar de bewusteloze man en maakte een draaiende beweging met zijn wijsvinger. *Inpakken.* Tait knikte.

Weer een bocht, vijf meter voor hem, naar rechts. Het schijnsel flakkerde.

Nog twee meter, en dan naar rechts.

Driscoll bleef zich concentreren. Langzame, zorgvuldige stappen, zijn wapen in de aanslag.

De volgende kamer, die ongeveer tien bij tien meter groot was, bleek het eind van de grot te zijn. Driscoll was nu zo'n zeventig meter diep in de grot doorgedrongen. Diep genoeg. Deze grot was waarschijnlijk ingericht voor een belangrijke figuur. Misschien wel de allerbelangrijkste? Hij zou het over drie minuten weten. Hij permitteerde zich niet vaak zulke gedachten, maar het was de onderliggende reden voor deze missie. Misschien, misschien, misschien. Daarom was Driscoll een Rangercommando. Langzaam naar voren. Zijn hand ging achter hem omhoog.

Het was nu zo donker dat zijn nachtkijker net zoveel ruis als echte beelden produceerde, alsof er stukjes popcorn door zijn gezichtsveld dwarrelden. Ze dansten omhoog en vlogen in het rond. Hij bleef aan het begin van de bocht staan en keek heel voorzichtig om de hoek. Er lag daar iemand. Die had een AK-47 binnen handbereik, compleet met een voorgeladen plastic magazijn. Blijkbaar sliep de man, maar in dat opzicht waren het goede soldaten. Ze sliepen nooit helemaal, zoals burgers deden, maar bleven net onder de oppervlakte. En hij wilde deze man levend in handen krijgen. Oké, hij had vanavond al een handjevol mensen gedood, allemaal in de laatste tien minuten, maar deze wilden ze levend in handen krijgen... zo mogelijk...

Goed. Driscoll bracht zijn pistool naar zijn rechterhand en haalde met zijn linkerhand een flashbanggranaat uit de webbing op zijn borst. Tait en Young zagen het en verstijfden. De grot zou nu snel veranderen. Driscoll stak een vinger op. Tait stak zijn duimen op. Tijd om in actie te komen. De vijand zou wakker worden geschud. Tait keek om zich heen. Er brandde één kleine kaars, die de kamer goed verlichtte. Driscoll ging een stap of twee achteruit, zette zijn nachtkijker uit en trok de pin uit de granaat. Hij liet de veiligheidspal vrijkomen, wachtte nog even, gooide toen en telde: éénentwintig, tweeëntwintig, drieëntwintig...

Het klonk als het einde van de wereld. De tien gram magnesiumpoeder schitterde als de zon op het midden van de dag, en nog feller. En het lawaai. Het lawaai klonk en voelde als het einde van de wereld, een daverend BENG dat een eind maakte aan de slaap van de vijand. Driscoll kwam naar voren. Hij was niet verdoofd door de explosie. Omdat hij hem had verwacht, had hij zijn oren op het lawaai voorbereid en zijn ogen dichtgedaan om zich tegen de gigantische flits te beschermen. De vijand werd niet op die manier beschermd. Het was een enorme aanslag op zijn oren, en het bracht hem uit zijn evenwicht. Hij greep niet eens naar zijn wapen – maar Driscoll was al op hem af gesprongen om het weg te meppen, en meteen daarop hield hij zijn pistool recht voor het gezicht van de man. Die maakte geen schijn van kans en dat was ook Driscolls bedoeling.

Toen zag Driscoll dat het de verkeerde was. Deze man had een baard, maar hij was begin dertig, lang geen veertig. *De verkeerde te pakken gekregen*, was zijn eerste gedachte, gevolgd door: *shit*. Het gezicht van de man was een en al verwarring en schrik. Hij schudde zijn hoofd om zijn hersenen op gang te brengen, maar hoe jong en hard hij ook was, hij was niet snel genoeg voor de situatie waarin hij verkeerde.

Bij de achtermuur van de kamer zag Driscoll een beweging, een voorovergebogen schaduw die langs de rotswand schoof. De schaduw bewoog zich niet naar hen toe, maar ging in een andere richting. Driscoll stak zijn pistool in de holster, keek Tait aan, wees naar de man op de grond – *Handboeien om* –, zette zijn nachtkijker op en richtte het vizier van de M4 op de bewegende schaduw. Weer een man met een baard. Driscolls vinger verstrakte zich om de trekker, maar hij wachtte nog even, want hij was nieuwsgierig geworden. Drie meter achter de man stond zijn AK-47 nog steeds tegen de muur. Het kon niet anders of de man wist dat er stront aan de knikker was – waarom ging hij er dan niet vandoor? Driscoll keek nog steeds door het vizier van de M4 naar hem en zocht intussen ook naar een uitgang... Daar: een anderhalve meter brede nis in de rotswand. Hij keek terug en zag nu dat de man een granaat in zijn rechterhand had. Het was een 40mm-versie van een RPG-7; ze mochten die patronen hier graag ombouwen om ze met de hand te kunnen gooien.

Niet zo snel, vriend, dacht Driscoll, en hij richtte het vizier van de M4 op het oor van de man. Op datzelfde moment deed de man zijn arm naar achteren om de granaat onderhands te gooien. Driscolls 5,56mm-kogel drong zijn hoofd binnen boven het oor, net achter zijn oog. Zijn hoofd klapte opzij, en hij zakte in elkaar, maar eerst vloog de granaat nog weg en stuiterde in de richting van de nis.

'Granaat!' riep Driscoll, en hij liet zich plat op zijn buik vallen.

BENG!

Driscoll keek op en achter zich. 'Koppen tellen!'

'Oké,' antwoordde Tait, snel gevolgd door Young en de anderen.

De granaat was tegen de muur gestuiterd en voor de nis tot stilstand gekomen. Hij had een krater ter grootte van een strandbal in de bodem gemaakt.

Driscoll zette zijn nachtkijker af, nam zijn zaklantaarn en scheen ermee om zich heen. Dit was het commandogedeelte van de grot. Veel boekenplanken, zelfs een kleedje op de vloer. De meeste Afghanen die ze tegenkwamen, konden nauwelijks lezen en schrijven, maar hier waren boeken en tijdschriften te zien, sommige zelfs in het Engels. Eén spaarzaam gevulde plank met fraai gebonden boeken die een leren omslag hadden. Vooral een ervan viel op... groen leer met gouden inlegwerk. Driscoll maakte het boek open. Een geïllustreerd manuscript, niet gedrukt maar in veel kleuren inkt met de hand geschreven, lang geleden. Dit boek was oud, erg oud. Vermoedelijk in het Arabisch, met bladgoud in de illustraties. Het moest wel een exemplaar van de heilige Koran zijn, en het was niet te zeggen hoe oud het was en hoeveel het waard was. Maar waarde had het. Driscoll nam het mee. Een of andere inlichtingenman zou er vast wel naar willen kijken. In Kaboel hadden ze een paar Saoedi's, hogere legerofficieren die ondersteuning verleenden aan de commando's en de inlichtingenmensen van het Amerikaanse leger.

'Oké, Peterson, we zijn hier klaar. Codeer en rapporteer het,' zei Driscoll over de radio tegen zijn communicatieman. 'Doelwit uitgeschakeld. Negen man gedood, twee man levend gevangengenomen. Nul slachtoffers aan onze kant.'

'Maar niets voor onder de kerstboom,' merkte sergeant Young zachtjes op. 'Toen we hier binnenkwamen, voelde het verdomd goed aan. Er hing de juiste atmosfeer, dacht ik.' Weer geen hoofdprijs voor de commando's. Dat overkwam ze te vaak, maar het was ook de aard van het commandowerk.

'Dat dacht ik ook. Hoe heet je?' vroeg Driscoll aan Taits gevangene. Er kwam geen antwoord. De flashbang had die kerel totaal verdoofd. Hij begreep nog niet dat het erger had kunnen aflopen. Veel en veel erger. Aan de andere kant: als de ondervragers hem onder handen namen...

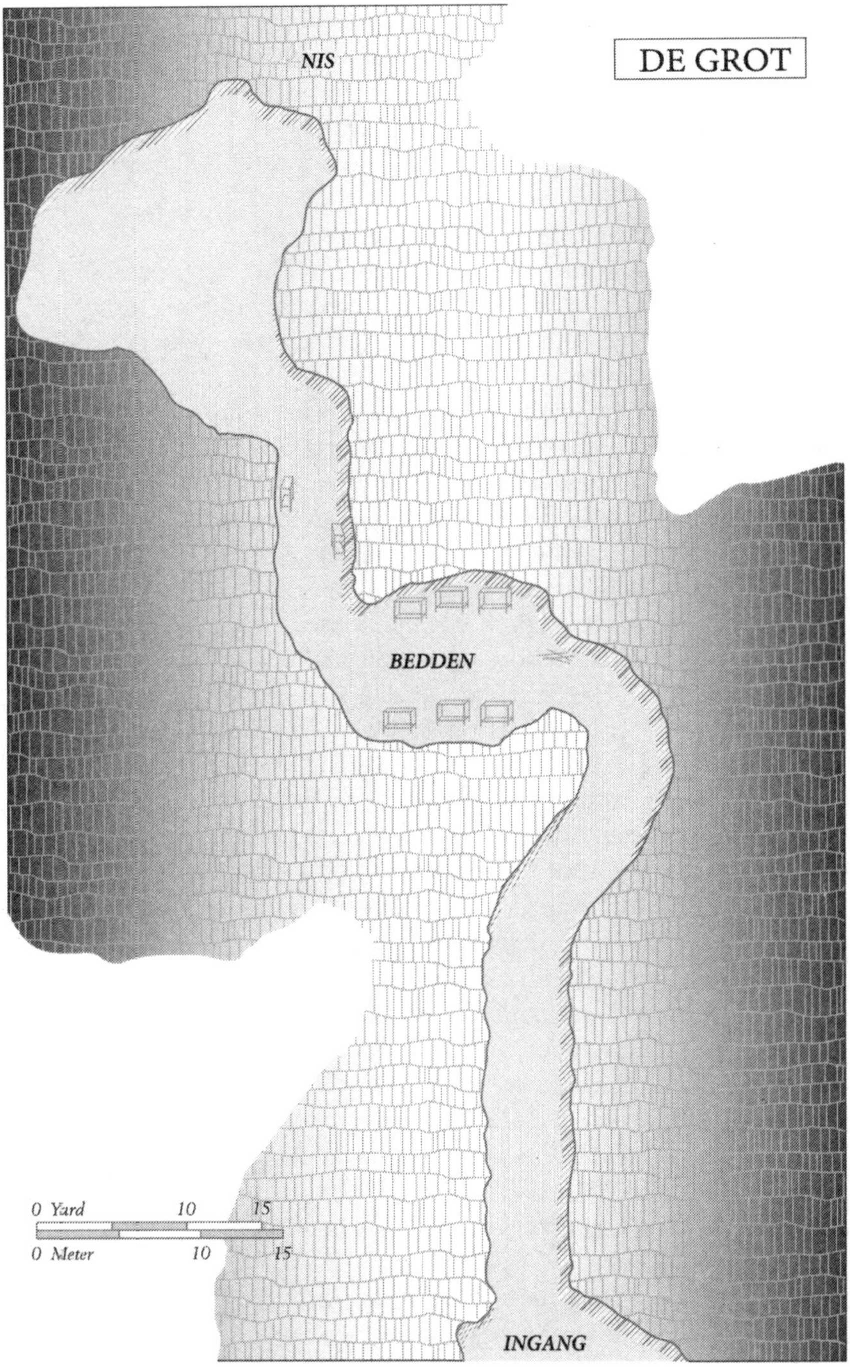
DE GROT
NIS
BEDDEN
INGANG
0 Yard 10 15
0 Meter 10 15

'Oké, jongens, laten we de boel doorzoeken. Kijk uit naar een computer en ander elektronisch materiaal. Keer alles binnenstebuiten. Als het er interessant uitziet, neem het dan mee. Laat iemand komen om onze vriend mee te nemen.'

Er stond een Chinook klaar voor deze missie, en misschien zou Driscoll daar binnen een uur in zitten. Verdomme, hij wilde naar de onderofficierenclub in Fort Benning voor een glas Sam Adams, maar dat zou op zijn minst nog twee dagen duren.

Terwijl de rest van zijn team wachtposities innam buiten de ingang, doorzochten Young en Tait de grot zelf. Ze vonden een paar leuke dingen, kaarten en dergelijke, maar geen duidelijke jackpot. Maar zo ging dat nu eenmaal. Die inlichtingenkerels mochten dan watjes zijn, maar ze konden van één walnoot een hele maaltijd maken. Een stukje papier, een met de hand geschreven koran, een met paars potlood getekend lucifermannetje – de inlichtingenmensen konden soms wonderen verrichten met zulke dingen, en daarom nam Driscoll geen risico's. Hun doelwit was er niet geweest, en dat was verrekte jammer, maar misschien leidden de spullen die de vijand had achtergelaten tot iets anders, iets wat op zijn beurt tot iets goeds kon leiden. Zo werkte dat, al stond Driscoll er niet vaak bij stil. Zulke dingen waren het domein van zijn meerderen. Ze vielen buiten zijn vakgebied. Zolang ze de missie aan hem en de Rangers overlieten, mochten anderen zich druk maken om het 'hoe', het 'wat' en het 'waarom'.

Driscoll liep naar de achterkant van de grot en scheen met zijn zaklantaarn totdat hij bij de nis kwam die de man met de handgranaat zo graag had willen vernietigen. De nis was ongeveer zo groot als een inloopkast, zag hij nu, misschien een beetje groter, met een laag plafond. Hij hurkte neer en liep een eindje de nis in.

'Wat heb je daar?' vroeg Tait, die achter hem kwam staan.

'Zandtafel en houten munitiekist.'

Een stuk multiplex van twee bij twee meter, twee centimeter dik, was bedekt met opgelijmd zand en bergen en ruigten van papier-maché, met hier en daar een kubusachtig gebouw. Het leek op iets uit een oude film over de Tweede Wereldoorlog, of een maquette op de lagere school. Het was vrij goed gedaan, geen prutswerk zoals je in dit deel van de wereld vaak tegenkwam. Meestal maakten die lui een tekening in de grond, zeiden een paar gebeden en gingen erop af.

Het terrein van de maquette kwam Driscoll niet bekend voor. Het zag er in elk geval ruig genoeg uit om hier in de buurt te zijn – niet dat het aantal mogelijkheden daardoor veel kleiner werd. Er waren geen herkenningspunten. Geen wegen, geen herkenbare gebouwen. Driscoll tilde de hoek van de tafel op. Die was verrekte zwaar, misschien wel veertig kilo, en dat loste meteen een van Driscolls problemen op: ze gingen dat ding echt niet de berg af slepen. Het was net een deltavlieger; op deze hoogte kon de wind lelijk opspelen, en ze zouden dat ding door een harde vlaag kunnen verliezen, of het zou gaan flapperen en hen verraden. En als het brak, zou er iets van waarde verloren gaan.

'Oké, meet het een en ander op en neem wat monsters, en ga kijken of Smith klaar is met het fotograferen van de vijanden, dan kan hij een heleboel foto's maken van dit ding hier,' beval Driscoll. 'Hoeveel sd-kaarten hebben we?'

'Zes. Vier gieg per stuk. Genoeg.'

'Goed. Maak een heleboel opnamen van alles, met de hoogste resolutie. Zet er ook wat extra licht op en leg er iets naast om de schaal aan te geven.'

'Reno heeft een meetlint.'

'Goed. Gebruik dat. Veel invalshoeken en close-ups – hoe meer, hoe beter.' Dat was het mooie van digitale camera's – je maakte zoveel foto's als je maar wilde en wiste dan de opnamen die niet goed gelukt waren. In dit geval zouden ze het wissen aan de inlichtingenmensen overlaten. 'En zoek op elke vierkante centimeter naar tekens.'

Je wist nooit wat belangrijk was. Er hing veel af van de schaal van de maquette, nam hij aan. Als de maquette op schaal was, konden ze de metingen in een computer stoppen, met een beetje gekke algebra of algoritmen werken, of wat ze ook maar gebruikten, en ontdekken welk gebied met de maquette overeenkwam. Misschien zou blijken dat het papier-maché heel bijzonder was, iets wat alleen in een achteraf gelegen werkplaats in Kandahar werd gemaakt. Er waren wel vreemdere dingen gebeurd, en hij was niet van plan zijn superieuren iets te geven waarover ze konden klagen. Ze zouden al kwaad genoeg zijn omdat hun prooi er niet was geweest, maar dat kon Driscoll niet helpen. Inlichtingenwerk dat aan de missie voorafging, kon slecht of goed zijn, maar in elk geval had een soldaat er geen enkele invloed op. Al was het nog even waar als vroeger wat ze in het leger altijd zeiden: 'Stront rolt altijd naar beneden.' In dit vak had je altijd iemand die hoger was dan jij, en die het geen punt vond om de bal een duwtje te geven.

'Komt voor elkaar, baas,' zei Tait.

'Laat alles ontploffen als je klaar bent. We kunnen maar beter het werk afmaken dat zij hadden moeten doen.'

Tait draafde weg.

Driscoll richtte zijn aandacht op de munitiekist, tilde hem op en droeg hem naar de tunnel bij de ingang van de grot. Er lag een zeven centimeter hoge stapel gelinieerd schrijfpapier in, met Arabische letters en allerlei cijfers en figuurtjes, evenals een grote, tweezijdig bedrukte vouwkaart. De ene kant had het opschrift OPERATIONELE NAVIGATIEKAART, G-6, TOPOGRAFISCHE DIENST VS, 1982 en gaf het grensgebied van Afghanistan en Pakistan weer, terwijl aan de andere kant met plakband een kaart van Peshawar zat, geknipt uit een Baedeker-reisgids.

4

'Welkom in het Amerikaanse luchtruim, heren,' maakte de tweede piloot bekend.

Ze stonden op het punt over Montana te vliegen, het gebied van de eland, de weidse hemel en veel ontmantelde bases voor intercontinentale raketten, met lege silo's.

Op deze geringere hoogte zouden ze hun brandstof sneller verbranden, maar de computer hield dat allemaal bij, en bovendien hadden ze veel meer reservebrandstof dan toen ze enkele uren eerder in westelijke richting over de Atlantische Oceaan kwamen aanvliegen, terwijl er beneden nu veel vliegvelden waren waar ze konden landen. De piloot zette de *heads-up* display (HUD) aan, die nachtcamera's gebruikte om de duisternis in een groen-met-wit televisiescherm om te zetten. Daarop waren nu bergen ten westen van hun koers te zien. Het vliegtuig zou zich automatisch aanpassen door omhoog te gaan, want het was geprogrammeerd om driehonderd meter boven grondniveau te blijven. Dat zou het doen met rustige correcties, zodat zijn rijke klanten tevreden waren en hopelijk nog eens van zijn diensten gebruik zouden maken.

Toen ze boven de hagedissenrug van de Grand Teton Range kwamen, bleef het vliegtuig op een ware hoogte van negentienhonderd meter vliegen. Ergens onder hen lag het Yellowstone National Park. Bij daglicht had hij het kunnen zien, maar het was een nacht zonder wolken en zonder maan.

De radarsystemen lieten zien dat ze 'vrij van conflicten' waren. Geen enkel ander vliegtuig kwam in de buurt van hun positie of hun hoogte. De luchtmachtbasis Mountain Home lag een paar honderd kilometer achter hen, met zijn jonge, venijnige gevechtsvliegers.

'Jammer dat we de heads-up display niet omlaag kunnen richten. Dan zouden we met die infraroodsensoren misschien zelfs buffels zien,' merkte hij op. 'Het schijnt dat die het weer goed doen in dit deel van het land.'

'Net als de wolven,' zei de tweede piloot. In de natuur ging het om evenwicht, tenminste, dat zeiden ze op Discovery Channel. Als er niet genoeg bizons waren, gingen de wolven dood. Als er niet genoeg wolven waren, kwamen er te veel bizons.

Het landschap van Utah begon bergachtig, maar werd geleidelijk glooiend, bijna vlak. Ze manoeuvreerden weer naar het oosten om Salt Lake City te vermijden, want dat had een internationaal vliegveld en waarschijnlijk een radarinstallatie die krachtig genoeg was om skin-paint op te pikken.

Deze hele operatie zou dertig jaar geleden onmogelijk zijn geweest. In die tijd hadden ze de *Pinetree Line* moeten oversteken, een van de voorgangers van de DEW *Lines – Distant Early Warning* – van Amerika, en dan zou het *North American Air Defense Command* in Cheyenne Mountain hen meteen hebben opgepikt. Gezien de spanningen die zich de laatste tijd tussen de Verenigde Staten en Rusland voordeden, zouden de DEW- en Pinetree Lines misschien wel weer worden ingevoerd.

De vlucht verliep soepeler dan hij had verwacht. Als je 's zomers overdag over de woestijn vloog, ging dat vaak met veel stoten gepaard. Dat kwam door de onregelmatig opstijgende thermiekbellen. Afgezien van een paar autokoplampen zou het land beneden net zo goed de zee kunnen zijn, zo leeg en zwart was alles.

Nog een halfuur. Ze hadden nog vierduizend kilo brandstof. Op deze geringere hoogte was het verbruik veel hoger, tweeëntwintighonderd kilo per uur in plaats van de gebruikelijke vijftienhonderd.

'Zullen we de passagiers wekken?' vroeg hij de tweede piloot.

'Goed idee.' De piloot pakte de microfoon. 'Attentie. We verwachten over een halfuur te landen. Laat het ons weten als u speciale wensen hebt. Dank u,' voegde hij eraan toe. *Ja, dank u voor het geld en de interessante vlucht*, voegde hij er in gedachten aan toe.

De piloot en tweede piloot vroegen zich allebei af wie hun passagiers waren, maar ze stelden geen vragen. Het hoorde bij hun werk dat ze de anonimiteit van hun klanten respecteerden, en hoewel het waarschijnlijk volgens de Amerikaanse wet illegaal was wat ze deden, waren ze geen Amerikaanse staatsburgers. Ze vervoerden geen wapens, drugs of andere verboden zaken. Ze hadden geen idee wie hun passagier was, zijn gezicht was met verband omwikkeld.

'Volgens de computer is het nog honderdvijftig kilometer. Ik hoop dat de landingsbaan echt zo lang is.'

'Volgens de papieren wel. Zesentwintighonderd meter. We zullen het gauw genoeg weten.'

De airstrip dateerde uit 1943 en was weinig gebruikt. Hij was aangelegd door een geniebataljon dat naar Nevada was gebracht en opdracht had gekregen een vliegveld aan te leggen – bij wijze van oefening. Al die velden zagen er hetzelfde uit. Ze waren gebouwd aan de hand van hetzelfde handboek, als een driehoek waarvan één lijn langer was dan de twee andere. Ze gingen op landingsbaan twee-zeven af. Dat betekende dat ze een pal westelijke aanvliegroute volgden, tegen de wind in. Er waren zelfs lichten langs de baan, maar de bedrading had zijn beste tijd gehad; dat gold trouwens ook voor de dieselgenerator van het vliegveld. Maar omdat de betonnen banen nauwelijks onder sneeuw en ijs te lijden hadden, waren ze nog zo goed als nieuw: dertig centimeter dik gewapend beton.

'Daar.'

'Ik zie ze.'

Het waren neongroene chemische lichten die langs de baan waren geworpen, en ze schitterden fel op de *low light*-HUD-display. Toen kwam er nog meer licht, doordat de koplampen van een truck werden aangezet. Zo'n stel koplampen bewoog zich ook langs de noordgrens van de landingsbaan, alsof ze die voor het naderende vliegtuig wilden aangeven. De piloot en tweede piloot wisten het niet zeker, maar ze namen aan dat een van de passagiers met een mobiele telefoon vooruit had gebeld om iemand wakker te maken.

'Oké, we gaan landen,' beval de piloot. Hij beperkte het brandstofverbruik en liet kleppen zakken om de luchtsnelheid te verkleinen. Opnieuw gaf de hoogtesensor hun hoogte boven de grond aan, lager... lager... lager... en toen kusten de wielen de grond. Aan het westelijke eind van de landingsbaan ging het groot licht van een truck over in dimlicht, en zo een paar keer heen en weer, en de piloot liet het vliegtuig helemaal uitrijden.

'We zijn op onze bestemming aangekomen,' zei de piloot door de intercom, terwijl het vliegtuig langzaam en rustig tot stilstand kwam. Hij zette zijn headset af en stond op om naar achteren te lopen. Hij maakte de deur aan de linkerkant open, liet de trap zakken en keek toen naar zijn chartergezelschap, waarvan de meeste leden waren opgestaan en naar voren liepen.

'Welkom op Amerikaanse bodem,' zei hij.

'Het was een lange vlucht, maar een goede,' zei de leider van de groep. 'Dank u. Uw honorarium is al gestort.'

De piloot knikte bij wijze van dank. 'Als u ons nog eens nodig hebt, laat u het maar weten.'

'Ja, dat zullen we doen. Over twee of drie weken misschien.'

Zijn stem en gezicht verrieden niet veel; dat gezicht ging trouwens schuil achter verband. Misschien was hij hierheen gekomen om van een operatie te herstellen. Hij kon weleens een auto-ongeluk hebben gehad, dacht de piloot. In elk geval was het klimaat hier gezond.

'U zult de tankwagen wel hebben gezien. Ze zullen uw tank volgooien. Wanneer vertrekt u naar Hawaï?'

'Zodra de tank vol is,' antwoordde de piloot. Het zou een vlucht van vier of vijf uur zijn. Het grootste deel van die tijd zou hij op de automatische piloot vliegen. Die zou hij inschakelen zodra ze de Californische kust achter zich hadden gelaten.

Er kwam nog een passagier naar voren, maar die draaide zich om en liep terug. 'Een ogenblik,' zei hij. Hij ging het toilet in en sloot de deur achter zich. In het toilethokje zat nog een deur, die naar het bagagevak leidde. Daar had hij een sporttas neergezet. Hij trok de rits los, maakte de tas open en stelde een elektronische timer in werking. Hij nam aan dat tweeënhalf uur meer dan genoeg was. Toen maakte hij de tas weer dicht en kwam het toilet uit. 'Neemt u me niet kwalijk,' zei hij, en hij liep naar de trap van tien treden. 'En dank u.'

'Het was me een genoegen, meneer,' zei de piloot. 'Ik wens u een prettig verblijf.'

De tweede piloot was al uitgestapt om toezicht te houden op het tanken. De laatste passagier volgde zijn baas naar de limousine die op het platform stond te wachten. Hij stapte in en de auto reed weg. Het tanken duurde vijf minuten. De piloot zag dat de tankwagen er officieel uitzag en vroeg zich af hoe ze daaraan waren gekomen, maar de wagen reed kort daarna weg en de piloten gingen naar de cockpit terug om de startprocedure af te werken.

Na in totaal drieëndertig minuten aan de grond te hebben gestaan taxiede de Falcon in oostelijke richting naar het eind van de baan terug. De bemanning werkte met de hendels, en meteen gingen ze met grote snelheid naar het westen om een draai te maken en weer omhoog te gaan voor de derde etappe van hun lange vlucht. Vijftig minuten later, en achttienhonderd kilo brandstof lichter, vlogen ze iets ten noorden van Ventura over de Californische kust en bevonden ze zich boven de Stille Oceaan. Ze vlogen met een snelheid van mach 0,83 op een hoogte van twaalfduizend meter. Hun primaire transponder stond aan, die met de 'officiële' registratiegegevens van het vliegtuig. Niemand maakte zich er druk om dat het toestel zomaar ineens op de schermen van de luchtverkeersleiding in San Francisco was verschenen, want vluchtplannen waren niet gecomputeriseerd en ook op geen enkele andere manier systematisch ingedeeld. Zolang het vliegtuig niets deed wat in strijd met de regels was, trok het geen aandacht. Het was op weg naar Honolulu, en dat lag op ruim drieduizend kilometer afstand. De vlucht zou naar schatting vier uur en vierenvijftig minuten duren. De laatste etappe.

De twee piloten ontspanden zich. Ze vlogen nu op de automatische piloot en de uitslagen van alle meters bleven binnen de normen. Terwijl de piloot een sigaret opstak, lieten ze de Amerikaanse kust met een snelheid van achthonderd kilometer achter zich.

Hij wist niet dat er in het bagagevak aan de achterkant van het toestel een bom zat met een vier kilo zwaar explosief van PETN en RDX – meestal Semtex genaamd –, voorzien van een elektronische timer. Ze hadden de passagiers en hun mensen op het vliegveld zelf hun bagage laten in- en uitladen. Toen het vliegtuig zich duizend meter buiten de Californische kust bevond, sprong de timer op nul.

De explosie volgde onmiddellijk en was catastrofaal. Zowel de beide motoren als de staart vlogen van het toestel weg. De brandstofleidingen, die dicht onder het dek door liepen, vlogen de lucht in, en de brandstof die eruit werd gepompt, vormde een komeetstaart door de lucht. Een vliegtuig dat daar in de buurt zou vliegen, had het kunnen zien, maar op dit uur van de nacht was dat er niet, en de twee stralen geel vuur gingen flikkerend uit. Binnen enkele seconden waren ze gedoofd.

De twee piloten konden niet hebben geweten wat er gebeurde. Er was alleen een plotseling geluid, een paneel vol alarmsignalen en knipperende lichten. Het vliegtuig reageerde niet meer op de besturing. Piloten zijn getraind op wat ze in noodsituaties moeten doen, en het duurde maar een paar seconden voordat ze beseften dat ze geen schijn van kans maakten. Zonder staartvlak was de Dassault niet te besturen; aan die natuurwet viel niet te ontkomen. Beide piloten probeerden iets met de besturing te doen, al wisten ze eigenlijk wel beter. Na een leven van training en eindeloos veel uren oefenen met gecomputeriseerde vluchtsimulatoren wisten ze precies wat ze moesten doen als hun vliegtuig niet meer op de besturing reageerde. Ze probeerden alles wat ze wisten, maar de neus kwam niet omhoog. Eigenlijk hadden ze geen tijd om te merken dat hun pogingen om de brandstoftoevoer naar de motor te beheersen helemaal niets uithaalden. Omdat ze met vierpuntsgordels op hun stoel zaten, konden ze niet achteromkijken naar de passagierscabine, en ze leden allebei al gauw zuurstofgebrek, want doordat de druk in de cabine was weggevallen, was de deur aan de achterkant gescheurd. Ze kregen niet de kans om na te denken over wat er was gebeurd.

Al met al duurde het iets meer dan een minuut. De neus ging uit eigen beweging op en neer, naar links en rechts, overgeleverd aan de genade van de luchtstromen, totdat ze met een snelheid van tweehonderdveertig knopen in zee stortten. Ze waren op slag dood. Op dat moment was hun chartergezelschap op zijn eindbestemming aangekomen en dacht het al bijna niet meer aan hen.

5

Alsof het een teken van Allah was dat hij op de juiste koers zat, hoorde Dirar al-Kariim het *azan*, de oproep tot het gebed, over de daken van Tripoli schallen, tot aan de plaats waar hij in een cafetaria thee zat te drinken. De tijd waarop dat gebeurde, was geen toeval, wist hij. Omdat hij helemaal in beslag was genomen door de operatie die hij zou uitvoeren, was het hem ontgaan dat de zon naar de horizon zakte. Het deed er niet toe. Allah zou hem dat verzuim vast wel vergeven, vooral wanneer hij slaagde in zijn taak, en die taak had hij nu eenmaal. Het was heel jammer dat zijn superieuren de waarde van de missie niet hadden ingezien, maar daar maakte Dirar zich niet druk om. Eigen initiatief, mits in overeenstemming met Allahs wil en de wetten van de islam, was een zegen, en dat zouden zijn superieuren vast wel inzien als de missie volbracht was. Allah moest maar beslissen of hij nog in leven zou zijn als ze hem prezen, maar het stond vast dat hij zou worden beloond, hetzij in dit leven, hetzij in het volgende. Dirar putte troost uit die gedachte en gebruikte hem om zijn onrustige maag tot bedaren te brengen.

Tot voor kort had hij een vooral ondersteunende rol in de jihad gespeeld. Hij had voor vervoer en informatie gezorgd, zijn huis ter beschikking gesteld aan medestrijders en soms geholpen bij verkenningsacties en inlichtingenwerk. Hij had natuurlijk wapens gedragen, maar hij had er nog nooit een tegen een vijand gebruikt, iets waarvoor hij zich diep schaamde. Dat zou binnenkort veranderen – al voordat de zon weer zou opkomen. Toch had hij in het trainingskamp bij Fuqha geleerd dat kunnen omgaan met wapens maar een klein deel van een operatie was. Wat dat betrof, had het Amerikaanse leger tenminste gelijk. De meeste gevechten werden gewonnen en verloren voordat de soldaten zelfs maar op het slagveld aankwamen. Het was allemaal een kwestie van planning: je dacht je plannen zorgvuldig uit en controleerde ze drie keer. Fouten kwamen voort uit een slechte voorbereiding.

Het doel dat hij in eerste instantie had uitgekozen, was ongeschikt gebleken, niet alleen vanwege het beperkt aantal strijders waarover hij kon beschikken, maar ook vanwege de locatie. Het hotel was een van de nieuwste in Tripoli, met zoveel uitgangen, verdiepingen en onbekende toegangspunten dat je minstens vijfentwintig man nodig zou hebben om alles af te dekken, en dan hield je nog niet eens rekening met het bewakingsteam dat daar was: voormalige militairen en politieagenten met de modernste wapens en ondersteund door een weergaloos surveillancesysteem. Dirar had er alle vertrouwen in dat hij zo'n missie zou kunnen volbrengen, mits hij over genoeg tijd en middelen zou beschikken, maar dat was nu eenmaal niet het geval. Tenminste, nog niet. Misschien een andere keer.

In plaats daarvan had hij voor een secundair doel gekozen, dat al was voorgesteld door een andere cel: de Benghazi-groep, vermoedde Dirar. Het voorstel was afgewezen door de leiders. Er was geen reden genoemd en geen alternatief voorgesteld, en zoals veel van zijn landgenoten had Dirar er genoeg van om af te wachten terwijl het Westen ongebreideld verderging met zijn kruistocht. Verrassend genoeg had het hem weinig moeite gekost andere leden van de cel te vinden die er net zo over dachten, hoewel de rekrutering een riskante zaak was geweest, want Dirar wist nooit of zijn plan tot onwelkome oren zou doordringen, zowel binnen als buiten de organisatie. In het afgelopen jaar was het de Haiat amn al Jamahiriya van Khadaffi gelukt in een aantal cellen te infiltreren, waarvan er een werd geleid door een jeugdvriend van Dirar. Die negen mannen, stuk voor stuk goede soldaten en ware gelovigen, waren in de kazerne Bab-al-Azizia verdwenen en nooit meer naar buiten gekomen – in elk geval niet levend.

Het secundaire doelwit was minder hard, en slechts zijdelings verantwoordelijk voor de daad waarvoor het binnenkort zou worden gestraft, maar als Dirar slaagde, had hij er alle vertrouwen in dat de boodschap duidelijk zou zijn: Allahs soldaten hadden een lang geheugen en nog langere messen. Als je een van ons doodt, doden wij er honderd van jou. Hij betwijfelde of hij er deze keer honderd zou doden, maar dat deed er niet toe.

Net als enkele andere bezoekers van het cafetaria stond Dirar op en liep hij naar een plank op de muur om een opgerolde *sadjada* te pakken. Zoals vereist was, was het gebedskleedje schoon en zat er geen rommel op. Hij keerde naar zijn tafel terug en rolde het kleedje uit over de klinkers van de patio, waarbij hij er goed op lette dat de bovenkant in de richting van de Ka'aba in Mekka wees. Vervolgens ging hij met zijn handen bij zijn zijden rechtop staan voor de *salat*, te beginnen met een gefluisterd *iqama*, de persoonlijke oproep tot het gebed. Er ging meteen een golf van rust door hem heen toen hij de overgebleven zeven stappen van de salat afwerkte, eindigend met de *salawat*.

O, Allah, zegen onze Mohammed
en het volk van Mohammed;

Zoals U Abraham en zijn volk zegende

Voorwaar, U bent de glorieuze.

O, Allah, wees genadig voor Mohammed
En voor het volk van Mohammed;

Zoals U genadig was voor Abraham
en het volk van Abraham.

Voorwaar, U bent de eeuwige, de glorieuze...

Dirar wierp tot slot een langdurige blik over elke schouder – daarmee groette hij de engelen, die de goede en ook slechte daden van iedere gelovige bijhielden –, maakte een kom van zijn handen voor zijn borst en veegde met zijn handpalmen zijn gezicht af.

Hij deed zijn ogen open en haalde diep adem. In Zijn wijsheid had Allah het goed geacht om van gelovigen te verlangen dat ze minstens vijf keer per dag de salat verrichtten, voor zonsopgang, om twaalf uur 's middags, midden op de middag, bij zonsondergang en 's avonds. Zoals de meeste moslims zag Dirar in die veelvuldige rituelen net zo goed een vorm van persoonlijke bezinning als een eerbewijs aan Allahs macht en genade. Hij had nooit met anderen over dat gevoel gesproken, want hij was bang dat het godslastering was, maar in zijn hart geloofde hij niet dat Allah hem daarom veroordeelde.

Hij keek op zijn horloge. Tijd om te gaan.

Er bleef nog één vraag over: zou hij nog in leven zijn als het tijd werd voor de laatste salat van de dag? Dat lag nu in Allahs handen.

Hoewel Driscoll hun tocht door het Hindu Kushgebergte niet echt als alpinisme beschouwde, kwam het er dicht genoeg bij om hem aan een oud Everest-gezegde te doen denken: als je de top bereikt, heb je nog maar de helft van de berg beklommen. Vertaling: vaak was het nog het moeilijkst om weer veilig beneden te komen. En dat gold zeker voor hem en zijn team. Alpinisten volgden vaak dezelfde route naar boven en beneden. Dat konden zijn Rangers en hij niet doen, want het risico van een hinderlaag was te groot. Tot overmaat van ramp hadden ze ook nog twee gevangenen bij zich. Die werkten tot nu toe goed mee, maar daar kon snel verandering in komen.

Toen Driscoll een vlak stuk tussen twee rotsen bereikte, bleef hij staan en stak hij zijn vuist op. Achter hem bleven de andere teamleden bijna tegelijk staan en hurkten ze neer. Ze zaten honderdvijftig meter boven de bodem van het dal. Nog eens veertig minuten, schatte Driscoll, en dan nog eens drie kilometer door het dal, en dan naar de landingszone. Hij keek op zijn horloge: ze kwamen goed vooruit.

Tait kwam naast hem staan en bood Driscoll een reep gedroogd vlees aan. 'De gevangenen lopen steeds langzamer.'

'Het leven is zwaar.'

'En dan ga je dood,' zei Tait.

Het was altijd lastig om gevangenen mee te krijgen, des te meer op terrein als dit. Als een van hen een enkel verstuikte of gewoon ging zitten en geen stap meer wilde zetten, kon je drie dingen doen: hem achterlaten, hem meesleuren of hem doodschieten. Het was zaak dat je de gevangenen ervan overtuigde dat hun maar één lot – het laatste – te wachten zou staan. Waarschijnlijk klopte dat nog ook, dacht Driscoll. Hij was echt niet van plan twee vijanden weer in de roulatie te brengen.

Driscoll zei: 'Over vijf minuten gaan we verder. Geef dat door.'

Het met keien bezaaide terrein werd geleidelijk vlakker en maakte plaats voor grind en rotsen ter grootte van regentonnen. Honderd meter boven de bodem van het dal liet Driscoll opnieuw halt houden en tuurde hij door zijn nachtkijker naar de route die ze wilden volgen. Hij keek naar het zigzaggende pad tot aan de plaats waar het op de bodem uitkwam en lette daarbij op elke mogelijke schuilplaats, tot hij er zeker van was dat er niets bewoog. Het dal was tweehonderd meter breed en werd begrensd door steile rotswanden. *De ideale plaats voor een hinderlaag*, dacht Driscoll, maar ja, in de hele Hindu Kush was dat eerder regel dan uitzondering. Die les werd al duizenden jaren doorgegeven. Alexander de Grote had die les al geleerd, en later de Sovjet-Unie, en de laatste jaren het Amerikaanse leger. Driscoll en hun kapitein, die nu zijn been had gebroken, hadden deze missie van alle kanten gepland en steeds naar een betere vertrekroute gezocht, maar ze hadden geen alternatieven gevonden, in elk geval niet binnen vijftien kilometer afstand, een omweg die zoveel tijd zou hebben gekost dat ze bij daglicht zouden moeten lopen.

Driscoll draaide zich om en telde snel de koppen: vijftien en twee. Hij kwam terug met degenen die hij ook bij zich had gehad toen hij erheen ging. Dat was op zichzelf al een overwinning. Hij gaf Tait een teken – *lopen* – en die gaf het door aan de anderen. Driscoll stond op en liep over het pad. Tien minuten later waren ze op een steenworp afstand van de bodem van het dal. Hij bleef staan om te kijken of de anderen niet te dicht bij elkaar liepen, ging toen weer verder en bleef weer staan.

Er klopt iets niet...

Het duurde even voordat Driscoll wist waar dat gevoel vandaan kwam: een van hun gevangenen, die in de vierde positie liep, samen met Peterson, leek niet meer zo moe. Zijn houding was stijf en hij keek naar links en rechts. *Een man die zich zorgen maakte. Waarom?* Driscoll liet iedereen weer tot stilstand komen en gehurkt zitten. Even later was Tait bij hem.

'Wat is er?'

'Petersons gevangene maakt zich ergens zorgen over.'

Driscoll tuurde met de nachtkijker voor zich uit, maar zag niets. De bodem van het dal, vlak en zonder puin, afgezien van wat rotsen, maakte een lege indruk. Er bewoog niets en er was geen ander geluid te horen dan het zwakke fluiten van de wind. Toch had hij een slecht voorgevoel.

'Zie je iets?' vroeg Tait.

'Nee, maar die kerel zit ergens over in. Neem Collins, Smith en Gomez mee, loop vijftig meter terug en volg de helling. Zeg tegen Peterson en Flaherty dat ze hun gevangenen moeten laten zitten en rustig moeten houden.'

'Begrepen.'

Tait liep over het pad terug en fluisterde iedere man instructies toe. Driscoll keek hem door de nachtkijker na. Hij zag hem en drie anderen de helling weer op lopen en van het pad af gaan. Ze liepen van rots naar rots, evenwijdig met het dal.

Zimmer was naar Driscoll toe gekomen. 'Een stemmetje in je achterhoofd, Kerstman?' vroeg hij.

'Ja.'

Er ging een kwartier voorbij. In het wazige groene schijnsel van de nachtkijker zag Driscoll dat Tait opeens bleef staan. Over de radio hoorde hij: 'Baas, we hebben een open ruimte voor ons, een inkeping in de rotswand. Ik zie de nok van een tent.'

Dat verklaart waarom die gevangene zo nerveus was, dacht Driscoll. *Hij weet dat het kamp daar is.* 'Tekenen van leven?'

'Gedempte stemmen, vijf, misschien zes.'

'Begrepen, blijf op je posi...'

Rechts van hem, vijftig meter door het dal, doken koplampen op. Driscoll keek in die richting en zag een grote UAZ-469-jeep de bocht om slippen en in hun richting komen. Die UAZ's, overgebleven uit de Sovjetinvasie van Afghanistan, waren populair bij de schurken in dit land. Deze jeep had een open bovenkant en was uitgerust met een ander uitrustingsstuk van het Sovjetleger, een NSV 12,7mm zwaar machinegeweer. *Dertien schoten per seconde en een bereik van vijftienhonderd meter*, dacht Driscoll. Op het moment dat hij het wapen herkende, flikkerde de loop. Kogels sloegen in de grond en in de rotsen; scherven en stofwolken sprongen omhoog. Verderop in het dal, boven op de rotswand tegenover Tait en de anderen, flitsten ook geweerlopen. Petersons gevangene schreeuwde in het Arabisch. Driscoll verstond er niets van, maar de toon was onmiskenbaar: de man moedigde zijn landgenoten aan. Peterson sloeg hem met de kolf van zijn M4 achter zijn oor, en de man viel slap neer.

Taits team opende het vuur. Hun M4's knalden en galmden door het dal. Driscolls andere mannen hadden dekking gevonden en schoten op de UAZ, die op twintig meter afstand slippend tot stilstand was gekomen, zijn koplampen gericht op de Rangers.

'Tait, gooi een paar granaten in die tenten!' beval Driscoll, en toen dook hij naar links en loste twee snelle salvo's op de UAZ.

'Komt voor elkaar!' antwoordde Tait.

Verderop aan het pad had Barnes een inham tussen de rotsen gevonden en zijn M249 SAW – *squad automatic weapon* – op zijn statief gezet. De loop flikkerde. Er sprongen spinnenwebben in de voorruit. De UAZ reed nu achteruit, terwijl de 12,7mm nog kogels in de helling sproeide. Uit Taits richting hoorde Driscoll het ploffen van een granaat, en toen nog een, en daarna twee snel achter elkaar. Nu werd er nog meer geschreeuwd in het Arabisch. Kreten. Driscoll besefte in een halve seconde dat de kreten van achter hem kwamen. Hij draaide zich snel om met de M4 tegen zijn schouder. Vijftien meter bij hem vandaan was Gomez' gevangene overeind gesprongen. Hij stond met zijn gezicht naar de UAZ en schreeuwde. Driscoll ving er een flard van op – *Schiet op me... Schiet op me...* Toen explodeerde het achterhoofd van de man en viel hij achterover.

'Barnes, laat dat ding ophouden!' riep Driscoll.

Bij wijze van antwoord zakten de lichtspoorkogels van de SAW van de cabine en het dak van de UAZ naar de radiateur aan de voorkant, die begon te vonken. Kogels sloegen in het motorblok, enkele seconden later gevolgd door een geiser van stoom. Het portier aan de bestuurderskant ging open en er wankelde iemand uit. De SAW maaide hem neer. Achter in de grote jeep zweeg de NSV, en Driscoll zag iemand druk bewegen. Die was aan het herladen. Driscoll draaide zich om en gaf een teken aan Peterson en Deacons – *granaten* –, maar ze waren al opgestaan en haalden uit met hun armen. De eerste granaat ging een heel eind over het doel heen, en ver naar rechts daarvan, en explodeerde achter de UAZ zonder schade aan te richten, maar de tweede kwam naast de achterband van de jeep terecht. De explosie tilde het achtereind van de jeep een eindje van de grond. De schutter achterin viel uit de wagen en bleef stil liggen.

Driscoll draaide zich weer om en tuurde door de nachtkijker naar de rotswand aan de overkant. Hij telde zes vijanden, allemaal liggend en vurend op Taits positie. 'Schiet die klootzakken overhoop!' beval Driscoll, en elf geweren besproeiden de rotswand. Meer dan dertig seconden hadden ze niet nodig. 'Stoppen met schieten, stoppen met schieten!' beval Driscoll. Het geweervuur hield op. Hij zei in de radio: 'Tait, koppen tellen.'

'Ik heb er nog vier. We zijn door een paar rotssplinters geraakt, maar het is niet erg.'

'Kijk naar de tenten. Ruim de boel op.'

'Begrepen.'

Driscoll liep het pad op, keek naar iedere man afzonderlijk en constateerde dat ze alleen wat schrammen en snijwonden hadden opgelopen door rondvliegende rotsfragmenten. 'Barnes, jij en Deacons kijken naar...'

'Kerstman, je...'

'Wat?'

'Je schouder. Ga zitten, Sam, ga zitten! Hospik!'

Nu voelde Driscoll de verdoving. Het was of zijn hele rechterarm vanaf de schouder was gaan slapen. Hij ging op het pad zitten. Collins, de tweede ziekenbroeder van het team, kwam aangerend. Hij knielde neer, en Barnes en hij haalden Driscolls rugzak eerst van zijn rechter- en toen van zijn linkerschouder. Collins zette zijn afgeschermde zaklantaarn aan en onderzocht Driscolls schouder.

'Je hebt daar een rotssplinter zitten, Kerstman. Ongeveer zo groot als mijn duim.'

'Shit. Barnes, jij en Deacons gaan bij die jeep kijken.'

'Begrepen, baas.'

Ze draafden het pad af naar de jeep toe. 'Twee doden,' riep Deacons.

'Fouilleer ze. Zoek naar informatie,' zei Driscoll knarsetandend. De verdoving ging over in gloeiend hete pijn.

'Je bloedt nogal,' zei Collins. Hij haalde een veldverband uit zijn rugzak en drukte het tegen de wond.

'Verbind het zo goed als je kunt.'

Tait, over de radio: 'Kerstman, we hebben vier doden en twee gewonden, allebei op weg.'

'Begrepen. Zoek naar informatie en kom dan hier terug.'

Collins zei: 'Ik vraag om een evac...'

'Onzin. Over een kwartier wemelt het hier van de vijanden. We maken dat we wegkomen. Help me overeind.'

6

Het zou een sombere dag worden, wist Clark. Zijn spullen waren al ingepakt – dat deed Sandy altijd heel efficiënt. Bij Ding zou dat hetzelfde zijn – Patsy had leren pakken van haar moeder. Rainbow Six ging over op de tweede generatie. Een groot deel van de oorspronkelijke ploeg was weg. In het geval van de Amerikanen waren ze naar hun eigen land overgeplaatst, vooral naar Fort Bragg en Delta School, of naar Coronado, Californië, waar de marine zijn SEAL-kandidaten trainde. Daar, in Amerika, konden ze bij een biertje aan een heel klein aantal vertrouwde mede-instructeurs de weinige verhalen vertellen die verteld mochten worden. Nu en dan zouden ze nog eens in Hereford in Wales komen om glazen John Courage te drinken in de comfortabele bar van de Green Dragon en wat vrijelijker verhalen uit te wisselen met de Mannen in het Zwart. De dorpelingen wisten wie ze waren, maar ze waren even discreet als de agenten van de Security Service – die 'Five' werden genoemd, een verwijzing naar het vroegere MI-5 van de Britten – die in hetzelfde café kwamen.

Niets was permanent in de dienst, uit welk land je ook kwam. Dat was gezond voor organisaties: je haalde er steeds nieuwe mensen bij, sommigen met nieuwe ideeën, en het leidde ook tot hartelijke herenigingen op de onwaarschijnlijkste plaatsen – vaak in terminals van luchthavens over de hele wereld – en veel bier en handdrukken totdat de vertrekkende vluchten werden omgeroepen. Toch begonnen die onbestendigheid en onzekerheid na verloop van tijd aan je te vreten. Je vroeg je af wanneer een goede vriend en collega werd weggeroepen om in een ander onderdeel van de 'zwarte' wereld te verdwijnen. Clark had veel vrienden tijdens 'trainingsmissies' zien sterven, wat gewoonlijk betekende dat ze ergens waren waar ze niet mochten zijn en daar door een kogel werden getroffen. Maar zulke dingen waren nu eenmaal de prijs die je moest betalen als je tot deze exclusieve broederschap behoorde, en er viel niets aan te veranderen. Zoals de SEAL's zeiden: 'Je hoeft het niet leuk te vinden; je moet het gewoon doen.'

Eddie Price bijvoorbeeld was als sergeant-majoor van het 22ste SAS Regiment vertrokken en was nu de Yeoman Gaoler, plaatsvervangend beheerder van de Tower in Londen, het koninklijke paleis en fort van Hare Majesteit de koningin van Engeland. John en Ding hadden zich allebei afgevaagd hoeveel veiliger het paleis en fort van de koningin tegenwoordig waren, en of Price' ceremoniële bijl (de Yeoman Gaoler was de officiële beul van Engeland) wel scherp geslepen was. In elk geval ging hij nog elke ochtend hardlopen en trainen, en wee de in de Tower ingekwartierde soldaat die geen glimmend gepoetste laarzen had, of zijn uniform niet precies zo droeg als het moest, of zijn geweer niet schoner had dan toen het uit de fabriek kwam.

Het was verdomd jammer dat je oud moest worden, vond John Clark, die dicht genoeg bij de zestig kwam om de schaduw daarvan te zien. Het ergst van oud worden was dat je je kon herinneren dat je jong was geweest. Je kon je zelfs de dingen herinneren die je in zijn geval het liefst zou vergeten. Herinneringen waren een tweesnijdend zwaard.

'Hé, meneer C.,' zei een bekende stem bij de voordeur. 'Rottig om te vertrekken, hè?'

'Ding, we hebben het daarover gehad,' zei John zonder zich om te draaien.

'Sorry... John.'

John Clark had er jaren over gedaan om Domingo Chavez, zijn collega en schoonzoon, over te halen hem bij zijn voornaam te noemen, en Ding had er nog steeds moeite mee.

'Ben je er klaar voor als iemand het vliegtuig probeert te kapen?'

'Meneer Beretta zit op zijn plaats,' antwoordde Ding. Ze behoorden tot het handjevol mensen in Groot-Brittannië dat vuurwapens mocht dragen, en zo'n voorrecht gaf je niet zomaar prijs.

'Hoe gaat het met Johnny en Patsy?'

'Johnny vindt het prachtig dat hij naar huis gaat. Hebben we plannen voor als we daar zijn?'

'Eigenlijk niet. Morgenvroeg brengen we een beleefdheidsbezoek aan de CIA in Langley. Misschien rij ik over een dag of twee naar Jack.'

'Om te kijken of hij voetafdrukken op het plafond achterlaat?' vroeg Ding grinnikend.

'Jack kennende, denk ik dat het eerder klauwsporen zouden zijn.'

'Het lijkt me niet leuk om met pensioen te zijn.' Chavez ging daar niet verder op in. Het was een gevoelig onderwerp voor zijn schoonvader. De tijd ging nu eenmaal voorbij, al zou je liever willen van niet.

'Hoe gaat het met Price?'

'Eddie? Die houdt de lijnen op spanning – zo zeggen jullie matrozen dat toch?'

'Het komt er dicht genoeg bij voor een landrot.'

'Hé, ik zei "matroos", niet "marineman".'
'Oké, Domingo. Neem me niet kwalijk, kolonel.'
Chavez lachte weer even. 'Ja, dat zal ik missen.'
'Hoe gaat het met Patsy?'
'Beter dan toen ze de vorige keer zwanger was. Ze ziet er fantastisch uit. Voelt zich ook fantastisch – tenminste, dat zegt ze. Patsy klaagt niet veel. Ze is een beste meid, John – maar ja, ik vertel je niets nieuws, hè?'
'Nee, maar ik hoor het altijd weer graag.'
'Nou, ik heb geen klachten.' En als hij ze had, zou hij dat onderwerp alleen met grote diplomatie aanroeren. Maar hij had ze niet. 'De helikopter staat klaar, baas,' voegde hij eraan toe.
'Verdomme.' Met spijt gefluisterd.
Sergeant Ivor Rogers had de bagage in een groene truck van het Britse leger geladen voor de rit naar het heliplatform, en hij stond buiten te wachten op zijn brigadegeneraal; dat was Johns virtuele rang. De Britten waren gespitst op rangen en ceremonies, en Clark kreeg daar nog meer van te zien toen hij buiten kwam. Hij had gehoopt met stille trom te vertrekken, maar de mensen daar hadden andere ideeën. Toen ze bij het heliplatform aankwamen, stond daar de hele Rainbow-troep, de schutters, de inlichtingenmensen, zelfs de wapenmeesters – Rainbow had de beste drie wapensmeden van heel Groot-Brittannië – aangetreden in wat ze maar aan uniformen mochten dragen. Er was zelfs een eenheid van de SAS. IJzig voor zich uit kijkend, presenteerden ze hun geweer met de elegante drie bewegingen die het Britse leger eeuwen geleden had ingevoerd. Wat kon traditie toch mooi zijn.
'Verdomme,' mompelde Clark toen hij uit de truck stapte. Hij had het ver gebracht voor een matroos bij de marine, maar hij had in de loop van de jaren wel een paar vreemde stappen gezet. Eigenlijk wist hij niet precies wat hij moest doen, maar hij nam aan dat hij de troepen als het ware moest inspecteren en iedereen een hand moest geven die hij op weg naar de MH-60K-helikopter zou passeren.
Het kostte meer tijd dan hij had verwacht. Bijna alle aanwezigen kregen niet alleen een handdruk, maar werden ook even door hem toegesproken. Ze verdienden het allemaal. Hij dacht weer aan de derde Special Operations Group, een mensenleven geleden. Deze mannen waren net zo goed als zij, al was dat misschien moeilijk te geloven. In die tijd was hij jong, trots en onsterfelijk geweest. En opmerkelijk genoeg was hij niet aan zijn onsterfelijkheid gestorven, zoals veel goede mannen was overkomen. Waarom niet? Misschien had hij geluk gehad. Een andere verklaring was er eigenlijk niet. Hij had geleerd voorzichtig te zijn, vooral in Vietnam. Hij had dat geleerd doordat hij mannen met minder

geluk dan hij had zien sterven doordat ze een domme fout maakten, vaak alleen door niet goed op te letten. Sommige risico's moest je nemen, maar je deed je best om ze eerst af te wegen en niet meer risico te nemen dan nodig was. Dat was vaak al erg genoeg.

Alice Foorgate en Helen Montgomery omhelsden hem allebei. Ze waren uitmuntende secretaresses, en die waren moeilijk te vinden. Clark had er sterk over gedacht hen aan een baan in de Verenigde Staten te helpen, maar de Britten stelden hen waarschijnlijk evenzeer op prijs als hij en zouden zich ertegen hebben verzet.

En aan het eind van de rij stond Alistair Stanley, de nieuwe baas.

'Ik zal goed voor ze zorgen, John,' beloofde hij. Ze gaven elkaar een hand. Er viel verder niet veel te zeggen. 'Nog nieuws over je volgende stationering?'

'Dat zullen ze me vast wel vertellen voordat de volgende salarischeque komt.' De overheid was er meestal goed in om de papieren in orde te krijgen. Verder waren ze bijna nergens goed in, maar papieren konden ze aan.

Omdat er niets meer te zeggen viel, liep Clark naar de helikopter. Ding, Patsy en J.C. hadden de gordels al om, net als Sandy. Vooral J.C. hield van vliegen, en hij zou er de komende tien uur naar hartenlust van kunnen genieten. Zodra ze waren opgestegen, vlogen ze in zuidoostelijke richting naar terminal vier van vliegveld Heathrow. Ze landden op hun eigen platform en werden door een busje naar het vliegveld gebracht. De gang door de magnetometers bleef hun bespaard. Hun vliegtuig was een 777 van British Airways. Met net zo'n toestel waren ze vier jaar eerder komen aanvliegen, met de Baskische terroristen aan boord. Die waren nu in Spanje, zij het in de gevangenis, en naar de condities daar hadden ze nooit geïnformeerd. Waarschijnlijk waren die anders dan in het Waldorf Astoria.

'Gaan ze ons ontslaan, John?' vroeg Ding toen het vliegtuig van Heathrow opsteeg.

'Waarschijnlijk niet. En zelfs als ze het deden, zouden ze het vermoedelijk niet zo noemen. Misschien maken ze jou instructeur op de Farm. En mij... Nou, ze kunnen me een jaar of twee op de loonlijst laten staan. Misschien zetten ze me achter een bureau in het hoofdkwartier, totdat ze mijn parkeersticker kunnen weghalen. Wij hebben te veel dienstjaren om ontslagen te worden. Het is het papierwerk niet waard. En ze zijn bang dat we misschien met de verkeerde journalist gaan praten.'

'Ja, jij bent Bob Holtzman nog steeds een lunch schuldig, hè?'

John morste bijna de champagne die ze voor het opstijgen hadden gekregen. 'Nou, ik heb hem mijn woord gegeven, nietwaar?'

Ze zaten enkele minuten in stilte, en toen zei Ding: 'Dus we gaan Jack een beleefdheidsbezoek brengen?'

'Dat moet eigenlijk wel, Domingo.'

'Ik begrijp het. Jack junior is inmiddels afgestudeerd, of niet?'

'Ja. Maar ik weet niet wat hij doet.'

'Een of ander baantje voor rijkeluiskinderen, denk ik. Aandelen en obligaties, geldtransacties.'

'Wat deed jij op die leeftijd?'

'Toen zat ik op de Farm en leerde ik van jou hoe je clandestien moet communiceren met informanten. En 's avonds studeerde ik aan de George Mason University. Een groot deel van de tijd was ik aan het slaapwandelen.'

'Maar je hebt je master gehaald, als ik het me goed herinner. Zo ver ben ik nooit gekomen.'

'Ja. Ik heb een papiertje waarop staat dat ik slim ben. Jij hebt lijken achtergelaten over de hele wereld.' Gelukkig was het bijna onmogelijk om mensen in een vliegtuigcabine af te luisteren.

'Noem het maar laboratoriumwerk in het kader van buitenlands beleid,' zei Clark, en hij keek op het menu. British Airways pretendeerde tenminste fatsoenlijk voedsel te verstrekken, al was het hem nog steeds een raadsel waarom luchtvaartmaatschappijen niet gewoon een partijtje Big Mac's met frites insloegen. Of misschien pizza's. Daar zouden ze veel geld mee besparen. Aan de andere kant had McDonald's in Groot-Brittannië niet het goede rundvlees. In Italië was het nog erger. Al smaakte hun nationale gerecht, Milanees kalfsvlees, wel wat naar een Big Mac. 'Maak je je zorgen?'

'Over ontslag? Nee, niet echt. Ik kan altijd geld verdienen als consultant. Weet je, wij tweeën kunnen een bedrijf opzetten, een firma voor topbeveiliging of zoiets, en binnenlopen. Ik zou de planning doen, en jij de eigenlijke bescherming. Je weet wel, ergens staan en naar mensen kijken met die blik van "blijf uit mijn buurt".'

'Daar ben ik te oud voor, Domingo.'

'Niemand is zo dom om een oude leeuw een schop voor zijn kont te geven, John. Ik ben te klein om boeven af te schrikken.'

'Onzin. Ik zou het niet graag met jou aan de stok krijgen.'

Chavez was lichtgeraakt als het op zijn lengte aankwam – zelfs zijn vrouw was een paar centimeter langer dan hij –, maar een klein postuur kon ook tactische voordelen hebben. In de loop van de jaren hadden nogal wat mensen hem onderschat en waren ze juist daardoor binnen zijn bereik gekomen. Dat waren geen professionals geweest. Professionals hoefden maar in zijn ogen te kijken om te weten dat er gevaar achter schuilging. Tenminste, als hij de moeite nam. Dat gebeurde maar zelden, bijvoorbeeld toen een straatvechter in Oost-Londen onbeleefd was geworden buiten een café. Die was later wakker geworden met een glas bier en een speelkaart in zijn zak. Het was klavervrouw, maar de achterkant van de kaart was glanzend zwart geweest. Maar dat kwam niet veel voor. Engeland bleef voor het merendeel een beschaafd land, en Chavez zocht de moeilijkheden nooit op. Die les had hij in de loop der jaren geleerd. Veel Mannen in het Zwart droegen het zwarte spel kaarten als een ongeoorloofd souvenir bij zich. De kranten hadden erover geschreven, en Clark had de mannen die met de kaarten rondliepen op hun donder gegeven. Maar niet al te hard. Er was geheimhouding, en er was bravoure. De jongens die hij in Wales had achtergelaten, hadden beide, en dat was eigenlijk ook wel goed, zolang ze maar wisten waar de grens lag.

'Wat vind je ons beste karwei?'

'Dat moet het pretpark zijn. Malloy is er toen geweldig goed in geslaagd jouw team op het kasteel te krijgen, en jullie hebben de operatie verdomd goed uitgevoerd, vooral omdat we niet eerst konden oefenen.'

'Het waren verrekt goeie troepen,' beaamde Domingo met een glimlach. 'Mijn oude ninja's konden er niet eens aan tippen, en ik dacht dat die zo goed waren als soldaten maar kunnen zijn.'

'Dat waren ze, maar ervaring is veel waard.' Ieder lid van het Rainbowteam was minstens een E-6 of het equivalent daarvan, en je moest nogal wat jaren in uniform rondlopen om dat te bereiken. 'Veel slimheid komt met de tijd. Het is niet iets wat je uit een boek kunt leren. En daarna trainden we ze tot ze erbij neervielen.'

'Vertel mij wat. Als ik nog meer ga hardlopen, heb ik twee nieuwe benen nodig.'

Clark snoof. 'Jij bent nog jong. Maar weet je, ik heb nooit een beter stel schutters gezien, en ik heb er heel wat meegemaakt. Jezus, het is net of ze met H&P's in hun handen zijn geboren. Wat denk je, Ding? Heb je een persoonlijke kampioen?'

'Je zou het met een oscilloscoop en een passer moeten meten. Ik denk dat Eddie Price de slimste was. Weber of Johnston met een geweer – ach, ik zou niet kunnen kiezen. En wat handvuurwapens betreft, die kleine Fransoos, Loiselle... Die zou Doc Holliday uit Tombstone hebben gejaagd. Maar weet je, het blijft niet meer dan een kogel in de binnenste ring schieten. Dood is dood. We konden het allemaal, van dichtbij of van veraf, dag of nacht, wakend of slapend, dronken of nuchter.'

'Daarom betalen ze ons een topsalaris.'

'Jammer dat ze ons terughalen.'

'Verdomd jammer.'

'Waarom nou eigenlijk? Ik snap het nog steeds niet.'

'Omdat de Europese terroristen ermee opgehouden zijn. We hebben hun tent gesloten, Ding, en daarmee hebben we onszelf van onze fulltimebaan beroofd. Gelukkig hebben ze de stekker er niet helemaal uitgetrokken. Als je bedenkt hoe de politiek in elkaar zit, mogen we dat best een succes noemen. We rijden de ondergaande zon tegemoet, als helden in cowboyfilms.'

'Met een schouderklopje en een complimentje.'

'Verwacht je dankbaarheid van democratische regeringen?' vroeg John met een vage grimas. 'Wat ben je toch naïef.'

De bureaucraten van de Europese Unie waren de voornaamste reden geweest. Geen enkel Europees land tolereerde nog de doodstraf – natuurlijk werd geen rekening gehouden met wat het gewone volk ervan vond – en een van die volksvertegenwoordigers had herhaaldelijk luidkeels verkondigd dat het Rainbowteam te hard was opgetreden. Het was hem nooit gevraagd of hij al dan niet voor humane gevangenname en medische behandeling van psychopathische terroristen was. Het volk had de operaties van het team in geen enkel land afgekeurd, maar hun vriendelijke, zachtmoedige bureaucraten hadden de echte politieke macht. Zoals in alle landen van de beschaafde wereld.

'Weet je, in Zweden is het verboden om op de meest efficiënte manier kalveren te mesten. Je moet ze sociaal contact met andere beesten gunnen. Straks mag je hun ballen pas afknippen als ze minstens één keer een nummertje hebben gemaakt,' mopperde Chavez.

'Lijkt me redelijk. Op die manier weten ze wat ze missen.' Clark grinnikte. 'Zo hebben de cowboys weer wat minder doen. Het lijkt me niet leuk om dat als man te moeten doen.'

'Jezus zei dat de zachtmoedigen de aarde zullen beërven, en dat vind ik prima, maar toch is het goed dat er politie is.'

'Ik spreek je niet tegen. Laat je rugleuning zakken, neem een glas wijn en ga slapen, Domingo.'

En als een of andere klootzak dit vliegtuig probeert te kapen, rekenen we met hem af, voegde Clark er in stilte aan toe.

Je kon altijd hopen. Nog één keer in actie komen voordat hij op stal werd gezet.

7

'Nou, wat gaat er gebeuren?' vroeg Brian Caruso aan zijn neef.

'Het is elke dag hetzelfde,' antwoordde Jack Ryan junior.

'Hetzelfde?' zei Dominic, de andere Caruso. 'Verwacht je niet nog meer problemen?'

'Ik probeer optimistisch te zijn.'

Ze waren alle drie gewapend met hun eerste koppen koffie van die dag en liepen door de gang naar Jacks kantoor. Het was tien over acht 's morgens, hoog tijd om aan weer een dag op de Campus te beginnen.

'Nog iets gehoord over onze vriend de emir?' vroeg Brian, en hij nam een slok koffie.

'Niets uit de eerste hand. Hij is niet dom. Hij verstuurt tegenwoordig zelfs zijn e-mails met een omweg, soms via ISP-accounts die binnen enkele uren worden geopend en gesloten, en dan zijn de financiële gegevens van zo'n account een doodlopend spoor. Op dit moment is de rimboe van Pakistan het waarschijnlijkst. Maar hij kan ook hier in de straat zitten. Overal waar hij een veilig plekje kan kopen. Ik kom bijna in de verleiding om in onze eigen bezemkast te kijken.'

Het was frustrerend, dacht Jack. Zijn eerste avontuur met een veldoperatie was meteen raak geweest. Beginnersgeluk? Hij was naar Rome gegaan om Brian en Dominic met inlichtingenwerk te helpen, niets meer dan dat, en door zuiver toeval had hij MoHa in het hotel gezien. Daarna was het allemaal snel gegaan, veel te snel, en toen had hij opeens oog in oog met MoHa gestaan...

De volgende keer zou hij niet zo bang zijn, zei Jack met een enorm – en vals – vertrouwen tegen zichzelf. Hij kon zich de eliminatie van MoHa nog net zo goed herinneren als de eerste keer dat hij een nummertje had gemaakt. Hij zou vooral nooit vergeten hoe de man had gekeken toen de succinylcholine begon te werken. Misschien zou Jack er spijt van hebben gehad dat hij hem had gedood als hij op dat moment niet zo'n opgewonden gevoel had gehad en als Mohammed zich niet schuldig had gemaakt aan verschrikkelijke dingen. Jack had absoluut geen spijt van wat hij had gedaan. MoHa was zelf een moordenaar geweest, iemand die onschuldige burgers ter dood bracht, en Jack had er geen minuut wakker van gelegen.

Het had geholpen dat hij bij familie was geweest. Dominic, Brian en hijzelf hadden een opa met elkaar gemeen, Jack Muller, de vader van zijn moeder. De andere opa van de twee Caruso's, nu drieëntachtig, was een Italiaan van de eerste generatie. Hij was uit Italië naar Seattle geëmigreerd en had daar de afgelopen zestig jaar gewoond en gewerkt in het restaurant van zijn familie.

Opa Muller, ex-militair en directeur bij Merrill Lynch, stond op gespannen voet met Jack Ryan senior, want hij vond het pure waanzin dat zijn schoonzoon Wall Street had opgegeven om in overheidsdienst te treden – een beslissing die er uiteindelijk toe had geleid dat zijn dochter en kleindochter, kleine Sally, bijna om het leven waren gekomen door een auto-ongeluk. Als zijn schoonzoon niet zo onverstandig was geweest naar de CIA terug te keren, zou dat ongeluk nooit zijn gebeurd, volgens opa Muller althans.

Het hielp hem wel, vond Jack junior, dat dit vak betrekkelijk nieuw was voor Brian en Dominic. Niet het gevaar – Brian was marinier en Dominic FBI-agent –, maar de 'wildernis van spiegels', zoals James Jesus Angleton het had genoemd. Ze hadden zich snel en goed aangepast en in korte tijd drie URC-strijders uitgeschakeld – vier in de schietpartij in het winkelcentrum van Charlottesville en drie met de magische pen in Europa. Toch had Hendley hen niet ingehuurd omdat ze goed konden schieten. 'Slimme jongens' was de frase die Mike Brennan, zijn bewaker van de Geheime Dienst, vaak had gebruikt, en die term paste heel goed bij Jacks neven.

'Wat denk je zelf?' vroeg Brian nu.

'Pakistan, maar dan wel zo dichtbij dat zijn mensen over de grens kunnen springen. Ergens waar veel evacuatieroutes zijn. Hij is ergens waar elektriciteit is, maar je kunt gemakkelijk aan draagbare generators komen, dus dat zegt niet veel. Misschien beschikt hij ook over een telefoonlijn. Ze gebruiken geen satelliettelefoons meer. Dat hebben ze met vallen en opstaan geleerd...'

'Ja, toen ze er in de *Times* over lazen,' gromde Brian.

Journalisten dachten dat ze alles konden afdrukken wat ze maar wilden; het was moeilijk de gevolgen te overzien als je achter een toetsenbord zat.

'We weten niet waar zijne hoogheid op dit moment is. Ik kan er alleen maar naar raden, maar eerlijk gezegd komt bijna al het inlichtingenwerk daarop neer: een vermoeden dat gebaseerd is op de beschikbare informatie. Soms is die informatie heel concreet, soms zo ijl als lucht. We onderscheppen al wel veel mail.'

'Hoeveel?' vroeg Dominic.

'Vijftien of twintig procent.' Dat betekende dat ze ook veel kansen kregen. *Het lijkt wel wat op Ryan Howard, die honkballer*, dacht Jack. *Je haalt steeds weer keihard uit, en vaak gaat het mis, maar je slaat ook een heleboel homeruns. Hopelijk.*

'Nou, laten we aan de bomen schudden en kijken wat eruit valt.' Brian, de marinier, was altijd klaar voor actie. 'Laten we iemand oppakken en onder druk zetten.'

'We moeten ons niet in de kaart laten kijken,' zei Jack. 'Zoiets bewaar je voor een operatie die het waard is om alles prijs te geven.'

Inlichtingenmensen hadden immers de neiging om informatie geheim te houden voor iedereen. Veel gegevens bleven binnenshuis, werden niet eens aan de eigen directeuren doorgegeven, want die hadden hun functie vaak aan een politieke benoeming te danken: ze waren trouw aan de mensen die hen hadden benoemd en niet altijd aan de eed die ze hadden gezworen toen ze in functie traden. De president – die in de inlichtingenwereld NCA werd genoemd, *national command authority* – had een staf die hij vertrouwde, al gebruikte hij dat vertrouwen om dingen te laten uitlekken die hij in de openbaarheid wilde brengen, en dan alleen die dingen, en alleen aan journalisten van wie mocht worden aangenomen dat ze de juiste draai aan de uitgelekte informatie zouden geven. De inlichtingenwereld hield dus zelfs informatie achter voor de president, een halsmisdrijf als er iemand werd betrapt. En ze hielden ook gegevens achter voor de eindgebruikers, de mensen in het veld. Dat gebeurde al heel lang en het was een van de redenen waarom de mensen die de operaties uitvoerden bijna nooit vertrouwen hadden in de inlichtingenwereld. Het draaide er allemaal om dat gegevens uitsluitend werden verstrekt aan degenen die ze echt nodig hadden. Je kon de hoogste betrouwbaarheidsverklaring hebben, maar als je iets niet hoefde te weten, bleef je erbuiten. Dat gold ook voor de Campus, die officieel overal buiten stond – dat was juist min of meer het doel ervan. Niettemin hadden de mensen op de Campus veel succes als ze zich toch ergens mee inlieten. Hun chef-hacker, een supernerd die Gavin Biery heette en aan het hoofd van hun IT-afdeling stond, was nog nooit een encryptiesysteem tegengekomen waarin hij geen gaatje kon maken.

Biery had vroeger bij IBM gewerkt. Hij had twee broers in Vietnam verloren en was daarna bij de federale overheid in dienst getreden, waarna hij was uitverkoren om op het hoofdkwartier van de NSA, de *National Security Agency*, in Fort Meade te gaan werken, het belangrijkste centrum voor communicatie en elektronische veiligheid van de Amerikaanse overheid. Met zijn overheidssalaris had hij allang een hoog plafond bereikt, en hij ontving nog steeds een tamelijk royaal overheidspensioen. Toch was hij, omdat hij van actie hield, meteen ingegaan op het aanbod om op de Campus te komen werken. Hij had wiskunde gestudeerd aan Harvard, bij Benoît Mandelbrot zelf, en hij gaf soms colleges over zijn vakgebied op het MIT en de Caltech.

Biery was op en top een nerd, tot en met het dikke zwarte montuur van zijn bril en zijn deegwitte gelaatskleur, maar hij hield de elektronische raderen van de Campus gesmeerd. Alle machines draaiden op volle toeren.

'Geen geheimen vertellen aan collega's die ze niet hoeven te weten?' zei Brian. 'Doe niet zo melodramatisch.'

Jack hield zijn handen omhoog en haalde zijn schouders op. 'Sorry.' Net als zijn vader was Jack Ryan junior niet geneigd regels te overtreden. Of hij nu een neef was of niet, Brian hoefde het niet te weten. Punt uit.

'Heb je je ooit afgevraagd waar de naam URC eigenlijk vandaan komt?' vroeg Dominic aan Jack. 'Je weet dat die kerels gek zijn op dubbele betekenissen.'

Een interessante vraag, dacht Jack.

Ze hadden altijd gedacht dat de emir zelf de naam *Umayyad revolutionary council* had bedacht. Was die naam wat hij leek – de zoveelste zijdelingse verwijzing naar het oude, beproefde islamitische symbool van de jihad, namelijk Saladin – of zat er meer achter?

Saladin, omstreeks 1138 in Tikrit – in het hedendaagse Irak – geboren als Salah Ad-Ding Yusuf ibn Ayyub – had in de tijd van de kruistochten al gauw de status van boegbeeld verworven, eerst als verdediger van Baalbek, daarna als sultan van Egypte en Syrië. Het scheen dat Saladins prestaties op het slagveld niet veel voorstelden, maar dat was van weinig belang voor de moslimgeschiedenis. Zoals het geval was met veel historische figuren, zowel in het Oosten als in het Westen, telde alleen de betekenis die Saladin later zou krijgen. Voor moslims was hij het wrekende zwaard van Allah, de man die zich tegen de zee van ongelovige kruisvaarders had verzet.

Als er iets uit de naam van de URC was af te leiden, zat dat waarschijnlijk in het eerste woord: Umayyad, naar de moskee in Damascus waarin zich Saladins laatste rustplaats bevond, een mausoleum met zowel een marmeren sarcofaag die door de Duitse keizer Wilhelm II was geschonken als een eenvoudige houten kist, waarin nog steeds het stoffelijk overschot van Saladin lag. Het feit dat de emir de naam Umayyad had gebruikt, wees er volgens Jack op dat hij zijn jihad als een keerpunt beschouwde, zoals Saladins dood de overgang had gevormd van een leven van strijd en lijden naar het eeuwige paradijs.

'Ik zal er eens over nadenken,' zei Jack. 'Het is interessant dat je daarmee komt.'

'Het is daarbinnen niet alleen maar zaagsel, neef,' zei Brian glimlachend, en hij tikte met zijn wijsvinger tegen zijn slaap. 'Zeg, wat doet je vader tegenwoordig met al zijn vrije tijd?'

'Weet ik niet.' Jack was niet veel thuis. Als hij daar was, moest hij met zijn ouders praten, en hoe meer hij over zijn 'werk' praatte, des te nieuwsgieriger zou zijn vader worden. Als hij ontdekte wat Jack junior precies deed, zou hij uit zijn vel springen. En Jack moest er niet eens aan denken hoe zijn moeder zou reageren. Die gedachte zat hem erg dwars. Hij was geen moedersjongetje, echt niet, maar bleef je niet je hele leven proberen indruk te maken op je ouders en hun goedkeuring te verwerven? Hoe zeiden ze dat ook weer? Een man is pas echt een man als hij zijn vader doodt – natuurlijk niet letterlijk. Jack was volwassen, hij leefde op zichzelf en deed heel serieus werk op de Campus. *Tijd om uit de schaduw van je vader te stappen*, zei Jack voor de zoveelste keer tegen zichzelf. En dat was een verdomd grote schaduw.

Brian zei: 'Ik durf te wedden dat hij er genoeg van krijgt en...'

'... zich weer verkiesbaar stelt?'

'Zou jij dat niet doen?'

'Ik heb in het Witte Huis gewoond, weet je nog wel? Ik heb mijn portie gehad. Ik zit liever hier, jagend op schurken.'

Tot nu toe vooral op de computer, dacht Jack, maar als hij het handig speelde, mocht hij misschien ook vaker in het veld opereren. Hij repeteerde in gedachten al de woorden waarmee hij het hoofd van de Campus, Gerry Hendley, zou proberen over te halen. Die actie tegen MoHa moest toch iets waard zijn? Zijn neven waren mannen van actie. Paste die term ook bij hem? vroeg Jack zich af. Kón die term bij hem passen? In tegenstelling tot hen had hij altijd een leven in geborgenheid geleid, als goed beschermde zoon van president John Patrick Ryan. Maar daar waren toch ook voordelen aan verbonden geweest? Hij had leren schieten van geheim agenten, had geschaakt tegen de minister van Buitenlandse Zaken, had dicht bij de wereld van het leger en de inlichtingendiensten geleefd. Had hij door middel van een soort osmose niet toch sommige eigenschappen opgepikt waarvoor Brian en Dominic zo intensief hadden getraind? Maar misschien was nu de wens de vader van de gedachte. In elk geval moest hij eerst het groene licht van Hendley zien te krijgen.

'Maar jij bent je vader niet,' merkte Dominic op.

'Dat is waar.' Jack draaide zijn stoel en zette zijn pc aan voor de dosis ochtendnieuws, het openbare en het geheime. Te vaak liep het laatste drie dagen voor op het eerste. Jack logde allereerst in op het *executive intercept transcript summary* van de NSA. Het werd EITS of XITS genoemd – met als onfortuinlijke bijnaam '*zits*', wat ook het Engelse woord voor puistjes was – en ging alleen naar hoge functionarissen van de NSA en de CIA en de *National Security Council*, de Nationale Veiligheidsraad in het Witte Huis.

Over de duivel gesproken... Daar was hij, de emir zelf, weer in het XITS. Een onderschept bericht. Het was een strikt zakelijke boodschap geweest. De emir wilde weten wat iemand – alleen een anonieme codenaam – aan het doen was, en of hij om onbekende redenen contact had gelegd met een onbekende buitenlander. Dat had je met de meeste van die onderschepte berichten: veel onbekende factoren, als het ware stippellijntjes waarop je zelf iets moest invullen. In feite was dat de kern van inlichtingenanalyse. Het was de grootste en ingewikkeldste legpuzzel van de wereld. Dit specifieke bericht had tot een brainstormsessie bij de CIA geleid.

Naar aanleiding van het bericht was een uitgebreid rapport (dat bijna uitsluitend uit speculaties bestond) opgesteld door een analist van middenniveau die waarschijnlijk op promotie hoopte en graag schoten voor de boeg loste in de hoop dat er ooit eens een raak zou zijn en hem aan een hoger salaris zou helpen. En misschien zou dat op een dag ook gebeuren, maar dat zou hem niet slimmer maken, behalve misschien in de ogen van een superieur die op een soortgelijke manier was opgeklommen en zich graag liet vleien.

Er knaagde iets in Jacks achterhoofd, iets wat met dit specifieke onderwerp te maken had... Hij bracht het pijltje van zijn muis naar de XITS-map die op zijn harde schijf stond. Hij dubbelklikte erop om het samenvattende document op te roepen dat hij over XITS had aangelegd. En daar was het: hetzelfde referentienummer voor onderscheppingen, in dit geval behorend bij drie e-mails van een week oud. De eerste mail was afkomstig van een NSC-medewerker en gericht aan de NSA. Blijkbaar wilde iemand in het Witte Huis weten hoe de informatie precies was verworven. Het verzoek was doorgestuurd naar de directeur van de NSA – een hoge inlichtingenman, op dat moment luitenant-generaal Sam Ferren van de landmacht – die een kort antwoord had gestuurd: *Backpack. Geen antwoord geven. Administratief afhandelen.*

Jack moest daarom glimlachen. Op dat moment was 'Backpack' de steeds wisselende interne codenaam van de NSA voor Echelon, het alwetende, alziende elektronische afluisterprogramma van de dienst. Ferrens antwoord was begrijpelijk. De NSC-medewerker vroeg om 'bronnen en methoden', de details van de magische werkwijzen van de NSA.

Zulke geheimen werden nooit verstrekt aan inlichtingenconsumenten zoals het Witte Huis, en het was belachelijk dat een NSC-medewerker erom had gevraagd.

Zoals te voorspellen was geweest, noemde Ferren in zijn daaropvolgende XITS-overzicht voor de NSC de onderscheppingsbron 'buitenlandse samenwerkende ELINT', dus elektronische afluistering door een instantie van een ander land. Daarmee vertelde hij in feite aan het Witte Huis dat de NSA de informatie van een bevriende inlichtingendienst had gekregen. Kortom, hij loog.

Daar kon maar één reden voor zijn: Ferren vermoedde dat het Witte Huis het XITS aan derden doorspeelde. *Jezus*, dacht Jack, *het idee dat de generaal voorzichtig moet zijn met wat hij aan de zittende president vertelt!* Maar als de inlichtingenwereld de presidént al niet vertrouwde, wie paste er dan op het land? En als het systeem instortte, dacht Jack vervolgens, wie kon je dan om hulp vragen? Dat was een vraag voor een filosoof of een priester.

Diepe gedachten voor de vroege ochtend, zei Jack tegen zichzelf, maar als híj het XITS te lezen kreeg – officieel het heiligste der heiligen onder de overheidsdocumenten – wat kreeg hij dan niet te lezen? Wat werd er achtergehouden? En wie kregen die informatie dan wel? Was er een geïsoleerd communicatiesysteem dat zich tot het hoogste niveau beperkte?

Goed, maar de emir praatte dus weer. De NSA beschikte niet over de sleutel tot zijn persoonlijke encryptiesysteem, maar de Campus wel. Jack had die sleutel zelf in de wacht gesleept door gegevens uit MoHa's computer te halen en ze aan Biery en zijn nerds te geven, die ze naar een FireWire-harde schijf hadden overgebracht. Binnen een dag hadden ze alle geheimen eruit gehaald – inclusief wachtwoorden, waarmee ze toegang hadden gekregen tot allerlei versleutelde berichten. De Campus had die berichten vijf maanden kunnen meelezen, totdat de wachtwoorden uit gewoonte werden veranderd. Wat dat laatste betrof, gingen de tegenstanders altijd tamelijk zorgvuldig te werk, of misschien waren ze getraind door iemand die voor een echte inlichtingendienst had gewerkt. Maar ze waren nu ook weer niet zo heel erg voorzichtig. De wachtwoorden werden niet elke dag of zelfs elke week veranderd. De emir en zijn mensen hadden veel vertrouwen in hun veiligheidsmaatregelen, en door die fout waren al hele naties te gronde gegaan. Encryptiespecialisten waren altijd wel te vinden op de vrije markt, en de meesten van hen spraken Russisch en waren zo arm dat elk aanbod aantrekkelijk voor hen was. De CIA had al een paar van hen bij de emir laten infiltreren. Minstens een van hen was onder een berg vuilnis in

Islamabad gevonden, zijn keel doorgesneden van oorlel tot oorlel. Er werd daar een hard spel gespeeld, zelfs in de ogen van professionals. Jack hoopte dat de CIA goed voor de nabestaanden van de man zorgde. Dat was niet vanzelfsprekend. Er waren goede regelingen voor de nabestaanden van CIA-agenten, maar informanten waren een heel andere zaak. Meestal genoten ze weinig respect en werden ze gauw vergeten als er een betere vervanger was.

Uit eerdere berichten van de emir was af te leiden dat hij zich nog steeds afvroeg wat er met de mensen was gebeurd die hij in de straten van Europa was kwijtgeraakt – allemaal door toedoen van Brian en Dominic Caruso en Jack, al wist de emir dat niet. De emir vond het vreemd dat maar liefst drie van zijn fitte, jonge mensen door een hartaanval waren geveld. Hij had zijn agenten zorgvuldig in de medische gegevens laten zoeken, maar die waren al helemaal leeggehaald, zowel openlijk als clandestien – eerst door advocaten die zeiden dat ze namens de nabestaanden van de overledenen optraden, en daarna door kleine bureaucraten om te kopen, in ruil voor de oorspronkelijke papieren en door na te gaan of er nog meer gegevens afzonderlijk waren opgeslagen – dat alles zonder enig resultaat. De emir schreef aan een van zijn agenten, die blijkbaar in Wenen zat en onderzoek had gedaan naar een vreemd geval. Een man was blijkbaar gestruikeld en onder een tram gekomen, maar volgens de emir was hij een lenige kerel geweest die in zijn jonge jaren geweldig goed met paarden kon omgaan – niet het type dat onder een rijdend voertuig viel. Toch hadden maar liefst negen mensen het ongeluk gezien, antwoordde de agent van de emir. Zoiets kon iedereen overkomen, hoe behendig de man in zijn jonge jaren ook was geweest. De Oostenrijkse artsen waren grondig te werk gegaan, en het officiële sectierapport was duidelijk geweest: Fa'ad Rahmin Yasin was nogal kliederig in tweeën gesneden door een stuk of tien onderdelen van een tram. Zijn bloed was op alcohol onderzocht, maar er waren alleen nog wat sporen van de vorige avond gevonden – nam de patholoog-anatoom aan –, beslist niet genoeg om het beoordelingsvermogen van de man aan te tasten. Evenmin waren er sporen van narcotica aangetroffen in het bloed dat ze uit het gemangelde lichaam hadden kunnen halen. Conclusie: hij was gestruikeld en gestorven door letsel ten gevolge van contact met een stomp voorwerp en exsanguinatie – dus doodgebloed.

Dat het nou juist zo'n sympathieke vent moest overkomen, dacht Jack.

8

Driscoll en zijn Rangers hadden al lang geleden geleerd dat afstanden op een kaart van de Hindu Kush weinig overeenkomst vertoonden met de werkelijkheid. Zelfs cartografen uit het digitale tijdperk konden niet de ruimtelijke betekenis van elke verhoging, verlaging en bocht in het terrein berekenen. Toen kapitein Wilson en Driscoll de missie hadden gepland, hadden ze al hun schattingen met twee vermenigvuldigd, een factor die meestal goed uitpakte, en hoewel Driscoll zich voortdurend van die rekenkundige aanpassing bewust was, voelde hij toch de neiging om hard te vloeken bij het idee dat hun tocht naar de landingszone niet drie maar zes kilometer lang was. Hij bedwong die impuls. Met vloeken kwamen ze niet verder. En het zou niet goed zijn als zijn team merkte dat hij het moeilijk had. Al waren de ogen van zijn Rangers niet voortdurend op hem gericht, ze lieten zich door hem beïnvloeden. Niet alleen stront, maar ook een verkeerde houding rolde naar beneden.

Tait, die voorop liep, bleef staan en stak zijn vuist omhoog om de leden van de colonne, die schuin achter elkaar liepen, tot stilstand te brengen. Driscoll liet zich op zijn hurken zakken, en de rest van het team deed dat ook. Overal kwamen M4's omhoog. Iedere man nam een sector voor zijn rekening; ze tuurden en spitsten hun oren. Ze bevonden zich in een smal ravijn, niet meer dan drie meter breed, maar ze hadden weinig keus. Als ze deze binnendoorweg van driehonderd meter niet hadden genomen, hadden ze twee kilometer moeten omlopen, met het risico dat het licht werd voordat ze konden worden opgepikt. Na de hinderlaag hadden ze niets meer gezien of gehoord, maar dat hoefde niet veel te betekenen. De URC kende dit terrein beter dan wie ook en wist uit ervaring hoe lang bepakte soldaten erover deden om aan de andere kant te komen. Erger nog: ze wisten dat er niet veel plaatsen waren die de vijand als landingszone kon gebruiken. Als je dat eenmaal wist, was er voor het leggen van een hinderlaag niets meer nodig dan dat je je een beetje sneller door het terrein bewoog dan je prooi.

Zonder zich om te draaien gaf Tait onderhands een teken aan Driscoll dat hij bij hem moest komen. 'Wat is er?' fluisterde Driscoll.

'We komen bij het eind. Nog een meter of dertig.'

Driscoll draaide zich om, wees naar Barnes en stak twee vingers omhoog om aan te geven dat hij met twee man bij hem moest komen. Barnes, Young en Gomez waren er in tien seconden. 'Einde van het ravijn,' zei Driscoll. 'Ga kijken wat daar te zien is.'

'Goed, baas.'

Ze liepen door. Achter Driscoll zei Collins: 'Hoe gaat het met je schouder?'

'Goed.' De zes ibuprofens die Collins hem had gegeven hadden de ergste pijn weggenomen, maar elke schok joeg nieuwe scheuten door zijn schouder, rug en hals.

'Doe je rugzak af.' Collins wachtte niet tot Driscoll protesteerde, maar trok de schouderriem weg. 'De doorbloeding is vertraagd. Voel je je vingers?'

'Ja.'

'Beweeg ze.'

Grijnzend stak Driscoll zijn middelvinger naar hem op. 'Is dat goed genoeg?'

'Raak met elke vinger je duim aan.'

'Jezus, Collins...'

'Doe het.' Driscoll gehoorzaamde, maar al zijn vingers bewogen zich traag, alsof de gewrichten roestig waren. 'Doe je rugzak af. Ik verdeel je last onder de anderen.' Driscoll deed zijn mond open om te protesteren, maar de ziekenbroeder liet hem niet aan het woord komen. 'Als je die rugzak blijft dragen, zit het er dik in dat je die arm later kwijtraakt. De kans is groot dat er al zenuwen beschadigd zijn, en die vijfentwintig kilo maakt het alleen maar erger.'

'Oké, oké...'

Barnes, Young en Gomez kwamen terug. Collins gaf de rugzak aan Barnes, die langs de anderen liep om de inhoud onder hen te verdelen. Young meldde aan Driscoll: 'We hebben niets gezien, maar er is daar iets in beweging. We hoorden een motorgeluid ongeveer een halve kilometer naar het westen.'

'Oké, ga terug in de colonne. Jij ook, Collins.'

Driscoll haalde de kaart en zijn zaklantaarntje met rode kap tevoorschijn. Dat was geen officieel legermaterieel, maar hoe goed hun nachtkijkers in de meeste opzichten ook waren, als je wilde kaartlezen, had je er niets aan. Sommige oude gewoonten waren moeilijk te doorbreken, en dat moest ook niet.

Tait kwam dichter bij hem staan. Driscoll volgde met zijn vinger het ravijn waarin ze zich bevonden; aan het eind was er weer een ravijn, met plateaus aan weerskanten. Het terrein leek wel wat op een stad, vond Driscoll: grote ravijnen waren de hoofdwegen, plateaus de huizen en kleine ravijnen de zijwegen. Ze staken als het ware de hoofdwegen met grote snelheid over en gebruikten de zijstraten tussen de huizen om bij de landingszone te komen, in dit geval de plaats waar hun helikopter zou landen. *Nog twee grote ravijnen en een klein ravijn*, dacht hij, *en dan tegen de zijkant van een plateau omhoog om bij de landingszone te komen.*

'Het laatste stuk,' merkte Tait op.

Daar zakken de meeste renpaarden in elkaar, dacht Driscoll, maar hij zei het niet.

Ze bleven een kwartier aan het eind van het smalle ravijn zitten. Tait en Driscoll tuurden met hun nachtkijker door het grote ravijn, tot ze er zeker van waren dat niemand hen gadesloeg. Steeds met twee tegelijk stak het team het ravijn over naar het kleinere ravijn aan de overkant, terwijl de anderen dekking gaven en Driscoll en Tait voor verkeersagent speelden. Young en zijn gevangene gingen als laatste, en ze waren net in het ravijn aan de overkant verdwenen toen in het oosten een stel koplampen opdook. Weer een grote UAZ-jeep, zag Driscoll meteen, maar deze reed in een rustig tempo.

'Wacht,' beval Driscoll. 'Er komt een wagen uit het oosten.'

Net als de UAZ die ze al eerder waren tegengekomen, had ook deze een NSV 12,7mm-machinegeweer achterop staan, maar voor zover Driscoll kon zien, stond daar maar één man. Dat gold ook voor de cabine: een bestuurder en verder niets. Ze hadden zich opgesplitst om hun prooi de pas af te snijden. Zo'n tactiek om met kleine eenheden te werken was vaak vooral een kwestie van instinct, maar in dit geval had degene die de wagen had gestuurd een fout gemaakt. De UAZ bleef naderen. Zijn banden knerpten over het puin en het licht van zijn koplampen danste over de wanden van het ravijn.

Driscoll trok Taits aandacht, vormde met zijn lippen het woord 'bestuurder' en kreeg een knikje bij wijze van antwoord. Over de radio fluisterde hij: 'Wachten met schieten.' Het antwoord bestond uit twee klikken.

De UAZ was nu op twintig meter afstand, zo dichtbij dat Driscoll het gezicht van de NSV-schutter duidelijk in het groenig witte schijnsel van de nachtkijker kon zien. Het was nog maar een jongen, achttien of negentien jaar oud, met een vlassige baard. De loop van de NSV was recht vooruit gericht en bewoog zich niet heen en weer, zoals het hoorde. *Lui en dus zo goed als dood*, dacht hij.

De UAZ was nu ter hoogte van hun zijravijn en kwam knarsend tot stilstand. De bestuurder boog zich opzij om iets te pakken, en even later had hij een schijnwerper in zijn hand. Hij scheen ermee door het passagiersraam naar buiten. Driscoll bracht het dradenkruis van zijn M4 net boven het linkeroor van de schutter. Zachtjes, zachtjes, haalde hij de trekker over, en de M4 stootte terug. In zijn nachtkijker verscheen een lichtkrans om het hoofd van de schutter. De man viel recht omlaag in de laadbak van de grote jeep. Een fractie van een seconde later zakte de bestuurder ook in elkaar. Zijn schijnwerper wierp zijn licht waanzinnig in het rond en bleef toen op de zitting liggen.

Driscoll en Tait kwamen tevoorschijn. Ze liepen naar de grote jeep en hadden twintig seconden nodig om de schijnwerper uit te zetten en zich ervan te vergewissen dat niemand nog in leven was. Toen liepen ze door naar het zijravijn aan de overkant. In het westen ronkte opeens een motor. Koplampen schenen op hen. Driscoll nam niet de moeite om te kijken, maar blafte: 'Lopen, lopen!' Hij ging verder, met Tait een stap voor hem. Een andere NSV ratelde en sproeide kogels in de grond en rotsen om hen heen, maar Driscoll en Tait waren al in het ravijn. Gomez, die nu voorop ging, liep al dieper het ravijn in. Driscoll gaf Tait een teken dat hij moest doorlopen en liet Barnes bij zich komen. 'SAW,' zei hij, en Barnes liet zich naast een rots vallen, stak de poten van het SAW-machinegeweer uit en drukte de kolf tegen zijn schouder. Aan het begin van hun zijravijn zagen ze koplampen dichterbij komen. Driscoll haalde een granaat uit zijn tuig en pakte de pin vast. In het grote ravijn waren nu bandengeluiden te horen, en er vloog stof langs de ingang van hun zijravijn. Driscoll trok de pin eruit, telde eenentwintig, tweeëntwintig om de granaat op stoom te laten komen en gooide hem toen met een hoge boog naar het grote ravijn. De UAZ kwam slippend tot stilstand en de granaat ontplofte drie meter boven de cabine. Barnes opende het vuur met de SAW en besproeide het portier en de zijkant. Achterin vuurde de NSV nog even door, maar hij zweeg al snel, toen het salvo van de SAW de schutter had neergemaaid. De versnellingsbak van de UAZ knarste, en toen reed hij door en verdween uit het zicht.

'Lopen,' beval Driscoll. Hij wachtte tot Barnes een eindje voor hem uit was en liep toen achter hem aan.

Toen ze weer bij de colonne waren, bleek Gomez het team te hebben opgesplitst. De ene helft was het volgende grote ravijn overgestoken en had dekking gezocht, en de andere helft wachtte bij de ingang van het zijravijn. Driscoll liep naar Gomez toe. 'Activiteit?'

'Motoren gehoord. Geen beweging.'

Aan de overkant van het grote ravijn, dertig meter ten westen van de plaats waar de helft van het team in dekking lag, leidde een natuurlijk pad met veel bochten tegen de zijkant van het plateau omhoog. Het zag eruit alsof het door de mens gemaakt was, dacht Driscoll, maar de tijd en de erosie haalden ook vreemde dingen uit met de gesteldheid van een terrein. Ze zouden niet klagen over die eigenaardigheid, want die zou het hen relatief gemakkelijk maken om bij de landingszone te komen.

'Peterson, bel Blade en zeg dat we klaar zijn. Zeg maar dat de zone wordt bedreigd.'

De Chinook zou rondvliegen in afwachting van hun teken. Zoals de meeste dingen in gevechtssituaties en zeker de meeste dingen in Afghanistan was hun landingszone niet bepaald ideaal. Dat kwam voor een deel door het landschap en voor een deel door een compromis dat bij het ontwerpen van de Chinook was gesloten: het toestel had een hoog operationeel plafond, maar het had veel ruimte nodig om te landen. De helikopter kon troepen op grote hoogte brengen, maar had nogal wat vierkante meters nodig om ze af te zetten. In dit geval werd de landingszone in het westen en zuiden begrensd door ravijnen en hellingen die zo dichtbij lagen dat het toestel met kleine vuurwapens onder schot genomen kon worden.

'Blade, hier Sickle, over.'

'Zeg het maar, Sickle.'

'We zijn klaar om opgepikt te worden. Noordenwind drie tot zes. Landingszone bedreigd. Onbekend hoe en vanwaar.'

'Begrepen. Landingszone bedreigd. We zijn er over drie minuten.' Twee minuten later: 'Sickle, Blade nadert. Geef je positie aan.'

'Oké. Stand-by,' zei Driscoll, en door de radio zei hij tegen Barnes: 'Chemische lichten, Barnes.'

'Begrepen, baas. Ik heb blauw, geel, rood.'

Aan de andere kant van het ravijn kwamen de chemische lichten fel tot leven. Ze zweefden door de lucht en landden boven op het plateau. Driscoll had liever een infraroodlamp gehad, maar die was niet beschikbaar geweest toen ze op weg gingen.

'Blade, Sickle, ik maak blauw, geel, rood licht,' riep Driscoll.

'Ja, ik zie het.'

Nu hoorden ze ook het roffelen van de rotorbladen. Toen meldde de Chinook: 'Sickle, met Blade. Ik zie voertuigen naderen, driehonderd meter ten westen van jullie. Ik tel twee UAZ's. Over.'

Shit. 'Verwijder je. Let op de landingszone en blijf in de buurt.' Het enige alternatief was het geschutlicht van de Chinook op de UAZ's richten, maar als ze zoiets vanuit de lucht deden, zouden ze andere vijandelijke eenheden in de omgeving meteen laten weten waar ze waren. De Chinook zou zijn eigen instructies hebben, maar omdat Driscoll en zijn Rangers ter plaatse waren en in de problemen zaten, was hij degene die de bevelen gaf. Uit het feit dat de UAZ's niet met grote snelheid op hen af kwamen, kon hij afleiden dat zijn eenheid nog niet was gezien. Tot nu toe hadden ze geluk gehad; ze moesten dat geluk niet tarten.

'Begrepen. We verwijderen ons,' antwoordde de Chinookpiloot.

Tegen Barnes: 'We hebben gezelschap in het westen. Doof die chemische lichten. Iedereen neer.' Achter hem lieten alle leden van zijn eenheid zich op hun buik vallen.

Hij kreeg een dubbele klik bij wijze van antwoord, en even later zag hij twee voorovergebogen figuren het plateau op rennen. De chemische lichten gingen uit.

In het grote ravijn bleven de UAZ-koplampen nu op dezelfde plaats. In de verte hoorde Driscoll het rommelen van hun ongedempte motoren. Er ging een lange halve minuut voorbij, en toen maakten de motoren meer toeren en zetten de grote jeeps zich weer in beweging. De ene ging schuin achter de andere rijden en ze vervolgden hun weg door het ravijn. *Een slecht teken*, dacht Driscoll. De UAZ's reden meestal recht achter elkaar. Alleen wanneer ze moeilijkheden verwachtten, weken ze daarvan af.

'Zoek dekking,' zei Driscoll door de radio tegen zijn team. 'Vijanden op jacht.' En tegen de Chinook: 'Blade, hier Sickle, blijf in de buurt. Misschien hebben we jullie nodig.'

'Begrepen.'

Voorafgegaan door het licht van de koplampen, dat over het onregelmatige terrein danste, reden de UAZ's met knerpende banden door het ravijn, totdat de eerste wagen ter hoogte van het zijravijn kwam waarin Driscoll en zijn colonne zich schuilhielden. De remmen piepten. De UAZ kwam tot stilstand; de tweede, tien meter erachter, stopte ook. Een schijnwerper dook op in het passagiersraam, speelde over de rotswanden en kwam tot stilstand toen hij het zijravijn bereikte. *Doorgaan, jongens*, dacht Driscoll. *Er is hier niets te zien.* Nu keerde de schijnwerper zich om en straalde het licht door de ruit aan de passagierskant naar het zijravijn aan de overkant. Na een minuut werd de schijnwerper gedoofd. De versnellingsbak van de voorste UAZ knarste en gromde, en toen kwam de wagen naar voren en verdween hij uit Driscolls zicht.

'Wie ziet hem?' zei hij in de radio.

'Ik,' riep Barnes. 'Vijftig meter afstand. Rijdt door naar het oosten.' En toen: 'Honderd meter... Ze stoppen.'

Driscoll krabbelde overeind en liep voorovergebogen het zijravijn uit.

Hij bleef dicht bij de rotswand van het grote ravijn en liep door tot hij de UAZ's kon zien. Hij liet zich op zijn buik vallen en tuurde door zijn nachtkijker. De wagens hadden posities ingenomen aan de noord- en zuidkant van het ravijn. Hun koplampen en motoren waren uit. Blijkbaar legden ze een hinderlaag.

'Iedereen stil op zijn plaats blijven,' beval Driscoll, en hij nam contact met de Chinook op. 'Blade, Sickle hier.'

'Zeg het maar.'

'De twee UAZ's hebben positie ingenomen aan het oostelijke eind van het grote ravijn.'

'Ja, we zien ze. Voor de goede orde, Sickle: over acht minuten is het bingo voor ons.'

Acht minuten, en dan moest de Chinook in actie zijn gekomen of terugkeren. Als het toestel daar nog langer bleef, hadden ze niet genoeg brandstof om op de basis terug te keren. Rangers waren het wel gewend om met smalle marges te werken, maar sommige dingen konden je lelijk opbreken als je ze verknoeide, en je lift naar huis was de belangrijkste daarvan.

'Begrepen. Val de UAZ's aan. Alles met wielen is doelwit.'

'Oké. We vallen aan.'

De Chinook verscheen boven het plateau. Met flikkerende navigatielichten keerde het toestel om en vloog in westelijke richting door het ravijn. Driscoll zag de boordschutter het kleine machinegeweer met roterende lopen opzij draaien. Hij gaf over de radio door: 'Gomez, breng je team hoger de helling op.'

'Begrepen, baas.'

'We zien het doel,' meldde de piloot van de Chinook. 'We vallen aan...'

De Dillon M134 opende het vuur en hulde de hele zijkant van de Chinook in een oranje gloed. Het salvo duurde nog geen twee seconden, toen kwam er nog een, en daarna meldde de piloot: 'Doelen vernietigd.' Omdat het wapen drieduizend patronen per minuut kon afschieten, waren er in die vijf seconden tweehonderdvijftig 7,62mm-kogels in de naderende UAZ's geschoten. De Chinook kwam terug, beschreef een boog over de landingszone en landde. Het trapje ging omlaag.

'We staan klaar, Kerstman,' zei Gomez over de radio.

'Begrepen. We komen naar jullie toe.'

Driscoll gaf het bevel, en de rest van het team stak het ravijn over, opnieuw steeds met twee tegelijk. Ze sprongen van dekking naar dekking, tot Driscoll en Tait ook aan de overkant waren en de helling op gingen.

'Doel!' hoorde Driscoll in zijn headset. Het was niet een van zijn eigen mannen, hoorde hij, maar iemand aan boord van de Chinook. 'Achter ons, op zeven uur!' Vanuit het westen, over het plateau, kwam het gekletter van automatische wapens – AK-47's – snel gevolgd door het krakende geluid van M4-tegenvuur.

Driscoll en Tait kwamen boven aan de helling. Ze lieten zich op hun buik vallen en kropen de laatste meters. Vijftig meter voor hen, in een ravijn boven aan de bergrug, flitste geweervuur. Driscoll telde minstens vijfendertig geweren. Verderop in het ravijn beneden hen doken vier stellen koplampen in het donker op. Nog meer UAZ's.

Petersons stem: 'RPG, RPG...' Een granaat uit een raketwerper.

Rechts van hen vloog een fel licht voorbij. De grond naast de Chinook sprong uit elkaar.

'Ga daar weg, ga daar weg,' riep de piloot, en toen deed hij iets wat Driscoll nooit eerder had gezien: zo netjes als het maar kon steeg hij op en bleef twee meter boven de grond hangen. Vervolgens zwenkte hij opzij, zodat de boordschutter in zicht kwam. 'Koppen omlaag, koppen omlaag!' De Dillon opende het vuur en spoot zijn kogels naar het ravijn en de bergrug.

'Gevangene op de vlucht!' hoorde Driscoll zachtjes in zijn oor. 'Richting west!'

In het licht van de lichtspoorkogels van de Dillon strompelde hun gevangene, zijn handboeien nog om, bij de Chinook vandaan, in de richting van het ravijn. Tait mompelde: 'Ik heb hem, Kerstman.'

'Schiet hem neer.'

Taits M4 gaf een knal en hun gevangene zakte in elkaar. Het AK-vuur nam in hevigheid af en hield toen op. Driscoll riep: 'Blade, we hebben UAZ's in het ravijn. Tweehonderd meter afstand, en naderend. Op drie uur van jullie.'

'Begrepen,' antwoordde de piloot, en hij liet de Chinook bijdraaien. Opnieuw opende het Dillon-machinegeweer het vuur. Meer dan tien seconden waren er niet nodig. Het stof vervloog en er kwamen vier verwoeste UAZ's in zicht.

'Koppen tellen,' beval Driscoll. Geen reactie. 'Koppen tellen!' herhaalde hij. Collins antwoordde: 'Twee doden, Santa, en twee gewonden.'

'Verdomme.'

De piloot zei, kalm, vond Driscoll: 'Sickle, als jullie nou eens aan boord komen en we naar huis gaan voordat het helemaal misgaat?'

9

In alle jaren dat hij in Sint-Petersburg woonde was Joeri Beketov al honderden keren door de verduisterde straten gelopen, maar deze keer was het anders, en het was gemakkelijk te begrijpen waarom. Rijkdom – of tenminste de mogelijkheid van rijkdom – verandert iemands kijk op het leven. En dit was rijkdom van een heel andere soort. Hij was niet trots op het geld zelf, maar wel op de manier waarop hij het wilde gebruiken. Of probeerde hij nu zijn plannen goed te praten? Als je om een heel goede reden met de duivel danste, danste je toch nog steeds met de duivel?

Joeri hield meer van Sint-Petersburg dan van alle andere steden in zijn vaderland. De geschiedenis van de stad viel bijna helemaal samen met die van Rusland. Peter de Grote had de stad in 1703 ten tijde van de Grote Noordse Oorlog tegen de Zweden gesticht. In de Eerste Wereldoorlog vonden de toenmalige machthebbers de naam Sint-Petersburg te Teutoons en veranderden ze hem in Petrograd. In 1924, zeven jaar na de bolsjewistische revolutie en een paar dagen na de dood van Vladimir Lenin, werd de stad omgedoopt in Leningrad. En ten slotte, in 1991, toen de Sovjet-Unie was ingestort, kreeg de stad opnieuw de vroegere naam Sint-Petersburg.

Sint-Petersburg, een tijdcapsule van de Russische geschiedenis. Geen slechte titel voor een boek, vond hij. Jammer dat hij geen literaire aspiraties had. De tsaren, de bolsjewisten, de val van de Sovjet-Unie, en ten slotte de democratie – zij het dan misschien democratie met een vleugje totalitarisme.

Deze avond was het extra kil, met een gure wind die van de rivier de Newa kwam en door de takken van de bomen floot. Allerlei afval, onzichtbaar in de duisternis, ritselde over beton en straatkeien. Uit een steegje kwam het geluid van een fles die op klinkers kapot viel, gevolgd door een gebrabbelde vloek. De zoveelste *biek* die door zijn wodka heen was of het laatste beetje had gemorst. Ondanks zijn liefde voor Sint-Petersburg wist Joeri dat de stad over zijn hoogtepunt heen was. Dat gold voor het hele land.

De instorting van de Sovjet-Unie was moeilijk voor iedereen geweest, maar vooral voor zijn vroegere werkgever, de KGB, die nu bekendstond onder twee namen: *Federalnaja Sloezjba Bezopasnosti* (FSB) en de *Sloezjba Vnesjnej Razvedki* (SVR). De naamsverandering van de Russische inlichtingendiensten was er een van vele, en veel mensen geloofden dat de KGB – het Comité voor Staatsveiligheid – effectiever was geweest en meer was gevreesd dan alle diensten met afgekorte namen die voorafgegaan en gevolgd waren.

Voordat hij in 1993 met een schijntje van een pensioen uit de dienst was gezet, had Joeri voor de crème de la crème van de KGB gewerkt, het directoraat S van het eerste hoofddirectoraat. De echte spionnen. Geen diplomatieke dekmantel, geen ambassade waar je je toevlucht kon zoeken, geen uitwijzing als je betrapt werd, maar gevangenschap of dood. Hij had enige successen behaald, maar die hadden hem niet in de stratosfeer van de hogere echelons van de KGB gebracht, en daarom was hij op vijfenveertigjarige leeftijd werkloos op straat komen te staan in Moskou. De vaardigheden die hij bij de KGB had opgedaan, hadden hem maar weinig carrièremogelijkheden geboden: particulier inlichtingenwerk, beveiliging of misdaad. Hij had voor het eerste gekozen en een consultantsfirma opgericht die zijn diensten aanbood aan de horden westerse investeerders die in de eerste jaren na de instorting van de Sovjet-Unie over Rusland waren uitgezwermd. Joeri dankte, op zijn minst indirect, veel van zijn eerste successen aan de *Krasnaja Mafia*, de Rode Maffia, en de grootste bendes daarvan, de *Solntsevskaja Bratva*, de *Dolgoproednenskaja* en de *Izmailovskaja*, die de chaotische economie van Rusland nog sneller hadden geplunderd dan de buitenlandse investeerders. Natuurlijk maakte de Krasnaja Mafia zich niet druk om de finesses van de zakelijke ethiek en waren investeerders uit Europa en Amerika zich daar goed van bewust geweest, een omstandigheid die Joeri maar al te graag had willen exploiteren. Dat was het woord dat in die tijd centraal stond – exploiteren – en het enige verschil tussen hemzelf, de maffia en de ordinaire straatvechters bestond uit de methoden die ze gebruikten om hun doel te bereiken. Joeri's methode was eenvoudig: bescherming. Hij hield bezoekende zakenlieden in leven en uit handen van ontvoerders. Sommige minder vooraanstaande bendes, te klein om hun eigen protectie- en afpersingsspelletjes te spelen, ontvoerden goed geklede Europeanen of Amerikanen die in de beste hotels van Moskou logeerden, en stuurden dan een losgeldbriefje met een afgesneden oor, vinger of teen – of erger. De plaatselijke militie, onderbetaald en overladen met werk, kon niet veel uitrichten, en in veel gevallen werd het slachtoffer vermoord, of er nu losgeld was betaald of niet. De ontvoerders kenden geen eergevoel, alleen keihard pragmatisme.

Joeri had vroegere KGB-collega's en paramilitaire types – voor het merendeel ex-*Spetsnaz*-commando's die ook aan de kant waren gezet – in dienst genomen om cliënten naar hun ontmoetingen te escorteren en ervoor te zorgen dat ze levend en met al hun lichaamsdelen het land verlieten. Hij verdiende goed, maar terwijl de economie van Moskou (zowel de officiële als de ondergrondse economie) was opgebloeid, waren ook de kosten van het levensonderhoud enorm gestegen, en hoewel veel ondernemers als Joeri meer geld in handen kregen dan ze ooit voor mogelijk hadden gehouden, zagen ze al dat geld ook weer in de grillige markt en de waanzinnig hoge kosten van het hun levensonderhoud verdwijnen. Het was een trieste ironie om de prijs van het brood net zo hard te zien stijgen als je inkomen.

Eind jaren negentig had Joeri genoeg gespaard om zijn kleinkinderen aan een universiteit te laten studeren en hen in staat te stellen een zelfstandig leven op te bouwen, maar niet genoeg om zich terug te trekken in dat idyllische, afgelegen huisje aan de Zwarte Zee waar hij al twintig jaar van droomde.

De nieuwe kansen kwamen eerst langzaam en toen met meer regelmaat, rondom de gebeurtenissen van 11 september 2001. Op die ochtend werd Amerika bij het ontwaken met de neus op een feit gedrukt dat de KGB en veel niet-westerse inlichtingendiensten allang kenden: islamitische fundamentalisten hadden Amerika en haar bondgenoten de oorlog verklaard. De Verenigde Staten hadden de pech dat die fundamentalisten in de afgelopen vijf jaar een ontwikkeling hadden doorgemaakt. Van ongeorganiseerde, irrationele krankzinnigen, zoals ze zo vaak in westerse kranten werden afgeschilderd, waren ze veranderd in georganiseerde, getrainde soldaten met een duidelijk doel. Erger nog: ze hadden geleerd hoe waardevol inlichtingennetwerken, rekrutering en communicatieprotocollen waren, allemaal dingen die van oudsher alleen ter beschikking hadden gestaan van officiële inlichtingendiensten.

Amerika was de typische reus die geen acht sloeg op pijlen en stenen maar zijn blik op het denkbeeldige kanon aan de horizon gericht hield. Het land had te weinig aandacht besteed aan de mini-9/11's. Dat waren er niet veel geweest, met veel tijd ertussen, maar ze waren ernstig genoeg geweest om de voorpagina van de *New York Times* en het nieuws van MSNBC en CNN te halen. Historici zouden zich altijd blijven afvragen of de Amerikaanse inlichtingendiensten de galopperende hoefslagen van 9/11 hadden kunnen of moeten horen. In elk geval hadden ze kunnen zien dat de zaak escaleerde. Het was begonnen met de eerste bomaanslag op het World Trade Center in 1993, gevolgd door de bomaanslag op de Amerikaanse ambassade in Kenia in 1998 en de aanval op de USS Cole in 2000. Alleen in de ogen van de CIA waren dat op zichzelf staande incidenten geweest; de samenwerkende terroristische cellen die ze hadden uitgevoerd hadden ze als veldslagen in één oorlog beschouwd. Pas toen ze de Verenigde Staten luidkeels de oorlog hadden verklaard – in woord en daad –, besefte de Amerikaanse inlichtingenwereld dat die pijlen en stenen niet meer genegeerd mochten worden.

Erger nog: de Amerikaanse regering en de CIA hadden pas de laatste jaren afstand genomen van wat Joeri de 'golemgeest' noemde: de obsessieve aandacht voor het hoofd van de vijandelijke reus, zonder aandacht voor zijn vingers en tenen. Natuurlijk zou dat nooit helemaal veranderen, zeker niet wat staatsvijand nummer één betrof, de emir, die zowel met opzet als bij gebrek aan beter, geloofde Joeri, de golem van Amerika was geworden. Naties hadden behoefte aan duidelijke vijanden, mensen die ze konden aanwijzen en tot gevaar konden uitroepen.

Natuurlijk had Joeri weinig reden tot klagen. Zoals veel van zijn landgenoten had hij van deze nieuwe oorlog geprofiteerd – zij het pas de laatste tijd, en met veel tegenzin en spijt. Vanaf het midden van de jaren negentig hadden islamitische fundamentalisten die bulkten van het geld bij Rusland op de deur geklopt. Ze probeerden loslopende inlichtingenagenten, kernwetenschappers en commando's in te huren. Zoals veel van zijn landgenoten had Joeri de deur opengedaan; hij was oud en moe en had alleen een beetje extra geld nodig voor dat huisje aan de Zwarte Zee. Met een beetje geluk zou de ontmoeting van die avond dat probleem oplossen.

Joeri zette zijn mijmeringen van zich af en vervolgde zijn weg. Hij liep nog twee blokken naar een met neon verlicht restaurant dat de naam Chiaka in zowel het Arabische als het Russische schrift droeg. Hij stak de straat over, vond een bankje in de blinde vlek tussen twee straatlantaarns, ging zitten en wachtte af. Hij zette zijn kraag omhoog tegen de wind en stak zijn handen dieper in de zakken van zijn winterjas.

Chiaka was een Tsjetsjeens restaurant van een plaatselijke moslimfamilie die tot bloei was gekomen onder bescherming van de *Obsjina*, de Tsjetsjeense maffia. De man die hij zou ontmoeten – en die hij alleen als Nima kende – was waarschijnlijk ook met hulp van de Obsjina in Rusland binnengekomen. *Dat doet er niet toe*, zei Joeri tegen zichzelf. Hij had twee keer eerder met de man te maken gehad, eerst om te overleggen over de verplaatsing van wat ze een 'medewerker' hadden genoemd, en kort geleden nog een keer, toen Joeri als tussenpersoon was opgetreden bij een rekrutering. Dat was trouwens een interessant geval geweest. Hij wist niet waarvoor die mannen een vrouw van dat specifieke kaliber nodig hadden, en het kon hem ook niet schelen. Hij had lang geleden geleerd zulke nieuwsgierigheid te bedwingen.

Hij wachtte nog twintig minuten en was er toen van overtuigd dat alles in orde was. Niemand te zien, geen politie en ook niemand anders. Hij stond op, stak de straat over en ging het restaurant binnen, dat fel verlicht en spartaans ingericht was, met zwarte en witte vinyltegels, ronde formicatafels en houten stoelen die harde rugleuningen hadden. Uit de luidsprekers in het plafond kwam het blikkerige geluid van Tsjetsjeense muziek, gespeeld op een *pondur*, die ongeveer zo klonk als de Russische balalaika.

Joeri keek het restaurant door. Een paar klanten hadden opgekeken toen hij binnenkwam, maar waren bijna meteen verdergegaan met hun maaltijd of hun gesprek. Hoewel Russen niet veel in Tsjetsjeense restaurants kwamen, waren ze daar ook geen zeldzaam verschijnsel. Ondanks hun reputatie had Joeri nooit veel problemen met Tsjetsjenen gehad. De meesten hadden een houding van leven en laten leven, enkelen daargelaten, en die waren dan ook gelijk goed fout. Niet veel organisaties waren zo wreed als de Obsjina. Ze hielden van messen, de Tsjetsjenen, en ze waren daar erg handig mee.

Achterin, bij een kort gangetje, zag hij Nima in de laatste nis zitten, naast de keukendeur en de toiletten. Joeri liep naar achteren, stak in het voorbijgaan zijn vinger op – 'wacht even' – naar Nima en glipte de toiletten in om zijn handen te wassen. Die waren natuurlijk volkomen schoon. Hij wilde zich er vooral van vergewissen dat er niemand in de toiletten was en dat daar geen extra ingang was. Zijn grote behoedzaamheid, die normale mensen overdreven zouden vinden, had hem vele jaren in leven gehouden toen hij als clandestien agent opereerde, en hij zag geen reden om nu nog verandering in zijn gewoonten te brengen. Hij droogde zijn handen af, ging even na of het Makarov 9mm-pistool nog veilig in zijn holster aan de achterkant van zijn broeksband zat, kwam toen de toiletten uit en ging in de nis zitten, met zijn gezicht naar de voorkant van het restaurant. De zwaaideur naar de keuken was links van hem. Terwijl Joeri in het toilet was, had Nima zijn colbertje uitgetrokken. Het lag op de zitting aan de achterkant van de nis. De boodschap was duidelijk: *Ik ben ongewapend.*

De Arabier spreidde zijn handen. 'Ik weet dat je een voorzichtig man bent, vriend.'

Op zijn beurt hield Joeri zijn colbertje open. 'Net als jij.'

Een ober kwam hun bestelling opnemen en verdween weer.

'Bedankt voor je komst,' zei Nima.

Zijn Russisch was goed, met nauwelijks een Arabisch accent, en zijn huid was zo licht dat hij voor een Rus met een beetje Tartaars bloed kon doorgaan. Joeri vroeg zich onwillekeurig af of de man een opleiding ergens in het Westen had gehad.

'Natuurlijk. Het is me een genoegen.'

'Ik wist niet of je beschikbaar was.'

'Voor jou altijd, mijn vriend. Vertel eens: is je collega veilig op zijn bestemming aangekomen?'

'Inderdaad. En de vrouw ook. Ik heb gehoord dat ze precies zo is als jij ons hebt beloofd. Mijn superieuren zijn erg tevreden over de hulp die je al hebt geboden. Ik neem aan dat de beloning bevredigend was? Geen problemen?'

'Geen problemen.' Het geld stond veilig op een Liechtensteinse bankrekening, waar het weinig rente opbracht maar niets te duchten had van de digitale ogen van nieuwsgierige inlichtingen- en politieorganisaties. Joeri wist nog niet hoe hij het geld daar weg zou halen als hij het nodig had, maar er waren altijd manieren, vooral wanneer je voorzichtig was en bereid was voor zulke diensten te betalen. 'Zeg maar tegen je superieuren dat ik dankbaar ben.'

Nima tikte tegen zijn kin. 'Natuurlijk.' De drankjes kwamen – wodka voor Joeri en koolzuurhoudend water voor Nima, die een slokje nam en zei: 'We hebben nog een karwei voor je, Joeri, iets waarvan we geloven dat jij er de unieke kwalificaties voor bezit.'

'Ik sta tot je beschikking.'

'Net als de vorige twee gevallen is dit een delicate zaak waar ook enig risico voor jou zelf aan verbonden is.'

Joeri spreidde zijn handen en glimlachte. 'Dat geldt voor alles wat de moeite waard is in het leven, nietwaar?'

'Heel juist. Maar zoals je weet...'

Aan de voorkant van het restaurant was een schreeuw te horen, gevolgd door het geluid van brekend glas. Joeri keek nog net op tijd op om te zien hoe een man, die duidelijk dronken was, zijn stoel achteruit schoof. Een bord met eten balanceerde op zijn omhooggehouden handpalm. De andere bezoekers staarden naar hem. De man stootte een reeks woorden uit – Joeri nam aan dat het Tsjetsjeense vloeken waren – om te kennen te geven dat de kwaliteit van zijn voedsel onder de maat was en strompelde toen naar een ober met een wit schort toe.

Joeri grinnikte. 'Blijkbaar een ontevreden klant...' Zijn woorden stierven weg toen hij besefte dat Nima zich geen moment opzij had gedraaid om naar het tumult te kijken, maar in plaats daarvan met een zekere spijt naar Joeri bleef kijken. Er gingen alarmbellen af in het hoofd van de voormalige KGB-agent. *Een afleidingsmanoeuvre, Joeri, een in scène gezette afleidingsmanoeuvre.*

Het leek of de tijd vertraagde.

Joeri boog zich naar voren en stak zijn hand uit naar de Makarov onder op zijn rug. Zijn vingers waren net bij de geruite kolf van het pistool aangekomen toen hij besefte dat de keukendeur links van hem openstond en er iemand in de opening was verschenen.

'Ik betreur dit, mijn vriend,' hoorde hij Nima vanuit de verte zeggen. 'Het is beter zo...'

Over de schouder van de Arabier zag Joeri een andere ober naar hen toe lopen. De man had een tafellaken in zijn handen en was bezig het op te vouwen. Een kleed om af te schermen wat er zou gebeuren. Joeri zag beweging vanuit zijn ooghoek. Hij keek net op tijd naar links om de figuur in de deuropening – ook een ober met een wit schort – iets donkers in de vorm van een buis omhoog te zien brengen.

Ergens in een nog kalm, analytisch deel van zijn hersenen dacht Joeri: *Een geïmproviseerde geluiddemper...* Hij wist dat hij geen geluid zou horen, geen lichtflits zou zien. Hij zou ook geen pijn voelen.

Hij had gelijk. De 9mm-Parabellumkogel met holle punt trof hem net boven zijn linkerwenkbrauw voor deze zich uitzette tot een slordig brok lood dat een deel van zijn hersenen, zo groot als een softbal, in pap veranderde.

10

'Verdomme,' mompelde John Patrick Ryan, voormalig president van de Verenigde Staten, bij zijn eerste kop koffie van die dag.

'Wat is er nu weer, Jack?' vroeg Cathy, al wist ze heel goed wat er was. Ze hield zielsveel van haar man, maar als iets eenmaal zijn aandacht had, was hij net een terriër, een eigenschap die hem een goede spion en een nog betere president had gemaakt, maar die hem niet altijd even gemakkelijk in de omgang maakte.

'Die idioot van een Kealty weet niet wat hij doet. Erger nog, het kan hem niet schelen. Gisteren heeft hij twaalf mariniers laten omkomen in Bagdad. Weet je waarom?' Cathy Ryan gaf geen antwoord; ze wist dat het een retorische vraag was. 'Omdat iemand van zijn staf vond dat we een verkeerd signaal uitzenden als we mariniers met geladen geweren laten rondlopen. Verdomme, je zendt geen signalen uit naar mensen die wapens op je richten. En dan dit: hun compagniescommandant ging achter de schurken aan en ruimde er een stuk of zes op, maar toen kreeg hij bevel zich terug te trekken.'

'Van wie?'

'Van zijn bataljonscommandant, die waarschijnlijk instructies kreeg van de brigade, die ze weer van een of andere jurist zal hebben gekregen die Kealty's handlangers in de hiërarchische keten hebben gestopt. Het is vooral erg dat het hem niet kan schelen. Per slot van rekening is het begrotingsproces in volle gang, en dan wordt hij ook nog in beslag genomen door die verrekte bomen in Oregon.'

'Nou, of het nu goed of slecht is, veel mensen maken zich druk om het milieu, Jack,' zei Cathy Ryan tegen haar man.

Kealty, dacht Jack woedend. Hij had het allemaal van tevoren uitgedacht. Hij dacht dat Robby Jackson een geweldige president zou zijn geweest, maar hij had geen rekening gehouden met de verwrongen geest van die oude Ku-Klux-Klan-schoft die nu in de dodencellen van Mississippi op zijn executie zat te wachten. Jack was op het moment dat Robby werd vermoord in het Witte Huis geweest – wanneer was dat geweest? Zes dagen voor de verkiezingen, en Robby had een comfortabele voorsprong in de peilingen gehad. Er was niet genoeg tijd geweest om de zaken recht te zetten. De verkiezingen waren een chaos geworden, en Kealty was in feite de enige kandidaat geweest die overbleef. Alle stemmen die op Robby werden uitgebracht, werden nietig verklaard. In de verwarring waren veel kiezers trouwens gewoon thuisgebleven. Kealty, president bij gebrek aan tegenstanders, gekozen omdat er geen andere kandidaat meer was.

De overgangsperiode was zo mogelijk nog erger geweest. De begrafenis vanuit de baptistenkerk van Jacksons vader in Mississippi was een van Jacks allerergste herinneringen geworden. De media hadden zich smalend uitgelaten over zijn vertoon van emotie. Per slot van rekening werd van presidenten verwacht dat ze zich als robots gedroegen, maar hij was nooit zo iemand geweest.

En met verdomd veel reden, dacht Ryan.

Hier in deze keuken had Robby het leven van hemzelf, zijn vrouw, zijn dochter en zijn nog ongeboren zoon gered. Jack was in zijn leven niet vaak woedend geweest, maar als het om Robby's moordenaar ging, gedroeg hij zich als de vulkaan Vesuvius op een bijzonder slechte dag. Zelfs Robby's vader had vergevingsgezindheid gepreekt, waarmee weer eens was bewezen dat dominee Josiah Jackson een betere man was dan Ryan ooit zou zijn. Welk lot verdiende Robby's moordenaar? Misschien een pistoolkogel in zijn lever... Dan duurde het vijf of tien minuten voordat de schoft was doodgebloed, en al die tijd zou hij schreeuwen als een varken...

Het gerucht ging dat de huidige president overwoog alle doodstraffen in Amerika om te zetten in gevangenisstraffen. Zijn politieke bondgenoten lobbyden daarvoor bij de media en wilden een demonstratie voor algehele begenadiging organiseren op de Washington Mall. Over genade voor de slachtoffers van de moordenaars en ontvoerders hadden ze het natuurlijk nooit, maar toch zat het principe erg diep bij hen, en Ryan kon er wel respect voor opbrengen.

De ex-president haalde diep adem om te kalmeren. Hij had werk te doen. Hij werkte al twee jaar aan zijn memoires en het einde was in zicht gekomen. Het was vlugger gegaan dan hij had verwacht, zo vlug zelfs dat hij een vertrouwelijke aanvulling op zijn autobiografie had geschreven, een tekst die pas twintig jaar na zijn dood in de openbaarheid zou komen.

'Waar ben je?' vroeg Cathy, denkend aan haar agenda voor die dag. Ze had vier laseroperaties op het programma staan. Haar bewakingsteam van de Geheime Dienst had de patiënten al nagetrokken, voor het geval er eentje met een pistool of mes naar de operatiekamer zou komen, iets wat zo onwaarschijnlijk was dat Cathy zich er al lang geen zorgen meer om maakte. Of misschien was dat omdat ze wist dat haar bewakingsteam zich erom bekommerde.

'Huh?'

'In het boek,' verduidelijkte zijn vrouw.

'De laatste paar maanden.' Zijn belasting- en begrotingsbeleid, dat goed bleek te werken totdat Kealty er een vlammenwerper op zette.

En nu modderden de Verenigde Staten van Amerika voort onder het presidentschap – het bewind – van Edward Jonathan Kealty, een aristocraat die met een gouden lepel in zijn mond was geboren. Mettertijd zou alles wel op de een of andere manier worden rechtgezet; daar zou het volk voor zorgen. Maar het verschil tussen een menigte en een kudde was dat een menigte een leider had. En eigenlijk had het volk daar geen behoefte aan. Het volk kon het heel goed zonder leider stellen – want die kwam meestal toch wel op de een of andere manier bovendrijven. En wie koos de leider? Dat deed het volk. Maar het volk koos een leider uit een lijst van kandidaten; alleen dan kon je van een echte keuze spreken.

De telefoon ging. Jack nam op.

'Hallo?'

'Hé, Jack.' De stem was bekend genoeg. Ryans ogen straalden.

'Hallo, Arnie. Hoe gaat het in de academische wereld?'

'Zoals je zou verwachten. Heb je het nieuws van vanmorgen gezien?'

'De mariniers?'

'Wat vind je ervan?' vroeg Arnie van Damm.

'Het ziet er niet goed uit.'

'Ik denk dat het erger is dan het eruitziet. De journalisten vertellen niet het hele verhaal.'

'Doen ze dat ooit?' merkte Jack somber op.

'Nee, niet als ze het niet leuk vinden, maar sommigen zijn wel enigszins integer. Bob Holtzman van de *Post* kreeg last van zijn geweten. Hij belde me. Hij wil met je praten over wat jij denkt – natuurlijk off the record.'

Robert Holtzman van de *Washington Post* was een van de weinige journalisten die Ryan bijna vertrouwde, deels omdat hij Ryan nooit had bedrogen en deels omdat hij marineofficier was geweest – een 1630, de code die de marine vroeger voor een inlichtingenofficier gebruikte. Hoewel Ryan en hij het in politiek opzicht meestal niet met elkaar eens waren, was hij een integer man. Holtzman wist dingen uit Ryans verleden die hij nooit had gepubliceerd, ondanks het feit dat het sappige verhalen zouden zijn geweest, misschien zelfs verhalen waarmee hij carrière had kunnen maken. Aan de andere kant spaarde hij ze misschien alleen maar op voor een boek. Holtzman had een paar boeken geschreven, waaronder een bestseller, en daar vrij veel geld aan verdiend.

'Wat heb je tegen hem gezegd?' vroeg Jack aan Arnie.

'Ik zei tegen hem dat ik het zou vragen, maar dat je waarschijnlijk nee zou zeggen.'

'Arnie, ik mag de man graag, maar een ex-president mag niet de vloer aanvegen met zijn opvolger.'

'Ook niet als het een waardeloze klootzak is?'

'Zelfs dan niet,' bevestigde Jack somber. 'Misschien juist dan niet. Wacht eens. Ik dacht dat jij hem graag mocht. Wat is er gebeurd?'

'Misschien ben ik te veel bij jou in de buurt geweest. Sindsdien heb ik het gekke idee dat karakter ook iets waard is. Politiek is niet alleen een kwestie van manoeuvres en intriges.'

'Daar is hij heel goed in, Arnie. Zelfs ik moet hem dat nageven. Hé, wil je hierheen komen om een praatje te maken?' vroeg Ryan. Waarom zou hij anders op vrijdagmorgen bellen?

'Ja, daar belde ik voor.'

'Kom vooral langs. Je bent altijd welkom in mijn huis. Dat weet je.'

Cathy vroeg zachtjes: 'Dinsdag? Diner.'

'Kom je dinsdag bij ons dineren?' vroeg Jack aan Arnie. 'Je kunt blijven slapen. Ik zal tegen Andrea zeggen dat ze je kan verwachten.'

'Doe dat. Ik ben altijd een beetje bang dat die vrouw me overhoop gaat schieten, en omdat ze zo goed is, blijft het dan vast niet beperkt tot een vleeswond. Ik zie je dinsdagmorgen om een uur of tien.'

'Geweldig, Arnie. Tot dan.' Jack legde de telefoon neer en stond op om met Cathy naar de garage te lopen. Cathy was erop vooruitgegaan. Ze reed nu in een Mercedes-twoseater, al had ze kort geleden toegegeven dat ze de helikoptervluchten naar het Hopkins-ziekenhuis wel miste. Daar stond tegenover dat ze tegenwoordig voor autocoureur kon spelen, terwijl haar agent van de Geheime Dienst, Roy Altman, ex-kapitein van de 82ste luchtlandingsdivisie, zich krampachtig vasthield op de passagiersplaats. Eén serieuze man. Hij stond nu bij de auto te wachten, zijn jasje openhangend, de holster zichtbaar.

'Goedemorgen, professor Ryan,' groette hij.

'Hallo, Roy. Hoe gaat het met de kinderen?'

'Heel goed, dank u, mevrouw.' Hij maakte het portier open.

'Een productieve dag gewenst, Jack.' En de gebruikelijke ochtendkus.

Cathy ging zitten, maakte haar gordel vast en startte het twaalfcilindermonster dat onder de motorkap zat. Ze zwaaide en reed achteruit. Jack zag haar over de oprijlaan verdwijnen naar de plaats waar de rest van de colonne wachtte. Toen draaide hij zich om naar de keukendeur.

'Goedemorgen, Andrea,' zei hij.

'En u ook, meneer de president,' zei geheim agente Andrea Price-O'Day, Jacks voornaamste bewaker. Ze had een zoontje van twee, Conor, een leuk jongetje, wist Jack. Conors vader was Patrick O'Day, een naaste medewerker van FBI-directeur Dan Murray, iemand die door Jack tijdens zijn presidentschap was benoemd en niet door Kealty kon worden ontslagen, omdat de FBI niet aan het politieke spel mocht meedoen – tenminste, niet officieel.

'Hoe gaat het met de kleine?'

'Goed. Maar hij gaat nog niet graag op de pot. Hij huilt als hij hem ziet.'

Jack lachte. 'Jack was net zo. Arnie komt dinsdag om ongeveer tien uur 's morgens,' zei hij tegen haar. 'Hij blijft eten en dan slapen.'

'Nou, we hoeven geen heel grondig onderzoek naar hem te doen,' zei Andrea. Evengoed zouden ze voor alle zekerheid zijn sofinummer door de *national crime information computer* halen. De Geheime Dienst vertrouwde bijna niemand – zelfs geen eigen agenten, sinds Aref Raman in de fout was gegaan. Dat laatste had de dienst in grote moeilijkheden gebracht, maar Andrea's eigen man had geholpen die zaak op te lossen, en Raman zat nu in de federale gevangenis in Florence, Colorado, en zou pas over een hele tijd vrij komen. Florence was de ergste van alle federale gevangenissen, zo streng beveiligd als het maar kon, uitgegraven in de harde rotsen en volledig onder de grond. De bewoners van Florence kregen het zonlicht vooral op zwart-wittelevisie te zien.

Ryan liep de keuken weer in. Hij had meer kunnen vragen. De Geheime Dienst bewaarde veel geheimen. Hij had een antwoord kunnen krijgen omdat hij president was geweest, maar op die manier wilde hij het niet spelen.

En hij had werk te doen. Hij schonk nog een kop koffie in en liep naar zijn bibliotheek om aan hoofdstuk 48, versie 2, te werken. George Winston en het belastingstelsel. Het had echt goed gewerkt, totdat Kealty vond dat sommige mensen geen 'redelijk deel' betaalden. Natuurlijk was Kealty zelf de enige die bepaalde wat 'redelijk' was.

11

Het XITS van die ochtend bevatte een onderschept bericht, en de Campus bezat de sleutel om de encryptie te doorbreken. De inhoud was zo eenvoudig dat die encryptie op het eerste gezicht overbodig leek: iemands nicht was bevallen van een meisje. Dat moest een code zijn. De frase 'De stoel staat tegen de muur' werd in de Tweede Wereldoorlog bijvoorbeeld gebruikt om het Franse verzet te waarschuwen dat het een bepaalde actie tegen het bezettende Duitse leger moest ondernemen. 'Jean heeft een lange snor' betekende dat de invasie van D-day eraan zat te komen, evenals 'Mijn hart is geraakt door monotone loomheid'.

Wat betekent dit? vroeg Jack zich af. Misschien had iemand inderdaad kort geleden een baby gekregen, en nog een meisje ook, wat in de Arabische cultuur op zich geen belangrijke gebeurtenis was. Of misschien was er een groot (of klein) geldbedrag overgemaakt. Ze probeerden de activiteiten van de tegenstander bij te houden door zich in geldstromen te verdiepen. De Campus had mensen geëlimineerd die dergelijke geldstromen verzorgden. Een van hen was Uda Bin Sali geweest. Die was in Londen gedood met dezelfde pen die Jack in Rome had gebruikt om MoHa te doden.

Iets trok Jacks aandacht. De e-mail was verstuurd naar een ongewoon groot aantal adressen in Frankrijk. *Is daar iets op komst?* vroeg hij zich af.

'Heb je weer een strohalm om je aan vast te klampen?' vroeg Rick Bell, het hoofd analyse van de Campus, tien minuten later aan Jack. Bell vond het bericht over de geboorte te vaag om er iets mee te kunnen doen.

'Wat hebben we anders?' vroeg Jack. 'Afgezien van de baby zijn er een paar overboekingen, maar daar zijn de jongens beneden mee bezig.'

'Grote overboekingen?'

Jack schudde zijn hoofd. 'Nee, in totaal nog geen half miljoen euro. Huishoudgeld. Ze hebben een nieuwe verzameling creditcards opgebouwd. We kunnen dus geen vliegtickets meer volgen. De FBI is daar evengoed mee bezig, voor zover ze iets zonder onze codesleutels kunnen beginnen.'

'Maar onze sleutels gaan ook niet eeuwig mee,' merkte Bell op. 'Binnenkort veranderen ze hun encryptiesystemen, en dan moeten we opnieuw beginnen. Het beste waarop we kunnen hopen, is dat ze daarmee wachten tot we iets onderscheppen wat de moeite waard is. Verder nog iets?'

'Alleen maar vragen, zoals waar de grote baas zich schuilhoudt. Daar hebben we niets over gehoord.'

'De NSA houdt alle telefoonsystemen op de wereld in de gaten. Dat gaat zo ver dat hun computers het bijna niet aankunnen. Ze willen twee nieuwe mainframes kopen bij Sun Microsystems, dat wordt deze week goedgekeurd. In Californië zijn ze de dozen al aan het verzamelen.'

'Wordt de NSA ooit geld of iets anders geweigerd?' vroeg Jack zich af.

'Dat zal ik niet meer meemaken,' antwoordde Bell. 'Zolang ze de formulieren maar goed invullen en maar door het stof kruipen voor de Congrescommissies.'

De NSA kreeg altijd wat hij wilde, wist Jack. De CIA niet, maar de NSA genoot meer vertrouwen en hield zich meer op de achtergrond. Nou ja, meestal dan. Niet lang na 11 september 2001 was de NSA tot het besef gekomen dat zijn SIGINT-technologie om communicatie te onderscheppen hopeloos ontoereikend was, en dus hadden ze een bedrijf in San Diego, SAIC (*Science Applications International Corporation*) ingehuurd om de systemen in Fort Meade te verbeteren. Het project, dat *Trailblazer* heette en dat zesentwintig maanden duurde en tweehonderdtachtig miljoen dollar kostte, leverde niets op. Vervolgens kreeg SAIC een contract van driehonderdzestig miljoen dollar toegekend voor de opvolger van Trailblazer. Door die verspilling van geld en tijd rolden er koppen bij de NSA en werd hun tot dan toe onbesmette blazoen beschadigd. Omdat er weliswaar aan een nieuw systeem, *Execute Locus*, werd gewerkt maar het systeem nog niet uit de bètafase was, vulde de NSA zijn onderscheppingscomputers aan met mainframes van Sun, die op zichzelf erg krachtig waren maar toch te vergelijken waren met zandzakken die gebruikt werden om een tsunami tegen te houden. Erger nog: tegen de tijd dat Execute Locus online kwam, zou het al bijna weer verouderd zijn, vooral door de komst van de nieuwe topcomputer van IBM, *Sequoia*.

Jack mocht zichzelf dan een echte techneut vinden, de capaciteit van Sequoia was duizelingwekkend. De computer was sneller dan de beste vijfhonderd supercomputers van de wereld bij elkaar. Hij kon twintig biljard mathematische processen per seconde verrichten, een cijfer dat alleen te bevatten was als je een vergelijking maakte: wanneer ieder van de 6,7 miljard mensen op aarde een rekenmachine had, en als ze allemaal vierentwintig uur per dag samenwerkten, elke dag van het jaar, zouden ze meer dan drie eeuwen nodig hebben om te doen wat Sequoia in één uur kon. Daar stond tegenover dat Sequoia nog niet helemaal klaar was om in actie te komen. Volgens de jongste berichten was de machine ondergebracht in zesennegentig koelcellen die meer dan vierhonderd vierkante meter besloegen.

Zo groot als een groot huis van twee verdiepingen, dacht Jack. Zouden ze ook rondleidingen geven?

Bell vroeg hem: 'Waarom denk je dat dit bericht belangrijk is?'

'Waarom zou je een geboorteaankondiging versleutelen?' antwoordde Jack. 'En we hebben het met hun eigen sleutel ontcijferd. Oké, veel schurken hebben kinderen in hun familie, maar er worden geen namen genoemd van de moeder, de vader of het kind. Het bericht is te klinisch.'

'Dat is waar,' zei Bell.

'En dan nog iets: er staat een nieuwe geadresseerde op de verspreidingslijst, en hij gebruikt een andere ISP. Daar kunnen we ons eens in verdiepen. Misschien is hij niet zo zorgvuldig met zijn beveiliging en zijn financiële gegevens als de anderen.'

Tot dan toe waren al hun Franse e-mails afkomstig van onzichtbare serviceproviders of 'fire-and-forget'-e-mailaccounts, met alleen een geest aan het andere eind, en aangezien alles van buitenlandse providers kwam, maakte de Campus weinig kans om daar verder mee te komen. Als de Fransen op de hoogte waren, zouden die gewoon naar de serviceprovider toe kunnen gaan om zijn accountinformatie op te halen. Dan kregen ze op zijn minst zijn creditcardnummer, en dan gingen ze naar het adres waar de rekening van de creditcard elke maand heen werd gestuurd, tenzij die kaart voorzien was van een valse backstop, maar zelfs dan zouden ze een zoekoperatie op touw kunnen zetten en kunnen proberen de puzzelstukjes aan elkaar te leggen. Veel van die kleine puzzelstukjes vormden samen een groot beeld. Met een beetje geluk.

'Misschien moet er wat gehackt worden, maar er is een kans dat we genoeg te pakken krijgen om die kerel op het spoor te komen.'

'We kunnen het altijd proberen,' beaamde Bell. 'Doe het maar.'

Voor Ibrahim was de geboorteaankondiging een mooie verrassing. In de schijnbaar onschuldige mededeling zaten drie boodschappen verborgen: zijn deel van Lotus ging over naar de volgende fase, de communicatieprotocollen veranderden, en er was een koerier onderweg.

Het was laat in de middag in Parijs, en de stad krioelde van het spitsverkeer. Het was mooi weer. De toeristen waren terug. Ze kwamen uit

Amerika voor het commerciële amusement van Parijs en de filosofische ontevredenheid van de Parijzenaars. Ze kwamen voor het eten en de wijn en voor de bezienswaardigheden. Velen kwamen tegenwoordig met de trein uit Londen, maar dat kon je niet aan hun kleren zien. De taxichauffeurs brachten hun vrachtjes van hot naar her, gaven onderweg informele uitspraaklessen en mopperden over hun fooien – in elk geval deden Amerikanen dát goed, in tegenstelling tot de meeste Europeanen.

Ibrahim Salih al-Adel was volledig geacclimatiseerd. Zijn Frans was accentloos en hij liep erbij als een inwoner van de stad, zonder met grote ogen om zich heen te kijken als een aap in een dierentuin. Toch bleef hij sommige dingen van de Fransen gek vinden. Vooral de vrouwen. Die liepen hooghartig rond te stappen in hun modieuze kleren, vaak met mooie en dure leren handtassen, maar meestal met comfortabele wandelschoenen, want mensen liepen hier meer dan dat ze reden. Om met hun trots te pronken, dacht hij.

Hij had een normale werkdag gehad. Hij had video's en dvd's verkocht, vooral van Amerikaanse films met Franse nasynchronisatie of ondertitels – die zijn klanten in de gelegenheid stelden de kennis van de Engelse taal uit te proberen die ze op school hadden opgedaan. (De Fransen mochten dan een hekel aan Amerika hebben, een film was een film, en de Fransen hielden meer van films dan welke andere natie ook.)

De volgende dag zou hij met het samenstellen van zijn team en het plannen van de missie beginnen, iets wat gemakkelijker gezegd dan gedaan was. Maar dat had hij al overwogen, zij het niet in het veld, maar in zijn flat. Een deel van het overleg kon hier in Parijs worden gevoerd, via internet, maar alleen in algemene termen. De details van hun operatie konden pas worden beoordeeld als ze ter plaatse waren, maar als ze hier in Parijs hun huiswerk deden, zou dat hun kostbare tijd in de toekomst besparen. Sommige logistieke elementen waren al op hun plaats, en tot nu toe had de informant ter plaatse goede, betrouwbare gegevens verstrekt.

Wat had hij nodig voor de missie? Een paar mensen. Allemaal gelovigen. Vier. Niet meer. Je had kennis van explosieven nodig. Auto's waarvan de herkomst niet na te gaan was – dat was natuurlijk geen probleem. Veel talenkennis. Ze moesten eruitzien alsof ze daar thuishoorden, wat gezien de locatie van het doel niet moeilijk zou zijn. Er waren niet veel mensen die de subtiliteiten van huidskleuren konden onderscheiden, en hij sprak zelf Engels met nauwelijks een accent, dus dat zou ook geen probleem zijn.

Maar bovenal moest ieder lid van zijn team een ware gelovige zijn.

Met de bereidheid te sterven. En met de bereidheid te doden. Buitenstaanders dachten al gauw dat het eerste belangrijker was dan het laatste, maar terwijl velen bereid waren te sterven, was het veel nuttiger je leven alleen op te offeren voor iets wat de zaak ten goede kwam. Te veel mensen zagen zichzelf als heilige strijders en verlangden naar hun tweeënzeventig maagden, terwijl ze in werkelijkheid jonge mensen met weinig vooruitzichten waren, voor wie de religie de weg was naar een grootsheid die ze op een andere manier nooit zouden bereiken. Het was opmerkelijk dat ze te dom waren om zelfs dat in te zien. Dat was de reden waarom hij de leider was en zij de volgelingen waren.

12

Ook als ze niet eerder in het motel was geweest, had ze het gemakkelijk kunnen vinden, want het stond aan de straat die het stadje Beatty met veel optimisme Main Street noemde, al was het in werkelijkheid niets meer dan een stuk weg tussen Highway 95 en Highway 374 waar maar vijftig kilometer per uur mocht worden gereden.

Het motel zelf – Motel 6 van Death Valley – had ondanks zijn naargeestige uiterlijk betrekkelijk schone kamers die naar desinfecterende zeep roken. Ze had niet alleen slechtere hotels meegemaakt, maar ook haar bijzondere talenten op slechtere plaatsen ingezet. En met slechtere mannen, voor veel minder geld. Als er al iets aan deze plek mankeerde, dan was het de naam van het motel.

Allison, een Krasjny-Tataar – haar echte naam was Aysilu, wat in de plaatselijke versie van het Turks 'mooi als de maan' betekende – had van haar ouders en voorouders een gezond respect voor voortekens geërfd, zowel subtiele als openlijke, en de naam Motel 6 van Death Valley behoorde beslist tot de laatste categorie, vond ze.

Maar het gaf niet. Voortekens waren veranderlijk, en hun betekenis was altijd onderhevig aan interpretatie. In dit geval was de naam van het motel waarschijnlijk niet relevant; de man in kwestie was zozeer in haar ban dat hij geen bedreiging vormde, noch direct noch indirect. En bij wat ze hier kwam doen hoefde ze niet echt na te denken, zo goed was ze getraind. Het hielp ook dat mannen simpele, voorspelbare wezens waren die zich door de meest elementaire behoeften lieten leiden. 'Mannen zijn van klei,' had haar eerste instructeur, een vrouw die Olga heette, haar eens verteld, en zelfs op de jonge leeftijd van elf jaar had ze de waarheid daarvan ingezien. Ze had die waarheid gezien in de hunkerende blikken van de jongens in haar dorp, en zelfs in de altijd kijkende ogen van sommige mannen.

Al voordat ze volwassen werd en haar lichaam tot bloei begon te komen, had ze instinctief geweten welke sekse niet alleen de schone maar ook de sterkere was. Mannen waren fysiek sterk en hadden hun voordelen, maar Allison werkte met een ander soort kracht, een kracht die haar goed van pas was gekomen, die haar in gevaarlijke situaties in leven had gehouden en haar in staat had gesteld goed door moeilijke tijden heen te komen. En nu ze tweeëntwintig was, en haar dorp ver achter zich had gelaten, maakte haar kracht haar rijk. Beter nog: in tegenstelling tot veel van haar vroegere opdrachtgevers had deze haar niet eens op auditie laten komen. Ze wist niet of dat met hun strikte religieuze principes te maken had of alleen maar van een professionele instelling getuigde, maar ze hadden haar meteen geaccepteerd, al was ze wel aanbevolen – ze wist niet door wie, maar het moest iemand met invloed zijn geweest. Het inmiddels stopgezette programma waarin ze haar training had gehad, was strikt geheimgehouden.

Ze reed langs het parkeerterrein van het motel en om het hele blok heen, om vervolgens vanuit de andere richting terug te komen, op zoek naar iets wat niet klopte, iets wat haar intuïtie in werking stelde. Ze zag zijn auto, een blauwe Dodge pick-up, model 1990, en een stuk of vijf andere, de meeste met nummerborden uit de staat, en eentje uit Californië en eentje uit Arizona. Toen ze had geconstateerd dat alles in orde was, reed ze naar een benzinestation, keerde daar snel en ging naar het motel terug om haar auto daar op het parkeerterrein te zetten. Ze stond twee plaatsen bij de pick-up vandaan. Ze nam even de tijd om haar make-up in het spiegeltje te bekijken en twee condooms uit het dashboardkastje te pakken. Ze liet ze in haar tasje vallen en klapte het glimlachend dicht. Hij had de laatste tijd over de condooms geklaagd, had gezegd dat hij niets tussen hen in wilde hebben, maar ze had voet bij stuk gehouden en gezegd dat ze wilde wachten tot ze elkaar beter kenden en zich misschien op soa's hadden laten onderzoeken voordat ze in hun relatie naar het volgende stadium gingen. In werkelijkheid had dat alles niets met haar aarzeling te maken. Haar opdrachtgever had grondig werk geleverd en haar een gedetailleerd dossier van de man gegeven – van zijn dagelijkse bezigheden tot en met zijn eetgewoonten en de geschiedenis van zijn relaties. Hij had twee vriendinnen gehad, een meisje op de middelbare school dat hem in de vakantie voor het laatste schooljaar had gedumpt, en een ander meisje kort nadat hij was afgestudeerd. Ook dat was een kortstondige affaire geweest. De kans dat hij een ziekte had, was bijna nihil. Nee, die condooms waren alleen maar een middel dat ze gebruikte. De intimiteit waarnaar hij verlangde, was een behoefte, en behoeften van anderen kon je gebruiken om iets te bereiken. Als ze eindelijk 'toegaf' en hem onbeschermd bij zich toeliet, zou dat haar greep op hem alleen maar verstevigen.

Van klei, dacht ze.

Toch kon ze het niet veel langer uitstellen, want haar werkgever vroeg al om informatie die ze nog los moest krijgen. Het ging haar niet aan waarom ze ongeduldig waren en wat ze precies van plan waren met de informatie die ze naar hen doorsluisde, maar het was duidelijk dat de geheimen van deze man uiterst belangrijk waren. Aan de andere kant kon je zulke dingen niet opjagen. Niet als je goede resultaten wilde.

Ze stapte uit, deed het portier van de auto op slot en liep naar de kamer. Zoals altijd had hij een rode roos tussen de deurknop en het kozijn hangen – 'hun' code om haar te laten weten waar ze hem kon vinden. Het was best een aardige man, maar zo zwak en zo hunkerend dat het haar grote moeite kostte iets anders dan minachting voor hem te voelen.

Ze klopte op de deur en hoorde voetstappen snel naar de deur komen, waarna de ketting er ratelend af werd gehaald. De deur zwaaide open, en daar stond hij dan, in zijn corduroybroek en een van de vijf rafelige T-shirts die hij bezat en die allemaal naar een sciencefictionfilm of televisieserie verwezen.

'Hé, daar,' kirde ze, en ze duwde als een volleerde mannequin haar heup naar voren. Na jaren van training had ze geen enkel accent meer. 'Blij me te zien?'

Haar zomerjurk – in de lichte perzikkleur waar hij zo van hield – omsloot haar op alle goede plaatsen en was op andere plaatsen juist wijd: het volmaakte evenwicht van zedigheid en vurigheid. De meeste mannen beseften het zelf niet, maar wilden dat hun vrouwen in het dagelijks leven dames en in de slaapkamer hoeren waren.

Zijn hongerige blik gleed over haar benen en borsten en bleef toen rusten op haar gezicht. 'Eh, ja... God, ja,' mompelde hij. 'Kom binnen.'

In de twee uur daarna bedreven ze twee keer de liefde. De eerste keer duurde maar een paar minuten, de tweede keer tien minuten, en dat alleen omdat ze hem van zich af had gehouden. *Een ander soort spieren*, dacht ze. Maar niet minder sterk. Toen ze klaar waren, lag hij hijgend op zijn rug, zijn borst en gezicht nat van het zweet. Ze rolde zich van hem af, drukte zich tegen zijn schouder en ademde diep uit.

'Wow,' mompelde ze. 'Dat was... Wow...'

'Ja, dat was het,' antwoordde hij.

Steve zag er niet slecht uit, met krullend rossig haar en lichtblauwe ogen, maar hij was haar te mager, en zijn baard kriebelde aan haar gezicht en dijen. Aan de andere kant was hij schoon, hij rookte niet, en hij had een goed gebit, dus al met al had het erger kunnen zijn, wist ze.

Wat zijn vaardigheden in het liefdesspel betrof... Die had hij bijna niet. Hij was een overdreven attente minnaar, veel te teder, altijd bang dat hij iets verkeerds deed of iets anders zou moeten doen. Ze deed haar best om hem gerust te stellen. Ze zei alle goede dingen en maakte alle goede geluiden op alle goede momenten, maar toch vermoedde ze dat hij bang was haar te zullen verliezen – niet dat hij haar echt 'had'.

Het was typisch het syndroom van de *beauty* en de *beast*. Hij zou haar natuurlijk niet verliezen, in elk geval niet voordat ze het antwoord had gekregen dat haar opdrachtgevers nodig hadden. Allison voelde zich heel even schuldig toen ze zich voorstelde hoe hij zou reageren als ze verdween. Ze was er vrij zeker van dat hij verliefd op haar was geworden, dat was tenslotte ook de bedoeling, maar hij was zo... onschuldig dat het moeilijk was om niet van tijd tot tijd medelijden met hem te hebben. Moeilijk, maar niet onmogelijk. Ze zette die gedachte uit haar hoofd.

'Hoe was het op je werk?' vroeg hij.

'Goed. Hetzelfde als altijd: mijn ronden doen, mijn verhaal vertellen, mijn telefoonnummers uitdelen en de dokters een beetje in mijn decolleté laten kijken...'

'Hé!'

'Rustig maar. Ik maak een grapje. Veel artsen maken zich zorgen over die middelen die zijn teruggeroepen.'

'Op tv, die pijnstillers?'

'Ja, die. We staan onder grote druk van de fabrikant om ze te blijven verkopen.'

Hij wist niet beter dan dat ze artsenbezoekster was en vanuit Reno werkte. Ze hadden elkaar 'ontmoet' in een Barnes & Noble boekwinkel, waar ze in de Starbucks, die in die winkel was gevestigd, een stuiver tekortkwam om voor haar koffie te betalen. Steve had achter haar in de rij gestaan en nerveus aangeboden het verschil bij te passen. Gewapend met zijn dossier – of met het beetje van zijn dossier dat ze nodig dacht te hebben – en dus goed op de hoogte van zijn gewoonten, had ze er geen moeite mee gehad de ontmoeting te arrangeren. Het was nog gemakkelijker geweest toen ze belangstelling had getoond voor een boek dat hij las, iets over werktuigbouwkunde, een onderwerp dat haar in werkelijkheid absoluut niet interesseerde. Hij had dat niet gemerkt, zo geweldig vond hij het dat een mooi meisje aandacht aan hem schonk.

'Al die technische dingen...' zei ze. 'Ik begrijp niet hoe je dat doet. Ik heb geprobeerd een van die boeken te lezen die je me hebt gegeven, maar het ging me boven de pet.'

'Nou, je bent erg slim, dat staat vast, maar het is nogal droge stof. Vergeet niet: ik heb er vier jaar voor gestudeerd, en zelfs toen leerde ik eigenlijk niets praktisch. Dat gebeurde pas toen ik mijn werk deed. Het MIT heeft me veel geleerd, maar niets in vergelijking met wat ik daarna heb geleerd.'

'Wat bijvoorbeeld?'
'O, je weet wel. Dingen.'
'Zoals?'
Hij gaf geen antwoord.
'Oké, oké, ik snap het. Je bent de man van de topgeheimen.'
'Dat is het niet, Ali,' zei hij een beetje jengelend. 'Alleen moet je in mijn werk een heleboel papieren tekenen – geheimhoudingsverklaringen en dat soort dingen.'
'Wow, dan moet je wel belangrijk zijn.'
Hij schudde zijn hoofd. 'Nee. Je weet hoe de overheid is... paranoïde op en top. Eigenlijk verbaast het me dat ze ons nooit een leugendetectortest hebben laten doen, maar wie weet?'
'Wat is het? Wapens en dat soort dingen? Wacht eens even... Ben je raketgeleerde?'
Hij grinnikte. 'Nee, geen raketgeleerde. Werktuigbouwkundige – een doodgewone ingenieur van dertien in een dozijn.'
'Spion?' Ze steunde op een elleboog en liet het laken wegvallen van haar bleke borst. 'Dat is het, hè? Je bent spion.'
'Nee, ook geen spion. Ik bedoel, kom op, kijk nou eens naar mij. Ik ben een nerd.'
'De volmaakte dekmantel.'
'Goh, je hebt wel fantasie. Dat moet ik je nageven.'
'Je ontwijkt de vraag. Dat verraadt je. Het is typisch iets wat spionnen zouden doen.'
'Nee. Sorry dat ik je moet teleurstellen.'
'Wat dan? Vertel het me...'
'Ik werk voor het ministerie van Energie.'
'Kernenergie en zo.'
'Ja.'
In werkelijkheid wist ze precies wat hij voor de kost deed, waar hij werkte en wat daar gebeurde. Wat ze wilde weten – wat haar opdrachtgevers wilden weten – was veel specifieker. Ze hadden er alle vertrouwen in dat hij de benodigde informatie kon verstrekken – voor zover hij de gegevens niet in zijn hoofd had, kon hij er bij komen. Ze vroeg zich weleens af waarom ze gebruik van haar maakten en hem niet simpelweg van de straat hadden geplukt om de informatie met bot geweld uit hem los te krijgen. Ze vermoedde dat het antwoord evenveel te maken had met de plaats waar hij werkte als met de onbetrouwbaarheid van martelmethoden. Als Steve verdween of onder ook maar enigszins verdachte omstandigheden dood werd aangetroffen, zou niet alleen de plaatselijke politie maar ook de FBI een onderzoek instellen, en dat wil-

den haar opdrachtgevers waarschijnlijk tot elke prijs vermijden. Evengoed zei het wel iets dat ze niet voor de directere methode hadden gekozen. De informatie die ze nodig hadden, was dus buitengewoon belangrijk. Steve was misschien wel hun enige bruikbare bron. Dat betekende dat die informatie ergens anders heel streng werd bewaakt, of dat hij er uitzonderlijk veel kennis van bezat.

Niet dat het er iets toe deed. Ze zou het werk doen, het geld aanpakken en dan... nou, wie zou het zeggen?

Haar beloning was aanzienlijk, genoeg om haar de kans te geven ergens anders een nieuw leven op te bouwen, iets anders te gaan doen om de kost te verdienen. Iets heel gewoons, bijvoorbeeld bibliothecaresse of boekhoudster. Ze glimlachte bij het idee. Het zou mooi zijn om een gewoon leven te leiden. Ze zou heel voorzichtig met deze mensen moeten zijn. Ze wist niet wat ze wilden doen met de informatie, maar die was blijkbaar van groot belang. Belangrijk genoeg om een moord te plegen, vermoedde ze.

Weer aan het werk...

Ze streek loom met haar nagels over zijn borst. 'Je loopt toch geen gevaar? Ik bedoel dat je kanker kunt krijgen of zo.'

'Nee,' zei hij. 'Niet echt. Er is wel een klein risico, maar ze hebben protocollen en regels en voorschriften – zoveel dat je het wel heel erg moet verknoeien om schade op te lopen.'

'Dus er is nog nooit iets gebeurd, met niemand?'

'Dat wel, maar meestal zijn het domme dingen, bijvoorbeeld iemand die een vorkheftruck op zijn voet krijgt of die in zoutjes stikt in de kantine. Het heeft een paar keer weinig gescheeld op... op andere plaatsen, maar dat gebeurde dan meestal doordat iemand slordig was, en zelfs wanneer dat gebeurt, zijn er back-upsystemen en procedures. Geloof me, schat, er kan mij weinig overkomen.'

'Goed. Daar ben ik blij om. Ik moet er niet aan denken dat je gewond raakt of ziek wordt.'

'Dat gebeurt niet, Ali. Ik ben heel voorzichtig.'

We zullen zien, dacht ze.

13

Jack junior drukte zich plat tegen de zijkant van het houten huis en schuifelde daarlangs naar voren. Hij voelde hoe de splinters van de ruwe planken aan zijn overhemd bleven haken. Bij de hoek bleef hij staan, zijn wapen in twee handen, de loop naar beneden gericht. Anders dan in Hollywoodfilms of politieseries op tv, dacht hij, waar ze hun pistool met de loop omhoog naast hun gezicht hielden. Zeker, dat zag er goed uit – niets kon de vierkante kaken en staalblauwe ogen van een held zo goed omlijsten als een zware Glock –, maar daar ging het niet om. Het ging erom dat je in leven bleef en de boeven uitschakelde. Het had zijn voordelen om in het Witte Huis op te groeien, omringd door professionals van de Geheime Dienst, die hun wapens beter kenden dan hun eigen kinderen.

Aan de manier waarop ze in Hollywood een pistool vasthielden waren twee nadelen verbonden: een slechter gezichtsveld en het gevaar van een hinderlaag. In de echte wereld ging het erom dat je ook onder druk je doel trof, en dat had alles te maken met mentaliteit en gezichtsveld. Het eerste was een kwestie van conditionering, het tweede van techniek. Het was veel gemakkelijker en effectiever als je een wapen omhoog bracht om het doel goed in het vizier te krijgen en een schot te lossen dan wanneer je het omlaag bracht. De andere factor – de hinderlaag – kon zich voordoen wanneer je een hoek omging en oog in oog met een boef kwam te staan. Wilde je dan je pistool in de hoogte hebben, naast je gezicht, of wilde je het ergens hebben waar je misschien een kans maakte om een kogel in de benen van die kerel te schieten voordat hij je tackelde en je in een worstelpartij terechtkwam? Dat gebeurde natuurlijk niet erg vaak, maar wat Jack betrof, wat echte schutters betrof, was het veel beter om met een boef te worstelen die een paar 9mm-kogels in zijn been had dan met een die dat niet had.

Theorie, Jack, zei hij tegen zichzelf. Hij keerde terug naar het hier en nu. Theorieën waren er voor het leslokaal, niet voor de echte wereld.

Waar was Dominic nou? Ze waren bij de voordeur uit elkaar gegaan. Dominic was naar rechts gegaan om de achterkamers van het huis – de mogelijk 'zwaardere' kamers – voor zijn rekening te nemen, terwijl Jack naar links was gegaan, op weg naar de meer open keuken en huiskamer. *Maak je geen zorgen om Dominic; maak je zorgen om jezelf.* Zijn neef was van de FBI – in elk geval officieel – en had geen lessen nodig op dit gebied.

Jack verlegde het pistool naar zijn linkerhand, veegde zijn vochtige handpalm af aan zijn broekspijp en bracht het wapen naar zijn rechterhand terug. Hij haalde diep adem, ging een kort stapje achteruit en gluurde om de hoek. Keuken. Koelkast rechts, avocadogroen aanrecht, roestvrijstalen spoelbak, links een magnetron. Eethoek verderop, voorbij het aanrecht, naast de achterdeur.

Jack keek of hij iets zag bewegen, maar zag niets, en dus kwam hij met zijn pistool in de aanslag tevoorschijn. Hij liet zijn blik door de keuken gaan, gevolgd door de loop van zijn pistool, en sloop toen naar binnen. Rechts voor hem was een boogpoort. Hij had de plattegrond van het huis in zijn hoofd zitten en wist dat de poort naar de huiskamer leidde. Dominic zou door de andere kamer, rechts van hem, komen om zich bij hem aan te sluiten...

'Jack, raam slaapkamer achterkant!' schreeuwde Dominic van ergens dieper in het huis naar hem. 'Iemand op de vlucht! Door het zijraam! Blanke man, rood jasje, gewapend... Ik ga achter hem aan!'

Jack weerstond de impuls om eropaf te rennen. In plaats daarvan liep hij langzaam en gestaag de rest van de keuken door en keek hij om de hoek naar de huiskamer. Daar was niemand. Hij liep naar de deur van de patio. Daar bleef hij links van de deurpost staan, hopelijk achter de houten balk onder de gipsplaat. Die balk zou in theorie een kogel die voor hem bestemd was tegenhouden of vertragen. Vervolgens bukte hij zich om uit het patrijspoortachtige raampje in het steegje achter het huis te kijken. Rechts van hem zag hij iemand door dat steegje lopen: een blauw jack met gele letters. Dominics FBI-jack. Jack deed de deur open, keek nog eens en duwde toen tegen de hordeur. Recht tegenover hem zat een donkere deuropening in de bakstenen muur; links stond een groene vuilcontainer. Hij liep die kant op, zijn pistool omhoog, op zoek naar een doelwit. Hij zag een schaduw in de deuropening bewegen, draaide zich bliksemsnel om en zag het silhouet van een man op de drempel verschijnen.

'Staan blijven! Geen beweging!' riep hij, maar de man liep door en zijn linkerarm kwam in het licht, een hand met een revolver. 'Laat vallen!' riep Jack opnieuw. Hij wachtte nog een seconde en schoot toen twee keer. Beide kogels troffen doel. De man viel in de deuropening terug. Jack draaide zich weer om naar de vuilcontainer. Hij keek om de hoek, op zoek naar...

Toen trof iets hem in zijn rug, tussen de schouderbladen, en hij wankelde naar voren. Hij voelde dat het bloed naar zijn hoofd steeg en dacht: *Shit, verdomme...* Hij viel tegen de vuilcontainer, kwam daar met zijn linkerschouder tegenaan, en probeerde zich snel om te draaien naar de plaats waar het schot vandaan was gekomen... Hij werd opnieuw getroffen door een kogel, ditmaal net onder zijn oksel, en wist dat het te laat was.

'Stop!' riep een stem door een megafoon, gevolgd door drie snelle fluittonen die door het steegje galmden. 'Einde oefening, einde oefening!'

'O, man...' mompelde Jack. Hij leunde met zijn rug tegen de vuilcontainer en ademde diep uit.

De man die hem zojuist had neergeschoten – FBI-agent Walt Brandeis – kwam uit de deuropening en schudde bedroefd zijn hoofd. 'Allemachtig. Dat je op die manier dood moet gaan, jongen, met een groene verfspat midden op je rug...' Jack zag het vage glimlachje op de lippen van Brandeis, die Jack van top tot teen bekeek en met zijn tong klakte. 'Eeuwig zonde.'

Dominic kwam de hoek van het steegje om draven, bleef abrupt staan en zei: 'Opnieuw?'

'Het probleem is als volgt, Jack. Je was...'

'Te gehaast. Ik weet het.'

'Nee, deze keer niet. Het is meer dan dat. Haast was niet je echte probleem. Het was er een deel van, maar het was niet de reden waarom je werd gedood. Wil je ernaar raden?'

Jack junior dacht even na. 'Ik veronderstelde dingen.'

'Ja, dat deed je. Je veronderstelde dat de persoon die je in de deuropening zag de enige aanwezige was. Je veronderstelde dat je hem had uitgeschakeld en maakte je toen geen zorgen meer. Dat noem ik het opluchtingssyndroom in hinderlagen. Je komt het niet in de boeken tegen, maar het gaat als volgt. Je hebt een hinderlaag overleefd, al heeft het heel weinig gescheeld, en je voelt je fantastisch. Onbewust ga je ervan uit dat die deur en de kamer binnen nu helemaal veilig zijn. Als dit het echte leven was geweest en als er daar twee mannen waren geweest, zou de gemiddelde domme crimineel waarschijnlijk tegelijk met zijn collega het vuur op je hebben geopend, maar er zijn altijd uitzonderingen – de zeldzaamheid van een intelligente schurk – en die uitzonderingen worden je dood.'

'Je hebt gelijk,' mompelde Jack, en hij nam een slok cola. 'Verdomme.'

Samen met Brian, die niet aan de laatste oefening had deelgenomen, waren Dominic en hij naar de pauzekamer gegaan. Hij had eerst nog een debriefing gehad van Brandeis, die hem niet had ontzien, of hij nu de zoon van een ex-president was of niet. Hij had ongeveer hetzelfde tegen Jack gezegd als Dominic nu, alleen op een grappiger manier. Brandeis, die uit Mississippi kwam, had iets van een komiek in zich, en daardoor kwam zijn kritiek nooit zo hard over. Al bleef het kritiek. *Wat dacht je, Jack, dat je hierheen kwam en dan als een expert weer wegging?*

Zoals veel in Hogan's Alley, de nagebouwde stad die als trainingscentrum voor de FBI in Quantico werd gebruikt, was de pauzekamer spartaans ingericht, met wanden en vloeren van multiplex en formicatafels die eruitzagen alsof er met hamers op was geslagen. Maar het trainingscentrum zelf was allesbehalve met de Franse slag in elkaar gezet, compleet met bank, postkantoor, kapperszaak en biljartzaal. *En donkere deuropeningen*, dacht Jack. Die voelden heel echt aan, net als de paintballkogel die hij tussen zijn schouderbladen had gekregen. Het jeukte daar nog steeds, en hij vermoedde dat hij later onder de douche een grote striem zou zien. Maar verf of niet, dood was dood. Hij vermoedde dat ze speciaal voor hem paintballkogels hadden gebruikt. Afhankelijk van het scenario dat werd gespeeld en de agenten die op een bepaald moment de leiding hadden, kon Hogan's Alley veel luidruchtiger en ook veel gevaarlijker zijn. Jack had zelfs het gerucht gehoord dat het HRT – het *hostage rescue team*, gijzelingsteam – soms met echte kogels oefende. Maar ja, die kerels waren de besten van de besten.

'En jij? Moet je niet ook wat zeggen?' vroeg Jack aan Brian, die onderuitgezakt in zijn stoel zat, schommelend op twee poten. 'Hou jij ook nog maar een preek.'

Brian schudde glimlachend zijn hoofd en knikte naar zijn broer. 'Dat is zijn terrein, neef, niet het mijne. Als je naar Twenty-nine Palms komt, spreken we elkaar wel weer.' De mariniers hadden hun eigen, angstaanjagend realistische trainingscentrum, dat officieel het MOUT heette – *military operations on urbanized terrain*. 'Tot dan toe hou ik mijn mond.'

Dominic trommelde met een knokkel op de tafel voor Jack. 'Jezus, je hebt ons toch zelf gevraagd je hierheen te brengen?'

De harde klank in Dominics stem was onmiskenbaar, en Jack schrok er even van. *Wat is er aan de hand?* vroeg hij zich af. 'Ja.'

'Je wilde voelen hoe het echt was, hè?'

'Ja.'

'Nou, gedraag je dan niet als een kleine jongen die betrapt is op afkijken. Dit zijn geen preken. Het kan niemand wat schelen wie je bent, en of je bij de derde poging een beginnersfout hebt gemaakt. De eerste tien keer dat ik over deze baan ging, kreeg ik ook een kogel. Die deuropening die je niet hebt gezien? Ze hebben dat verrekte ding bijna naar mij vernoemd, zo vaak ben ik daar getroffen.'

Jack geloofde hem. In Hogan's werden al meer dan twintig jaar FBI-agenten getraind, en de enigen die er heelhuids doorheen kwamen, waren degenen die de oefening zo vaak hadden gedaan dat ze alles konden dromen. Zo was het met alles, wist Jack. Oefening baart kunst – het was geen cliché, maar een axioma, vooral in het leger en bij de politie. Oefeningen maakten nieuwe circuits in je mentale bedrading, terwijl je lichaam spiergeheugen ontwikkelde – je deed steeds weer hetzelfde, totdat je spieren en synapsen perfect samenwerkten en je er niet meer bij na hoefde te denken. *Hoe lang duurt zoiets?* vroeg hij zich af.

'Kom nou...' zei Jack.

'Nee. Vraag maar aan Brandeis. Die zal het je graag vertellen. Ik heb heel wat kogels van hem geïncasseerd. Shit, de eerste twee keer liep ik gewoon langs die deur, en dat werd dan meteen mijn dood. Ik heb er niet veel behoefte aan om je dit te vertellen, maar je hebt het verdomd goed gedaan voor iemand die hier pas begonnen is. Griezelig goed. Wie had dat kunnen denken... Mijn intellectuele neef een echte revolverheld!'

'Nu probeer je me te paaien.'

'Nee, dat is niet zo. Echt waar, man. Kom op, Brian. Zeg het tegen hem.'

'Hij heeft gelijk, Jack. Al is het nog niet perfect. Allemachtig, je doorkruiste Dominic twee keer in de wasserette...'

'Doorkruiste?'

'Als je voor een kamer staat, kort voordat je naar binnen gaat, dan splits je je op en ga je naar binnen... De ene groep gaat naar de zware kant, de andere naar de lichte kant...' zei Dominic.

'Ja, dat weet ik nog.'

'In de wasserette ging je opzij en richtte je je pistool buiten je zone. De loop was twee keer op mij gericht – recht op mijn achterhoofd. Dat mag je echt niet doen.'

'Oké, dat is dus les nummer één: richt je pistool niet op je vrienden.'

Brian lachte. 'Ja, zo kun je het stellen. Zoals ik al zei... Je bent nog niet perfect, maar je hebt een geweldig goed instinct. Heb je iets voor ons achtergehouden? Heb je bij de Geheime Dienst getraind toen je nog jong was? Misschien een paar keer op vakantie geweest bij Clark en Chavez?'

Jack schudde zijn hoofd. 'Nee, dat niet. Ik bedoel, ja, ik heb wel wat schietoefeningen gedaan, maar niets zoals dit. Ik weet het niet... Het was of het zich in mijn hoofd afspeelde voordat het gebeurde...' Jack haalde zijn schouders op en glimlachte. ‘Misschien heb ik een beetje mariniers-DNA van mijn vader. Of misschien heb ik gewoon te vaak naar *Die Hard* gekeken.’

‘Ik heb het gevoel van niet,’ zei Brian. ‘Maar wat het ook is, ik zou jou niet graag als tegenstander hebben.’

‘Ik ook niet.’

Ze hieven hun blikjes cola en lieten ze tegen elkaar tikken.

‘Eh, jongens...’ zei Jack aarzelend. ‘Weten jullie nog, vorig jaar... in Italië?’

Brian en Dominic keken elkaar even aan. ‘Dat weten we nog,’ zei Dominic. ‘Dat was niet niks.’

‘Nou, eh, ik dacht dat ik daar best wat meer van zou willen – niet precies dat, maar zoiets.’

Brian zei: ‘Jezus, neef, heb je het er nou over dat je je los wilt maken van je toetsenbord en in de echte wereld wilt gaan leven? Ik zie de duivel al hard wegrennen.’

‘Heel grappig. Nee, ik hou van het werk dat ik doe, en ik weet dat het nut heeft, maar die dingen zijn zo ontastbaar. Wat jullie doen – wat wij in Italië hebben gedaan – is het echte werk. Je bent er zelf bij en ziet de resultaten met je eigen ogen.’

‘Nu je daar toch over begint...’ zei Dominic. ‘Ik heb je altijd nog willen vragen: zaten die dingen je na afloop dwars? Niet dat het moet, maar laten we eerlijk wezen: je werd min of meer met je reet achteruit in de stront gegooid – als ik een flauwe woordspeling mag gebruiken.’

Jack dacht even na. ‘Wat moet ik daarop zeggen? Dat het me dwarszat? Nou, dat is niet zo. Niet echt. Ja, ik was nerveus, en in de fractie van een seconde voordat het gebeurde, dacht ik: wat ben ik eigenlijk aan het doen? Maar toen was het voorbij. Het was alleen een kwestie van hem en mij, en ik deed het gewoon. Om de vraag te beantwoorden die je volgens mij probeert te stellen: nee, ik heb er nooit wakker van gelegen. Zou dat moeten?’

‘Shit, nee.’ Brian keek om zich heen om er zeker van te zijn dat ze alleen waren en boog zich toen met zijn onderarmen op de tafel naar voren. ‘Je kunt niet zeggen dat het zou moeten of niet, Jack. Het is zo of het is niet zo. Als je er niet wakker van ligt, is dat goed. Die klootzak kreeg zijn verdiende loon. De eerste keer dat ik iemand doodschoot, Jack, had hij mij onder schot. Het was doden of gedood worden. Ik legde hem neer en ik wist dat ik daar goed aan deed. Toch heb ik er een paar nachtmerries van gehad. Of het nu goed of fout was, of hij het nu verdiende of niet, het is nooit leuk om iemand te doden. Wie denkt dat dat wel leuk is, is niet goed bij zijn hoofd. We hebben allemaal veel bravoure, maar daarbij gaat het er niet om dat we mensen doden. Het gaat erom dat we goed zijn in de dingen waarvoor we ons een ongeluk hebben getraind, dat we voor de jongens links en rechts van ons zorgen, en dat we er met al onze vingers en tenen aan de andere kant weer uitkomen.'

'Trouwens, Jack,' voegde Dominic eraan toe, 'die kerel in Italië zou anders maar zijn doorgegaan. Hij zou veel mensen het leven hebben gekost, voordat iemand hem naar de andere wereld hielp. Voor mij is dat doorslaggevend. Het is heel goed dat een schurk zijn verdiende loon krijgt, maar wat wij doen – wat we met dit alles proberen te bereiken – is geen wraak, in elk geval niet omwille van de wraak zelf. Als je het op die manier speelt, is het net zoiets als de stal op slot doen wanneer de paarden al zijn ontsnapt. Ik hou veel liever de kerel tegen die van plan is de staldeur open te maken.'

Brian keek enkele ogenblikken strak naar zijn tweelingbroer en schudde toen grijnzend zijn hoofd. 'Krijg nou wat. Mama zei altijd al dat jij de filosoof van de familie was. Nu geloof ik haar pas.'

'Ja, ja...' mompelde Dominic. 'Het is geen kwestie van filosofie, maar van rekenen. Je doodt er één en redt daarmee honderden of duizenden levens. Als we het over fatsoenlijke burgers hadden, zou dat nog steeds een moeilijke vergelijking zijn, maar dat zijn ze niet.'

'Ik ben het met hem eens, Jack,' zei Brian. 'We krijgen de kans om iets echt goeds te doen. Maar als je deze dingen wilt doen omdat je denkt dat wraak de oplossing is, of dat het allemaal James Bond-shit is...'

'Dat denk ik n...'

'Goed, want dat is het niet, bij lange na niet. Het is rottigheid, punt uit. En wraak is een motief van niks. Je wordt er slordig van, en slordigheid wordt je dood.'

'Dat weet ik.'

'Dus wat ga je doen?'

'Met Gerry praten, denk ik. Horen wat hij ervan zegt.'

'Dat zou ik dan maar heel goed voorbereiden,' zei Dominic. 'Gerry heeft toch al een groot risico genomen toen hij jou in dienst nam. Je vader zou een rolberoerte krijgen...'

'Laat mijn vader maar aan mij over, Dom.'

'Goed, maar als je denkt dat Gerry je meteen een pistool geeft en zegt dat je de wereld veilig mag maken, kun je het wel vergeten. Als je de pijp uitgaat, is hij degene die het telefoontje moet plegen.'

'Dat weet ik.'

'Goed.'

'Maar als ik met hem ga praten, steunen jullie me?' vroeg Jack.

'Ja, voor zover je daar iets aan hebt,' antwoordde Brian. 'Maar dit gaat niet met meerderheid van stemmen, Jack. Ook als hij het idee niet meteen van de hand wijst, legt hij het waarschijnlijk voor aan Sam.' Sam Granger was het hoofd Operaties van de Campus. 'Ik denk niet dat hij ons tweeën om raad zal vragen.'

Jack knikte. 'Je hebt waarschijnlijk gelijk. Nou, zoals je zei: dan moet ik dat gesprek maar heel goed voorbereiden.'

14

Het was herfst. Dat merkte je aan de wind en aan het pakijs, dat zich van de kust terugtrok, zodat het zwarte water van de Noordelijke IJszee te zien was. Het water kon niet veel kouder worden zonder in ijs te veranderen, en aan ijs was nog steeds geen gebrek. Op die manier werd je er weer eens aan herinnerd dat de zomer hier een vluchtige aangelegenheid was. Moeder Natuur was altijd even grimmig en harteloos, zelfs onder een kristalblauwe hemel met een paar schapenwolkjes.

Het leek hier wel wat op zijn eerste marinestationering in Poljarny, twaalf jaar eerder, toen de Sovjetmarine min of meer werd opgeheven. Nou ja, ze hadden nog een paar schepen over. De meeste daarvan lagen in de havens aan de Kolafjord, met mannen die bij de marine bleven omdat het moest of omdat ze nergens anders heen konden. Er waren een paar schepen met een bemanning die bijna geheel en al uit officieren bestond, die zowaar nog een paar keer per jaar betaald kregen. Vitali was een van de laatste mannen geweest die zijn dienstplicht in de voormalige Sovjetmarine had moeten vervullen. Tot zijn verbazing had hij gemerkt dat het werk hem goed beviel.

Na de stompzinnige basisopleiding was hij gepromoveerd tot *starsjina*, onderofficier. Hij was tewerkgesteld als tweede bootsman. Het was zwaar, slopend werk geweest, maar het had hem ook bevrediging geschonken en aan het eind had hij een nuttig vak geleerd. Hij had persoonlijk van de ondergang van de Sovjetmarine geprofiteerd door voor een prikje een oud maar goed onderhouden T-4 amfibische landingsboot te kopen die hij min of meer tot passagiersboot verbouwde. Hij had meestal wetenschappelijke gezelschappen aan boord, die het poolgebied onderzochten om redenen die hij niet kende en die hem niet interesseerden. Soms had hij jagers aan boord, die een ijsbeer wilden schieten om er een duur kleedje van te maken.

Zijn chartergezelschap voor de komende week wachtte in een vissersdorpje op hem. Twee dagen geleden had hij hun materieel alvast aan boord genomen: een GAZ-truck met aandrijving op alle wielen, nieuwe banden en een nieuwe laklaag, voorzien van een zwaar A-frame. De truck was afgeleverd door een anonieme chauffeur, die waarschijnlijk net als hij in euro's was betaald. Zoals iedere goede kapitein had Vitali de lading geïnspecteerd, en tot zijn verbazing had hij geconstateerd dat de truck ontdaan was van alle vormen van identificatie, tot en met het nummer op het motorblok. Hoewel zoiets niet erg ingewikkeld was en je er ook geen monteur voor nodig had, had Vitali toch het gevoel dat zijn chartergezelschap dat werk niet zelf had gedaan. Ze waren dus hierheen gekomen, hadden een in goede staat verkerende GAZ gekocht, iemand goed betaald om hem te strippen en daarna een particuliere boot gehuurd. Veel geld om mee te strooien en buitensporig veel behoefte aan anonimiteit. Wat betekende dat?

Maar het had geen zin om te nieuwsgierig te zijn. Slimme mensen wisten hoe gevaarlijk nieuwsgierigheid was, en hij mocht graag van zichzelf denken dat hij slim was. De euro's zouden ervoor zorgen dat hij zich niets herinnerde. Daar had het gezelschap overigens het volste vertrouwen in. De leider van de groep, die duidelijk van mediterrane afkomst was, had tegen Vitali gezegd dat hij hem Fred moest noemen. Dat was natuurlijk een verzonnen naam, maar er zaten ook praktische redenen achter. Het was een soort grapje tussen hen geworden; dat was nog eens bevestigd door de grijns van Fred toen ze elkaar voor het eerst spraken.

Hij zag zijn chartergezelschap aan boord komen en naar hem zwaaien, en toen dat was gebeurd, gaf hij Vanja, zijn machinist/dekknecht, opdracht de lijnen los te maken. Vitali startte de dieselmotoren, en even later voeren ze de haven uit.

Al gauw was hij op de vaargeul die naar zee leidde. Het zwarte water lokte hem niet bepaald aan, maar hij en de boot hoorden daar thuis en het was een goed gevoel om weer uit te varen. Om de ochtend perfect te maken had Vitali alleen nog iets rustgevends nodig, en dat loste hij op met een Amerikaanse Marlboro Lights 100-sigaret. Toen kon de ochtend niet meer stuk. De plaatselijke vissersvloot was de haven al uit – wat maakten die mannen afschuwelijk lange uren – en het water was goed bevaarbaar, met alleen een lichte deining tegen de boeien.

Toen hij de golfbrekers achter zich had, wendde hij de steven naar stuurboord en volgde een koers naar het oosten.

Zoals hem was opgedragen, had Adnan zijn team klein gehouden: alleen hijzelf en drie anderen die hij volledig vertrouwde, net genoeg mensen om het zware werk te doen, maar niet genoeg om een probleem te vormen als het tijd was voor de onvermijdelijke afsluiting van hun missie. Hij had dat trouwens niet erg gevonden. Per slot van rekening zou hij ongeveer hetzelfde lot ondergaan als zijn landgenoten. Een droevige noodzaak, dacht hij. Nee, hij was vooral bang dat ze zouden falen. Als ze hier zouden falen, zou dat ongetwijfeld gevolgen hebben voor de operatie als geheel, wat die ook mocht zijn, en Adnan zou alles doen wat in zijn macht lag om ervoor te zorgen dat ze niet faalden.

Zijn leven. Adnan glimlachte bij het idee. Ongelovigen beschouwden dat alles – bomen, water, materiële bezittingen – als leven, maar het leven werd niet bepaald door wat je at en dronk en met je lichamelijke begeerten bezoedelde. De tijd die je op aarde doorbracht, was alleen maar voorbereiding op wat daarna kwam, en als je vroom was en de ene ware God gehoorzaamde, zou je beloning onvoorstelbaar glorieus zijn. Daarentegen was het minder zeker, besefte Adnan, wat zijn lot zou zijn als hij hier succes had. Zou hij dan grotere missies krijgen of zou zijn stilzwijgen van meer waarde zijn voor de jihad? Hij gaf de voorkeur aan het eerste, al was het alleen maar om Allah te kunnen blijven dienen, maar als het laatste zijn lot was, dan moest dat maar. Hij zou beide resultaten met dezelfde gelijkmoedigheid ondergaan, in de zekerheid dat hij zijn aardse leven zo goed mogelijk had geleid.

Wat er ook zou komen, dacht hij, het lag in de toekomst en hij zou wel zien wat het was. In het heden had hij werk te doen. Belangrijk werk, al wist hij niet precies hoe het in het grotere beeld paste. Het was aan wijzere mensen om daarover te beslissen.

Ze waren de vorige dag bij het vissersdorp aangekomen, nadat ze afscheid hadden genomen van de chauffeur die hun truck naar de haven zou brengen en hem aan de charterkapitein zou overdragen die ze hadden ingehuurd. Het dorp was grotendeels verlaten. De meeste bewoners waren vertrokken toen het water na jaren van overbevissing niets meer opleverde. De weinige dorpelingen die er nog waren, leefden op zichzelf en probeerden zo goed mogelijk rond te komen terwijl de herfst op weg was naar de winter. Adnan en zijn mannen, gehuld in parka's en met sjaals voor hun gezicht om zich tegen de kou te beschermen, hadden weinig aandacht getrokken, en de pensionhouder, die verbaasd en blij was geweest omdat er betalende klanten kwamen, had hun geen vragen gesteld – niet waar ze vandaan kwamen en niet wat hun reisplannen waren. En als de man ernaar had gevraagd, had Adnan hem geen antwoord kunnen geven, ook niet als hij dat had gewild. De toekomst was aan Allah, of de rest van de wereld dat nu wist of niet.

Het was donker in Parijs, en er hing een kilte in de lucht waar de twee Arabieren meer last van hadden dan de Parijzenaars. Maar dat was een excuus voor meer wijn, en die was welkom. En er zaten nu zo weinig mensen op het terras dat ze met meer openheid konden praten. Als iemand hen al gadesloeg, dan gebeurde dat heel zorgvuldig. En je kon niet voortdurend bang zijn voor alles, zelfs niet in dit vak.

'Wacht je op een nieuw bericht?' vroeg Fa'ad.

Ibrahim knikte. 'Het moet nu onderweg zijn. Een goede koerier. Erg betrouwbaar.'

'Wat verwacht je?'

'Ik heb geleerd niet te speculeren,' zei Ibrahim. 'Ik volg de instructies op die ik krijg. De emir weet wat er moet gebeuren, nietwaar?'

'Tot nu toe heeft hij veel resultaten behaald, maar soms denk ik dat hij een oud wijf is,' mopperde Fa'ad. 'Als je je operatie intelligent uitdenkt, werkt het. Wij zijn de handen en ogen van de emir in het veld. Hij heeft ons uitgekozen. Hij zou ons meer moeten vertrouwen.'

'Ja, maar hij ziet dingen die wij niet zien. Vergeet dat nooit,' bracht Ibrahim zijn gast in herinnering. 'Daarom neemt hij de beslissingen over alle operaties.'

'Ja, hij is erg wijs,' gaf Fa'ad toe. Hij meende dat niet helemaal, maar moest het evengoed zeggen. Hij had trouw gezworen aan de emir, en dat was dat, al had hij dat vijf jaar eerder gedaan, toen hij nog een enthousiaste tiener was. Mensen geloofden veel op die leeftijd, en zwoeren gemakkelijk trouw. En het duurde jaren voordat zo'n eed was uitgewerkt. Als dat al ooit gebeurde.

Toch had hij zijn twijfels. Hij had de emir maar één keer ontmoet, terwijl Ibrahim kon zeggen dat hij de man kende. Dat was de aard van hun werk. Ibrahim noch Fa'ad wist waar hun leider woonde. Ze kenden maar één eind van een lange elektronische keten. Dat was een verstandige veiligheidsmaatregel: de Amerikaanse politie was waarschijnlijk net zo goed als de Europese, en de Europese politie was geducht. Evengoed had de emir wel wat van een oud wijf. Hij vertrouwde niet eens degenen die hadden gezworen dat ze desnoods voor hem zouden sterven. Wie vertrouwde hij dan wel? Waarom hem niet? vroeg Fa'ad zich af. Hij was te pienter om dingen te accepteren 'omdat ik het zeg', zoals iedere moeder op de wereld tegen elk zoontje van vijf zegt. Nog frustrerender was het dat hij niet eens bepaalde vragen mocht stellen, want dat zou erop wijzen dat hij ontrouw was. En in hun organisatie stond ontrouw gelijk aan een verzoek om zelfvernietiging. Aan de andere kant zag Fa'ad het nut daarvan wel in, zowel vanuit het standpunt van de emir als voor de organisatie als geheel.

Het was niet gemakkelijk om Allahs werk te doen, maar dat had Fa'ad geweten toen hij eraan begon. Tenminste, dat zei hij tegen zichzelf. Nou ja, in Parijs kon je tenminste naar de vrouwen op straat kijken. De meesten waren gekleed als hoeren en pronkten met hun lichaam alsof ze reclame maakten voor wat ze te bieden hadden. Het was goed, dacht Fa'ad, dat Ibrahim ervoor had gekozen in deze stad te gaan wonen. Hier was de omgeving tenminste prettig om naar te kijken.

'Dat is een mooie,' zei Ibrahim, alsof hij Fa'ad antwoord gaf. 'Dat is de vrouw van een arts, en jammer genoeg pleegt ze geen overspel. Dat is mijn ervaring.'

Fa'ad lachte. 'Staan Franse vrouwen open voor toenaderingen?'

'Sommige wel. Het is moeilijk hun gedachten te lezen. Er zijn maar weinig mannen die dat kunnen, zelfs hier.' Ibrahim lachte hard. 'In dat opzicht zijn Franse vrouwen niet anders dan die bij ons. Sommige dingen zijn universeel.'

Fa'ad nam een slokje wijn en boog zich dichter naar hem toe. 'Zal het werken?' vroeg hij. Hij doelde op hun voorgenomen operatie.

'Ik zie geen reden waarom het niet zou werken, en de gevolgen zullen de moeite waard zijn. We zullen er wel nieuwe vijanden door krijgen, maar wat maakt dat uit? We hebben toch al geen vrienden onder de ongelovigen. Voor ons gaat het er nu alleen om dat we alles op zijn plaats krijgen voor de aanslag.'

'*Inshallah*,' antwoordde Fa'ad.

En ze lieten hun glazen tegen elkaar tikken, zoals Fransen doen als ze tot overeenstemming zijn gekomen.

Er ging niets boven het voordeel van een thuiswedstrijd, dacht ex-president Ryan. Omdat hij geschiedenis had gestudeerd aan de Georgetown University, kende hij de campus bijna even goed als zijn eigen huis. Al met al had hij het lezingencircuit verrassend aangenaam gevonden. Het was gemakkelijk werk en hij kon schandalig veel geld verdienen met praten over een onderwerp dat hij goed kende: zijn tijd in het Witte Huis. Tot nu toe was het publiek ook aangenaam genoeg geweest. Tachtig procent van degenen die hem met lastige vragen bestookten, bestond uit aanhangers van complottheorieën en werd vlug tot de orde geroepen door de andere aanwezigen. De andere twintig procent bestond uit linkse mensen die van mening waren dat Edward Kealty het land nog net had teruggetrokken van een afgrond die Ryan had gecreëerd. Dat was natuurlijk onzin, maar hun oprechtheid was boven elke twijfel verheven, en daar was Ryan zich goed van bewust: er was de realiteit, en er was de waarneming daarvan, en die twee kwamen bijna nooit overeen. Dat was een les die Arnie van Damm – meestal vergeefs – in Ryans hoofd had proberen te stampen toen hij nog president was, een les die Ryan met zijn koppige, trotse mentaliteit niet gemakkelijk had kunnen accepteren. Sommige dingen waren gewoon wáár, of mensen dat nou wilden inzien of niet. Het was Ryan nog steeds een raadsel hoe de meerderheid van de Amerikaanse kiezers dat blijkbaar uit het oog kon verliezen en op Kealty had gestemd, maar ja, hij was dan ook geen objectieve waarnemer. Robby had in het Witte Huis moeten zitten. Hij moest erop letten dat er niets van die teleurstelling in zijn toespraken doordrong. Hoe graag hij ook zou willen, kritiek op een zittende president – zelfs een klootzak – was ongepast.

De deur van de foyer – in dit geval een kleine hal naast het McNeir Auditorium – ging open, en Andrea Price-O'Day, de voornaamste geheim agent van zijn bewakingsteam, liep langs de agenten bij de deur.

'Vijf minuten, meneer de president.'

'Hoe is het publiek?' vroeg Ryan.

'Volle bak. Geen fakkels en mestvorken.'

Ryan moest lachen. 'Altijd een goed teken. Hoe zit mijn das?'

Hij had al vroeg geleerd dat Andrea veel handiger in het knopen van zijn das was dan hijzelf – bijna even goed als Cathy, maar zijn vrouw de dokter was die ochtend al vroeg naar het ziekenhuis vertrokken, en dus had hij zijn das zelf geknoopt. Dat had hij beter niet kunnen doen.

Andrea hield haar hoofd schuin en keek er onderzoekend naar. 'Niet slecht, meneer de president.' Ze trok de das een beetje recht en knikte toen goedkeurend. 'Straks verlies ik mijn baan.'

'Dat zal niet gebeuren, Andrea.' Price-O'Day was al lang bij de familie Ryan, zo lang dat de meesten van hen er bijna nooit bij stilstonden dat ze gewapend was en bereid was voor hen te doden of te sterven.

Er werd op de deur geklopt, en een van de agenten stak zijn hoofd door de opening. 'SHORTSTOP,' zei hij, en hij maakte de deur open om Jack junior binnen te laten.

'Jack!' zei de oudere Ryan, en hij liep naar zijn zoon toe.

'Hé, Andrea,' zei Jack junior.

'Meneer Ryan.'

'Leuke verrassing,' zei de ex-president.

'Nou, eh, mijn afspraakje had afgezegd, en dus...'

Ryan lachte. 'Een man moet zijn prioriteiten stellen.'

'Hé, zo bedoelde ik het niet...'

'Laat maar. Blij dat je bent gekomen. Heb je een plaats in de zaal?'

Jack junior knikte. 'Voorste rij.'

'Goed. Als ik in de problemen kom, kun je me helpen.'

Jack verliet zijn vader, liep door de gang, ging een verdieping omlaag en begaf zich naar de zaal. Daar was het bijna donker. Een op de twee tl-lampen in het plafond was uit. Zoals de meeste onderwijsinstellingen deed Georgetown zijn best om 'groen' te zijn. Toen Jack langs een vergaderkamer kwam, hoorde hij geschraap van metaal, alsof er een stoel over de vloer werd getrokken. Hij deed een stap terug en gluurde door het smalle raampje. In de kamer knielde een schoonmaker in een blauwe overall bij een vloerpoetsmachine neer die hij op zijn kant had gezet. Hij porde met een schroevendraaier in de boenpad. Zonder erbij na te denken duwde Jack de deur open en stak hij zijn hoofd naar binnen. De schoonmaker keek op.

'Hallo,' zei Jack.

'Hallo.' De man was blijkbaar een latino en sprak met een zwaar accent. 'Pad verwisselen,' zei hij.

'Sorry dat ik u stoor,' zei Jack, en hij deed de deur weer dicht. Hij haalde zijn mobiele telefoon tevoorschijn en draaide Andrea's nummer. Ze nam meteen op. Jack zei: 'Hé, ik was op weg naar de zaal... Er is hier een schoonmaker...'

'Vergaderkamer 2b?'

'Ja.'

'We hebben hem gecontroleerd, en we gaan opnieuw met een detector door die kamer. We gaan trouwens via de kelder.'

'Oké, ik meld het maar.'

'Ben je op zoek naar een tweede baan?' vroeg ze.

Jack grinnikte. 'Hoe is de betaling?'

'Veel minder dan wat jij verdient. En je maakt hier verschrikkelijke uren. Tot later.'

Andrea verbrak de verbinding. Jack liep door naar de zaal.

'Het is tijd, meneer de president,' zei ze tegen ex-president Ryan, die opstond en zijn manchetten recht trok. Dat gebaar was typisch iets van Jack Ryan senior, maar ze zag een beetje van de zoon in de vader, en na het telefoontje van SHORTSTOP over de schoonmaker wist ze dat Jack junior ook in nog een ander opzicht veel van zijn vader weghad. Bestond er zoiets als een spionnen-gen? vroeg ze zich af. Zo ja, dan had Jack junior het waarschijnlijk geërfd. Net als zijn vader was hij enorm nieuwsgierig en zocht hij overal iets achter. Hij had die schoonmaker gezien en meteen gedacht dat er iets afwijkends gebeurde. Het was vals alarm geweest, maar het was goed dat hij er melding van had gemaakt. Agenten van de Geheime Dienst leerden door training en ervaring op zulke dingen te letten.

Andrea keek op haar horloge en liet de route nog eens door haar hoofd gaan. Ze zag de plattegrond voor zich, met de hoeken en afstanden. Toen ze tevreden was, klopte ze twee keer aan en gaf ze de agenten daar het teken dat SWORDSMAN naar de zaal kon gaan. Ze wachtte nog even tot het kordon zich had gevormd, maakte toen de deur open, keek in de gang en stapte de kamer uit, waarna ze Ryan een teken gaf dat hij kon volgen.

Jack junior zat in de zaal en bladerde gedachteloos in het programma van die avond. Hij zag de woorden wel, maar ze drongen niet echt tot hem door. Er knaagde iets aan zijn onderbewustzijn, het vage gevoel dat hij iets achterwege had gelaten... Misschien iets wat hij had willen doen voordat hij de Campus verliet?

De rector magnificus van de Georgetown University verscheen op het toneel en liep onder een beleefd applaus naar het spreekgestoelte. 'Goedenavond, dames en heren. Omdat er maar één punt op het programma van vanavond staat, zal ik mijn inleiding kort houden. De voormalige president John Patrick Ryan is lange tijd in overheidsdienst geweest...'

Schoonmaker. Het woord kwam ongevraagd bij Jack opzetten. De man was gecontroleerd, had Andrea gezegd. Maar toch... Jack greep naar zijn mobiele telefoon, maar pakte hem niet. Wat zou hij zeggen? Dat hij een voorgevoel had? Vanaf zijn plaats kon hij de linkerkant van het podium zien. Daar verschenen twee geheim agenten in zwarte pakken. Achter hen kwamen Andrea en zijn vader.

Voordat hij besefte wat hij deed, was Jack overeind gesprongen en liep hij naar de zijdeur. Hij draafde de trap op, ging naar links, liep door de gang en telde intussen de deuren van de vergaderkamers.

Schroevendraaier, dacht hij, en plotseling werd het vage gevoel dat hij twee minuten eerder had gehad veel scherper. De schoonmaker had een schroevendraaier gebruikt om een pad te verwijderen dat met een borgmoer aan de vloerpoetsmachines was vastgemaakt.

Met bonkend hart kwam Jack bij de juiste vergaderkamer. Hij bleef er vlak voor staan en zag licht door het smalle raampje komen, maar hoorde geen geluiden uit de kamer komen. Hij wachtte even, liep toen naar de deur en probeerde de knop. Op slot. Hij gluurde door het raam. De poetsmachine stond er nog. De schoonmaker was weg. De schroevendraaier met platte kop lag op de vloer.

Jack draaide zich om en draafde naar de zaal terug. Hij bleef bij de deur staan, beheerste zich, duwde toen de deur voorzichtig open en deed hem achter zich dicht. Een paar mensen keken op toen hij binnenkwam, waaronder een van Andrea's agenten, die in het middenpad stond. Hij knikte Jack even toe en keek toen weer de zaal door.

Jack tuurde nu zelf door de zaal. Hij zocht eerst naar een blauwe overall, maar gaf dat al gauw op; de schoonmaker zou de zaal niet zijn binnengekomen. Achter het podium zou ook niemand zijn; die zone van het gebouw zou door Andrea's team zijn afgesloten. *Wie dan wel?* dacht hij, turend naar de zee van gezichten. Belangstellenden, agenten, campusbewakers...

Naast de oostelijke muur stond een particuliere bewaker. Zijn gezicht bevond zich voor een deel in de schaduw en hij hield zijn handen gevouwen voor zich. Net als de agenten keek hij naar het publiek. Net als de agenten... Jack bleef kijken en telde de campusbewakers. Vijf in totaal. En geen van hen keek naar het publiek. Omdat ze niet getraind waren in persoonlijke bescherming, was hun aandacht niet gericht op het publiek – waar een bedreiging vandaan zou kunnen komen –, maar op het podium. Behalve die ene particuliere bewaker bij de oostelijke muur.

Jack haalde zijn mobiele telefoon tevoorschijn en sms'te naar Andrea: BEWAKER, OOSTMUUR = SCHOONMAKER.

Op het podium stond Andrea drie meter links achter het spreekgestoelte. Jack zag dat ze haar mobiele telefoon pakte, op het schermpje keek en het ding weer in haar zak stopte. Ze reageerde onmiddellijk. Haar manchetmicrofoon kwam naar haar mond en ging weer omlaag. De agent in het middenpad liep nonchalant de treden van het middenpad op en sloeg rechts af een zijpad in, op weg naar de oostelijke muur. Nu zag Jack dat Andrea bij zijn vader ging staan. Ze koos positie om zo nodig tussen zijn vader en de bewaker in te kunnen gaan staan.

De agent uit het middenpad had het gangpad langs de oostelijke muur bereikt. Tien meter bij hem vandaan draaide de bewaker zijn hoofd in die richting. Hij keek heel even naar de agent en richtte zijn blik toen weer op het podium, waar Andrea de blokkeerpositie had ingenomen. Zijn vader, die dat merkte, wierp een snelle blik in haar richting, maar bleef praten. Hij wist natuurlijk wat Andrea deed, dacht Jack, maar niet of er een specifieke bedreiging was.

Bij de oostelijke muur zag de bewaker ook wat Andrea deed. Nonchalant zette hij twee stappen door het gangpad en bukte zich toen om iets in het oor van iemand uit het publiek te fluisteren. De vrouw keek verrast naar de bewaker op en kwam toen van haar stoel. Glimlachend pakte de bewaker haar bij haar elleboog vast. Hij liep om haar rechterkant heen en leidde haar door het gangpad naar de uitgang bij het podium. Toen ze ter hoogte van de vierde rij waren, kwam Andrea weer een stap naar voren. Ze handhaafde haar blokkeerpositie.

Ze maakte de knoopjes van haar jasje los.

De bewaker bracht plotseling zijn linkerhand van de elleboog van de vrouw naar haar kraag. Toen liep hij zijdelings langs de voorste rij. De vrouw slaakte een kreet. Mensen keken om. De rechterhand van de bewaker verdween in zijn broeksband. Hij trok de vrouw naar zich toe om haar als schild te gebruiken. Andrea's pistool kwam tevoorschijn.

'Staan blijven. Geheime Dienst!'

Achter haar waren de andere agenten al in beweging gekomen. Ze gingen om de vroegere president heen staan, duwden hem omlaag en leidden hem vlug naar de andere kant van het podium.

De hand van de bewaker kwam met een 9mm-pistool uit zijn broekzak. Toen de bewaker zijn doelwit buiten bereik zag komen, beging hij de fout waarop Andrea wachtte. Met zijn pistool ter hoogte van het podium kwam hij een stap naar voren. Op die manier kwam hij ook gedeeltelijk achter zijn menselijke schild vandaan.

Andrea schoot één keer. Op vijf meter afstand trof de lagesnelheidskogel met holle punt zijn doel: hij sloeg in tussen het linkeroog en het oor van de bewaker. De kogel, bestemd voor schoten op korte afstand, met veel mensen eromheen, deed wat hij volgens de fabrikant moest doen: hij zette zich uit in de hersenen van de bewaker, verbruikte in een duizendste van een seconde al zijn energie en bleef zeven centimeter bij de andere kant van de schedel vandaan zitten, zoals later uit de sectie zou blijken.

De bewaker viel meteen neer, al dood voordat hij op de vloer lag.

'Andrea zegt dat jij me hebt gered,' zei ex-president Ryan twintig minuten later in de limousine.

'Ik heb alleen maar gewaarschuwd,' zei Jack.

Het was een surrealistische ervaring geweest, dacht Jack, maar op de een of andere manier toch minder surrealistisch dan de nasleep. Hoewel de reeks gebeurtenissen van korte duur was geweest – vijf seconden vanaf het moment dat de bewaker de vrouw van haar plaats had gehaald tot aan het moment waarop hij dodelijk door Andrea's kogel werd getroffen – duurde het allemaal veel langer als Jack het weer door zijn gedachten liet gaan. Dat was te verwachten, nam hij aan. Het publiek was zo hevig van het schot geschrokken dat het alleen maar een paar kreten had geslaakt, en die waren dan nog afkomstig geweest van de mensen die dicht bij de plaats zaten waar de aanslagpleger dood was neergevallen.

Jack van zijn kant was zo verstandig om niet in beweging te komen. Hij bleef tegen de westelijke muur staan, terwijl de campusbewaking en Andrea's agenten de zaal ontruimden. Zijn vader, omringd door geheim agenten, was al van het podium gehaald voordat Andrea het dodelijke schot loste.

'Evengoed,' zei Ryan. 'Bedankt.'

Het was een ongemakkelijk moment dat overging in een nog ongemakkelijker stilte. Jack junior verbrak die stilte. 'Angstaanjagende dingen, hè?'

Zijn vader knikte. 'Waarom ging je terug, om bij die schoonmaker te kijken, bedoel ik?'

'Toen ik hem zag, probeerde hij de pad van de poetsmachine te verwijderen met een schroevendraaier. Hij had een moersleutel nodig.'

'Indrukwekkend, Jack.'

'Door die schroevendraaier...'

'Voor een deel kwam het daardoor. En voor een deel doordat je niet in paniek raakte. En je liet de professionals hun werk doen. Acht op de tien mensen zouden dat van die poetsmachine niet hebben opgemerkt. En de meesten zouden in paniek zijn geraakt, helemaal verstijfd. De anderen zouden hebben geprobeerd zelf op die kerel af te gaan. Je hebt het van begin tot eind helemaal goed gedaan.'

'Dank je.'

Ryan senior glimlachte. 'Laten we nu bespreken hoe we dit aan je moeder gaan vertellen...'

15

Ze kwamen niet ver voordat het vliegveld naar de gate terugkeerde. De voorwielen waren nog niet eens op de eigenlijke startbaan geweest. Er werd geen uitleg gegeven. Met de strakke en ferme glimlach die alleen een professionele stewardess kon opbrengen – een glimlach die Clark duidelijk maakte dat haar verzoek niet ter discussie stond – werd hem en Chavez gevraagd: 'Wilt u met me meekomen, alstublieft?'

'Ben jij vergeten een parkeerbon te betalen, Ding?' vroeg Clark aan zijn schoonzoon.

'Ik niet, *mano*. Ik heb niets verkeerds gedaan.'

Ieder van hen gaf zijn vrouw een snelle kus en een 'Maak je geen zorgen'. Daarna volgden ze de stewardess door het gangpad naar de al open deur. In de jetbridge stond iemand van de Londense politie op hen te wachten. Aan het zwart-witte ruitpatroon op de pet van de man kon Clark zien dat hij niet zomaar een agent was, en de patch op zijn trui vertelde hem dat de man afkomstig was van SCD11, de inlichtingendienst van het directoraat *Specialist Crime*.

'Het spijt me dat ik uw reis naar huis moet onderbreken, heren,' zei de politieman, 'maar er is om uw aanwezigheid gevraagd. Als u me wilt volgen...'

Clark was nooit helemaal gewend geraakt aan de Britse manieren, vooral niet in de hogere echelons van het leger – en ook niet aan het feit dat ze aan de verkeerde kant van de weg reden en frites 'chips' noemden. Beleefd was altijd beter dan onbeschoft, dat wel, maar het ging op je zenuwen werken als je o zo beleefd werd toegesproken door iemand die waarschijnlijk meer schurken had gedood dan de meeste mensen in hun hele leven te zien kregen. Clark had in Engeland mensen ontmoet die je tot in detail konden vertellen hoe ze je met een vork zouden doden om vervolgens je bloed te drinken en je daarna te villen – en al die tijd klonk het dan alsof ze je uitnodigden een kopje thee met ze te komen drinken.

Clark en Chavez volgden de politieman door de jetway, langs controleposten en via een deur met kaartlezer naar het beveiligingscentrum van vliegveld Heathrow. Ze werden naar een kleine vergaderkamer gebracht, waar ze Alistair Stanley aantroffen, die officieel nog plaatsvervangend commandant van Rainbow Six was. Hij stond in het koude licht van tl-lampen aan een ruitvormige tafel. Stanley was van de SAS, de *Special Air Service*, de belangrijkste Britse eenheid voor speciale oorlogvoering.

Hoewel Clark het niet graag in gemengd gezelschap zou toegeven, deed de SAS in zijn ogen voor geen enkele andere organisatie onder wat doeltreffendheid betrof. Bovendien bestond de dienst al een eeuwigheid. Zeker, er waren organisaties die net zo goed waren als de SAS – hij dacht daarbij meteen aan de SEAL's van de marine, waaruit hij zelf was voortgekomen –, maar de Britten hadden al lang geleden de gouden standaard bepaald voor speciale operaties in de moderne tijd. Dat ging in de tijd terug tot 1941, toen een officier van de Scots Guards, een zekere Stirling – later bekend geworden door het Stirling-machinepistool – en zijn L-detachment van vijfenzestig mannen de Duitse *Wehrmacht* door Noord-Afrika joegen. Van hun eerste sabotagemissies achter de linies in Noord-Afrika tot de jacht op scuds in de woestijn van Irak – de SAS had het allemaal gedaan en meegemaakt. De SAS was het grote voorbeeld voor andere organisaties die zich met speciale operaties bezighielden. En zoals alle SAS-leden was Alistair Stanley een topsoldaat. Eigenlijk had Clark hem niet echt als zijn tweede man beschouwd, maar eerder als zijn medecommandant. Zo groot was zijn respect voor de man.

Zoals het links rijden en de chips in het begin vreemd voor hem waren geweest, zo had Clark ook aan de opbouw van de SAS moeten wennen. Zoals je van Britten kon verwachten, was de SAS op een unieke manier opgebouwd. De organisatie was verdeeld in regimenten – het 21ste, het 22ste en het 23ste – en squadrons – van A tot G, waarbij voor de goede orde enkele letters waren weggelaten. Evengoed, moest Clark ook toegeven, deden de Britten alles met flair.

'Alistair,' zei Clark met een plechtig knikje. Hij zag aan Stanleys gezicht dat er iets ernstigs was gebeurd of te gebeuren stond.

'Mis je ons nu al, Stan?' zei Ding, terwijl hij hem een hand gaf.

'Was dat het maar, kerel. Ik vind het hartstikke beroerd dat ik jullie reis moet onderbreken. Ik dacht dat jullie misschien nog één keer in actie wilden komen voordat jullie een gezapig leventje gingen leiden. Ik heb iets interessants voor jullie.'

'Van wie?' vroeg Clark.

'Van de Zweden, via via. Het schijnt dat ze hun ambassadegebouw in Tripoli hebben verloren. Verdomd gênant voor hen.'

'Met "verloren" bedoel je niet dat ze het niet terug kunnen vinden?' vroeg Chavez.

'Nee, sorry. Een typisch Brits understatement. Charmant, maar niet altijd praktisch. De gegevens komen nog binnen, maar gezien de locatie ligt het voor de hand in welke sfeer we de schuldigen moeten zoeken.'

Clark en Chavez trokken stoelen bij en gingen aan de tafel zitten. Stanley ging ook zitten. Hij maakte een leren map open waarin zich een schrijfblok met notities bevond.

'Laat maar horen,' zei Clark, die meteen op een hogere versnelling was overgegaan.

Tien minuten eerder was hij een burger geweest, of tenminste zoveel burger als hij zichzelf permitteerde. Hij had bij zijn gezin gezeten en was op weg naar huis geweest. Maar dat was toen, en dit was nu. Nu was hij weer commandant van Rainbow Six. Dat voelde goed aan, moest hij toegeven.

'Voor zover we kunnen nagaan, waren er acht daders,' zei Stanley. 'Ze glipten in een ommezien langs de bewaking en liepen nauwelijks een schrammetje op. Op satellietbeelden zien we vier Zweden – waarschijnlijk *Fallskarmsjagares* – uitgeschakeld op het terrein van de ambassade liggen.'

De Fallskarmsjagares waren de Zweedse luchtlandingstroepen, geselecteerd uit het beste wat het leger te bieden had. Waarschijnlijk waren ze ook lid van de *Särskilda Skyddsgruppen* – de speciale beschermingsgroep – die voor ambassadedienst was toegevoegd aan SÄPO, de Zweedse veiligheidsdienst.

'Dat zijn keiharde jongens,' zei Chavez. 'Iemand heeft zijn huiswerk gedaan, en het is ook goed schietwerk. Nog nieuws vanuit de ambassade?'

Stanley schudde zijn hoofd. 'Radiostilte.'

Dat was te begrijpen, dacht Clark. Iemand die goed genoeg was om zo snel op het terrein van de ambassade te komen en vier Fallskarmsjagares uit te schakelen, zou ook slim genoeg zijn om recht op de communicatiekamer af te gaan.

'Niemand die de eer opeist?' vroeg Chavez.

'Tot nu toe niet, maar dat zal gauw veranderen, denk ik. Op dit moment hebben de Libiërs de pers nog in bedwang, maar het is alleen een kwestie van tijd, vrees ik.'

De mengelmoes van terroristengroepen in het Midden-Oosten had de neiging de verantwoordelijkheid op te eisen voor elke gewelddaad van enig belang, en dat deden ze niet eens altijd om prestige te winnen, maar ook en vooral om de inlichtingendiensten in verwarring te brengen. Het was te vergelijken met wat een rechercheteam meemaakte als het een grote moordzaak onderzocht. Snelle bekentenissen en gekken die de moord voor zich opeisten waren schering en inslag, en je moest ze allemaal serieus nemen, anders zag je de echte dader misschien over het hoofd. Hetzelfde gold voor terrorisme.

'En er zijn geen eisen gesteld, neem ik aan?' voegde Clark eraan toe.

'Goed geraden.'

Er werden vaak geen eisen gesteld. In het Midden-Oosten wilden veel gijzelnemers een internationaal publiek verwerven voordat ze met het executeren van mensen begonnen en legden ze pas later uit waarom ze het deden. Niet dat het voor Clark en zijn team enig verschil maakte, maar totdat een overheidsfunctionaris ergens zei dat ze eropaf moesten gaan, was Rainbow net als elke andere eenheid die speciale operaties uitvoerde aan de genade van de politiek overgeleverd. Pas wanneer de politici zichzelf ervan hadden overtuigd dat er geweld moest worden gebruikt, kon Rainbow doen waar het goed in was.

'Nu komt het lastige,' zei Stanley.

'Politiek,' zei Clark.

'Weer goed geraden. Zoals je je wel kunt voorstellen, wil onze vriend de kolonel zijn *Jamahiriya* sturen – hij heeft ze al klaarstaan –, maar de Zweedse consul-generaal vindt dat niet zo'n goed idee, gezien de gebruikelijke werkwijze van de Jamahiriya.'

De Jamahiriya Garde was in feite de persoonlijke commando-eenheid van kolonel Muammar Khadaffi en bestond uit ongeveer tweeduizend mannen die afkomstig waren uit zijn eigen achtertuin, de provincie Surt. De Jamahiriya waren goed, wist Clark, en ze beschikten over goede eigen logistieke teams en inlichtingeneenheden, maar ze stonden er niet om bekend dat ze discreet te werk gingen en maakten zich in de regel ook niet druk om bijkomende schade, bijvoorbeeld onschuldige derden die slachtoffer werden van hun acties. Als de Jamahiriya in de aanval gingen, zouden de Zweden waarschijnlijk vrij veel personeelsleden verliezen.

Een interessante rotzak, die Khadaffi, dacht Clark. Zoals veel mensen in de Amerikaanse inlichtingenwereld twijfelde Clark aan de recente verandering die Khadaffi zou hebben ondergaan: van de grote schurk van Noord-Afrika tot humanitair mens en tegenstander van terrorisme. Het oude gezegde 'Een vos verliest wel zijn haren, maar niet zijn streken' mocht dan een cliché zijn dat sommigen vals in de oren klonk, wat Clark betrof, was kolonel Muammar Abu Minyar al-Khadaffi, 'Broederlijk Leider en Gids van de Revolutie', door en door een vos en zou hij dat blijven tot aan de dag waarop hij door een natuurlijke of minder natuurlijke oorzaak aan zijn eind kwam.

In 2003 had de Libische regering op bevel van Khadaffi officieel aan de Verenigde Naties laten weten dat ze de verantwoordelijkheid aanvaardde voor de bomaanslag die vijftien jaar eerder boven het Schotse plaatsje Lockerbie op de Pan Am 193 was gepleegd. Ze was bereid een schadevergoeding van bijna drie miljard dollar aan de nabestaanden van de slachtoffers te betalen. Het gebaar was onmiddellijk beloond met lofprijzingen van het Westen en opheffing van economische sancties. Europese landen kwamen met diplomatiek verpakte aanmoedigingen. En de vos ging nog verder. Eerst liet hij internationale inspecteurs bij zijn wapenprogramma's toe, en toen veroordeelde hij de aanslagen van 11 september 2001.

Clark had zo zijn gedachten over de veranderde houding van Khadaffi. De veranderingen hadden volgens hem niets te maken met de mildheid van de ouderdom, maar veeleer met doodgewone economische principes. Met andere woorden: de olieprijzen. Die waren de hele jaren negentig enorm gedaald, waardoor Libië armer was geworden dan het was geweest sinds de tijd dat de kameel en niet het zwarte goud de koning van de woestijnnatie was. Er was ook steeds minder geld beschikbaar voor de favoriete terrorismeprojecten van de kolonel. Natuurlijk, zei Clark tegen zichzelf, was Khadaffi zich vermoedelijk ook als een aardige jongen gaan gedragen door de Amerikaanse invasie in Irak, die hij waarschijnlijk beschouwde als een voorvertoning van wat zijn eigen rijk te wachten stond. Clark gaf toe dat het altijd beter was wanneer een vos die alleen maar deed alsof hij zijn streken had verloren ook nog botte tanden had. De vraag was: zou de kolonel weer in de fout gaan nu de olieprijzen stegen? Zou hij dit incident gebruiken om weer streken uit te halen?

'Natuurlijk wil het opperbevel in Stockholm zijn eigen mannen eropaf sturen, maar daar wil Khadaffi niets van weten,' ging Stanley verder. 'Het laatste wat ik heb gehoord, is dat de Zweedse premier met de Britse premier praatte. In elk geval hebben wij opdracht klaar te staan. Herefordshire roept ook de rest van het team op. We hebben er twee die met verlof zijn – een om medische redenen en een op vakantie – maar de rest moet binnen een uur met alle materieel klaarstaan en gaat kort daarna op weg naar ons.' Stanley keek op zijn horloge. 'Laten we zeggen dat we over zeventig minuten in de lucht zijn.'

'Waar gaan we dan heen?' vroeg Chavez. De tijd was van kritiek belang, en hoe snel hun vliegtuig ook zou zijn, het was een hele sprong van Londen naar Tripoli. Daar ging misschien meer tijd in zitten dan de gijzelaars in dat ambassadegebouw nog te leven hadden.

'Tarente. De Italiaanse marine heeft aangeboden ons op te vangen totdat de politici een besluit hebben genomen. Als we daar de oproep krijgen, hoeven we alleen maar een klein eindje over het water naar Tripoli te vliegen.'

16

Inspecteur *operativnik* (rechercheur) Pavel Rosikhina trok het laken weg – een tafellaken om precies te zijn – dat iemand over het lijk had gelegd. Hij keek in de wijd open ogen van wat vermoedelijk het zoveelste slachtoffer van een maffia-executie was. Of misschien niet. Hoe bleek de man ook was, het was duidelijk dat hij geen Tsjetsjeen of etnische Rus was, en dat verbaasde hem, gezien de locatie waar dit had plaatsgevonden. Een Indo-Europese Rus. Interessant.

De ene kogel was net boven het linkeroor van de man naar binnen gegaan, een paar centimeter naar voren, en was eruit gekomen aan... Rosikhina boog zich over de tafel, waarbij hij er goed op lette dat hij niets anders dan het tafellaken aanraakte, en keek naar de rechterkant van het hoofd van de man, dat tegen de gecapitonneerde bovenrand van de nis lag. Daar. Een uitgangswond ter grootte van een ei achter het rechteroor van de man. Het bloed en de hersenmassa waren op de muur achter de nis gespat, op plaatsen die overeenkwamen met de baan van de kogel wanneer de moordenaar rechtop had gestaan... Hier. Recht voor de keukendeur. De lijkschouwer moest maar bepalen hoe dichtbij hij had gestaan, maar gezien de ingangswond moest het dichtbij zijn geweest, wist Rosikhina. Er zaten geen kruit- of brandsporen op de huid bij de wond. De wond zelf was precies rond. Dat betekende dat het pistool niet tegen het hoofd was gedrukt, want dan bleef er meestal een duidelijk stervormige scheur in de huid achter. Rosikhina sloeg zijn hand over zijn neus om zich tegen de stank van fecaliën te beschermen. Zoals veel slachtoffers van een plotselinge dood hadden de darmen en blaas van de man zich ontspannen. Hij trok voorzichtig het colbertje van de man opzij, eerst de linker- en toen de rechterkant, en klopte op de zakken, op zoek naar een portefeuille. Er was niets, alleen een zilveren balpen, een witte zakdoek en een extra knoop voor het jasje van de man.

'Hoe dichtbij, denk je?' hoorde hij, en hij draaide zich om.

Zijn collega, met wie hij soms zaken onderzocht, Gennadi Oleksej, stond een meter bij hem vandaan. Er bungelde een sigaret tussen zijn vaag glimlachende lippen en hij had zijn handen in de zakken van zijn leren jasje gestoken.

Over Oleksejs schouder kon Rosikhina zien dat de geüniformeerde militieagenten alle bezoekers van het restaurant door de voordeur naar buiten hadden gedirigeerd. De mensen wachtten op straat tot ze werden ondervraagd. De personeelsleden van het restaurant – vier obers, een caissière en drie koks – zaten aan de ontruimde tafels en gaven hun naam op aan een andere agent.

Oleksej en Rosikhina werkten bij de militie van Sint-Petersburg, en wel op het hoofdbureau Bestrijding Financiële Misdrijven, een afdeling van het departement Recherche. In tegenstelling tot de meeste westerse politiekorpsen vormden de Russische operativniks geen koppels; ze werkten dus niet steeds met dezelfde collega samen. Het was Rosikhina nooit uitgelegd waarom dat zo was, maar hij nam aan dat het iets met financiering te maken had. Alles had met financiering te maken: waar hun auto's van week tot week vandaan kwamen, of ze alleen of met een collega werkten enzovoort.

'Ben je op de zaak gezet?' vroeg Rosikhina.

'Ze belden me thuis. Hoe dichtbij?' herhaalde Oleksej.

'Een halve tot twee meter. Een gemakkelijk schot.' Hij zag iets op de zitting achter de billen van het slachtoffer liggen en boog zich er dichter naar toe. 'Hij had een pistool,' zei hij tegen Oleksej. 'Semiautomatisch. Blijkbaar een Makarov. Hij heeft op zijn minst geprobeerd te schieten. Als hij een beetje sneller was geweest, zou hij misschien...'

'Nu heb ik een vraag voor jou,' zei Oleksej. 'Wil je liever aan je eind komen als onze vriend hier, dus terwijl je weet dat het gaat gebeuren, of ga je liever onverwachts dood... Pats. Weg. Niets meer.'

'Allemachtig, Gennadi...'

'Kom nou, doe me een lol.'

Rosikhina zuchtte. 'Ik denk dat ik liever in mijn slaap ga – honderd jaar oud en naast Natalia.'

'Pavel, Pavel... Je wilt het spelletje nooit meespelen.'

'Sorry. Dit staat me niet aan. Er klopt iets niet. Het lijkt een gebruikelijke maffiamoord, en zo voelt het ook aan, maar dit is niet het gebruikelijke slachtoffer. In elk geval hoort die man niet in dit restaurant thuis.'

'Hij was erg moedig of erg dom,' zei Oleksej.

'Of wanhopig.' Het Indo-Europese Russische slachtoffer zou heus niet alleen voor een goed bord *djepelgesj* of die afschuwelijke pondurmuziek – die Pavel in de oren klonk als het gekrijs van krolse katten – naar dit restaurant zijn gekomen.

'Of hij had heel grote honger,' voegde Oleksej eraan toe. 'Een nieuwe baas misschien? Hij komt me niet bekend voor, maar misschien staat hij in de boeken.'

'Dat betwijfel ik. Ze gaan nooit ergens heen zonder hun eigen legertje. Zelfs als het iemand was gelukt hem hier te krijgen en van dichtbij een kogel in zijn hoofd te pompen, zouden zijn lijfwachten een gigantisch vuurgevecht zijn begonnen. Dan zouden er overal kogelgaten zijn geweest, en veel meer lijken. Nee, we hebben één kogel en één dode. Heel doelbewust. Een professionele hinderlaag. De vraag is: wie is hij en waarom was hij belangrijk genoeg om vermoord te worden?'

'Nou, van dit stel zullen we geen antwoorden krijgen.'

Rosikhina wist dat zijn collega gelijk had. Zelfs de behulpzaamste mensen hielden hun mond omdat ze trouw aan de maffia waren of daar juist bang voor waren. De getuigenverklaringen zouden allemaal tot een van de volgende drie categorieën behoren: ik heb niets gezien; er rende een man met een masker naar binnen die de man doodschoot en wegrende; *Ya ne govo'rijoe roesski*. Ik spreek geen Russisch. Die laatste was Rosikhina's favoriete smoes.

En de enige ware verklaring zouden ze waarschijnlijk niet te horen krijgen: het ging allemaal zo snel. Niet dat hij het die mensen kwalijk nam. De Krasnaja Mafia, of Bratva (broederschap), of Obsjina – hoe de naam ook luidde – deed in meedogenloosheid voor niemand onder. Vaak werden getuigen en hun hele families vermoord, alleen omdat een baas ergens in een donkere kelder had besloten dat iemand over informatie beschikte waarvoor de autoriteiten belangstelling konden hebben. En het was niet alleen een kwestie van doodgaan, wist Rosikhina. De maffia hield er heel vernuftige executiemethoden op na en had vaak helemaal geen haast. Wat zou hij onder zulke omstandigheden doen? vroeg hij zich af. Hoewel de maffia in de regel geen politiefunctionarissen doodde – dat was slecht voor de zaken –, was dat in het verleden wel gebeurd. Omdat ze goed getraind en gewapend waren, konden politiemensen zichzelf beschermen, maar hoeveel kans maakte de gemiddelde burger, de leraar, fabrieksarbeider of boekhouder? Geen enkele. De militie beschikte niet over het geld of de mankracht om alle getuigen te beschermen, en de gemiddelde burger wist dat en hield dus zijn mond dicht en zijn hoofd gebogen. Zelfs nu vreesden sommige bezoekers van het restaurant voor hun leven, alleen omdat ze op het verkeerde moment op de verkeerde plaats waren. Het was een wonder dat het restaurants als dit lukte open te blijven.

Dat soort angst, dacht Rosikhina, liet mensen naar vroeger verlangen, naar de terugkeer van het Stalin-bewind, en in veel opzichten was dat precies waar Poetin aan werkte met zijn 'hervormingsprogramma's'. Maar er zat niets tussenin. Zolang er in Rusland politieke vrijheden, burgerrechten en een open markt waren, zou er criminaliteit zijn, zowel grote als kleine – die was er in Stalins tijd ook wel geweest, maar lang niet zoveel. Toch was dat geen goed argument. Oude communistische hardliners en ultranationalisten gebruikten het om de democratie en het kapitalisme te veroordelen, maar dan vergaten of negeerden ze het feit dat indertijd voor de ijzeren vuist van Sovjet-Rusland een hoge prijs betaald werd. Hoe zeiden ze dat vroeger ook weer? Moeilijke tijden beknotten het geheugen? Rosikhina's vader, die uit een Jakoetische vissersfamilie kwam, had daar een eigen variant op: 'Als je met een feeks getrouwd bent, is zelfs de lelijkste ex-vriendin aanlokkelijk.' En dat, wist Rosikhina, was Sovjet-Rusland in werkelijkheid: een lelijke ex-vriendin. Zeker, ze had haar goede eigenschappen, maar toch wilde je niet met haar herenigd worden. Jammer genoeg waren veel van zijn medeburgers – ongeveer veertig procent, volgens de nieuwste opiniepeilingen, hoe onbetrouwbaar die ook waren – het niet met hem eens. Of misschien was hij inderdaad een onverbeterlijke optimist, zoals Oleksej eens tegen hem had gezegd. Of was het 'blinde optimist'?

Hij keek uit de ramen aan de voorkant van het restaurant en zag de bezoekers met grimmige gezichten dicht opeen staan, hun adem dampend in de koude avondlucht. Hij vroeg zich af of zijn optimisme inderdaad ongegrond was. Dertig restaurantbezoekers die nog maar twintig minuten geleden hadden gezien dat iemands hersenen door de zijkant van zijn schedel naar buiten werden geschoten – en niemand zou waarschijnlijk een vinger uitsteken om hen te helpen de moordenaar te pakken te krijgen.

'Vast niet, maar je kunt nooit weten,' zei Rosikhina. 'We kunnen beter vragen stellen en verrast worden dan het omgekeerde, nietwaar?'

Oleksej haalde zijn schouders op en glimlachte zoals alleen een Russische fatalist dat kan. Wat kun je doen? Er was niet veel waarover Oleksej zich opwond. Zijn houding was zo constant als de eeuwige sigaretten die hij rookte.

Toch gebeurde het een heel enkele keer dat getuigen onopzettelijk nuttige gegevens verstrekten waar ze iets aan hadden. Maar meestal waren de getuigenverklaringen vaag en tegenstrijdig, zodat de rechercheurs het moesten doen met wat ze op het lijk of de lijken hadden gevonden.

'Trouwens,' zei Rosikhina, 'als we niet al die nutteloze getuigenverklaringen te verwerken kregen, zouden we vier schitterende uren van administratie en slechte koffie mislopen.'

'Vier uur? Als we geluk hebben.'

'Waar blijft de lijkschouwer eigenlijk?'

Zolang het slachtoffer niet officieel dood was verklaard, moest het lichaam blijven liggen waar het lag, dood en met glazige ogen naar het plafond starend.

'Hij is onderweg,' zei Oleksej. 'Dat heb ik nagevraagd voordat ik hierheen kwam. Hij heeft het vanavond blijkbaar druk.'

Rosikhina bukte zich, stak zijn wijsvinger in de trekkerbeugel van het pistool en nam het van de zitting af. 'Negen millimeter.' Hij liet het magazijn uitschieten en trok de schuif naar achteren. Een kogel viel uit de kamer en tinkelde op de vloer.

'Nou, hij was op iets voorbereid. Ontbreekt er iets?'

Rosikhina schudde zijn hoofd en snoof aan de loop. 'Het ging te snel, denk ik. Pas schoongemaakt. Hé, wat krijgen we nou... Kijk nou toch eens, Gennadi. Het serienummer is weggehaald.'

'De wonderen zijn de wereld nog niet uit.'

Criminelen haalden de serienummers van moordwapens vaak met bijtend zuur weg, maar zetten er bijna nooit een nieuw nummer voor in de plaats. Als dat hier het geval was, zou het nummer van de Makarov hen misschien tot iets leiden. Blind optimisme.

En waarschijnlijk ook misplaatst, zei Rosikhina tegen zichzelf.

Zoals in moordzaken vaak gebeurde, of het nu in het Westen was of in Moskou, zouden inspecteur Rosikhina en Oleksej weinig te horen krijgen van degenen die ten tijde van de moord in het restaurant aanwezig waren. Ook een buurtonderzoek zou niets opleveren. De Tsjetsjenen hielden hun mond. Ze vertrouwden de politie niet en waren heel bang voor de maffia. En met reden. De wreedheid van de Obsjina kende bijna geen grenzen. Een getuige zou niet alleen met zijn eigen leven betalen, maar ook met dat van zijn familie, een schouwspel waarnaar hij waarschijnlijk onder dwang zou kijken voordat hij zelf ook werd gedood. Het vooruitzicht dat je kinderen met een metaalzaag werden bewerkt, was meestal wel genoeg om je te laten zwijgen. En toch zat er voor Rosikhina weinig anders op dan de procedure af te werken: verklaringen opnemen, hoe nutteloos ze ook waren, en sporen volgen, hoe weinig ze ook voorstelden.

Ze zouden ijverig aan de moordzaak werken, maar uiteindelijk zouden de weinige kleine sporen die ze hadden helemaal verdampt zijn en zouden ze het dossier moeten sluiten. Met die gedachte wierp Rosikhina een droevige blik op het slachtoffer. 'Sorry, vriend.'

17

Het was vreemd, vond Jack Ryan junior, dat er op de bekendmaking van de geboorte geen felicitaties volgden. Niet één. Hij had alles op verschillende manieren in zijn computer zitten, alles in de terabytes RAM van de monsterlijke server van de Campus, en hij riep de recentste documenten op en maakte een notitie van verzender en ontvanger, maar dat waren alleen maar reeksen cijfers en letters die misschien niets met hun echte namen te maken hadden. Jack ging met zijn zoektocht terug tot mailtjes van de afgelopen zes maanden en zette ze vlug in een spreadsheet. Lange tijd was het berichtenverkeer regelmatig geweest. Van maand tot maand zat er zelden meer variatie in dan vijf procent. En nu, binnen enkele dagen na de bekendmaking van de geboorte, was het plotseling enorm afgenomen. Sterker nog: afgezien van enkele routineberichten die waarschijnlijk al voor de bekendmaking waren verstuurd en in cyberspace waren blijven hangen, waren er géén e-mailberichten. De emir en zijn URC – de Umayyad Revolutionary Council – waren tot radiostilte overgegaan, en dat vond Jack zorgwekkend. Er waren drie mogelijkheden: óf ze hadden hun communicatieprotocollen veranderd bij wijze van algemene veiligheidsmaatregel, óf ze waren er op de een of andere manier achtergekomen dat iemand hun mail las, óf ze hielden hun elektronische lippen op elkaar omdat ze op het punt stonden een belangrijke operatie uit te voeren. De eerste twee mogelijkheden waren denkbaar, maar onwaarschijnlijk. De URC had in de afgelopen negen maanden weinig aan zijn procedures veranderd, en de Campus had er goed op gelet zichzelf niet te verraden. Waarschijnlijk was het dus mogelijkheid nummer drie. Er was natuurlijk een precedent. Kort voor 11 september 2001 was de elektronische communicatie van Al Qaida opeens bijna stopgezet; dat was ook het geval geweest bij de Japanners voordat ze Pearl Harbor aanvielen. Aan de ene kant wilde Jack dat zijn hypothese werd bewezen; aan de andere kant hoopte hij vurig dat hij het mis had.

Hoe zou de emir nu dan met de buitenwereld in verbinding staan? Koeriers waren de veiligste methode, maar niet de snelste: je schreef de boodschappen, brandde ze op een schijf en liet iemand die schijf persoonlijk bij de geadresseerde afleveren. Met het moderne vliegverkeer kon iemand binnen een dag van Chicago in Calcutta komen, zolang hij het niet erg vond om vliegtuigvoedsel te eten. Daarvoor was het internationale vliegverkeer toch bedoeld? Misschien was het wel speciaal voor de clandestiene wereld ontworpen, niet alleen voor de verkoopteams van General Motors of Dow Chemical.

Van Chicago naar Calcutta. Als de emir nu eens echt in Chicago was, of in New York of Miami? Wat weerhield hem ervan om daar te gaan wonen? Helemaal niets. De CIA en alle anderen dachten dat hij ergens in Afghanistan of Pakistan was – maar waarom? Omdat het zijn laatst bekende verblijfplaats was. Niet omdat ze er duidelijke aanwijzingen voor hadden dat hij zich daar bevond. En meer dan de helft van de *Special Forces* van de Verenigde Staten was in Pakistan en Afghanistan naar hem op zoek. Ze keken in elk gat in de rotsen, stelden eindeloos veel vragen, smeten met geld, op zoek naar die ene man – of vrouw – die het gezicht van de emir kende en wist waar hij was. En dat alles had niets opgeleverd. Betekende dat niet dat hij gewoon ergens anders was? vroeg Jack zich af.

Iemand als de emir kon zich nooit veilig genoeg voelen, niet zolang alle inlichtingendiensten van de wereld naar hem op zoek waren. Zelfs toegewijde, patriottische inlichtingenagenten wisten dat Amerika een hoge beloning op zijn hoofd had gezet en dachten aan een comfortabele pensionering en een mooi huis aan de Rivièra. Daarvoor was niet meer nodig dan één telefoontje en een klein beetje informatie...

De emir zou dat alles weten. Hij zou het aantal mensen dat wist waar hij was beperkt houden. Hij zou het beperken tot de mensen die hij absoluut kon vertrouwen, en hij zou goed voor die mensen zorgen. Ze zouden in de watten worden gelegd. Geld, comfort, alle luxe die de omstandigheden mogelijk maakten. Ze zouden er toch al naar streven zijn vertrouwen te verdienen, en hij zou dat verlangen vergroten. Hij zou hun geloof in Allah en hemzelf versterken en alles voor hen doen. Maar hij zou ook gezag blijven uitstralen, want de bron van dat gezag lag, zoals alle echt belangrijke dingen in het leven, op het persoonlijke en psychologische vlak.

Wat zou ervoor nodig zijn om de emir naar een ander land dan Pakistan en Afghanistan te brengen? Hoe pakte je het aan als je de meest gezochte man van de hele wereld wilde verplaatsen?

In het dossier van de CIA over de emir zaten middelmatige foto's, sommige onbewerkt en sommige digitaal versterkt. Al die foto's waren verspreid onder nagenoeg alle inlichtingen- en politiediensten ter wereld. En met het grote publiek was het niet anders gesteld. Zoals Brad

Pitt en Angelina Jolie niet op zondag konden brunchen zonder dat de mensen zich om hen heen verdrongen, zo was het voor de emir een heel probleem om buiten zijn gebruikelijke territorium te reizen.

De emir kon zijn lengte niet veranderen. Dat was technisch wel mogelijk, maar er was een grote, enigszins pijnlijke operatie voor nodig, gevolgd door een langdurige herstelperiode. In elk geval zou hij wekenlang immobiel zijn – erg ongunstig voor een voortvluchtige. Hij kon zijn gezicht, zijn huidskleur, zijn haar wel veranderen. Hij kon getinte contactlenzen dragen om de kleur van zijn ogen te veranderen en misschien zelfs zijn gezichtsvermogen te verbeteren, dat volgens het dossier toch al bovengemiddeld was. Hij liep rechtop, niet krom, en de theorie dat hij aan het syndroom van Marfan leed was getorpedeerd door een arts van het Johns Hopkins die zich in die afwijking had gespecialiseerd. Dat was nogal een verrassing geweest voor de CIA, want die theorie was het evangelie geworden voor de hele inlichtingenwereld. Hij hoefde dus niet voortdurend een dialyseapparaat in zijn nabijheid te hebben.

Wacht eens even, Jack. De inlichtingenwereld veronderstelde van alles over de emir. En nu had één arts zijn mening gegeven over de theorie van het syndroom van Marfan – eentje maar. Was dat genoeg om de theorie buiten beschouwing te laten? Voor zover Jack wist, had niemand ooit de hand kunnen leggen op iemand die zo dicht bij de emir stond dat hij er uitsluitsel over kon geven. Dat was iets om over na te denken.

'Hé, Jack,' zei een bekende stem. Hij draaide zich om en zag Dominic en Brian in de deuropening staan.

'Hé, jongens, kom binnen. Nog nieuws?'

De twee broers gingen zitten. Dominic zei: 'Ik heb de hele morgen dingen op een computerscherm zitten lezen. Daar krijg ik hoofdpijn van, en dus kom ik jou maar eens lastigvallen. Wat ben je aan het lezen? Een sollicitatieformulier van het ministerie van Financiën?'

Pas na enkele seconden begreep Jack wat hij bedoelde. De Geheime Dienst viel onder het ministerie van Financiën. Sinds die toestand op de Georgetown University werden zulke grappen vaak gemaakt. Hoewel de pers veel aandacht aan het incident besteedde, was zijn naam er tot nu toe buiten gebleven, en dat kwam hem goed uit. Hendley kende natuurlijk het hele verhaal, maar daar had Jack geen probleem mee. Het leverde hem alleen maar een extra argument op waarmee hij zijn baas kon bestoken.

'Grapjas,' zei Jack.

'Weten ze al iets van die idioot?' vroeg Brian.

'Niet dat ik heb gehoord. De pers zegt dat er geen medeplichtigen waren, maar als het om dit soort zaken gaat, krijgen ze alleen de informatie die de Geheime Dienst wil loslaten.' In een stad waar lekken eerder regel dan uitzondering waren, wist de Geheime Dienst een grote discipline te handhaven. Jack veranderde van onderwerp. 'Jullie kennen toch die theorie over het syndroom van Marfan? Over de emir?'

'Ja, ik geloof van wel,' antwoordde Dominic. 'Die theorie bleek niet te kloppen, hè?'

Jack haalde zijn schouders op. 'Ik probeer buiten de lijntjes te denken. Zijn locatie bijvoorbeeld. Ik heb het gevoel dat hij niet in Afghanistan is, maar we hebben nooit aan andere landen dan Afghanistan of Pakistan gedacht. Als we dat nu eens wel deden? Hij heeft veel geld, en met geld kun je veel flexibiliteit kopen.'

Brian haalde zijn schouders op. 'Toch kan ik me moeilijk voorstellen dat een kerel als hij zelfs maar honderd meter bij zijn schuilplaats vandaan gaat zonder dat hij wordt herkend.'

'In het inlichtingenwerk moet je voorzichtig zijn met veronderstellingen,' merkte Jack op.

'Zeker. Als hij is verhuisd, lacht hij zich rot bij het idee dat iedereen over die bergen daar kruipt om hem te zoeken. Maar hoe zou hij het doen? Hij kan niet zomaar naar het vliegveld van Islamabad gaan en een ticket nemen.'

'Met geld kun je ook veel kennis kopen,' zei Dominic.

'Wat bedoel je?' vroeg Jack.

'Er is een expert voor elk probleem, Jack. Je moet alleen weten waar je moet zoeken.'

De dag ging snel voorbij. Om vijf uur stak Jack zijn hoofd om de hoek van Dominics deur. Brian zat in de stoel tegenover het bureau van zijn broer. 'Hé, jongens,' zei Jack.

'Hé,' antwoordde Brian. 'Hoe gaat het met onze computerfreak?'

'Hard aan het werk.'

'Wat eten we vanavond?' vroeg Dominic zich af.

'Ik sta open voor ideeën.'

'Zijn liefdesleven lijkt vast op dat van mij,' mompelde Brian.

'Ik heb een nieuw restaurant in Baltimore gevonden. Zullen we het proberen?'

'Goed.' *Waarom ook niet?* dacht Jack. Het was nooit leuk om alleen te eten.

Het konvooi van drie auto's reed in noordelijke richting over de U.S. 29 en nam toen de U.S. 40 voor de rit naar de wijk Little Italy in Baltimore – bijna elke grote Amerikaanse stad had een wijk die zo heette – in de buurt van Eastern Avenue. De rit was bijna gelijk aan Jacks normale rit naar huis; hij woonde een paar blokken van het honkbalstadion in Camden Yards vandaan. Maar het honkbalseizoen was voorbij. Het team had de play-offs ook dit jaar niet gehaald.

Het Little Italy van Baltimore was een doolhof van smalle straatjes en weinig parkeerplekken, en als Jack zijn Hummer daar parkeerde, was dat zoiets als wanneer hij met een oceaanstomer wilde aanleggen. Uiteindelijk vond hij een plek op een kleine parkeerplaats en liep daarna de twee blokken naar het restaurant aan High Street, dat zich in Noord-Italiaanse gerechten had gespecialiseerd. Toen hij binnenkwam, zag hij dat zijn neven in een hoek zaten, met niemand in de buurt.

'Hoe is het eten hier?' vroeg hij, terwijl hij ging zitten.

'De chef van de keuken is zo goed als onze opa, en dat is een groot compliment, Jack. Het kalfsvlees is echt eersteklas. Ze zeggen dat hij het zelf elke dag op de Lexington Market koopt.'

'Het moet niet meevallen om koe te zijn,' merkte Jack op, terwijl hij in het menu keek.

'Nooit gevraagd,' zei Brian. 'Maar ik heb nooit klachten gehoord.'

'Je zou eens met mijn zus moeten praten. Die is vegetariër geworden, op haar schoenen na.' Jack grinnikte. 'Hoe is de wijnkaart?'

'Al besteld,' antwoordde Brian. 'Lacrima Christi del Vesuvio. Die heb ik in Napels ontdekt toen ik een cruise maakte. De tranen van Christus van de Vesuvius. Ik ben toen ook in Pompeii geweest, en de gids zei dat ze daar al tweeduizend jaar wijndruiven verbouwen. Je mag aannemen dat ze wel zo'n beetje weten hoe het moet. Als hij jou niet bevalt, drink ik alles wel op,' beloofde Brian.

'Brian weet veel van wijn, Jack,' zei Dominic.

'Je zegt dat alsof het je verbaast,' zei Brian meteen. 'Ik ben geen typische rouwdouwer van een marinier, weet je.'

'Neem me niet kwalijk.'

De fles kwam even later. De ober maakte hem met een zwierig gebaar open.

'Waar eet je in Napels?'

'Jongen, je moet heel erg je best doen om in Italië een slecht restaurant te vinden,' antwoordde Dominic. 'De dingen die je daar op straat koopt, zijn zo goed als in de meeste restaurants hier in Amerika. Maar dit hier is echt wel goed. De man is een *paisano*.'

Brian zei: 'In Napels is er een restaurant aan het water, ongeveer anderhalve kilometer bij het grote fort vandaan. Het heet La Bersagliera, en ik durf best te beweren dat je nergens op de hele wereld een beter restaurant kunt vinden.'

'Nee. Rome, Alfonso Ricci, een kleine kilometer ten oosten van het Vaticaan,' verkondigde Dominic.

'Ik moet je maar op je woord geloven.'

Het eten kwam, tegelijk met nog meer wijn, en het gesprek kwam op vrouwen. Alle drie hadden alleen vluchtige contacten. De Caruso's zeiden voor de grap dat ze op zoek waren naar het volmaakte Italiaanse meisje. Jack zei dat hij op zoek was naar een meisje dat hij kon meenemen naar zijn moeder.

'Wat bedoel je, neef?' vroeg Brian. 'Heb je ze niet graag een beetje sletterig?'

'In de slaapkamer wel,' antwoordde Jack. 'Maar in het openbaar... Ik hou niet zo van haltertopjes en grote tatoeages.'

Dominic grinnikte. 'Brian, hoe heette dat meisje ook alweer, je weet wel, die stripteasedanseres met die tatoeage?'

'O, shit...'

Dominic lachte nog steeds. Hij keek Jack aan en zei op samenzweerderige toon: 'Ze had een tatoeage net onder haar navel: een naar beneden gerichte pijl met de woorden *Glad bij natheid*. Alleen spelde ze *glad* met een *t*.'

Jack barstte in lachen uit. 'Hoe heette ze?'

Brian schudde zijn hoofd. 'O nee.'

'Vertel het hem,' zei Dominic.

'Kom op,' drong Jack aan.

'Candy.'

Nog meer gelach. 'Met een *y* of met een *ie*?' vroeg Jack.

'Geen van beide. Twee *e*'s. Oké, oké, ze was geen groot licht. Maar we waren ook niet bepaald van plan te gaan trouwen. En jij, Jack? Wat is jouw smaak? Jessica Alba misschien? Scarlett Johansson?'

'Charlize Theron.'

'Goede keuze,' merkte Dominic op.

Op een kruk bij de bar zei iemand: 'Ik zou voor Holly Madison kiezen. Geweldige tieten.'

Ze keken alle drie om en zagen een vrouw naar hen glimlachen. Ze was lang en had rood haar en groene ogen. Ze keek hen met een stralende glimlach aan. 'Het was maar een suggestie,' zei ze.

'Mevrouw heeft gelijk,' merkte Dominic op. 'Aan de andere kant: als we het over intellect hebben...'

'Intellect?' zei de vrouw. 'Ik dacht dat we het over seks hadden. Als je de hersenen wilt laten meetellen, zou ik kiezen voor... Paris Hilton.'

Er volgden enkele ogenblikken van stilte. Toen verscheen er een vage glimlach op het uitgestreken gezicht van de vrouw. Jack, Dominic en Brian barstten in lachen uit. Dominic zei: 'Ik denk dat het nu tijd wordt om je te vragen bij ons te komen zitten.'

'Graag.'

Ze pakte haar glas wijn op, liep naar hun tafel en kwam naast Dominic zitten. 'Ik ben Wendy,' zei ze. 'Gespeld met een *y* aan het eind,' voegde ze eraan toe. 'Sorry, ik kon het niet helpen dat ik jullie gesprek hoorde.' Ze zei tegen Dominic: 'We weten nu dus dat Jack van Charlize houdt en dat Brian op dyslectische stripdanseressen valt...'

'Au,' zei Brian.

'... maar hoe zit het met jou?'

'Wil je een eerlijk antwoord?'

'Natuurlijk.'

'Het klinkt als een versierderspraatje.'

'Probeer het maar.'

'Ik hou van vrouwen met rood haar.'

Jack kreunde.

Wendy keek Dominic even aan. 'Ik denk dat hij de waarheid spreekt.'

'Dat is zo,' bevestigde Brian. 'Hij heeft nog steeds een poster van Lucille Ball in zijn kamer.'

Iedereen lachte.

'Onzin, broertje.' En tegen Wendy: 'Heb je hier met iemand afgesproken?'

'Ja, eigenlijk wel. Een vriendin. Maar ze sms'te dat ze niet kon komen.'

Ze aten met zijn vieren, dronken nog meer wijn en praatten tot bijna elf uur, toen Jack zei dat hij naar huis ging. Brian, die dezelfde signalen had opgevangen als zijn neef, excuseerde zich ook, en al gauw waren Dominic en Wendy alleen. Na even zei Wendy: 'Dus...'

Dominic maakte handig gebruik van die opening. 'Wil je hier weg?'

Wendy glimlachte naar hem. 'Ik woon hier een paar blokken vandaan.'

Ze kusten elkaar al voordat de liftdeuren dicht waren, gingen even bij elkaar vandaan toen de lift de juiste verdieping bereikte en liepen toen samen naar de deur. Binnen begonnen ze meteen hun kleren uit te trekken. In de slaapkamer werkte Wendy zich helemaal uit haar jurk. Ze bleek een zwarte kanten beha en een bijpassend slipje te dragen. Ze ging tegenover Dominic op het bed liggen, pakte het uiteinde van zijn riem vast, trok hem los en ging op het bed liggen. 'Jouw beurt.' Er was een lok rood haar over een van haar ogen gevallen.

'Wow,' zei Dominic.

'Dat vat ik maar op als een compliment,' antwoordde ze met een giechellachje.

Dominic trok zijn broek uit en ging op het bed liggen. Ze kusten elkaar lang, en toen maakte Wendy zich van hem los. Ze rolde zich om en maakte de la van haar nachtkastje open. 'Iets om nog meer in de stemming te komen,' zei ze. Ze keek hem weer aan en rolde zich toen met een rechthoekig spiegeltje en een klein glazen buisje naar hem toe.

'Wat is dat?' vroeg Dominic.

'Het maakt het beter,' zei Wendy.

Shit, dacht Dominic. Ze zag zijn gezicht veranderen en vroeg: 'Wat is er?'

'Dit werkt niet.'

'Hoezo, wat is het probleem? Het is maar een beetje coke.'

Dominic stond op, pakte zijn broek op en trok hem aan.

'Ga je weg?' Wendy ging rechtop zitten.

'Ja.'

'Meen je dat nou? Alleen omdat...'

'Ja.'

'God, wat is jouw probleem?'

Dominic zei niets. Hij pakte zijn overhemd van de vloer en trok het aan. Hij liep naar de deur.

'Je bent een klootzak,' zei Wendy.

Dominic bleef staan en draaide zich om. Hij viste zijn portefeuille uit zijn broek en klapte hem open om zijn FBI-badge te laten zien.

'Shit,' fluisterde Wendy. 'Ik wist niet... Ga je...'

'Nee. Dit is je geluksdag.'

Hij liep de kamer uit.

Tariq Himsi dacht aan de macht van geld. En hoe moeilijk het was om te kiezen. Het was een delicate zaak om een metgezellin voor de emir te vinden, zelfs voor een vluchtige ontmoeting. Diens smaak was specifiek en zijn veiligheid kwam altijd op de eerste plaats. Gelukkig waren hier hoeren genoeg. Ze waren gemakkelijk op straat te vinden en het bleek dat ze gewend waren aan ongewone verzoeken, bijvoorbeeld dat ze in een auto met verduisterde ramen naar een onbekende bestemming werden gebracht. Uit eerder onderzoek was hem gebleken dat die vrouwen weliswaar verdorven, maar verre van dom waren: ze tippelden met z'n tweeën of drieën op straathoeken, en als een van hen in een auto stapte, noteerde een van de anderen het kenteken. Dat probleem had hij opgelost door een uitstapje naar een van de parkeerterreinen van het vliegveld te maken. Nummerborden waren gemakkelijk op een auto te zetten en nog makkelijker weg te gooien. Het was bijna even gemakkelijk als zijn uiterlijk vermommen met dikke zwarte brillenglazen en een honkbalpet.

Tariq had er eerst over gedacht een escortservice te gebruiken, maar dat had de nodige complicaties met zich meegebracht. Die waren niet onoverkomelijk, maar maakten alles wel ingewikkelder. Via hun netwerk hier had hij de naam gekregen van een bureau dat de privacy van zijn cliënten angstvallig beschermde, zozeer dat het gebruikt werd door veel beroemdheden en politici, onder wie verscheidene senatoren. Het was verleidelijk ironisch om gebruik te maken van zo'n bureau, moest Tariq toegeven.

Maar voorlopig zou hij zich van zijn taak kwijten door een van de straathoeren op te pikken die hij de afgelopen week had gadegeslagen. Hoewel de vrouw van zijn keuze zich meestal net zo kleedde als alle anderen – in aanstootgevende onthullende outfits –, leek haar smaak hem net iets minder afstotelijk en haar houding net iets minder schaamteloos. Op de korte termijn kon ze als lustobject fungeren.

Hij bleef tot ver na zonsondergang een eind verderop staan wachten tot er even wat minder verkeer was. Toen reed hij naar de plaats waar de vrouw en haar twee collega's stonden. Hij stopte langs de trottoirband en liet het passagiersraampje naar beneden komen. Een van de vrouwen, een roodharige met onmogelijk grote borsten, liep naar het raampje toe.

'Jij niet,' zei Tariq. 'Die andere. Die lange blonde.'

'Zoals u wilt, meneer. Hé, Trixie, hij moet jou hebben.'

Trixie kwam heupwiegend naar hem toe. 'Hé,' zei ze. 'Op zoek naar gezelschap?'

'Voor een vriend.'

'Waar is die vriend?'

'In zijn flat.'

'Ik doe geen huisbezoeken.'

'Tweeduizend dollar,' zei Tariq, en hij zag dat Trixies ogen meteen veranderden. 'Je vriendinnen kunnen mijn kenteken noteren, als ze dat willen. Mijn vriend is... bekend. Hij wil alleen wat anoniem gezelschap.'

'Gewone seks?'

'Pardon?'

'Ik doe geen rare dingen. Geen watersport of zo.'

'Natuurlijk.'

'Oké. Wacht even, schat.' Trixie liep naar haar vriendinnen terug, praatte even met hen en kwam toen weer naar Tariq toe.

'Je mag achterin zitten,' zei Tariq, en hij liet het slot openklikken.
'Goh,' zei Trixie, en ze stapte in.

'Ga zitten,' zei de emir een halfuur later, toen Tariq haar de huiskamer binnenbracht en hen aan elkaar had voorgesteld. 'Wil je een glas wijn?'

'Eh, ja, doe maar,' zei Trixie. 'Ik hou van Zinfandel. Zo spreek je het toch uit?'

'Ja.' De emir gaf Tariq een teken, en die ging weg en kwam een minuut later met twee glazen wijn terug. Trixie pakte dat van haar aan, keek nerveus om zich heen, stak toen haar hand in haar tasje, haalde er een papieren zakdoekje uit en spuwde haar kauwgom daarin. Ze nam een grote slok wijn. 'Goed spul.'

'Ja, dat is het. Is Trixie je echte naam?'

'Ja, eigenlijk wel. En de jouwe?'

'Of je het nu gelooft of niet, ik heet John.'

Trixie blafte een lach. 'Als jij het zegt. Wat ben je? Arabisch of zo?'

Tariq, die achter Trixie in de deuropening stond, fronste zijn wenkbrauwen. De emir nam zijn wijsvinger van de armleuning van zijn stoel weg. Tariq knikte en ging enkele meters achteruit.

'Ik kom uit Italië,' zei de emir. 'Sicilië.'

'Net als *The Godfather*, hè?'

'Pardon?'

'Je weet wel, die film. Daar kwamen de Corleones vandaan: Sicilië.'

'Ja, dat kan wel.'

'Je accent klinkt nogal grappig. Woon je hier of ben je op vakantie?'

'Op vakantie.'

'Het is een heel mooi huis. Je moet wel schatrijk zijn, hè?'

'Het huis is van een vriend.'

Trixie glimlachte. 'Een vriend, hè? Misschien wil je vriend wat gezelschap.'

'Ik zal het hem vragen,' merkte de emir droogjes op.

'Voor alle duidelijkheid: ik doe alleen gewone dingen, oké? Geen kinky gedoe.'

'Natuurlijk, Trixie.'

'En niet op de mond kussen. Zei die man van jou tweeduizend?'

'Wil je direct je vergoeding?'

Trixie nam weer een slok wijn. 'Mijn wat?'

'Je geld.'

'Ja, dan kunnen we beginnen.' Op een teken van de emir kwam Tariq naar voren en gaf hij Trixie een pak honderdjes. 'Sorry, hoor,' zei ze, en ze telde het geld. 'Wil je het hier doen, of wat?'

Een uur later kwam de emir uit de slaapkamer. Achter hem trok Trixie neuriënd haar slipje aan. Aan de tafel in de eetkamer stond Tariq op zodra zijn baas naar hem toe kwam. De emir zei alleen: 'Te veel vragen.'

Een paar minuten later liep Tariq in de garage om de auto heen naar het achterportier en maakte dat voor haar open. 'Dat was leuk,' zei ze. 'Als hij het nog een keer wil doen, weet je waar je me kunt vinden.'

'Ik zal het tegen hem zeggen.'

Toen Trixie zich bukte om in de auto te stappen, schopte Tariq haar achter haar knie, zodat ze viel. 'Hé, wat...' waren de enige woorden die ze nog kon uitbrengen voordat Tariqs wurgkoord, zestig centimeter lang en van glad nylon van een centimeter dik, om haar hals werd geslagen en haar luchtpijp afkneep.

Zoals zijn bedoeling was, drukten de twee knopen, vijf centimeter bij elkaar vandaan in het midden van het koord, onmiddellijk de halsslagaders aan weerskanten van haar luchtpijp dicht. Trixie verzette zich, graaide naar het koord en kromde haar rug, totdat Tariq haar ogen kon zien. Die waren eerst groot en puilden uit, maar toen de bloedtoevoer naar haar hersenen werd afgesneden, fladderden ze en rolden ze in hun kassen. Na nog eens tien seconden verslapte Trixie. Tariq hield het koord drie minuten onder spanning. Terwijl hij roerloos bleef staan, trok het leven langzaam uit haar weg. Wurging ging nooit zo snel als in Hollywoodfilms.

Hij deed twee stappen achteruit, trok haar mee en legde haar lichaam langzaam op de betonnen vloer van de garage. Zorgvuldig haalde hij het koord om haar hals weg, waarna hij de huid eronder bekeek. Die was licht gekneusd, maar er was geen bloed. Evengoed zou het koord in een stalen emmer worden verbrand. Hij legde zijn hand op haar hals om te voelen of haar hart nog sloeg, en dat was niet het geval. Ze was dood, daar was hij zeker van, maar gezien de omstandigheden was een extra voorzorgsmaatregel op zijn plaats.

Hij legde zijn ene hand onder haar schouders en de andere onder haar zitvlak, rolde haar op haar buik en ging schrijlings op haar zitten. Toen legde hij zijn linkerhand onder haar kin, trok haar hoofd naar zich toe, legde zijn rechterhandpalm plat op de zijkant van haar hoofd en bewoog zijn handen in tegenovergestelde richtingen. De nek knapte. Hij verplaatste zijn handen en draaide het hoofd in de andere richting terug, wat ook met een zacht knapgeluid gepaard ging. De overgebleven zenuwimpulsen van het lichaam lieten haar benen een stuiptrekkende beweging maken. Toen liet hij haar hoofd zachtjes op de vloer zakken en stond op.

Nu hoefde hij alleen nog maar te beslissen hoe ver hij haar de woestijn in zou brengen.

18

Uit de manier waarop ze na de landing in Tripoli werden ontvangen hadden Clark en Chavez alles kunnen afleiden wat ze over de stemming van kolonel Muammar Khadaffi en zijn generaals moesten weten. Ze wisten nu ook hoeveel ondersteuning ze konden verwachten. De luitenant van de volksmilitie die onder aan de vliegtuigtrap stond te wachten, was beleefd genoeg, maar ook zo groen als de Libische zon heet was, en aan het zenuwtrekje onder zijn linkeroog kon Clark zien dat de man genoeg over hen wist om zich zorgen te maken. *Goed zo, jongen.* Blijkbaar vond Khadaffi het niet zo leuk om westerse soldaten op zijn grondgebied te hebben, en dan ook nog zulke gespecialiseerde troepen. Clark wist niet of de man zich in zijn trots gekwetst voelde of een dieper politiek motief had, en het kon hem ook niet schelen. Zolang ze Rainbow maar niet voor de voeten liepen en niemand in het ambassadegebouw om het leven lieten komen, mocht Muammar zich zo kwaad maken als hij maar wilde.

De luitenant salueerde kwiek voor Clark, zei 'Masudi' – Clark veronderstelde dat het zijn naam was –, deed een stap opzij en wees naar een legertruck uit circa 1950 met een canvas overkapping, die op vijftien meter afstand stond. Clark knikte Stanley toe, die het team beval de spullen bij elkaar te pakken en naar de truck te lopen.

De zon was zo heet dat hij op Clarks huid prikte, en toen hij de oververhitte lucht inademde, brandde die in zijn longen. Een lichte bries bracht de vlaggen op het dak van de hangar in beweging, maar dat was lang niet genoeg om enige verkoeling te verschaffen.

'Ach, ze hebben tenminste iemand gestuurd, hè?' mompelde Chavez tegen Clark terwijl ze daar liepen.

'Jij ziet altijd de zonnige kant, of niet, Ding?'

'Zo is het, *mano*.'

Binnen een uur nadat ze op Heathrow uit het vliegtuig waren gehaald en het bericht van Alistair Stanley hadden gekregen, hadden Clark, Chavez en de rest van de oproepbare Rainbow Six-leden in een toestel van British Airways gezeten, op weg naar Italië.

Zoals alle militaire teams had Rainbow zijn portie personeelsverloop gehad. Mannen keerden naar hun eenheid in hun eigen land terug, de meesten met een verdiende promotie na hun werk voor Rainbow. Van de acht mannen die Stanley voor de operatie had uitgekozen, behoorden er vier tot de oorspronkelijke leden: Miguel Chin van de SEAL's van de Amerikaanse marine, Homer Johnston, Lois Loiselle en Dieter Weber. Twee Amerikanen, een Fransman en een Duitser. Johnston en Loiselle waren scherpschutters, en ze waren allebei griezelig goed; hun kogels kwamen maar zelden buiten de roos terecht.

Maar eigenlijk waren ze allemaal goede schutters. Hij maakte zich absoluut geen zorgen over hen. Je kwam niet bij Rainbow zonder dat je ten eerste lange tijd in militaire dienst was geweest en ten tweede tot de besten van de besten behoorde. En je bleef beslist niet bij Rainbow als je niet de goedkeuring verwierf van Alistair Stanley, die uiterst beleefd maar ook keihard voor zijn mensen was. *Beter zweten bij de training dan bloeden bij een operatie*, zei Clark tegen zichzelf. Dat was een oud gezegde bij de SEAL's, en elke eenheid voor speciale operaties die ook maar een knip voor de neus waard was hield zich eraan als aan het woord van God.

Op het vliegveld van Rome waren ze naar een wachtende Baggio P180 Avanti tweemotorige turboprop gebracht die hun ter beschikking werd gesteld door het 28ste squadron van de Italiaanse luchtmacht. Daarmee vlogen ze de laatste etappe naar Tarente, waar ze *chinotto* dronken, het kruidige antwoord van Italië op de Amerikaanse sprite, en intussen een geschiedenislesje kregen van de public affairs-officier van de basis. De man vertelde over de geschiedenis van Tarente, de *Marina Militare*, zoals de Italiaanse marine werd genoemd, en de voorganger daarvan, de *Regia Marina*. Na vier uur ging Stanleys satelliettelefoon. De politieke kwesties waren geregeld. Clark wist niet hoe ze Khadaffi ervan hadden afgebracht om zijn stoottroepen te sturen, maar het kon hem ook niet schelen. Rainbow had groen licht gekregen.

Een uur later waren ze aan boord van de Avanti gegaan voor de achthonderd kilometer lange etappe over de Middellandse Zee naar Tripoli.

Clark volgde Chavez naar de truck en ging aan boord. Op de houten bank tegenover hen zat een man in burgerkleding.

'Tad Richards,' zei de man, en hij gaf Clark een hand. 'Amerikaanse ambassade.'

Clark vroeg niet naar de functie van de man. Het antwoord zou waarschijnlijk een combinatie van woorden als 'attaché', 'cultureel', 'assistent' en 'Buitenlandse Zaken' zijn geweest, maar in feite was de man lid van de CIA-post in Libië, die vanuit de ambassade in het Corinthia Bab Africa Hotel opereerde. Net als de luitenant van de volksmilitie die hen had begroet zag Richards er veel te jong uit. Waarschijnlijk was het zijn eerste stationering in het buitenland, dacht Clark. Maar het deed er niet toe. Zolang de man hen maar van de informatie kon voorzien.

Met knarsende versnellingen en een wolk van dieseluitlaatgas zette de truck zich in beweging.

'Sorry voor het oponthoud,' zei Richards.

Clark haalde zijn schouders op. Hij besefte dat de man niet naar namen had gevraagd. *Misschien is hij toch een beetje pienterder dan ik dacht.* Hij zei: 'Ik neem aan dat de kolonel niet veel enthousiasme voor onze komst kan opbrengen.'

'Dat neemt u terecht aan. Ik weet niet precies hoe het is gegaan, maar de telefoons hebben de afgelopen acht uur niet stilgestaan. Het leger heeft extra bewaking rond het hotel gezet.'

Dat was te begrijpen. Of je nu van een echte bedreiging kon spreken of niet, de versterkte 'bescherming' van de Amerikaanse ambassade door de Libische regering was in elk geval een teken: het volk van Libië was zo slecht te spreken over het feit dat er westerse soldaten op zijn grondgebied waren, dat aanslagen op Amerikaanse doelen mogelijk waren. Dat was natuurlijk onzin, maar Muammar moest een evenwicht zien te vinden: aan de ene kant was hij de nieuwste bondgenoot van Amerika in Noord-Afrika en aan de andere kant heerste hij over een volk dat nog voor een groot deel achter de Palestijnse zaak stond en dus weinig moest hebben van de onderdrukkers van de Palestijnen, Amerika en Israël.

'De zegeningen van de internationale politiek,' merkte Clark op.

'Amen.'

'Spreekt u Arabisch?'

'Ja, redelijk goed. Het wordt steeds beter. Ik volg een Rosetta Stone-cursus en ben al vrij ver.'

'Goed. Ik wil u graag in de buurt houden om voor ons te vertalen.'

'Akkoord.'

'Hebt u informatie voor ons?'

Richards knikte. Hij veegde met een zakdoek over zijn zwetende voorhoofd. 'Ze hebben een commandopost opgezet op de bovenste verdieping van een appartementengebouw, een blok bij de ambassade vandaan. Als we daar aankomen, zal ik u laten zien wat we hebben.'

'Dat is goed,' zei Clark. 'Nog contact met mensen in het gebouw?'

'Nee.'

'Hoeveel gijzelaars?'

'Volgens het Zweedse ministerie van Buitenlandse Zaken zijn het er zestien.'

'Wat hebben ze tot nu toe gedaan? De Libiërs bijvoorbeeld.'

'Voor zover we kunnen nagaan, hebben ze niets gedaan. Ze hebben het gebouw wel omsingeld en houden de burgers en journalisten op een afstand.'

'Is het nieuws bekend geworden?' vroeg Chavez.

Richards knikte. 'Een paar uur geleden, toen jullie onderweg waren. Sorry, dat was ik vergeten te vertellen.'

'De nutsbedrijven?' vroeg Clark.

'Er gaan nog water en elektriciteit naar het gebouw.'

Het afsnijden van die essentiële voorzieningen stond hoog op de lijst van dingen die in een gijzelingssituatie moesten gebeuren. Het was belangrijk om twee redenen. Ten eerste werkte het gebrek aan comfort op het gemoed van de boeven, hoe gehard ze ook waren. Ten tweede kon de hervatting van de elektriciteits- en watervoorziening als onderhandelingspunt worden ingezet: geef ons vijf gijzelaars en we zetten jullie airconditioning weer aan.

Maar ook wat dit betrof hield de Libische overheid, die het politieke consigne 'wegblijven' had gekregen, zich dus afzijdig. Nu kon dit in hun voordeel werken. Tenzij de boeven in de ambassade volslagen idioten waren, zouden ze hebben gemerkt dat de voorzieningen het nog deden en hadden ze misschien hun vermoedens over wat er in de buitenwereld gebeurde. Ze zouden denken dat de troepen slecht voorbereid waren of de stroom pas zouden afsnijden als ze in de aanval gingen.

Misschien... dacht Clark. Het was altijd moeilijk om in iemands hoofd te kruipen, vooral in het hoofd van een ellendeling die er geen been in zag een stel onschuldige burgers te gijzelen. De kans was even groot dat de boeven helemaal niet strategisch konden denken en geen moment aan water en elektriciteit hadden gedacht. Aan de andere kant waren ze goed genoeg geweest om die Särskila Skyddsgruppens onschadelijk te maken. Dat wees er op z'n minst op dat Rainbow te maken had met mensen die enige training hadden gehad. Eigenlijk deed het er niet toe. Niemand was beter dan Rainbow; daar was Clark zeker van. Hoe de situatie binnen ook was, het kwam wel tot een oplossing – waarschijnlijk ten koste van de boeven.

De rit duurde twintig minuten. Het grootste deel van die tijd liet Clark scenario's door zijn hoofd gaan terwijl hij naar de stoffige, geelbruine straten van Tripoli keek die langs de achterkant van de wagen voorbijgleden. Ten slotte kwam de truck grommend tot stilstand in een straatje waarvan de beide uiteinden schaduw kregen van dadelpalmen. Luitenant Masudi verscheen aan de achterkant en liet de klep zakken. Richards stapte uit en leidde Clark en Stanley door het straatje, terwijl Chavez en de anderen de spullen bij elkaar pakten en hen volgden.

Richards leidde hen twee stenen trappen op langs de stenen muur, en vervolgens door een deur naar een half afgewerkt appartement. Langs een van de muren lagen stapels gipsplaat, met grote kuipen afwerkingsmateriaal. Van de vier muren waren er maar twee klaar. Die hadden een zeeschuimgroene kleur die in een aflevering van *Miami Vice* niet zou misstaan. De kamer rook naar verse verf. Een groot raam, omlijst door dadelpalmen, keek op tweehonderd meter afstand uit op een gebouw waarvan Clark aannam dat de Zweedse ambassade erin gevestigd was. Het was een twee verdiepingen tellende villa in Spaanse stijl, omringd door witte muren van tweeënhalve meter hoog, met zwarte smeedijzeren punten langs de bovenkant. De begane grond van het gebouw had veel ramen, maar die waren allemaal van tralies voorzien en hadden dichte luiken.

Minstens vijfhonderd vierkante meter, dacht Clark somber. *Veel terrein. Plus misschien een souterrain.*

Hij had verwacht dat er een paar kolonels of generaals van de volksmilitie op hen zouden wachten, maar er was niemand. Blijkbaar vormde Masudi hun enige contact met de Libische overheid, en dat kwam Clark wel goed uit, zolang de man maar genoeg macht had om hun alles te leveren wat ze nodig hadden.

Het leek wel of er in de straat beneden een militaire parade aan de gang was. In de twee straten naast de ambassade telde Clark maar liefst zes legervoertuigen, twee jeeps en vier trucks, elk omringd door een troep soldaten, die rokend rondliepen en hun geweren nonchalant aan hun schouders lieten bungelen. Als hij het nog niet had geweten, zouden de wapens van die soldaten hem alles hebben verteld wat hij over Khadaffi's houding ten opzichte van de crisis moest weten. Nu hij in zijn eigen land buitenspel was gezet, had de kolonel zijn elitetroepen weggehaald en vervangen door het rommeligste stel soldaten dat hij kon sturen.

Als een verwend jongetje dat zijn knikkers opraapte en naar huis ging.

Terwijl Chavez en de anderen de spullen uitpakten en in de onvoltooide ontbijthoek zetten, keken Clark en Stanley door verrekijkers naar het ambassadeterrein. Richards en luitenant Masudi stonden bij hen. Na twee minuten van stilte zei Stanley, zonder zijn kijker te laten zakken: 'Het is een lastige.'

'Ja,' zei Clark. 'Zie jij iets bewegen?'

'Nee. Dat zijn plantageluiken. Dik en stevig.'

'Een vaste bewakingscamera op elke hoek, net onder het dak, en twee op de voorgevel.'

'Ga er maar vanuit dat ze ook op de achtergevel zitten,' zei Stanley. 'De vraag is: hadden de bewakers de tijd om op de knop te drukken?'

De meeste ambassades hadden een checklist voor noodgevallen, en elk bewakingsteam dat ook maar een knip voor de neus waard was kende die lijst uit zijn hoofd. De instructie boven aan de lijst, 'In geval van gewapende indringing en overname van de ambassade' of iets dergelijks, hield in dat het externe bewakingssysteem van het gebouw onherstelbaar onklaar gemaakt moest worden. Blinde boeven waren gemakkelijker uit te schakelen. Het was echter niet na te gaan of de Zweden dat hadden gedaan, en dus zou Rainbow ervan uitgaan dat de camera's niet alleen werkten, maar dat de beelden ook werden bekeken. Daar stond tegenover dat het vaste camera's waren. Dat maakte het veel gemakkelijker om blinde plekken te vinden, zones die buiten beeld bleven.

'Richards, wanneer is het zonsondergang?' vroeg Clark.

'Over ongeveer drie uur. Volgens het weerbericht krijgen we een heldere hemel.'

Shit, dacht Clark. Soms was het verrekte lastig om in een woestijnklimaat te opereren. Tripoli had een beetje vervuiling, maar dat was niets in vergelijking met een westerse metropool. Het licht van maan en sterren zou het hun moeilijk maken hun bewegingen verborgen te houden. Er hing veel van af hoeveel boeven er binnen waren en waar ze zich bevonden. Als ze met genoeg mensen waren, zouden ze bijna zeker bewakers hebben geposteerd, maar daar konden Johnston en Loiselle wel mee afrekenen. Evengoed moest elke benadering van het gebouw zorgvuldig worden gepland.

'Johnston...' riep Clark.

'Ja, baas.'

'Loop eens wat rond. Zoek geschikte schietposities uit en kom dan terug en maak een tekening van dekking en schootsvelden. Richards, zeg tegen onze escorte dat ze het doorgeven aan de anderen: laat onze mannen hun werk doen en loop ze niet in de weg.'

'Oké.' Richards pakte Masudi bij zijn elleboog vast, leidde hem een paar meter bij hen vandaan en zei wat tegen hem. Na een halve minuut knikte Masudi en ging hij weg.

'Hebben we blauwdrukken?' vroeg Stanley aan Richards.

De man van de ambassade keek op zijn horloge. 'Die moeten hier binnen een uur zijn.'

'Uit Stockholm?'

Richard schudde zijn hoofd. 'Hier. Ministerie van Binnenlandse Zaken.'

'Jezus.'

Het had ook geen zin om ze stukje voor stukje in JPEG-format te laten mailen. Waarschijnlijk waren ze niet beter dan wat ze al hadden – tenzij de Libiërs bereid waren met de opnamen naar een professionele drukker te gaan en ze aan elkaar te laten zetten. Clark verwachtte daar niet veel van.

'Hé, Ding?'

'Hier, baas.'

Clark gaf hem de kijker. 'Kijk eens.' Chavez zou een van de twee aanvalsteams leiden; Dieter Weber het andere.

Chavez keek even naar het gebouw en gaf toen de kijker terug. 'Is er een souterrain?'

'Weet ik nog niet.'

'Boeven mogen graag zo laag mogelijk zitten. Daarom denk ik dat ze op de begane grond bij elkaar zijn, of in het souterrain, als dat er is, al zullen ze dat alleen doen – als ze heel dom zijn,' zei Chavez.

Er zijn geen uitgangen onder de grond, dacht Clark.

'Als we ongeveer kunnen nagaan waar de gijzelaars zijn, en of ze dicht bij elkaar zitten of opgesplitst zijn... Maar als ik snel moest beslissen, zou ik zeggen: op de eerste verdieping naar binnen, via de zuid- en oostmuur, en dan naar beneden. Eigenlijk is dat de gebruikelijke tactiek voor kleine eenheden. Je zoekt de hoge punten op, dan zijn de boeven automatisch in het nadeel.'

'Ga verder,' zei Clark.

'De ramen op de begane grond komen niet in aanmerking. We kunnen de tralies wel aan, maar niet snel, en we zouden veel lawaai maken. Maar die balkons... De balkonhekken zien er stevig uit. Het moet gemakkelijk zijn daarboven te komen. Er hangt veel af van de indeling. Als die tamelijk open is, niet te veel hokjes, zou ik zeggen: hoog beginnen. Anders maken we ze met flashbanggranaten aan het schrikken, beuken de muren op een paar plaatsen met *gatecrashers* in en overrompelen ze.'

Clark keek Stanley aan, die goedkeurend knikte. 'Die jongen leert het wel,' zei hij grijnzend.

'Lazer op,' zei Chavez, ook grijnzend.

Clark keek weer op zijn horloge. Tijd.

Hij vond het zorgelijk dat de boeven geen contact hadden opgenomen. Er konden maar een paar redenen zijn om dat stilzwijgen te verklaren: ze wachtten nog even om er zeker van te zijn dat ze de aandacht van de wereld hadden en kwamen dan met hun eisen. Of ze wachtten tot ze de aandacht van de wereld hadden en begonnen dan lijken door de voordeur naar buiten te gooien.

19

Zoals niemand verbaasde, waren de blauwdrukken er niet binnen een uur, maar pas na bijna twee uur, en de zonsondergang werd dan ook al binnen anderhalf uur verwacht toen Clark, Stanley en Chavez de plattegrond van het complex openrolden en hun eerste blik wierpen op wat hun te wachten stond.

'Verdomme,' gromde Stanley.

Het waren niet de oorspronkelijke blauwdrukken van de architect, maar een bijeen geplakte fotokopie van een fotokopie. Veel bijschriften waren onleesbaar.

'Jezus...' zei Richards, die over hun schouders keek. 'Sorry, ze zeiden...'

'Het is niet jouw schuld,' zei Clark kalm. 'Het zijn politieke spelletjes. We zorgen wel dat het goed komt.' Dat was ook iets wat Rainbow heel goed kon: improviseren en zich aanpassen. Slechte blauwdrukken waren gewoon de zoveelste vorm van ontoereikende informatie, en Rainbow had daar zijn portie al van gehad. Erger nog: de inlichtingendienst van kolonel Khadaffi had geweigerd de Zweden blauwdrukken van hun eigen gebouwen te geven. In dat opzicht hadden ze dus ook geen geluk.

Er was ook goed nieuws. Het ambassadegebouw had geen souterrain en de indeling zag er tamelijk open uit. Geen in stukjes geknipte gangen en kleine hokjes, die het een lastige, tijdrovende zaak maakten om te kijken waar nog terroristen waren. En op de eerste verdieping was er een balkon rondom een binnenplaats. Dat keek uit op een grote open ruimte, met daarnaast een rij kleinere kamers langs de westelijke muur.

'Een ruimte van twaalf bij vijftien meter,' merkte Chavez op. 'Wat denk je? De grote werkruimte?'

Clark knikte. 'En die kamers langs de westelijke muur zullen van het hogere personeel zijn.'

Tegenover die kamers, aan een korte gang die onder aan de trap naar rechts ging, bevonden zich een keuken annex eetkamer, een badkamer en nog vier kamers, die op de papieren geen naam hadden. Misschien opslagruimten, dacht Clark, gezien hun grootte. Een ervan fungeerde waarschijnlijk als kantoor van de bewakingsdienst. Aan het eind van de gang leidde een deur naar buiten.

'Er staan geen leidingen van elektriciteit en water op deze plattegrond,' zei Chavez.

'Als je erover denkt om door het riool naar binnen te gaan,' merkte Richards op, 'kun je dat wel vergeten. Dit is een van de oudste buurten van Tripoli. Het rioolsysteem is een shitzooi...'

'Heel grappig.'

'De buizen zijn niet groter dan een volleybal, en ze zakken al in als je er alleen maar naar kijkt. Alleen al deze week moest ik op weg naar mijn werk twee keer omrijden omdat er verzakkingen waren.'

'Oké,' zei Clark. 'Richards, praat jij met Masudi en zorg ervoor dat de stroom kan worden afgesloten zodra we het zeggen.' Ze hadden besloten de nutsvoorzieningen in stand te houden, zodat de boeven niet vlak voordat Chavez en zijn teams naar binnen gingen nerveus werden.

'Goed.'

'Ding. Wapencontrole?'

'Gedaan.'

Zoals altijd zouden de aanvalsteams voorzien zijn van Heckler & Koch MP5SD3's. Met geluiddempers en met 9mm-patronen, waarvan ze er zevenhonderd per minuut konden afschieten.

Naast de gebruikelijke lading fragmentatiegranaten en flashbangs had iedere man ook een MK23 .45-ACP met aangepaste KAC-geluiddemper en een met tritium werkende laserrichtmodule, die vier standen had: alleen zichtbare laser, zichtbare laser/straallicht, alleen infraroodlaser en infraroodlaser/verlichting. De MK23, een favoriet wapen van de Amerikaanse SEAL's en de Britse *Special Boat Service*, was een wonder van duurzaamheid. Het wapen was door zowel de SEAL's als de SBS aan de zwaarste proeven onderworpen. Het was blootgesteld aan extreme temperaturen, zout water, schoten zonder munitie, valproeven en de ergste vijand van een wapen: vuil. Wat er ook met de MK23 gebeurde, hij bleef altijd schieten.

Johnston en Loiselle hadden ook mooi nieuw speelgoed, want Rainbow was kort geleden van het M24-scherpschuttersgeweer overgeschakeld op het Knights Armament M110 Sniper System, voorzien van een Leupold-vizier voor overdag en het beproefde AN/PS-14-nachtvizier voor als het donker was. In tegenstelling tot de M24, een grendelgeweer, was de M110 semiautomatisch. Voor de aanvalsteams betekende dit dat Johnston en Loiselle, die dekkingsvuur zouden geven, in veel minder tijd meer patronen op hun doelwitten konden afvuren.

Op aanwijzing van Clark hadden beide scherpschutters de omgeving verkend. Ze waren om de blokken naast het ambassadeterrein heen gelopen en hadden schietposities uitgekozen en schootsvelden uitgetekend. Op de plaatsen die Chavez en Weber als toegangspunten hadden uitgekozen zouden Johnston en Loiselle absolute dekking kunnen geven – dat wil zeggen, totdat de teams in het gebouw zelf kwamen. Eenmaal binnen zouden ze op zichzelf zijn aangewezen.

Vijftig minuten na zonsondergang zat het team in zijn geïmproviseerde verduisterde commandopost te wachten. Door de kijker kon Clark een vaag schijnsel achter de plantageluiken van de ambassade zien. De buitenlichten waren ook aangesprongen. Die zaten op vier masten van zeven meter hoog, een op elke hoek van het terrein: natriumlampen die op het gebouw waren gericht.

Een uur eerder had de oproep tot *salat* van de muezzin over Tripoli gegalmd, maar nu waren de straten leeg en stil, afgezien van honden die in de verte blaften, nu en dan een autoclaxon en de nog net hoorbare stemmen van de volksmilitieleden die nog in de omtrek van de ambassade op wacht stonden. De temperatuur was een paar graden gedaald. Het was nu een graad of dertig, maar in de uren tot aan zonsopgang, uren waarin warmte in de wolkeloze woestijnlucht verloren ging, zou de temperatuur nog minstens vijftien graden dalen. Clark had er alle vertrouwen in dat ze de ambassade bij zonsopgang heroverd zouden hebben; dan zou Rainbow alweer op de terugweg zijn. Hij hoopte dat ze aan hun kant geen slachtoffers zouden hebben en dat er nog maar weinig boeven in leven zouden zijn om over te dragen aan... wie dan ook. Waarschijnlijk werd er nog steeds over gediscussieerd wie er met de opruiming na de missie en het daaropvolgende onderzoek zouden worden belast.

Ergens in het donker trilde zachtjes een mobiele telefoon, en even later stond Richards naast Clark en fluisterde hij: 'Zweden geland op het vliegveld.'

De Zweedse veiligheidsdienst, de *Säkerhetspolisen*, bezat de antiterreurdivisie van het land, terwijl de *Rikskriminalpolisen* de Zweedse versie van de FBI was. Zodra Rainbow de ambassade had veroverd, zou die aan hen worden overgedragen.

'Goed, bedankt. Dat beantwoordt de vraag, denk ik. Zeg tegen ze dat ze klaar moeten staan. Zodra we klaar zijn, kunnen ze naar binnen gaan. Maar vertel niets over onze tijdlijn. Daarover mag niets naar buiten komen.'

'Denk je dat de Zweden...'

'Nee, niet opzettelijk, maar je weet nooit met wie ze praten.' Hoewel het Clark onwaarschijnlijk leek, moest hij rekening houden met de mogelijkheid dat de Libiërs de operatie zouden saboteren: de Amerikanen kwamen, hun missie faalde, en dan waren er mensen dood. Een publiciteitscoup voor de kolonel.

Het was nu bijna vierentwintig uur geleden dat de ambassade werd bestormd, en er was binnen nog steeds geen teken van leven. Clark had besloten dat ze om kwart over twee in actie zouden komen, in de veronderstelling dat de terroristen een aanval tegen het vallen van de avond zouden verwachten. Clark hoopte dat ze zich door het uitstel zouden ontspannen, al was het maar een beetje. Bovendien was statistisch aangetoond dat de menselijke geest verzwakte in de uren tussen twee en vier uur 's nachts – vooral een menselijke geest die al achtentwintig uur ten prooi is aan stress en onzekerheid.

Om halftwee zei Clark tegen Johnston en Loiselle dat ze zich gereed moesten maken, en hij knikte Richards toe, die het teken doorgaf aan luitenant Masudi. Na een uitgebreid gesprek over de walkietalkie meldde de Libiër dat de bewakers rondom het ambassadegebouw wisten wat hun te doen stond. Clark wilde niet dat een nerveuze soldaat op zijn scherpschutters ging schieten wanneer die zich naar hun posities begaven. Hij liet Stanley en Chavez met kijkers naar de omgeving turen. Hoe onwaarschijnlijk het ook was, er was altijd de mogelijkheid dat iemand – een sympathisant of een klootzak van een soldaat die de pest aan Amerikanen had – zou proberen de terroristen te laten weten dat het spel zou beginnen. Als dat gebeurde, kon Clark niet veel anders doen dan Johnston en Loiselle terugroepen en het later nog een keer proberen.

Toen Johnston en Loiselle klaarstonden, met hun M110's op hun schouders, wachtte Clark nog vijf minuten. Toen fluisterde hij tegen Stanley en Chavez: 'Hoe gaat het?'

'Geen verandering,' meldde Ding. 'Er worden walkietalkies gebruikt, maar waarschijnlijk alleen om het bericht door te geven.'

Om twintig voor twee knikte Clark naar Johnston en Loiselle. De twee scherpschutters glipten de deur uit en verdwenen in de duisternis. Clark zette zijn headset op.

Vijf minuten gingen voorbij. Tien minuten.

Toen kwam Loiselles stem over de radio: 'Omega Een, in positie.' Tien seconden later zei Johnston: 'Omega Twee, in positie.'

'Begrepen,' antwoordde Clark, en hij keek op zijn horloge. 'Hou je gereed. De aanvalsteams gaan over tien minuten naar binnen.'

Hij hoorde twee dubbelklikken bij wijze van antwoord.

'Alistair... Ding?'

'Geen beweging. Alles rustig.'

'Hier ook, baas.'

'Oké, bereid je voor.'

Chavez gaf zijn kijker aan Clark en liep naar zijn team, dat bij de deur stond. Weber en zijn team, die het gebouw op de begane grond zouden binnendringen door een bres in de muur bij de westelijke hoek aan de voorkant, hadden meer tijd nodig om hun posities in te nemen en zouden dus eerst gaan, na vier minuten gevolgd door Chavez en zijn mannen.

Clark tuurde nog één keer door de kijker naar het ambassadeterrein, op zoek naar beweging, veranderingen – alles wat bij deze zogenaamde k-controle aan het licht kon komen, de kinesthetische controle. Als je dit soort dingen vaak genoeg deed, had hij geleerd, ontwikkelde je een zesde zintuig. Voelt het goed aan? Zijn er knagende stemmetjes in je achterhoofd? Zijn er details die je over het hoofd hebt gezien, dingen die je niet hebt gecontroleerd? Clark had te vaak meegemaakt dat mensen die verder goed in dit werk waren de k-controle verwaarloosden en daar dan grote schade van ondervonden.

Hij liet zijn kijker zakken en keek naar zijn team, dat bij de deuropening stond. 'Ga nu,' fluisterde hij.

20

Chavez wachtte de vereiste vier minuten en leidde zijn team toen de trap af en naar het begin van het straatje. Zoals Clark had verzocht, hadden de Libiërs de straatverlichting rondom de ambassade uitgezet. Ze hoopten allemaal dat de boeven het niet zouden merken, want de mastlichten op het ambassadeterrein brandden nog wel en waren naar binnen gericht. Ook op Clarks verzoek waren drie legertrucks achter elkaar midden op straat geparkeerd, tussen het appartement waar ze hun commandopost hadden gevestigd en de oostkant van het ambassadeterrein.

Met handgebaren dirigeerde Chavez zijn mannen over het trottoir. Hij gebruikte de schaduw en de trucks als dekking, tot ze bij het volgende straatje kwamen, met een heg voor het volgende gebouw – een particuliere artsenpraktijk, was hem verteld. De burgers waren daar eerder die dag weggehaald.

Zodra het team veilig achter de heg stond, volgde hij in wandeltempo, half voorover gebogen, de MP5 laag in de aanslag. Hij tuurde voor zich uit, naar rechts, en over de muur van het ambassadeterrein. Geen beweging. *Goed. Hier is niets te zien.*

Chavez kwam bij de heg aan en ging op zijn hurken zitten. In zijn headset hoorde hij de stem van Weber: 'Commando, hier *Red Actual*, over.'

'Zeg het maar, Red Actual.'

'In positie. We installeren de gatecrasher.'

Chavez wenste bijna dat hij Webers taak had. Hoewel hij het nieuwste speelgoed van Rainbow bij trainingen had gebruikt, had hij er nog niet in de praktijk mee gewerkt.

De gatecrasher – die door Loiselle de 'magische deurmaker' werd genoemd – was ontwikkeld door Alford Technologies in Engeland en deed Chavez denken aan die hoge, afgeronde rechthoekige schilden die de Spartanen hadden in *300*, maar misschien was hij beter te vergelijken met een rubberboot. In de buitenste ring van buizen zat geen lucht, maar water, en aan de binnenkant daarvan zat een verzonken strip met stukken PETN-detonatorkoord. Dat koord veroorzaakte samen met het water een enorme stampkracht. Als het wapen tot ontploffing werd gebracht, ontstond er een doelgerichte explosieve kring die dwars door een bakstenen muur van een halve meter dik sneed.

De gatecrasher loste problemen op die commandoteams en gijzelingsteams jarenlang hadden gefrustreerd: ten eerste boobytraps bij de toegangspunten, en ten tweede de 'fatale trechter'. Terroristen, die wisten dat de redders door een deur of raam naar binnen moesten komen, zetten daar vaak explosieven op – dat was bijvoorbeeld ook gebeurd bij het bloedblad in de school in de Russische stad Breslan – of concentreerden hun vuurkracht en aandacht op de waarschijnlijke toegangspunten.

Met de gatecrasher zouden Weber en zijn team ongeveer drie seconden na de ontploffing door de muur naar binnen komen.

'Begrepen,' zei Clark tegen Weber. '*Blue Actual*?'

'Drie minuten naar de muur,' meldde Chavez.

Hij tuurde nog een laatste keer door zijn nachtkijker naar het terrein, zag niets en liep door.

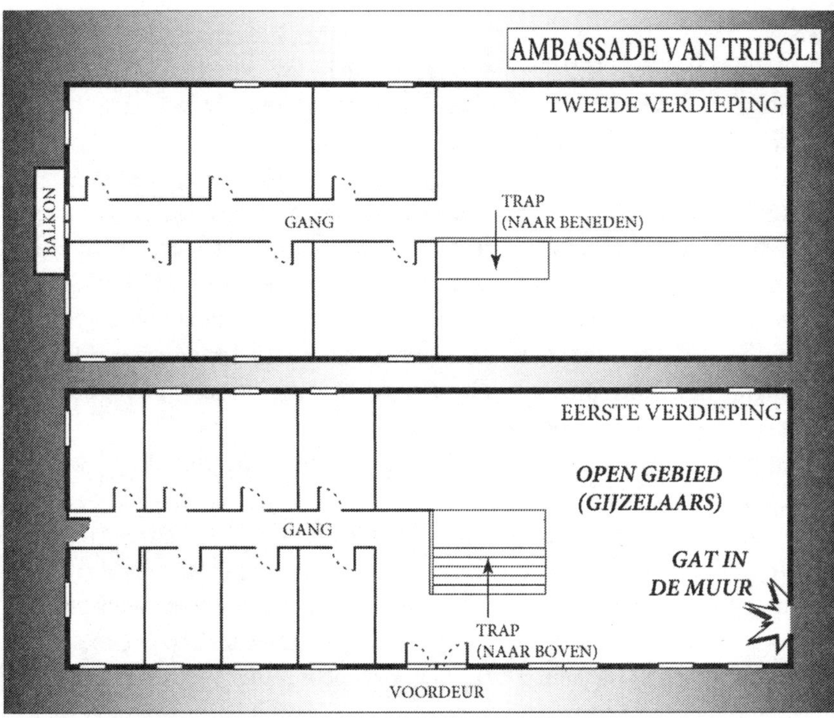

Om over de muur te komen hadden ze voor een typische lowtechmethode gekozen: een trapje van ruim een meter hoog en een kogelwerend vest. Van de vele axioma's waaraan ze zich hielden was KISS een van de belangrijkste: *Keep it simple, stupid.* Je moest een eenvoudig probleem niet ingewikkeld maken, of zoals Clark vaak zei: 'Je schiet niet met een geweer op een kakkerlak.' In dit geval zou het trapje hen ter hoogte van de bovenrand van de muur brengen. Het kogelwerende vest zouden ze over de glasscherven leggen die uit de muur omhoogstaken, zodat Chavez en zijn team er zonder bloedverlies overheen konden klimmen.

Chavez kwam achter de heg vandaan, rende naar de muur en hurkte neer. Hij drukte op de knop van zijn headset: 'Commando, hier Blue Actual. Bij de muur.'

'Begrepen.' Stanleys stem.

Een paar seconden later verscheen er een rode laserstip op de muur, een meter rechts van Chavez. Ze hadden de blinde hoeken van de bewakingscamera's al in kaart gebracht, en Alistair gebruikte het laservizier van zijn MK23 om hem de weg te wijzen.

Chavez ging opzij tot de laserstip op zijn borst zat. De stip verdween. Hij zette vlug en geluidloos de ladder neer en gaf toen de rest van het team een teken dat ze naar boven konden gaan.

Showalter ging als eerste. Chavez gaf hem het kogelwerend vest, en hij beklom het trapje. Tien seconden later was hij over de muur heen en uit het zicht verdwenen. Een voor een volgden de teamleden hem, tot het zijn eigen beurt was.

Eenmaal aan de andere kant stond hij op een weelderig groen gazon met hibiscusstruiken langs de rand. *Die Zweden betalen zich blauw aan sprinklers,* dacht hij onwillekeurig. Rechts van hem zag hij de voorkant van het gebouw, en recht voor hem, op zeven meter afstand, verhief zich de oostelijke muur. Showalter en Bianco hadden posities ingenomen op de hoeken van het gebouw. Ybarra zat onder het balkon gehurkt. Chavez begon naar hen toe te lopen.

'Wacht.' De stem van Loiselle. 'Beweging aan de zuidkant.'

Hij verstijfde.

Tien seconden later. 'Niets aan de hand. Een kat.'

Chavez liep naar Ybarra toe, hing zijn MP5 om en klom op de rug van de stevige Spanjaard. De laagste dwarsstang van het balkonhek bleef net buiten bereik van zijn vingers. Chavez rekte zich uit. Ybarra zette zich extra schrap en ging een beetje meer rechtop staan. Chavez kreeg de stang te pakken, eerst met zijn rechter- en toen met zijn linkerhand, en trok zich op. Vijf seconden later zat hij ineengedoken op het balkon. Hij maakte een stuk geknoopt touw van zijn tuig los, zette de D-ring aan het balkonhek vast en liet het touw zakken.

Hij draaide zich om naar de deur. Daar zaten luiken voor, net als voor de ramen, en natuurlijk zat hij op slot. Achter hem hoorde Chavez een zacht gekraak doordat Ybarra over het balkonhek klom. Meteen daarop voelde hij een klopje op zijn schouder, het teken dat Ybarra er was.

Chavez drukte op een knop van zijn headset. 'Commando, hier Blue Actual, bij de deur.'

'Begrepen.'

Hij trok de flexibele camera uit de rechterzak van zijn broek, verbond hem met zijn nachtkijker en schoof heel voorzichtig de lens onder de deur door. Hij werkte vooral op de tast, want hij kon niet veel zien. Zoals bij alles wat ze deden, hadden de Rainbowleden met alle hulpmiddelen die hen ter beschikking stonden, dus ook met de flexibele camera, getraind en opnieuw getraind, en daarna nog meer getraind. Als er een alarm op de deur zat, zou Chavez dat waarschijnlijk voelen.

Hij verkende eerst de drempel, en toen hij daar niets aantrof, ging hij naar de scharnieren, om ten slotte bij de deurknop en de slotplaat uit te komen. Niets. Hij trok de camera terug. Achter hem waren Showalter en Bianco over het balkonhek gekomen. Chavez wees naar Bianco en toen naar de deurknop. De Italiaan knikte en ging met zijn *lockpick*set aan het werk. Dertig seconden later ging het slot open.

Met handgebaren gaf Chavez hun zijn laatste instructies: hij en Bianco zouden voorop gaan en de kamers aan de rechterkant voor hun rekening nemen; Showalter en Ybarra gingen naar links.

Hij draaide voorzichtig aan de knop en zette de deur op een kier. Hij wachtte tien seconden, duwde de deur toen nog ongeveer dertig centimeter open en stak zijn hoofd door de opening. Er was niemand op de gang. Drie deuren, twee rechts en een links. In de verte hoorde hij mompelende stemmen, en toen was het stil. Iemand nieste. Hij trok zijn hoofd terug en trok de deur helemaal open om hem door Showalter te laten vasthouden.

Met zijn MP5 laag in de aanslag liep Ding de gang op. Bianco volgde op twee passen afstand, links van hem om de middellijn van de gang te volgen. Bij de zuidelijke muur bereikte Showalter de deur aan de linkerkant en bleef staan. De deur was niet helemaal dicht. 'Bij deur aan zuidkant,' gaf Showalter over de radio door.

'Ik kijk,' antwoordde Loiselle. 'Geen beweging.'

Showalter ging bij de deur staan, maakte hem open en ging naar binnen. Twintig seconden later kwam hij tevoorschijn en stak hij zijn duimen omhoog. Chavez sloop langs de noordelijke muur.

De stem van Johnston: 'Wacht.'

Chavez hield zijn vuist omhoog en de drie anderen bleven staan en

hurkten neer.
'Beweging,' zei Johnston. 'Noordmuur, tweede raam vanaf oostelijke hoek.'
De volgende kamer, dacht Chavez. Twintig seconden gingen voorbij. Hij weerstond de verleiding om Johnston te vragen of hij nog meer zag. Als de scherpschutter iets zag, zou hij het zeggen.
'Dunne jaloezieën voor de ramen,' zei Johnston over de radio. 'Half open. Ik zie iemand bewegen.'
'Wapen?'
'Kan ik niet nagaan. Wacht. De persoon loopt naar de deur. Drie seconden.'
Chavez hing zijn MP5 om, trok zijn gedempte MK23, richtte zich op en sloop langs de muur tot hij de deur binnen handbereik had.
'Bij deur,' meldde Johnston.
De deur zwaaide open en er kwam iemand uit de kamer. Chavez wachtte nog een halve seconde. Hij zag de AK-47 voor de borst van de man hangen en schoot een kogel boven zijn rechteroor. Chavez draaide zich bliksemsnel om, bracht zijn linkerarm omhoog en sloeg hem om de borst van de vallende man. Bianco kwam al dichterbij. Hij liep de kamer in, op zoek naar meer doelwitten. Chavez liet de man op de vloer zakken.
'Niemand,' gaf Bianco vijf seconden later over de radio door. Hij hielp Chavez het lijk de kamer in slepen. Ze deden de deur achter zich dicht en gingen met hun wapens in de aanslag op hun hurken zitten wachten. Als het schot de aandacht had getrokken, zouden ze dat gauw genoeg weten. Er bewoog niets. 'Bij tweede deur, noordmuur,' gaf hij over de radio door.
'Ik zie geen beweging meer,' antwoordde Johnston.
Chavez en Bianco controleerden de kamer en kwamen weer de gang op.
'Commando, hier Blue Actual. Boven is niemand meer,' meldde Chavez. 'Op weg naar de begane grond.'
'Begrepen,' antwoordde Stanley.
Zes meter verder zat er een boogpoort in de gang, die daar met een hoek naar rechts ging. Chavez wist dat daar de trap naar de begane grond was. Die trap was open, zes meter breed. Aan de rechterkant was er een muur en links was er niets en keek je uit op wat volgens hen waarschijnlijk de voornaamste werkruimte van de ambassade was – en waarschijnlijk ook de plaats waar de terroristen de gijzelaars bij elkaar hadden gezet.
Dit had voor- en nadelen, wist Chavez. Als de gijzelaars dicht bij elkaar waren, was er een goede kans dat de meeste boeven daar ook waren. Het

zou het werk van Rainbow gemakkelijker maken als hun doelwitten geconcentreerd waren, maar het betekende ook dat de gijzelaars als haringen in een ton zaten wanneer de terroristen het vuur openden.

Dan geven we ze gewoon die kans niet, mano.

Hij sloop verder, langzaam en zorgvuldig, tot hij bij de boogpoort was. Hij wierp een snelle blik om de hoek en keek naar de begane grond. Onder aan de trap, en rechts daarvan, bevond zich de muur aan de voorkant van het gebouw, met ramen waar de luiken nog voor zaten. Als ze de trap af gingen, zouden ze in een korte gang met vier onbekende kamers komen.

Chavez keek naar de noordwestelijke hoek van die ruimte en mat in gedachten een meter van de muur af. Dat zou ongeveer de plaats zijn waar Weber naar binnen kwam. Meer naar links, nog net zichtbaar over de trapleuning, zag hij twee figuren bij elkaar staan. Ze hadden ieder een compact machinepistool, maar hielden het niet in de aanslag. Het wapen bungelde aan hun zij. *Mij best*, dacht hij. Op een bureau, een meter bij hen vandaan, stond een lamp met groene kap die een lichtkring op de muur wierp.

Chavez trok zich terug en liep weer naar de rest van het team. Hij maakte een gebaar: *indeling bevestigd, we gaan volgens plan verder.* Chavez en Bianco, die gezelschap van Weber en zijn team zouden krijgen zodra die door de muur waren, zouden de zware kant van de grote ruimte nemen. Showalter en Ybarra zouden beneden naar rechts gaan en de gang voor hun rekening nemen. Alle mannen knikten hem toe.

'Commando, hier Blue Actual. Over.'

'Zeg het maar, Blue.'

'In positie.'

'Begrepen.'

Weber: 'Red Actual. Over.'

'We gaan er over negentig seconden op af,' zei Chavez.

'We staan klaar,' antwoordde Weber.

'Begin met tellen,' zei Chavez over de radio.

'Vijf.' Dat was Weber. Nog vijf seconden en de gatecrasher kwam in actie.

Ieder van Chavez' mannen had een flashbanggranaat in de hand, met de pin eruit.

Vier... drie... twee...

Tegelijk gooiden Chavez en Bianco de flashbangs over de leuning, en meteen gingen ze naar beneden, hun MP5's in de aanslag, op zoek naar doelwitten. Chavez hoorde hoe de eerste flashbang onder hem over de vloer kletterde, een kwart seconde later gevolgd door de explosie van de gatecrasher. Een golf van rook en puin kolkte door de ruimte. Chavez en Bianco liepen door, en Ybarra en Showalter passeerden hen rechts, snel op weg naar de gang die naar de oostkant van het gebouw leidde.

De tweede flashbang ontplofte. Het felle licht vloog tegen het plafond en over de muren. Chavez negeerde het.

Doel.

Aan de andere kant van de leuning draaide een figuur zich naar hen toe. Chavez richtte het vizier van de MP5 op de borst van de man en schoot twee keer. De man viel neer, en Chavez liep door. Links van hem zag hij een andere figuur, maar hij wist dat Bianco zich daarover ontfermde, en op datzelfde moment hoorde hij een knal. Rechts van Chavez zag hij het eerste lid van Webers team door het ovaalvormige gat van ruim een meter hoog komen dat door de gatecrasher was gemaakt, gevolgd door een tweede, derde en vierde.

Hij liep naar links, naar het midden van de ruimte. Er waren nu kreten te horen. Een massa lichamen, dicht opeen op de vloer. *Een doelwit.* Hij schoot twee keer en liep door, zijn MP5 in de aanslag. Achter hem hoorde hij Showalter 'Doelwit, links' roepen, gevolgd door snel opeenvolgende knallen.

Weber en zijn team waren nu bij Chavez en Bianco aangekomen. Ze waaierden uit; iedere man nam een sector voor zijn rekening.

'Liggen, liggen! Iedereen gaan liggen!' riep Chavez.

Rechts van hen: *pang, pang, pang.*

Chavez liep door. Hij liep door het midden van de ruimte, en links van hem deed Bianco hetzelfde, op zoek naar beweging...

'Niemand,' hoorde hij Weber roepen, gevolgd door twee anderen.

'Links niemand!' antwoordde Bianco.

'Niemand op de gang.' Dat was Showalter. 'Kijken in de kamers.'

'Onderweg,' riep Ybarra.

Uit Showalters gang kwam een gil van een vrouw. Chavez draaide zich bliksemsnel om. Ybarra, die bij het begin van de gang was aangekomen, stapte naar rechts en drukte zich tegen de linkermuur. 'Doelwit.' Chavez rende erheen en nam positie in tegenover Ybarra. In de gang was er iemand uit de laatste kamer gekomen; hij trok een vrouw met zich mee. De man hield een pistool tegen haar hals gedrukt. Chavez gluurde om de hoek. De man zag hem en draaide de vrouw een beetje opzij om zichzelf te beschermen. Hij riep iets in paniekerig Arabisch. Chavez trok zich terug. 'Showalter, meld positie,' fluisterde hij.

'Tweede kamer.'

'Doelwit is bij derde deur. Drie, vier meter. Hij heeft een gijzelaar.'

'Ik hoor haar. Wat is mijn hoek?'

'Half hoofdschot.'

'Begrepen.'

Chavez gluurde weer om de hoek. De man had zich een klein beetje gedraaid om zich tegen Chavez te beschermen. Showalter kwam met zijn MP5 tegen zijn schouder in de deuropening staan en schoot. De kogel trof de man in zijn rechteroog. Hij zakte in elkaar, en de vrouw gilde. Showalter liep naar haar toe.

Chavez liet zijn adem ontsnappen, hing zijn MP5 om en draaide zich om naar de grote ruimte. *Operatie voltooid.* Twintig seconden; langer had het niet geduurd. *Niet slecht.* Hij drukte op de knop van zijn radio. 'Commando, hier Blue Actual. Over.'

'Zeg het maar.'

'We hebben hier iedereen uitgeschakeld.'

Toen Chavez door het gebouw was gelopen en definitief had geconstateerd dat daar geen terroristen meer waren, gaf hij dat over de radio aan Clark en Stanley door. Daarna ging het allemaal erg snel. Het bericht ging van Tad Richards naar zijn contactpersoon bij de volksmilitie, luitenant Masudi, en vervolgens via de hiërarchische keten omhoog naar een majoor, die erop stond dat Chavez en zijn team door de voordeur naar buiten gingen en de gijzelaars de hoofdpoort uit leidden. In het tijdelijke commandocentrum van Rainbow vatten Clark en Stanley dat verkeerd op. Ze verzetten zich, totdat Masudi in gebroken Engels uitlegde dat er geen televisiecamera's zouden zijn. Het Libische volk wilde alleen maar uiting geven aan zijn dankbaarheid. Clark dacht erover na, haalde zijn schouders op en gaf toestemming.

'Internationale goodwill,' mompelde hij tegen Alistair Stanley.

Tien minuten later kwamen Chavez, zijn team en de gijzelaars in het licht van felle schijnwerpers, en onder applaus, door de voordeur van de ambassade naar buiten. Ze werden bij de poort opgewacht door een contingent van de Zweedse Säkerhetspolisen en Rikskriminalpolisen, dat de gijzelaars van hen overnam. Na twee minuten van handdrukken en omhelzingen liepen Chavez en zijn team de straat op, waar officieren en soldaten van de volksmilitie klaarstonden om hen nog meer op de rug te kloppen.

Richards verscheen aan Chavez' zijde toen ze zich een weg door de menigte baanden naar het commandocentrum. 'Wat stelt dit voor?' schreeuwde Chavez.

'Ze zijn moeilijk te verstaan,' antwoordde Richards, 'maar ze zijn gewoon onder de indruk. Nee, je kunt wel zeggen dat ze verbijsterd zijn.'

Achter Chavez riep Showalter: ‘Waarover dan? Wat hadden ze anders verwacht?’

‘Slachtoffers! Veel doden! Ze verwachtten niet dat ook maar één van de gijzelaars er levend uitkwam, laat staan allemaal. Ze zijn in feeststemming!’

‘Meen je dat nou?’ riep Bianco. ‘Dachten ze dat we amateurs waren?’

Richards antwoordde over zijn schouder: ‘Ze hebben niet zo’n geweldige staat van dienst als het op gijzelingen aankomt.’

Chavez glimlachte. ‘Ja, nou, wij zijn Rainbow.’

21

Als hij het objectief zou hebben bekeken, zou Nigel Embling misschien hebben ingezien dat de stemming waarin hij verkeerde alleen maar op zelfbeklag gebaseerd was, maar op dit moment was hij van mening dat de wereld snel en onherroepelijk naar de bliksem ging. Later zou hij waarschijnlijk wel op dat standpunt terugkomen, maar toen hij daar aan zijn keukentafel zat, een kop thee dronk en de *Daily Mashriq* van die ochtend las, een van de zes dagbladen van Peshawar in Pakistan, zag hij niets wat zijn stemming ten goede zou kunnen komen.

'Die verrekte idioten,' mopperde hij.

Zijn huisjongen, Mahmood, verscheen als bij toverslag in de deuropening van de keuken. 'Is er iets, meneer Nigel?' Mahmood, elf jaar oud, was veel te opgewekt en enthousiast - zeker op dit uur van de dag -, maar Embling wist dat het hele huishouden zonder de jongen een puinhoop zou zijn.

'Nee, nee, Mahmood, ik praatte alleen in mezelf.'

'O, dat is niet goed, meneer, helemaal niet goed. De mensen zullen denken dat u bezeten bent. Alstublieft, wilt u erom denken dat u alleen thuis in uzelf praat?'

'Ja, goed. Ga maar weer aan je huiswerk.'

'Ja, meneer Nigel.'

Mahmood was wees. Zijn moeder, vader en twee zusjes waren omgekomen in de golf van geweld van soennieten tegen sjiieten die Pakistan na de moord op Benazir Bhutto had geteisterd. Embling had de jongen min of meer geadopteerd. Hij gaf hem eten, onderdak, een beetje zakgeld en ook, zonder dat Mahmood het wist, een gestaag oplopende spaarrekening die de jongen zou krijgen als hij achttien werd.

Er stond weer een moskee in brand; er was weer een leider van een factie vermoord; er gingen weer geruchten over geknoei bij verkiezingen; er was weer een officier van de ISI-inlichtingendienst gearresteerd voor het stelen van staatsgeheimen; er was weer een oproep tot kalmte gedaan vanuit Peshawar. Zo zonde allemaal. Niet dat Pakistan ooit het schoolvoorbeeld van een vreedzame samenleving was geweest, dat niet, maar er waren perioden geweest waarin er meestal kalmte in het land had geheerst, al was zelfs die kalmte een dun vernisje geweest over het geweld dat altijd onder de oppervlakte woedde. Evengoed wist Embling dat er geen andere plaats voor hem op aarde was, al had hij nooit helemaal begrepen waarom. Misschien was het wel reïncarnatie. In elk geval had Pakistan zich diep in zijn leven genesteld, en nu hij achtenzestig was, was hij stevig en onherroepelijk in zijn tweede vaderland geworteld.

Embling wist dat de meeste mensen in zijn positie bang zouden zijn en daar misschien ook alle reden voor hadden – een Angelsaksische christen uit Engeland, de geboorteplaats van de Britse Raj, het Hindiwoord voor het Britse bewind. Bijna negentig jaar lang, van het midden van de jaren 1850 tot kort na de Tweede Wereldoorlog, had Groot-Brittannië de scepter gezwaaid over wat het 'Indische subcontinent' werd genoemd, het deel van de wereld waartoe op verschillende tijden in de geschiedenis India, Pakistan, Bangladesh, Somaliland en Singapore hadden behoord, evenals Neder- en Opperbirma, dat tegenwoordig Myanmar heette, al zou Embling het land altijd Birma blijven noemen, of dat nu politiek correct was of niet. Hoewel de herinnering aan de Britse Raj in Pakistan in de loop van de tijd was vervaagd, waren de sporen van dat bewind nog steeds in het land te vinden. Embling zag en voelde ze elke dag wanneer hij uitging. Hij zag ze in de blikken van de oude mannen op de markt en hoorde ze in de gefluisterde gesprekken tussen politieagenten, die de verhalen van hun ouders en grootouders hadden gehoord. Embling verborg zijn afkomst niet, en dat zou hem ook niet zijn gelukt als hij het had gewild, niet met het lichte accent dat nog steeds in zijn perfect gesproken Urdu en Pashto te horen was. Om nog maar te zwijgen van zijn blanke huid en lengte van een meter tachtig. Er waren niet veel inheemse mensen met die eigenschappen.

Toch werd hem meestal respect betoond, en dat had niets te maken met overgebleven eerbied voor de Raj, maar meer met zijn eigen voorgeschiedenis. Per slot van rekening was hij al langer in Pakistan dan veel van de mensen die je op de Khyber Bazar-markt tegenkwam. *Hoeveel jaren precies?* dacht hij. Met aftrek van vakanties en korte stationeringen in de buurlanden van Pakistan... Meer dan veertig jaar. Lang genoeg om van zijn vroegere (en soms huidige) landgenoten het stempel 'inheems geworden' opgedrukt te krijgen. Niet dat hij dat erg vond. Ondanks alle tekortkomingen van het land en alle gevaarlijke situaties waarin hij had verkeerd, zou hij nergens anders op de wereld willen leven dan in Pakistan, en in zijn hart was hij er trots op dat ze hem zo goed geïntegreerd vonden en zeiden dat hij 'meer Paki dan Brit' was.

Embling was op de jeugdige en naïeve leeftijd van tweeëntwintig jaar een van de vele naoorlogse rekruten geweest die MI6 in Oxford had geworven. Hij was benaderd door de vader van een studievriend, iemand van wie Embling altijd had gedacht dat hij ambtenaar op het ministerie van Defensie was maar die in werkelijkheid als scout voor MI6 werkte – overigens ook een van de weinigen die zijn superieuren hadden gewaarschuwd dat de beruchte verrader Kim Philby niet zo'n goede vangst was, die er na verloop van tijd zo'n potje van zou maken dat hij mensenlevens verloren liet gaan of in de verleiding kwam om naar de andere kant over te lopen, iets wat hij inderdaad had gedaan, want hij werkte veel jaren voor de Sovjets, totdat hij ontmaskerd werd.

Nadat Embling de zware MI6-opleiding in Fort Monckton aan de kust van Hampshire had overleefd, werd hij naar de North-West Frontier Province van Pakistan gestuurd, ook wel de NWFP genoemd (of Pakhtunkhwa of Sarhad; dat hing ervan af met wie je praatte). Die provincie grensde aan Afghanistan, dat in die tijd net een speelterrein voor de Russische KGB was geworden. Embling had bijna zes jaar in de bergen langs de grens geleefd, waar hij toenadering zocht tot de Pashtunkrijgsheren die over de grijze zone tussen Pakistan en Afghanistan heersten. Als de Sovjets hun voelhoorns in de richting van Pakistan zouden uitsteken, deden ze dat waarschijnlijk over de bergen en door het land van de Pashtuns.

Afgezien van enkele reizen naar Groot-Brittannië had Embling zijn hele carrière in de Centraal-Aziatische 'Stans' doorgebracht – Turkistan, Kazachstan, Turkmenistan, Oezbekistan, Kirgizistan en Tadzjikistan – allemaal regio's die in verschillende gradaties en op verschillende tijden onder de heerschappij of op zijn minst onder de invloed van de Sovjet-Unie hadden gestaan. Terwijl de Amerikaanse CIA en zijn landgenoten in MI6 – officieel de *Secret Intelligence Service* of SIS geheten, een naam waarvan Embling nooit had gehouden – de Koude Oorlog uitvochten in de mistige straten van Berlijn, Boedapest en Praag, sjouwde Embling met de Pashtuns door de bergen en leefde hij van *quabili pulaw damphukht* (rijst met wortelen en rozijnen) en sterke zwarte thee. In 1977 was Embling zelfs, zonder dat zijn superieuren in Londen het wisten, in een Pashtun-stam getrouwd. Zijn bruid was de jongste dochter van een kleine krijgsheer geweest, en hij had haar twee jaar later in de tijd van de Sovjetinvasie in Afghanistan door een aanval van Russische helikopters verloren. Haar lichaam was nooit gevonden. Hij vroeg zich vaak af of dat de reden was waarom hij lang na zijn pensionering in Pakistan was blijven wonen. Hoopte een triest deel van zijn hart nog steeds dat Farishta ergens levend werd gevonden? Per slot van rekening betekende haar naam 'Engel'.

Een hersenschim, dacht Embling nu.

Een hersenschim, net als het idee van een stabiel Pakistan.

Op elfduizend kilometer afstand, in Silver Spring, Maryland, had Mary Pat Foley ongeveer dezelfde gedachten bij ongeveer net zo'n drankje – haar ene kopje gezouten koffie, half met en half zonder cafeïne, dat ze zich 's avonds permitteerde – maar wel over een heel ander onderwerp: de emir, en de twee vragen die de Amerikaanse inlichtingendiensten al bijna tien jaar bezighielden; waar hij was en hoe ze de rotzak te pakken konden krijgen. De antwoorden op die vragen waren bijna nooit in zicht gekomen, ondanks het feit dat de emir door het Witte Huis was uitgeroepen tot staatsvijand nummer één, een betiteling waar Mary Pat grote bezwaren tegen had. Zeker, het werd tijd dat ze hem te pakken kregen, of beter nog, dat ze hem voorgoed uitschakelden en zijn stof in de wind lieten verwaaien, maar met de dood van de emir zou het probleem dat Amerika met terroristen had niet zijn opgelost. Het stond zelfs ter discussie of de emir wel over operationele inlichtingen beschikte, en zo ja, hoeveel. Mary Pat en haar man Ed, inmiddels met pensioen, geloofden dat het niet veel voorstelde. De emir wist dat hij werd opgejaagd, en hoewel hij een klootzak van de eerste orde en een massamoordenaar was, was hij heus niet zo dom om dingen te willen weten die hij niet hoefde te weten, zeker niet in deze tijd, waarin terroristen de schoonheid van compartimentalisatie hadden ontdekt. Als de emir een erkend staatshoofd was geweest dat ergens in een paleis zat, zou hij waarschijnlijk regelmatig briefings krijgen, maar dat was hij niet – tenminste, niemand dacht dat hij dat was. De CIA wist niet beter of hij hield zich ergens schuil in de ruige gebergten van Pakistan, aan de grens met Afghanistan. Het was de spreekwoordelijke speld in de hooiberg. Aan de andere kant kon je nooit weten. Iemand zou op een dag geluk hebben en hem vinden; daar was ze van overtuigd. De vraag was: zouden ze hem levend in handen krijgen of niet? Eigenlijk kon het haar niet schelen, maar het idee dat ze misschien nog eens oog in oog met die schoft zou staan en hem recht zou aankijken, oefende wel een zekere aantrekkingskracht op haar uit.

'Hallo, schat, ik ben thuis...' riep Ed Foley opgewekt. Hij kwam de trap af en verscheen in zijn trainingsbroek en T-shirt in de keuken.

Sinds hij met pensioen was gegaan, hoefde Ed niet lang meer te reizen naar zijn werk: ongeveer tien meter en vijf traptreden om in zijn studeerkamer te komen, waar hij aan een boek over de geschiedenis van de Amerikaanse inlichtingenwereld werkte, vanaf de Amerikaanse Revolutie tot Afghanistan. Het hoofdstuk waaraan hij momenteel werkte, een verdomd goed hoofdstuk al zei ze het zelf, ging over John Honeyman, een in Ierland geboren wever en misschien wel de meest obscure spion van zijn tijd. Hij had van niemand minder dan George Washington opdracht gekregen om te infiltreren bij de geduchte Duitse huurlingen van Howe, die in de buurt van Trenton gestationeerd waren. Honeyman, die zich als veehandelaar voordeed, glipte door de linies, verkende de slagorde en posities van de Duitsers en glipte terug, waarna hij Washington de informatie gaf die nodig was om een overrompelende aanval op de vijand te kunnen uitvoeren. Voor Ed was het een droomhoofdstuk, dat kleine beetje onbekende geschiedenis. Het was heel mooi om over Wild Bill Donovan, de Varkensbaai en het IJzeren Gordijn te schrijven, maar aan die oude verhalen uit het spionagegenre kon je niet veel meer toevoegen.

Ed had zijn pensionering vele malen verdiend, evenals Mary Pat, maar toch zou alleen een handjevol insiders op het hoofdkantoor van de CIA in Langley – onder wie Jack Ryan senior – ooit weten wat de Foleys voor hun land hadden gedaan en opgeofferd. Ed, Ier van geboorte, had aan Fordham gestudeerd en was zijn carrière in de journalistiek begonnen. Hij was een goede maar onopvallende verslaggever voor de *New York Times* geweest. Op een gegeven moment was hij in de wereld van schurken en spionnen terechtgekomen. Wat Mary Pat betrof: als er ooit een vrouw in de wieg was gelegd voor spionagewerk, dan was zij het. Ze was de kleindochter van de paardrijinstructeur van tsaar Nicolaas II en de dochter van kolonel Vanja Borissovitsj Kaminski, die in 1917 het teken aan de wand had gezien en met zijn gezin uit Rusland was ontkomen, net voordat de revolutie de Romanov-dynastie omverwierp en Nicolaas en zijn familie van het leven beroofde.

'Zware dag op kantoor gehad, schat?' vroeg Mary Pat aan haar man.

'Gruwelijk zwaar. Zoveel grote woorden, zo'n kleine woordenschat.' Hij boog zich naar haar toe en gaf een kus op haar wang. 'En hoe gaat het met jou?'

'Goed, goed.'

'Ben je weer aan het piekeren? Over je weet wel wie?'

Mary Pat knikte. 'Ik moet er vanavond trouwens heen. Misschien is er iets belangrijks op komst. Ik geloof het pas als ik het zie.'

Ed fronste zijn wenkbrauwen, maar Mary Pat kon niet nagaan of hij de actie miste of gewoon net zo sceptisch was als zij. Terroristengroepen werden met de dag handiger in het verzamelen van inlichtingen, vooral na 11 september 2001.

Mary Pat en Ed Foley hadden allebei het recht verdiend om cynisch te zijn wanneer dat hen uitkwam, want ze hadden de gang van zaken binnen de CIA en de ingewikkelde geschiedenis van die dienst bijna dertig jaar uit de eerste hand meegemaakt, terwijl ze ook nog eens samen op de CIA-post in Moskou hadden gewerkt in de tijd dat Rusland nog over de Sovjet-Unie heerste en de KGB en zijn satellietdiensten de enige echte obsessie van de CIA waren.

Ze waren allebei opgeklommen in het directoraat Operaties van de CIA, en Ed was uiteindelijk directeur van die organisatie geworden, terwijl Mary Pat, ooit hoofd Operaties, om overplaatsing naar het NCTC – het *National Counterterrorism Center* – had verzocht om daar adjunct-directeur te worden. Zoals te verwachten was geweest, had de geruchtenmolen op volle toeren gedraaid. Volgens de speculaties was Mary Pat in feite uit haar functie bij de CIA ontslagen en was haar positie bij het NCTC alleen maar een aanloop naar haar pensionering. Natuurlijk zou niets meer bezijden de waarheid kunnen zijn. Het NCTC was het epicentrum van alle activiteit, en daar wilde Mary Pat zijn.

Natuurlijk had het bij haar beslissing meegespeeld dat hun oude thuisbasis, het directoraat Operaties, niet meer was wat het geweest was. Ze ergerden zich beiden aan de nieuwe naam, Clandestiene Service, want hoewel ze geen van beiden de illusie hadden dat ook maar iemand zich liet misleiden door de term 'directoraat Operaties', vonden ze 'Clandestiene Service' wel erg opzichtig. Ze wisten ook dat het alleen maar een naam was. Jammer genoeg hadden ze in ongeveer diezelfde tijd het gevoel gekregen dat het directoraat zich minder met clandestiene operaties en inlichtingenwerk ging bezighouden en meer met politiek. En terwijl Mary Pat en Ed ieder hun unieke – en vaak met elkaar strijdige – politieke opvattingen hadden, waren ze het erover eens dat politiek en inlichtingenwerk een slechte combinatie waren. Te veel mensen in de hogere echelons van de CIA waren alleen maar ambtenaren die hun baan als een springplank zagen naar grotere, betere dingen, iets wat de Foleys nooit hadden kunnen begrijpen. Wat hun betrof, was er geen hogere roeping mogelijk dan dat je mocht meewerken aan de verdediging van je land, of het nu in uniform op het slagveld was of achter het gordijn van wat James Jesus Angleton, spionnenchef van de CIA in de Koude Oorlog, de 'wildernis van spiegels' had genoemd. Het deed er niet toe dat Angleton waarschijnlijk aan paranoïde waandenkbeelden leed en dat zijn heksenjacht op Sovjetmollen de CIA als een soort kanker van binnenuit had opgevreten. Wat Mary Pat betrof, had Angleton met die term de spijker op de kop geslagen.

Hoeveel ze ook hield van de wereld waarin ze werkte, hij eiste zijn tol. In de afgelopen maanden hadden Ed en zij vaak over haar eventuele pensionering gepraat, en hoewel haar man zo tactvol als altijd was geweest, was het duidelijk wat hij wilde. Hij ging zelfs zo ver dat hij nummers van de *National Geographic* op de keukentafel liet liggen, opengeslagen bij een foto van Fiji of een artikel over de geschiedenis van Nieuw-Zeeland, twee plaatsen waar ze ooit nog eens heen wilden.

Soms stond ze het zichzelf toe om na te denken over iets anders dan haar werk, en dan merkte ze dat ze altijd om de kritieke vraag heen danste: *waarom blijf ik?* Ze durfde de regelrechte confrontatie met die vraag niet aan. Ze hadden genoeg geld om met pensioen te gaan, en ze hadden allebei ook genoeg omhanden. Als geld niet het punt was, wat dan wel? Eigenlijk was het heel eenvoudig: het inlichtingenwerk was haar roeping, en dat wist ze – al vanaf haar eerste dag bij de CIA. Ze had in haar tijd heel goed werk gedaan, maar het viel niet te ontkennen dat de CIA sterk was veranderd. De mensen waren anders en hun motieven gingen schuil achter ambitie. Ze vroegen zich niet af wat ze voor hun land konden doen, maar wat hun land voor hen kon doen. Erger nog: de tentakels van de politiek hadden zich diep in de inlichtingenwereld geslagen, en Mary Pat vreesde dat dit een onomkeerbaar proces was.

'Hoe lang blijf je weg?' vroeg Ed.

'Moeilijk te zeggen. Misschien tot twaalf uur vanavond. Als het veel later wordt dan dat, bel ik je. Blijf niet voor me op.'

'Heb je nog iets interessants over die toestand op de Georgetown University gehoord?'

'Niet veel meer dan wat er in de kranten staat. Eén schutter, en hij kreeg een kogel in zijn hoofd.'

'Ik hoorde eerder de telefoon gaan...'

'Twee keer. Eerst Ed junior. Hij belde alleen om hallo te zeggen; hij zei dat hij je morgen opnieuw belt. Toen Jack Ryan. Hij wilde horen hoe het met het boek ging en vroeg of je hem wilt bellen wanneer je de kans krijgt. Misschien kun je bijzonderheden uit hem los krijgen.'

'Daar verwacht ik niet veel van.'

Beide mannen waren een boek over het verleden aan het schrijven: Ed een geschiedenis, ex-president Ryan zijn memoires. Ze betuigden elkaar minstens één keer per week hun medelijden en haalden herinneringen op.

De carrière van Jack Ryan was, vanaf zijn eerste dagen bij de CIA tot aan het presidentschap dat hem door een tragedie in de schoot viel, nauw verbonden geweest met die van Mary Pat en Ed. Er waren geweldige tijden bij geweest, maar ook regelrecht beroerde tijden.

Mary Pat vermoedde dat de wekelijkse telefoonsessies van Jack en Ed voor negentig procent over dingen van vroeger gingen en voor tien procent met hun boeken te maken hadden. Ze klaagde daar niet over.

Ze hadden allebei het recht verdiend om herinneringen op te halen – ruimschoots. Eds carrière kende ze uit haar hoofd, maar ze wist dat er delen van Jack Ryans carrière waren waarvan alleen hij en een paar anderen iets wisten – en dat zei wel iets, want ze had toegang tot veel gegevens. *Nou ja*, troostte ze zichzelf. *Wat is het leven zonder een beetje mysterie?*

Mary Pat keek op haar horloge, dronk haar koffiekopje leeg, trok haar gezicht samen tegen de bittere smaak en stond op. Ze kuste Ed op zijn wang.

'Ik moet gaan. Geef je de kat te eten?'

'Reken maar, schat. Rij veilig.'

22

Mary Pat doofde haar koplampen, stopte bij het wachthokje en maakte haar raampje open. Een man met een grimmig gezicht in een blauw jack kwam het hokje uit. Hoewel hij de enige was die ze kon zien, wist ze dat er nog zes ogen op haar gericht waren, en evenveel bewakingscamera's. Net als de rest van het bewakingspersoneel in het complex waren de poortwachters afkomstig uit de interne beveiligingsdivisie van de CIA. En Mary Pat liet zich ook niet misleiden door dat ene Glock 9mm-pistool aan de riem van de man. Onder het jack van de man, binnen bereik van zijn getrainde handen, zou een speciaal ontworpen holster met een compact machinepistool hangen.

Het NCTC, het National Counterterrorism Center, dat tot 2004 het *Terrorist Threat Integration Center* had geheten en tegenwoordig onder zijn personeel bekendstond als *Liberty Crossing*, was gevestigd in de stille buitenwijken van McLean in het noorden van Fairfax County, Virginia. Het complex bestond uit veel glas en grijs beton en deed meer denken aan James Bond dan aan de grauwe CIA, iets waaraan Mary Pat pas na enige tijd gewend was geraakt. Toch waren de muren explosiebestendig en de ramen kogelvrij – ze konden zelfs kogels van kaliber .50 tegenhouden. Natuurlijk zou alleen al het feit dat iemand met zo'n zwaar wapen op het gebouw kon schieten op zichzelf al een veel groter probleem zijn. Maar ondanks het feit dat de buitenkant van het zes verdiepingen hoge NCTC-gebouw haar een beetje te opzichtig was, moest ze toegeven dat het helemaal niet gek was om daar elke dag te komen werken. Het restaurant in het gebouw was ook eersteklas, reden voor Ed om elke woensdag met haar in Liberty Crossing te komen lunchen.

Ze hield haar identiteitsbewijs omhoog voor de bewaker, die het zorgvuldig bestudeerde en daarbij naar haar gezicht en de toegangslijst op zijn klembord keek. Het was nu helemaal donker, en in de struiken hoorde ze kikkers kwaken.

Na tien lange seconden knikte de bewaker haar toe. Hij deed zijn zaklantaarn uit en liet haar doorrijden. Ze wachtte tot de slagboom omhoogging en reed toen door, het parkeerterrein op. De beveiligingsprocedure die ze zojuist had ondergaan, was op alle uren, elke dag, hetzelfde voor iedere medewerker van het NCTC, van de eenvoudigste analist tot en met de directeur zelf. Het feit dat zij de nummer twee van Liberty Crossing was, had geen enkele betekenis voor de bewakers, die gezichten, auto's en namen binnen enkele seconden weer vergeten waren. Het was geen goed idee om vriendelijk te zijn tegen de bewakers. Die werden betaald om achterdochtig te zijn en namen hun werk serieus. En ze stonden ook niet bekend om hun gevoel voor humor. De hele gang van zaken deed Mary Pat vaag denken aan een aflevering van *Seinfeld,* 'Soup Nazi': stap naar voren, je bestelling doen, stap naar rechts, betalen, je soep nemen, weggaan. In dit geval was het: naar voren komen, je badge laten zien, alleen spreken als er tegen je gesproken werd, wachten op het knikje en dan doorrijden. Wie daarvan afweek, deed dat op eigen risico.

Soms was het vervelend, vooral op dagen waarop ze laat op gang was gekomen en geen tijd had voor haar gebruikelijke pitstop bij de Starbucks, maar Mary Pat wilde niet klagen. Het was belangrijk wat de bewakers deden, en wee de idioot die daar anders over dacht. In de loop van de jaren hadden enkele stomkoppen de fout begaan de spot te drijven met wat ze deden – meestal had zo'n grappenmaker dan geprobeerd vlug zijn badge te laten zien, zonder helemaal te stoppen –, en dat was ze op een aanhouding in politiestijl, met getrokken wapens en al, komen te staan. Enkelen hadden zelfs de fout begaan later over de behandeling te klagen. Niet veel van die personen hadden nog een baan in Liberty Crossing.

Ze zette de auto op haar persoonlijke parkeerplek, die van de rest alleen door een speciale streep op de trottoirband was gescheiden. Ook dat was een kwestie van beveiliging: namen waren persoonlijke gegevens, en persoonlijke gegevens konden door schurken worden gebruikt. Geen waarschijnlijk scenario, maar het ging hier niet zozeer om risicovermijding als wel om volledigheid. Je beheerste wat je kon, want er was al genoeg wat je niet kon beheersen.

Ze liep door de hal naar het hart van het NCTC en haar 'kantoor', als je het zo kon noemen: het operatiecentrum. Terwijl de rest van het NCTC was ingericht met warm houten meubilair en aangenaam ogende vloerbedekking in aardse tinten, zou het operatiecentrum regelrecht afkomstig kunnen zijn uit de televisieserie *24* – iets waarover hier graag grappen werden gemaakt.

Het operatiecentrum, negenhonderd vierkante meter groot, werd beheerst door een handvol gigantische beeldschermen op de muren. Daarop waren de bedreigingen, incidenten en ruwe gegevens van de afgelopen minuten of uren geprojecteerd – gezien de missie van het

NCTC als distributiecentrum van inlichtingen was het vaak eerder een kwestie van minuten dan uren.

In het midden stonden tientallen computerworkstations met ergonomische toetsenborden en vele flatscreen-lcd-monitors, bemand door analisten van de CIA, de FBI en de NSA. Aan weerskanten bevond zich een verhoogd, glazen wachtcentrum, een van de divisie Contraterrorisme van de FBI en een van het Counterterrorism Center van de CIA. Op elke kalenderdag kwamen er bij het NCTC meer dan tienduizend elektronische berichten binnen, die elk een stukje van een legpuzzel konden zijn, een puzzel die Amerikaanse mensenlevens kon kosten als de stukjes niet aan elkaar werden gelegd. De meeste stukjes bleken onbeduidend te zijn, maar ze werden allemaal even zorgvuldig bestudeerd.

Een deel van de puzzel bestond uit het vertalen van de informatie. Een groot deel van de gegevens die ze elke dag bekeken, kwam onbewerkt bij hen binnen in het Arabisch, het Farsi, het Pashto of een van de andere dialecten die net genoeg van hun hoofdtaal verschilden om een gespecialiseerde vertaler te vereisen. Die vertalers waren op zichzelf al moeilijk te vinden, zeker vertalers die door de antecedentencontrole van het NCTC kwamen. Daar kwam dan nog het enorme volume van het binnenkomend berichtenverkeer bij. Het kon bijna niet uitblijven of het centrum raakte overbelast. Ze hadden een programma ontwikkeld om binnenkomende berichten op een bepaalde manier in te delen, zodat berichten die een hoge prioriteit genoten eerst werden bekeken, maar dat was vaak nattevingerwerk. Vaak ontdekten ze belangrijke stukjes informatie pas nadat ze het hele systeem hadden doorgewerkt, en dan had die informatie meestal veel van haar relevantie en context verloren.

Het tekort aan vertalers was maar één kant van het probleem, dacht Mary Pat. Ze kwam uit de hoek van de CIA waar inlichtingen werden verzameld en wist dat het in de inlichtingenwereld om informanten draaide. Het vinden van informanten in Arabische landen was lastig gebleken. Het was een trieste waarheid dat de CIA in de tien jaar tot aan 11 september 2001 steeds minder aandacht aan het werven van informanten had besteed. Het technisch verzamelen van inlichtingen – door middel van satellieten, onderscheppingen van audioverkeer, en *datamining* – was gemakkelijk en sexy en kon binnen zekere grenzen geweldige resultaten opleveren, maar oude rotten als Mary Pat hadden al lang geleden geleerd dat de meeste inlichtingengevechten gewonnen en verloren werden door HUMINT – *human intelligence*, dat wil zeggen informanten en de agenten die hen begeleidden.

De hoeveelheid nieuwe CIA-agenten was de afgelopen zeven jaar met redelijk grote sprongen toegenomen, maar ze waren er nog lang niet, zeker niet in landen als Afghanistan en Pakistan, waar religie, eeuwenoude vetes en genadeloze politiek de rekrutering van betrouwbare informanten tot een groot probleem maakten.

Hoe indrukwekkend het operatiecentrum er ook uitzag – zelfs in de ogen van een veteraan als Mary Pat –, ze wist dat de werkelijke triomf van deze ruimte een ontastbare factor was die voor een oppervlakkige waarnemer verborgen bleef: samenwerking. Tientallen jaren lang had de Amerikaanse inlichtingengemeenschap te lijden gehad onder een verlammend gebrek aan kruisbestuiving en in het ergste geval ook openlijke onderlinge oorlogvoering, vooral tussen de twee diensten die het land voor terroristische aanvallen moesten behoeden. Maar zoals de televisiecommentatoren en politici tot vervelens toe hadden opgemerkt, hadden de gebeurtenissen van 11 september 2001 alles veranderd, ook de manier waarop de Amerikaanse inlichtingengemeenschap te werk ging om Amerika veilig te houden. Voor Mary Pat en veel inlichtingenprofessionals was 11 september niet als een grote verrassing gekomen, maar was het een droevige bevestiging geweest van iets wat ze al een hele tijd hadden vermoed: de Amerikaanse overheid had de bedreiging van het terrorisme altijd veronachtzaamd, niet alleen in de jaren die aan 11 september voorafgingen, maar misschien al sinds de Sovjetinvasie in Afghanistan in 1979, toen de Taliban en de moedjahedien – destijds bondgenoten uit praktische overwegingen, zij het met onverenigbare ideologieën – hadden aangetoond hoeveel vastbesloten strijders, sterk in de minderheid en met weinig wapens, konden uitrichten tegen een van de twee supermachten op de planeet. Voor velen – onder wie de Foleys en Jack Ryan – was de oorlog in Afghanistan een voorvertoning geweest, een film waarvan ze wisten dat hij ook aan het Westen zou worden vertoond zodra de moedjahedien klaar waren met de Sovjets. Hoe effectief het bondgenootschap van de CIA met de moedjahedien ook was geweest, de band tussen hen was dun gebleven, altijd overschaduwd door de kloof tussen de westerse cultuur en de wet van de sharia, tussen christendom en radicaal islamitisch fundamentalisme. Uit het Arabische gezegde 'de vijand van mijn vijand is mijn vriend' kwam de vraag voort: 'Hoe gauw zou er een eind aan de vriendschap komen?' Voor Mary Pat was het antwoord eenvoudig geweest: op het moment dat de laatste Sovjetsoldaat uit Afghanistan was vertrokken. En ze had gelijk gekregen – al hing dat ervan af wie de geschiedenis aan het schrijven was. In elk geval hadden in het midden en het eind van de jaren tachtig de Taliban, de moedjahedien en uiteindelijk ook de URC van de emir hun hatelijke en nu in de strijd beproefde ogen op het Westen gericht.

Gebeurd is gebeurd, dacht Mary Pat, terwijl ze over het balkonhek naar het operatiecentrum keek. Hoe groot de tragedie ook was geweest die ervoor nodig was, de Amerikaanse inlichtingengemeenschap was meer aan de bal dan ooit sinds het begin van de Koude Oorlog, en een leeuwendeel van de eer kwam het NCTC toe. Bij het NCTC zaten analisten uit bijna alle inlichtingendiensten zeven dagen per week, vierentwintig uur per dag, naast elkaar te werken. Samenwerking was tegenwoordig meer regel dan uitzondering.

Ze daalde de trap af en liep door de rijen workstations naar het Counterterrorism Center van de CIA. Daar zaten twee mannen en een vrouw op haar te wachten: Ben Margolin, haar baas, de directeur van het NCTC, Janet Cummings, het hoofd Operaties, en John Turnbull, het hoofd van *Acre Station*, de gezamenlijke eenheid die belast was met het opsporen, vangen of doden van de emir en de overige leiders van de URC. Aan Turnbulls sombere gezicht kon Mary Pat zien dat ze op Acre Station niet in een juichstemming verkeerden.

'Ben ik laat?' vroeg Mary Pat, en ze ging zitten. Achter de glazen wand was het personeel van het operatiecentrum onhoorbaar voor hen aan het werk. Zoals bijna elke vergaderkamer in Liberty Crossing was het Counterterrorism Center een geïsoleerde tank – afgesloten van bijna alle elektromagnetische signalen, zowel naar binnen als naar buiten toe, met uitzondering van versleutelde datastromen.

'Nee, wij zijn vroeg,' zei Margolin. 'Het pakket is onderweg.'

'En?'

'We zijn hem misgelopen,' bromde Turnbull.

'Is hij daar ooit geweest?'

'Dat is moeilijk te zeggen,' zei Janet Cummings, hoofd Operaties. 'De operatie heeft materiaal opgeleverd, maar we weten nog niet of we daar iets aan hebben. Er was daar iemand – waarschijnlijk een hogere figuur –, maar afgezien daarvan...'

'Negen doden,' zei Turnbull.

'Gevangenen gemaakt?'

'Ze begonnen met twee, maar tijdens de terugtocht werd het team overvallen en raakten ze er één kwijt. De tweede raakten ze kwijt toen er een RPG op hun landingszone terechtkwam. We zijn ook een paar Rangers kwijtgeraakt.'

'Shit.'

Ja, shit, zeg dat wel, dacht Mary Pat. De Rangers zouden natuurlijk rouwen om het verlies van hun eigen mensen, maar die kerels waren de besten van de besten en beschouwden de risico's daarom gewoon als een deel van hun werk. Het waren echte professionals, maar zoals professionals in het burgerleven bijvoorbeeld een afvoerpijp konden ontstoppen, een huis van nieuwe elektrische bedrading konden voorzien of een wolkenkrabber konden bouwen, waren de Rangers in iets heel anders gespecialiseerd: het doden van schurken.

'De teamleider,' ging Cummings met een blik in haar map verder, 'een zekere sergeant Driscoll, raakte gewond, maar hij heeft het gehaald. Volgens het rapport dat Driscoll na de actie heeft opgemaakt, ging de gevangene rechtop staan toen het vuurgevecht uitbrak. Met opzet.'

'Jezus,' mompelde Mary Pat. Ze had dat wel vaker meegemaakt bij URC-strijders. Ze gingen liever dood dan dat ze gevangen werden genomen. In de inlichtingenwereld en het leger was het een onderwerp van verhitte discussies of dat een kwestie van trots was of dat die strijders niet wilden riskeren dat ze tijdens verhoren informatie prijsgaven.

'De tweede probeerde weg te rennen toen de helikopter landde. Ze hebben hem neergeschoten.'

'Nou, het was geen volslagen fiasco,' zei Turnbull, 'maar we hebben niet het gewenste resultaat behaald.'

Het probleem was niet het radiobericht geweest; daar was Mary Pat zeker van. Ze had zowel de ruwe gegevens als de analyse gelezen. Iemand had vanuit die grot een radiobericht verzonden en daarbij bekende URC-codepakketten in gewone taal gebruikt. Een van de woorden – *Lotus* – kenden ze al uit rapporten van agenten over gesprekken met informanten, en ook uit NSA Driftnet-onderscheppingen, maar niemand had kunnen vaststellen wat het betekende.

Ze vermoedden al een hele tijd dat de URC voor zijn versleutelde berichten teruggreep op oude tijden. Ze gebruikten eenmalige codes. Zo'n code was in feite een protocol van letter tot letter, waarbij alleen de zender en ontvanger over de eenmalige sleutel beschikten die nodig was om het bericht te ontcijferen. Het was een eeuwenoud systeem, dat al in het Romeinse Rijk bestond, maar het was betrouwbaar, en als de sleutels volledig willekeurig waren, was het bijna onmogelijk een bericht te ontcijferen, of je moest al de hand weten te leggen op de specifieke eenmalige sleutel. Op een dinsdag stuurde Schurk A bijvoorbeeld een serie sleutelwoorden – *kat, kool, stoel* – naar Schurk B, die zijn eigen sleutel gebruikte om de woorden om te zetten in hun alfanumerieke waarde, zodat *kat* de cijfers 4, 15 en 7 werd, die op hun beurt te vertalen waren in een heel ander woord. Commando-eenheden in Afghanistan hadden bij invallen een aantal van die eenmalige sleutels buitgemaakt, maar die waren geen van alle actueel, en tot nu toe had de CIA noch de NSA een patroon weten te vinden waaruit ze een sleutel konden extrapoleren.

Er waren ook nadelen aan het systeem verbonden. Ten eerste was het lastig in het gebruik. Wilde het goed werken, dan moesten zenders en ontvangers met dezelfde fysieke sleutels werken en op dezelfde momenten op een andere sleutel overschakelen, hoe vaker hoe beter. Dat betekende dat er koeriers heen en weer moesten gaan tussen Schurk A en Schurk B. Terwijl de CIA de jacht op de emir aan Acre Station had gedelegeerd, beschikte de FBI over een eenheid die *Clownfish* heette en die URC-koeriers probeerde te onderscheppen.

Mary Pat wist wat de grote vraag was: waarom was degene die in de grot leefde er kort voor de komst van het aanvalsteam vandoor gegaan? Was dat stom toeval geweest of zat er meer achter? Ze betwijfelde dat het een menselijke fout was; daar waren de Rangers te goed voor. Ze had het rapport dat na de actie was opgesteld al eerder die dag gelezen, en naast een gebroken been van de commandant en Driscolls eigen verwonding was de operatie erg kostbaar geweest: twee doden en twee gewonden. En dat terwijl er geen resultaat was behaald.

Als het geen toeval was, was er waarschijnlijk informatie doorgesijpeld. Als er een helikopter opsteeg van een basis in Pakistan of Afghanistan, was er bijna altijd wel een URC-strijder of -sympathisant die dat zag en een telefoontje pleegde. Dat probleem hadden ze voor een deel opgelost door de commandoteams korte, willekeurige tochtjes door de omgeving te laten maken in de uren en dagen die aan een operatie voorafgingen. Bovendien volgden ze een grillige route naar hun doel. Beide maatregelen maakten het voor nieuwsgierigen moeilijker om te raden wat ze gingen doen. Het ruige en onherbergzame terrein maakte dat alles overigens niet eenvoudig, en de weersomstandigheden werkten ook niet altijd mee, want die maakten bepaalde routes onbegaanbaar. Zoals het leger van Alexander de Grote en veel later de Sovjets hadden geleerd, was de geografie van Midden-Azië op zichzelf al een vijand. *En nog een onoverwinnelijke ook*, dacht Mary Pat. Je leerde ermee te leven of je omzeilde de problemen – of je faalde. Zelfs Napoleon en Hitler hadden die les – rijkelijk laat – geleerd toen ze een moedige maar onverstandige invasie in het winterse Rusland ondernamen. Natuurlijk waren ze allebei lang voordat het ging sneeuwen zeker geweest van een snelle overwinning. En dan was Rusland nog mooi vlak. Als er ook nog bergen aan te pas kwamen... Nou, dan had je Midden-Azië.

Er verscheen een koerier voor de glazen deur. Hij toetste de cijfercode in en kwam binnen. Zonder een woord te zeggen legde hij een stapel van vier bruine mappen met rode strepen en een harmonicamap voor Margolin neer en ging weer weg. Margolin deelde de mappen uit, en het volgende kwartier lazen ze in stilte.

Ten slotte zei Mary Pat: 'Een zandtafel? Wel alle...'

'Het zou mooi zijn geweest als ze hem in zijn geheel hadden meegebracht,' zei Turnbull.

'Kijk eens hoe groot hij was,' zei Cummings. 'Die konden ze daar nooit weg krijgen. Niet zonder het team in gevaar te brengen. Ik denk dat het een juiste beslissing was.'

'Ja, waarschijnlijk wel,' mompelde het hoofd van Acre Station, niet helemaal overtuigd. Turnbull stond onder ongelooflijke druk. Al werd er officieel gezegd dat de emir niet boven aan de lijst van meest gezochte personen van de Verenigde Staten stond, in werkelijkheid was dat wel het geval. Hoe onwaarschijnlijk het ook was dat zijn gevangenname het tij van de oorlog tegen terrorisme zou keren, het was op zijn minst bijzonder gênant dat hij nog vrij rondliep. Het zou zelfs gevaarlijk kunnen zijn. John Turnbull joeg al sinds 2003 op de emir, eerst als tweede man van Acre Station, later als hoofd daarvan.

Hoe goed Turnbull ook in zijn werk was, zoals veel CIA-functionarissen van de laatste tijd leed hij aan 'operationele ontkoppeling', zoals Mary Pat en Ed het noemden. Hij wist gewoon niet hoe een operatie eruitzag of aanvoelde als je er persoonlijk in het veld aan deelnam, en die ontkoppeling leidde tot een heleboel problemen, die meestal in één categorie vielen: onrealistische verwachtingen. Bij het plannen van een operatie verwachtte je te veel, hetzij van de mensen die eraan werkten, hetzij van de missie zelf. De meeste operaties zijn niet meteen een groot succes; het zijn kleine succesjes waarmee je geleidelijk punten scoort en uiteindelijk een grote overwinning kunt behalen. Zoals Eds literaire agent eens tegen hem zei: 'Er is tien jaar voor nodig om van de ene op de andere dag een succes te behalen.' Datzelfde gold in het algemeen voor clandestiene operaties. Soms kwamen inlichtingen, voorbereidingen en puur geluk op het juiste moment op de juiste manier samen, maar meestal liepen ze niet genoeg synchroon om een fiasco te voorkomen. *En soms*, zei ze tegen zichzelf terwijl ze in het rapport bleef kijken, *weet je pas later dat je een groot succes hebt behaald.*

'Zien jullie wat daar staat over die koran die ze hebben gevonden?' vroeg Cummings aan de groep. 'Die was vast niet van iemand in die grot.'

Niemand zei daar iets op; dat was niet nodig. Ze had natuurlijk gelijk, maar zonder opschrift en een adres op het omslag hielp die antieke koran hen niet veel verder.

'Ze hebben veel foto's gemaakt, zie ik,' zei Mary Pat. De Rangers hadden zorgvuldig alle URC-gezichten in de grot gefotografeerd. Als een van hen in het verleden was opgepakt of gesignaleerd, had de computer de gegevens uitgespuwd. En monsters van de zandtafel. Slimme jongen, die Driscoll. 'Waar zijn de monsters, Ben?'

'Die zijn om onbekende redenen niet in de helikopter vanuit Centcom Kabul terechtgekomen. Ze zijn er morgenvroeg.'

Mary Pat vroeg zich af of die monsters hun iets zouden vertellen. De techneuten van de CIA in Langley konden wonderen verrichten, en die in de FBI-labs in Quantico ook, maar je wist nooit hoe lang dat ding in de grot had gelegen, en ook niet of de maquette bepaalde eigenschappen had. Het was maar net hoe de dobbelsteen viel.

'We hebben de foto's al wel,' zei Margolin.

Hij pakte een afstandsbediening van de tafel en richtte hem op het 42-inch-flatscreen aan de muur. Een later verschenen er acht rijen van tien kleine afbeeldingen op de monitor. Op elke foto stonden de datum en de tijd aangegeven. Margolin klikte op de afstandsbediening om de eerste foto te vergroten, waarop de zandtafel op een afstand van ruim een meter te zien was.

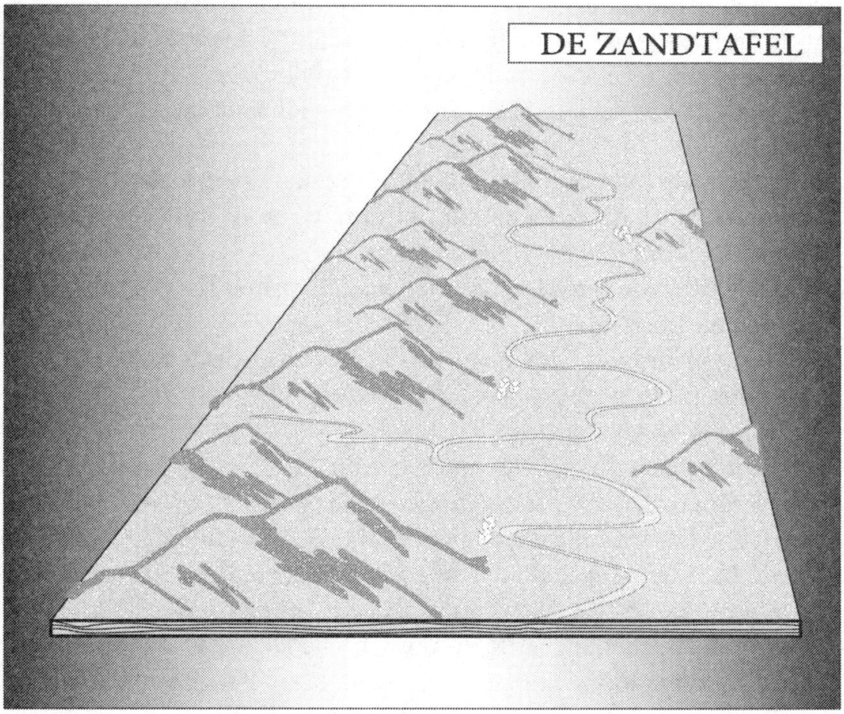

Degene die de foto's had gemaakt, had grondig werk geleverd, zag Mary Pat. Hij had de zandtafel eerst in zijn geheel en toen in details gefotografeerd en een meetlint gebruikt om bij elke opname de maat aan te geven. Hoewel het een grot was, hadden ze veel aandacht aan de belichting geschonken, en dat maakte veel verschil. Van de tweehonderdvijftien foto's die Driscoll en zijn team hadden gemaakt, waren er honderdnegentig variaties op een thema – hetzelfde beeld, maar dan van dichterbij of vanuit een andere hoek. Mary Pat vroeg zich af of het CIA-lab aan de hand van deze foto's een driedimensionale weergave van de maquette zou kunnen maken. Iets waarmee ze konden werken. Ze wist niet of ze er iets mee opschoten als er een animatie van dat verrekte ding kon worden gemaakt, maar als je het niet probeerde, kreeg je er later misschien spijt van. Iemand in de URC had veel moeite gedaan om dat ding te maken, en het zou mooi zijn om te weten waarom. Je maakte niet zomaar zo'n verrekte zandtafel.

Volgens het rapport waren de overige vijfentwintig foto's opnames van drie afzonderlijke plaatsen op de zandtafel, twee aan de voorkant en een aan de achterkant. Op al die plaatsen was een bepaald soort markering te zien. Mary Pat vroeg Margolin die foto's op de monitor te zetten, en hij liet ze achter elkaar zien. Toen dat was gebeurd, zei Mary Pat: 'Die twee aan de voorkant lijken me tekens van een fabrikant. Driscoll zei dat de onderkant uit dik multiplex bestond. Misschien kunnen we aan de hand van de tekens iets ontdekken. Dat andere teken, aan de achterkant... Ik kan me vergissen, maar het ziet eruit alsof het met de hand geschreven is.'

'Akkoord,' zei Margolin. 'We zullen de vertalers erop loslaten.'

'En dan nu de hamvraag,' zei Cummings. 'Waarom zou je een zandtafel maken, en wat stelt hij voor?'

'De vakantieplek van de emir, hoop ik,' zei Turnbull.

Ze lachten allemaal.

'Als dat zou kunnen...' zei Margolin. 'Mary Pat, ik zie de raderen draaien in je hoofd. Heb je een idee?'

'Misschien. Ik kom er nog op terug.'

'Hoe zit het met de papieren in de munitiekist?' vroeg Turnbull.

'De vertalers denken dat ze morgenmiddag klaar zijn,' zei Margolin. Hij maakte de harmonicamap open, haalde de kaart uit de grot eruit en vouwde hem open op de tafel. Ze stonden allemaal op en bogen zich eroverheen.

Cummings las het bijschrift: 'Topografische Dienst VS... 1982?'

'Achtergelaten door de CIA-adviseurs,' zei Mary Pat. 'Ze wilden dat de moedjahedien kaarten hadden, maar niet de beste kaarten.'

Margolin keerde de kaart om naar de Baedeker-plattegrond van Peshawar die op de achterkant was geplakt.

'Hier zijn sporen te zien,' zei Mary Pat. Ze tikte op het papier en boog zich er dichter naartoe. 'Stippen. Balpen.' Ze bestudeerden de kaart en vonden algauw negen van zulke sporen, die telkens uit drie of vier stippen bij elkaar bestonden.

'Wie heeft er een mes?' vroeg Mary Pat. Turnbull gaf haar een zakmes, en ze sneed het plakband langs alle vier de randen door, waarna ze de Baedeker-plattegrond omkeerde. 'Kijk eens aan...' mompelde ze.

In de rechterbovenhoek stond een pijltje van niet meer dan een halve centimeter. Het werd gevolgd door drie stippen, een omlaag wijzend pijltje en nog eens vier stippen.

'Het bijschrift,' fluisterde Margolin.

23

Het begon op het ministerie van Justitie. Het rapport van sergeant eerste klasse Driscoll over zijn inval in de grot in de Hindu Kush was daarheen doorgestuurd. Het rapport – dat maar drie pagina's telde en in eenvoudige taal geschreven was – gaf tot in detail weer wat Driscoll en zijn mannen hadden gedaan. De jurist die het rapport doornam, verbaasde zich over het aantal doden. Driscoll meldde dat hij ongeveer negen Afghaanse strijders had gedood, van wie vier met een gedempt pistool van heel dichtbij. Directe schoten in het hoofd, zag de jurist, en dat joeg een huivering door hem heen. Dit kwam heel dicht bij een bekentenis van moord in koelen bloede. Hij had vaak genoeg zulke bekentenissen gelezen, maar die waren nooit zo onomwonden geweest. Die Driscoll had vast regels of wetten of zoiets overtreden, dacht de jurist. Dit was geen actie op het slagveld, zelfs niet het verslag van een scherpschutter, die mensen op honderd meter afstand had gedood zodra ze hun hoofd omhoogstaken, als eenden in een schiettent. Driscoll had de 'schurken' (zoals hij ze noemde) uitgeschakeld terwijl ze sliepen. Sliepen. Ze deden helemaal geen kwaad, dacht de advocaat, en die man had ze gedood zonder er zelfs maar bij na te denken, en hij deed daar heel zakelijk verslag van, alsof hij beschreef hoe hij het gras in zijn voortuin had gemaaid.

Dit was schandalig. Hij had ze onder schot gehad en ze hadden niets kunnen beginnen. Ze hadden niet eens geweten dat hun leven in gevaar was. Die Driscoll had zijn pistool genomen en hen doodgeschoten als een kind dat insecten doodtrapte. Maar het waren geen insecten geweest. Het waren mensen geweest, en volgens het internationale recht hadden ze krijgsgevangen gemaakt moeten worden, waarna ze beschermd zouden zijn door de Geneefse Conventie. Maar Driscoll had hen genadeloos gedood. Erger nog: de stommeling had er blijkbaar nauwelijks bij stilgestaan of ze nog informatie hadden kunnen halen uit de mannen die hij had gedood. Blijkbaar had hij eigenmachtig besloten dat de negen mannen waardeloos waren, als mens en als informatiebron.

De jurist was jong, nog geen dertig jaar oud. Hij was als beste van zijn jaar aan Yale afgestudeerd en had daarna het aanbod aangenomen om in Washington te komen werken. Hij was bijna medewerker van een lid van het hooggerechtshof geworden, maar had het moeten afleggen tegen een boerenkinkel van de universiteit van Michigan. Het zou hem toch niet zijn bevallen; daar was hij zeker van. Het nieuwe hooggerechtshof, dat nu al zo'n vijf jaar uit dezelfde personen bestond, zat vol conservatieve *strict constructionists*, die de letter van de wet aanbaden alsof het de oude Griekse god Zeus was. Net als de *Southern Baptists* in hun plattelandskerken of op tv op zondagmorgen, waar hij alleen maar een glimp van opving als hij langs de kanalen zapte om de talkshows te pakken te krijgen.

Verdomme.

Hij las het rapport opnieuw en was weer geschokt door de naakte feiten van de eenvoudig geschreven tekst. Een soldaat van het Amerikaanse leger had genadeloos mensen gedood, zonder zich iets aan te trekken van het internationale recht. Daarna had hij een rapport geschreven waarin hij in onverholen bewoordingen vertelde wat er was gebeurd.

Het rapport was hem gestuurd door een vriend en studiegenoot die in de staf van de minister van Defensie werkte. In een bijgevoegd briefje schreef de vriend dat niemand in het Pentagon er veel nota van had genomen maar dat hijzelf het schandalig vond. De nieuwe minister van Defensie was gegijzeld door de immense bureaucratie aan de overkant van de rivier. Hij was zelf ook jurist en had te veel tijd met die kerels in uniform doorgebracht. Hij was niet van dit rapport geschrokken, en dat terwijl de zittende president duidelijke richtlijnen had uitgevaardigd over de toepassing van geweld, zelfs op het slagveld.

Nou, dit zou de jurist op het ministerie van Justitie niet over zijn kant laten gaan. Hij schreef zijn eigen rapport over de zaak, vergezeld van een vernietigende begeleidende brief. Het geheel zou hij naar zijn sectiechef sturen, die aan Harvard had gestudeerd en toegang tot de president had – nou ja, waarschijnlijk, want zijn vader was een van de belangrijkste politieke ondersteuners van de president.

Sergeant eerste klasse Driscoll was een moordenaar, vond de jurist. O, als hij voor de krijgsraad kwam, zou de rechter misschien wel medelijden met hem hebben en zeggen dat hij een soldaat was op wat als een slagveld mocht worden beschouwd. Het was niet echt een oorlog, wist de jurist, want het Congres had Afghanistan niet de oorlog verklaard, maar het werd algemeen als zodanig beschouwd, en Driscolls advocaat zou dat naar voren brengen, en de rechter van het *Federal District Court* – die door de verdediging zou zijn uitgekozen omdat hij zoveel begrip voor soldaten had – zou om die reden medelijden met Driscoll krijgen. Dat was een gebruikelijke verdedigingstactiek, maar evengoed zou de moordenaar een harde tik op zijn vingers krijgen. Zelfs als hij werd vrijgesproken (en dat was waarschijnlijk, want de verdediger zou ernaar streven juryleden geselecteerd te krijgen die begrip voor de sergeant zouden hebben, iets wat in North Carolina niet moeilijk zou zijn), zou hij een les leren, en die les zou ook worden geleerd door veel andere soldaten, die veel liever in de bergen met geweren schoten dan in een beklaagdenbank zaten.

Het zou een signaal uitzenden, en daar was dringend behoefte aan. Een van de vele dingen die de Verenigde Staten onderscheidden van bananenrepublieken was de onwankelbare gehoorzaamheid van het leger aan de burgers die het land leidden. Zonder die gehoorzaamheid zou Amerika niet beter zijn dan Cuba of Oeganda onder Idi Amin. Zeker, Driscolls misdrijf was niet groot, maar dat deed er niet toe. Zulke mensen moesten eraan worden herinnerd aan wie ze verantwoording schuldig waren.

De jurist stelde zijn begeleidende brief op en mailde alles naar zijn sectiechef. Hij vroeg daarbij om een leesbevestiging, zoals het interne computernetwerk mogelijk maakte. Die Driscoll moest op zijn donder krijgen, en hij was de man die dat ging regelen. De jonge jurist was daar zeker van. Oké, ze waren op jacht geweest naar de emir, maar ze hadden hem niet te pakken gekregen, en in de echte wereld bleef een mislukking niet onbestraft.

Na een autorit van vijf uur stapte Shasif Hadi in Caracas op een vliegtuig naar Dallas, waar hij een overstap zou maken. In zijn handbagage zat een laptop die bij de gate gecontroleerd was op echtheid. Die controle had zich ook uitgestrekt tot de negen cd-roms in zijn tas, waarop games stonden die hij kon spelen tijdens de vlucht over de oceaan. Op één na. Maar zelfs als die ene cd-rom grondiger was onderzocht, zou er alleen onzin aan het licht zijn gekomen, robuust versleutelde data in C++-computercode waaraan geen touw was vast te knopen. Tenzij de luchthavenpolitie programmeurs of hackers in dienst had, zouden ze de code niet kunnen onderscheiden van die van een gewoon computerspel. Er was hem niets over de inhoud verteld en er was hem alleen een ontmoetingsplaats in Los Angeles genoemd, waar hij de cd-rom moest overdragen aan iemand die hij alleen zou herkennen doordat ze zorgvuldig geformuleerde herkenningsfrases uitwisselden.

Als dat eenmaal was gebeurd, zou hij de schijn ophouden door enkele dagen in Californië te blijven, en daarna zou hij naar Toronto vliegen, en vandaar terug naar zijn semipermanente thuisbasis, waar hij op de volgende opdracht zou wachten. Hij was de ideale koerier. Hij wist niets van echte waarde en kon dus ook niets van waarde verraden.

Hij wilde erg graag directer bij de zaak betrokken zijn, en hij had die wens ook kenbaar gemaakt aan zijn contactpersoon in Parijs. Hij was trouw geweest; hij was capabel en bereid desgevraagd zijn leven op het spel te zetten. Zeker, hij had maar een heel beperkte militaire training gehad, maar er kwam bij deze oorlog meer kijken dan alleen het overhalen van een trekker, of niet? Als Allah het in al zijn wijsheid juist achtte meer van Shasif te vragen, zou hij hem graag ter wille zijn. Maar als het zijn lot was om alleen deze kleine rol te spelen, zou hij zich daar ook bij neerleggen. Wat Allahs wil ook was, hij zou gehoorzamen.

Hij passeerde de controle zonder dat er meer gebeurde dan de extra aandacht die de meeste mannen met een Arabisch uiterlijk tegenwoordig kregen, en liep naar de gate. Twintig minuten later zat hij in het vliegtuig en maakte hij zijn gordel vast.

Hij zou in totaal maar twaalf uur onderweg zijn, en dat was inclusief zijn autorit naar het vliegveld van Caracas. En zo zat hij nu op de achterste plaats in de first class van het vliegtuig. Hij speelde zijn stompzinnige schietgame en dacht erover een film te gaan bekijken op het minischerm, zoals bij de prijs van het vliegticket was inbegrepen. Maar hij zat dicht bij een persoonlijk record in het spel, dus hij wachtte nog even met de film. Hij merkte dat een glas wijn zijn score ten goede kwam. Blijkbaar maakte de alcohol hem net ontspannen genoeg om zijn handen rustig op de trackpad van de laptop te laten rusten...

24

Stafchef Wesley McMullen liep vlug door de gang van het Witte Huis, duwde de deur open en ging het *Oval Office* binnen. Hij was nog geen minuut te laat, maar de president was erg gesteld op stiptheid. De anderen waren er al. Kealty zat in de oorfauteuil aan het hoofd van de salontafel, en Ann Reynolds en Scott Kilborn zaten op de banken aan weerskanten. McMullen nam de fauteuil tegenover de president.

'Wilde de auto vanmorgen niet starten, Wes?' grapte Kealty. Zijn glimlach leek echt, maar McMullen kende zijn baas goed genoeg om de waarschuwing ter harte te nemen.

'Het spijt me, meneer de president.' Zoals elke dag behalve zondag was McMullen al vanaf vijf uur 's ochtends op kantoor. Op zondag werkte hij maar een halve dag: van negen tot drie. Zo was het leven in het Witte Huis onder Kealty.

Het was dinsdag, de dag waarop Kealty zijn tweewekelijkse bijeenkomst had met Scott Kilborn, de directeur van de CIA. In tegenstelling tot de vorige president hield Kealty zich niet persoonlijk met het inlichtingenwerk bezig en vertrouwde hij erop dat Kilborn hem op de hoogte hield.

Kilborn, die al aanhanger van Kealty was toen de president nog in de Senaat zat, had zijn baan als hoofd van de faculteit politieke wetenschappen aan Harvard opgegeven om als Kealty's adviseur voor buitenlandse aangelegenheden te fungeren en was daarna tot CIA-directeur benoemd. Kilborn was bekwaam genoeg, wist McMullen, maar hij draafde een beetje te ver door met zijn streven het buitenlands beleid van de vorige regering te corrigeren. Zowel Kealty als Kilborn beschouwde dat beleid als fout en contraproductief. McMullen was het daar tot op zekere hoogte mee eens, maar Kilborn had de slinger te ver in de tegenovergestelde richting laten doorzwaaien. Zo had hij een aantal buitenlandse operationele initiatieven van de CIA stopgezet en zich daarmee, wist McMullen, de woede van de Clandestiene Service op de hals gehaald. Agenten die zes tot acht maanden achtereen in het buitenland zaten, ver van hun gezin, en die hun leven op het spel hadden gezet in landen waar een blank gezicht zoiets als een schietschijf was, hadden kort geleden te horen gekregen: 'Bedankt voor al jullie harde werken, maar we hebben besloten in een andere richting te gaan.' Er ging het gerucht dat de CIA in de komende maanden een ware uittocht zou beleven van agenten die met pensioen gestuurd konden worden. In dat geval zou de Clandestiene Service bijna tien jaar in de tijd terugvallen.

Erger nog: met Kealty's stilzwijgende instemming begaf Kilborn zich vaak op het terrein van het ministerie van Buitenlandse Zaken en bemoeide hij zich met zaken die zich in de grijze zone tussen diplomatie en inlichtingenwerk bevonden.

Wat Ann Reynolds betrof, de nationale veiligheidsadviseur van Kealty: ook zij was slim genoeg, maar ze had een pijnlijk gebrek aan ervaring. Ze was door Kealty uit het Huis van Afgevaardigden gehaald toen ze daar nog aan haar eerste ambtstermijn bezig was, en ze had weinig ervaring met veiligheidszaken, behalve dat ze plaatsvervangend lid van de commissie voor inlichtingendiensten was geweest. Ze was, had Kealty ten tijde van de beslissing tegen McMullen gezegd, een 'demografische noodzaak'. Hij had zijn vrouwelijke tegenstander binnen de Democraten, Claire Raines, de gouverneur van Vermont, er flink van langs gegeven. Dat had hem de nominatie opgeleverd, maar hij was er wel een groot deel van zijn vrouwelijke kiezersbestand door kwijtgeraakt. Als hij nog op een tweede ambtstermijn als president wilde hopen, moest hij die vrouwelijke kiezers terugwinnen.

Reynolds was welbespraakt en had een goede academische geest, daarover was geen twijfel mogelijk, maar ze moest nog heel, heel veel leren en na haar eerste jaar in dienst besefte ze pas echt, vermoedde McMullen, dat de echte wereld en de wereld uit de handboeken weinig met elkaar gemeen hadden.

En hoe zit het met jezelf, Wes, ouwe jongen? dacht hij. Hij was nog geen dertig, had rechten gestudeerd aan Yale en daarna zes jaar bij een denktank gewerkt die zich met overheidszaken bezighield. Hij twijfelde er niet aan dat alle media hetzelfde over hem zeiden: hij was gekozen omdat hij zwart was en kon zijn baan niet aan. Vooral dat laatste was gedeeltelijk waar. Hij had zeker moeite met het werk, maar leerde vlug zwemmen. Het was alleen lastig dat het zwemwater vuiler werd naarmate hij zijn rugslag beter beheerste. Kealty was een fatsoenlijke man, maar hij maakte zich te druk om het totaalbeeld – om zijn 'visie' voor het land en zijn plaats in de wereld – en vond het minder belangrijk hoe de dingen in de praktijk gebeurden. Erger nog: hij was zo druk bezig met het ongedaan maken van de koers die zijn voorganger was ingeslagen dat ook hij, net als Kilborn, de slinger vaak gevaarlijk ver in de andere richting liet doorzwaaien. Hij stelde zich te soepel op tegenover vijanden en nam een te lankmoedige houding aan tegenover bondgenoten die hun verplichtingen niet nakwamen. De economie krabbelde gelukkig weer op, en daardoor deed de president het toch beter in de peilingen. Kealty vatte dat op als een teken dat God in zijn nopjes was en dat het goed ging met de wereld als geheel.

En waar blijf jij, vroeg McMullen zich voor de zoveelste keer af, *nu je de nieuwe kleren van de keizer hebt gezien?* Hij had geen antwoord paraat, en dat baarde hem zorgen.

'Oké, Scott, wat gebeurt er vandaag in de wereld?' vroeg Kealty om de bespreking te openen.

'Irak,' begon Kilborn. 'Centcom heeft een definitief terugtrekkingsplan voor onze troepen ingediend. Dertig procent in de eerste honderdtwintig dagen, en dan tien procent in elke periode van zestig dagen, tot we daar alleen nog een symbolische troepenmacht hebben.'

Kealty knikte peinzend. 'En het Iraakse leger?' De training en uitrusting van het Iraakse leger waren de afgelopen acht maanden niet goed op gang gekomen. Dat had in het Congres tot de vraag geleid wanneer het Iraakse leger ooit in staat zou zijn het volledig over te nemen. Het probleem zat niet in de vaardigheden van de Iraakse militairen, maar in het gebrek aan samenhang. De Irakezen kwamen in de regel goed genoeg door de training, maar zoals de meeste Arabische naties was Irak weinig meer dan een verzameling sekten en grote families, zowel in religieus als in seculier opzicht. Het gevoel tot de Iraakse natie te behoren, leefde minder sterk dan de loyaliteit ten opzichte van de stam of de tegenstelling soennieten/sjiieten. Centcom had een tijdje met het idee gespeeld militaire eenheden te baseren op stamverbanden en godsdienstige richtingen, maar dat plan was snel overboord gezet, want de analisten beseften dat de Verenigde Staten dan alleen maar goed bewapende bendes in het leven zouden roepen die geneigd waren tot onderlinge oorlogvoering. De vraag was: konden leden van rivaliserende clans en sekten zij aan zij voor het grotere belang van hun land vechten?

De tijd zou het leren, dacht McMullen.

Uit het feit dat Kilborn de president dit nieuws over de terugtrekking gaf, en niet de voorzitter van de gezamenlijke chefs van staven, admiraal Stephen Netters, leidde McMullen af dat de president al een besluit over de terugtrekking uit Irak had genomen. Op de bijeenkomst van afgelopen donderdag had Netters tegen het ambitieuze tempo van de terugtrekking gepleit. Hij had de vele sombere rapporten aangehaald die door de brigadecommandanten van het leger over de paraatheid van het Iraakse leger waren opgesteld. Het Iraakse leger was op dit moment beslist niet paraat en zou dat over drie maanden ook niet zijn, als de eerste Amerikaanse troepen zich volgens het schema zouden terugtrekken.

McMullen wist dat Kealty er echter niet onderuit kon, want hij had zijn campagne grotendeels op troepenbeperking gebaseerd. De vraag of Netters gelijk had of niet, was dus irrelevant voor Kealty, die de generaal opdracht had gegeven de terugtrekking uit te voeren en tot een succes te maken.

'Onder brigade- en divisiecommandanten staan de cijfers over paraatheid van het Iraakse leger ter discussie, maar het lijkt erop dat de gegevens ons plan ondersteunen. Vier maanden is niet veel tijd, maar de eerste terugtrekkingsfase is pas na drie maanden voltooid, dus er gaan nog zeven maanden overheen voordat het Iraakse leger echt onder druk komt te staan.'

Gelul, dacht McMullen.

'Goed, goed,' zei Kealty. 'Ann, leg het concept van Scott aan de NSC voor. Als ze daar geen problemen zien, gaan we ermee verder. Scott, volgende punt.'

'Brazilië. Het lijkt erop dat hun expansieplan voor de infrastructuur van hun raffinaderijen ambitieuzer is dan we hadden gedacht.'

'Wat betekent dat?' vroeg Kealty.

Reynolds antwoordde dit keer. 'Hun velden zijn rijker dan zij dachten of ons wilden laten denken.'

Het leek erop dat het steeds grotere potentieel van het Santos Basin in de Atlantische Oceaan een even grote verrassing voor Brazilië was als voor de Verenigde Staten. Er was nooit iets over gezegd tot aan het persbericht van oliemaatschappij Petrobras, en het was niet het soort nieuws dat je lang geheim kon houden.

'De rotzakken,' gromde Kealty. Kort nadat hij de presidentsverkiezingen had gewonnen, nog voordat hij de eed had afgelegd, had Kealty zijn toekomstige minister van Buitenlandse Zaken opdracht gegeven contact te leggen met de Braziliaanse regering. Niet alleen terugtrekking van de Amerikaanse troepen uit Irak, maar ook daling van de benzineprijzen was een hoeksteen van Kealty's campagne geweest. Het contract om olie te importeren uit Brazilië, dat aan het eind van de maand in werking zou treden, zou die belofte voor een groot deel in vervulling doen gaan. Daar stond wel tegenover dat de Braziliaanse regering, hoe welgezind die hen nu ook was, daarmee een machtsmiddel in handen kreeg. Op dit moment kon blijkbaar niemand de vraag beantwoorden of de regering in Brazilië hun een goed hart zou blijven toedragen of dat ze de kant van Saoedi-Arabië op zou gaan. Dat land hield de ene hand vriendschappelijk uitgestoken en had in de andere hand een dolk.

'We weten niet wat hun plannen zijn, meneer de president,' zei McMullen. 'Het is nog steeds de vraag wanneer hun expansieplannen zijn veranderd en in hoeverre ze veranderingen gaan doorvoeren.' McMullen keek Kilborn strak aan. Hij hoopte dat die hem zou bijvallen, en dat gebeurde ook.

'Dat is waar, meneer de president,' zei de CIA-directeur.

'Wes, als we hier klaar zijn, wil ik met ambassadeur Dewitt praten.'

'Ja, meneer de president.'

'Wat nog meer?'

'Iran. We werken nog aan een paar bronnen, maar er zijn tekenen dat Teheran zijn nucleaire programma weer op poten gaat zetten.'

Shit, dacht McMullen. Dat was ook een van de vele campagnebeloften van Kealty geweest, dat hij de diplomatieke betrekkingen met Iran zou herstellen. Als we Teheran willen overhalen zijn nucleaire ambities overboord te zetten, had Kealty beweerd, moeten we ervoor zorgen dat Iran in de wereldgemeenschap wordt opgenomen en dat we met het land samenwerken in zaken van wederzijds belang.

'Wat bedoel je met "op poten zetten"?'

'Centrifuges, uraniumverrijking, contacten met Moskou.'

'De schoften. Wat voeren ze toch in hun schild?' vroeg Kealty aan zijn nationale veiligheidsadviseur.

'Dat is moeilijk te zeggen, meneer de president,' antwoordde Reynolds.

Vertaling: ik heb geen flauw idee, dacht McMullen.

'Maak het dan makkelijk,' blafte Kealty. 'Bel naar Buitenlandse Zaken en zorg dat ik antwoorden krijg.' Hij stond op en maakte een eind aan de bijeenkomst. 'Dat is alles. Wes, Scott, blijf nog even.'

Zodra Reynolds weg was, liep Kealty naar zijn bureau en ging daar met een zucht achter zitten. 'Wat weten we van die aanslag op Ryan?'

'De Geheime Dienst werkt er nog aan,' antwoordde CIA-directeur Kilborn, 'maar het ziet ernaar uit dat er één schutter was – we weten nog niet wie hij was, maar uit tandheelkundig onderzoek is gebleken dat hij Jordaniër was. Het pistool kwam uit een gestolen zending Egyptische militaire wapens – het kwam overeen met twee wapens die vorige maand na de bomaanslag in Marseille zijn gevonden.'

'Fris mijn geheugen eens op.'

'Aanval op een bus. Veertien doden, inclusief de daders.'

'Die vermoedelijk van de URC waren.'

'Ja, meneer de president.'

McMullen kende zijn baas goed genoeg om iets te kunnen afleiden uit het gezicht dat hij nu trok: door Jack Ryan tot doelwit te kiezen had de URC de aandacht van de media op de vroegere president gevestigd. De helft van de tv-zenders herhaalde nu biografische stukken over Ryan. Ryan zelf had tot nu toe niet veel werk van het incident gemaakt. Hij had een korte verklaring naar de pers doen uitgaan en alle verzoeken om interviews van de hand gewezen. Kealty van zijn kant had het incident afgehandeld door vooraf gearrangeerde vragen te beantwoorden tijdens een persconferentie: blij dat ex-president Ryan ongedeerd was, enzovoort. De woorden waren oprecht genoeg overgekomen, gaf McMullen toe, maar hij twijfelde er niet aan dat ze in de keel van zijn baas hadden gebrand.

Kealty ging verder: 'Wes, die kwestie met Netters...'

Oei, dacht McMullen. 'Ja, meneer de president.'

'Ik denk dat het zo langzamerhand tijd wordt voor verandering.'

'Ik begrijp het.'

'Ben je het er niet mee eens?'

McMullen koos zijn woorden met zorg. 'Meneer de president, ik zou willen opmerken dat een beetje tegenspraak een gezonde zaak kan zijn. Admiraal Netters windt er geen doekjes om, en misschien gaat hij soms wat ver, maar hij geniet alom respect, niet alleen in de strijdkrachten maar ook in het Congres.'

'Jezus, Wes, ik ga hem niet aan boord houden omdat hij zo populair is.'

'Dat bedoel ik niet...'

'Wat dan wel?'

'Hij geniet respect omdat hij weet waar hij het over heeft. Mijn vader zei altijd: "Je vraagt niet de weg aan iemand die niet op de plaats is geweest waar jij heen gaat." Admiraal Netters is op de plaats geweest waar wij heen gaan.'

Kealty's mondhoeken zakten omlaag, maar toen glimlachte hij. 'Dat is goed, heel goed. Mag ik het gebruiken? Oké, we zullen zien waar het heen gaat. Maar ik laat dit gebeuren, Wes. We gaan uit dat verrekte land weg, linksom of rechtsom. Is dat duidelijk?'

'Ja, meneer de president.'

'Je kijkt alsof je hond net is doodgegaan, Scott. Voor de dag ermee.'

Kilborn legde een map op Kealty's bureau en zei: 'Vorige week was er een inval in een grot in het Hindu Kushgebergte – een team van de Rangers was op zoek naar de emir.'

'Jezus, die kerel weer?' zei Kealty, en hij bladerde in de map. 'We verspillen nog steeds geld aan hem.'

'Ja, meneer de president. Hoe dan ook, de commandant van het team raakte gewond, en dus nam zijn eerste sergeant het over – Driscoll, Sam Driscoll. Ze kwamen bij de grot, schakelden een paar wachters uit, maar toen ze naar binnen gingen, was daar niets.'

'Dat is geen grote verrassing.'

'Nee, maar als u naar bladzijde vier kijkt...'

Kealty deed het en kneep zijn oogleden half dicht toen hij het las.

'Voor zover we konden nagaan, was niemand van hen gewapend,' zei Kilborn. 'In elk geval sliepen ze.'

'En hij schoot ze allemaal in hun hoofd,' bromde Kealty. Hij duwde de map opzij. 'Het is om misselijk van te worden.'

McMullen zei: 'Meneer de president, ik kan het niet helemaal volgen. Waar hebben we het over?'

'Moord, Wes. Die sergeant, die Driscoll, heeft negen ongewapende mannen vermoord. Punt uit.'

'Meneer de president, ik geloof niet...'

'Luister. Mijn voorganger heeft de militairen hun gang laten gaan. Hij heeft ze opgehitst en ze los laten lopen. Het wordt hoog tijd dat we ze de halsband weer omdoen. We kunnen niet toestaan dat Amerikaanse soldaten slapende mensen in hun hoofd schieten. Dat kan toch niet, Scott?'

'Er is een precedent aan beide kanten, maar ik denk dat er wel argumenten tegen aan te voeren zijn. We zouden de bal aan het rollen moeten brengen bij het Pentagon. Daarna spelen we het door naar justitie en halen we de militaire politie erbij.'

Kealty knikte. 'Doe dat. Het wordt tijd dat die soldaten weten wie de baas is.'

Een mooie dag om te vissen, vond Arlie Fry, maar aan de andere kant was zo ongeveer elke dag een mooie dag om te vissen – tenminste, hier wel. Het was hier anders dan in Alaska, waar ze dat programma maakten, *Deadliest Catch*. Het moest een ware hel zijn om daar te gaan vissen.

Er hing een dichte mist, maar per slot van rekening was het een ochtend in Noord-Californië, dus een beetje van die troep kon je verwachten. Arlie wist dat de mist binnen een paar uur zou optrekken.

Zijn boot, een zeven meter lange Atlas Acadia 20E met een Ray Electric-buitenboordmotor, was nog maar drie maanden oud. Hij had hem bij zijn pensionering gekregen van zijn vrouw Eunice, die voor het kustmodel had gekozen in de hoop hem dichter bij de wal te houden. In zijn jongere jaren had Arlie ervan gedroomd over de Atlantische Oceaan te zeilen, maar hij wist dat de angsten die Eunice dan zou uitstaan haar dood zouden worden. En dus stelde hij zich tevreden met een vistochtje langs de kust dat hij eens in de twee weken maakte. Meestal ging hij alleen, maar vandaag had hij zijn zoon overgehaald om mee te komen. Chet, vijftien jaar oud, interesseerde zich meer voor meisjes, zijn iPod en het rijbewijs dat hij wilde gaan halen, dan voor het vangen van horsmakreel en groenling – al had hij wel opgekeken toen Arlie zei dat hij de vorige keer een haai had gezien. Arlie had de waarheid gesproken, al was de haai maar een halve meter lang geweest.

Chet zat nu met dopjes in zijn oren op de boeg. Hij boog zich over de reling en liet zijn hand door het water glijden.

De zee was grotendeels vlak, met een beetje deining, en hoog aan de hemel zag Arlie de zon, een wazige bleke kring die zich door de wolken heen probeerde te branden. Binnen een uur zou die zon fel schijnen en zou het warm zijn, dacht hij. Eunice had ze een heleboel frisdrank meegegeven, zes sandwiches met worst, en een plastic zak met vijgenkoekjes.

Plotseling stootte er iets tegen de romp van de boot. Chet trok meteen zijn hand uit het water en stond op, zodat de boot schommelde. 'Hé!'

'Wat is er?'

'Er kwam iets tegen de zijkant aan... Daar, zie je het?'

Arlie keek in de aangewezen richting. Dicht bij de achtersteven zag hij nog net een oranje voorwerp, vlak voordat het door de mist werd opgeslokt.

'Heb je gezien wat het was?' vroeg Arlie.

'Niet goed. Ik schrok me de pleuris... een hoedje, bedoel ik. Het leek een reddingsvest of een drijver van een steiger of zo.'

Arlie dacht er even over om door te varen, maar wat het ook voor voorwerp was geweest, het was niet zomaar oranje geweest, maar internationaal oranje, de kleur die voor noodsignalen was gereserveerd. En voor reddingsvesten.

'Ga zitten, jongen. Ik draai bij.' Arlie draaide aan het stuurwiel en zette de Acadia in zijn achteruit om de snelheid te beperken. 'Kijk of je het weer ziet.'

'Ja, pa, dat doe ik. Jezus.'

Dertig seconden later gaf Chet een schreeuw en wees hij links naar voren. In de mist was nog net een oranje vlek ter grootte van een voetbal te zien.

'Ik zie het,' zei Arlie, en hij stuurde die kant op om het voorwerp langszij te brengen. Chet boog zich eroverheen en pakte het uit het water.

Het was geen reddingsvest, zag Arlie, maar een ruitvormige rubberen drijver. Er zat een koord van een halve meter aan, en daar zat weer een zwart metalen kistje aan vast, ongeveer twintig centimeter lang en tien centimeter breed, en zo dik als een flink pocketboek.

'Wat is dat?' vroeg Chet.

Arlie had genoeg films en televisieseries gezien om een idee te hebben. 'Zwarte doos,' mompelde hij.

'Huh?'
'De vluchtgegevens.'
'Goh... Van een vliegtuig, bedoel je?'
'Ja.'
'Cool.'

De beveiliging van het complex was goed genoeg, wist Cassiano, maar er werkten drie dingen in zijn voordeel. Ten eerste had hij elf jaar voor Petrobras gewerkt, lang voor de ontdekking van Tupi. Ten tweede was deze bedrijfstak uniek en kon ingehuurd bewakingspersoneel dus maar een deel van de gang van zaken binnen het complex echt goed controleren. De rest moest worden gedaan door werknemers die wisten hoe de dingen werkten en waarnaar ze moesten uitkijken. Terwijl zo'n dubbele dienst een goed salaris opleverde en ervoor zorgde dat het complex soepel draaide, betekende deze gang van zaken ook dat Cassiano onbelemmerd toegang kreeg tot geheime onderdelen. En ten derde was er de demografie van Brazilië zelf.

Brazilië telde ongeveer honderdzeventig miljoen inwoners, en nog niet één procent daarvan was moslim, terwijl slechts één procent van hen bestond uit islamitische bekeerlingen die in Brazilië waren geboren. Het opkomend tij van islamitisch radicalisme waar ze in andere landen op het westelijk halfrond zo bang voor waren, bestond in Brazilië niet. Het interesseerde niemand naar welke moskee je ging en of je tegen de oorlog in Irak was. Die onderwerpen kwamen bijna nooit ter sprake en hadden in elk geval geen invloed op je geschiktheid voor een bepaalde baan, of het nu in een restaurant was of bij Petrobras.

Cassiano hield zijn gedachten voor zich, bad in afzondering, kwam nooit te laat op zijn werk en meldde zich bijna nooit ziek. Moslim of niet, hij was de ideale werknemer, zowel voor Petrobras als voor zijn nieuwe werkgevers, die beslist veel beter betaalden.

Op grond van de gegevens die hij voor hen moest achterhalen was het hem vrij duidelijk wat ze van plan waren, en hoewel Cassiano het niet zo'n geweldig idee vond om voor industriële spion te spelen, troostte hij zich met de wetenschap dat de dingen die hij deed en de informatie die hij verstrekte alleen maar financiële schade zouden aanrichten. Trouwens, zei hij tegen zichzelf, nu het Santos Basin steeds groter bleek te zijn, zou de Braziliaanse overheid, die de meerderheid van de aandelen Petrobras bezat, de komende decennia geld in overvloed hebben.

Er was toch geen enkele reden waarom hij daar niet ook zijn deel van zou krijgen?

25

'CARPENTER op komst,' tsjilpte de radio naast de plaats waar Andrea zat.
'Zal ik hem halen, baas?' vroeg ze.
'Nee, ik ga wel.' Ryan stond op van zijn computer en liep naar de voordeur. 'Hij blijft trouwens eten.'
'Ja, baas.'
Arnie van Damm had altijd een hekel aan ceremonie gehad. Hij had op het vliegveld BWI een auto gehuurd en was zelf komen rijden. Hij droeg nog steeds dezelfde overhemden en kakibroeken, zag Jack, toen hij uit de gehuurde Chevrolet stapte.
'Hé, Jack,' zei de vroegere stafchef van het Witte Huis bij wijze van begroeting.
'Arnie, dat is een tijd geleden. Hoe was je vlucht?'
'Ik heb het grootste deel van de tijd geslapen.' Ze gingen naar binnen. 'Hoe vordert het boek?'
'Het is nogal moeilijk voor je ego om over jezelf te schrijven, maar ik probeer de waarheid te vertellen.'
'Hé, jongen, dat zal de recensenten van de *Times* in verwarring brengen!'
'Nou, die mochten me toch al niet graag. Daar komt vast geen verandering meer in.'
'En je hebt net een aanslag op je leven afgeslagen...'
'Onzin, Arnie.'
'Het gaat erom wat de mensen denken, Jack. Als het publiek over zoiets hoort, onthoudt het alleen dat iemand je wilde vermoorden en daar de prijs voor heeft betaald.'
'Wat bedoel je? Dat ik onaantastbaar ben?'
'Zoiets.'
Inmiddels waren ze in de keuken en schonk Jack koffie in. Het zou nog een uur duren voordat Cathy thuis was, en hij had dus nog tijd voor een beetje ongeoorloofde middagcafeïne. 'Nou, vertel me de nieuwtjes maar. Ik heb gehoord dat Kealty razend is op het hooggerechtshof.'
'Je bedoelt omdat hij geen benoemingen kan doen? Ja, hij springt zo-

wat uit zijn vel. Toen hij campagne voerde, beloofde hij dat hij professor Mayflower uit Harvard zou benoemen.'

'Die kerel? Jezus, die wil het evangelie van Matteüs herschrijven.'

'God heeft niet op Harvard gezeten. Anders zou Hij beter op de hoogte zijn geweest,' merkte Van Damm op.

Ryan grinnikte. 'Nou, vanwaar dit bezoek?'

'Ik denk dat je dat wel weet, Jack. Bovendien heb je er zelf vast ook wel over nagedacht. Zeg het maar als ik me vergis.'

'Je vergist je.'

'Dat heb ik ook altijd zo geweldig aan jou gevonden, Jack: je hebt nooit goed kunnen liegen.'

Ryan bromde iets.

'Het is niet erg om een slechte leugenaar te zijn,' zei Arnie. 'Het gaat mis met Kealty, Jack. Dat is mijn mening, maar...'

'Hij is een schurk. Dat weet iedereen, maar de kranten willen het niet zeggen.'

'Hij is een schurk, maar hij is hun schurk. Ze denken dat ze hem kunnen beheersen. Ze begrijpen hem. Ze weten hoe hij denkt.'

'Wie zegt dat hij denkt? Hij denkt niet. Hij heeft een beeld van hoe hij wil dat de wereld is. En hij heeft er alles voor over om de wereld aan dat idee te laten voldoen – als je het een idee kunt noemen.'

'En hoe zit het met jouw ideeën, Jack?'

'Ik heb principes; dat is het verschil. Je verkoopt je principes zo goed mogelijk en hoopt dat het publiek het begrijpt. Als je meer doet dan dat, ben je net een verkoper van tweedehands auto's.'

'Een beroemd politicus heeft eens gezegd dat politiek de kunst van het mogelijke is.'

'Maar als je je beperkt tot wat mogelijk is – tot wat al is gedaan –, hoe kan er dan ooit vooruitgang komen? Kealty wil terug naar de jaren dertig, met Roosevelt en alles wat daarbij hoort. De stichters van onze staat zouden zich in hun graf omdraaien als ze wisten wat die sukkel doet.'

'Vervang hem dan.'

'En dat alles nog eens doormaken – waarvoor?'

'Je weet vast nog wel wat Edmund Burke heeft geschreven. "Voor de overwinning van het kwaad is het alleen nodig dat goede mensen niets doen."'

'Die had ik moeten zien aankomen,' zei Jack. 'Ik heb mijn tijd uitgediend. Ik heb in twee oorlogen gevochten. Ik heb mijn eigen opvolging geregeld. Ik heb alles gedaan wat iemand kan doen.'

'En dat heb je goed gedaan,' gaf de vroegere stafchef toe. 'Jack, het komt hierop neer: het land heeft je nodig.'

'Nee, Arnie. Het land heeft mij niet nodig. We hebben nog steeds een goed Congres.'

'Ja, daar zitten goede mensen in, maar er is nog geen echte leider uit voortgekomen. Owens uit Oklahoma heeft mogelijkheden, maar hij heeft nog een lange weg te gaan. Hij is nog niet ervaren genoeg, nog te provinciaal en te idealistisch. Hij is nog niet klaar voor de hoogste divisie.'

'Dat zou je ook over mij kunnen zeggen,' merkte Ryan op.

'Zeker, maar jij luistert tenminste, en meestal weet je wat je doet.'

'Arnie, ik hou van het leven dat ik nu leid. Ik heb werk om me bezig te houden, maar ik hoef me niet uit de naad te werken. Ik hoef niet te letten op elk woord dat ik zeg, uit angst mensen te beledigen die toch al een hekel aan me hebben. Ik kan zonder schoenen door het huis lopen, en zonder das.'

'Je verveelt je.'

'Ik heb het recht verdiend om me te vervelen.' Ryan zweeg even, nam een slokje koffie en probeerde van onderwerp te veranderen. 'Wat doet Pat Martin tegenwoordig?'

'Hij is hoogleraar op de Notre Dame. Hij geeft ook seminars voor pasbenoemde rechters,' antwoordde Van Damm.

'Waarom niet Harvard of Yale?' vroeg Ryan.

'Harvard wilde hem niet hebben. Ze zouden daar natuurlijk best een voormalig minister van Justitie willen, maar geen minister van jou. Trouwens, Pat zou daar niet heen willen. Hij is een groot liefhebber van football, en aan Harvard spelen ze dat wel, maar niet zo goed als op de Dame.'

'Dat weet ik nog,' gaf Jack toe. 'Ze wilden niet eens tegen ons eigenwijze katholieken van Boston College spelen.'

'Wil je erover nadenken?' vroeg Arnie.

'Het volk van de Verenigde Staten kiest zijn eigen president, Arnie.'

'Dat is waar, maar het is net een restaurant met een kort menu. Je kunt alleen kiezen uit wat de kok klaarmaakt, en als de keuze je niet aanstaat, kun je nergens anders heen.'

'Door wie word je gestuurd?'

'Mensen praten met me. Vooral van jouw politieke richting...'

Jack stak meteen zijn hand op. 'Ik ben geen lid van een partij, weet je nog?'

'Daar zal de *Socialist Workers Party* blij mee zijn. Neem dan deel als onafhankelijke kandidaat. Begin je eigen partij. Dat deed Teddy Roosevelt ook.'

'En hij verloor.'

'Niet geschoten is altijd mis.'

'Ja, ja.'

'Het land heeft je nodig. Kealty doet het al in zijn broek. Hij laat zijn researchers al onderzoek naar je doen. Heb je dat niet gehoord?'

'Onzin.'

'Ze zijn er al bijna een maand mee bezig. Sinds Georgetown maken ze zich zorgen. Jack, we moeten de kans grijpen zolang het nog kan.' Hij zag Ryan zijn hoofd schudden. 'Luister nou. Je hebt het niet gepland. De mensen willen dit omdat je nog steeds hoog in de peilingen staat.'

'Die verrekte peilingen...'

'Met peilingen alleen red je het niet, maar dit is een gouden kans. Dus: heb je ergens nog vuile was liggen?'

'Niets waar jij niet van weet.' Het lukte Jack die leugen te vertellen. Alleen Pat Martin wist van de erfenis die hij had achtergelaten. Hij had het zelfs Robby nooit verteld. 'Ik ben te saai om politicus te zijn. Misschien hebben de media daarom altijd een hekel aan me gehad.'

'Die mensen van Kealty die onderzoek doen naar tegenstanders krijgen toegang tot alles, Jack, zelfs tot CIA-documenten. Je hebt vast wel ergens rottigheid achtergelaten,' drong Van Damm aan. 'Dat heeft iedereen.'

'Het hangt ervan af hoe je het interpreteert, denk ik. Maar als ze het in de openbaarheid brengen, zou dat een federaal misdrijf zijn. Hoeveel politieke klootzakken zouden dat risico nemen?'

'Je bent nog steeds een groentje, Jack. Een politicus heeft er heel veel voor over om president te worden, of te blijven.'

'Wat denk jij, vindt Kealty het prettig om president te zijn?'

'Waarschijnlijk weet hij dat zelf niet. Levert hij goed werk? Nee, eigenlijk niet. Maar zelfs dat weet hij niet. Hij denkt dat hij het goed doet. Hij houdt van het politieke spel. Hij houdt ervan om de telefoon op te nemen. Hij houdt ervan dat mensen naar hem toe komen als ze een probleem hebben. Hij houdt ervan om degene te zijn die de vragen beantwoordt, zelfs als hij niet weet wat het antwoord is. Weet je nog wat Mel Brooks zei? "Het is goed om koning te zijn", zelfs als de koning een volslagen onbenul is. Hij wil op die stoel zitten, en hij wil dat niemand anders daar zit, want hij is zijn hele leven politicus geweest. Het is voor hem de Mount Everest, en hij is naar boven geklommen omdat die berg er nu eenmaal is, wat geeft het als je op de top komt en je kunt daar niets doen? Die berg is er, en jij bent op de top, en niemand anders is daar. Zou hij een moord plegen voor die baan? Waarschijnlijk wel, als hij het lef had. Maar dat heeft hij niet. Hij zou een van zijn mensen het laten doen, zonder dat er iets schriftelijk werd vastgelegd, zodat hij het altijd zou kunnen ontkennen. Je kunt altijd mensen vinden die zoiets voor je willen doen, en als ze worden betrapt, doe je alsof je ze niet kent.'

'Ik heb nooit...'

'Die John Clark heeft mensen gedood, en de redenen daarvoor zouden de toets der kritiek niet altijd hebben doorstaan. Zulke dingen moet je doen als je de leiding van een heel land hebt, en misschien is het formeel wel toegestaan, maar je houdt het geheim, want het zou niet goed overkomen als het op de voorpagina van de kranten stond. Als jij zoiets in je verleden hebt gedaan, zal Kealty het openbaar maken.'

'Als het ooit zo ver zou komen, kan ik het aan,' merkte Ryan koeltjes op. Hij had nooit goed op bedreigingen gereageerd en had er zelf maar zelden mee gewerkt. Maar Kealty, zoals te veel 'grote' mannen, en zoals veel politieke figuren in het algemeen, was een lafaard. Lafaards waren de eersten die met geweld dreigden. Dat soort macht vonden sommige mensen bedwelmend. Ryan had dat wapen nooit zonder een heel goede reden uit de holster getrokken. 'Arnie, ik ben niet bang voor wat die schoft over mij in de openbaarheid kan brengen, als het zo ver komt. Maar waarom zou het zo ver komen?'

'Omdat het land je nodig heeft, Jack.'

'Ik heb geprobeerd het land weer op de rails te krijgen. Ik heb daar bijna vijf jaar de tijd voor gehad, en het is me niet gelukt.'

'Het systeem is te corrupt, hè?'

'Ik had een fatsoenlijk Congres. De meeste leden waren in orde – in elk geval degenen die naar het thuisfront gingen vanwege campagnebeloften. Die waren eerlijk, of niet? Het Congres is sterk verbeterd, maar de president geeft de toon aan, en daar kon ik niets aan veranderen. En ik heb het echt wel geprobeerd.'

'Callie Weston heeft goede toespraken voor je geschreven. Misschien zou je een goede priester zijn geweest.' Arnie leunde achterover en dronk zijn koffie op. 'Je hebt enorm je best gedaan, Jack, maar het was niet genoeg.'

'Dus je wilt dat ik het opnieuw probeer. Als je met je kop tegen een muur blijft beuken, gaat het zompige geluid na een tijdje op je gemoed werken.'

'Hebben Cathy's vrienden al een middel tegen kanker gevonden?'

'Nee.'

'Zijn ze gestopt met daarnaar te zoeken?'

'Nee,' moest Jack toegeven.

'Omdat het de moeite waard is, al lijkt het onmogelijk.'

'Het is gemakkelijker om met de natuurwetten te spelen dan om de menselijke aard te veranderen.'

'Oké, je kunt ervoor kiezen om gewoon hier te blijven zitten, naar CNN te kijken, de krant te lezen en te klagen dat het niet goed gaat.'

En dat doe ik veel, dacht Jack. Dat was typisch Arnie. Hij kon Ryan manipuleren zoals een meisje van vier dat met haar vader kon. Moeiteloos. Arnie wist hoe hij het moest aanpakken.

'Ik zal het nog een keer zeggen, Jack. Je land...'

'En ik vraag jou nog een keer: wie hebben jou gestuurd?'

'Waarom denk je dat ik gestuurd ben?'

'Arnie.'

'Niemand, Jack. Dat meen ik. Ik ben ook met pensioen, weet je nog wel?'

'Mis je de actie?'

'Dat weet ik niet, maar één ding kan ik je wel vertellen: vroeger dacht ik dat politiek de hoogste vorm van menselijke activiteit was, maar daar heb jij me van genezen. Je moet voor iets staan. Kealty staat nergens voor. Hij wil alleen maar president van de Verenigde Staten zijn omdat hij vindt dat hij daarvoor aan de beurt was. Zo ziet hij het.'

'Dus je zou met mij in zee gaan?' vroeg Ryan.

'Ik zal je helpen en je adviseren, en misschien ben je deze keer wat meer voor rede vatbaar.'

'Dat terrorisme – dat is een te groot probleem voor vier jaar.'

'Akkoord. Je kunt weer in je programma opnemen dat je de CIA wilt versterken. Meer nieuwe agenten rekruteren, de operationele structuur herstellen. Kealty heeft de dienst verlamd, maar niet helemaal vernietigd.'

'Daar zou tien jaar voor nodig zijn. Misschien nog meer.'

'Je zet de CIA weer op de rails, doet een stap opzij en laat iemand anders het afmaken.'

'De meeste van mijn ministers zouden niet terugkomen.'

'Nou en? Dan zoek je nieuwe mensen,' merkte Arnie op. 'Het land zit vol talent. Je zoekt een paar eerlijke mensen bij elkaar en gebruikt verder je Jack Ryan-magie.'

Ryan snoof toen hij dat hoorde. 'Het zou een lange campagne worden.'

'Je eerste echte campagne. Vier jaar geleden was je eigenlijk al bij voorbaat gekozen. Het was weerzinwekkend gemakkelijk. Je vloog door het land en hield toespraken, en het publiek was je altijd welgezind. De meeste mensen wilden alleen maar de man zien op wie ze toch al gingen stemmen. In dit geval ligt het anders. Je zult met Kealty in debat moeten gaan – en onderschat hem niet. Hij is een behendige politicus, en hij weet hoe hij iemand onder de gordel kan raken,' waarschuwde Arnie. 'Daar ben jij niet aan gewend.'

Ryan zuchtte. 'Je bent een rotzak, weet je dat? Als je wilt dat ik me hierop vastleg, staat je een teleurstelling te wachten. Ik moet erover nadenken. Ik heb een vrouw en vier kinderen.'

'Cathy zal het ermee eens zijn. Ze is veel harder en slimmer dan mensen beseffen,' zei Van Damm. 'Weet je wat Kealty vorige week zei?'

'Nou?'

'Over de gezondheidszorg. Cathy werd in Baltimore voor de televisie geïnterviewd. Ze zei dat ze het geen goed idee vond als de gezondheidszorg onder de overheid viel. Kealty's reactie was: "Wat weet een arts nou van gezondheidszorg?"'

'Waarom heeft dat de kranten niet gehaald?' Per slot van rekening was het een prachtig citaat.

'Kealty's stafchef, Anne Quinlan, kreeg de *Times* zo ver dat het niet werd afgedrukt. Anne is niet dom. De hoofdredacteur in New York is een oude vriend van haar.'

'Hoe komt het dan dat ze mij altijd te grazen namen als ik iets verkeerds zei?' wilde Ryan weten.

'Jack, Kealty hoort bij het clubje. Jij daarentegen niet. Help jij je vrienden nooit? Dat doen zij ook. Ze zijn ook maar menselijk.' Arnie was nu meer ontspannen. Hij had de slag in feite al gewonnen. Het was nu tijd voor grootmoedigheid. Het kostte Ryan op dit moment al moeite genoeg om journalisten als menselijk te zien.

26

Bijna een kwart van alle hoogbouwkranen ter wereld, dacht Badr terwijl hij uitkeek over Port Rashid. Dertigduizend van de honderdvijfentwintigduizend hoogbouwkranen die er op de wereld waren, allemaal op één plaats bijeengebracht voor één doel: Dubai veranderen in de parel van de planeet, een paradijs voor zijn rijkste inwoners.

Vanaf de plaats waar hij stond kon hij de Palm- en World-eilanden zien liggen – enorme door de mens gemaakte archipels, de ene in de vorm van een palmboom, de andere in de vorm van de aarde – en ook het Burj Al Arab-hotel, een meer dan driehonderd meter hoge toren in de vorm van een gigantisch zeil.

Landinwaarts was de stad een zee van wolkenkrabbers, bouwterreinen en kriskras lopende autowegen. In de komende vijf jaar zouden er steeds weer nieuwe attracties bijkomen: het *Dubai Waterfront*, een halvemaan die zich zo'n tachtig kilometer in de oceaan uitstrekte; het *Hydropolis Underwater Hotel*; de *Sports City* met zijn skihallen; *Space Science World*. Binnen tien jaar was Dubai radicaal veranderd. Wat volgens velen weinig meer dan een afgelegen stipje op de kaart was, veranderde in een van de meest geliefde vakantiebestemmingen ter wereld, een speelterrein voor de superrijken. Het zou niet lang meer duren, dacht Badr, of Dubais voorzieningen en attracties zouden zelfs die van Las Vegas overtreffen. Of misschien ook niet, zei Badr tegen zichzelf. De wereldwijde economiecrisis had de Verenigde Arabische Emiraten ook getroffen. Veel van de kranen die boven de stad uittorenden stonden stil, want veel bouwprojecten waren stopgezet. Badr vermoedde dat de hand van Allah daarachter zat. In een Arabisch land was zoveel decadentie ondenkbaar.

'Schitterend, nietwaar?' hoorde Badr achter zich, en hij draaide zich om.

'Neemt u me niet kwalijk dat ik zo laat ben,' zei de makelaar. 'Zoals u wel zult hebben gemerkt, zijn al die bouwprojecten soms hinderlijk. Meneer Almasi?'

Badr knikte. Dat was natuurlijk niet zijn echte naam, en de makelaar vermoedde dat waarschijnlijk ook wel, maar het was een van Dubais vele bewonderenswaardige eigenschappen dat het leger van bankiers, makelaars en tussenpersonen in de stad een universeel respect voor discretie en anonimiteit had. Zaken waren zaken en geld was geld, en beide genoten veel meer waardering dan willekeurige en volkomen subjectieve gedragscodes.

'Ja,' antwoordde Badr. 'Dank u voor uw komst.'

'Geen dank. Volgt u mij maar.'

De makelaar liep naar een klaarstaand golfkarretje. Badr stapte in en ze reden over de pier.

'Het zal u wel zijn opgevallen dat de pier niet van beton is,' zei de agent.

'Ja.' Het oppervlak had wel iets van terracotta.

'Het is een composietmateriaal – zoiets als synthetische dakbedekking, heb ik me laten vertellen, maar dan veel sterker en duurzamer, en de kleur blijft een leven lang goed. De ontwerpers vonden het aantrekkelijker dan het gebruikelijke grijze beton.'

Ze stopten bij een pakhuis aan het eind en stapten uit. 'U zei dat u behoefte had aan privacy,' zei de makelaar. 'Is dit goed genoeg?'

'Ja, ik denk van wel.'

'Zoals u kunt zien, is het een hoekunit, met toegang tot het water aan de voor- en zijkant. Genoeg voor twee schepen van honderd meter per stuk. Natuurlijk zijn er kranen op rails beschikbaar, voor het geval u die nodig hebt.'

In werkelijkheid wist Badr heel weinig over de eisen die zijn cliënt stelde, behalve de grootte en indeling van het pakhuis en wanneer het nodig was. Toegankelijkheid en privacy kwamen op de eerste plaats, was hem verteld.

'Mag ik het interieur zien?' vroeg hij.

'Natuurlijk.'

De makelaar haalde een sleutelkaart tevoorschijn zoals ze in luxehotels werden gebruikt en haalde hem door een lezer naast de deur. Er volgde een zachte pieptoon. De makelaar drukte met zijn duim op een plaatje naast de lezer. Even later ging het slot met een klik open.

'De sleutelkaarten en de biometrische lezer worden volledig geprogrammeerd door de huurder. U en u alleen zou bepalen wie toegang tot het gebouw hebben.'

'Hoe gaat dat?'

'Via onze beveiligde website. Als er eenmaal een account voor u is gecreëerd, logt u in, programmeert u de kaarten en scant u de vingerafdrukken. Alle gegevens zijn versleuteld met iets wat TLS heet, *transport layer security*, en digitale certificaten.'

‘Heel goed. En de politie?’

‘U kunt op de vingers van één hand tellen hoe vaak de politie in de afgelopen tien jaar om een huiszoekingsbevel voor een van onze gebouwen heeft gevraagd. Die aanvragen zijn op één na allemaal door de rechtbank afgewezen. We hebben volledige veiligheid en anonimiteit te bieden – beide natuurlijk binnen de juridische grenzen van de Emiraten.’

Ze gingen naar binnen. De ruimte van negenhonderd vierkante meter was leeg. De vloeren en wanden bestonden uit hetzelfde composietmateriaal als de pier, maar hadden een gebroken witte kleur. Er waren geen ramen; dat had ook op het verlanglijstje van de cliënt gestaan. Het was geen must, maar zeker een pluspunt. De lucht was koel, iets boven de twintig graden, dacht Badr.

‘Comfortabel, nietwaar?’ vroeg de makelaar.

Badr knikte. ‘Systemen om brand en diefstal tegen te gaan?’

‘Allebei. Gevolgd door ons controlecentrum op nog geen anderhalve kilometer afstand. In geval van brand wordt er een blussysteem met halon in werking gesteld. In geval van indringing wordt de huurder om nadere instructies gevraagd.’

‘Niet de politie?’

‘Alleen met goedkeuring van de huurder.’

‘En uw firma? U hebt ongetwijfeld toegang tot...’

‘Nee. Als de huurder zeven dagen achter is met de huur, stellen we alles in het werk om contact met hem op te nemen. Als bij een achterstand van veertien dagen nog geen contact is gelegd, worden de kaartlezer en biometrische scanner verwijderd en wordt het slotsysteem ontmanteld – een dure en tijdrovende procedure die uiteraard aan de huurder in rekening wordt gebracht, evenals het opnieuw installeren van die systemen. Bovendien vervalt de inhoud van het pakhuis dan aan de verhuurder.’

‘Dat zal zich bij ons niet voordoen, verzeker ik u,’ zei Badr.

‘Daar twijfel ik niet aan. We hebben wel een minimumcontract van een jaar, met daarna telkens verlengingen van zes maanden.’

‘Een jaar is voldoende.’ Een maand zou ook voldoende zijn, was hem verteld. Daarna zou het pakhuis leegstaan, want dan zou het zijn doel – wat dat ook was – hebben gediend. Al binnen enkele dagen na het vertrek van zijn cliënt zouden de financiële trucs die ten behoeve van het huurcontract waren ingesteld het enige zijn wat de autoriteiten nog konden vinden, en zelfs die zouden alleen maar naar nog meer gesloten rekeningen en dekmantelbedrijven leiden. Het ‘geldspoor’, dat de Amerikaanse inlichtingenwereld zo goed kon volgen, zou ijskoud zijn.

‘We kunnen ook hulp verlenen bij de stroomlijning van de douaneprocedures, voor het geval u hier lading wilt laten afleveren,’ zei de makelaar. ‘Maar de exportvergunningen zouden uw eigen verantwoordelijkheid zijn.’

‘Dat begrijp ik,’ antwoordde Badr met een nauwelijks onderdrukte glimlach. Hij had sterk het gevoel dat zijn cliënten zich absoluut niet druk zouden maken om exportvergunningen. Na een laatste blik door het pakhuis keek hij de makelaar aan. ‘Hoe snel kunt u het huurcontract laten opmaken?’

Hoewel Adnan het nooit zou weten, waren zijn collega’s niet alleen verder met hun missie, maar genoten ze ook het relatieve comfort van een charterboot – al was dat een verbouwd Russisch landingsvaartuig.

Dagenlang hadden Adnan en zijn mannen over de kustweg langs de Karische Zee gereden, langs vissersdorpjes en verlaten gehuchten, steeds maar door hetzelfde witte, troosteloze landschap. Ze zagen heel zelden een ander voertuig over de weg rijden, en dat ging dan nooit in dezelfde richting als zij – iets wat Adnan niet als een voorteken probeerde op te vatten. Hij kon zich bijna niet voorstellen dat iemand hier vrijwillig ging wonen. In de woestijn had je tenminste nog zonlicht. Hier was een grauwe, betrokken hemel blijkbaar eerder regel dan uitzondering.

Zoals hij had verwacht, was het nooit moeilijk om een onderkomen voor de nacht te vinden, maar wel om iets te vinden wat meer was dan een schuurtje. De eerste avond hadden ze het geluk gehad een leegstaande legertent met een werkende houtkachel te vinden, en hoewel er gaten in de zeildoeken wanden zaten en ze ook niet waterdicht meer waren, hadden de stokken diep in de grond gestaan en waren de lijnen nog strak gespannen geweest, zodat ze de nacht betrekkelijk comfortabel hadden kunnen doorkomen, terwijl buiten de stormwind sneeuw en ijs als granaatscherfjes tegen het zeildoek joeg en de golven tegen de rotsen bulderden. De tweede nacht hadden ze minder geluk gehad. Ze hadden dicht tegen elkaar aan in slaapzakken achter in een vrachtwagen gelegen, terwijl de kap van zeildoek, zo lek als een zeef, in de wind had gegolfd. Nadat ze enkele uren hadden geprobeerd te slapen, hadden ze het opgegeven. De rest van de nacht hadden ze thee gedronken, die ze op hun kampeerbrander hadden gezet, en op de eerste tekenen van de ochtend gewacht.

Hun reis duurde nu al drie dagen en ze waren nog ongeveer anderhalve dag van hun bestemming verwijderd – tenminste, volgens de kaart, die Adnan niet helemaal vertrouwde. Met zijn gps-apparaatje controleerde hij telkens de tekens en metingen die door de kaart werden aangegeven. Overigens was 'bestemming' niet helemaal het juiste woord, maar wat was het dan wel? Misschien kon je het een springplank noemen. Als hun charterkapitein zich aan zijn woord hield en de rest van zijn honorarium wilde verdienen, zouden ze een stap dichter bij hun doel zijn, een idee dat Adnan met de nodige vrees vervulde. Als hij mocht afgaan op het weinige wat hij over die plaats had gelezen, zou hun huidige omgeving, hoe somber die ook was, in vergelijking daarmee luxueus lijken. En dan was er nog de ziekte. Ze hadden daar pillen voor, maar de arts die hun de doses had verstrekt, had niet zeker geweten of ze wel werkten. Ze zouden helpen, was Adnan verteld, maar er was geen garantie. Ze konden zichzelf het best beschermen door snel en behoedzaam te werk te gaan. Hoe langer ze daar bleven, des te meer risico liepen ze. Het ergst was nog dat ze pas na vele jaren zouden weten of ze veilig waren. Ze zouden het misschien pas weten als het te laat was en de onzichtbare dood hen vanbinnen al wegvrat. *Het doet er niet toe*, zei hij tegen zichzelf. De dood was de dood, niet meer dan een brug naar het paradijs, en zijn mannen wisten dat net zo goed als hij. Wie daaraan twijfelde, beledigde Allah.

Ondanks de felle kou en de schamele rantsoenen had niemand van hen geklaagd. Het waren goede mannen, trouw aan Allah en aan de zaak waarvoor ze streden – en die twee waren natuurlijk een en hetzelfde. En hoewel hij er redelijk veel vertrouwen in had dat ze standvastig zouden blijven als hij uiteindelijk bekendmaakte wat het doel van hun reis was, wist hij dat hij zijn aandacht niet mocht laten verslappen. De emir had hem persoonlijk uitgekozen voor deze missie, en hun taak was zo belangrijk dat ze er niet uit angst voor mochten terugdeinzen.

Maar de taak zelf dan? vroeg Adnan zich af. Hij had gedetailleerde, duidelijke instructies gekregen, die hij voor het grijpen had liggen in zijn rugzak – enkele tientallen gelamineerde vellen papier –, maar als zich nu eens complicaties voordeden? Als hun materieel nu eens ontoereikend was voor wat hun te doen stond? Als ze nu eens op de verkeerde plaats sneden of het liersysteem de lading niet kon dragen? En als, wat God verhoede, de beveiligingsmaatregelen nu eens veranderd waren sinds ze de informatie hadden ontvangen?

Stop, beval hij zichzelf. Net als angst was twijfel een truc die je geest met je uithaalde, een zwakheid die je moest overwinnen door geloof in Allah en in de emir. De emir was een wijs man, een groot man, en hij had Adnan verzekerd dat hun beloning daar op hen zou wachten. Ze zouden hem vinden, alles doen wat nodig was om hem te bemachtigen, en dan terugkeren.

Nog drie dagen, en dan vijf terug.

27

Jack junior sloot zijn computer af en verliet zijn kantoorhokje. Hij liep naar het parkeerterrein, naar zijn gele Hummer H2, een van de weinige genoegens in zijn leven waarover hij zich schuldig zou kunnen voelen. Nu de benzineprijzen zo hoog waren en de economie in het slop was geraakt, voelde hij zich altijd een beetje schuldig als hij de motor van dat verrekte ding aanzette. Hij was geen milieufreak, dat zeker niet, maar misschien werd het tijd om het wat kalmer aan te doen. Verdorie, dat irritant milieubewuste zusje van hem begon invloed op hem te krijgen. Hij had gehoord dat Cadillac een vrij goede Escalade Hybrid maakte. Misschien moest hij eens bij de dealer gaan kijken.

Hij had voor die avond een diner bij zijn ouders op het programma staan, een zeldzaamheid. Sally zou er ook zijn, waarschijnlijk boordevol ideeën die ze in haar medicijnenstudie had opgedaan. Ze moest binnenkort een specialisme kiezen en praatte daar veel met hun moeder over. En Katie zou zo charmant als altijd zijn. Ze was verzot op haar grote broer, en dat was weleens lastig, al viel SANDBOX best mee als zusje. Een avond met de familie, steak en spinaziesalade, gebakken aardappeltjes en maïs aan de kolf, want dat was het favoriete eten van zijn vader. Misschien een glas wijn, nu hij oud genoeg was.

Het leven van een presidentszoon had zijn nadelen, had Jack al lang geleden ontdekt. Zijn bewakers waren gelukkig weg, al was hij er nooit helemaal zeker van dat ze hem toch niet in het geheim beschermden. Hij had Andrea ernaar gevraagd, en ze had gezegd dat er geen geheim agenten meer aan hem toegewezen waren, maar wie zei dat ze de waarheid sprak?

Hij parkeerde in de straat voor zijn appartement en ging naar binnen om een andere broek en een flanellen overhemd aan te trekken. Vervolgens ging hij weer naar buiten en al gauw reed hij over de Interstate 97, op weg naar Annapolis en vandaar naar Peregrine Cliff.

Zijn ouders hadden een groot huis gebouwd voordat ze in overheidsdienst traden. Dat had het nadeel dat iedereen wist waar het stond. Auto's kwamen aanrijden over de smalle landweg en stopten om ernaar te kijken, zonder te weten dat elk kenteken door een heel stel verborgen televisiecamera's werd opgenomen en door de Geheime Dienst aan een computercontrole werd onderworpen. Of misschien vermoedden ze wel dat er in een verborgen gebouw op minder dan zeventig meter afstand van het grote huis minimaal zes gewapende agenten zaten, voor het geval iemand langs de poort probeerde te rijden om bij het huis te komen. Hij wist dat zijn vader dat deprimerend vond. Het was al een hele operatie om naar de supermarkt te gaan en een brood en een fles melk te kopen.

De gevangene in de gouden kooi, dacht Jack.

'SHORTSTOP komt binnen,' zei hij tegen de paal van de poort, en nu zou een camera zijn identiteit nagaan voordat de poort openging. De Geheime Dienst was slecht te spreken over zijn autokeuze. De knalgele Hummer viel overal op; dat was zeker.

Hij parkeerde, stapte uit en liep naar de deur. Andrea stond ernaast.

'Ik had na afloop niet de kans om met je te praten,' zei ze tegen hem. 'Het is geweldig wat je hebt gedaan, Jack. Als jij het niet had gezien...'

'Dan had je op grotere afstand moeten schieten. Dat is alles.'

'Misschien. Evengoed bedankt.'

'Goed. Weten we iets meer over die kerel? Ik hoorde dat hij misschien van de URC was.'

Andrea dacht daar even over na. 'Ik kan dat niet bevestigen en niet ontkennen,' zei ze met een glimlach en een duidelijke nadruk op 'bevestigen'.

Dus de emir heeft geprobeerd pa uit de weg te ruimen, dacht Jack. *Ongelooflijk.* Hij bedwong de impuls om naar zijn computer op de Campus terug te gaan.

'Het motief?'

'Ze wilden de mensen laten schrikken, denken we. Je vader mag dan een "ex" zijn, hij is nog steeds verdomd populair. Daar komt nog bij dat de logistiek eenvoudiger is. Het is gemakkelijker om een ex-president te vermoorden dan de zittende president.'

'Misschien wel wat gemakkelijker, maar nou ook weer niet echt gemakkelijk. Dat heb jij bewezen.'

'Dat hebben *wíj* bewezen,' zei Andrea glimlachend. 'Wil je een sollicitatieformulier?'

Jack glimlachte daarom. 'Ik zal je laten weten hoe het in de effectenhandel gaat. Dank je, Andrea.' Hij duwde de deur open. 'Hé, ik ben thuis!' riep hij.

'Hallo, Jack,' zei zijn moeder. Ze kwam de keuken uit om hem te kussen en te omhelzen. 'Je ziet er goed uit.'

'Jij ook, professor. Waar is pa?'

Ze wees naar rechts. 'In de bibliotheek. Hij heeft gezelschap. Arnie.'

Jack liep naar de werkkamer van zijn vader. Pa zat in zijn draaistoel en Arnie van Damm zat dicht bij hem onderuitgezakt in een clubfauteuil. 'Wat zitten jullie daar voor complotten te smeden?' vroeg hij toen hij binnenkwam.

'Complotten werken niet,' zei zijn vader vermoeid. Ten tijde van zijn presidentschap was er veel over complotten gesproken, en zijn vader had daar altijd een hekel aan gehad, al had hij eens voor de grap gezegd dat hij de presidentiële helikoptervloot zwart zou laten verven om de idioten te ergeren die geloofden dat er niets op de planeet aarde gebeurde zonder dat er een duistere samenzwering achter zat. Het had niet geholpen dat John Patrick Ryan senior niet alleen rijk maar ook ex-CIA-agent was – een combinatie die ontgetwijfeld goed was voor een heleboel complottheorieën.

'Wat is dat toch jammer, pa,' merkte Jack op, terwijl hij zich liet omhelzen. 'Hoe gaat het met Sally?'

'Die is naar de winkel voor de garnering van de salade. Ze is met je moeders auto. Hoe gaat het?'

'Ik leer alles over valuta-arbitrage. Nogal griezelig materiaal.'

'Onderneem je zelf iets?'

'Nou, nee, nog niet, tenminste geen grote dingen. Maar ik adviseer mensen.'

'Theoretische accounts?'

'Ja, ik heb vorige week een half miljoen virtuele dollars verdiend,' zei hij.

'Virtuele dollars kun je niet uitgeven, Jack.'

'Dat weet ik, maar je moet toch ergens beginnen? Nou, Arnie, probeer je pa over te halen zich weer kandidaat te stellen?'

'Waarom vraag je dat?' vroeg Van Damm.

Misschien kwam het door de manier waarop ze daar zaten, dacht Jack. Zijn wenkbrauwen gingen een beetje omhoog, maar hij zei er verder niets over. Nu wist iedereen in de kamer iets wat de twee anderen niet wisten. Arnie wist niet van de Campus en de rol die Jacks vader had gespeeld bij het oprichten daarvan, wist niet van de blanco gratieverleningen, wist niet wat zijn vader had goedgekeurd. Jack senior wist niet dat zijn eigen zoon daar werkte. En Arnie kende meer politieke geheimen dan wie dan ook van na de regering-Kennedy. Het meeste daarvan kwam nooit over zijn lippen, zelfs niet als hij bij de zittende president was.

'Het is een puinhoop in Washington,' merkte Jack op in een poging informatie los te krijgen.

Van Damm trapte er niet in: 'Dat is meestal zo.'

'Je vraagt je af wat de mensen in 1914 dachten, en door wat voor hel het land toen is gegaan – maar niemand kan zich dat nog herinneren. Heeft iemand het gerepareerd of deed het er allemaal niet echt toe?'

'De eerste regering-Wilson bedoel je,' antwoordde Arnie. 'In Europa brak oorlog uit, maar niemand kon voorzien hoe erg het zou worden. Het duurde nog een jaar voordat de realiteit tot iedereen doordrong, en toen was het te laat en konden we er niet meer buiten blijven. Henry Ford probeerde het, maar hij werd uitgelachen.'

'Omdat het probleem te groot was of omdat de mensen te klein en te dom waren?' vroeg Jack.

'Ze zagen het niet aankomen,' zei Ryan senior. 'Ze hadden het te druk met de dagelijkse beslommeringen om een stap achteruit te doen en de grote historische trends te zien.'

'Zoals alle politici?'

'Ja, beroepspolitici richten zich vaak meer op de kleine problemen dan op de grote,' beaamde Arnie. 'Ze proberen de continuïteit te handhaven, want het is gemakkelijker om de trein op hetzelfde spoor te houden dan om hem van spoor te laten veranderen. Het probleem is: wat doe je als het spoor losraakt voorbij de volgende bocht? Daarom is het moeilijk werk, zelfs voor slimme mensen.'

'En het terrorisme zag ook niemand aankomen.'

'Nee, Jack, dat zagen we niet, in elk geval niet ten volle,' gaf de ex-president toe. 'Sommige mensen wel. Met een betere inlichtingendienst hadden wij het misschien ook ingezien, maar die schade was al dertig jaar eerder aangericht en niemand heeft er ooit iets aan gedaan.'

'Wat werkt dan wel?' vroeg Jack. 'Wat zou het verschil hebben gemaakt?'

'Berichten onderscheppen – daar zijn we waarschijnlijk nog steeds het best in –, maar er gaat niets boven echte spionnen in het veld, die met echte mensen praten om uit te zoeken wat ze werkelijk denken.'

'En die ook mensen doden?' vroeg Jack, om te kijken welke reactie dat uitlokte.

'Dat gebeurt niet veel,' antwoordde zijn vader. 'Tenminste niet buiten Hollywood.'

'Zo staat het niet in de kranten.'

'Die schrijven ook nog steeds dat Elvis ergens is gezien,' merkte Arnie op.

'Wat kunnen we eraan doen?'

Nu keek Jack senior op – nogal droevig, vond zijn zoon. 'Ik heb het een keer geprobeerd, weet je nog wel?'

'Waarom is Arnie hier dan?'

‘Sinds wanneer ben jij zo nieuwsgierig?’

‘Het is mijn werk om me in dingen te verdiepen en alles te begrijpen.’

‘De vloek die op de familie rust,’ merkte Van Damm op.

Op dat moment kwam Sally binnen. ‘Hé, kijk eens wie we daar hebben!’

‘Al klaar met het ontleden van je kadaver?’ vroeg Jack junior.

‘Het is altijd het moeilijkst om het weer in elkaar te laten zetten en de deur uit te laten lopen,’ zei zijn zus ad rem. ‘En het is beter dan met geld werken – dat is vies spul, geld, vol bacillen.’

‘Niet als je het met de computer doet. Dat is mooi schoon werk.’

‘Hoe gaat het met mijn nummer één meisje?’ vroeg de ex-president.

‘Nou, ik heb de sla. Organisch. Ik moet van ma tegen je zeggen dat het tijd is om de steaks te grillen.’

Sally had bezwaren tegen de steak, maar het was nog steeds het enige wat haar vader kon klaarmaken, naast hamburgers. Aangezien het geen zomer was, moest hij het op een gasgrill in de keuken doen, in plaats van buiten. Haar vader stond meteen op en liep naar de keuken. Jack junior en Arnie bleven samen achter.

‘Nou, meneer Van Damm, gaat hij het doen?’

‘Ik denk dat hij wel moet, of hij dat nu al wil accepteren of niet. Het land heeft hem nodig. En het is Arnie, Jack.’

Jack zuchtte. ‘Dat is nou een familiezaak waarvoor ik me niet interesseer. Het presidentschap betaalt niet goed genoeg voor alle problemen die eraan vastzitten.’

‘Misschien heb je gelijk, maar hoe kun je nee zeggen tegen je land?’

‘Het is me nooit gevraagd,’ antwoordde Jack. Dat was een kleine leugen.

‘De vraag komt altijd uit jezelf. En je vader hoort hem nu. Wat hij gaat doen? Jij bent zijn zoon. Jij kent hem beter dan ik hem ooit zal kennen.’

‘Voor pa zijn wij het probleem: ma en de kinderen. Ik denk dat hij allereerst ons trouw is.’

‘En zo hoort het ook. Goed, iets anders. Vertel me eens: is er een leuk meisje in je leven?’ vroeg Van Damm.

‘Nog niet.’

Ook dat was niet helemaal waar. Brenda en hij gingen nu een maandje met elkaar om, en ze betekende zeker iets voor hem, maar Jack wist niet of ze op die bepaalde manier iets voor hem betekende – of ze iemand was die hij aan zijn ouders zou voorstellen.

‘Ze is ergens en wacht tot ze wordt gevonden.’

‘Ik geloof je op je woord. Ik ben benieuwd of ik al oud en grijs ben voordat het gebeurt.’

'Heb je haast?'

'Nee, dat niet.'

Sally verscheen in de deuropening. 'Het eten is klaar, voor degenen die het vlees van een onschuldig wezen willen verslinden, waarschijnlijk vermoord in Omaha.'

'Nou, hij heeft een mooi leven gehad,' merkte Jack op.

Arnie viel hem bij: 'O ja, ze brachten het eten naar hem toe. Hij had veel vrienden, allemaal van zijn eigen leeftijd. Hij hoefde nooit ver te lopen. Had geen wolven om zich zorgen over te maken. Kreeg goede medische verzorging als hij aan kwalen leed waarover hij zich anders zorgen had moeten maken...'

'Eén ding,' zei Sally, terwijl ze hem de trap af leidde. 'Ze lieten hem een steile helling op lopen naar een kooi voor hem alleen en sloegen toen zijn hersenen in met een pneumatische hamer.'

'Is het ooit bij je opgekomen, jongedame, dat een krop sla ook zou kunnen schreeuwen als hij wordt afgesneden?'

'Die zijn bijna niet te horen,' zei Jack. 'Ze hebben kleine stembanden. We zijn vleeseters, Sally. Daarom hebben we zo weinig glazuur op onze tanden.'

'In dat geval zijn we slecht aangepast. De cholesterol doodt ons zodra we de voortplantingsleeftijd voorbij zijn.'

'Jezus, Sally, wil je dan naakt door het bos rennen met een stenen mes? En hoe zit het dan met die grote auto van je?' wilde Jack weten. 'De stier die je eet, heeft ook het leer van je mooie schoenen geleverd. Je kunt ook te ver gaan met dat milieugedoe.'

'Het wordt een religie, Jack,' waarschuwde Arnie hem, 'en je moet iemand niet aanspreken op zijn religie.'

'Je komt het tegenwoordig veel tegen. En ze brengen het niet alleen tot uiting met woorden.'

'Dat is waar,' gaf Arnie toe. 'Maar het heeft geen zin dat wij het nog erger maken.'

'Oké, goed. Sally, vertel ons eens over het gat in de ozonlaag,' nodigde Jack haar uit. Deze discussie zou hij winnen. Sally mocht graag zonnen.

28

Zoals Vitali had verwacht, dronk zijn chartergezelschap geen wodka. Hij had vier liter gekocht, maar hoewel ze allemaal rookten, dronken ze niet. Dat bevestigde alleen maar wat hij over hen vermoedde. Niet dat het hem iets uitmaakte. Hun geld was even goed als dat van iemand anders.

Hij had zijn landingsboot op een licht glooiende grindkust gezet, wat hier voor een strand doorging. De klep hield hij omhoog om te voorkomen dat er een ijsbeer aan boord kwam. Ze waren op weg naar een uitstekend jachtgebied, al was het jachtseizoen inmiddels voorbij. Hoewel zijn passagiers vuurwapens hadden, leken ze hem niet het type voor groot wild. Hij had er weleens over gedacht zelf een beer te schieten. Dan zou hij de vacht in zijn stuurhut kunnen hangen. Zijn cliënten zouden dat mooi vinden en het onthouden. Maar hij had er nooit de tijd voor gevonden.

Het chartergezelschap bivakkeerde in het laadruim. Vitali had er plastic matrassen en klapstoelen naartoe gebracht. Ze zaten daar te roken en praatten zachtjes onder elkaar zonder hem veel lastig te vallen. Ze hadden zelfs hun eigen eten meegebracht. Geen slecht idee. Vanja was bepaald geen gourmetkok en at zelf voornamelijk Russische legerrantsoenen, die hij van een foerier in Archangelsk kocht.

Het was hier griezelig stil. Vliegtuigen vlogen te hoog om hoorbaar te zijn. Het waren er trouwens heel weinig en het was moeilijk hun lichten te zien, zo ver waren ze van de beschaving verwijderd in dit deel van Rusland, waar alleen nu en dan een avonturier of natuuronderzoeker kwam, naast de plaatselijke vissers die een schamel bestaan uit de zee probeerden te halen. Eigenlijk kon je dit deel van Rusland nog niet eens een economisch achtergebleven gebied noemen. Als je de op sterven na dode Russische marine buiten beschouwing liet, was er voor de mensen hier niets te doen. Als ze al iets deden, bestond dat vaak uit het opruimen na een ramp die zeelieden het leven had gekost, de arme stumpers.

Maar daarvoor was hij hier gekomen, herinnerde hij zich, en om de een of andere reden vond hij dat een prettig idee. De lucht was altijd zuiver, en de winters waren meer dan ijzig koud, iets wat een echte Rus in zijn bloed had en wat hem onderscheidde van de zwakkere Europese volkeren.

Hij keek op zijn horloge. De zon zou vroeg opkomen. Over ongeveer vijf uur zou hij zijn chartergezelschap wakker maken en met thee en boterhammen laten ontbijten. Hij had spek voor hen, maar geen eieren.

Morgenochtend zou hij de zee op gaan en naar het koopvaardijverkeer kijken. Het was verrassend druk op het water. Scheepvaart was in economisch opzicht verstandiger dan vrachtwagens of de spoorlijn naar de nieuwe olievelden en het goudmijncomplex in Jessej. En ze legden een nieuwe oliepijplijn aan om de olie naar Europees Rusland te brengen. Die pijplijn werd grotendeels door Amerikaanse oliemaatschappijen gefinancierd en werd door de plaatselijke bevolking de 'Amerikaanse invasie' genoemd.

Tijd om te gaan slapen, dacht hij. Hij nam een laatste slok wodka en ging op het matras liggen dat hij op de vloer van de stuurhut had gelegd. Hij verwachtte dat hij vijf of zes uur slaap zou krijgen.

Shasif was, door zijn naam en gezicht, extra aandachtig gecontroleerd bij de douane op het vliegveld van Dallas, maar verder was de overstap soepel verlopen. Zoals hem was opgedragen, had hij een retourvlucht geboekt en had hij bagage meegenomen voor een week in de Verenigde Staten. Hij had een huurauto gereserveerd en een hotel geboekt, en hij was ruim voorzien van folders van plaatselijke bezienswaardigheden, terwijl hem ook e-mails waren gestuurd door vrienden in de omgeving. Shasif nam aan dat het echte mensen waren, maar het was heel onwaarschijnlijk dat de autoriteiten dat zouden nagaan.

Aan alles wat verdenking op hem kon laden, was gedacht. Toch was de controle zenuwslopend geweest, al gebeurde er uiteindelijk helemaal niets. Hij mocht doorlopen en vervolgde zijn weg naar de gate.

Zeven uur nadat hij uit Toronto was vertrokken, landde hij om kwart voor elf 's morgens op het vliegveld van Los Angeles. Volgens de klok was het maar iets meer dan twee uur later dan toen hij vertrok, want toen hij over het land vloog, was hij in feite in de tijd teruggegaan.

Nadat hij opnieuw de douane was gepasseerd, ditmaal ook nog onder de onvriendelijke blikken van TSA-agenten, liep Shasif naar de balie van het autoverhuurbedrijf en stond daar geduldig een kwartier in de rij. Tien minuten daarna zat hij in zijn Dodge Intrepid en reed hij in oostelijke richting over Century Boulevard. Omdat de auto een navigatiesysteem had, stopte hij bij een benzinestation, voerde het adres in, reed weer weg en volgde de pijltjes op het scherm van de navigator.

Toen hij de 405 naar het noorden nam, liep het tegen de lunchpauze en was er meer verkeer op de weg. En tegen de tijd dat hij Highway 10 bereikte, de Santa Monica Freeway, was het zo druk dat het tempo bijna nooit boven de vijftig kilometer per uur kwam. Shasif kon zich niet voorstellen hoe mensen op zo'n plaats konden wonen. Zeker, het was hier mooi, maar al het lawaai en de drukte... Hoe kon iemand hier hopen de zachte stem van God te horen? Geen wonder dat Amerika in grote morele verwarring verkeerde.

Op de Santa Monica Freeway kwam hij beter vooruit, en binnen tien minuten bereikte hij zijn afslag naar de Pacific Coast Highway. Na nog eens tien kilometer kwam hij op zijn bestemming aan: Topanga Beach. Hij reed het parkeerterrein op, dat voor driekwart vol stond, vond een plek bij het pad naar het strand en zette de auto daar neer.

Hij stapte uit. Er blies een straffe wind vanaf de oceaan, en in de verte hoorde hij het krijsen van zeevogels. Voorbij de duinen zag hij een paar surfers door de branding glijden. Shasif liep over het parkeerterrein en over een met struiken begroeid heuveltje naar de onverharde weg die naar het strand leidde. Vijftien meter verderop stond een man over de oceaan uit te kijken. Hij was van Arabische afkomst. Shasif keek op zijn horloge. Op tijd. Hij liep naar de man toe.

'Neemt u me niet kwalijk,' zei Shasif. 'Ik zoek de Reel Inn. Ik denk dat ik er voorbij ben gereden.'

De man draaide zich om. Hij droeg een zonnebril. 'Dat klopt,' antwoordde hij. 'Op ongeveer honderd meter afstand. Maar als u ergens wilt eten, zou ik Gladstone's proberen. De prijzen zijn hoger, maar het eten is beter.'

'Dank u.'

Shasif wist niet wat hij nog meer moest zeggen. Moest hij hem gewoon het pakje geven en weggaan? De man besliste voor hem door zijn hand uit te steken. Shasif haalde de cd-rom in de hoes uit zijn jaszak en gaf hem aan de man. Hij zag de littekens op diens hand.

Brandwonden, dacht Shasif.

'Blijf je hier een tijdje?' vroeg de man.

'Ja. Drie dagen.'

'Welk hotel?'

'Het Doubletree. City of Commerce.'

'Blijf bij je telefoon. Misschien hebben we iets voor je. Je hebt het goed gedaan. Als je geïnteresseerd bent, vragen we je misschien een grotere rol te spelen.'

'Natuurlijk. Ik doe alles wat ik kan.'

'We nemen contact op.'

29

De privételefoon van Jack Ryan senior ging. Hij nam op in de hoop dat het iets was wat hem van het schrijven zou afleiden. 'Jack Ryan.'

'Meneer de president?'

'Eh, ja, dat was ik vroeger,' zei Ryan. Hij leunde in zijn stoel achterover. 'Met wie spreek ik?'

'Met Marion Diggs. Ze hebben me FORCECOM gemaakt. Ik ben in Fort McPherson, Georgia – in Atlanta.'

'Viersterrengeneraal geworden?' Ryan herinnerde zich dat Diggs een paar jaar geleden naam had gemaakt in Saoedi-Arabië. De man was een vrij goede slagveldcommandant geweest.

'Ja, meneer de president, dat klopt.'

'Hoe is het leven in Atlanta?'

'Gaat wel. Mijn functie heeft zo zijn mooie momenten. Meneer de president...' Hij klonk nu een beetje ongemakkelijk. 'Ik moet u spreken.'

'Waarover?'

'Ik doe het liever persoonlijk, meneer de president, niet door de telefoon.'

'Oké. Kunt u hierheen komen?'

'Ja, ik heb een tweemotorig vliegtuig tot mijn beschikking. Ik kan over ongeveer tweeënhalf uur op vliegveld BWI zijn. Dan rij ik meteen naar uw huis.'

'Dat is goed. Geef me de verwachte aankomsttijd door, dan stuur ik de Geheime Dienst om u af te halen. Zullen we dat afspreken?'

'Ja, meneer de president, dat zou heel goed zijn. Ik kan hier over een kwartier vertrekken.'

'Oké, dan bent u om, hoe laat, halftwee of zoiets op BWI?'

'Ja, meneer de president.'

'Doe dat, generaal. U wordt van het vliegveld gehaald.'

'Dank u. Tot over een paar uur.'

Ryan hing op en nam via de intercom contact met Andrea Price-O'Day op.

'Ja, meneer de president?'

'Ik krijg bezoek. Generaal Marion Diggs. Hij is FORCECOM in Atlanta.

Hij vliegt naar BWI. Kun je hem daar laten afhalen?'
'Natuurlijk, meneer de president. Wanneer komt hij aan?'
'Om ongeveer halftwee, bij de algemene terminal.'
'We sturen er iemand heen.'

De tweemotorige U-21 van de generaal kwam op het vliegveld aan en reed uit naar een Ford Crown Victoria. De generaal was gemakkelijk te herkennen aan zijn groene overhemd met vier zilveren sterren op de epauletten. Andrea was zelf naar het vliegveld gegaan, en tijdens de terugrit naar Peregrine Cliff praatten ze niet veel.

Ryan had zelf de lunch op tafel gezet, inclusief anderhalf pond cornedbeef van Attman's delicatessenwinkel aan Lombard Street in Baltimore.

De rit naar het huis en de aankomst van de generaal waren onopgemerkt gebleven. Nog geen veertig minuten nadat hij uit het vliegtuig was gestapt, stond Diggs voor de deur. Ryan deed zelf open.

Ryan had Diggs maar één of twee keer eerder ontmoet. De man was even groot als hijzelf, en zo zwart als een brok graniet. Alles aan hem zei 'militair', inclusief een enigszins ongemakkelijke houding, zag Jack Ryan.

'Generaal, welkom,' zei Ryan, en hij pakte de hand van de man vast. 'Wat kan ik voor u doen?'

'Meneer de president, ik... Eh, ik weet niet goed hoe ik het moet zeggen, maar ik heb een probleem waarvan ik vind dat ik u erover moet vertellen.'

'Oké, kom binnen en neem een sandwich. Is cola goed?'

'Ja, dank u, meneer de president.' Ryan leidde Diggs naar de keuken. Toen beide mannen hun sandwich hadden klaargemaakt, ging Ryan zitten. Andrea bleef in de buurt. Generaal of niet, de man was hier niet bepaald een vaste bezoeker en het was Andrea's taak Ryan in leven te houden. 'Nou, wat is het probleem?'

'President Kealty gaat proberen een sergeant van het Amerikaanse leger te laten vervolgen voor moord in Afghanistan.'

'Moord?'

'Zo noemt het ministerie van Justitie het. Ze hebben gisteren een onderminister naar me toe gestuurd, en die heeft me persoonlijk ondervraagd. Als commandant van *Forces Command* sta ik formeel aan het hoofd van alle operationele troepen van het Amerikaanse leger – ook van andere onderdelen van de overheid, maar dit is een legeraangelegenheid. De desbetreffende soldaat is sergeant eerste klasse (E-8) Sam Driscoll. Hij is een commando en maakt deel uit van het 75ste Ranger regiment in Fort Benning. Ik heb zijn dossier doorgenomen. Het is een heel serieuze soldaat met een voortreffelijke staat van dienst, de ideale militair en een verdomd goede Ranger.'

'Oké.' Ryan dacht over dat laatste na. Hij was in Fort Benning geweest en had de gebruikelijke vip-rondleiding over de basis gekregen. De Rangers, die er op die dag allemaal opperbest uitzagen, waren op hem overgekomen als buitengewoon fitte kerels die het doden van mensen boven aan hun functieomschrijving hadden staan. Typische commando's, de Amerikaanse tegenhangers van het Britse SAS-regiment. 'Wat is het probleem?'

'Een tijdje geleden kregen we informatie dat de emir misschien in een bepaalde grot zou zijn. We zetten een operatie op touw om te proberen hem daar te pakken te krijgen. Het bleek dat hij daar niet was. Nu is er het probleem dat Driscoll negen schurken heeft vermoord, en sommige mensen hebben moeite met de manier waarop hij dat deed.'

Ryan was met zijn sandwich bezig. 'En?'

'Het kwam onder de aandacht van de president, en die heeft het ministerie van Justitie opdracht gegeven hem te vervolgen, dat wil zeggen, te onderzoeken of hij zich schuldig heeft gemaakt aan moord, want het is mogelijk dat hij een voorschrift voor gedrag op het slagveld heeft overtreden. Driscoll schakelde negen mensen uit. Sommigen van hen sliepen.'

'Moord? Of ze nu wakker waren of sliepen, het waren toch vijandelijke strijders?'

'Ja, meneer de president. Driscoll verkeerde in een ongunstige tactische situatie, en als hoogste onderofficier ter plaatse vond hij dat hij hen moest elimineren voordat hij verder kon gaan met de missie. En dus deed hij dat. Maar de jongens van Justitie – allemaal op politieke gronden benoemd, voor zover dat er iets toe doet – vinden blijkbaar dat hij hen had moeten arresteren in plaats van doden.'

'Welke rol speelt Kealty bij dit alles?' vroeg Jack, en hij nam een slokje cola.

'Hij las het rapport en maakte zich kwaad. Dus bracht hij het onder de aandacht van de minister van Justitie, en die stuurde een van zijn mensen naar me toe om het onderzoek in te stellen.' Diggs legde zijn sandwich neer. 'Meneer de president, dit is moeilijk voor mij. Ik heb gezworen dat ik me aan de grondwet zou houden, en de huidige president is mijn opperbevelhebber, maar verdomme, dit is een van mijn soldaten, een goede soldaat die moeilijk werk deed. Ik heb de plicht loyaal te zijn ten opzichte van de president, maar...'

'Maar u hebt ook de verantwoordelijkheid om loyaal te zijn ten opzichte van uw sergeants,' maakte Ryan voor hem af.

'Ja, meneer de president. Driscoll mag dan geen belangrijk personage zijn, hij is wel een goede soldaat.'

Ryan dacht daarover na. In de ogen van Kealty was Driscoll alleen maar een soldaat, een lage levensvorm. Als hij buschauffeur was geweest, en lid van de vakbond, zou het anders hebben gelegen, maar het Amerikaanse leger had nog geen vakbonden. Voor Diggs was het een kwestie van gerechtigheid, en van moreel. Het moreel van het hele leger zou eronder lijden als deze soldaat naar de gevangenis ging of voor de krijgsraad moest verschijnen.

'Wat zegt de wet hierover?' vroeg Jack.

'Dat ligt nogal moeilijk. De president heeft orders gegeven, maar die zijn niet erg duidelijk, en trouwens, zulke orders zijn niet altijd van toepassing op speciale operaties. Het was Driscolls missie die emir te zoeken en hem gevangen te nemen als ze hem vonden – of hem te doden, als dat zo uitkwam. Soldaten doen geen politiewerk. Ze zijn er niet voor opgeleid, en ze zijn er slecht in als ze het proberen. Voor zover ik het kan bekijken, heeft Driscoll helemaal niets verkeerds gedaan. Volgens het oorlogsrecht hoef je een vijand niet te waarschuwen voordat je hem doodt. De vijand moet zelf om zijn veiligheid denken, en als hij dat niet goed doet, nou, dan heeft hij pech gehad. Op een slagveld mag je iemand in zijn rug schieten. Zo worden soldaten opgeleid. In dit geval lagen er vier schurken te slapen en zorgde sergeant Driscoll ervoor dat ze niet wakker werden. Einde verhaal.'

'Gaat dit nog verder?'

'Die onderminister maakte zich er nogal druk om. Ik probeerde hem uit te leggen hoe het zat, maar hij probeerde mij alleen maar uit te leggen hoe hij het zag. Ik ben al vierendertig jaar soldaat. Ik heb nooit eerder zoiets meegemaakt.' Hij zweeg even. 'De president heeft ons daarheen gestuurd. Zoals hij ons ook naar Irak heeft gestuurd. Maar hij behandelt dit als... als vroeger bij Vietnam, denk ik. We hebben door hun micromanagement veel mensen verloren, goede mensen, maar deze keer... Ik weet echt niet wat ik moet doen.'

'Ik kan er niet veel aan doen, generaal. Ik ben geen president meer.'

'Ja, meneer de president, maar ik moest naar iemand toe. Normaal gesproken rapporteer ik rechtstreeks aan de minister van Defensie, maar dat is tijdverspilling.'

'Hebt u met president Kealty gesproken?'

'Dat is ook tijdverspilling. Hij vindt het niet belangrijk om met mensen in uniform te praten.'

'En ik wel?'

'We hebben altijd met u kunnen praten.'

'En wat wilt u dat ik doe?'

'Sergeant Driscoll verdient een eerlijke behandeling. We hebben hem de bergen in gestuurd met een missie. Die missie is niet volbracht, maar dat was niet zijn schuld. We hebben daar wel vaker bot gevangen. Dat bleek nu opnieuw het geval te zijn, maar allemachtig, meneer de president, als we deze man op zijn donder geven omdat hij zijn werk heeft gedaan, vinden we nooit iets.'

'Oké, generaal, ik begrijp wat u bedoelt. We moeten onze mensen steunen. Is er iets wat deze man anders had moeten doen?'

'Nee, meneer de president. Hij is een soldaat volgens het boekje. Alles wat hij deed, is overeenkomstig zijn training en ervaring. Het Ranger regiment... Nou, misschien zijn het huurmoordenaars, maar soms heb je daar gewoon behoefte aan. Oorlog is een kwestie van mensen doodmaken. We sturen geen waarschuwingen. We proberen onze vijanden niet op te voeden. Als we eenmaal in het veld zijn, is het onze taak ze te doden. Dat staat sommige mensen niet aan, maar het is nu eenmaal ons werk.'

'Oké, ik zal me hierin verdiepen en dan misschien een beetje stampij maken. Wat is het materiaal waar we van uitgaan?'

'Ik heb een exemplaar van sergeant Driscolls rapport voor u meegebracht, en ik zal u ook de naam geven van de onderminister die mij daarmee om de oren wilde slaan. Dit is een goede soldaat.'

'Ik begrijp het, generaal. Verder nog iets?'

'Nee, meneer de president. Bedankt voor de lunch.'

Hij had misschien maar één hap van zijn sandwich genomen, zag Ryan. Diggs liep naar de auto terug.

30

De vlucht was zonder incidenten verlopen. Nadat ze achtenhalf uur in het toestel hadden gezeten, kwam het tot stilstand en stopte de bus bij de deur aan de linkervoorkant van de 777. Clark ging niet zitten. Hij had al genoeg gezeten om stijve benen te krijgen. Hetzelfde gold voor zijn kleinzoon, die opgewonden naar zijn eigen land keek – hij was in Groot-Brittannië geboren, maar hij had al een honkbal en zijn eerste handschoen. Over een maand of zes zou hij in een team spelen en zou hij echte hotdogs eten, zoals het een echte Amerikaanse jongen betaamde. Op een broodje, met mosterd en misschien wat uien of saus.

'Blij dat je thuis bent, schat?' vroeg Ding aan Patsy.

'Het beviel me daar wel, en ik zal mijn vrienden missen, maar thuis is thuis.'

Hoewel Clark en Chavez erop hadden aangedrongen dat ze hun reis vervolgden, waren hun vrouwen op Heathrow uit het vliegtuig gestapt. Niets had hen op andere gedachten kunnen brengen. 'We gaan samen naar huis,' had Sandy gezegd, en daarmee was de discussie gesloten geweest.

De operatie in Tripoli was zonder grote problemen verlopen. Er waren acht boeven gedood, en de gijzelaars hadden alleen lichte verwondingen opgelopen. Binnen vijf minuten nadat Clark het groene licht aan Masudi had gegeven, waren er ambulances naar de ambassade gereden om de gijzelaars te behandelen. De meesten van hen leden aan uitdroging, maar verder was er niet veel met hen aan de hand. Enkele minuten daarna waren de Zweedse Säkerhetspolisen en Rikskriminalpolisen gearriveerd om de ambassade over te nemen, en twee uur daarna was Rainbow weer aan boord geweest van dezelfde Piaggio P180 Avanti waarmee ze waren aangekomen, op weg naar Tarente en Londen.

De officiële debriefing van de operatie, met Stanley, Weber en de anderen, zou later komen, waarschijnlijk via een beveiligde webcamverbinding, zodra Clark en Chavez waren uitgerust van de reis naar de Verenigde Staten. Het was net zo goed uit beleefdheid als uit noodzaak dat ze bij de debriefing werden betrokken – waarschijnlijk vooral het eerste. Ding en hij maakten officieel geen deel meer uit van Rainbow, en Stanley was er in Tripoli zelf bij geweest, dus afgezien van de geleerde lessen die ze na elke missie bespraken had Clark weinig aan het officiële rapport toe te voegen.

'Hoe voel je je?' vroeg John Clark nu aan zijn vrouw.

'Als ik heb geslapen, weer prima.' Je had minder last van jetlag als je naar het westen vloog dan wanneer je naar het oosten ging. In het laatste geval kon het verschrikkelijk zijn. Ze rekte zich uit. Zelfs de stoelen in de first class van British Airways hadden hun beperkingen. Vliegen was snel, maar het was bijna nooit goed voor je. 'Heb je de paspoorten en zo?'

'Ja, schat,' verzekerde Ding haar, en hij tikte op de zak van zijn jasje. Zijn zoontje J.C. moest wel een van de jongste Amerikanen aller tijden zijn die op een zwart diplomatiek paspoort reisden. Naast het paspoort had Ding ook zijn Beretta-pistool bij zich, en de gouden badge met identiteitskaart die duidelijk maakte dat hij een *deputy U.S. marshal* was, en die kwam een gewapende man op een internationaal vliegveld goed van pas. Hij had zelfs nog zijn Britse wapenvergunning bij zich – die waren zo zeldzaam dat het niet veel scheelde of de koningin moest ze persoonlijk ondertekenen. Dankzij de identiteitskaart kwamen ze snel langs de douane en de immigratiedienst.

Voorbij de douane troffen ze in de hal een onopvallende man aan die een kartonnen kaart met daarop CLARK omhooghield. Ze liepen met z'n vijven naar hem toe.

'Goede vlucht gehad?' De gebruikelijke vraag.

'Ja.' Het gebruikelijke antwoord.

'Ik sta buiten geparkeerd. Een blauwe Plymouth Voyager met een kenteken uit Virginia. U logeert in het Key Bridge Marriott, twee suites op de bovenste verdieping.' *Die we grondig hebben doorzocht*, maar dat hoefde hij er niet aan toe te voegen. De Marriott-hotelketen had veel klandizie van de overheid, vooral het hotel op de Key Bridge, met uitzicht op Washington.

'En morgen?' vroeg John.

'U hebt een afspraak om kwart over acht.'

'Met wie gaan we praten?' vroeg Clark.

De man haalde zijn schouders op. 'Het zal op de zesde verdieping zijn.'

Clark en Chavez keken elkaar even aan, maar al met al was het niet verrassend. Ze waren allebei aan een hele nacht slaap toe, waaraan waarschijnlijk pas om halfzes een eind zou komen, deze keer zonder de vijf kilometer hardlopen en de dagelijkse oefeningen.

‘Hoe was het in Engeland?’ vroeg de chauffeur toen ze het vliegveld verlieten.

‘Beschaafd. Op sommige momenten ook wel opwindend,’ zei Chavez tegen hem, maar toen besefte hij dat de chauffeur een jonge functionaris was die absoluut niet wist wat ze in Engeland hadden gedaan. Waarschijnlijk was dat maar goed ook. Hij zag er niet uit als een ex-militair, al kon je dat nooit met zekerheid zeggen.

‘Nog rugby gespeeld toen u daar was?’ vroeg hun begeleider.

‘Een beetje. Je moet wel gek zijn als je het zonder beschermende kleding speelt,’ merkte Clark op. ‘Maar in Engeland hebben ze daar nogal precieze regels voor.’

‘Misschien zijn ze gewoon harder dan wij.’

De rit naar Washington verliep zonder incidenten, ook omdat de avondspits nog niet was begonnen en ze niet helemaal naar de binnenstad gingen. De jetlag liet zelfs deze ervaren reizigers niet ongemoeid, en toen ze bij het hotel aankwamen, waren ze blij met personeel dat zich over hen en hun bagage ontfermde. Binnen vijf minuten waren ze in de naast elkaar gelegen suites op de bovenste verdieping en keek J.C. al verlangend naar het grote bed dat hij voor zich alleen zou hebben. Patsy keek met net zo'n blik naar het bad – dat was kleiner dan de monsterlijke baden van de Britten, maar er was ruimte om te zitten en er zou een onbegrensde hoeveelheid warm water uit de kraan komen. Ding ging op een stoel zitten en pakte de afstandsbediening om de kennismaking met Amerikaanse televisie te hernieuwen.

In de suite naast hen liet Clark het uitpakken van de bagage aan Sandy over, hij ging naar de minibar om er een miniatuurflesje Jack Daniel's Old No. 7 uit te halen. De Britten hadden geen verstand van bourbon of de Tennessee-variant daarvan, en dat eerste glas puur spul, zelfs zonder ijs, was een zeldzaam genoegen.

‘Wat gaat er morgen gebeuren?’ vroeg Sandy.

‘Ik moet naar een bespreking op de zesde verdieping.’

‘Met wie?’

‘Dat zei hij niet. Waarschijnlijk iemand van Operaties. Ik heb niet bijgehouden wie er allemaal in de leiding van de CIA zitten. Wie hij ook is, hij zal me alles vertellen over het geweldige pensioenpakket dat ze voor me hebben samengesteld. Sandy, ik geloof dat het tijd wordt dat ik stop met werken.’

In stilte dacht hij dat hij nooit serieus rekening had gehouden met de mogelijkheid dat hij zo lang zou leven. Blijkbaar had hij altijd geluk gehad. Dat was opmerkelijk. Hij zou een laptop moeten kopen en serieus aan een autobiografie moeten werken. Maar voorlopig was het: opstaan, zich uitrekken, zijn jasje oprapen en het in de kast hangen voordat Sandy weer tegen hem riep dat hij een sloddervos was. Op een van zijn revers zat het hemelsblauwe lint met vijf witte sterren, het lint van de *Medal of Honor*. Dat had Jack Ryan voor hem geregeld, nadat die zich in zijn staat van dienst bij de marine had verdiept en een uitgebreid document had gelezen dat door viceadmiraal Dutch Maxwell was geschreven. Clark was weg geweest toen Maxwell op drieëntachtigjarige leeftijd was overleden – hij was uitgerekend in Iran geweest, waar hij probeerde na te gaan of een netwerk van agenten volledig was opgerold door de Iraanse veiligheidsdienst. Dat was al begonnen, maar het was John gelukt vijf van hen levend via de Verenigde Arabische Emiraten het land uit te krijgen, samen met hun gezin. Sonny Maxwell vloog nog steeds. Hij was gezagvoerder bij Delta en vader van vier kinderen. De medaille had Clark gekregen omdat hij Sonny uit Noord-Vietnam had gehaald. Dat leek hem nu iets wat in de vorige ijstijd was gebeurd. Niettemin had hij dat lintje, en dat was heel wat beter dan een schop in je ballen. Ergens anders opgeborgen lagen het militaire smokingjasje en de zwarte schoenen van een tweede bootsman bij de marine, samen met de gouden badge van de SEAL's. In de meeste onderofficierenclubs van de marine zou hij niet voor zijn eigen bier mogen betalen, maar allemachtig, wat zagen die bootsmannen van tegenwoordig er jong uit. Ooit hadden ze hem zo oud als Noach geleken.

Er was ook goed nieuws: hij was nog niet dood. En hij kon uitkijken naar een eervolle pensionering, waarna hij misschien die autobiografie kon schrijven, als hij tenminste toestemming van de CIA kreeg om hem te publiceren. Dat laatste was niet erg waarschijnlijk. Hij wist veel dingen die niemand mocht weten, en hij had een paar dingen gedaan die hij waarschijnlijk niet had mogen doen, al had er op het moment zelf niets anders voor hem opgezeten. Zulke dingen waren niet altijd begrijpelijk voor de mensen die op het hoofdkantoor achter een bureau zaten, maar hun dag kende dan ook andere spannende momenten: was er een goede parkeerplek vrij en had de kantine kruidkoek op het dessertplateau?

Hij kon Washington door het raam zien liggen. Het Capitool, het Lincoln Memorial en de marmeren obelisk van George Washington, plus de buitengewoon lelijke gebouwen waarin allerlei overheidsdiensten waren ondergebracht.

Voor John Terrence Clark was het een stad van bureaucraten voor wie de realiteit uit een map bestond waarin papieren netjes opgeborgen moesten worden – en als iemand anders bloed moest vergieten om dat voor elkaar te krijgen, nou, dan was dat nauwelijks van belang. Er zaten daar honderdduizenden van zulke mensen. De meesten hadden een vrouw – of man – en kinderen, maar evengoed was het niet moeilijk om een hekel aan hen te hebben en hen soms zelfs regelrecht te haten. Zij hadden hun wereld, en hij had de zijne. Misschien overlapten die werelden elkaar, maar ze vielen nooit samen.

'Blij terug te zijn, John?' vroeg Sandy.

'Ja, een beetje.' Verandering was moeilijk, maar onvermijdelijk. De tijd zou leren hoe het nu verder zou gaan met zijn leven.

De volgende morgen verliet Clark de George Washington Parkway. Hij maakte een bocht naar links en passeerde het poortgebouw, waar de gewapende bewaker zijn kenteken op zijn lijst van toe te laten vreemden had staan. Ze mochten op het bezoekersgedeelte links voor de grote luifel parkeren.

'Hoe lang denk je dat het duurt voordat ze tegen ons zeggen dat we een andere baan moeten zoeken, John?' vroeg Domingo.

'Ik gok op veertig minuten. Ze weten het vast wel beleefd te brengen.'

Met die woorden stapten ze uit de gehuurde Chevrolet en liepen ze naar de voordeur, waar ze werden opgewacht door een SPO, een veiligheidsfunctionaris, die ze niet kenden.

'Meneer Clark, meneer Chavez. Ik ben Pete Simmons. Welkom thuis.'

'Het is goed terug te zijn,' zei John. 'U bent...'

'Ik ben SPO in afwachting van een missie in het veld. Ik ben twee maanden geleden van de Farm gekomen.'

'Wie was je trainingsofficier?'

'Max DuPont.'

'Is Max nog niet met pensioen? Beste kerel.'

'Een goede leraar. Hij heeft ons een paar verhalen over u tweeën verteld, en we hebben de trainingsfilm gezien die u in 2002 hebt gemaakt.'

'Dat weet ik nog wel,' merkte Chavez op. '*Shaken, not stirred.*' Hij moest er even om lachen.

'Ik drink geen martini's, Domingo, weet je nog wel?'

'En je ziet er ook niet zo goed uit als Sean Connery. Wat heb je van die film geleerd, Simmons?'

'Dat ik met alles rekening moet houden en niet midden op straat moet lopen.' Dat waren inderdaad twee goede lessen voor een agent die in het veld opereerde.

'Met wie gaan we praten?' vroeg Clark.

'Charles Sumner Alden. Hij is adjunct-hoofd Operaties.'

'Een politieke benoeming?'

'Inderdaad. Kennedy School, Harvard. Hij is vriendelijk genoeg, maar soms vraag ik me af of hij het wel eens is met wat we hier doen.'

'Wat doen Ed en Mary Pat nu?'

'Ed is met pensioen,' zei Simmons. 'Hij werkt aan een boek, heb ik gehoord. Mary Pat werkt op het NCTC. Wat een vrouw.'

'Ik heb nooit een agent met betere instincten ontmoet,' zei Clark. 'Als zij iets zegt, kun je ervan op aan.'

'Je vraagt je af waarom president Kealty haar en Ed niet op de loonlijst heeft gehouden,' merkte Chavez op.

Besmet, dacht Clark. 'Hoe staat het met het moreel?' vroeg hij terwijl ze de kaartlezers van de beveiliging passeerden. Simmons regelde dat voor hen door naar de bewaker aan het eind van de rij te zwaaien.

'Het zou beter kunnen. We hebben hier veel mensen die in een kringetje lopen. Ze zijn het directoraat Inlichtingen aan het reorganiseren, maar mijn jaargang was voorlopig de laatste die van de Farm komt, en niemand van ons heeft al een missie in het veld gekregen.'

'Waar kwam je vandaan?'

'De politie. In Boston. Ik ben aangenomen in het kader van *Plan Blue.* Ik heb aan de Boston University gestudeerd, niet aan Harvard. Talen.'

'Welke?'

'Servisch, een beetje Arabisch, een beetje Pashto. Het was de bedoeling dat ik naar Monterey ging om er nog wat meer aan te werken, maar dat is niet doorgegaan.'

'Je zult die laatste twee talen nodig hebben,' zei John. 'En je moet ook gaan hardlopen. Ik ben in het midden van de jaren tachtig een tijdje in Afghanistan geweest, en een berggeit zou er nog uitgeput raken.'

'Is het zo erg?'

'De mensen daar voeren oorlog voor de lol, en er zijn alleen maar schurken. Op den duur kreeg ik medelijden met de Russen. De Afghanen zijn een gehard volk. Dat moet je in zo'n omgeving ook wel zijn, denk ik. De islam is alleen maar een vernislaagje over een stammencultuur die meer dan drieduizend jaar in de tijd teruggaat.'

'Bedankt voor de tip. Ik schrap het van mijn lijst van voorkeuren,' zei Simmons terwijl de lift op de zesde verdieping aankwam.

Hij bracht hen naar het bureau van de secretaresse. Aan de weelderige vloerbedekking konden ze zien dat het een belangrijk kantoor was – het zag er ook tamelijk nieuw uit. Toen was het wachten tot ze werden binnengelaten. Clark bladerde in een tijdschrift, terwijl Domingo rustig voor zich uit keek. In zijn leven als soldaat had hij vrij goed met verveling leren omgaan.

31

Na veertig minuten kwam Charles Alden naar hen toe, glimlachend als een verkoper van tweedehands auto's. Hij was lang en slank als een hardloper, en oud genoeg om zichzelf belangrijk te vinden, ongeacht wat hij had gedaan om deze functie te verwerven. Clark was bereid hem het voordeel van de twijfel te geven, maar die twijfel nam snel toe.

'Dus u bent de beroemde meneer Clark,' zei Alden bij wijze van groet – en zonder zich te verontschuldigen omdat hij hen had laten wachten, dacht Clark.

'Zo beroemd ben ik niet,' antwoordde Clark.

'Nou, wel in dit wereldje.' Alden leidde zijn gast naar zijn kantoor zonder Chavez te vragen met hen mee te komen. 'Ik heb net uw dossier doorgelezen.'

In een kwartier? vroeg Clark zich af. Misschien kon de man erg snel lezen. 'Ik hoop dat u het informatief vond.'

'Het is kleurrijk. Het was een hele prestatie om die familie Gerasimov uit Rusland te krijgen. En die missie in Tokio, met een Russische dekmantel... Indrukwekkend. Ex-SEAL... Ik zie dat president Ryan u aan uw Medal of Honor heeft geholpen. Negenentwintig jaar bij de CIA. Een buitengewone staat van dienst,' zei Alden, en hij nodigde Clark met een gebaar uit te gaan zitten. Clarks stoel was kleiner dan die van Alden en ontworpen om oncomfortabel te zijn. *Een machtsspelletje*, dacht Clark.

'Ik heb de opdrachten die ze me gaven zo goed mogelijk uitgevoerd, en het is me gelukt ze allemaal te overleven.'

'Uw missies hadden vaak een nogal fysiek karakter.'

Clark haalde zijn schouders op.

'We proberen dat tegenwoordig te vermijden,' merkte Alden op.

'Ik probeerde het toen ook te vermijden. Maar niet alles gaat altijd volgens plan.'

'James Greer heeft een uitvoerig rapport achtergelaten waarin wordt beschreven hoe u onder de aandacht van de CIA bent gekomen.'

'Admiraal Greer was een bijzonder eerzaam man,' zei John, die meteen op zijn hoede was. James Greer had graag alles op schrift mogen stellen. Zelfs hij had zijn zwakheden gehad. Nou ja, die had iedereen.

'Hij heeft Jack Ryan ook ontdekt, of niet?'

'En veel anderen.'

'Dat heb ik gehoord.'

'Neemt u me niet kwalijk, maar bent u research aan het doen?'

'Eigenlijk niet, maar ik wil graag weten met wie ik praat. U hebt ook mensen gerekruteerd. Chavez bijvoorbeeld.'

'Hij is goed in wat hij doet. Zelfs als we buiten beschouwing laten wat we in Engeland hebben gedaan, heeft Ding altijd klaargestaan voor ons land. Hij heeft daarnaast gestudeerd.'

'O ja, hij heeft zijn master gehaald aan de George Mason, nietwaar?'

'Ja.'

'Maar hij is ook een beetje fysiek ingesteld, net als u. Niet echt een agent in het veld zoals de meeste mensen zich zo iemand voorstellen.'

'We kunnen niet allemaal Ed Foley of Mary Pat zijn.'

'Die hebben ook kleurrijke dossiers, maar we proberen een andere richting in te slaan, want de wereld verandert.'

'Is dat zo?'

'We leven niet meer in de wereld van vroeger. Die operatie in Roemenië van u en Chavez – dat moet opwindend zijn geweest.'

'Dat kun je wel zeggen. Je komt niet vaak midden in een revolutie in een ander land terecht, maar we hebben onze opdracht uitgevoerd voordat we het land uit glipten.'

'U hebt degene gedood op wie u afgestuurd was,' zei Alden met enige walging.

'Hij moest gedood worden,' zei Clark daarop. Hij keek Alden strak aan.

'Het was in strijd met de wet.'

'Ik ben geen jurist.' En een bevel van hogerhand, zelfs een presidentieel bevel, hoefde niet precies grondwettig te zijn. Deze man was een echte kantoorman, besefte John. Als het niet was opgeschreven, was het niet echt, en als er geen schriftelijke machtiging was verstrekt, was het verkeerd. 'Als iemand een geladen vuurwapen op je richt,' zei Clark, 'is het een beetje laat om met formele onderhandelingen te beginnen.'

'Probeert u zulke situaties te voorkomen?'

'Ja.' *Het is beter om ongewapende schoften in de rug te schieten, maar dat is niet altijd mogelijk*, dacht Clark. Als het een kwestie van leven of dood was, zette je het idee van een eerlijk gevecht overboord. 'Het was mijn missie die persoon te pakken te krijgen en zo mogelijk aan de juiste autoriteiten over te dragen. Zo is het niet gegaan.'

'U hebt niet altijd vriendschappelijke betrekkingen onderhouden met justitie,' zei Alden, bladerend in het geheime dossier.

'Neemt u mij niet kwalijk, maar staan mijn bekeuringen ook in dat dossier?'

'Uw vriendschap met bepaalde hooggeplaatste personen heeft u bij uw carrière geholpen.'

'Misschien wel, maar dat overkomt veel mensen. Over het geheel genomen heb ik mijn missies volbracht. Daarom ben ik zo lang blijven meedraaien. Meneer Alden, wat is het doel van dit gesprek?'

'Nou, als adjunct-hoofd Operaties moet ik de mensen in de Clandestiene Service goed leren kennen, en als ik dit zo bekijk, hebt u een heel kleurrijke carrière achter de rug. U mag blij zijn dat u dit werk zo lang hebt kunnen doen, en u kunt terugkijken op een buitengewone carrière.'

'En mijn volgende opdracht?'

'Er is geen volgende opdracht. U kunt als instructeur naar de Farm terugkeren, maar ik raad u serieus aan met pensioen te gaan. Dat hebt u ruimschoots verdiend. Uw pensioneringspapieren zijn al klaar. U hebt het verdiend, meneer Clark,' zei Alden met een vage, koude glimlach.

'Maar als ik twintig jaar jonger was geweest, zou u ook geen plaats voor me hebben gehad?'

'Misschien een baan op een ambassade,' zei Alden. 'Maar we zijn geen van allen twintig jaar jonger. De CIA is veranderd, meneer Clark. We stappen uit het paramilitaire werk, behalve als er mensen bij ons gestationeerd worden vanuit bijvoorbeeld Delta Force. We proberen ons los te maken van het soort veldwerk dat het specialisme is van Chavez en u. De wereld is vriendelijker, zachtmoediger geworden.'

'Zegt u dat ook tegen de New Yorkers?' vroeg Clark rustig.

'Er zijn andere manieren om met zulke dingen af te rekenen. We moeten dingen van tevoren ontdekken en mensen aanmoedigen een andere weg in te slaan, als ze onze aandacht willen.'

'Hoe doe je dat precies – in theorie natuurlijk?'

'Dat bespreken we hier op de zesde verdieping voor elk geval afzonderlijk.'

'In het veld vallen zulke zaken je vaak op een zodanige manier in de schoot dat je geen contact met het hoofdkwartier kunt opnemen. Je moet erop vertrouwen dat je mensen het initiatief nemen, en je moet hen steunen als ze dat op een intelligente manier doen. Ik heb het zelf meegemaakt. Het kan in het veld afschuwelijk eenzaam zijn als je geen vertrouwen hebt in de mensen achter je, vooral wanneer die achtduizend kilometer bij je vandaan zijn.'

'Eigen initiatief doet het goed in films, maar niet in de echte wereld.'

Wanneer ben jij voor het laatst in de echte wereld in het veld geweest? wilde Clark hem vragen, maar dat deed hij niet. Hij zat hier niet om een discussie aan te gaan. Hij zat hier alleen om naar een boodschap van hogerhand te luisteren, aan hem doorgegeven door die academische klootzak. Zoiets was in de CIA wel vaker gebeurd, in de jaren zeventig. Toen had hij met hulp van James Greer voor het eerst weten te voorkomen dat hij uit de dienst werd gezet, waarna hij naam had gemaakt met zijn werk in de Sovjet-Unie en op 'speciale' missies. In die tijd was het mooi dat er een vijand was waarin iedereen geloofde.

'Dus ik vlieg eruit?'

'U gaat eervol met pensioen, met dank van de natie, die u goed en met gevaar voor eigen leven hebt gediend. Weet u, toen ik dit doorlas, vroeg ik me af waarom u geen ster op de atriummuur hebt.' Alden had het over de muur van wit marmer met gouden sterren, die de namen in ere hielden van agenten in het veld die in dienst van de CIA waren gestorven. Het boek met die namen – het lag in een vitrine van koper en glas – had veel lege ruimten, met daarachter alleen een datum, want de namen zelf waren geheim, zelfs vijftig jaar na dato. Naar alle waarschijnlijkheid, dacht Clark, nam Alden de directielift vanaf de beveiligde parkeergarage onder het gebouw en hoefde hij dus niet elke dag naar die muur te kijken – hij hoefde er niet eens langs te lopen.

'En Chavez?'

'Hij komt over tien weken in aanmerking voor pensionering, zijn tijd in het leger meegerekend. Hij gaat met pensioen als GS-12, uiteraard met alle voorzieningen. Als hij erop staat, kan hij nog een jaar of twee als instructeur op de Farm werken, voordat we hem waarschijnlijk naar Afrika sturen.'

'Waarom Afrika?'

'Er gebeuren daar dingen – genoeg om ons te interesseren.'

Ja. Jullie sturen hem naar Angola, waar ze zijn Spaanse accent voor Portugees aanzien, zodat hij door een stel overgebleven guerrillastrijders wordt koud gemaakt, hè? Niet dat het jou iets zou kunnen schelen, Alden. Zulke mensen gaven nooit veel om individuen. Daarvoor interesseerden ze zich te veel voor de grote actuele kwesties en waren ze te druk bezig vierkante realiteitsblokjes in de ronde theoretische gaten te drukken van de wereld zoals die geacht werd eruit te zien en zich te gedragen. Dat was een veelvoorkomend gebrek onder mensen die politieke handigheid bezaten.

Clark zei: 'Nou, dat moet hij zelf weten, maar na negenentwintig jaar zit ik wel zo'n beetje aan het maximum van mijn pensioen, nietwaar?'

'Ja, dat kunt u wel zeggen,' beaamde Alden met een glimlach die ongeveer zo echt was als die van iemand die op het punt stond een Ford Pinto uit 1971 te verkopen.

Clark stond op. Hij stak zijn hand niet uit, maar Alden deed dat wel, en Clark moest hem aannemen omdat het nu eenmaal zo hoorde. Goede manieren hadden altijd een ontwapenende uitwerking op de klootzakken van de wereld.

'O ja, dat was ik bijna vergeten. Iemand wil u spreken. Kent u een zekere James Hardesty?'

'Ja, ik heb ooit met hem gediend,' antwoordde Clark. 'Is hij niet al met pensioen?'

'Nee, nog niet. Hij werkt aan operationele archieven. Het maakt deel uit van een project voor de directeur Operaties waarmee we nu zo'n veertien maanden bezig zijn, een geheim geschiedenisproject. Hoe dan ook, hij heeft zijn kantoor op de derde verdieping, voorbij de kiosk naast de liften.' Alden schreef het kamernummer voor hem op een velletje papier uit een schrijfblok.

Clark pakte het papier aan, vouwde het op en stopte het in zijn zak. Was Jimmy Hardesty er nog? Hoe was hij in godsnaam aan de aandacht van mensen als die lul van een Alden ontsnapt? 'Oké, bedankt. Ik ga op weg naar buiten even bij hem langs.'

'Hebben ze mij daar nodig?' vroeg Ding toen Clark de kamer uitkwam.

'Nee, deze keer wilde hij alleen mij.' Clark trok zijn das recht, een vooraf afgesproken signaal, maar Chavez reageerde er niet op. Daarna namen ze de lift naar de derde verdieping. Ze liepen langs de kiosk, met blinde verkopers achter de kassa, waar je dingen als chocoladerepen en cola kon kopen – bezoekers vonden het altijd een beetje griezelig en sinister, maar voor de CIA was het een prijzenswaardige manier om gehandicapten aan werk te helpen. Als ze echt blind waren. In dit gebouw kon je nooit ergens zeker van zijn, maar dat hoorde ook gewoon bij de mystiek die er heerste.

Ze vonden Hardesty's kantoor en klopten op de met een cijfercode afgesloten deur. Die ging na enkele seconden open.

'Grote John,' zei Hardesty bij wijze van begroeting.

'Hé, Jimmy. Wat doe je in dit rattenhol?'

'Ik schrijf de geschiedenis van operaties die niemand ooit zal lezen, tenminste niet zolang wij in leven zijn. Ben jij Chavez?' vroeg hij aan Ding.

'Ja.'

'Kom binnen.' Hardesty liet hen in zijn hokje komen, dat twee extra stoelen had, en bijna genoeg ruimte voor twee paar extra benen, plus een werktafel die als bureau fungeerde.

'In welk jaar ben je?' vroeg John.

'1953. Niet te geloven, hè? Ik heb me de hele vorige week in Hans Tofte en die Noorse vrachtvaarder verdiept. Daar zijn veel doden bij gevallen, en dat waren niet allemaal schurken. Dat was in die tijd de prijs voor het zakendoen, denk ik, en de matrozen op het schip hadden zich twee keer moeten bedenken voordat ze hun handtekening zetten.'

'Dat was voor onze tijd, Jimmy. Heb je er met rechter Moore over gesproken? Ik geloof dat die er ook mee te maken had.'

Hardesty knikte. 'Hij was hier afgelopen vrijdag. Die man moet in zijn jongere jaren een lastpost zijn geweest, voordat hij rechter werd. En Ritter ook.'

'Wat doet Bob Ritter tegenwoordig?'

'Heb je dat niet gehoord? Shit. Hij is drie maanden geleden in Texas gestorven. Leverkanker.'

'Hoe oud was hij?' vroeg Chavez.

'Vijfenzeventig. Hij lag in het MD Anderson Cancer Center daar in Texas, dus hij kreeg de beste behandeling die er maar te krijgen is, maar het werkte niet.'

'We gaan allemaal dood,' merkte Clark op. 'Vroeg of laat. Niemand heeft ons in Engeland over Ritter verteld. Ik vraag me af waarom.'

'De regering die we op dit moment hebben, mocht hem niet graag.'

Dat zou kunnen, dacht John. Ritter was een krijger uit de oude tijd geweest, iemand die in de communistische wereld tegen de grote vijand van die tijd had gevochten, en strijders uit de Koude Oorlog waren moeilijk uit te roeien. 'Ik zal een glas drinken op zijn nagedachtenis. We zijn weleens met elkaar in aanvaring gekomen, maar hij heeft me nooit bedrogen. Ik twijfel wel aan die Alden.'

'Dat is niet iemand als wij, John. Het is de bedoeling dat ik een volledig rapport schrijf over mensen die we in de loop van de jaren koud hebben gemaakt. Ik moet uitzoeken welke wetten er zijn geschonden. Dat soort dingen.'

'Wat kan ik voor je doen?' vroeg Clark hem.

'Heeft Alden je met pensioen gestuurd?'

'Na negenentwintig jaar. En ik leef nog. Dat mag je wel een wonder noemen,' merkte John nuchter op.

'Nou, als je iets te doen wilt hebben, heb ik een nummer dat je kunt bellen. Je kennis is veel waard; je kunt er munt uit slaan. Misschien kun je een nieuwe auto voor Sandy kopen.'

'Wat voor werk?'

'Iets wat je interessant zult vinden. Ik weet niet of het iets voor je is, maar je kunt er altijd heen gaan. In het ergste geval levert het je een gratis lunch op.'

'Wie is het?'

Hardesty gaf geen antwoord. In plaats daarvan gaf hij Clark weer een papier met een telefoonnummer erop. 'Bel ze, John. Tenzij je je memoires wilt schrijven en aan de mensen op de zesde verdieping wilt voorleggen.'

Clark lachte. 'Dat nooit.'

Hardesty stond op en stak zijn hand uit. 'Sorry dat ik dit moet afkappen, maar ik heb een heleboel werk te doen. Bel ze – of bel ze niet, als je geen zin hebt. Je moet het zelf weten. Misschien bevalt het je wel om met pensioen te zijn.'

Clark stond op. 'Wie weet. Bedankt.'

Daarna hoefden ze alleen nog de lift te nemen om bij de voordeur te komen. John en Ding bleven staan en keken naar de muur. Voor sommigen bij de CIA deed deze muur niet onder voor de nationale begraafplaats Arlington, al mochten daar wel toeristen komen en hier niet.

'Wat is het voor nummer, John?' vroeg Chavez.

'Aan het netnummer te zien is het ergens in Maryland.' Hij keek op zijn horloge en haalde zijn nieuwe mobiele telefoon tevoorschijn. 'Laten we uitzoeken waar het is.'

Jack was de eerste anderhalf uur van elke werkdag bezig het elektronische verkeer door te nemen. Omdat het vandaag niets opleverde, haalde hij zijn derde kop koffie, koos wat broodjes uit, keerde naar zijn kamer terug en begon aan wat hij zijn 'ochtendvispartij' noemde: het doornemen van de talloze onderschepte berichten die de Campus van de Amerikaanse inlichtingendiensten had gekregen. Na veertig minuten stuitte hij op een bericht dat door het ministerie van Binnenlandse Veiligheid was onderschept. *Hé, dat is interessant*, dacht hij, en hij pakte de telefoon.

Vijf minuten later was hij bij Jerry Rounds, hoofd Analyse en Inlichtingen. 'Wat heb je?' vroeg Rounds.

'Een onderschepping van MBV/FBI/ATF. Ze zijn op zoek naar een verdwenen vliegtuig.'

Rounds keek nieuwsgierig op. Het ministerie van Binnenlandse Veiligheid had een drempelsysteem ingevoerd dat er meestal goed in slaagde onbeduidende berichten buiten de deur te houden. Het feit dat een dergelijk bericht zo hoog in de voedselketen was gekomen, wees erop dat een andere dienst al een routineonderzoek had ingesteld en had vastgesteld dat het vliegtuig in kwestie niet zomaar was zoekgemaakt door een charterbedrijf dat slordig met zijn administratie was.

'De ATF, hè?' mompelde Rounds. Het *Bureau of Alcohol, Tobacco and Firearms* had zich ook gespecialiseerd in onderzoeken die met explosieven te maken hadden. *Als je dat combineert met een verdwenen vliegtuig...* dacht Jack.

'Wat voor vliegtuig?' vroeg Rounds.

'Dat zeiden ze er niet bij. Het moet een klein toestel zijn, geen passagiersvliegtuig, want dan was het wel in het nieuws gekomen.' Een verdwenen 757 haalde de voorpagina's.

'Hoe lang geleden?'

'Drie dagen.'

'Kennen we de bron?'

'Het zag eruit als een intern bericht, dus het was misschien de FAA of de NTSB. Ik heb bij gisteren en vandaag gekeken; geen kik van wie dan ook.' Dat betekende dat iemand opdracht had gegeven het buiten de publiciteit te houden. 'Maar misschien kunnen we dit op een andere manier uitzoeken.'

'Hoe dan?'

'We kunnen het geldspoor volgen,' zei Jack.

Rounds glimlachte. 'De verzekering.'

32

Om dertien minuten voor elf ging de telefoon van Tom Davis. Hij had zojuist een vrij grote obligatietransactie afgesloten die de Campus één miljoen driehonderdvijftigduizend dollar had opgeleverd, niet slecht voor drie dagen werk. Hij nam de telefoon bijna meteen op. 'Tom Davis.'

'Meneer Davis, ik ben John Clark. Er is me gevraagd u te bellen. Misschien met u te lunchen.'

'Door wie is u dat gevraagd?'

'Jimmy Hardesty,' antwoordde Clark. 'Ik zal een vriend meenemen. Hij heet Domingo Chavez.'

Davis dacht even na. Hij was meteen op zijn hoede, maar dat was meer een instinctieve reactie dan dat er een dwingende reden voor was. Hardesty gaf zo'n uitnodiging niet aan sukkels door. 'Goed, laten we praten,' zei Davis. Hij vertelde Clark hoe hij moest rijden en zei: 'Ik verwacht u om ongeveer twaalf uur.'

'Hé, Gerry,' zei Davis toen hij de kamer op de bovenste verdieping binnenkwam. 'Ik kreeg net een telefoontje.'

'Iemand die we kennen?' vroeg Gerry Hendley, zijn baas.

'Hardesty van de CIA stuurt twee kerels naar ons toe. Allebei door de CIA met pensioen gestuurd. John Clark en Domingo Chavez.'

Hendleys ogen gingen een beetje verder open. 'Dé John Clark?'

'Blijkbaar. Hij is hier om een uur of twaalf.'

'Willen we hem?' vroeg de voormalige senator. Hij wist het antwoord al half.

'Het is zeker de moeite waard om met hem te praten, baas. Al is het alleen maar omdat hij een verdomd goede instructeur zou zijn voor onze mensen in het veld. Ik ken hem alleen van horen zeggen. Ed en Mary Pat zijn gek op hem, en daar kunnen we niet zomaar aan voorbijgaan. Hij vindt het niet erg om zijn handen vuil te maken en kan goed improviseren. Goede instincten, erg intelligent. Chavez is van hetzelfde laken een pak. Hij zat met Clark bij Rainbow.'

'Betrouwbaar?'

'We moeten met ze praten, maar waarschijnlijk wel.'
'Goed. Breng ze maar hierheen als je denkt dat het de moeite waard is.'
'Doe ik.' Davis verliet de kamer.
Jezus op een racefiets, dacht Hendley. *John Clark.*

'Daar naar links,' zei Domingo toen ze het verkeerslicht tot op honderd meter genaderd waren.
'Ja. Het moet dat gebouw daar rechts zijn. Zie je al die antennes?'
'Ja,' zei Chavez toen ze de bocht omgingen. 'Daar kun je een hoop zenders mee ontvangen.'
Clark grinnikte daarom. 'Ik zie geen bewaking. Een goed teken.' Professionals wisten wanneer ze zich onschuldig moesten voordoen.
Hij zette de huurauto op wat blijkbaar het parkeerterrein voor bezoekers was, en ze stapten uit en liepen naar de voordeur.
'Goedemorgen, meneer,' zei een geüniformeerde bewaker. Hij droeg een doorsnee-uniform en op zijn naamplaatje stond CHAMBERS. 'Kan ik u helpen?'
'Ik heb een afspraak met meneer Davis. John Clark en Domingo Chavez.'
Chambers pakte zijn telefoon en toetste een nummer in. 'Meneer Davis? Chambers hier in de hal. Twee heren voor u. Ja, meneer, dank u.' Hij legde de telefoon weer neer. 'Hij komt naar beneden om u op te halen, heren.'
Davis verscheen na iets meer dan een minuut. Hij was zwart en had een normaal postuur. Clark schatte hem op een jaar of vijftig. Goed gekleed, mouwen van zijn overhemd opgestroopt, das losgemaakt. De drukke effectenmakelaar ten voeten uit. 'Dank je, Ernie,' zei hij tegen de bewaker, en toen: 'U moet John Clark zijn.'
'Inderdaad,' gaf John toe. 'En dit is Domingo Chavez.' Ze gaven elkaar een hand.
'Kom mee naar boven.' Davis leidde hen naar de liften.
'Ik heb uw gezicht al eerder gezien. Aan de andere kant van de rivier,' merkte Chavez op.
'O?' Davis reageerde behoedzaam.
'In het operatiecentrum. Wachtfunctionaris?'
'Nou, ooit was ik NIO. Hier ben ik een eenvoudige handelaar in obligaties. Veel emissies van bedrijven, maar ook van overheden.'
Ze volgden Davis naar de bovenste verdieping en naar zijn kamer – tenminste, bijna. Zijn kamer bevond zich naast die van Rick Bell, en daar liep net iemand naartoe.

‘Hé,’ hoorde Clark, en toen hij zich omdraaide, zag hij Jack Ryan junior door de gang lopen.

Clark gaf hem een hand, en deze keer tekende zich verbazing op zijn gezicht af. ‘Jack... Werk je hier?’

‘Eh, ja.’

‘Wat doe je?’

‘Vooral valuta-arbitrage. Geld heen en weer laten stuiteren. Dat soort dingen.’

‘Ik dacht dat het familiebedrijf zich met aandelen en obligaties bezighield,’ merkte Clark vriendelijk op.

‘Dat doe ik niet... nog niet,’ antwoordde Jack. ‘Maar ik moet ergens heen. Misschien zie ik je later?’

‘Vast wel,’ zei Clark. Zijn hoofd duizelde nog niet, maar hij had er moeite mee om alles te verwerken wat er die dag op hem af kwam.

‘Kom binnen,’ zei Davis. Hij leidde hen de kamer in.

Het was een comfortabele kamer, die niet vol stond met meubilair dat in een gevangenis gemaakt was, zoals ze op het CIA-hoofdkantoor hadden. Davis nodigde hen uit te gaan zitten. ‘Hoe lang kent u Jimmy Hardesty?’

‘Tien of vijftien jaar,’ antwoordde Clark. ‘Een beste kerel.’

‘Dat is hij. Dus u wilt met pensioen?’

‘Daar heb ik eigenlijk nooit over nagedacht.’

‘En u, meneer Chavez?’

‘Ik ben ook nog niet aan mijn pensioen toe, en ik denk dat ik wel een paar vaardigheden heb waar ik de kost mee kan verdienen. Ik heb een vrouw en een kind, en een tweede kind op komst. Tot nu toe heb ik er niet veel over nagedacht, maar wat u hier doet, lijkt me mijlenver verwijderd van de dingen waar wij goed in zijn.’

‘Nou, iedereen hier moet de terminologie beheersen,’ zei Davis tegen hem. ‘Maar afgezien daarvan...’ Davis haalde zijn schouders op. ‘Welke betrouwbaarheidsverklaringen hebben jullie?’

‘Topgeheim, speciale inlichtingen, poly,’ antwoordde Clark. ‘In elk geval totdat de CIA onze pensioenpapieren heeft verwerkt. Hoezo?’

‘Wat wij hier doen, mag niet in de openbaarheid komen. U zult nogal verregaande geheimhoudingsverklaringen moeten tekenen,’ zei hij. ‘Hebt u daar problemen mee?’

‘Nee,’ zei John meteen. Zijn nieuwsgierigheid was gewekt zoals hem in geen jaren was overkomen. Het viel hem op dat hij geen eed hoefde te zweren. Dat was blijkbaar iets van vroeger, en de gerechtshoven hadden die eden al lang geleden nietig verklaard – als je dingen aan de kranten had verteld.

De ondertekening nam nog geen twee minuten in beslag. Het waren de bekende formulieren, al waren de omstandigheden anders.

Davis bekeek de formulieren en legde ze in een la. 'Oké, het komt hierop neer. Wij krijgen veel insiderinformatie via ongeregelde kanalen. De NSA houdt om veiligheidsredenen een oogje op de internationale effectenhandel. Weten jullie nog toen we onenigheid met Japan hadden? Ze veegden de vloer aan met Wall Street, en toen kreeg de FBI het idee dat ze zulke dingen in de gaten moesten houden. Economische oorlogvoering is een reële zaak. Je kunt een land grondig de vernieling in helpen door op zijn financiële instellingen in te beuken. We hebben er veel aan, vooral voor onze valutahandel. Daar verdienen we het meeste van ons geld mee.'

'Waarom is dat belangrijk?' vroeg Chavez.

'We financieren onszelf. We komen niet voor in de federale begroting, meneer Chavez, en blijven daardoor onder de radar. Er komt hier geen geld van belastingbetalers binnen. We verdienen zelf het geld dat we uitgeven, en wat we niet uitgeven, houden we.'

Ik word steeds nieuwsgieriger, dacht Clark.

Dat was een goede manier van dingen geheimhouden, als je het niet door het Congres liet financieren en geen controle liet uitvoeren door het ministerie van Financiën. Als de overheid iets niet financierde, bestond het voor Washington alleen als bron van belastingen, en elke goede accountantsfirma kon ervoor zorgen dat Hendley Associates – de officiële naam van de Campus – niet opviel: gewoon alles volledig en op tijd betalen. En als iemand wist hoe je geld moest verstoppen, dan waren het deze kerels wel. Gerry Hendley kende genoeg mensen in Washington om zijn firma uit de problemen te houden. Dat deed je vooral door eerlijk te zijn. De Belastingdienst en de beursautoriteiten hadden hun handen vol aan de vele dure schurken in Amerika. Zoals de meeste overheidsdiensten gingen ze niet uit eigen beweging op zoek naar nieuwe schurken, of ze moesten al duidelijke aanwijzingen hebben. Zolang je niet de reputatie kreeg dat je te goed was in wat je deed, en zolang je de grenzen van het toelaatbare niet opzocht, kwam je niet onder hun aandacht.

'Hoeveel echte cliënten hebben jullie?' vroeg Chavez.

'Eigenlijk beheren we alleen privérekeningen van onze werknemers, en die doen het erg goed. De afgelopen drie jaar hebben we een rendement van gemiddeld drieëntwintig procent behaald, en dat komt dan boven op de salarissen, die ook behoorlijk goed zijn. We hebben ook goede secundaire voorzieningen – met name voor personeelsleden met schoolgaande of studerende kinderen.'

'Indrukwekkend. Wat moet je hier precies doen?' vroeg Ding. 'Mensen vermoorden?' Hij bedoelde het als flauw grapje.

'Soms,' zei Davis tegen hem. 'Dat hangt ervan af.'

Het werd even erg stil in de kamer.

'Dat meen je niet,' zei Clark.

'Toch wel,' zei Davis.

'Wie geeft er toestemming voor?'

'Wij.' Davis liet dat even tot hen doordringen. 'We hebben heel bekwame mensen in dienst – mensen die eerst nadenken en dan zorgvuldig te werk gaan. Maar, ja, we doen dat wanneer de omstandigheden het nodig maken. In de afgelopen twee maanden hebben we het vier keer gedaan. In alle gevallen ging het om terroristen in Europa. We hebben er nog geen last mee gekregen.'

'Wie doen het?'

Davis glimlachte. 'Je hebt net een van hen ontmoet.'

'Nu neem je ons in de maling,' zei Chavez. 'Jack junior? SHORTSTOP?'

'Ja, hij heeft er nog maar zes weken geleden in Rome eentje uit de weg geruimd. Een operationeel foutje: hij raakte er min of meer per ongeluk in verzeild, maar hij heeft goed werk geleverd. Het doelwit heette Mohammed Hassan Al-din, en hij was een belangrijke figuur in een terroristengroep die ons veel hoofdpijn heeft bezorgd. Weten jullie nog, die schietpartij in dat winkelcentrum?'

'Ja.'

'Dat was zijn werk. We kwamen hem op het spoor en schakelden hem uit.'

'Dat is niet in de kranten gekomen,' merkte Clark op.

'Volgens de patholoog-anatoom van het politiekorps in Rome is hij aan een hartaanval gestorven,' zei Davis.

'Jacks vader weet dit niet?'

'Nee. Zoals ik al zei: Jack doet eigenlijk andere dingen, maar er gebeurt weleens wat, en hij heeft het goed aangepakt. Als we het van tevoren hadden geweten, hadden we het waarschijnlijk anders gedaan, maar zo ging het nu eenmaal.'

'Ik vraag maar niet hoe Jack jullie doelwit aan een hartaanval heeft geholpen,' zei Clark.

'Goed, want dat ga ik jullie niet vertellen – tenminste, nu niet.'

'Wat is onze dekmantel?' vroeg Clark.

'Zolang jullie in de Verenigde Staten zijn, zijn jullie volledig gedekt. In het buitenland ligt het anders. We zorgen natuurlijk goed voor jullie gezin, maar als jullie in het buitenland worden opgepakt, nou, dan nemen we de beste advocaat in de arm die we kunnen vinden. Afgezien daarvan zijn jullie gewone burgers die betrapt zijn op iets wat niet mag.'

'Dat ben ik wel gewend,' zei Clark. 'Als mijn vrouw en kinderen maar beschermd zijn. Dus in het buitenland ben ik een gewone burger?'

'Inderdaad,' bevestigde Davis.

'En wat doe ik dan?'

'Je zorgt ervoor dat slechte mensen verdwijnen. Kun je dat aan?'

'Dat doe ik al een hele tijd, en niet altijd op kosten van Uncle Sam. Daardoor ben ik bij de CIA soms in de problemen gekomen, maar het was altijd tactisch noodzakelijk, en dus ben ik – zijn wij – altijd met de schrik vrijgekomen. Maar als er in ons eigen land iets gebeurt, je weet wel, bijvoorbeeld een complot om een moord te begaan...'

'Dan kun je op presidentiële gratie rekenen.'

'Kun je dat herhalen?' vroeg John.

'Jack Ryan senior heeft Gerry Hendley overgehaald deze organisatie op te zetten. Gerry heeft toen bedongen dat president Ryan honderd blanco gratieverleningen ondertekende, en dat is ook gebeurd.'

'Is dat legaal?' vroeg Chavez.

'Volgens Pat Martin wel. Hij is een van de mensen die weten dat deze organisatie bestaat. Dan Murray ook. En Gus Werner. Jullie kennen Jimmy Hardesty. Maar de Foleys weten hier niet van. We hebben erover gedacht hen erbij te betrekken, maar Jack was daartegen. Zelfs degenen die ik heb genoemd, weten alleen dat ze mensen met specifieke achtergronden moeten rekruteren en dat die mensen dan naar een bijzondere organisatie gaan. Ze bezitten geen enkele operationele kennis. Ze weten dat er een bijzondere organisatie bestaat, maar niet wat we hier doen. Zelfs president Ryan beschikt niet over operationele informatie. Dat blijft in dit gebouw.'

'Het zal voor iemand van de overheid niet meevallen zoveel vertrouwen in mensen te hebben,' merkte Clark op.

'Je moet je mensen zorgvuldig uitkiezen,' beaamde Davis. 'Jimmy denkt dat jullie twee te vertrouwen zijn. Ik ken jullie achtergronden. Ik denk dat hij gelijk heeft.'

'Dit gaat wel ver, Davis,' zei Clark. Hij leunde achterover in zijn stoel.

Meer dan twintig jaar lang had hij gedagdroomd over een organisatie als deze. Hij was een keer door de CIA naar Libanon gestuurd om zich in een kopstuk uit de organisatie van Abu Nidal te verdiepen en vast te stellen of het misschien mogelijk zou zijn hem uit de weg te ruimen. Dat was even gevaarlijk geweest als de missie zelf, en hij had het buitengewoon beledigend gevonden dat ze hem op zo'n missie hadden uitgestuurd, maar hij had het gedaan en was thuisgekomen met een foto waaruit bleek dat het inderdaad mogelijk was de schurk te vermoorden.

Daarna hadden mensen met een kalmer hoofd en onrustiger ingewanden in Washington de missie afgelast, zodat hij zijn leven voor niets op het spel had gezet. Later had het Israëlische leger de man gedood met een Hellfireraket uit een Apachehelikopter, wat veel rommeliger was dan een geweerschot op honderdtachtig meter afstand en ook veel onschuldige slachtoffers had gemaakt, iets waarover de Israëliërs zich niet erg druk maakten.

'Oké,' zei Chavez. 'Dus als we op een missie uitgaan, is het de bedoeling dat we iemand uit de weg ruimen die dat verdient. Als we worden betrapt, hebben we pech. In de praktijk komt het erop neer dat we een groot risico lopen dat we zelf worden gedood, maar het is prettig dat de overheid achter ons staat.'

'Er is meer dan één manier om je land te dienen.'

'Misschien wel,' gaf Ding toe.

Clark zei: 'Er is bij de CIA iemand die onderzoek naar me doet, een zekere Alden van Operaties. Blijkbaar heeft Jim Greer een dossier over me achtergelaten, met de dingen die ik heb gedaan voordat ik bij de CIA kwam. Ik weet niet wat daar precies in staat, maar het zou problematisch kunnen zijn.'

'In welk opzicht?'

'Ik heb een paar drugshandelaren gedood. Het doet er nu niet toe waarom, maar ik heb een hele drugsbende uitgeschakeld. De vader van Jack Ryan senior was rechercheur, en hij wilde me arresteren, maar ik heb hem daarvan afgebracht en mijn eigen dood in scène gezet. Ryan kent het verhaal, of tenminste een deel ervan. Hoe dan ook, de CIA heeft misschien iets op schrift staan. Dat moet je weten.'

'Nou, als daar moeilijkheden uit voortkomen, kunnen we altijd die presidentiële gratie gebruiken om je te helpen. Denk je dat Alden het tegen je gaat gebruiken?'

'Hij is een politiek dier.'

'Ik begrijp het. Willen jullie wat tijd hebben om erover na te denken?'

'Ja,' antwoordde Clark namens hen beiden.

'Slaap er een nachtje over en kom morgen terug. Als dit verder gaat, kunnen jullie de baas ontmoeten. Voor alle duidelijkheid: wat we hier hebben besproken...'

'Davis, ik loop al heel lang met geheimen rond. Wij allebei. Als je denkt dat je ons daar nog aan moet herinneren, heb je het mis.'

'Ik begrijp het.' Davis stond op en maakte daarmee een eind aan het gesprek. 'Tot morgen.'

Ze zeiden niets totdat ze buiten waren en naar de auto liepen. 'Allemachtig, heeft Jack junior iemand koud gemaakt?' vroeg Chavez.

'Het schijnt van wel,' antwoordde Clark, die dacht dat het misschien tijd werd om hem niet langer 'junior' te noemen. 'Blijkbaar is hij toch in het familiebedrijf terechtgekomen.'

'Zijn vader zou uit zijn vel springen.'

'Waarschijnlijk wel,' beaamde John. *En dat is nog niets in vergelijking met de reactie van zijn moeder.*

Toen ze in de auto zaten, zei Chavez: 'Ik moet je iets bekennen, John.'

'Zeg het maar.'

'Ik heb een fout gemaakt. Een grote blunder.' Chavez boog zich naar voren, haalde een voorwerp uit zijn achterzak en legde het op het middenpaneel van de auto.

'Wat is dat?'

'Een USB-stick. Je weet wel, voor een computer...'

'Ik weet wat het is, Ding. Waarom laat je dat aan me zien?'

'Ik heb het afgepakt van een van de terroristen in de ambassade in Tripoli. We hebben ze gefouilleerd en ik vond dit bij de leider – degene die ik bij de laptop heb neergeschoten.'

Hoewel er een 9mm-kogel uit Chavez' MP5 in zijn zij had gezeten, had een van de terroristen kans gezien naar een laptop te strompelen en op een toetscombinatie te drukken waardoor de harde schijf en de wirelesskaart onbruikbaar werden gemaakt. De apparatuur was nu in het bezit van de Zweden, maar die hadden er waarschijnlijk niets aan.

Iedereen dacht dat de schurken de laptop hadden gebruikt om met iemand van buiten te communiceren. Dat was de vloek van het digitale tijdperk, wist Clark. Draadloze internettechnologie was zo goed dat signalen niet alleen een groter bereik hadden gekregen maar ook beter versleuteld konden worden. Zelfs als de Libiërs volledig meewerkten, was de kans dat Rainbow elke hotspot in de buurt van de ambassade had kunnen vinden en uitschakelen zo goed als nihil geweest. Tenzij de Zweden nog iets van de schijf of de kaart konden redden, zouden ze nooit weten met wie de terroristen in de ambassade hadden gepraat.

Of misschien niet hadden gepraat, dacht Clark.

'Jezus, Ding, dat is wel heel erg slordig.'

'Ik stopte hem in mijn zak en dacht er niet meer aan tot we terug waren en onze bagage uitpakten. Sorry. Wat wil je dat ik doe?' vroeg Ding met een boosaardige grijns. 'Zal ik hem aan Alden geven?'

'Laat me er eerst even over nadenken.'

De middag was al een heel eind op gang toen Jack vond wat hij zocht. Hoewel verzekeraars van luchtvaartmaatschappijen bij wet verplicht waren claims bekend te maken, waren er geen voorschriften ten aanzien van de toegang tot gegevens. Als gevolg daarvan maakten de meeste verzekeraars het pijnlijk ingewikkeld om langs digitale weg achter de gegevens van claims te komen.

'XLIS – XL Insurance Switzerland,' zei Jack tegen Rounds. 'Ze doen daar veel vliegtuigverzekeringen. Drie weken geleden werd er een claim ingediend met betrekking tot een Dassault Falcon 9000. Dat is een klein zakenvliegtuig. Gebouwd door de mensen die ook de Mirage-jager hebben gebouwd. De claim werd ingediend door een zekere Margarite Hlasek, die samen met haar man eigenaar is van Hlasek Air. Die man is toevallig ook piloot. Ze opereren vanuit Zürich. En nu komt het. Toen ik in onze onderscheppingen ging zoeken en sleutelwoorden mixte en combineerde, kreeg ik een hit: twee dagen geleden heeft de FBI contact opgenomen met zijn juridische attachés in Stockholm en Zürich. Iemand is op zoek naar informatie over Hlasek Air.'

'Waarom Stockholm?'

'Daar kan ik alleen maar naar raden. Misschien wilden ze op Hlaseks thuisbasis kijken en ook op het laatste vliegveld waar de Falcon is geweest.'

'Wat weten we nog meer over Hlasek Air?'

'Het zijn geen brave jongens. Ik heb vier afzonderlijke klachten gevonden die zijn ingediend bij het Zweedse civiele luchtvaartbureau of de Zweedse civiele luchtvaartautoriteit...'

'Wat is het verschil?'

'De ene instantie gaat over de vliegvelden en verkeersleidingen die eigendom van de staat zijn; de andere gaat over commerciële luchtvaart en veiligheid. Vier klachten in de afgelopen twee jaar – drie over onregelmatigheden met douaneformulieren en een over een foutief vluchtplan.'

'Handig voor terroristen,' mompelde Rounds.

'Misschien. In dat geval zijn zulke diensten niet goedkoop.'

'Laten we met Gerry gaan praten.'

Gerry Hendley had Sam Granger bij zich, het hoofd Operaties van de Campus. De baas liet hen binnenkomen. 'Jack heeft misschien iets,' zei Rounds, en Jack vertelde erover.

'Nogal vergezocht,' merkte Granger op.

'Verdwenen vliegtuig, betrokkenheid van de ATF, de FBI die zijn voelhoorns uitsteekt in Zweden, en een louche charterbedrijf,' wierp Rounds tegen. 'We hebben dat al eerder meegemaakt, of niet? Hlasek Air vervoert mensen die geen gewoon lijntoestel willen of kunnen nemen. Dit leidt ons waarschijnlijk niet naar degenen die we zoeken, maar het is een draadje waaraan we kunnen trekken. Of het brengt ons verder.'

Hendley dracht even na en keek toen Granger aan, die zijn schouders ophaalde en knikte. Hendley zei: 'Jack?'

'Het kan geen kwaad om zo nu en dan een knuppel in het hoenderhoek te gooien, baas.'

'Dat is waar. Wat doen de jongens Caruso?'

33

Het kwam wel vaker voor dat ze te maken hadden met een tussenpersoon, dus Melinda maakte zich nog geen zorgen. Meestal betekende het dat de klant getrouwd was en/of een vooraanstaande positie innam, wat op zijn beurt weer betekende dat er meer geld te verdienen was. Dat laatste was nu het geval. De tussenpersoon – een mediterraan type dat Paolo heette en littekens van brandwonden op zijn handen had – had haar de helft van de drieduizend dollar vooruit gegeven, samen met het adres van de straathoek waar ze op haar klant moest wachten – ook dat was niet haar gebruikelijke werkwijze, maar geld was geld en dit was veel meer dan ze gewoonlijk kreeg.

Het grootste gevaar dat ze liep, was dat de klant iets raars wilde doen waartoe ze niet bereid was. Dan moest ze hem bijsturen zonder dat ze hem kwijtraakte. De meeste mannen waren in dat opzicht gemakkelijk, maar zo nu en dan kwam je er eentje tegen die zijn zinnen op iets pervers had gezet. In die gevallen – het was haar twee keer overkomen – moest je zo verstandig zijn je terug te trekken. Je zei 'Nee, bedankt' en maakte dat je wegkwam.

Statistisch gezien liepen er niet zoveel seriemoordenaars rond, maar de helft van hen had het op hoeren voorzien – al vanaf Jack the Ripper in de Londense wijk Whitechapel. Dames van de avond, zoals de elegante frase in het negentiende-eeuwse Engeland luidde, gingen met hun klanten voor een vluggertje naar stille plekjes, waar een moord gemakkelijker te plegen was dan midden op een drukke straat. Daarom hadden Melissa en enkele van haar collega's een eenvoudig systeem van wederzijdse veiligheid uitgedacht. Ze gaven elkaar de gegevens van hun klanten.

In dit geval was de auto een Lincoln Town Car met getinte ruiten. Hij stopte langs de trottoirband, en Melinda hoorde dat het achterportier van het slot ging. De ramen kwamen niet omlaag. Na een korte aarzeling stapte ze in.

'Waarom die getinte ramen?' vroeg ze de chauffeur. Ze probeerde nonchalant te klinken.

'Bescherming tegen de zon,' antwoordde hij.

Dat was redelijk, dacht Melinda. Ze hield haar hand bij haar tasje, waarin ze een erg oude .25 Colt had, een zakmodel dat met zijn vierhonderd gram bijna gewichtloos was. Ze had er bijna nooit mee geschoten, maar hij was volledig geladen met zeven patronen, en de veiligheidspal zat erop. Niet bepaald een .44 Magnum, maar ook geen proppenschietertje.

Ze keek op haar horloge. Ze waren een halfuur de stad uit, schatte ze. Dat was goed nieuws en slecht nieuws. Op een plaats met veel privacy kon je gemakkelijk een hoer vermoorden en het lichaam dumpen. Maar ze was niet van plan zich overal zorgen over te maken. Haar tasje was maar een centimeter bij haar rechterhand vandaan, en de kleine Colt zat er nog in...

De auto nam abrupt een zijstraatje naar links en ging toen opnieuw naar links, de parkeergarage van een appartementengebouw in. Het was geen openbare, maar een particuliere garage. Dat betekende dat er een privétoegang tot het appartementengebouw was. Goed, het was tenminste geen woonwagenkamp. Ze was bang voor de mensen die daar woonden, al vormden die niet haar normale clientèle.

Melinda bracht een duizendje of twee per keer in rekening, en vierenhalfduizend dollar voor een hele nacht. Het was opmerkelijk dat zoveel mensen bereid waren dat te betalen. Het vormde een welkome aanvulling op het geld dat ze met naar normale baan verdiende, als receptioniste op het hoofdkantoor van het openbaar onderwijs in Las Vegas. De chauffeur stapte uit, maakte haar portier open en bood haar zijn hand aan toen ze uit de auto stapte.

'Welkom,' zei een stem. Ze zag een tamelijk lange man in de huiskamer staan. Hij glimlachte vriendelijk. Dat was ze gewend. 'Hoe heet je?' vroeg hij. Hij had een mooie stem. Melodieus.

'Melinda,' antwoordde ze, en ze liep enigszins heupwiegend naar hem toe.

'Wil je een glas wijn, Melinda?'

'Dank je,' antwoordde ze, en er kwam een mooi kristallen glas. Paolo was verdwenen – ze wist niet waarheen –, maar in deze atmosfeer maakte ze zich geen zorgen meer. Wie dit ook was, hij was rijk, en ze had veel ervaring met rijke mannen. Ze ontspande zich een beetje. Melinda was er goed in om mannen te doorgronden – dat was immers haar beroep – en deze man kwam in geen enkel opzicht dreigend over. Hij wilde alleen een nummertje maken, en dat was haar vak. Ze bracht zoveel in rekening omdat ze er goed in was, en mannen waren bereid zoveel te betalen omdat ze het waard was. Het was het economische systeem van vraag en aanbod dat op dit terrein altijd de boventoon voerde, al had Melinda nog nooit op een Republikein gestemd.

'Dit is erg goede wijn,' merkte ze na een slokje op.

'Dank je. Ik probeer een goede gastheer te zijn.' Hij maakte een hoffelijk gebaar in de richting van een leren bank, en Melinda ging zitten. Ze legde haar tasje links van zich, maar liet de rits open.

'Wil je graag de rest van het geld vooraf ontvangen?'

'Ja, als je daar geen bezwaar tegen hebt.'

'Uiteraard.' Hij greep in zijn achterzak, haalde er een envelop uit en gaf hem aan Melinda. Twintig biljetten van honderd dollar, genoeg voor de avond. Misschien zou ze nog meer krijgen, als hij erg tevreden was over de gang van zaken.

'Mag ik je naam weten?' vroeg Melinda.

'Je zult lachen – ik heet John. Echt. Dat kan gebeuren, weet je.'

'Oké, John,' zei ze met een glimlach die het chroom van de bumper van een Chevrolet uit 1957 zou laten smelten. Ze zette haar glas neer. 'Goed...' En het werk begon.

Drie uur later had Melinda de tijd genomen om te douchen en haar haar te borstelen. Dat deed ze altijd na de seks. Het moest haar cliënt het gevoel geven dat hij haar tot in haar ziel had geraakt, al was dat voor de meeste mannen te hoog gegrepen, ook voor John deze avond. Bovendien wilde ze de geur afspoelen die hij over zich heen had gehad. Die geur kwam haar vaag bekend voor, al kon ze hem niet thuisbrengen. Iets medicinaals, dacht ze, maar ze maakte zich er niet druk om. Het zou wel iets tegen voetschimmel of zo zijn. Al met al zag hij er niet slecht uit. Hij zou Italiaan kunnen zijn. In elk geval kwam hij van rond de Middellandse Zee of uit het Midden-Oosten. Daar liepen er genoeg van rond, en zijn hele manier van doen maakte in elk geval duidelijk dat hij geen gebrek aan geld had.

Ze had zich aangekleed en kwam met een koket glimlachje uit de badkamer.

'John,' zei ze met haar oprechtste stem. 'Dat was geweldig. Ik hoop dat we het nog eens kunnen doen.'

'Je was heel lief, Melinda,' antwoordde John, en toen kuste hij haar. Hij kon prettig kussen. Des te meer omdat hij nog een envelop met opnieuw twintig briefjes van honderd tevoorschijn haalde. Daar kreeg hij een knuffel voor.

Dit zou iets kunnen worden, dacht ze. Misschien, heel misschien, als ze haar werk goed had gedaan, zou ze opnieuw worden uitgenodigd. Rijke, exclusieve cliënten waren de besten.

'Ze was goed genoeg,' zei Tariq toen hij Melinda had afgezet en was teruggekomen.

'Inderdaad,' zei de emir, achteroverleunend op de bank. *Eigenlijk meer dan goed genoeg*, dacht hij. 'Veel beter dan de eerste.'

'Mijn verontschuldigingen voor die vergissing.'

'Je hoeft je niet te verontschuldigen, mijn vriend. We verkeren in een unieke situatie. Je was voorzichtig, zoals ik ook van je verwacht.' Die andere vrouw – Trixie – was slechtgemanierd en te ervaren in bed geweest, maar dat waren op zich eigenschappen die de emir wel kon vergeven. Als ze niet zoveel vragen had gesteld, niet zo nieuwsgierig was geweest, zou ze veilig op haar straathoek zijn teruggekeerd om daar haar meelijwekkende leven voort te zetten – met als enige straf dat ze niet opnieuw gevraagd zou zijn. *Onfortuinlijk, maar noodzakelijk*, dacht de emir. En een noodzakelijke les. Het was een fout geweest dat ze Trixie rechtstreeks naar het huis hadden laten komen, en daarom had hij Tariq dit appartement laten huren. Dat zou als buffer fungeren voor het geval ze zich opnieuw van een hoer moesten ontdoen.

'Nog iets voordat ik naar bed ga?' vroeg hij. Ze zouden de nacht hier doorbrengen voordat ze naar het huis terugkeerden. Auto's die 's nachts kwamen en gingen, trokken de aandacht van nieuwsgierige buren.

'Ja, vier dingen,' antwoordde Tariq. Hij ging in de stoel tegenover de emir zitten. 'Ten eerste is Hadi op de terugweg naar Parijs. Ibrahim en hij ontmoeten elkaar morgen.'

'Heb je Hadi's pakket bekeken?'

'Ja. Vier gebouwen zien er veelbelovend uit. Onze agent heeft de afgelopen twee jaar in elk van die gebouwen gewerkt, en de beveiliging is in maar één ervan drastisch veranderd.'

'Paulinia?'

'Inderdaad.'

Dat was te verwachten, dacht de emir. Het complex van Petrobras daar had opdracht gekregen de nieuwe toestroom te huisvesten, en daarvoor was nieuwbouw nodig geweest – en dat, wist hij, was het kwetsbare punt. Ze hadden het in de jaren zeventig en tachtig buiten Riad zien gebeuren: te weinig getraind, bekwaam beveiligingspersoneel om de expansie bij te houden. Dat was de prijs die voor hebzucht moest worden betaald.

'Het duurt wel een jaar voordat hun beveiliging op peil is.'

'Waarschijnlijk heb je gelijk, maar dat gaan we niet afwachten. Rekrutering?'

'Ibrahim is bijna klaar,' zei Tariq. 'Hij meldt dat hij binnen veertien dagen klaar is. Hij stelt voor om Hadi te rekruteren voor het team.'

De emir dacht even na. 'Wat vind jij ervan?'

'Hadi is betrouwbaar, dat weten we, en zijn loyaliteit is boven elke twijfel verheven. Hij heeft een beetje training in veldwerk gehad, maar weinig ervaring in de echte wereld, behalve wat hij in Brazilië heeft gedaan, en dat was goed. Als Ibrahim denkt dat hij er klaar voor is, ben ik geneigd het met hem eens te zijn.'

'Goed. Geef Ibrahim mijn zegen. Wat nog meer?'

'Een update van de vrouw. Hun relatie is goed op gang gekomen en ze gaat vooruit, maar ze gelooft niet dat hij er al aan toe is om binnengehaald te worden.'

'Noemde ze een termijn?'

'Drie tot vier weken.'

De emir zette dat in gedachten op een kalender. Haar informatie was de hoeksteen. Zonder die informatie zou hij moeten overwegen het nog een jaar uit te stellen. Nog een jaar waarin de Amerikanen aan hun netwerken konden sleutelen, een jaar waarin mensen hun mond voorbij konden praten. En ook een jaar waarin iemand ergens geluk kon hebben en op dat ene draadje kon stuiten dat de hele klos garen kon wegtrekken.

Nee, besloot hij, het moest dit jaar gebeuren.

'Zeg tegen haar dat we de informatie niet later dan over drie weken verwachten. Volgende punt.'

'Een bericht van Nayoan in San Francisco. Zijn mannen zijn op hun plaats en wachten op orders.'

Van de talloze onderdelen van Lotus had Nayoan bewezen het gemakkelijkst te zijn, tenminste wat de infiltratie en voorbereiding betrof. Studentenvisa waren relatief gemakkelijk te krijgen, zeker voor iemand in Nayoans positie. Trouwens, Amerikanen wisten niets van de wereld buiten hun eigen grenzen en zagen Indonesiërs meestal simpelweg als Aziaten of 'oosterlingen', en niet als leden van de grootste concentratie van moslims op aarde. Onverdraagzaamheid en kortzichtigheid, dacht de emir, waren wapens waarvan de URC maar al te graag gebruik wilde maken.

'Goed,' zei hij. 'Laten we morgen de doelwitten nog eens doornemen. Als er veranderingen nodig zijn, kan dat beter zo snel mogelijk gebeuren. Volgende punt.'

'Laatste punt: hebt u het nieuws over de ambassade in Tripoli gezien?'

De emir knikte. 'Idiote zaak. Pure verspilling.'

'De planner was iemand van ons.'

De emir ging rechtop zitten en keek hem scherp aan. 'Pardon?' Acht maanden eerder hadden alle URC-afdelingen het consigne gekregen dat missies op celniveau tot nader order verboden waren. Hun huidige operatie was te delicaat, te ingewikkeld. Kleinere operaties – die meestal bijna misgingen en weinig slachtoffers maakten – hadden hun nut in die zin dat ze de illusie van chaos wekten en lieten zien dat de aanslagen gewoon doorgingen, maar zoiets als dit...

'Hoe heet hij?' vroeg de emir.

'Dirar al-Kariim.'

'Die naam ken ik niet.'

'Een Jordaniër. Bijna drie jaar geleden in de Hussein-moskee in Amman gerekruteerd. Een soldaat; niets meer dan dat. Dezelfde missie is vorig jaar voorgesteld door onze mensen in Benghazi. We hebben toen toestemming geweigerd.'

'Hoeveel doden?'

'Zes tot acht van ons. Niemand van hen.'

'Prijs God daarvoor.' Omdat er geen gijzelaars waren omgekomen, zou het Westen het incident gauw vergeten zijn, en als de pers er geen aandacht meer aan schonk, deden de inlichtingendiensten dat vaak ook niet meer. Die inlichtingendiensten waren het spreekwoordelijke Hollandse jongetje met zijn vinger in de dijk.

'Weten we wie hij heeft gerekruteerd?'

'Dat onderzoeken we. We weten ook niet of iemand de aanslag heeft overleefd – behalve Al-Kariim zelf,' voegde Tariq eraan toe. 'Hij heeft er zelf niet aan deelgenomen.'

'De imbeciel! Dus die... onbenul organiseert een missie zonder onze goedkeuring, verknoeit hem en heeft niet eens het verstand of het eergevoel om daarbij zelf te sterven... Weten we waar hij nu is?'

'Nee, maar hij moet niet moeilijk te vinden zijn. Vooral wanneer we hem een hand toesteken. Hij zal op de vlucht zijn, op zoek naar een plaats waar hij veilig is.'

De emir knikte peinzend. 'Goed. Doe dat. Bied hem een olijftak aan, maar op een afstand. Laat Almasi het regelen.'

'En als we hem hebben?'

'Stel hem als voorbeeld voor de anderen.'

34

In het Parijse arrondissement Montparnasse zat Shasif Hadi zijn koffie te drinken en zijn best te doen om geen nerveuze indruk te maken.

Zoals was beloofd, had zijn connectie in Topanga Beach de dag na hun ontmoeting contact met hem opgenomen en hem verteld waar hij de pakketten voor de terugreis moest ophalen. Al die pakketten had hij in gehuurde postbussen in Los Angeles en omgeving gevonden. Het had hem niet verbaasd dat elk pakket een ongeëtiketteerde cd-rom bevatte, maar wel dat bij een ervan een getypt briefje zat – *Indiana Café, Montparnasse, 77 Av Maine* –, met een datum en een tijd erbij. Hadi wist niet of het gewoon een nieuwe koeriermissie was, of iets meer dan dat.

Hadi, Algerijn van geboorte, was in het begin van zijn tienerjaren naar Frankrijk geëmigreerd toen zijn vader daar werk zocht. Hij sprak goed Frans, met het accent van een *pied noir*, een 'zwartvoet', de naam die tweehonderd jaar eerder was gegeven aan de inwoners van wat toen de Franse kolonie op de noordkust van Afrika was. Die kolonie was in het begin van de jaren zestig verdwenen na een bloederige, langdurige koloniale burgeroorlog die de Franse republiek niet zozeer had verloren als wel opgegeven. Maar Algerije was niet bepaald tot bloei gekomen, en dus hadden de Arabieren miljoenen van hun burgers naar Europa geëxporteerd, waar ze niet al te hartelijk waren ontvangen, zeker niet in het laatste decennium van de twintigste eeuw, toen ze hun islamitische identiteit hadden ontdekt in een land dat nog steeds vasthield aan het idee een smeltkroes te zijn. Als je de taal sprak (de woorden goed uitsprak), de gewoonten overnam en Frans was, kon het de Fransen niet veel schelen welke kleur je huid had. Hoewel Frankrijk een katholiek land was, maakte het de Fransen niet veel uit naar welke kerk je ging, want ze waren zelf ook geen volk van kerkgangers. De islam veranderde dat. Misschien herinnerden de Fransen zich de overwinning van Karel Martel in de slag bij Tours in 732 – in elk geval wisten ze dat ze oorlog hadden gevoerd tegen moslims. Ze maakten vooral bezwaar tegen het feit dat de islamitische immigranten hun cultuur verwierpen en kledingstijlen en gewoonten aannamen die niet bij de wijn drinkende bon vivants pasten. De moslims weken te veel af. *Waarom zou iemand niet Frans willen zijn?* vroegen ze zich af. En dus hielden de talloze Franse politiediensten zulke mensen in het oog. Hadi wist dat en deed dus zijn best om zich aan te passen, in de hoop dat Allah het zou begrijpen en hem met Zijn eindeloze genade vergeving zou schenken. En trouwens, hij was bepaald niet de enige moslim die alcohol dronk. De Franse politie zag dat en lette als gevolg daarvan niet op hem. Hij had een baan als verkoper in een videotheek, kon goed met zijn collega's opschieten, woonde in een bescheiden maar comfortabel appartement in de rue Dolomieu in het vijfde arrondissement, reed in een Citroën en viel niemand lastig. Ze zagen niet dat hij op iets ruimere voet leefde dan zijn inkomen toestond. De politie hier was goed, maar niet volmaakt.

Ze zagen ook niet dat hij af en toe reisde, vooral binnen Europa, en soms mensen uit het buitenland ontmoette, meestal in zijn favoriete bistro. Hadi hield vooral van de lichte rode wijn uit het Loiredal die ze daar schonken, zonder te weten dat de wijnhandelaar een Jood was die vurig achter de staat Israël stond. Helaas was in Frankrijk het antisemitisme weer opgekomen, tot genoegen van de vijf miljoen moslims die daar nu woonden.

'Mag ik erbij komen zitten?' zei een stem bij Hadi's schouder.

Hadi draaide zich om. 'Ga je gang.'

Ibrahim ging zitten. 'Hoe was je reis?'

'Niets bijzonders gebeurd.'

'En wat breng je me?' vroeg Ibrahim.

Hadi had in een jaszak gegrepen en haalde de cd-roms eruit. Hij overhandigde ze zonder te proberen de overdracht verborgen te houden. Pogingen om niet op te vallen vielen vaak juist op. En bovendien, als een vreemde – of zelfs een geoefende douanier – de inhoud van een van beide cd's bekeek, zou hij een digitale diavoorstelling van iemands zomervakantie te zien krijgen.

'Heb je ze bekeken?' vroeg Ibrahim.

'Natuurlijk niet.'

'Nog problemen bij de douane gehad?'

'Nee. Dat verbaasde me eigenlijk wel,' zei Hadi.

'We zijn hier met vijf miljoen. Ze kunnen ons niet allemaal in de gaten houden, en ik leef onopvallend. Ze denken dat een moslim die alcohol drinkt geen gevaar voor hen vormt.'

Dat onopvallende leven hield onder meer in dat hij nooit naar een moskee ging en ook niet op plaatsen kwam die gebruikt werden door islamitische fundamentalisten, of *integrists*, zoals de Fransen ze noemden omdat de term fundamentalisten in dat land werd gebruikt voor christelijke religieuze fanaten, die het waarschijnlijk te druk met drankgebruik hadden om een bedreiging voor hen te vormen, dacht Hadi. *De ongelovigen.*

'Ze hadden het over de mogelijkheid dat ik een andere rol te spelen zou krijgen,' drong Hadi aan.

Ze zaten op een terras. Er waren mensen binnen drie meter afstand, maar ze hadden verkeerslawaai en de gebruikelijke drukte van een grote stad om zich heen. Beide mannen wisten dat ze zich niet samenzweerderig over de tafel moesten buigen. Dat deed niemand meer sinds films uit de jaren dertig. Het was veel beter om anoniem wijn te drinken, te roken en naar de vrouwen te kijken die met hun dure jurken en blote benen voorbijkwamen. De Fransen hadden daar alle begrip voor.

'Als je geïnteresseerd bent,' zei Ibrahim.

'Dat ben ik.'

'Het wordt anders dan je gewend bent. Er is enig risico aan verbonden.'

'Als God het wil.'

Ibrahim keek hem vijf seconden scherp aan en knikte toen. 'Je trip naar Brazilië... Hoe vaak ben je daar geweest?'

'Zeven keer in de afgelopen vier maanden.'

'Heb je ervan genoten?'

'Ja, het was prettig genoeg.'

'Prettig genoeg om nog een keer te gaan, als het je werd gevraagd?'

'Jazeker.'

'We hebben daar een man. Ik wil dat je met hem gaat praten en onderdak zoekt.'

Hadi knikte. 'Wanneer vertrek ik?'

'Ik heb hem,' zei Jack junior, en hij overhandigde de papieren.

Rick Bell, hoofd Analyse van de Campus, nam ze over en leunde in zijn draaistoel achterover. 'Frankrijk?' vroeg hij. 'De geboorteaankondiging?'

Op grond van zijn vermoedens over de plotselinge verandering van het communicatieprotocol bij de URC had Jack berichten naast elkaar gelegd. Het was hem gelukt een van de alfanumerieke codes te ontcijferen en een nieuwe naam op de distributielijst van de e-mails te vinden.

'Ja. Hij heet Shasif Hadi. Blijkbaar woont hij in Rome, al is niet duidelijk waar precies. In elk geval is hij moslim, waarschijnlijk Algerijns van afkomst. Vermoedelijk doet hij zijn best om de aandacht te vermijden. Hij is veel in Parijs geweest.'

Bell grinnikte. 'Waarschijnlijk weten de Italianen niet eens dat hij bestaat.'

'Hoe goed zijn ze?' vroeg Jack.

'De Italianen? Hun inlichtingendiensten zijn eersteklas, en van oudsher vinden ze het niet erg om er hard tegenaan te gaan. Hun politie is ook vrij goed. Die is niet zo aan banden gelegd als onze politie. Ze zijn beter in het opsporen van mensen en het zoeken naar achtergrondinformatie dan wij onze mensen toestaan. Ze mogen uit eigen beweging telefoons aftappen, zonder gerechtelijk bevel, net als onze mensen vroeger mochten. Als ik de wet overtrad, zou ik niet veel moeite hoeven doen om hun aandacht te trekken. Het is daar zoals het vroeger in heel Europa was: ze willen graag zo veel mogelijk over mensen weten, en over wat die mensen doen. Als je je aan de wet houdt, laten ze je met rust. Zo niet, dan kunnen ze je het leven flink zuur maken. Hun rechtsstelsel is niet als het onze, maar over het geheel genomen is het wel fair. Ze houden hun moslimpopulatie in de gaten, want er is wat gedoe geweest, al stelde dat nooit veel voor. Je hebt overigens wel gelijk: als deze man een terrorist is, weet hij zich gedeisd te houden, zijn wijn te drinken, zijn brood te eten en tv te kijken, net als iedereen doet. Ze hebben daar wel problemen met terrorisme gehad. Als je in de tijd teruggaat naar de Rode Brigades in de jaren zeventig en tachtig, ja, dat was toen een serieus probleem, en angstaanjagend ook, maar ze hebben het vrij efficiënt afgehandeld. Ze kunnen genadeloos optreden. De Italianen weten hard in te grijpen, als het moet. Die Hadi – is hij statisch?'

'Nee, het afgelopen halfjaar heeft hij veel gereisd – hier, in West-Europa, Zuid-Amerika...'

'Waar precies?'

'Caracas, Parijs, Dubai...'

'Waarom denk je, afgezien daarvan, en van de e-mail, dat hij een terrorist is?' vroeg Bell. 'Weet je, ik heb een keer een telefoontje van Comcast gekregen. Blijkbaar had ik per ongeluk meegelift met het wifinetwerk van mijn buren. Ik had geen idee.'

'Dat is hier niet het geval,' zei Jack. 'Ik heb het grondig gecontroleerd; het is Hadi's account. Het bericht komt van een Duitse internetprovider in Monte Sacro, een buitenwijk van Rome, maar dat zegt niets. Je kunt vanaf elke plaats in Europa toegang krijgen. De vraag is: waarom verstuurde hij het versleuteld over internet, als hij het ook door de telefoon had kunnen doen of de man in een restaurant had kunnen ontmoeten? Blijkbaar denkt de afzender dat het gevoelig materiaal is. Misschien weet hij niet hoe Hadi eruitziet of wil hij geen telefoongesprek voeren of ergens een bericht achterlaten – of misschien weet hij niet hoe dat moet. Die kerels zijn getrouwd met internet. Dat is een operationele zwakheid waar ze een deugd van proberen te maken. Ze hebben een relatief kleine organisatie die niet professioneel getraind is. Als die kerels de KGB van vroeger waren, zouden we diep in de puree zitten, maar ze gebruiken technologie om hun structurele zwakheden te compenseren. Ze zijn klein, en dat helpt hen zich schuil te houden, maar ze moeten westerse elektronische technologie gebruiken om met elkaar te communiceren en hun activiteiten te coördineren. Dat is prima, maar we weten dat ze ook buiten Europa opereren. Soms is het riskant om technologische grenzen over te steken. Des te meer reden om voor het belangrijkste materiaal koeriers te gebruiken.

Als ze een staat waren, zouden ze over meer middelen beschikken, maar dan konden we hen ook gemakkelijk vinden en wisten we meer van hun hiërarchie. Wat dat betreft, is er goed nieuws en slecht nieuws. Je kunt een geweer gebruiken tegen een grote vleermuis, maar niet tegen een mug. De mug kan ons niet veel kwaad doen, maar hij kan ons leven wel ellendig maken. Onze kwetsbaarheid is dat we het menselijk leven hoger aanslaan dan zij. Als dat niet zo was, konden ze ons helemaal geen kwaad doen, maar het is nu eenmaal zo, en daar komt geen verandering in. Ze proberen onze zwakheden en onze fundamentele principes tegen ons te gebruiken, en voor ons is het moeilijk om diezelfde dingen tegen hen in te zetten. Zolang we die muggen niet kunnen identificeren, blijven ze ons steken, in de hoop ons gek te maken. Intussen proberen ze hun eigen vaardigheden en onze eigen technologie steeds beter tegen ons te gebruiken.'

'Wat zijn je aanbevelingen?'

'We proberen zo veel mogelijk over zijn provideraccount en over de financiën te weten te komen. We volgen het geldspoor. In een ideale wereld zouden we dat aan de Duitse BND vragen, maar dat gaat helaas niet. We kunnen het niet eens door de CIA voor ons laten doen, of wel?'

En met die vraag had Jack het grootste probleem op de Campus verwoord. Omdat de Campus niet bestond, konden ze hun ontdekkingen niet aan de officiële inlichtingendiensten doorgeven en dus ook geen gebruikmaken van de conventionele kanalen. Zelfs wanneer ze olie in Kansas ontdekten en mensen rijk maakten, zou een of andere bureaucraat gaan uitzoeken wie het had gedaan en daarmee de dekmantel van de Campus bederven. Geheimhouding kon net zo goed een handicap als een voordeel zijn. Ze konden in dit geval misschien doen alsof ze de CIA waren en een verzoek aan Fort Meade richten, waar de NSA gevestigd was, maar zelfs dat was gevaarlijk en moest worden goedgekeurd door Gerry Hendley zelf. Maar goed, je moest nu eenmaal naast de voordelen ook de nadelen aanvaarden.

'Ik ben bang van niet,' antwoordde Bell. 'Nou ja, tenzij Hadi per ongeluk op iemands lijst is gekomen of de e-mail zelf onschuldig is, zou ik zeggen dat we met een koerier te maken hebben.'

Koeriers waren niet het snelste communicatiemiddel, maar wel het veiligste. Beveiligingsmensen op vliegvelden waren niet getraind op het ontdekken van versleutelde gegevens en boodschappen, die gemakkelijk te verbergen waren in een document of op een cd-rom. Behalve wanneer je de identiteit van een koerier wist – en die wisten ze nu misschien – konden de schurken alle mogelijke plannen smeden zonder dat je er ooit achter kwam.

'Akkoord,' zei Jack. 'Tenzij hij voor *National Geographic* werkt, zit er misschien iets in. Hij werkt mee aan operaties of hij verleent ondersteuning.'

De jongen dacht goed na, dacht Rick Bell. 'Oké,' zei hij tegen Jack. 'Zet het boven aan je lijst en hou me op de hoogte.'

'Goed,' zei Jack, en hij stond op. Hij draaide zich om naar de deur, maar keek Bell toen weer aan.

'Is er nog iets?' vroeg Bell.

'Ja, ik wil de baas spreken.'

'Waarover?'

Jack vertelde het hem. Bell probeerde niets van zijn verbazing te laten blijken. Hij maakte een bruggetje van zijn vingers en keek Jack aan. 'Waar komt dit vandaan? Van die MoHa-operatie? Want dat is niet het echte leven, Jack. Veldwerk is...'

'Ik weet het, ik weet het. Ik wil alleen het gevoel hebben dat ik iets doe.'

'Je doet iets.'

'Je weet wat ik bedoel, Rick. Ik heb er veel over nagedacht. Laat me het in elk geval aan Gerry voorleggen.'

Bell dacht erover na en haalde zijn schouders op. 'Oké. Ik zal het regelen.'

Vijftienduizend kilometer en verdomme nog steeds geen bier, dacht Sam Driscoll, maar die gedachte was snel voorbij, want hij herinnerde zichzelf er nog eens aan dat het weinig had gescheeld of hij had de vlucht naar huis in een rubberen zak moeten maken. Een klein eindje naar links of rechts, hadden de dokters gezegd, en de rotssplinter zou een van de vitale aderen in zijn schouder hebben doorgesneden en dan zou hij misschien allang zijn doodgebloed voordat hij bij de Chinook was.

Maar we zijn er onderweg twee kwijtgeraakt. Barnes en Gomez hadden de volle laag van de RPG gekregen. Young en Peterson hadden granaatscherven in hun benen gekregen, maar het was hun gelukt zelfstandig in de Chinook te klimmen. Daarna was het een korte vlucht naar de basis Kala Gush geweest, waar Driscoll afscheid had genomen van zijn team, met uitzondering van kapitein Wilson, die hem met zijn verbrijzelde been vergezelde naar de luchtmachtbasis Ramstein en vandaar naar het Brooke Army Medical Center in Fort Sam Houston. Het bleek dat beiden het soort orthopedische chirurgie nodig hadden waarin Brooke zich had gespecialiseerd. En pijnstillers. De zusters waren erg goed met de pijnmedicatie. Die had hem geholpen te vergeten dat er nog maar vijf dagen eerder een stuk Hindu Kushgraniet uit zijn schouder had gestoken.

De missie was een mislukking geweest, zeker wat betreft hun hoofddoel, en Rangers maakten er geen gewoonte van om te falen, of het nu hun eigen schuld was of niet. Als hun inlichtingen juist waren geweest en degene die ze zochten ooit in die grot was geweest, was hij ontkomen, waarschijnlijk nog geen dag voordat ze daar waren aangekomen. Evengoed besefte Driscoll dat het veel erger had kunnen aflopen, vooral door alles wat ze op de terugweg naar de landingszone hadden moeten doormaken. Hij had twee mannen verloren. *Barnes en Gomez. Verdomme.*

De deur ging open, en kapitein Wilson reed in een rolstoel naar binnen. 'Heb je even tijd voor bezoek?'

'Reken maar. Hoe gaat het met uw been?'

'Nog steeds gebroken.'

Driscoll grinnikte daarom. 'Dat blijft nog een hele tijd zo, kapitein.'

'Maar geen pennen of platen. Dat scheelt alweer. Hoe gaat het met jou?'

'Weet ik niet. De artsen zijn nogal zwijgzaam. De operatie is goed verlopen, er is geen beschadiging van de bloedvaten, want dat zou niet best zijn geweest. Gewrichten en botten zijn gemakkelijker te repareren, denk ik. Hebt u iets van de jongens gehoord?'

'Ja, daar gaat het goed mee. Ze zitten op hun reet, en dat is hun goed recht.'

'Young en Peterson?'

'Allebei goed. Een paar weken lichte dienst. Zeg, Sam, er is iets op komst.'

'Aan uw gezicht kan ik zien dat het geen bezoek van Carrie Underwood is.'

'Ik ben bang van niet. De CID. Er waren twee agenten bij het bataljon.'

'Wij allebei?'

Wilson knikte. 'Ze hebben de rapporten gelezen die we na de actie hebben opgesteld. Is er iets wat ik moet weten, Sam?'

'Nee, kapitein. Ik kreeg vorige maand een parkeerbon bij de sportschool, maar verder ben ik een brave jongen geweest.'

'In de grot was alles ook koosjer?'

'De gebruikelijke shit, kapitein. Precies zoals ik het heb opgeschreven.'

'Nou, ze komen vanmiddag. Vertel maar gewoon wat er gebeurd is. Dan komt het wel goed.'

Al binnen enkele minuten wist Driscoll waar die kerels van de CID op uit waren: zijn hoofd. Iemand – hij wist niet wie, of waarom – had het op hem gemunt na wat er in de grot was gebeurd.

'En op hoeveel wachters stuitte u?'

'Twee.'

'Allebei gedood?'

'Ja.'

'Oké, en toen ging u de grot zelf in. Hoeveel van de aanwezigen daar waren gewapend?' vroeg een van de onderzoekers.

'Nadat we ons werk hadden gedaan, telden we...'

'Nee, we bedoelen toen u de grot binnenging. Hoeveel van hen waren gewapend?'

'Wat verstaat u onder gewapend?'

'Niet eigenwijs zijn, sergeant. Op hoeveel gewapende mannen stuitte u toen u de grot binnenging?'

'Dat staat in mijn rapport.'

'Drie, nietwaar?'

'Dat zou kunnen,' antwoordde Driscoll.

'De rest sliep.'

'Met een AK onder hun kussen. Jullie snappen het niet. Jullie hebben het over gevangenen, hè? Zo werkt het niet, niet in de echte wereld. Als het in zo'n grot tot een vuurgevecht komt, al is het maar met één schurk, dan vallen er doden onder de Rangers.'

'U hebt niet geprobeerd de slapende mannen buiten gevecht te stellen?'

Driscoll glimlachte. 'Ik zou zeggen dat ze voldoende buiten gevecht gesteld zijn.'

'U schoot ze dood in hun slaap.'

Driscoll zuchtte. 'Jongens, waarom zeggen jullie niet gewoon waar jullie voor komen?'

'Zoals u wilt. Sergeant, alleen al in uw eigen rapport staat voldoende bewijsmateriaal om u van de moord op ongewapende strijders te kunnen beschuldigen. Daar komen dan nog de verklaringen van de rest van uw team bij...'

'Jullie hebben vast nog niet officieel met hen gepraat.'

'Nee. Nog niet.'

'Want jullie weten dat dit grote onzin is, en jullie hebben liever dat ik mijn hoofd netjes op het hakblok leg zonder problemen te maken. Waarom doen jullie dit? Ik deed mijn werk. Doe jullie huiswerk nou. Wat wij deden, is de standaardprocedure. Je geeft de vijand niet de kans om op je te schieten.'

'En blijkbaar gaf u hun ook niet de kans om zich over te geven.'

'Godallemachtig... Heren, die idioten geven zich niet over. Als het op fanatisme aankomt, waren die Japanse kamikazepiloten uit de oorlog vergeleken met hen regelrechte slappelingen. Als we hadden gedaan wat u nu zegt, zouden er mannen van mij zijn omgekomen, en dat wil ik niet hebben.'

'Sergeant, geeft u nu toe dat u de mannen in die grot preventief hebt geëxecuteerd?'

'We zijn uitgepraat totdat ik met een TDS-advocaat heb gesproken.'

35

'Het is zoeken naar een speld in een hooiberg,' zei Brian Caruso, terwijl hij uit het passagiersraam van de auto naar het landschap keek. 'Maar er zijn slechtere plaatsen om dat te doen, denk ik.' Zweden was verdraaid mooi, met veel groen en ook smetteloos schone wegen, voor zover ze hadden kunnen zien sinds ze Stockholm hadden verlaten. Nergens afval te bekennen. Ze waren honderdvijftig kilometer ten noorden van de Zweedse hoofdstad; twintig kilometer naar het noordoosten fonkelde het water van de Botnische Golf onder een enigszins betrokken hemel. 'Waar denk je dat ze het Zweedse bikiniteam hebben?' vroeg Brian.

Dominic lachte. 'Dat zijn computeranimaties, broertje. Niemand heeft ze ooit in het echt gezien.'

'Onzin; ze zijn echt. Hoe ver is die plaats? Hoe heet het? Söderhamn?'

'Ja. Ongeveer tweehonderdvijftig kilometer.'

Jack en Sam Granger hadden hun de briefing gegeven, en terwijl de gebroeders Caruso het erover eens waren dat het allemaal nogal 'vergezocht' was, vonden ze het ook wel een aantrekkelijk idee om op verkenning uit te gaan. Daar kwam nog bij dat het een goede oefening was. Tot nu toe hadden ze het grootste deel van hun werk voor de Campus in Europa gedaan, en hoe meer je in een echte operationele omgeving kon oefenen, des te beter was het. Ze voelden zich allebei nogal naakt zonder vuurwapens, maar ook dat was een operationele realiteit: in het buitenland zouden ze vaak ongewapend zijn.

Ze wisten geen van beiden hoe Jack de connectie van Hlasek Air met het kleine vliegveldje van Söderhamn had ontdekt, maar waar de verdwenen Dassault Falcon ook was terechtgekomen, zijn laatst bekende landingsplaats was daar. Het was, legde Dominic uit, ongeveer zoiets als het opsporen van een vermist persoon: waar was hij voor het laatst gezien, en door wie? Ze wisten nog niet hoe ze antwoorden op die vragen zouden vinden als ze eenmaal in Söderhamn waren aangekomen. Jack had met een schaapachtige grijns datgene voorgesteld wat ze waarschijnlijk inderdaad zouden doen: improviseren. Daarvoor hadden de documentenmensen van de Campus, die in een kamertje ergens diep in het gebouw zaten, ze van briefpapier en visitekaartjes voorzien, en ook van papieren van de onderzoeksafdeling van Lloyd's of London, het moederbedrijf van XL Insurance Switzerland.

Vroeg in de middag kwamen ze bij de zuidrand van Söderhamn, een plaats met twaalfduizend inwoners. Dominic verliet de E4 en volgde de borden naar het vliegveld, om ten slotte het bijna lege parkeerterrein daarvan op te rijden. Ze telden drie auto's. Door het tweeënhalve meter hoge draadgazen hek zagen ze een rij van vier hangargebouwen met witte daken. Een tankwagen reed in zijn eentje over het gebarsten asfalt.

'Goed idee om in het weekend te gaan,' merkte Brian op. Ze hadden de theorie dat er op een zaterdagmiddag weinig personeel op het vliegveld zou zijn en dat ze daardoor niet zo gauw iemand met echt gezag tegen het lijf zouden lopen. Met een beetje geluk was het kantoor bemand door een parttime minimumloner die alleen maar zo rustig mogelijk door de middag wilde komen en zat te wachten tot hij naar huis kon.

Ze stapten uit, liepen naar het kantoor en gingen naar binnen. Een blonde jongen van begin twintig zat met zijn voeten op een kastje achter de balie. Op de achtergrond dreunde de nieuwste versie van Zweedse technopop uit een gettoblaster. De jongen stond op en zette de muziek zachter.

'*God dag*,' zei de jongen.

Dominic legde zijn papieren op de balie. '*God dag*.'

Na vijf minuten paaien en indirect dreigen kregen ze inzage in het register van het vliegveld. Daaruit bleek dat er in de afgelopen acht weken maar twee keer een Dassault Falcon was aangekomen, anderhalve maand geleden een uit Moskou en drie weken geleden een van het in Zürich gevestigde Hlasek Air. 'We moeten de passagierslijst, het vluchtplan en de onderhoudsgegevens van dat vliegtuig inzien,' zei Dominic, en hij tikte op de map.

'Die heb ik hier niet. Die zullen in de grote hangar zijn.'

'Laten we daar dan heen gaan.'

De jongen pakte de telefoon.

De monteur van dienst, Harold, was amper ouder dan de baliemedewerker en nog minder blij hen te zien. 'Onderzoekers van een verzekeringsmaatschappij', 'vermist vliegtuig' en 'onderhoudsgegevens' waren drie frasen die geen enkele vliegtuigmonteur graag hoorde, zeker niet in combinatie met Lloyd's of London, dat al bijna driehonderd jaar een gezag genoot als weinig andere ondernemingen ter wereld en daar ten volle gebruik van maakte.

Harold leidde hen naar het onderhoudskantoor, en even later zaten Dominic en Brian achter de gegevens waarom ze hadden gevraagd, en ook achter twee koppen koffie. Harold bleef in de deuropening staan, tot Brian hem met een blik van 'je kunt wel gaan' wegstuurde zoals alleen een marinier dat kon.

Volgens het vluchtplan dat Hlasek Air had ingediend was Madrid de bestemming van de Falcon geweest, maar vluchtplannen waren niet meer dan wat het woord zei: plannen. Eenmaal buiten het luchtruim van Söderhamn kon de Falcon overal heen zijn gegaan. Daar zaten natuurlijk complicaties aan vast, maar daar was wel een mouw aan te passen. De onderhoudsgegevens zagen er ook normaal uit, totdat ze voorbij de samenvatting kwamen en de details lazen. Op het vliegveld hadden ze niet alleen de tanks van de Falcon volgegooid, maar de monteur van dienst had ook een diagnostische scan van de transponder in het vliegtuig verricht.

Dominic stond op en tikte op de glazen ruit van het kantoor om Harold bij zich te laten komen. Hij liet de monteur het onderhoudsrapport zien. 'We willen graag met die monteur praten. Met Anton Rolf.'

'Eh, die is er vandaag niet.'

'Dat dachten we al. Waar kunnen we hem vinden?'

'Dat weet ik niet.'

'Wat bedoel je?' vroeg Brian.

'Anton is al een week niet op zijn werk gekomen. Niemand heeft iets van hem gezien of gehoord.'

De politie van Söderhamn, vertelde Harold, was afgelopen woensdag naar het vliegveld gekomen nadat er aangifte van vermissing was gedaan door Rolfs tante, bij wie hij woonde. Haar neef was de vrijdag daarvoor niet van zijn werk naar huis gekomen.

Brian en Dominic namen aan dat de politie al het gebruikelijke onderzoekswerk had gedaan. Ze reden naar Söderhamn, gingen naar Hotel Linblomman en sliepen tot zes uur. Toen vonden ze een restaurant daar in de buurt, waar ze aten en een uur de tijd doodden voordat ze drie huizenblokken liepen naar een café dat *Dålig Radisa* – de Slechte Radijs – heette. Volgens Harold was dat Anton Rolfs stamkroeg geweest.

Nadat ze het blok waren rondgelopen, duwden ze de voordeur van het café open. Er kwam ze meteen een golf van sigarettenrook en heavy metal tegemoet, en ze werden verzwolgen door een zee van blonde lichamen die zich bij de bar verdrongen of dansten op de weinige vrije ruimte die was overgebleven.

‘Het is tenminste niet van die techno-shit,’ riep Brian boven de herrie uit.

Dominic hield een voorbijkomende serveerster aan en bestelde in zijn haperende Zweeds twee biertjes. Ze verdween en kwam vijf minuten later terug. ‘Spreek je Engels?’ vroeg hij haar.

‘Ja. Je bent Engels?’

‘Amerikaans.’

‘Hé, Amerikaans, dat is geweldig, ja?’

‘We zoeken Anton. Heb je hem gezien?’

‘Welke Anton? Er komen hier veel Antons.’

‘Anton Rolf,’ antwoordde Brian. ‘Monteur. Hij werkt op het vliegveld.’

‘Ja, oké, Anton. Hij is hier een week niet geweest, geloof ik.’

‘Weet je waar we hem kunnen vinden?’

De glimlach van de serveerster verflauwde een beetje. ‘Waarom zoeken jullie hem?’

‘We hebben hem vorig jaar op Facebook ontmoet. We zeiden tegen hem dat we hem zouden opzoeken als we weer in Zweden waren.’

‘O, hé, Facebook. Dat is cool. Zijn vrienden zijn hier. Misschien weten zij het. Daar in de hoek.’ Ze wees naar een tafel met vijf twintigers in voetbalshirts.

‘Dank je,’ zei Brian, en de serveerster maakte aanstalten om door te lopen. Dominic hield haar staande. ‘Hé, gewoon uit nieuwsgierigheid. Waarom vroeg je waarom we op zoek waren naar Anton?’

‘Er zijn anderen geweest. Niet zo aardig als jullie.’

‘Wanneer?’

‘Afgelopen dinsdag? Nee, sorry, maandag.’

‘De politie misschien?’

‘Nee, niet de politie. Ik ken iedereen van de politie. Vier mannen, niet blank, maar ook niet zwart. Misschien uit het Midden-Oosten.’

Zodra ze weg was, riep Dominic in Brians oor: ‘Maandag. Drie dagen nadat Rolfs tante zei dat hij niet was thuisgekomen.’

‘Misschien wil hij niet worden gevonden,’ zei Brian. ‘Shit, man, dat het nou net voetballers moeten zijn.’

‘En?’

‘Heb je nooit naar het WK gekeken, broertje? Die kerels houden meer van vechten dan van drinken.’

‘Dan moet het niet zo moeilijk zijn een reactie van ze te krijgen.’

‘Dom, ik heb het niet over boksen. Ik heb het over straatvechten: stompen en trappen. Neem die hele groep bij elkaar, en wat krijg je?’

‘Wat?’

‘Een mond vol losse tanden,’ antwoordde Brian met een boosaardige grijns.

‘Hé, jongens, we zijn op zoek naar Anton,’ zei Dominic. ‘De serveerster zei dat jullie zijn vrienden zijn.’

‘We spreken geen Engels,’ zei een van hen. Hij had een raster van dikke littekens op zijn voorhoofd.

‘Hé, *fuck you*, Frankenstein,’ zei Brian.

De man schoof zijn stoel achteruit, stond op en richtte zich op. De rest volgde zijn voorbeeld.

‘Nu spreek je wel Engels, hè?’ riep Brian.

‘Zeg maar tegen Anton dat we hem zoeken,’ zei Dominic. ‘Anders brengen we een bezoek aan zijn tante.’

Brian en Dominic liepen om de groep heen naar de deur die op het steegje uitkwam. ‘Hoe lang zou het duren?’ vroeg Brian.

‘Dertig seconden, niet langer,’ antwoordde Dominic.

In het steegje pakte Brian een stalen vuilnisbak en Dominic een stuk roestige betonbewapening dat zo lang was als zijn onderarm. Toen ze zich omdraaiden, zagen ze de deur naar buiten openzwaaien. Brian, die achter de deur stond, liet twee van de voetballers naar buiten komen en op Dominic afstormen, schopte toen de deur voor de neus van de derde dicht en stapte naar voren, zwaaiend met de vuilnisbak alsof het een zeis was. Dominic stelde de voorste voetballer met een schop tegen zijn knie buiten gevecht, ontweek een stomp van de tweede en liet de betonbewapening keihard neerdalen op diens uitgestoken elleboog, die direct verbrijzelde. Brian draaide zich om toen de deur weer openzwaaide, ramde met de ronde onderkant van de vuilnisbak tegen het voorhoofd van de derde man, wachtte tot hij in elkaar was gezakt en gooide de vuilnisbak toen naar de knieën van de laatste twee mannen die door de deuropening kwamen aanstormen. De eerste zakte voor Brians voeten in elkaar en duwde zich omhoog op zijn handen en knieën, maar Brian gaf hem een schop met zijn hak tegen zijn hoofd, zodat hij weer neerviel. De laatste voetballer stormde met gebalde vuisten en maaiende armen op Dominic af, die zich terugtrok om buiten bereik te blijven. Hij liet de man nog even naar zich toe komen, deed toen een stap opzij en sloeg met de bewapeningsstaaf tegen de zijkant van zijn hoofd. De man dreunde tegen de muur van het steegje en zakte in elkaar.

‘Ben je ongedeerd?’ vroeg Dominic aan zijn broer.

‘Ja, en jij?’

‘Is er iemand wakker?’

'Ja, hier is er eentje.' Brian knielde neer bij de eerste voetballer die naar buiten was gekomen. De man kreunde en rolde heen en weer, zijn verbrijzelde knie in zijn handen. 'Hé, Frankenstein, zeg tegen Anton dat we hem zoeken.'

Ze lieten de voetballers in het steegje achter en staken de straat over naar een plantsoen, waar Dominic op een bank ging zitten. Brian draafde naar het hotel terug, haalde hun huurauto op, kwam terug en parkeerde aan de andere kant van het plantsoen.

'Geen politie?' vroeg Brian toen hij tussen de bomen door naar Dominics bank terugliep.

'Nee. Ze leken me niet zulke fans van de politie.'

'Mij ook niet.' Ze wachtten vijf minuten, en toen ging de voordeur van het café open. Twee van de voetballers kwamen naar buiten en schuifelden naar een auto die een eindje verderop geparkeerd stond. 'Goede vrienden,' merkte Brian op. 'Lichtgelovig, maar goed.'

36

Ze volgden de auto van de voetballers, een donkerblauwe Citroën, door de binnenstad van Söderhamn naar de oostelijke rand van de stad en vervolgens naar het platteland. Na zeven kilometer kwamen ze in een klein plaatsje. 'Forsbacka,' las Brian op de kaart. De Citroën verliet de grote weg en sloeg een aantal keren links en rechts af voor hij het pad op reed van een mintgroen huis. Dominic reed het huis voorbij, ging bij de volgende hoek naar rechts en stopte onder een boom langs de kant van de weg. Door het achterraam van de auto konden ze de voordeur van het huis zien. De voetballers waren al op de veranda. Een van hen klopte aan. Een halve minuut later ging het verandalicht aan en werd de deur geopend.

'Wat denk je? Nu naar binnen gaan of wachten?' vroeg Dominic.

'Wachten. Als het Rolf is, is hij slim genoeg geweest om een week uit het zicht te blijven. Hij rent nu heus niet meteen weg.'

Na twintig minuten ging de voordeur weer open en kwamen de voetballers tevoorschijn. Ze stapten weer in de Citroën en reden weg. Brian en Dominic wachtten tot hun achterlichten om de hoek waren verdwenen, stapten toen uit, staken de straat over en liepen naar het huis. Een heg van uitgegroeide seringenstruiken scheidde het huis van het volgende. Ze volgden de heg, liepen langs twee donkere ramen en kwamen bij de vrijstaande garage, waar ze omheen liepen tot ze de achterkant van het huis konden zien: een achterdeur, geflankeerd door twee ramen. Alle ramen waren donker, op één na. Ze zagen een man langs het raam lopen en voor een keukenkastje blijven staan, dat hij open- en dichtdeed. Tien seconden later kwam hij met een koffer tevoorschijn. Brian en Dominic doken weg. De zijdeur van de garage ging open en ze hoorden een autoportier open- en dichtgaan. De garagedeur ging weer dicht, en toen viel de achterdeur van het huis ook dicht.

'Hij smeert 'm. Laten we er maar van uitgaan dat Anton een voetballer is, net als zijn vrienden.'

'Ik dacht hetzelfde. Hij heeft vast geen pistool – de Zweedse wetten zijn erg streng op dat punt –, maar je kunt nooit voorzichtig genoeg zijn. We werken hem meteen tegen de grond.'

'Oké.'

Ze kozen positie aan weerskanten van de achterdeur en wachtten af. Vijf minuten gingen voorbij. Ze hoorden de man binnen lopen. Brian maakte de hordeur open en probeerde de deurknop van de achterdeur. Niet op slot. Hij keek achterom naar Dominic, knikte hem toe, draaide aan de knop, deed voorzichtig de deur open en bleef staan. Hij wachtte. Niets. Brian liep naar binnen en hield de deur open voor Dominic, die volgde.

Ze stonden nu in een smalle keuken. Links van hen, voorbij de koelkast, bevond zich de eetkamer. Rechts van hen leidde een kort gangetje naar de voorkant van het huis, waar blijkbaar de huiskamer was. Er stond ergens een televisie aan. Brian ging een stap opzij en gluurde om de hoek. Hij trok zich terug en gaf een teken aan Dominic: *Ik zie één man. Ik ga naar binnen.* Dominic knikte.

Brian deed een stap, bleef staan, deed nog een stap en was daarmee al halverwege het gangetje.

De plankenvloer onder zijn voeten kraakte.

In de huiskamer keek Anton Rolf, die voor de televisie stond, meteen op. Hij zag Brian en rende naar de voordeur. Brian stormde naar voren, bukte zich, zette beide handen tegen de langwerpige houten salontafel en gebruikte hem als bulldozer om Rolf tegen de half geopende voordeur te drukken. Rolf verloor zijn evenwicht en viel achterover. Brian was al in beweging. Hij stond op de salontafel en sprong eroverheen. Hij greep Rolf bij zijn haren vast en liet zijn voorhoofd tegen de deurpost dreunen, en toen nog een keer, en nog een keer. Rolf verslapte.

Ze vonden een rol waslijn in een keukenla en bonden Rolf daarmee vast. Terwijl Brian hem in de gaten hield, doorzocht Dominic het huis. Hij vond niets bijzonders, behalve de koffer die Rolf wilde meenemen. 'Hij heeft hem snel volgegooid,' zei Brian, terwijl hij tussen de kleren en toiletspullen zocht die er haastig in gegooid waren. Het was duidelijk dat Rolf pas had besloten weg te gaan toen hij zijn vrienden op bezoek kreeg.

Buiten hoorden ze piepende banden. Brian liep naar het raam aan de voorkant, keek naar buiten en schudde zijn hoofd. Dominic ging naar de keuken en zag een vrouw die om de hoek van het pad liep, recht op de achterdeur af, die even later opengging, net op het moment dat Dominic erachter ging staan. De vrouw kwam naar binnen. Dominic gooide de deur dicht, stapte op haar af, klemde zijn rechterhand over haar mond en draaide haar hoofd opzij, zodat het tegen zijn schouder kwam te liggen.

'Stil,' fluisterde hij in het Zweeds. 'Spreek je Engels?'

Ze knikte. De meeste Zweden spraken Engels, hadden ze gemerkt, zoals ook het geval was in veel andere Europese landen. Amerikanen waren in die zin uniek dat ze eigenlijk alleen Engels spraken – en zelfs dat soms niet zo goed.

'Ik haal mijn hand nu weg. We doen je geen pijn, maar als je gaat gillen, druk ik je mond dicht. Begrepen?'

Ze knikte.

Dominic haalde zijn hand weg en duwde haar zachtjes op een van de stoelen in de eetkamer. Dominic kwam binnen. 'Hoe heet je?' vroeg hij haar.

'Maria.'

'Is Anton je vriend?'

'Ja.'

'Er zijn mensen op zoek naar hem, weet je?'

'Ja, jullie.'

'Ook anderen,' zei Brian. 'De serveerster in de Radisa zei tegen ons dat een paar kerels uit het Midden-Oosten naar hem hadden gevraagd.' Maria zweeg. 'Dat heeft hij je niet verteld, hè?'

'Nee.'

'Waarschijnlijk wilde hij niet dat je je zorgen maakte.'

Maria rolde met haar ogen, en Brian grinnikte. 'Zo dom zijn we soms.'

Dat bracht een glimlach op Maria's lippen. 'Ja, dat weet ik.'

Dominic vroeg: 'Heeft Anton je verteld waarom hij zich schuilhoudt?'

'Het heeft iets met de politie te maken.'

Brian en Dominic keken elkaar even aan. Had Anton gedacht dat de politie om een andere reden op zoek naar hem was? Iets anders dan de aangifte van vermissing die zijn tante had gedaan?

'Waar gingen jullie heen?' vroeg Dominic.

'Stockholm. Hij heeft daar vrienden.'

'Oké, luister: als we je kwaad hadden willen doen, hadden we dat nu al gedaan. Begrijp je dat?'

Ze knikte. 'Wie zijn jullie?'

'Dat doet er niet toe. Je moet Anton iets aan zijn verstand brengen. Als hij antwoord geeft op onze vragen, zullen we zien wat we kunnen doen om hem te helpen. Oké? Zo niet, dan loopt het slecht af.'

'Oké.'

Brian haalde een kan met koud water uit de keuken en goot hem leeg over Antons hoofd. Dominic en hij wachtten aan de andere kant van de huiskamer, terwijl Maria voor Antons stoel neerknielde en tegen hem fluisterde. Even later draaide ze zich om en knikte hen toe.

'Mijn tante heeft aangifte van vermissing gedaan,' zei Anton.

Dominic knikte. 'Ze had je niet meer gezien. Ze zal zich wel zorgen hebben gemaakt. Dacht je dat het om iets anders ging? Iets wat met dat vliegtuig te maken had?'

'Hoe wisten jullie daarvan?'

'Een gevoel,' antwoordde Brian. 'Tot nu toe. Heb je iets met de transponder gedaan?'

Anton knikte.

'Wat?'

'De code gedupliceerd.'

'Voor een ander vliegtuig, een Gulfstream?'

'Ja.'

'Wie heeft je daarvoor betaald?'

'De man – de eigenaar.'

'Van Hlasek Air. Lars.'

'Ja.'

'Het was niet de eerste keer dat je dat voor hem deed, hè?' vroeg Brian.

'Nee.'

'Hoe heeft hij je betaald?'

'Geld... cash.'

'Was je daar op de avond dat de Dassault binnenkwam en opsteeg?'

'Ja.'

'Vertel eens,' zei Dominic.

'Er kwamen vier passagiers met een limousine. Types uit het Midden-Oosten. Ze stapten in en het vliegtuig steeg op. Dat is alles.'

'Kun je ze beschrijven?'

Rolf schudde zijn hoofd. 'Het was te donker. Je zei iets over de Radisa. Zijn er nog meer mensen naar mij op zoek?'

'Ja, volgens de serveerster,' zei Brian. 'Vier mannen uit het Midden-Oosten. Enig idee waarom ze je zoeken?'

Rolf keek hem scherp aan. 'Denk je dat je grappig bent?'

'Nee, sorry.'

Dominic en Brian lieten Maria bij Anton achter en liepen het gangetje in. 'Denk je dat hij de waarheid spreekt?' vroeg Brian.

'Ja. Hij is doodsbang en heel blij dat degenen die binnenkwamen blanke gezichten hadden.'

'Hij weet niets wat we kunnen gebruiken. Geen naam, geen gezichten, geen papieren spoor – alleen dat het mannen uit het Midden-Oosten waren die incognito op reis waren naar god mag weten waar. Als Binnenlandse Veiligheid of de FBI Hlasek of zijn piloot te pakken had gekregen, zouden ze niet aan Zürich en Stockholm hebben gevraagd op onderzoek uit te gaan.'

'Waarschijnlijk heb je gelijk,' zei Dominic.

'En die twee?'

'Het beste wat we kunnen doen, is ze naar Stockholm brengen. Als Anton slim is, geeft hij zich aan bij de Rikskriminalpolisen. Hij moet maar hopen dat ze geïnteresseerd zijn in zijn verhaal.'

Dominic lette op Anton en Maria toen ze hun spullen bij elkaar pakten. Brian ging door de achterdeur naar buiten om de auto op te halen. Even later kwam hij hijgend terug. 'Probleem. De banden van onze huurauto zijn doorgesneden.'

Dominic keek Anton aan. 'Je vrienden?'

'Nee. Ik heb tegen ze gezegd dat ze niet terug moesten komen.'

Buiten was het geluid van remmen te horen. Dominic deed de lamp uit. Brian draaide de voordeur op slot en tuurde door het kijkgaatje. 'Vier mannen,' fluisterde hij. 'Gewapend. Twee komen naar de voorkant, twee gaan achterom.'

'Je bent gevolgd,' zei Dominic tegen Maria.

'Ik heb niemand gezien...'

'Dat was ook de bedoeling.'

'Heb je een wapen?' vroeg Brian aan Anton.

'Nee.'

Dominic en Brian keken elkaar aan. Ze wisten allebei wat de ander dacht: te laat om de politie te bellen. En zelfs als het niet te laat was, zou het feit dat zij erbij betrokken waren meer problemen veroorzaken dan oplossen.

'Ga naar de keuken,' zei Dominic tegen Anton en Maria. 'Doe de deur op slot en ga dan op de vloer liggen. Hou je stil.' Dominic en Brian volgden hen daarheen. 'Messen?' fluisterde Brian tegen Anton, die naar een la wees. Brian liep erheen, voorovergebogen onder het raam langs. Hij trok de la open en vond twee vleesmessen met een roestvrijstalen lemmet van vijftien centimeter. Hij gaf er een aan Dominic, wees toen naar zichzelf en de huiskamer en liep die kant op. Dominic volgde hem, en samen schoven ze de bank, de salontafel en een fauteuil tegen de deur. Het zou de mannen niet tegenhouden, maar hen wel vertragen en hun overwicht kleiner maakten, hoopten de broers. Al zat er niets anders voor hen op dan het met messen tegen vuurwapens op te nemen.

Dominic zwaaide naar zijn broer om hem succes te wensen en ging naar de keuken terug. Brian posteerde zich aan het eind van het gangetje, zijn blik strak op de voordeur gericht.

Op de vloer fluisterde Maria: 'Wat...'

Dominic schudde zijn hoofd.

Buiten het keukenraam waren gedempte stemmen te horen. Er gingen tien seconden voorbij. De deurknop van de achterdeur draaide krakend eerst de ene en toen de andere kant op. Dominic liep voorovergebogen om Anton en Maria heen en drukte zich toen naast de deurknop tegen de muur.

Stilte.

Weer gedempte stemmen.

Van de zijkant van het huis kwam het geluid van glas dat aan scherven sprong. Dominic hoorde iets, waarschijnlijk een steen, op de vloer vallen. Een afleidingsmanoeuvre, dacht hij, en hij wist dat Brian tot dezelfde conclusie was gekomen. De hordeur ging krakend open.

Er sloeg iets zwaars tegen de deur. En nog een keer. De houten deurpost naast Dominics hoofd versplinterde. Bij de derde dreun vloog de deur naar binnen open. Eerst verschenen een onderarm en een hand met een revolver, en meteen daarop een gezicht. Dominic wachtte tot zijn doelwit – de zachte plek onder de oorlel – was verschenen, en liet het mes toen uitschieten. Hij stak het tot aan het heft in de keel van de man en gebruikte het als hefboom om hem verder naar binnen te trekken. De man liet het wapen vallen. Dominic schopte het door het gangetje en Brian pakte het op. Dominic haalde het mes terug, stak zijn hand uit, pakte de deur vast en gooide hem dicht, zodat de man weer naar buiten viel.

Aan de voorkant van het huis waren twee schoten te horen. De ramen verbrijzelden. Brian hurkte neer en richtte de revolver op de voordeur. Dominic liep om Maria en Rolf heen, bukte zich en gluurde door het keukenraam. Buiten knielden twee mannen bij hun collega neer. Een van hen keek op, zag Dominic en schoot twee keer door het raam.

Dominic liet zich op handen en knieën zakken en vroeg aan Maria: 'Bakolie?' Ze wees naar het benedenkastje tegenover hen. Dominic beval hen naar Brian in de huiskamer te gaan, gooide de open fles anderhalve meter bij de deur vandaan op de linoleumvloer en ging zelf ook naar de huiskamer. Toen hij om Brian heen liep, vloog de achterdeur weer open. Er rende een man naar binnen, gevolgd door een tweede. De eerste kwam op de geoliede vloer terecht en gleed onderuit, met medeneming van zijn collega. Met naar voren gestoken revolver liep Brian de hal in, zijn rechterschouder tegen de muur gedrukt, en opende het vuur. Hij schoot twee kogels in de eerste man en drie in de tweede, pakte toen hun wapens en gooide er een naar Dominic toe, die al door het gangetje liep en Maria en Rolf voor zich uit duwde.

Dominic stapte zorgvuldig om de olie heen en over de lijken. Hij keek door de opening van de achterdeur naar buiten en kwam terug. 'Niemand...'

In de huiskamer dreunde de voordeur naar binnen open, gevolgd door het knarsen van meubelpoten over de hardhouten vloer.

'Ga naar de auto,' zei Dominic tegen Brian. 'Start hem, maak wat lawaai.'

'Begrepen.'

Terwijl Brian met Maria en Rolf door de achterdeur naar buiten ging, keek Dominic door de gang. Hij zag iemand binnenkomen en over het opgestapelde meubilair klimmen. Dominic glipte de achterdeur uit en rende over het gazon en om de achterkant van de garage heen. In de garage had Brian Rolfs auto gestart, hij liet de motor flink toeren maken. Dominic liet zich op zijn knie zakken en gluurde om de hoek. De schutting achter hem was donker en bedekt met struiken. Zijn contouren zouden bijna niet te zien zijn.

De laatste man verscheen in de deuropening. Omdat hij zijn dode kameraden in de keuken had gezien, was hij voorzichtiger en keek hij in alle richtingen voordat hij naar buiten stapte. Hij bleef weer staan, schuifelde toen langs de muur en keek naar het pad voordat hij over het gazon liep. Dominic wachtte tot zijn hand de knop van de garagedeur bijna aanraakte en riep toen: 'Hé!' Hij wachtte tot de man zich zo ver opzij draaide dat hij midden in zijn borst geraakt kon worden en schoot twee keer. Beide schoten troffen de man in zijn borstbeen. Hij strompelde naar achteren, zakte op zijn knieën en viel om.

37

'Tijd voor een nieuwe baan,' zei Clark na het ontbijt tegen zichzelf. Hij belde vooruit en sprak af dat hij om halfelf zou aankomen. Toen maakte hij Chavez wakker, en om halftien zaten ze samen in de auto.

'Nou, we zullen zien wat ze betalen,' merkte Ding op. 'Ik hoop dat ik onder de indruk ben.'

'Word maar niet te enthousiast,' waarschuwde Clark hem terwijl hij de auto startte. 'Ik verwachtte ook geen honderdduizend van de CIA te krijgen toen ik daar begon. Mijn aanvangssalaris was negentienenhalf per jaar.'

'Nou, hij zei dat hun secundaire voorwaarden vrij goed waren, en ik heb een heleboel BMW's op het parkeerterrein zien staan. Doe jij het woord maar,' stelde Chavez voor.

'Jij hoeft er alleen maar dreigend bij te zitten.' John lachte.

'Zouden ze echt van ons verlangen dat we mensen uit de weg ruimen?'

'Daar zullen we achter moeten komen.'

Omdat het spitsuur bijna was afgelopen, was het niet zo druk op de American Legion Bridge. Al gauw reden ze in noordelijke richting over de US 29.

'Heb je al besloten wat je aan mijn fout gaat doen?'

'Ja, ik denk van wel. We gaan het konijnenhol in, Ding – veel dieper dan we ooit eerder zijn geweest, dus we kunnen net zo goed tot het eind gaan. We geven de USB-stick aan hen. Misschien kunnen zij er iets van maken.'

'Oké. Wat weten we eigenlijk van die Hendley?'

'Senator uit South Carolina. Democraat. Zat in de commissie voor de inlichtingendiensten. Ze mochten hem graag bij de CIA – intelligent, integer. Ryan mocht hem ook graag. Hendley raakte zijn gezin kwijt door een auto-ongeluk. Zijn vrouw en twee jongens, geloof ik. Hij is erg rijk. Net als Ryan heeft hij smakken geld verdiend in de effectenhandel. Hij ziet vaak dingen die andere mensen niet zien.'

Beide mannen waren correct gekleed. Ze droegen pakken die ze in Londen hadden gekocht toen ze daar met Rainbow waren, met dassen van Turnbull & Asser en mooi gepoetste schoenen. Eigenlijk poetste Chavez ze elke dag, al sinds zijn legertijd, iets waar Clark weleens aan herinnerd moest worden.

Ze parkeerden op het terrein voor bezoekers en liepen naar binnen. Ernie Chambers stond weer achter de balie. 'Hallo. We hebben weer een afspraak met meneer Davis.'

'Ja, meneer. Gaat u maar even zitten, dan bel ik naar boven.'

Clark en Chavez gingen zitten, en John pakte een recent nummer van het blad *Time* op. Hij zou eraan moeten wennen het nieuws pas na vier dagen te lezen. Davis verscheen in de hal.

'Ik ben blij dat jullie zijn teruggekomen. Willen jullie me volgen?'

Even later zaten ze met z'n drieën in de kamer van Tom Davis en keken ze uit over het landschap van Maryland.

'Dus jullie zijn geïnteresseerd?' vroeg Davis.

'Ja,' antwoordde Clark namens hen beiden.

'Oké, goed. De regels. Ten eerste: wat hier gebeurt, blijft binnenshuis. Deze organisatie bestaat niet, net zomin als alles wat hier gebeurt of niet gebeurt.'

'Davis, we weten allebei wat geheimhouding is. We praten geen van beiden veel, en we klappen niet uit de school.'

'Jullie zullen daarvoor weer een partijtje geheimhoudingsverklaringen moeten tekenen. We kunnen jullie niet laten vervolgen, maar we kunnen wel al jullie geld afpakken.'

'Moeten we ze door onze persoonlijke advocaten laten bekijken?'

'Als jullie willen, mag dat. Er staat niets compromitterends in de overeenkomsten, maar daarna kunnen jullie ze verscheuren. We willen niet dat advocaten zich gaan afvragen wat we hier doen. Strikt genomen is het niet allemaal legaal.'

'Hoeveel moet er worden gereisd?' vroeg John nu.

'Minder dan jullie gewend zijn, vermoed ik. We zijn daar nog niet uit. Jullie zullen het grootste deel van de tijd hier doorbrengen. Gegevens doornemen en operaties plannen.'

'Wat is de bron van de gegevens?'

'Vooral de CIA en de NSA, maar we krijgen ook wat van de FBI, de immigratiedienst en douane, het ministerie van Binnenlandse Veiligheid... Dat soort organisaties. We hebben een verdomd goed technisch team. Jullie zullen het woud van antennes wel op ons dak hebben gezien.'

'Ja.'

'We zijn het enige gebouw met een direct zicht van CIA tot NSA. Ze wisselen gegevens uit via een microgolfverbinding, en wij downloaden al hun onderlinge berichten. Daarop zijn onze financiële transacties gebaseerd. De NSA houdt de binnenlandse en buitenlandse banken goed in de gaten. Ze kunnen ook in de computersystemen en interne communicatie van de banken komen.'

'Wat je laatst zei over eliminaties...'

'We hebben tot nu toe nog maar één zo'n operatie gedaan – de vier mensen die ik gisteren heb genoemd. We waren erg nieuwsgierig naar wat er zou gebeuren, maar eigenlijk gebeurde er niet veel. Misschien hebben we onze sporen te goed uitgewist. Alle moorden leken op hartaanvallen. Er werd sectie op de slachtoffers verricht en volgens de rapporten zijn ze allemaal door "natuurlijke oorzaken" gestorven. We denken dat de tegenpartij dat verhaal gelooft en gewoon doorgaat. De vierde – MoHa – leverde ons een laptop met encryptiesleutels op, en dus lezen we op dit moment een deel van hun interne mail – tenminste, dat deden we tot voor kort. Het ziet ernaar uit dat ze vorige week hun communicatieprotocollen hebben veranderd.'

'Zomaar opeens?' vroeg Clark.

'Ja. We hebben de aankondiging van een geboorte onderschept. Een lange distributielijst. Binnen enkele uren was iedereen stil.'

'Op een ander kanaal overgeschakeld,' zei Chavez.

'Ja. We werken aan iets om er weer in te komen.'

'Wie werken er nog meer als wij?'

'Jullie leren ze na verloop van tijd wel kennen,' beloofde Davis.

'En het salaris?' vroeg Ding.

'Jullie kunnen allebei beginnen voor tweehonderdvijftigduizend per jaar, en jullie kunnen aan het beleggingsplan van de firma deelnemen met zo veel of zo weinig van jullie salaris als jullie willen. Ik heb jullie al over het rendement verteld. We geven ook een vergoeding voor school- en studiekosten van kinderen. Tot en met een academische graad. Dat is de grens.'

'En als mijn vrouw weer medicijnen wil gaan studeren om haar werk uit te breiden? Ze is nu huisarts, maar ze denkt erover om zich in gynaecologie te specialiseren.'

'Dan betalen wij dat.'

'Als ze vraagt wat ik hier doe, wat zeg ik dan?'

'Dat je beveiligingsadviseur bij een grote effectenfirma bent. Dat werkt altijd,' verzekerde Davis hem. 'Ze weet vast wel dat je bij de CIA was.'

'Ze is zijn dochter.' Chavez wees naar Clark.

'Dan begrijpt ze het wel, neem ik aan. En jouw vrouw, John?'

'Ja, Sandy weet hoe het zit. Misschien kan ze nu eindelijk eens aan mensen vertellen wat een goede baan ik heb,' voegde hij er met een vaag glimlachje aan toe.

'Zullen we dan nu met de baas gaan praten?'

'Graag,' zei Clark namens hen beiden.

'De gratieverleningen zijn echt,' verzekerde Hendley hun enkele minuten later. 'Toen Ryan me voorstelde zoiets als dit op poten te zetten, zei hij dat we het veldpersoneel moesten beschermen dat we de wereld in stuurden, en dus tekende hij er honderd. We hebben er nog nooit een hoeven te gebruiken, maar misschien hebben we ze ooit nodig. Ze zijn een verzekeringspolis. Zijn er nog dingen die jullie willen weten en die Tom niet heeft verteld?'

'Hoe worden de doelwitten geselecteerd?' vroeg Clark.

'In de meeste gevallen werken jullie daar zelf aan mee. We moeten zorgvuldig te werk gaan bij de keuze van de mensen die we uit de weg willen ruimen.'

'Kiezen wij ook de methoden uit?' vroeg Clark voorzichtig.

'Heb je ze over de pennen verteld?' vroeg Hendley aan Davis.

'Dit is een van de middelen die we gebruiken.' Davis hield een gouden pen omhoog. 'De pen injecteert ongeveer zeven milligram succinylcholine, een verdovend middel dat bij chirurgische ingrepen wordt gebruikt. Het brengt de ademhaling en de willekeurige spierbewegingen tot stilstand. Maar niet het hart. Je kunt niet bewegen, niet praten, niet ademhalen. Het hart klopt nog ongeveer een minuut door, maar het krijgt geen zuurstof meer, en dus lijkt het er bij een sectie op dat je een hartaanval hebt gehad. Volgens experts voelt het ook zo aan.'

'Is het ongedaan te maken?' vroeg Clark.

'Ja, als je het slachtoffer onmiddellijk aan de beademing legt. De drug is verdwenen – gemetaboliseerd – na ongeveer vijf minuten. Er blijven geen sporen achter, tenzij de sectie wordt verricht door een echte expert, een patholoog-anatoom die weet waarnaar hij moet zoeken. Het middel is bijna perfect.'

'Het verbaast me dat de Russen niet zoiets hebben ontdekt.'

'Ze hebben het heus wel geprobeerd,' zei Davis, 'maar ik denk dat ze in hun ziekenhuizen geen succinylcholine gebruiken. We hebben het gekregen van een bevriende arts, die een persoonlijke rekening te vereffenen had. Zijn broer – effectenmakelaar bij Cantor Fitzgerald – is omgekomen op 11 september 2001.'

'Indrukwekkend,' zei Clark, kijkend naar de pen. 'Het zou ook een goed verhoormiddel kunnen zijn. Het zullen er niet veel zijn die twee keer zoiets willen meemaken.'

Davis gaf hem de pen. 'Hij is niet geladen. Je draait aan het eind om de punt eruit te laten komen. Hij schrijft heel goed.'

'Mooi ding. Nou, daarmee is één vraag beantwoord. En het staat ons vrij meer conventionele middelen te gebruiken?'

'Als de operatie dat vereist,' bevestigde Davis met een knikje. 'Maar het gaat er altijd vooral om dat we niet opvallen. Hou dat in gedachten.'

'Begrepen.'

'En u, meneer Chavez?' vroeg Hendley.

'Ik probeer alleen maar te luisteren en te leren,' zei Ding tegen de baas.

'Is hij echt zo slim, John?' vroeg de ex-senator.

'Nog slimmer. We kunnen goed samenwerken.'

'Daar hebben we behoefte aan. Nou, welkom aan boord, heren.'

'Eén ding,' zei Clark. Hij haalde Dings USB-stick uit zijn zak en legde hem op het bureau. 'We hebben dit van een van de schurken in Tripoli afgenomen.'

'Aha. En waarom ligt hij op mijn bureau?'

'Een nalatigheid,' antwoordde Clark. 'Een momentje van geheugenverlies. We kunnen hem natuurlijk aan de Zweden of de CIA geven, maar ik denk dat jullie er hier beter gebruik van kunnen maken.'

'Hebben jullie ernaar gekeken?'

Chavez antwoordde: 'JPEG-beelden – een stuk of tien. Het lijken mij vakantiefoto's, maar wie weet.'

Hendley dacht even na en knikte. 'Goed, we zullen ernaar kijken. Tom, hebben we een kamer voor hen?'

'Bij de gebroeders Caruso.'

'Goed. Kijk vandaag maar eens om je heen, jongens, dan zien we jullie morgenochtend in alle vroegte.'

Hendley stond op en nodigde de anderen daarmee uit hetzelfde te doen. Davis liep naar de deur, gevolgd door Chavez en Clark.

'John, kun je nog even blijven?' vroeg Hendley.

'Goed. Ding, ik zie je zo wel.'

Zodra ze alleen waren, zei Hendley: 'Jij loopt al een tijdje mee, John. Ik wilde je mening vragen over een paar dingen.'

'Zeg het maar.'

'Onze opzet is tamelijk nieuw. Het is een kwestie van vallen en opstaan, en ik begin het gevoel te krijgen dat onze workflow nogal gecompliceerd is.'

Clark grinnikte. 'Met alle respect, Gerry, maar wanneer ik je woorden als workflow hoor gebruiken, krijg ik het gevoel dat je gelijk hebt. Hoe zit het hier in elkaar?'

Hendley beschreef de organisatiestructuur van de Campus, en Clark zei: 'Dat klinkt als de CIA. Inlichtingenwerk is meestal organisch. Je kunt niet zonder analyse, maar als je het proces in een kunstmatige structuur probeert te proppen, is dat vragen om problemen.'

'Jij draait er niet omheen, hè?'

'Wil je dat dan?'

'Nee.'

'Te veel goede ideeën gaan op weg naar de top van de hiërarchische keten verloren. Mijn advies: zet je naaste medewerkers één keer per dag bij elkaar in een kamer en laat ze brainstormen. Het mag dan een cliché zijn, maar het werkt. Als je mensen hebt die bang zijn dat hun creatieve talent niet goed genoeg is, verspil je talent.'

Hendley floot zachtjes en glimlachte. 'Je slaat de spijker op de kop. Ik heb hetzelfde gedacht, maar het is altijd prettig het ook van iemand anders te horen.'

'Verder nog iets?'

'Ja. Jack Ryan kwam laatst bij me. Hij wil meer veldwerk.'

Junior is niet zo junior meer, zei Clark tegen zichzelf.

'Heeft Tom je over MoHa verteld?' vroeg Hendley.

'Ja.'

'Ik heb uit de tweede hand gehoord dat de gebroeders Caruso een keer met Jack naar Hogan's Alley zijn geweest voor een beetje ontspanning. Hij deed het verdomd goed, zeggen ze. Hij kreeg een paar keer op zijn donder, maakte een paar beginnersfouten, maar was evengoed verrekte goed.'

Dus hij heeft talent, dacht Clark. Misschien zat het in de genen, als je in dat soort dingen geloofde. Hij had Jacks vader aan het werk gezien, en die had ook goed kunnen schieten. En was kalm gebleven onder druk. Beide dingen kunnen worden geleerd, maar het laatste heeft vooral met mentaliteit en temperament te maken. Blijkbaar had Jack beide, plus een vaste hand.

'Waarom wil hij dat?' vroeg Clark.

'Hij maakt zich geen illusies, geloof ik. Hij lijkt me niet iemand die roem najaagt.'

'Nee. Zijn ouders hebben hem goed opgevoed.'

'Hij is een verdomd goede analist en hij heeft dat werk goed in de vingers, maar hij heeft het gevoel dat hij in een tredmolen loopt. Hij wil de rimboe in. Maar ik denk dat zijn vader volgens mij niet...'

'Als je beslissingen over hem gaat nemen op grond van wat zijn vader zou zeggen of denken, dan...'

'Zeg het maar.'

‘Dan moet je je afvragen of je wel verstandig bezig bent. Jack is volwassen, en het is zijn leven. Je moet die beslissing nemen op grond van de vraag of hij er goed in is en of het de Campus zou helpen. Dat is alles.’

‘Dat klinkt redelijk. Ik moet er nog even over nadenken. Als ik hem het veld in stuur, heeft hij een instructeur nodig.’

‘Je hebt er een.’

‘Ik kan er nog een gebruiken, of twee. Pete Alexander is erg goed, maar ik zou graag willen dat jij Jack onder je hoede nam.’

Clark dacht even na. *Tijd om in de praktijk te brengen wat je zojuist tegen de baas hebt gezegd, John.* ‘Goed, ik doe het.’

‘Bedankt. We zijn altijd op zoek naar meer mensen als jij en Chavez, als je nog suggesties hebt. We hebben onze eigen talentscouts, maar het kan nooit kwaad om een overschot aan kandidaten te hebben.’

‘Dat is waar. Ik zal erover nadenken. Ik heb misschien een paar namen.’

Hendley glimlachte. ‘Mensen die kort geleden met pensioen zijn gegaan?’

Clark glimlachte terug. ‘Misschien.’

38

'*Dead drops*. Uitwisselplaatsen,' zei Mary Pat Foley. Ze duwde de glazen deur van de vergaderkamer van het NCTC open, liep naar het prikbord waarop ze de kaart van de topografische dienst en de Baedeker-kaart van Peshawar hadden geplakt en tikte op een van de groepjes stippen.

'Hè?' zei John Turnbull, het hoofd van Acre Station, de gezamenlijke eenheid die belast was met het opsporen, vangen of doden van de emir en de overige leiders van de URC.

'Het bijschrift op de achterkant – pijltjes die op en neer gaan, in combinatie met stippen – geeft de locatie van hun *dead drop* weer, de plaatsen waar ze pakketjes uitwisselen. Het pijltje naar boven is het signaal dat er iets moet worden opgehaald; het pijltje naar beneden geeft de plaats zelf aan. Op de eerste locatie zie je op welke plaats je moet kijken of het pakje er is. Drie stippen bij elkaar geven de locatie van het teken aan, vier stippen de uitwisselplaats zelf.'

'Wat een ingewikkeld Koude Oorlog-gedoe,' merkte Janet Cummings, het hoofd Operaties van het NCTC, op.

'Het is een beproefde methode die teruggaat tot het oude Rome.'

Het feit dat haar collega's hierdoor werden verrast, maakte haar duidelijk dat ze – en misschien wel de CIA als geheel – de inlichtingencapaciteiten van de URC nog steeds te laag aansloegen. Mits de agenten zorgvuldig te werk gingen, was het systeem van uitwisselplaatsen – dead drops – een heel goede manier om pakketjes over te dragen.

'Maar we kunnen niet nagaan of die plaatsen nog actief zijn,' zei ze. 'Tenzij we daar gaan kijken.'

De telefoon bij de elleboog van Ben Margolin, Mary Pats baas, de directeur van het NCTC, zoemde. Hij nam op, luisterde een halve minuut en hing op. 'Tot nu toe niets, maar de computers zijn er nog mee bezig. Er is ook goed nieuws: we hebben een straal van honderd kilometer rondom de grot geëlimineerd.'

'Te veel onzekere factoren,' zei John Turnbull.

'Ja,' zei Janet Cummings.

Mary Pat Foleys mogelijke oplossing van het raadsel 'Waar is dit in godsnaam?' met betrekking tot de zandtafel die door Driscoll en zijn team in de grot in de Hindu Kush was ontdekt, had te maken met een CIA-project dat de codenaam Collage had gekregen.

Collage was het geesteskind van een wiskundige uit het directoraat Wetenschap en Technologie van de CIA. Het was voortgekomen uit de frustratie waaraan Acre Station ten prooi viel wanneer ze antwoord probeerden te geven op de vraag waar de emir was. De emir en zijn luitenants hadden er lange tijd plezier in gehad om foto's en video's vrij te geven van henzelf in de wildernis van Pakistan en Afghanistan. De Amerikaanse inlichtingendiensten hadden daaruit veel kunnen afleiden over het klimaat en de terreingesteldheid van de locaties waar ze zich bevonden, maar het was nooit genoeg geweest om van nut te kunnen zijn voor de onbemande vliegtuigjes of commandoteams die daar opereerden. Zonder grotere context, referentiepunten en een betrouwbare schaal was een rots een rots.

Het Collage-project hoopte dat op te lossen door alle beschikbare stukjes ruwe topografische gegevens en militaire satellietbeelden nauwkeurig te vergelijken met radar imaging-beelden van bijvoorbeeld Lacrosse en Onyx, fotoalbums op Facebook en reisfoto's op Flickr, dus met allerlei beelden waarvan de locatie en schaal vaststonden. Collage verwerkte al die beelden, spuwde ze uit en legde ze als het ware over het aardoppervlak heen. Aan die mix werd ook een duizelingwekkende hoeveelheid factoren toegevoegd: geologische eigenschappen, huidige en vroegere weerpatronen, bosbouwsystemen, seismische activiteit... Alles wat met het aardoppervlak te maken had, en met het uiterlijk daarvan op een bepaald moment, werd in Collage gestopt.

Hierbij kwamen vragen op waaraan niemand ooit had gedacht: 'Hoe ziet het graniet in de Hindu Kush eruit als het nat is?', 'In welke richting gaat een bepaalde schaduw als de lucht voor dertig procent bewolkt is en het dauwpunt op *x* ligt?' en 'Als er tien dagen een windsnelheid van twintig kilometer per uur is, hoe hoog zal deze zandduin in Soedan dan waarschijnlijk worden?' Het aantal varianten was duizelingwekkend groot, evenals het mathematische modelsysteem dat in de codestructuur van Collage begraven zat en vele miljoenen regels telde. Jammer genoeg waren de berekeningen niet alleen gebaseerd op bekende variabelen, maar ook op denkbeeldige, om nog maar te zwijgen van kansberekening, want het programma moest niet alleen veronderstellingen doen over de ruwe gegevens, maar ook raden naar wat op een beeld of een stukje video te zien was. In bijvoorbeeld een 640x380-video van dertig seconden zag Collage in eerste instantie vijfhonderdduizend tot drie miljoen referentiepunten waaraan het een waarde moest toekennen – zwart of wit of een grijstint (daarvan waren er zestienduizend).

Het programma moest naar de relatieve grootte en positie van het voorwerp kijken, de afstand tot voorwerpen die zich ervoor, erachter of ernaast bevonden, de intensiteit en invalshoek van het zonlicht, de dichtheid en snelheid van het wolkendek enzovoort. Als die waarden eenmaal waren toegekend, werden ze in de grote matrix van Collage gestopt en kon er naar de locatie worden gezocht.

Collage had enige successen geboekt, maar nooit echt tactische betekenis gehad voor mensen in het veld, en Mary Pat vermoedde dat het systeem ook in dit geval geen duidelijk resultaat zou opleveren. Al zou dat nu niet aan het programma liggen, maar aan de input. Ze wisten niet eens of de zandtafel echt een maquette van iets was, laat staan of hij op schaal was en of hij een gebied verbeeldde dat binnen duizend kilometer afstand van de Hindu Kush lag.

'Hoe staat het met de term Lotus?' vroeg Mary Pat. De NSA had in zijn onderschepte berichten naar vermelding van de term Lotus gezocht, in de hoop een patroon te vinden dat het NCTC kon gebruiken om een beeld op te bouwen. Net als bij het model waarop Collage was gebaseerd, was het aantal vragen dat ze moesten beantwoorden om de puzzelstukjes aan elkaar te kunnen leggen ontzagwekkend groot. Wanneer was de term in zwang geraakt? Met welke frequentie? Vanuit welke delen van de wereld? Hoe werd het woord het vaakst verspreid – e-mail, telefoon, websites of iets waaraan ze nog niet hadden gedacht? Was Lotus voorafgegaan aan grote terreuraanslagen of was het daarop gevolgd? Enzovoort. En het was helemaal niet zeker dat Lotus iets betekende. Wisten zij veel, misschien was het wel een koosnaampje dat de emir voor een vriendin gebruikte.

'Oké, laten we even van het ongunstigste scenario uitgaan,' zei Margolin om het gesprek weer op het oorspronkelijke onderwerp te brengen.

'Ik stel voor dat we geen onnodige risico's nemen,' zei Cummings. 'We weten waar de grot is, en we weten dat het signaal een tamelijk klein bereik had – enkele tientallen kilometers aan weerskanten van de grens. Vooropgesteld dat Lotus iets betekent, is de kans groot dat het een of andere beweging heeft veroorzaakt – mensen, logistiek, geld... Wie weet.'

Er was het probleem, dacht Mary Pat, dat mensen en logistiek vaak beter te volgen waren door inlichtingenagenten ter plaatse dan door berichten af te luisteren, en op dit moment hadden ze bijna niemand in die omgeving.

'Je weet waar ik voor zou stemmen,' zei Mary Pat tegen Margolin.

'We hebben allemaal hetzelfde verlanglijstje, maar we hebben gewoon niet de middelen – niet zoveel als we zouden willen.'

Dankzij Ed Kealty en CIA-directeur Scott Kilborn, dacht ze venijnig. Nadat ze bij Clandestiene Service bijna tien jaar bezig waren geweest het aantal medewerkers weer op te bouwen, had de dienst opdracht gekregen de activiteiten in het buitenland te beperken en meer met inlichtingen te werken die van bondgenoten afkomstig waren. Mannen en vrouwen die hun leven op het spel hadden gezet om netwerken van informanten op te zetten in de onherbergzaamste gebieden van Pakistan, Afghanistan en Iran, werden zonder zelfs maar een schouderklopje teruggehaald naar de ambassades en consulaten.

'Laten we eens buiten de lijntjes denken,' zei Mary Pat. 'Er zijn daar mensen van wie we gebruik kunnen maken – alleen zijn ze niet van ons. We kunnen een beroep doen op het goeie ouwe inlichtingenwerk van onze bondgenoten.'

'De Britten?' vroeg Turnbull.

'Ja. Die hebben meer ervaring in Midden-Azië dan wie ook, zelfs meer dan de Russen. Het kan nooit kwaad hun iets te vragen. Iemand van hen kan bij de uitwisselplaatsen kijken, als die nog worden gebruikt.'

'En dan?'

'Dan zien we wel verder.'

Aan het eind van de vergadertafel legde Margolin zijn hoofd in de nek en keek hij even naar het plafond. 'Het is niet zo'n probleem om dat te vragen, maar wel om toestemming te krijgen om het te vragen.'

'Maak je een grapje?' vroeg Cummings.

Dat deed hij niet, wist Mary Pat. Hoewel Kilborns afdelingshoofden op Inlichtingen en Clandestiene Service niet zo hard aan de afbraak van de dienst hadden meegewerkt als de directeur zelf, hadden ze zich er ook niet tegen verzet. Door Kilborn te kiezen had president Kealty ervoor gezorgd dat de hogere echelons van de CIA zich aan het nieuwe beleid van de regering hielden, ongeacht de gevolgen voor de dienst of de inlichtingenwereld in zijn geheel.

'Vraag daar dan niet om,' zei Mary Pat simpelweg.

'Wat bedoel je?' vroeg Margolin.

'Als we niet om toestemming vragen, krijgen we ook geen afwijzing. We zijn alleen maar wat aan het brainstormen, toch? We spelen met losse ideeën. Dit is precies wat we doen, waar ze ons voor betalen. Sinds wanneer moeten we iemand vragen of we een praatje met een bondgenoot mogen maken?'

Margolin keek haar enkele ogenblikken strak aan en haalde toen zijn schouders op. Ze kende haar baas goed genoeg om te weten dat ze een gevoelige snaar had geraakt. Net als zij hield Margolin van zijn carrière, maar vond hij het nog belangrijker om zijn werk goed te doen.

'We hebben hier niet over gepraat,' zei Margolin. 'Ik ga ermee hogerop. Als het wordt afgebrand, doen we het op jouw manier.'

Dit was het echte Rusland, dacht Vitali, met de strengste winters in een land dat bekendstond om zijn gure weer. De ijsberen hier waren nu dik, bedekt met een dikke laag vet die als isolatiemateriaal diende en hen in staat stelde maandenlang te slapen in holen in het samengedrukte en opgehoopte ijs. Nu en dan zouden ze wakker worden om een zeehond te verschalken die zich te dicht bij een luchtgat waagde.

Vitali stond op en schudde zich wakker. Vervolgens schuifelde hij naar de kombuis om water op te zetten voor zijn eerste kop thee die ochtend. De temperatuur was net boven het vriespunt – wat hier voor een warme herfstdag doorging. Er had zich die nacht geen nieuw ijs gevormd, tenminste niets wat zijn boot niet kon verbrijzelen of omzeilen, maar de dekken waren bedekt met een laagje van een paar centimeter bevroren stuifsneeuw. Dat zouden hij en Vanja moeten weghakken, anders werd de boot topzwaar. In deze wateren betekende kapseizen een bijna zekere dood. Zonder overlevingspak was je binnen vier minuten bewusteloos en binnen vijftien minuten dood, en hoewel hij genoeg pakken aan boord had voor iedereen, waren zijn passagiers niet geïnteresseerd geweest toen hij wilde uitleggen hoe je die pakken moest gebruiken.

Zijn chartergezelschap was wakker. Ze stampten met hun voeten en sloegen met hun armen om zich heen. Ze staken allemaal een sigaret op en liepen naar achteren om gebruik te maken van de primitieve toiletvoorzieningen van de boot. Daarna aten ze het brood en de bevroren boter die voor hun ontbijt waren klaargezet.

Vitali wachtte nog een uur voordat hij begon. Toen startte hij zijn dieselmotoren en voer hij achteruit het grindstrand af waarop ze de nacht hadden doorgebracht. Zijn kaarten lagen al klaar en hij zette met een snelheid van tien knopen koers naar het oosten. Vanja loste hem af aan het roer. Ze luisterden naar een oude maar nog bruikbare middengolfradio: vooral klassieke muziek die vanuit Archangelsk werd uitgezonden. Het hielp de tijd te verdrijven. Ze waren nog tien uur van hun bestemming verwijderd. Ongeveer honderdzestig kilometer. Tien uur met een snelheid van tien knopen, volgens de kaart.

'Dat ziet er niet goed uit,' zei Vanja. Hij wees naar voren en naar stuurboord.

Aan de oostelijke horizon hingen gezwollen zwarte wolken zo laag dat het bijna leek of ze in het zeeoppervlak overgingen.

‘Helemaal niet goed,’ beaamde Vitali. En het zou erger worden, wist hij. Om bij hun bestemming te komen zouden ze dwars door het onweer heen moeten gaan – of anders een grote omweg maken of zelfs de boot aan de grond zetten en afwachten.

‘Wil je Fred vragen hier te komen?’ vroeg Vitali.

Vanja ging benedendeks en kwam even later met de leider van het chartergezelschap boven. ‘Een probleem, kapitein?’

Vitali wees door het raam naar de donkere wolken. ‘Dat.’

‘Regen?’

‘Het regent hier niet, Fred. Het stormt en onweert. De enige vraag is: hoe erg? En dat daar ziet er helemaal niet goed uit.’ *Al helemaal niet voor een T4-landingsboot met rechte zijkanten en één meter diepgang*, voegde hij er in gedachten aan toe.

‘Hoe lang duurt het voor we er zijn?’

‘Drie uur – misschien een beetje langer.’

‘Kunnen we het doorstaan?’

‘Waarschijnlijk wel, maar niets is hier zeker. In elk geval krijgen we het zwaar te verduren.’

‘Wat is het alternatief?’ vroeg Fred.

‘Teruggaan naar de plaats waar we hebben overnacht, of naar het zuiden gaan en proberen de storm te ontwijken. In beide gevallen zijn we een dag of twee reistijd kwijt.’

‘Onaanvaardbaar,’ zei Fred.

‘Het wordt riskant om door die storm heen te gaan – en jij en je mannen zullen je doodziek voelen.’

‘We redden het wel. Zullen we afspreken dat je wat extra geld krijgt voor het ongemak en de moeite?’

Vitali haalde zijn schouders op. ‘Ik wil wel doorgaan, als jij dat wilt.’

‘Ga door.’

Twee uur later zag hij een schip aan de horizon. Het voer naar het westen. Het zou wel een bevoorradingsschip zijn dat zijn lading boormaterialen had afgeleverd bij het nieuwe olieveld dat meer naar het oosten, bij de rivier de Lena ten zuiden van Tiksi, was ontdekt. Aan het kielzog van het schip was te zien dat het op zijn hoogste snelheid voer. Natuurlijk probeerde het de storm voor te blijven waar zij recht op af gingen.

Vanja kwam naast hem staan. ‘De motoren zijn helemaal in orde. Alles is goed vastgezet.’ Vitali had hem gevraagd de boot op het naderende noodweer voor te bereiden. Hun gasten konden ze niet verder voorbereiden op wat er zou komen en op wat de zee met de boot zou kunnen doen. Moeder Natuur was wreed en wispelturig.

Eerder had Vitali aan Fred gevraagd om zijn mannen te laten helpen bij het ijsvrij maken van de boot, iets wat ze ondanks hun wankelende benen en gezichten die groen waren van zeeziekte hadden gedaan. Terwijl de helft van hen met bijlen en houwelen in het ijs hakte, had de andere helft onder toezicht van Vanja schoppen gebruikt om de losgemaakte ijsbrokken overboord te zetten.

'Als we hierna eens naar de Zwarte Zee gaan, om daar met een boot te gaan varen?' vroeg Vanja aan zijn kapitein, nadat hij de passagiers toestemming had gegeven benedendeks uit te rusten.

'Daar is het te heet. Daar kan een mens niet leven.' Echte mannen leefden en werkten in de kou en pochten erop hoe hard ze waren. En trouwens, de wodka smaakte er beter door, vond Vitali.

Tien mijl voor hen doemde de storm op, een voortrollende grijszwarte muur waarvan Vitali dacht dat hij hem letterlijk naar voren kon zien komen. 'Vanja, ga naar beneden en geef onze gasten een opfriscursus over de overlevingspakken.'

Vanja draaide zich om naar de ladder.

'En zorg ervoor dat ze deze keer goed opletten,' voegde Vitali eraan toe.

Als kapitein was hij verantwoordelijk voor de veiligheid van zijn passagiers, maar wat nog belangrijker was: hij betwijfelde of degene voor wie zijn chartergezelschap werkte vergevingsgezind zou zijn als ze allemaal om het leven kwamen.

Een idiote oefening, dacht Musa Merdasan, terwijl hij naar de dwergachtige Russische man keek die het oranje overlevingspak op het dek aan het uitvouwen was. Ten eerste zouden er nooit op tijd reddingsschepen bij hen kunnen komen, of ze nu een overlevingspak droegen of niet. Ten tweede zou geen van zijn mannen zo'n pak aantrekken. Als Allah het juist achtte hen aan de zee over te dragen, zouden ze zich bij hun lot neerleggen. Bovendien wilde Merdasan niet dat ze uit zee werden gevist; en als dat toch gebeurde, had hij het liefst dat ze onherkenbaar waren. Dat was ook iets waaraan hij moest denken: de kapitein en zijn matroos mochten zo'n ramp niet overleven, want dan werd er misschien een onderzoek ingesteld naar de charterreis en de passagiers. Hij kon niet op een pistool rekenen als ze in het water terechtkwamen. Een mes dan maar, bij voorkeur voordat ze het schip verlieten. En misschien moest hij hun buik opensnijden om er zeker van te zijn dat ze zonken.

'Eerst leg je het pak plat op het dek, met de rits open, en dan ga je met je achterste net boven het laagste punt van de rits zitten,' zei de Rus nu.

Merdasan en zijn mannen deden natuurlijk hun best om de indruk te wekken dat ze aandachtig luisterden. Maar ze zagen er allemaal beroerd uit. De deinende zee had alle kleur aan hun gezicht onttrokken. De hut stonk naar braaksel, zweet en te gaar gekookte groente.

'De benen gaan er het eerst in, dan de armen een voor een, en dan trek je de kap over je heen. Daarna ga je op je knieën zitten. Je trekt de rits helemaal dicht en sluit de klittenbandflappen over de onderste helft van je gezicht.'

De Rus ging van man tot man om er zeker van te zijn dat ze zich allemaal aan zijn instructies hielden. Toen hij tevreden was, keek hij om zich heen en zei: 'Vragen?'

Er waren geen vragen.

'Als je overboord gaat, gaat je EPIRB...'

'Onze wat?' vroeg een van de mannen.

'*Emergency Position-Indicating Radio Beacon* – dat ding dat aan je kraag vastzit. Het is een noodbaken en het gaat automatisch aan zodra het is ondergedompeld. Nog vragen daarover?'

Die waren er niet.

'Oké, ik stel voor dat jullie naar je kooien gaan en daar de storm afwachten.'

Hoewel Vitali wist wat hij kon verwachten, kwam de storm toch met een overdonderende snelheid en woestheid op hem af. De hemel werd inktzwart, en binnen vijf minuten veranderde de zee van relatieve kalmte, met golven van twee tot drie meter hoog, in een kolkende watermassa, met golven van acht meter hoog die tegen de boeg sloegen als de hand van God zelf.

Grote zuilen van schuimend water golfden over de rechte zijkanten van het schip en ratelden als ladingen grind tegen de ruiten van de stuurhut. Tien seconden lang kon Vitali helemaal niets zien. Toen konden de wissers het water weg krijgen, maar hij had alleen tijd om een glimp op te vangen van de volgende golf die op hen af kwam. Elke paar seconden stortten zich tonnen zeewater over de stuurboordreling en kwam het dek diep onder water te staan. De spuigaten konden al dat water niet verwerken. Vitali hield zijn handen om het stuurwiel geklemd en voelde dat het roer steeds trager reageerde. Het water, dat niet meer weg kon, daverde heen en weer tegen de verschansingen.

'Ga naar beneden en let op de motoren en de pompen,' zei Vitali tegen Vanja, die tegen de ladder was geslingerd.

Vitali deed zijn uiterste best om de boeg recht tegen de naderende golven in te laten gaan. Als hij de watermassa tegen de zijkant van de boot liet komen, zouden ze zo goed als zeker kapseizen en dan was het met hen gedaan. De T-4-platbodem was bijna niet in staat zichzelf overeind te trekken als hij meer dan vijftien graden scheef was komen te hangen. Als ze kapseisden in een golfdal, zou de boot binnen twee minuten onder water verdwijnen.

Aan de andere kant was Vitali zich ook heel goed bewust van de beperkingen die aan de boegklep van zijn landingsvaartuig verbonden waren. Hoewel Vanja en hij hard hadden gewerkt om er zeker van te zijn dat de klep goed vastzat en waterdicht was, bleef het nu eenmaal een feit dat die klep ervoor was ontworpen om plat op een strand te gaan liggen, zodat er soldaten aan land konden gaan. Bij elke daverende golf ging er een huivering doorheen, en zelfs boven het bulderen van de storm uit hoorde Vitali het hameren van metaal op metaal van de meer dan twee centimeter dikke bevestigingspennen.

Er sloeg weer een huizenhoge golf over de reling. De golf brak en de helft stortte zich als een waterval over het dek, terwijl de andere helft tegen de ruiten van de stuurhut beukte. De boot slingerde naar bakboord. Vitali raakte uit zijn evenwicht, viel naar voren en smakte met zijn voorhoofd tegen het besturingspaneel. Hij kwam overeind, knipperde snel met zijn ogen en was zich vaag bewust van iets nats en warms dat over zijn slaap liep. Hij haalde zijn hand van het stuurwiel weg en raakte zijn voorhoofd aan; zijn vingers zaten meteen onder het bloed. Maar het was niet zo erg, dacht hij. Een paar hechtingen.

Vanja's stem kwam gedempt door de intercom: 'Pomp... uitgevallen... Probeer... herstarten...'

Verdomme. Eén pomp konden ze wel missen, maar Vitali wist dat de meeste boten niet zonken doordat zich één catastrofaal incident voordeed, maar door een domino-effect van veel incidenten, het ene na het andere, totdat de vitale functies van de boot het niet meer aankonden. En als dat hier gebeurde... Hij moest er niet aan denken.

Er ging een minuut voorbij, en toen hoorde hij Vanja weer: 'Pomp weer opgestart!'

'Begrepen!' antwoordde Vitali.

Beneden hoorde hij een stem roepen: 'Nee, niet doen! Kom terug!'

Vitali ging vlug naar rechts en drukte zijn gezicht tegen de zijruit. Hij zag iemand door de deur van de hut strompelen, het stampende dek op. Het was een van Freds mannen.

'Wat...'

De man struikelde en viel op zijn knieën. Het braaksel vloog uit zijn mond. Hij was in paniek, zag Vitali nu. Toen de man benedendeks gevangenzat, was zijn instinct om te ontsnappen zo groot geweest dat hij niet helder meer had kunnen denken.

Vitali pakte de intercom om contact met de machinekamer te maken. 'Vanja, er is iemand op het achterdek...'

De achtersteven van de boot werd hoog in de lucht gegooid. Toen hij terugviel, sloeg er een golf over stuurboord. De man, die al in de lucht hing, werd opzij geworpen en smakte tegen de verschansing. Hij bleef daar even hangen, over de reling hangend als een lappenpop, zijn benen op het dek, zijn bovenlijf in de leegte, en viel toen overboord en verdween.

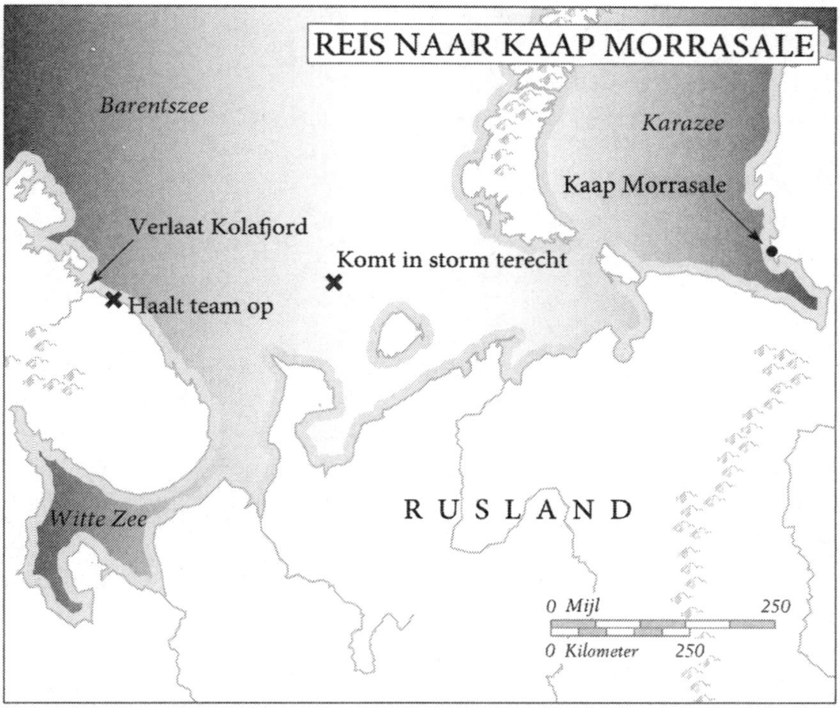

'Man overboord, man overboord!' schreeuwde Vitali door de intercom tegen iedereen in de boot. Hij tuurde door de ruiten, wachtend op een opening in de golven, zodat hij kon bijdraaien.

'Niet doen,' hoorde hij een stem achter hem zeggen.

Hij draaide zich om en zag Fred boven aan de ladder staan, zijn beide handen om de stang geklemd. De voorkant van zijn overhemd zat onder het braaksel.

'Wat?' vroeg Vitali.

'Hij is weg. Vergeet hem.'

'Ben je gek geworden? We kunnen niet...'

'Als je de boot keert, kapseizen we misschien, ja?'

'Ja, maar...'

'Hij kende de risico's, kapitein. Ik wil niet dat de rest van ons door zijn fout in gevaar komt.'

Vitali wist dat Fred in rationeel opzicht gelijk had, maar het leek hem onmenselijk om iemand op zee achter te laten zonder zelfs te proberen hem te redden. En als je dat dan ook nog eens deed zonder een spoor van emotie op je gezicht...

Alsof hij aanvoelde dat Vitali in tweestrijd verkeerde, zei de man die zich Fred liet noemen: 'Mijn mannen zijn mijn verantwoordelijkheid; de veiligheid van de boot is de uwe, nietwaar?'

'Ja.'

'Dan gaan we verder.'

39

‘Hallo?’ zei ex-president Jack Ryan. Hij mocht nog steeds graag zijn eigen telefoon opnemen, in elk geval deze.

‘Meneer de president?’

‘Ja, met wie spreek ik?’ Wie het ook was, hij had toegang tot Jacks privélijn. Dat hadden niet veel mensen.

‘John Clark. Ik ben eergisteren teruggekomen uit Groot-Brittannië.’

‘John, hoe gaat het? Dus ze hebben het gedaan, hè? Ze hebben je weggestuurd.’

‘Jammer genoeg wel. Hoe dan ook, Ding en ik zijn thuis. Ik belde eigenlijk omdat we, nou, omdat we u een beleefdheidsbezoek schuldig zijn. Is dat goed?’

‘Natuurlijk. Kom lunchen. Zeg maar wanneer.’

‘Misschien over anderhalf uur?’

‘Oké. Zie ik jullie om een uur of elf?’

‘Ja, meneer de president.’

‘Ik heet nog steeds Jack, weet je nog wel?’

Clark grinnikte. ‘Ik zal proberen eraan te denken.’

De verbinding werd verbroken. Ryan nam een andere lijn om contact te krijgen met Andrea.

‘Ja, meneer de president?’

‘Om een uur of elf komen er twee vrienden. John Clark en Domingo Chavez. Kun je je hen herinneren?’

‘Ja, meneer de president. Goed, ik zet ze op de lijst,’ antwoordde ze met een zorgvuldig neutrale stem. Die twee mensen, herinnerde ze zich, waren gevaarlijk, al waren ze blijkbaar ook loyaal genoeg. Maar als agent van de Geheime Dienst vertrouwde ze helemaal niemand. ‘Komen ze lunchen?’

‘Waarschijnlijk.’

Het was een prettige rit over de US Route 50 naar het oosten. Voordat ze bij Annapolis waren, gingen ze naar het zuiden. Clark merkte dat het hem weinig moeite kostte weer rechts te rijden, nadat hij een aantal jaren links had gereden. Hij had zich in Groot-Brittannië leren aanpassen, maar blijkbaar kreeg zijn levenslange programmering meteen weer de overhand, al moest hij er soms even bij nadenken. De groene verkeersborden hielpen. De overeenkomstige borden in Engeland en Wales waren blauw en hadden hem er voortdurend aan herinnerd dat hij in een ander land was, zij het een land met beter bier.

'Wat gaan we doen?' vroeg Chavez.

'We zeggen tegen hem dat we in dienst zijn getreden.'

'En wat zeggen we over junior?'

'Je moet zelf weten wat jij doet, Ding, maar ik zie het als volgt: wat vader en zoon elkaar vertellen, is hun zaak, niet de onze. Jack junior is volwassen. Wat hij met zijn leven doet, is zijn zaak, en het is ook zijn eigen zaak wie hij op de hoogte stelt.'

'Ja, dat begrijp ik wel, maar man, als hij gewond raakt... Godallemachtig, dan is de wereld te klein en ben ik niet graag in de buurt.'

Ik ook niet, dacht Clark.

'Aan de andere kant: wat had je anders kunnen doen?' ging Ding verder. 'De man vroeg je hem te trainen, en je kon moeilijk nee zeggen.'

'Precies.' In werkelijkheid zat het Clark helemaal niet lekker dat hij het niet aan Ryan senior zou vertellen – per slot van rekening kenden ze elkaar al een hele tijd en had hij veel aan de vroegere president te danken –, maar hij had er een groot deel van zijn leven op gebaseerd dat hij de geheimen van anderen bewaarde. Dit was iets persoonlijks, en Jack junior was een grote jongen met een goed stel hersenen. Al zou hij evengoed proberen Jack over te halen zijn vader over zijn werk op de Campus te vertellen.

Na veertig minuten sloegen ze rechts af, Peregrine Cliff Road in. Vanaf dit punt werden ze ongetwijfeld door bewakingscamera's gadegeslagen. Agenten van de Geheime Dienst zouden achter hun computer zitten om Clarks kenteken na te trekken en vast te stellen dat hij in een huurauto reed. Daarna konden ze gauw genoeg in de computer van Hertz komen om na te gaan wie de huurder was. Ze zouden zich een beetje zorgen maken, zij het alleen omdat dat nu eenmaal voorschrift was, iets waar de Geheime Dienst goed in was.

Ze kwamen bij de stenen zuil aan het begin van de vierhonderd meter lange oprijlaan van Ryan.

'Wilt u zich identificeren?' vroeg de stem die uit de luidspreker in de zuil kwam.

'Rainbow 6 op weg naar SWORDSMAN.'

'Rijdt u door,' zei de stem, gevolgd door een elektronische toon en het geluid van het hydraulisch bestuurde hek dat openging.

'Je hebt ze niet over mij verteld,' protesteerde Chavez.
'Als je maar zorgt dat ze je handen kunnen zien.' Clark grinnikte.
Andrea Price-O'Day stond op de veranda toen ze kwamen aanrijden. De chef van het bewakingsteam zelf, besefte Clark. Misschien dachten ze dat hij belangrijk was. Het had zijn voordelen om een vriend van de baas te zijn.
'Hallo, Chief,' zei ze bij wijze van begroeting.
Alleen zijn vrienden noemden hem soms Chief, dacht Clark.
'Goedemorgen, mevrouw. Hoe gaat het met de baas?'
'Hij werkt aan zijn boek, zoals altijd,' antwoordde Andrea. 'Welkom thuis.'
'Dank je.' Hij pakte haar uitgestoken hand vast. 'Je kent Domingo, neem ik aan.'
'Ja, natuurlijk. Hoe gaat het met je gezin?'
'Heel goed. Blij dat we thuis zijn. Er is er ook weer eentje op komst.'
'Gefeliciteerd.'
'Hoe is hij eraan toe?' vroeg Clark nu. 'Komen de muren al op hem af?'
'Ga zelf maar kijken.' Andrea maakte de voordeur open.
Ze waren hier allebei al eerder geweest: de grote, open huiskamer, de brede schroten aan het plafond, de grote ramen die uitkeken over de Chesapeake Bay, plus Cathy's Steinway-vleugel, waarop ze waarschijnlijk om de andere dag speelde. Andrea leidde hen de beklede trap op naar Ryans werkkamer en ging weg.
Ryan zat hard genoeg op zijn toetsenbord te hameren om binnenkort een toets te laten sneuvelen. Hij keek op toen ze binnenkwamen.
'Diep in gedachten verzonken, meneer de president?' vroeg Clark met een glimlach.
'Hé, John! Hallo, Ding. Welkom!' Hij liep naar hen toe en schudde hen de hand. 'Ga zitten,' beval Jack, en zijn bevel werd opgevolgd. Oude vriend of niet, hij was een vroegere president van de Verenigde Staten, en ze hadden allebei in het niet zo verre verleden een uniform gedragen.
'Blij dat je ongedeerd bent,' zei Clark.
'Wat, Georgetown?' Ryan schudde zijn hoofd. 'Ik ben geen moment in gevaar geweest. Andrea legde hem moeiteloos neer. Dankzij een tip van Jack, dat wel.'
'Hoezo?'
'Hij was daar ook. Hij gaf Andrea een tip. Hij zag iets aan de schoonmaker wat niet klopte.'
'Wat dan?' vroeg Clark.

‘De man gebruikte een schroevendraaier voor een vloerpoetsmachine. Dat had een moersleutel moeten zijn.’

‘Pientere jongen,’ merkte Chavez op. ‘Daar zal pa wel trots op zijn.’

‘Reken maar,’ zei ex-president Ryan zonder omhaal. ‘Willen jullie koffie?’

‘Dat is het enige wat ze in Engeland niet goed konden, president,’ zei Chavez. ‘Ze hebben daar wel Starbucks, maar ik heb liever gewone koffie.’

‘Ik zal ervoor zorgen. Kom mee.’ Hij stond op en liep naar de keuken, waar al een pot koffie klaarstond, met mokken ernaast. ‘Nou, hoe was het leven in Engeland?’

‘Het zijn goede mensen. Onze basis lag dicht bij de grens met Wales – het zijn aardige mensen daar, goede cafés, en het eten was er ook goed. Ik hield vooral van hun brood,’ antwoordde Clark. ‘Maar ze denken dat cornedbeef iets is wat uit een blikje komt.’

Ryan lachte. ‘Ja, hondenvoer. Ik heb bijna drie jaar in Londen gewerkt, en ik heb daar nooit fatsoenlijke cornedbeef gevonden. Ze noemen het *salt beef*, maar het is niet helemaal hetzelfde. Dus jullie zijn uit Rainbow gezet, hè?’

‘Ik denk dat ze gewoon genoeg van ons kregen,’ zei Clark.

‘Wat hebben jullie achtergelaten?’ vroeg ex-president Ryan.

‘Twee teams, volledig getraind, ongeveer voor de helft SAS-leden van het Britse leger. Ze zijn vrij goed,’ verzekerde Clark hem. ‘Maar de andere Europese landen trekken zich terug. Dat is jammer. Er zaten geweldig goede mannen bij. Het inlichtingenwerk is ook prima in orde. Rainbow kan nog steeds goed werken, als ze de kans krijgen. Maar de plaatselijke – en nu bedoel ik vooral Europese – bureaucraten doen het in hun broek als mijn jongens ergens worden ingezet.’

‘Ja, nou, die hebben we hier ook,’ zei Ryan. ‘Je gaat je afvragen waar de Wyatt Earps gebleven zijn.’

Zijn bezoekers grinnikten.

‘Wat doet SHORTSTOP tegenwoordig?’ vroeg Clark. Het was een normale vraag voor vrienden die elkaar een tijdje niet hadden gezien. Als hij het niet vroeg, zou het opvallen.

‘Hij zit in de effectenhandel, net als ik vroeger. Ik heb hem niet eens gevraagd waar. Het kan op zijn leeftijd een grote belemmering zijn om een ex-president als vader te hebben, weet je.’

‘Vooral met die auto’s die achter je aanrijden als je een afspraakje hebt,’ zei Chavez met een grijns. ‘Ik geloof niet dat ik dat leuk zou hebben gevonden.’

Ze praatten nog wat over hun gezinnen, sport en de toestand in de wereld, en toen zei Ryan: 'Wat gaan jullie doen? De CIA zal jullie wel hebben aangeraden met pensioen te gaan. Als jullie een aanbevelingsbrief nodig hebben, zeggen jullie het maar. Jullie hebben allebei je land goed gediend.'

'Dat is een van de dingen waarover we wilden praten,' zei Clark. 'Toen we in Langley waren, kwamen we Jim Hardesty tegen, en die heeft ons in contact gebracht met Tom Davis.'

'O?' zei Ryan. Hij zette zijn mok neer.

Clark knikte. 'Ze hebben ons een baan aangeboden.'

Ex-president Ryan dacht even na. 'Nou, ik moet toegeven dat ik daar ook al aan had gedacht. Jullie zijn er zonder enige twijfel geschikt voor. Wat vonden jullie van de organisatie?'

'Die zag er goed uit. Nog wat groeistuipen, denk ik, maar dat is normaal.'

'Gerry Hendley is een beste kerel. Anders zou ik niet akkoord zijn gegaan. Jullie weten van de gratieverleningen?'

Chavez gaf antwoord: 'Ja, alvast bedankt. We hopen dat we ze niet nodig hebben, maar het is prettig om te weten dat ze er zijn.'

Ryan knikte. 'Trek in lunch?'

Einde onderwerp, dacht Clark. De Campus mocht dan een geesteskind van Ryan zijn, hij wilde zich er blijkbaar verre van houden.

'Ik dacht dat je het nooit zou vragen,' zei Clark meteen. 'Mag ik hopen op cornedbeef?'

'Van Attman's, een winkel in Baltimore. Dat is het mooie van de Geheime Dienst: ze laten mij niets doen, maar ze doen wel boodschappen voor me.'

'Ik durf te wedden dat ze het vroeger van de Carnegie Deli in New York lieten overkomen,' zei Chavez.

Nu was het Ryans beurt om te glimlachen. 'Soms. Je moet voorzichtig met dat soort dingen zijn. Voor je het weet, ben je verwend en ga je geloven dat je het verdient. Ik zou best nog eens zelf naar de winkel willen gaan, maar Andrea en haar troepen krijgen een rolberoerte als ik dat probeer.' Hij leidde zijn gasten naar de keuken, waar de cornedbeef al klaarlag, met kaiserbroodjes en mosterd.

'God zij geprezen voor de Amerikaanse lunch,' zei Clark hardop. 'Ik hou veel van de Britten, en ik mag graag een glas John Smith's bij mijn eten drinken, maar er gaat niets boven thuis.'

In de auto zei Ryan: 'Nu jullie vrij zijn, wil ik weleens weten wat jullie van de nieuwe CIA vinden.'

Clark gaf antwoord. 'Je kent me, Jack. Hoe lang roep ik nou al dat het directoraat Operaties moet worden versterkt?' Hij bedoelde de Clandestiene Service van de CIA, de echte spionnen, de agenten die in het veld opereerden. 'Plan Blue is net lang genoeg van de grond gekomen om door die klootzak van een Kealty aan flarden te worden geschoten.'

'Jij spreekt Arabisch, nietwaar?'

'Wij allebei,' bevestigde Chavez. 'John is er beter in dan ik, maar ik kan de toiletten vinden als ik nodig moet. Maar geen Pashto.'

'Mijn Pashto is ook niet zo goed,' zei Clark. 'Ik ben daar in geen twintig jaar meer geweest. Interessante mensen, de Afghanen. Ze zijn hard, maar primitief. Het draait daar allemaal om de papaver.'

'Hoe groot is dat probleem?'

'Er zijn daar mensen miljardair geworden van de opium. Ze leven als koningen, smijten met geld, vooral in de vorm van geweren en munitie. Alle harddrugs die je in Southeast Washington op straat kunt kopen, komt uit Afghanistan. Dat schijnt niemand in te zien. Alles, of bijna alles. Die drugs leveren genoeg geld op om hun cultuur te corrumperen, en de onze ook. Ze hebben geen hulp nodig. Totdat de Russen in 1979 kwamen, moordden de Afghanen elkaar uit. Daarna gingen ze samenwerken en maakten ze de Russen het leven zuur. Toen het Rode Leger afdroop, namen ze misschien twee weken vrij, en toen begonnen ze elkaar weer te vermoorden. Ze weten niet wat vrede is. Ze weten niet wat welvaart is. Als je scholen voor hun kinderen bouwt, blazen ze die op. Ik ben daar meer dan een jaar geweest. Ik heb de heuvels beklommen en op de Russen geschoten, en ik heb geprobeerd ze te trainen. Ze hebben veel sympathieks, maar je moet ze nooit je rug toekeren. Daar komt het terrein dan nog bij. Sommige plaatsen zijn te hoog om er met een helikopter te komen. Niet bepaald een vakantieoord. Toch is hun cultuur nog het grootste probleem. Het zijn mensen uit het stenen tijdperk met moderne wapens. Het lijkt wel of ze een aangeboren kennis hebben van alles waarmee je iemand kunt doodmaken. Ze zijn anders dan iedereen die je ooit hebt ontmoet. Het enige wat ze niet doen, is je lichaam opeten als ze je hebben vermoord. Daar zijn ze moslim genoeg voor. Hoe dan ook, zolang de opium geld binnenbrengt, is dat de motor die het land aandrijft, en daar is niets aan te veranderen.'

'Dat klinkt grimmig,' merkte Ryan op.

'Grimmig is het woord niet. De Russen hebben alles geprobeerd wat ze in huis hadden – scholen en ziekenhuizen bouwen, wegen aanleggen – om het een gemakkelijke veldtocht te maken en om ze af te kopen, en kijk eens wat ze daarmee zijn opgeschoten. Die mensen vechten voor de lol. Je kunt hun loyaliteit kopen met voedsel en zo, en ja, je kunt proberen ziekenhuizen en scholen te bouwen en wegen aan te leggen.

Dat zou moeten werken, maar toch kun je er beter niet op rekenen. Je zou drieduizend jaar van stammenoorlogen, bloedvetes en vreemdelingenhaat moeten uitwissen. Dat lukt je nooit. Ik heb in Vietnam gediend, en in vergelijking met Afghanistan is Vietnam net Disneyland.'

'En ergens in dat mooie land is de emir verstoppertje aan het spelen,' merkte Chavez op.

'Of misschien niet,' wierp Clark tegen. 'Iedereen gaat er maar van uit dat hij daar nog is.'

'Weet jij iets wat wij niet weten?' vroeg Ryan glimlachend.

'Nee, ik probeer me alleen in zijn positie te verplaatsen. Bij de SEAL's was dat regel één als het op ontsnapping aankwam: ga daarheen waar de tegenstanders niet zijn. Ja, zijn keuzes zijn beperkt, maar ze hebben een vrij goede infrastructuur en veel geld.'

'Misschien is hij wel in Dubai,' zei Ding. 'In een van die luxevilla's.'

Ex-president Ryan moest lachen. 'Nou, we zijn hard op zoek. Maar zonder een CIA-directeur die de juiste vragen stelt en een directoraat Operaties dat capabel genoeg is om de boeven op te pakken, schieten we niet veel op. Alle kerels die door Kealty zijn benoemd, zijn mensen die naar het totaalbeeld kijken, en daarmee krijg je het werk gewoon niet gedaan.'

Twee uur later waren Clark en Chavez op de terugweg naar Washington. Ze lieten hun lunch verteren en dachten aan alles wat ze te weten waren gekomen. Hoewel Ryan er niet meer dan een vluchtige opmerking aan had besteed, was het Clark duidelijk dat de ex-president er serieus over dacht opnieuw een gooi naar het Witte Huis te doen.

'Hij gaat het doen,' merkte Chavez op.

'Ja,' beaamde Clark. 'Hij heeft het gevoel dat de muren op hem af komen.'

'Dat komen ze ook.'

'Dat geldt ook voor ons, Domingo. Nieuwe baan, zelfde shit.'

'Dat is niet precies hetzelfde. Het wordt interessant; dat staat vast. Ik vraag me af hoeveel...'

'Niet te veel, denk ik. Lijken zijn meestal slecht voor de zaken, en lijken vertellen je niet veel. We zitten nu in de informatiebusiness.'

'Maar soms moet je de kudde uitdunnen.'

'Zeker. Bij de CIA is het altijd het probleem geweest dat iemand het bevel moet ondertekenen. Papier gaat eeuwig mee, weet je. In Vietnam hadden we een echte oorlog en konden er mondeling bevelen worden gegeven, maar toen dat was afgelopen, knepen de bureaucraten hun billen samen, en daarna staken de juristen hun lelijke kop op. Het is niet de bedoeling dat ambtenaren zulke bevelen geven wanneer ze daar maar zin in hebben. Er komt een moment dat er iemand last van zijn geweten krijgt en je verlinkt, hoe nodig het ook was dat de schurk in kwestie naar zijn schepper ging. Het is verbazingwekkend hoe gevaarlijk een geweten kan zijn – en meestal op het verkeerde moment. We leven in een onvolmaakte wereld, Ding, en er is geen regel die bepaalt dat het allemaal begrijpelijk moet zijn.'

'Maar we hebben een blanco presidentiële gratie,' zei Chavez, terwijl hij een andere weg nam. 'En dat is legaal?'

'Dat zei hij. Ik weet nog dat de film *Dr. No* uitkwam. Ik zat op de middelbare school. In de promo voor de film zeiden ze: "De dubbele nul betekent dat hij gemachtigd is te doden wie hij wil en wanneer hij maar wil." In de jaren zestig vond iedereen dat prachtig. In de tijd voor Watergate en al die dingen. De regering-Kennedy zag er ook wel iets in. En dus hebben ze operatie-Mongoose opgezet. Dat werd natuurlijk een groot fiasco, maar er is nooit bekendgemaakt hoe erg het was. Politiek,' legde Clark uit. 'Je hebt de verhalen vast nooit gehoord.'

'Op de Farm heb ik er geen woord over te horen gekregen.'

'Dat is maar goed ook. Wie zou er voor een dienst willen werken die zulke stommiteiten uithaalde? Maar het is wel vreemd dat mensen er tegenwoordig niet meer van houden goed over zulke dingen na te denken.'

'Zoals wij?'

'Ja, zolang je mensen elimineert die niet van groot belang zijn.'

'Wat is dat voor onzin over die Ranger?'

'Sam Driscoll,' antwoordde Clark. Ryan had hun verteld over Kealty's opdracht aan de CID om een onderzoek in te stellen. 'Ik heb in de jaren negentig een paar heuvels beklommen met Driscoll. Een beste kerel.'

'Wordt er iets gedaan om dat onderzoek stop te zetten?'

'Dat weet ik niet, maar Jack had heus wel een reden om ons erover te vertellen.'

'Een nieuwe rekruut voor de Campus?'

'Het zou Driscolls val verzachten, of niet?'

'Ja, maar evengoed: dat je carrière naar de bliksem gaat omdat een of andere idioot een punt wil scoren... Dat is gewoon niet goed, *mano*.'

'In veel opzichten niet,' beaamde Clark.

Ze reden enkele minuten in stilte, en toen zei Chavez: 'Hij zag er zorgelijk uit. Moe.'

'Wie, Jack? Ik zou ook moe zijn. De arme stumper. Hij wil alleen maar zijn memoires schrijven en misschien aan zijn golftechnieken werken, en papa zijn voor de kinderen. Hij is echt een goed mens, weet je.'

'Dat is juist zijn probleem,' merkte Chavez op.

'Ja.' Het was mooi om te weten dat zijn schoonzoon zijn tijd op de George Mason University niet had verspild. 'Plichtsgevoel kan je in grote problemen brengen. En dan moet je zelf maar zien dat je eruit komt.'

In Peregrine Cliff merkte Ryan dat zijn gedachten afdwaalden. Zijn vingers bleven werkeloos boven het toetsenbord hangen. *Die verrekte Kealty...* De man vervolgde een soldaat omdat hij de vijand had gedood. Het bewees weer eens wat voor president ze momenteel hadden, dacht hij somber.

Hij keek naar zijn telefoon en wilde hem twee keer pakken, maar telkens bleef zijn hand in de lucht hangen, alsof hij een eigen wil had, in tegenstelling tot wat de heilige Augustinus over wil en weerstand had gezegd. Toen pakte hij hem op en drukte op de toetsen.

'Ja, Jack,' zei Van Damm zodra hij had opgenomen. Hij had nummerherkenning op zijn privélijn.

'Oké, Arnie, haal de trekker maar over. God helpe me,' voegde hij eraan toe.

'Ik zal eerst een paar telefoontjes plegen. We spreken elkaar morgen.'

'Oké. Tot dan.' Ryan hing op.

Wat ben je in godsnaam aan het doen? vroeg hij zich af.

Maar hij wist het antwoord maar al te goed.

40

Ze moesten erin trainen om geen samenzweerderige indruk te maken, om gewone mensen te lijken die heel gewoon zaten te lunchen in een Parijs' café. Het miezerige weer werkte in hun voordeel. Afgezien van henzelf waren er maar twee klanten, een jong stel dat aan een tafel met een parasol zat.

Ibrahim had hun verteld hoe ze zich moesten kleden – als welvarende Fransen – en dat ze dat voortaan altijd moesten doen. Ze spraken allemaal Frans, en hoewel ze moslims waren, ging niemand van hen regelmatig naar een moskee. Ze zeiden hun dagelijkse gebeden thuis op en gingen beslist niet naar de preken van de radicale, spraakmakende imams, die allemaal regelmatig door de diverse Franse politiediensten in de gaten werden gehouden.

Ze kwamen steeds op openbare plaatsen bijeen en praatten dan als normale mensen. Daarmee vermeden ze geheimzinnige bijeenkomsten in kleine kamertjes die door de politie konden worden afgeluisterd. Als ze in de openlucht bij elkaar kwamen, kon iedereen hen zien, maar was het bijna onmogelijk om hun gesprekken te volgen. En bijna iedereen in Frankrijk had mensen met wie hij regelmatig lunchte. Hoe groot en hoe goed gefinancierd de Franse politie ook was, die kon in dit land van ongelovigen niet iedereen in de gaten houden. Juist doordat ze regelmatig zichtbaar waren, waren ze anoniem. Veel anderen waren gepakt of zelfs gedood doordat ze op een andere manier opereerden. Vooral in Israël, waar de politiediensten berucht waren om hun efficiëntie, voornamelijk omdat ze daar met geld smeten. Er waren altijd mensen die geld wilden aanpakken in ruil voor informatie. Daarom moest Ibrahim erg zorgvuldig te werk gaan bij de keuze van zijn mensen.

Dus begon de bijeenkomst niet met religieuze aanroepingen. Die kenden ze toch al allemaal uit hun hoofd. En ze spraken uitsluitend Frans, want anders zou het misschien iemand opvallen dat ze een vreemde taal spraken. Tegenwoordig wisten te veel westerlingen hoe Arabisch klonk – en die moesten bij die taal altijd aan complotten denken. Ze wilden onzichtbaar zijn in het volle zicht. Gelukkig was dat niet zo moeilijk.

'Nou, wat is het voor missie?' vroeg Shasif Hadi.

'Het is een industrieel complex,' antwoordde Ibrahim. 'Meer hoeven jullie voorlopig niet te weten. Als we eenmaal ter plaatse zijn, worden jullie volledig op de hoogte gesteld.'

'Hoeveel?' vroeg Ahmed. Hij was het jongste lid van het team, gladgeschoren en met een keurig verzorgde snor.

'Het doel is niet om slachtoffers te maken – in elk geval geen menselijke slachtoffers.'

'Wat dan wel?' Dat was Fa'ad. Hij kwam uit Koeweit en hij was lang en knap om te zien.

'Nogmaals, jullie komen meer te weten wanneer dat nodig is.' Hij haalde een vel papier uit zijn zak en vouwde het open op de tafel. Het was een kaart die door een computer was afgedrukt. Er was speciale software gebruikt om alle plaatsnamen weg te halen.

'Het probleem is de keuze van het beste toegangspunt,' zei Ibrahim. 'Het complex wordt vrij goed bewaakt, zowel binnenin als langs de buitenkant. We zullen niet veel springstof nodig hebben, zo weinig dat we het in één rugzak kunnen vervoeren. Omdat de bewakers de omgeving twee keer per dag controleren, is de timing van kritiek belang.'

'Als je me de vereisten voor de springstoffen geeft, kan ik aan het werk,' zei Fa'ad, blij dat hij zijn opleiding voor de Heilige Zaak van Allah kon gebruiken. De anderen vonden dat hij overdreven trots was op zijn studie technologie aan de universiteit van Cairo.

Ibrahim knikte.

'En de politie en inlichtingendiensten daar?' vroeg Hadi.

Ibrahim maakte een laatdunkend gebaar. 'Die zijn niet zo'n probleem.'

Maar ondanks zijn nonchalante toon maakte hij zich wel degelijk zorgen. De politie was een kwade geest, ze hadden soms aan één klein gegeven genoeg om aan een heleboel informatie te komen. Je wist nooit wat ze wisten en hoe ze de dingen met elkaar konden combineren. En voor hem was het allereerst zaak dat hij niet bestond. Niemand mocht zijn naam weten of zijn gezicht kennen. Hij reisde zo anoniem als de woestijnwind. De URC kon zich alleen handhaven als de organisatie verborgen bleef. Ibrahim reisde met tal van onbekende creditcards – geld was jammer genoeg niet anoniem meer; de politie was beducht voor mensen die bankbiljetten bij zich hadden en onderwierp hen aan een grondig onderzoek. Hij had genoeg paspoorten thuis om de autoriteiten van welke staat dan ook tevreden te stellen. Al die paspoorten waren voor veel geld aangekocht en werden maar een paar keer gebruikt voordat ze werden verbrand. Toch vroeg hij zich af of dat wel voorzichtig genoeg was. Eén persoon was genoeg om hen te verraden.

De enigen die hem konden verraden waren degenen in wie hij een absoluut vertrouwen stelde. Zulke gedachten gingen steeds weer door zijn hoofd terwijl hij een slok koffie nam. Hij was bang dat hij in zijn slaap praatte als hij een lange vliegreis maakte. Meer zou er niet voor nodig zijn. Hij was niet bang dat hij dood zou gaan – daar waren ze geen van allen bang voor –, maar dat hij zou falen.

Maar waren de Heilige Strijders van Allah niet degenen die de moeilijkste dingen deden, en zouden zijn zegeningen niet in overeenstemming zijn met zijn verdiensten? Dat hij in de herinnering zou voortleven. Dat hij het respect zou genieten van zijn landgenoten. Dat hij een klap zou uitdelen voor de goede zaak – zelfs wanneer hij dat zonder erkenning deed, zou hij met vrede in zijn hart naar Allah gaan.

'Hebben we de definitieve toestemming?' vroeg Ahmed.

'Nog niet. Binnenkort, denk ik, maar nu nog niet. Als we straks uit elkaar gaan, zien we elkaar pas terug als we in het land zijn.'

'Hoe krijgen we het te horen?'

'Ik heb een oom in Riad. Hij is van plan een nieuwe auto te kopen. Als er in mijn e-mail staat dat het een rode auto is, wachten we; als het een groene auto is, gaan we over naar de volgende fase. In dat geval komen we vijf dagen na de e-mail in Caracas bij elkaar, zoals we hebben afgesproken, en dan reizen we per auto verder.'

Shasif Hadi glimlachte en haalde zijn schouders op. 'Laten we dan allemaal bidden voor de groene auto.'

Hun naamplaatjes zaten al op de deur van de kamer, zag Clark. Zijn kamer en die van Chavez lagen naast elkaar en waren middelgroot, met een bureau, een draaistoel, twee stoelen voor bezoekers en een pc, compleet met handleiding daarvoor en instructies om toegang te krijgen tot allerlei bestanden.

Clark had snel door hoe zijn computersysteem werkte. Tot zijn verbazing surfte hij binnen twintig minuten door het souterrain van het hoofdkwartier van de CIA in Langley.

Tien minuten later fluisterde hij: 'Allemachtig.'

'Ja,' zei Chavez vanuit de deuropening. 'Wat denk je?'

'Ik was aan het surfen en zat opeens bij informatie die alleen voor de CIA-directie bestemd is. Jezus, op deze manier kan ik bij bijna alles komen.'

Davis was terug. 'Jullie zijn allebei snel. Het computersysteem geeft je toegang tot een heleboel dingen. Niet letterlijk alles, alleen de belangrijkste compartimenten. Meer hebben we ook niet nodig. Hetzelfde geldt voor Fort Meade. We hebben toegang tot bijna alle berichten die de NSA onderschept. Jullie zullen heel wat moeten lezen. Via het sleutelwoord EMIR kunnen jullie in drieëntwintig compartimenten komen – alles wat we over hem hebben, inclusief een verdomd goed profiel; tenminste, dat denken we. Het heet AESOP.'

'Ja, hier zie ik het,' antwoordde Clark.

'Het is opgesteld door een zekere Pizniak, hoogleraar psychiatrie aan de medische faculteit van Yale. Lees het maar eens door en kijk wat je ervan vindt. Als jullie me nodig hebben, weten jullie waar mijn kamer is. Kom gerust met vragen. De enige domme vraag is een vraag die je niet stelt. O ja, Gerry's privésecretaresse is Helen Connolly. Ze is al een hele tijd bij hem, en ze is niet – ik herhaal, niet – op de hoogte van wat we hier doen. Gerry stelt zelf zijn rapporten en dergelijke op, maar op dit niveau van de besluitvorming doen we het meestal mondeling. O ja, John, hij heeft me ook verteld over je idee om te reorganiseren. Blij dat je het zei; nu hoefde ik het niet aan te kaarten.'

Clark grinnikte. 'Altijd bereid de kwaaie pier te spelen.'

Davis liep weg, en ze gingen weer aan het werk. Clark keek eerst naar de foto's die ze van de emir hadden. Het waren er niet veel en ze waren van slechte kwaliteit. De ogen, zag hij, waren koud. Bijna levenloos, als de ogen van een haai. Er zat geen enkele uitdrukking in. *Is dat niet interessant?* dacht Clark. Velen zeiden dat de Saoedi's een humorloos volk waren – *als Duitsers maar dan zonder het gevoel voor humor*, hoorde je mensen vaak zeggen –, maar dat was niet zijn ervaring daar geweest.

Clark had nog nooit een slechte Saoedi ontmoet. Sommigen had hij als CIA-agent goed leren kennen, mensen van wie hij de taal had geleerd. Ze waren allemaal godsdienstig geweest en hadden tot de conservatieve Wahhabi-tak van de soennitische islam behoord. In hun orthodoxie waren ze te vergelijken met de baptisten in het zuiden van de Verenigde Staten. Daar had hij geen moeite mee. Hij was een keer in een moskee geweest en had gezien hoe ze hun godsdienst uitoefenden. Hij had er toen goed voor gezorgd dat hij achterin bleef staan – het was voor het grootste deel een taalles geweest, maar het was duidelijk geweest dat die mensen hun geloof erg serieus namen. Hij had met zijn Saoedische vrienden over religie gepraat en niets te horen gekregen waaraan hij zich stoorde. Saoedi's sloten niet zo gauw vriendschap, maar een echte Saoedische vriend zou een kogel voor je opvangen. De voorschriften van hun religie over dingen als gastvrijheid waren bewonderenswaardig. En de islam verbood racisme, iets waar het christendom jammer genoeg niet aan toegekomen was.

Clark wist niet of de emir een vrome moslim was, maar de man was niet dom; dat bleek duidelijk uit AESOP. Hij was geduldig, maar kon ook snel beslissingen nemen. *Een zeldzame combinatie*, dacht Clark. Geduld was moeilijk te kweken, des te meer voor een ware gelovige bij het nastreven van wat hij als zijn levensdoel beschouwde.

In zijn computerhandleiding zat een catalogus van de eigen bibliotheek van de CIA, en het toegangspunt met het sleutelwoord EMIR leverde ook verwijzingen op. En dus keek Clark eens goed rond. Hoeveel wist de CIA over die kerel? Welke agenten hadden aan hem gewerkt? Welke verhalen hadden ze over hem geschreven? Wist iemand iets over het karakter van die man?

Na een tijdje schudde hij zich los uit zijn overpeinzingen en keek op zijn horloge. Er was een uur verstreken. 'De tijd vliegt,' mompelde hij, en hij pakte de telefoon. Toen er aan de andere kant werd opgenomen, zei Clark: 'Gerry, met John. Heb je even? En Tom ook, als hij bij de hand is.'

Twee minuten later zat hij in de kamer van Hendley. Tom Davis, de rekruteerder van de Campus, kwam even later binnenlopen. 'Wat is er?'

'Ik heb misschien een kandidaat,' zei Clark, en voordat een van hen de voor de hand liggende vraag kon stellen, ging hij verder: 'Dit komt van Jack Ryan – senior, bedoel ik.'

Nu had hij de aandacht van Hendley, die zich op zijn stoel vooroverboog, zijn handen samengevouwen op het tafelblad. 'Ga verder.'

'Vraag me niet hoe, want ik weet niet alle bijzonderheden, maar een Ranger, een oude rot die Driscoll heet, is in de problemen gekomen. Het schijnt dat Kealty hem tot voorbeeld wil stellen.'

'Waarom?'

'Een missie in de Hindu Kush. Hij heeft een handjevol schurken gedood toen ze in een grot lagen te slapen. Kealty en zijn minister van Justitie willen Driscoll voor moord laten vervolgen.'

'Jezus christus,' mompelde Tom Davis.

'Ken je die man?' vroeg Hendley.

Clark knikte. 'Ongeveer tien jaar geleden, kort voordat Rainbow begon, had ik iets te doen in Somalië. Een team van Rangers hield de wacht voor me. Driscoll was een van hen. We bleven in contact en dronken zo nu en dan een biertje. Een kerel waar je wat aan hebt.'

'Wat hebben ze al tegen hem ondernomen?'

'De CID van het leger heeft de zaak in handen. Een voorlopig onderzoek.'

Hendley zuchtte en krabde over zijn hoofd. 'Wat zegt Jack?'

'Hij had een reden om me dat te vertellen. Hij weet dat ik hier werk.'

Hendley knikte. 'Eerst dit: als dit uit het Witte Huis komt, kan het niet anders of Driscoll loopt kleerscheuren op.'

‘Dat weet hij vast wel.’
‘In het gunstigste geval gooien ze hem er alleen maar uit. Misschien mag hij zijn pensioen houden.’
‘Dat weet hij vast ook wel.’
‘Waar is hij?’
‘Hij ligt in het Brooke Army Medical in San Antonio. Toen ze zich terugtrokken, kreeg hij een souvenirtje in zijn schouder.’
‘Ernstig?’
‘Weet ik niet.’
‘Oké, ga met hem praten.’ En tegen Davis: ‘Tom, laat intussen research doen naar Driscoll. Volledige achtergrond.’
‘Ja.’

‘Binnen,’ zei Ben Margolin tegen Mary Pat. ‘Doe de deur achter je dicht.’
Weer een dag op het NCTC. Nog meer onderschepte berichten, nog meer aanwijzingen die tot iets groots of tot helemaal niets konden leiden. De hoeveelheid informatie was enorm, en hoewel dit niets nieuws voor hen was, waren de meesten toch bang dat hun veel meer ontging dan wat ze te pakken kregen. Betere technologie zou helpen, maar wie wist hoe lang het zou duren om de nieuwe systemen aan de gang te krijgen? Het Trailblazer-fiasco had de machthebbers kopschuw gemaakt, en dus waren ze het systeem voortdurend opnieuw aan het testen. Intussen, dacht Mary Pat, probeerden zij en de rest van het NCTC het gaatje in de dijk dicht te houden en keken ze ook nog voortdurend uit naar nieuwe scheuren.
Mary Pat sloot de deur en ging tegenover Margolins bureau zitten. Buiten gonsde het operatiecentrum van activiteit.
‘Ze hebben ons idee om de hulp van de Britten in te roepen afgewezen,’ zei Margolin zonder omhaal. ‘We mogen geen gebruikmaken van Britse informanten in Pakistan.’
‘Waarom in godsnaam niet?’
‘Daarover beslissen hogere machten, Mary Pat. Ik ben er zo hoog mogelijk mee gegaan, maar het gaat niet door. Ik denk dat het door Irak komt.’
Die gedachte was al bij Mary Pat opgekomen voordat haar baas er iets over zei. Onder druk gezet door haar burgers had de Britse regering zich steeds meer van de oorlog in Irak gedistantieerd, zowel wat haar beleid als wat haar middelentoewijzing betrof. President Kealty stelde zich in het openbaar verzoenend op, maar het gerucht ging dat hij woedend was op de Britten, die volgens hem de Amerikanen de kastanjes uit het vuur lieten halen. Zonder de zelfs maar symbolische steun van

Groot-Brittannië zou elk plan om Amerikaanse troepen terug te trekken worden vertraagd en misschien zelfs volledig in gevaar worden gebracht. Erger nog: de Britse houding had de Irakese regering nieuwe moed gegeven. De Irakezen vroegen niet meer beleefd om een vertrek van de Amerikanen, maar drongen daar agressief op aan, een trend die de Amerikaanse burgers niet kon ontgaan. Eerst trok de naaste bondgenoot zich terug, en toen wilden de mensen die met opoffering van de eigen soldaten waren gered dat de Amerikanen weggingen. Kealty, die in zijn verkiezingscampagne had beloofd dat hij de Verenigde Staten uit Irak zou weghalen, zakte in de peilingen, en sommige tv-commentatoren beschuldigden hem er zelfs al van dat hij de terugtrekking wilde stopzetten om druk uit te oefenen op het Congres, dat weinig enthousiasme kon opbrengen voor sommige lievelingsprojecten van de nieuwe president.

Maar goed, hun verzoek om de Britten te vragen nader onderzoek te doen naar de kaart van Peshawar die ze hadden gevonden, was dus afgewezen. Dat zou Mary Pat eigenlijk niet moeten verbazen, want ze had al meer politiek gekibbel tussen verschillende regeringen meegemaakt dan ze zich kon herinneren, maar toch vond ze het vreemd. Die verrekte grot was het beste spoor naar de mogelijke verblijfplaats van de emir dat ze in jaren hadden gevonden. En nu zou hen dat alles ontglippen omdat de president zich zo nodig kwaad moest maken. Het was om razend van te worden. Natuurlijk was het niet bevorderlijk dat hun eigen CIA-directeur, Scott Kilborn, zelf ook een slappeling was.

Mary Pat schudde haar hoofd en zuchtte. 'Jammer dat Driscoll zijn gevangenen is kwijtgeraakt.'

'Een beetje water in de longen wil de lippen nog weleens losser maken,' zei Margolin.

Een populair standpunt, dacht Mary Pat, *maar van weinig nut in de echte wereld.* Ze was niet kleinzielig en kon soms heus wel het nut van foltering inzien, maar over het geheel genomen leverden die technieken geen betrouwbare en verifieerbare informatie op. Vaak waren ze tijdverspilling. Tijdens en kort na de Tweede Wereldoorlog kregen MI6 en de OSS meer met een spelletje pingpong of een potje dammen uit gevangengenomen Duitse generaals los dan met een tang of elektroden.

Het scenario van de 'tijdbom' dat zo vaak naar voren werd gebracht om marteling te rechtvaardigen, was bijna een mythe te noemen. De meeste complotten die sinds 11 september tegen de Verenigde Staten waren beraamd, waren al in het beginstadium verijdeld, dus in de fase waarin de schurken mensen rekruteerden, geld verplaatsten of logistieke regelingen troffen. Het beeld van een terrorist die ergens met zijn vinger boven een knop zat, terwijl de helden van het verhaal informatie uit een landgenoot van hem probeerden te krijgen, voldeed niet aan de werkelijkheid. Dat was een Hollywoodverzinsel dat evenveel overeenkomst met de echte wereld van het inlichtingenwerk vertoonde als de James Bond-films. Eigenlijk had ze in haar hele carrière maar één keer zo'n geval van een 'tijdbom' meegemaakt, en dat had John Clark binnen enkele minuten afgehandeld door een paar vingers te breken en de juiste vragen te stellen.

'Clichés zijn met reden clichés,' had Ed eens tegen haar gezegd. 'Omdat ze meestal waar zijn, maken mensen er te veel gebruik van.' Volgens Mary Pat sloeg bij ondervragingen het cliché 'Je vangt meer vliegen met honing dan met azijn' de spijker op de kop. In de discussie voor of tegen marteling was ethiek maar een van de vele facetten. Het was vooral een kwestie van effectiviteit. Je deed datgene wat je de beste resultaten opleverde. Punt uit.

'Dus we moeten opnieuw beginnen,' zei ze tegen haar baas.

'Geen denken aan. Die oude vriend in Engeland die je noemde... Bel hem eens en maak een praatje met hem.'

Mary Pat glimlachte, maar schudde haar hoofd. 'Dat kan me de kop kosten, Ben.'

Hij haalde zijn schouders op. 'Je leeft maar één keer.'

Melinda was aangenaam verrast toen ze hem terugzag. De week daarvoor had deze man haar in zijn auto laten stappen om 'John' te bezoeken. Die had goed betaald en geen vreemde dingen gedaan, en dat vond ze allemaal uitstekend, vooral het geld dat ze ervoor kreeg.

Deze man was goed gekleed, of tenminste wat daar hier voor doorging. Het was ongewoon dat ze op deze manier in het openbaar verscheen. Ze was callgirl, geen straathoer, maar dit hotel had een bijzonder goed restaurant, en de ober kende haar en vond haar aardig. Met een gratis nummertje kon een meisje in dit vak een heel eind komen, en het moest gezegd worden dat hij een fatsoenlijke kerel was, getrouwd, zoals veel van haar cliënten, en getrouwde mannen waren altijd aardig. Nou ja, bijna altijd. Je kon er nooit zeker van zijn, maar mannen in zijn positie, de mannen die hier in de buurt woonden, wisten meestal wel wat de regels waren. En als het verkeerd ging, had ze altijd nog haar kleine Colt in haar tasje.

Oogcontact. Een begrijpende glimlach. Hij was aardig, deze tussenpersoon. Een kort baardje, ongeveer als dat van Errol Flynn in een piratenfilm. Maar zij was Olivia de Havilland niet. Ze was mooier, vond Melinda, en helemaal niet verlegen. Ze werkte er hard aan om slank te blijven. Mannen hielden van vrouwen wier middel ze met hun handen konden omvatten. Vooral van vrouwen die ook nog een fraai stel tieten hadden.

'Hallo,' zei ze vriendelijk. Een glimlach die alleen maar echt was aan de oppervlakte, maar degene voor wie hij was bestemd wist dat er veel meer achter die glimlach zat.

'Goedenavond, Melinda. Hoe gaat het op deze warme avond met je?'

'Heel goed, dank je.' Een glimlach waarbij haar tanden even in zicht kwamen.

'Heb je het vanavond druk?'

'Nee, op het moment niet.' Nog meer tanden. 'Ik heb je naam nooit gehoord.'

'Ernest,' antwoordde hij met een mild glimlachje. De man bezat een zekere charme, maar dan wel van het buitenlandse soort, vond Melinda. Niet Europees. Ergens anders vandaan. Hij sprak goed Engels, maar met een accent... Blijkbaar had hij zijn Engels in een ander land geleerd. Dat was het. Hij had het wel goed geleerd, en... en wat? Wat was er anders aan hem? vroeg ze zich af. Ze bestudeerde hem nog eens wat beter. Slank, langer dan zij, mooie donkere ogen. Zachte handen. Geen bouwvakker. Eerder een geldtype, deze Ernest, wat vast niet de naam was waarmee hij was geboren. Zijn ogen beoordeelden haar. Dat was ze wel gewend. De blik van 'hoe goed is ze in bed?'. Nou, hij had reden om te weten dat ze vrij goed was. Zijn baas had niet geklaagd, had haar zelfs extra geld gegeven. Dat was ze wel gewend. Ja, zo goed was ze. Melinda had veel klanten die terugkwamen, en sommigen van hen kende ze bij hun echte naam – of wat ze zeiden dat hun echte naam was. Ze bedacht graag haar eigen namen voor haar vaste klanten, en die hadden vaak te maken met de grootte van hun pik. *Of de kleur, in dit geval*, dacht ze met een onderdrukt grinniklachje en een niet onderdrukte glimlach waarvan Ernest zou denken dat hij voor hem bestemd was.

'Wil je met me meekomen?' vroeg hij.

'Dat zou ik graag willen. Om je vriend op te zoeken?'

'Misschien.' Zijn eerste fout. Ernest zou er blijkbaar best wat voor voelen om het zelf ook een keer te doen. Ze mocht dan een hoer zijn, ze was een goede minnares met veel ervaring in haar vak, en zijn driften waren dezelfde als die van de meeste mannen. 'Wil je met me meekomen?'

'Goed.'

Tot Melinda's verbazing was het maar een korte rit. Ergens midden in de stad, een duur appartementengebouw met een eigen ondergrondse parkeergarage. Ernest stapte uit en deed galant het portier voor haar open. Ze liepen naar de liften, en Ernest drukte op de knop. Ze kende het gebouw niet, maar het had zo'n opvallende buitenkant dat ze het niet zou vergeten. Dus John had een flat in de stad. Was dat handiger voor haar, en misschien ook voor hem? vroeg ze zich af. Misschien dacht hij met genegenheid aan haar terug. Dat gebeurde wel vaker, had ze gemerkt.

John stond in de deuropening van de keuken met een mooi glas witte wijn in zijn hand.

'Hallo, John, wat een prettige verrassing,' begroette ze hem met haar beste glimlach. Het was een mooie glimlach die vast en zeker zijn hart zou verwarmen, en ook nog iets anders. Ze liep naar hem toe en gaf hem een kus voordat ze het glas wijn in ontvangst nam. Ze nam een klein slokje. 'John, wat heb je toch een goede smaak als het op wijn aankomt. Italiaans?'

'Pinot grigio,' bevestigde hij.

'Ze maken ook het lekkerste eten.'

'Ben je van Italiaanse afkomst?' vroeg John.

'Hongaars,' zei ze. 'Wij maken goede deegwaar, maar de Italianen hebben het beste kalfsvlees van de wereld.' Weer een kus. John was een beetje vreemd, maar hij kon erg goed kussen. 'Hoe gaat het met je?'

'Ik heb genoeg van het reizen,' zei hij, al had hij helemaal niet onlangs gereisd.

'Waar moest je heen?' vroeg Melinda.

'Parijs.'

'Hou je van de wijn daar?'

'Italiaanse is beter,' antwoordde hij. Het gesprek verveelde hem een beetje. Ze was hier niet vanwege haar conversatie. Alle vrouwen konden praten, maar Melinda had andere talenten. 'Wat heb je mooie kleren aan,' merkte hij op.

Die gaan gauw genoeg uit, dacht ze. Daar hield ze rekening mee bij de keuze van haar werkkleding. Sommige mannen hadden hun vrouwen graag naakt, maar een verrassend aantal hield van het gedeeltelijk geklede vluggertje: rok opgehesen, voorovergebogen over een tafel of bank, beha aan maar de tieten eruit... John hield ook van orale seks op de knieën, iets wat ze niet erg vond, zolang hij zich niet te veel liet meeslepen. 'Ik heb maar gewoon iets aangedaan. Mooi appartement.'

'Het is gunstig gelegen. Ik hou van het uitzicht.'

Melinda nam de gelegenheid te baat om door de grote ruit te kijken. *Oké, goed.* Nu wist ze precies waar ze was. Er waren veel mensen op straat, voor zover ze hier straten hadden. De straten hier waren alleen maar mogelijkheden om van het ene dure hotel naar het andere te lopen voor degenen die te zuinig waren om een taxi te nemen. John bleef op dezelfde plaats staan en keek naar haar.

'Melinda, je bent een visioen,' zei hij met een glimlach. Aan die glimlach was ze gewend – de glimlach van 'ik wil je neuken'. Beleefd aan de oppervlakte, vol verlangen daaronder. Een snelle blik onder Johns riem liet haar weten dat haar vermoeden juist was.

Het was tijd om naar hem toe te lopen voor weer een kus. Het had erger kunnen zijn.

'Mm,' mompelde ze. *Oké, tijd dat we ter zake komen, John.* Zijn arm kwam om haar heen. Hij hield haar nogal stevig vast, misschien om haar te laten weten dat ze zijn eigendom was. Zo waren mannen. Toen leidde hij haar met zachte drang naar de slaapkamer.

Wow, dacht ze. Degene die deze kamer had ingericht, had geweten waarvoor het appartement gebruikt zou worden. Het was waarschijnlijk niet zijn of haar eerste dergelijke opdracht geweest, dacht Melinda. Alles was perfect, tot en met het leuke stoeltje bij het raam waarop ze zich kon uitkleden. Bij zonsondergang zou het helemaal volmaakt zijn geweest, dacht ze. Ze ging zitten en trok allereerst haar Manolo Blahnik-schoenen uit. Hoe mooi ze ook waren, het was prettiger ze uit te trekken dan ze aan te doen. Ze waren gemaakt om naar te kijken, niet om op te lopen, en ze had kleine, meisjesachtige voeten. Mannen vonden ze altijd mooi. Haar topje ging uit en werd op de kaptafel gelegd, en ze stond op. Ze droeg nooit een beha als ze aan het werk was, en die kon ze ook heel goed missen. Haar stevige borsten stonden nog fier rechtop. Mannen vonden dat altijd mooi. Even later was ze naakt en liep ze naar John toe.

'Mag ik helpen?' vroeg ze. Mannen vonden het altijd prettig als ze hen uitkleedde, vooral wanneer ze een beetje aandrang – in de trant van 'doe het met me' – uitoefende.

'Ja, alsjeblieft,' antwoordde John met een dromerige glimlach. Waar hij ook vandaan kwam, dit soort aanbidding was hij niet gewend. Nou, hij betaalde het toptarief om het te krijgen en het was een van de dingen waar ze goed in was. Even later zag ze de reden waarom ze zich hem had herinnerd. Rood, de perfecte naam voor hem. Natuurlijk gaf ze hem een kus.

En natuurlijk reageerde hij daar gunstig op. Voor wat hij betaalde mocht hij best een vaste klant van haar worden. Ze dacht aan een nieuwe auto. Een BMW, misschien zelfs een Mercedes. Hij kon haar daarmee helpen. Net als in haar werk betaalde ze graag cash voor dingen. Nou ja, een cheque voor de juiste auto. Een Mercedes uit de E-klasse, dacht ze. Ze hield van de soliditeit van het Duitse automerk. In zo'n auto voelde je je veilig. Ze voelde zich graag veilig. Ze stond op.

'John, is het de hele nacht? Dat kost meer. Tweeënhalf.'

'Zoveel?' vroeg hij met een glimlach.

'Er is een oud gezegde: alle waar is naar zijn geld.'

'Vannacht niet. Ik moet later weg.'

Overnacht je hier niet? dacht ze. *Is dit alleen je neukflat?* Hij moest wel ontzaglijk veel geld hebben. Deze flat moest hem een miljoen hebben gekost, misschien wel anderhalf miljoen. Als hij zoveel van seks hield, wilde ze hem heel graag als vaste klant hebben. Mannen waren zo dom, dacht Melinda, zelfs de rijken. *Vooral de rijken.* Ze zag hem een envelop pakken. Die gaf hij aan haar.

Zoals altijd maakte Melinda de envelop open en telde ze de bankbiljetten. Het was belangrijk dat haar klanten wisten dat dit een zakelijke transactie was, al ging het om de beste gesimuleerde liefde die voor geld te koop was. Nogal wat mannen hadden gewild dat hun relatie meer werd dan dat. Maar ze kende inmiddels heel charmante manieren om het gesprek in andere richtingen te leiden.

De envelop ging in het Gucci-tasje, naast de kleine Colt met zijn parelmoeren kolf. Toen ze opstond, deed ze dat met haar allermooiste glimlach. Het zakelijke gedeelte was voorbij. Nu kon de liefde beginnen.

41

Was dit geen vergissing? vroeg de emir zich af. Op het niveau waarop hij opereerde lag het nooit zo zwart-wit. Eigenlijk deed het er niet toe in welk land het doelwit zich bevond, maar het doelwit zelf was van grote betekenis – tenminste, die mogelijkheid was er. De effecten van de aanslag zouden zich als rimpelingen in een vijver verspreiden en algauw tegen de oever van hun echte doel slaan.

Hij maakte zich veel zorgen over deze operatie, maar niet over zijn commandant, die met de eigenlijke aanslag was belast. Ibrahim was ambitieus, maar hij ging ook altijd zorgvuldig en grondig te werk, en hij had zijn team klein gehouden en strak georganiseerd. Aan de andere kant zou hij pas echt op de proef worden gesteld wanneer het plan operationeel werd, en daarover moest de emir nu een beslissing nemen. Het was allemaal een kwestie van timing, terwijl je ook het 'totaalbeeld' niet uit het oog mocht verliezen, zoals de Amerikanen het noemden. Er stonden veel stukken op het bord, en je moest ze allemaal in het juiste tempo in de juiste richting verplaatsen, want je wilde niet dat er eentje achterbleef en geen ondersteuning meer had. Als dat gebeurde, zou de rest ook bezwijken en zou Lotus instorten. Als hij te snel ging, zou zijn leven misschien eindigen voordat Lotus tot bloei kwam; ging hij te langzaam, dan had dat hetzelfde resultaat.

En dus had hij Ibrahim laten verdergaan met zijn verkenningen ter plaatse, maar hij zou pas definitief besluiten of de operatie doorging wanneer hij de positie van de andere stukken kende.

En als Ibrahim slaagt? vroeg hij zich af. *Wat dan?* Zou die Kealty reageren zoals ze verwachtten? Hun profiel van hem – ze hadden hem de codenaam CASCADE gegeven – wees duidelijk in die richting, maar de emir had al lang geleden geleerd dat je nooit zeker was van de grillige wegen die de menselijke geest kon inslaan.

CASCADE... een passende naam. Hij had die naam en het idee erachter grappig gevonden. De westerse inlichtingendiensten hadden natuurlijk profielen van hem – hij had er zelfs een gelezen –, en daarom vond hij het grappig dat hij zijn meest ambitieuze operatie grotendeels op een profiel baseerde dat ze zelf hadden opgesteld.

Kealty was een geboren politicus, en de Amerikanen schenen te denken dat hij daarom ook een goede leider was. Hij wist niet hoe en wanneer die denkfout was ontstaan. En het kon hem ook niet schelen. Het Amerikaanse volk had de politicus gekozen die er het best in was geslaagd zichzelf als leider te portretteren, zonder zich ooit af te vragen of het imago wel overeenkwam met de persoonlijkheid die erachter zat. Volgens CASCADE was dat niet zo, en de emir was het daarmee eens. Erger nog – of beter nog, het was maar hoe je het bekeek –, Kealty had zich omringd met vleiers en gunstelingen die hem bepaald niet capabeler maakten.

Wat gebeurt er als een zwak mens met een gebrekkige persoonlijkheid de ene na de andere catastrofe te verduren krijgt? Dan bezwijkt hij natuurlijk – en met hem het land.

Zoals beloofd, lag hun charterboot op hen te wachten. De kapitein, een visser uit het dorp die Pjotr Salitsjev heette, zat in een tuinstoel aan het eind van de lege houten pier zijn pijp te roken. In het zwarte, koude water dobberde een twaalf meter lange, brede Britse Halmatic-trawler. Salitsjev kwam kreunend overeind.

'Jullie zijn laat,' zei hij. Hij stapte van de pier op het achterdek.

'Slecht weer,' antwoordde Adnan. 'Ben je klaar?'

'Ik zou hier niet zijn als ik niet klaar was.'

Tijdens hun eerste onderhandelingen had Salitsjev niet gevraagd wie ze waren of waarom ze naar het eiland wilden, maar Adnan, die de rol van milieufanaat speelde, had hem enkele hints gegeven. Er kwamen hier al een tijd milieuorganisaties om naar de verwoestingen te kijken die door de Koude Oorlog waren aangericht, had Salitsjev met een schouderophalen geantwoord. Zolang ze betaalden en hem of zijn boot niet in gevaar brachten, vond Salitsjev het geen enkel probleem om iemand naar dat godvergeten eiland te brengen. 'Domheid kent geen grenzen,' had hij tegen Adnan gezegd.

'Hij is kleiner dan ik had gedacht,' zei Adnan, knikkend naar de boot.

'Verwachtte je een slagschip? Ze is stevig genoeg. De Halmatic is een van de weinig goede dingen die de Britten ooit hebben gemaakt. Ik heb meegemaakt dat ze op haar zij lag en toch weer overeind sprong. Laat de boot maar aan mij over. Kom op, we vertrekken over tien minuten.'

Adnans mannen hadden hun spullen intussen uit de truck geladen, en ze liepen vlug over de pier om alles op het achterdek te laden. Salitsjev blafte bevelen om te kennen te geven waar en hoe ze alles moesten neerzetten. Toen hij vond dat alles in orde was, gooide hij de lijnen los en zette hij een voet op de pier om zich met de Halmatic af te zetten. Hij ging naar de stuurhut en zette de motor aan. De dieselmotor braakte eerst wat zwarte rook uit en kwam toen bulderend tot leven. Het water schuimde bij de achtersteven.

'Volgende halte: de hel,' riep Salitsjev over zijn schouder.

Twee uur later dook de zuidpunt van het eiland in de mist rechts voor hen op. Adnan stond midscheeps en tuurde door een kijker naar de kustlijn. Salitsjev had hem verzekerd dat ze geen last van militaire patrouilles zouden hebben, en Adnan zag daar inderdaad niets van.

'Ze zijn daar wel,' riep Salitsjev vanuit de stuurhut, 'maar ze zijn niet zo slim. Je kunt je horloge op ze gelijkzetten. Dezelfde patrouilleroutes, elke dag om dezelfde tijd.'

'En radar?'

'Waar?'

'Op het eiland. Ik heb gehoord dat er een luchtmachtbasis is...'

Salitsjev grinnikte. 'Wat, bedoel je Rogatosjovo? Dat stelt niks meer voor. Geldgebrek. Vroeger zat daar een regiment onderscheppingsvliegtuigen, het 641ste, geloof ik, maar tegenwoordig heb je daar alleen nog een paar vrachtvliegtuigen en helikopters. De patrouillerende boten hebben navigatieapparatuur uit het jaar nul, en zoals ik al zei: ze zijn heel erg voorspelbaar. Als we eenmaal aan wal zijn, kan ons niets meer gebeuren. Je kunt je wel voorstellen dat ze graag op een afstand blijven.'

Adnan kon dat inderdaad begrijpen. Hoewel zijn mannen weinig over hun bestemming of de aard van hun missie wisten, was Adnan volledig op de hoogte gesteld.

Nova Zembla was inderdaad een hel op aarde. Volgens de laatste telling woonden er vijfentwintighonderd mensen op het eiland, vooral Nenetsen en Avars in de plaats Beloesja Goeba. Het eiland zelf bestond in werkelijkheid uit twee eilanden – Severny in het noorden en Joesjny in het zuiden – die van elkaar gescheiden werden door de Matotsjkinstraat.

Eigenlijk was het jammer, dacht Adnan, dat de wereld niets meer over Nova Zembla wist dan de rol die het in de Koude Oorlog had gespeeld. De Russen en Europeanen kenden het eiland al sinds de elfde eeuw, eerst via handelaren uit Novgorod en daarna via de ene na de andere ontdekkingsreiziger – Willoughby, Barentsz, Liitke, Hudson... Ze kwamen daar al honderden jaren voordat het eiland in 1954 werd geannexeerd door de Sovjets, die er een testplaats van maakten en het in zones verdeelden: A, Tsjornaia Goeba; B, Matotsjkin Sjar; C, Soekhoi Nos, waar de Tsar Bomba van vijftig megaton in 1961 tot ontploffing werd gebracht.

Op Nova Zembla waren bijna driehonderd kernexplosies veroorzaakt, de laatste in 1990. Sindsdien was het eiland veel verschillende dingen gaan betekenen: een curiositeit, een tragedie, een grimmig overblijfsel uit het verleden... Voor de berooide Russische regering na het uiteenvallen van de Sovjet-Unie was het eiland een dumpterrein geworden voor alles waar ze van af wilden.

Hoe zeiden de Amerikanen het ook alweer? vroeg Adnan zich af. O ja... Het afval van de een is het fortuin van de ander.

Ze hadden interesse voor de nieuwe hoogspanningslijn, zag Cassiano. Waar hij wegen kruiste, hoe hoog boven de grond hij hing, hoeveel masten er per kilometer waren... Een interessant verzoek, en natuurlijk zou hij zijn best doen om aan de informatie te komen.

Ze wilden ook meer weten over de treinen, en dat verbaasde hem. Het was waar dat treinen dagelijks kwamen en gingen, maar er kwamen er maar weinig op het complex, en die werden nauwlettend in de gaten gehouden. Als ze toegang tot het complex wilden krijgen, waren er gemakkelijker manieren. Misschien was dat het antwoord. Misschien zagen ze de treinen niet als infiltratiemiddel, maar wilden ze ze gebruiken om metingen te verrichten. De productie van het complex werd angstvallig geheimgehouden, maar als je de komende en gaande treinen volgde, en de gegevens van die treinen wist, kon je vrij goed raden hoe groot de productie was.

Heel slim, dacht hij. Dat paste bij de andere dingen die hij over zijn opdrachtgevers wist. Concurrentie was een gezonde zaak, was hem gezegd, en aan een pas ontdekt olieveld kon je niets doen. Daarentegen kon je wel iets doen aan de prijzen en de productiecapaciteit, en hij vermoedde dat zijn opdrachtgevers iets in die richting van plan waren. De OPEC-landen (voornamelijk islamitische landen) waren al tientallen jaren de voornaamste olieleverancier van de wereld, en als Cassiano dat overwicht kon helpen handhaven, zou hij dat met het grootste genoegen doen.

42

Achteraf, besefte Steve Jenkins, had hij het moeten zien aankomen, deze 'promotie' die in feite alleen maar pure ellende was. Het complex kreeg regelmatig bezoek van allerlei overheidsfunctionarissen, van de Dienst voor Milieubescherming en het ministerie van Binnenlandse Veiligheid tot de Topografische Dienst en de genietroepen van het leger. Dat alles was tot nu toe afgehandeld door een woordvoerder van het ministerie van Energie, maar de kort geleden weer opgelaaide strijd in Washington over de toekomst van het complex had dat alles veranderd. Het leek wel of iedere politicus of bureaucraat die zijn of haar weg hierheen kon vinden, nu kwam opdagen. Ze kwamen met diepgaande vragen die door onderbetaalde medewerkers waren bedacht en wilden absoluut elke nuance van het complex begrijpen.

'Wat ze willen, Steve,' had zijn baas tegen hem gezegd, 'is achter het gordijn gluren, en jij komt authentiek genoeg over om ze te laten denken dat ze die kans krijgen.'

Ondanks dit dubieuze compliment moest Steve toegeven dat hij het complex vanbinnen en vanbuiten kende, van achteren en van voren. Hij was daar komen werken toen hij nog maar drie jaar afgestudeerd was, dus vanaf het begin van het project, negentien jaar nadat de locatie voor het eerst als mogelijke kandidaat was aangewezen, samen met tien andere plaatsen in zes staten; twaalf jaar nadat de locatie voor intensief onderzoek was aangewezen; tien jaar nadat de locatie als winnaar uit de competitie tevoorschijn was gekomen. Het grootste deel van zijn volwassen leven had hij op dit stuk woestijn gewerkt. Inmiddels had het project elf miljard dollar gekost en was het daarmee een van de meest bestudeerde stukken land ter wereld. En misschien konden die elf miljard nu als verlies worden afgeschreven; dat hing ervan af wie het gevecht in Washington won. Hoe deed je dat? vroeg hij zich af. In welke kolom van de federale balans kwam zo'n bedrag terecht?

De voltooiing van het project was een erezaak geworden voor de ongeveer negenhonderd leden van het team, en al waren er ook die er niet naast zouden willen wonen, ze hadden met z'n allen enorm veel in het welslagen van het project geïnvesteerd. Hoewel Steve nog maar zevenendertig was, werd hij als een van de oude rotten op de locatie beschouwd, samen met ongeveer honderd anderen die daar ook al waren vanaf het moment dat het project van een idee op papier veranderd was in iets waarvoor schoppen in de grond werden gestoken. Jammer genoeg kon hij niemand veel vertellen over wat hij deed. Dat had hij nooit erg gevonden, totdat hij Allison had ontmoet. Ze was echt geïnteresseerd in zijn werk, in wat hij dagelijks deed, en dat was een eigenschap die geen van zijn vorige twee vriendinnen ooit aan de dag hadden gelegd. God, wat mocht hij zich gelukkig prijzen. Dat hij een vrouw als zij had gevonden, en dat ze zich aangetrokken voelde tot hem... En de seks. Allemachtig. Zeker, hij had niet veel ervaring, maar de dingen die ze met hem deed, met haar handen, met haar mond... Telkens wanneer ze bij elkaar waren, had hij het gevoel dat hij een forumbrief van *Penthouse* meemaakte.

Zijn overpeinzingen werden onderbroken door een veelzeggende stofwolk die over de heuvel tegenover de ingang van de hoofdtunnel verscheen: voertuigen op komst. Een minuut later verschenen er twee Chevrolets Suburban op de noordelijke weg. Ze stopten op het parkeerterrein. Het middagwerk was stopgezet, en alle trucks en pallets met materieel waren naar de rand van het terrein gebracht. De Suburbans stopten op ongeveer vijftien meter afstand en bleven met draaiende motor staan. Geen van de portieren ging open, en Steve stelde zich voor dat de inzittenden er weinig voor voelden de airconditioning van de auto achter zich te laten. En het was niet eens heet, dacht hij, niet zoals zomers. Het was niet voor niets dat zulke delegaties veel minder vaak in juni, juli en augustus op bezoek kwamen.

Nu gingen de portieren open. Er stapten tien medewerkers uit die door hun gouverneurs waren gestuurd. Twee uit elk van de vijf aangrenzende staten. Ze hadden hun mouwen al opgestroopt en hun das losser gemaakt en bleven nu nog even met knipperende ogen om zich heen staan kijken. Toen zagen ze Steve naar hen zwaaien. Ze liepen met z'n allen naar hem toe.

'Goedemiddag, en welkom,' zei hij. 'Ik ben Steve Jenkins, een van de hoofdingenieurs hier. Ik zal mijn best doen uw namen te leren voordat we hier klaar zijn, maar nu laat ik het aan u over om uw bezoekersbadges te verdelen.'

Hij hield hun een schoenendoos voor, en de delegatieleden kwamen een voor een naar voren om hun badge te pakken.

'Nog een paar dingen, en dan gaan we de hitte uit. Ik geef u papieren met informatie over alles wat we vanmiddag gaan bespreken en alles wat ik mag zeggen.'

Er werd gegrinnikt. Steve ontspande zich een beetje. Misschien viel het wel mee.

'Dat gezegd zijnde, wil ik u vragen geen aantekeningen te maken, niet op papier en niet op een pda. Datzelfde geldt voor geluidsrecorders en camera's.'

'Waarom?' vroeg een vrouw, een blond Californisch type. 'Er staan genoeg foto's op internet.'

'Zeker, maar alleen de foto's die wij daar willen hebben,' antwoordde Steve. 'Geloof me: als ik een vraag kan beantwoorden, doe ik dat. Het is ons doel alle informatie te verstrekken die we u kunnen geven. Nog één ding voordat we naar binnen gaan: deze machine naast me, die eruitziet als een kruising tussen een startraket, een caravan en een oliepijplijn, is onze tunnelboormachine, met de bijnaam Yucca Mucker. Voor diegenen onder u die van feiten en cijfers houden: de Mucker is honderdveertig meter lang, acht meter breed en zevenhonderd ton zwaar, en hij kan met een tempo van vijfenhalve meter per uur door massieve rots boren. Om dat in een perspectief te plaatsen: het is ongeveer de lengte van een van de Suburbans waarmee u hier bent aangekomen.'

Er werd waarderend gemompeld en gegrinnikt.

'Oké, als u me nu naar de tunnelingang wilt volgen, kunnen we beginnen.'

'We staan nu in wat we de *Exploratory Studies Facility* noemen,' zei Jenkins. 'Die heeft de vorm van een hoefijzer en is ongeveer acht kilometer lang en acht meter breed. Op verschillende plaatsen in de ESF hebben we acht nissen ter grootte van flinke schuren gemaakt, waarin we materieel opslaan en experimenten uitvoeren, en zes weken geleden hebben we de eerste experimentele opslagruimte voltooid.'

'Wat is dat?' vroeg een van de gedelegeerden.

'In die tunnelvormige ruimten wordt het nucleaire afval opgeslagen wanneer het complex in werking wordt gesteld. Over een paar minuten zult u de ingang van de tunnel zien.'

'Mogen we niet naar binnen?'

'Nee, jammer genoeg niet. We doen nog tests om na te gaan of hij stabiel genoeg is.' Dat was natuurlijk een enorm understatement. Het graven van de opslagruimte had relatief weinig tijd gekost. De tests en experimenten zouden negen maanden tot een jaar in beslag nemen. 'Laten we het nu even over de geografie hebben,' ging Steve verder.

'De bergrug boven ons is ongeveer dertien miljoen jaar geleden ontstaan door de werking van een inmiddels uitgedoofde caldeiravulkaan en bestaat uit drie verschillende lagen tufsteen, onder andere de soort tuf die ignimbriet wordt genoemd.'

Er ging een hand omhoog. 'Heb ik dat goed gehoord? Had u het over een vulkaan?'

'Ja. Maar hij is allang uitgedoofd.'

'Maar er zijn hier aardbevingen geweest, of niet?'

'Ja, twee stuks. Eentje van 5 op de schaal van Richter en eentje van 4,4. De eerste veroorzaakte lichte schade aan gebouwen boven de grond, maar veroorzaakte hier beneden nog geen klein barstje. Beide keren was ik hierbinnen. Ik heb nauwelijks iets gemerkt.'

In de woestijn rondom het complex bevonden zich 39 breuklijnen en zeven kleine vulkanen in diverse stadia van activiteit. Dat stond in het informatiemateriaal dat hij had uitgedeeld, maar als niemand het ter sprake bracht, zou hij er niet over beginnen. Als mensen de woorden 'vulkaan' en 'breuklijn' hoorden, gingen er dingen door hun hoofd alsof ze holbewoners waren.

'Dit stuk geologie,' ging Steve verder, 'wordt al bijna vijfentwintig jaar intensief bestudeerd, en er zijn enorm veel gegevens waaruit blijkt dat de drie soorten gesteente hier bij uitstek geschikt zijn voor de opslag van nucleair afval.'

'Hoeveel afval precies?'

'Dat is een van de vragen die ik niet mag beantwoorden.'

'Op bevel van wie?'

'U mag kiezen. Het ministerie van Binnenlandse Veiligheid, de FBI, het ministerie van Energie... Laat ik volstaan met te zeggen dat dit complex de voornaamste opslagplaats voor radioactief afval in dit land zal worden.'

Volgens de hoogste schatting zou het complex uiteindelijk een maximale capaciteit hebben van ongeveer honderdvijfendertigduizend ton, of honderdveertig miljoen kilo. Een deel van dat afval zou binnen enkele tientallen jaren zoveel aan straling verliezen dat het 'veilig' genoemd mocht worden, een ander deel zou misschien nog miljoenen jaren dodelijk blijven. Het schoolvoorbeeld van nucleair afval, de stof die het vaakst door journalisten werd genoemd – plutonium-236, dat een halveringstijd van ongeveer vijfentwintigduizend jaar had – was bepaald niet de stof met de langste levensduur, wist Steve. Uranium-235, dat in zowel reactoren als wapens werd gebruikt, had een halveringstijd van ongeveer zevenhonderd miljoen jaar.

'Op welke manier zou het afval worden vervoerd?' Die vraag kwam van een van de gedelegeerden uit Oregon.

'Per spoor en per vrachtwagen, in beide gevallen met materiaal dat speciaal op die taak is afgestemd.'

'Ik neem aan dat we het niet over vaten van tweehonderd liter hebben.'

'Nee. U kunt gedetailleerde informatie over de transportmiddelen vinden in de papieren die ik u heb gegeven, maar ik heb die dingen van dichtbij gezien en de tests meegemaakt waaraan ze werden onderworpen. Ze zijn nagenoeg onverwoestbaar.'

'Dat zeiden ze ook van de *Titanic*.'

'Daar zal General Atomics vast wel aan hebben gedacht toen ze in de afgelopen tien of twaalf jaar aan die dingen werkten.'

Dat had de gewenste uitwerking: als een van de deelnemers aan het project tien jaar lang aan alleen het transportvat had gewerkt, hoeveel tijd, zorg en onkosten zouden er dan niet aan het complex zelf zijn besteed?

'En de beveiliging, meneer Jenkins?'

'Als het complex in werking wordt gesteld, wordt de beveiliging primair een zaak van de *National Nuclear Security Administration Protective Forces* – de NNSA – van het ministerie van Energie. Er zullen natuurlijk ook, eh... extra eenheden klaarstaan voor het geval zich een noodsituatie voordoet.'

'Wat voor extra eenheden?'

Steve glimlachte. 'Het soort dat boeven nachtmerries bezorgt.'

Er werd weer gelachen.

'Oké, laten we dan nu verdergaan naar datgene waarvoor u hier bent gekomen. Als u in de railwagentjes rechts van ons wilt stappen, gaan we erheen.'

De trip duurde een kwartier, maar doordat er steeds vragen werden gesteld, moesten ze telkens even stoppen. Ten slotte bereikten ze een opening in de wand van de hoofdtunnel en gingen ze langzamer rijden. De gedelegeerden stapten uit en verzamelden zich rondom Steve bij de opening. 'De schacht die u hier schuin naar beneden ziet lopen, is tweehonderd meter lang en staat in verbinding met de opslagruimte. Die ruimte bestaat uit een horizontaal raster van kleinere tunnels die op hun beurt naar de plaatsen leiden waar het afval wordt opgeslagen.'

'Hoe komt het afval van de vrachtwagen of de trein naar het opslagniveau?' vroeg een van de mensen uit Utah. 'Blijft het in het transportvat zitten?'

'Sorry, dat is ook geheim. Ik mag u wel vertellen hoe het afval in de opslagruimte wordt bewaard. Elk "pakket" zal in twee vaten worden verpakt, het ene vat in het andere. Het ene vat bestaat uit een twee centimeter dik metaal dat Alloy 22 wordt genoemd en dat extreem corrosiebestendig is, en het andere vat heeft wanden van vijf centimeter die gemaakt zijn van 316NG, eigenlijk roestvrij staal van nucleair niveau. Over die twee vaten heen hangt een schild van titanium dat ze tegen doorsijpelend water en vallend gesteente moet beschermen.'

'Maakt u zich daar zorgen over?'

Steve glimlachte. 'Ingenieurs maken zich geen zorgen. We maken plannen. We proberen alle mogelijke scenario's uit te denken en daar iets op te bedenken. Deze drie componenten – de twee vaten in elkaar en het titaniumschild – vormen een "diepgaande bescherming", zoals wij het noemen. De pakketten worden naast elkaar opgeslagen. Afval van verschillende gradaties wordt bij elkaar opgeslagen, zodat in elke kamer dezelfde temperatuur heerst.'

'Hoe groot zijn die pakketten?'

'Een kleine twee meter in doorsnee. De lengte varieert van drieënhalf tot zes meter.'

'Wat gebeurt er als de pakketten... zoekraken?' vroeg de andere gedelegeerde uit Californië.

'Dat is onmogelijk. Er moeten veel stappen worden gezet om een pakket te verplaatsen, en er zijn veel mensen die telkens een handtekening moeten zetten. Dat maakt het nagenoeg onmogelijk dat er iets zoekraakt. Denkt u eens aan een gezin van acht personen. Ieder gezinslid heeft een eigen stel autosleutels; drie keer per dag moet iedere persoon een formulier tekenen waarop hij of zij verklaart de sleutels in bezit te hebben of op de afgesproken verzamelplaats voor sleutels te hebben gelegd; drie keer per dag moet iedere persoon controleren of zijn of haar sleutels nog werkelijk op de sloten en het contact van de auto passen; en ten slotte moet iedere persoon drie keer naar de andere leden van het gezin gaan om te controleren of die persoon alle genoemde stappen heeft gezet. Begrijpt u ongeveer wat ik bedoel?'

Er werd alom geknikt.

'Dat alles, en nog meer, zal hier elke dag van het jaar met elke werkploeg gebeuren. En het zal worden ondersteund door computertoezicht. Ik verzeker u: zo zeker als dat morgen de zon opkomt, zo zeker is het ook dat er in dit complex niets zoekraakt.'

'Vertelt u ons eens iets over corrosie, meneer Jenkins.'

'Onze corrosietests worden gedaan op de LTCTF – sorry, de *Livermore's Long-Term Corrosion Test Facility*.'

'U bedoelt het *Lawrence Livermore National Laboratory*?'

Bedankt voor de voorzet, dacht Jenkins. Iedereen kende de naam

Lawrence Livermore, en hoewel de meeste mensen je niet precies konden vertellen wat het LLNL deed, had iedereen er toch een groot ontzag voor. Als Lawrence Livermore ermee bezig was, waar zou je je dan nog zorgen over maken?

'Ja,' zei hij. 'Het testproces behelst het bewust laten verouderen en onder spanning zetten van metaalmonsters die "coupons" worden genoemd. Op dit moment zijn ze achttienduizend coupons aan het testen. Veertienduizend verschillende legeringen worden blootgesteld aan oplossingen die in deze omgeving voorkomen. Momenteel bedraagt de gemiddelde corrosie van de coupons twintig nanometer per jaar. Een menselijke haar is vijfduizend keer breder. In dit tempo zou het Alloy 22 dat voor de vaten wordt gebruikt ongeveer honderdduizend jaar meegaan.'

'Indrukwekkend,' zei een man met een cowboyhoed, een van de gedelegeerden uit Idaho, nam Jenkins aan. 'Maar laten we eens naar het ongunstigste scenario kijken. Wat gebeurt er als er iets lekt en in de aarde sijpelt?'

'De kans daarop is...'

'Doet u ons een plezier.'

'Allereerst moet u weten dat de grondwaterspiegel onder onze voeten ongewoon diep is, gemiddeld vijfhonderd meter, dus vijfendertighonderd meter onder deze opslagruimte.'

Daar was ook een verhitte discussie over gevoerd, wist Steve. Hoewel het waar was wat hij zojuist aan de gedelegeerden had verteld, drongen sommige wetenschappers van het project toch op diepere opslagruimten aan – ongeveer honderd meter dieper dan deze ruimte. Eigenlijk was er geen duidelijk antwoord op het vraagstuk van de doorsijpeling. Het was onbekend hoe snel verschillende vloeistoffen door het gesteente onder het complex zouden sijpelen, en ze wisten ook niet welke uitwerkingen een aardbeving op het tempo van de doorsijpeling zou hebben. Aan de andere kant, zei hij tegen zichzelf, was volgens de beste schattingen de kans dat een catastrofale aardbeving tot de opslagruimten doordrong één op zeventig miljoen.

Als er al iets de doodsklok voor het complex zou luiden, zou het de grondwaterspiegel zijn. Tot tien maanden geleden werd algemeen aangenomen dat de zone onder het complex een 'gesloten hydrologisch bassin' was, zoals dat werd genoemd, een naar binnen hellende formatie die niet op zeeën of rivieren uitkwam. Maar nu werd dat tegengesproken door de resultaten van twee onderzoeken, een van de EPA en een van de USGS. Als die resultaten klopten, zouden de waterhoudende grondlagen zich uitstrekken tot aan de westkust en de Golf van Californië. Maar totdat die kwestie was geregeld, waren de orders die Steve had gekregen volkomen duidelijk: het model van het gesloten hydrologische bassin was de gouden standaard.

Hij zei: 'Voordat zelfs maar het eerste beetje afval in het gesteente zou sijpelen, zouden er tientallen systemen en subsystemen – zowel menselijk als van computers – moeten falen. Nogmaals: we moeten dit in het juiste perspectief zien: vergeleken met de veiligheidsprotocollen die in dit complex zouden gelden, zou het een fluitje van een cent zijn om een silo van een intercontinentale raket binnen te glippen en die raket te lanceren.'

'Is iets van dit materiaal splijtbaar?'

'U bedoelt, of iets van dit alles kan exploderen?'

'Ja.'

'Nou, alleen een grote geleerde zou kunnen uitleggen waarom dat niet kan, maar het antwoord is nee.'

'Stel, iemand ziet kans om langs de beveiliging te glippen en met een bom in de opslagruimten te komen...'

'Met "iemand" bedoelt u zeker Superman of de Hulk?'

Dat leverde hem veel hilariteit op.

'Ja, waarom niet? Laten we zeggen dat het ze lukt. Welke schade kunnen ze dan aanrichten?'

Steve zich schudde zijn hoofd. 'Sorry dat ik u deze illusie moet ontnemen, maar alleen al de logistiek maakt dat enorm onwaarschijnlijk. Ten eerste zult u allemaal hebben gezien dat deze schuine tunnel drie meter breed is. De hoeveelheid conventionele explosieven die nodig zou zijn om schade van enige betekenis aan de opslagruimten toe te brengen, zou niet in een rijdende vrachtwagen passen.'

'En als ze niet-conventionele explosieven zouden gebruiken?' vroeg de gedelegeerde uit Idaho.

In dat geval, dacht Steve, *zouden we een probleem hebben.*

43

'Oké, mensen, tijd om het spel te veranderen,' zei Gerry Hendley terwijl hij met de anderen de vergaderkamer binnenkwam en ging zitten.

Het was weer een ochtend op de Campus, en op de vergadertafel stonden kannen dampende koffie en schalen met koekjes, donuts en bagels. Jack Ryan schonk een kop koffie in, pakte een volkorenbagel – zonder roomkaas – en vond een lege plek aan de tafel. Verder waren aanwezig: Jerry Rounds, hoofd Analyse en Inlichtingen, Sam Granger, hoofd Operaties, Clark, Chavez en de gebroeders Caruso.

'Het wordt tijd dat we op een doelgerichte aanpak overgaan. Vanaf dit moment houdt iedereen in deze kamer zich met niets anders meer bezig dan de emir en de Umayyad Revolutionary Council – natuurlijk behalve ikzelf, Sam en Jerry. Wij zullen er ook voor zorgen dat het licht blijft branden en er steeds verse donuts zijn, maar voor de rest van jullie verandert het werk. We werken aan niets anders dan de emir, vierentwintig uur per dag, zeven dagen per week, totdat hij gevangen of dood is.'

'Hoera,' zei Brian Caruso, en er werd gelachen.

'Daarvoor hebben we de groep een passende naam gegeven: *Kingfisher*. Als de emir denkt dat hij een soort koning is, moet hij dat zelf weten. We vissen hem wel op. Voortaan is dit jullie werkruimte, en de deur van alle anderen staat altijd open – dus van mij, van Sam en van Jerry.'

Allemachtig, dacht Jack. *Waar komt dit vandaan?*

'Eerst dit. Dom en Brian hebben naar sporen gezocht in Zweden,' zei Hendley, en hij vertelde over Jacks ontdekking van het onderschepte bericht van de FBI en het ministerie van Binnenlandse Veiligheid over Hlasek Air. 'We blijven dat spoor volgen, maar er is nog niets uit voortgekomen. De monteur heeft zichzelf aangegeven bij de Zweedse politie, maar hij kon niets vertellen. Wat geld voor een beetje werk aan een transponder, en een chartervliegtuig vol mensen die vermoedelijk uit het Midden-Oosten kwamen.'

Hendley ging verder: 'Kingfisher. Als een van jullie een idee heeft, moet hij het zeggen. Als iemand iets nieuws wil proberen, moet hij het vragen. Als jullie alleen maar willen brainstormen en scenario's willen uitdenken, moeten jullie bij elkaar gaan zitten en dat doen. De enige domme vragen en ideeën zijn de vragen en ideeën die niet worden uitgesproken. We gaan voortaan wezenlijk te werk, mensen. Vergeet de manier waarop we de dingen tot nu toe deden en denk buiten de lijntjes. Reken maar dat de emir dat ook doet. Dus: vragen?'

'Ja,' zei Dominic Caruso. 'Vanwaar deze verandering?'

'Ik heb kort geleden een goede raad gekregen.'

Jack zag Hendley een nauwelijks waarneembare blik op John Clark werpen, en toen begreep hij het.

'We zijn een te kleine organisatie om bureaucratisch te werk te gaan,' voegde Jerry Rounds eraan toe. 'Wij drieën zullen hier regelmatig komen om te kijken of we nog op de rails zitten, maar het komt hierop neer: de emir is een buitengewone persoonlijkheid, en daar moeten we onze tactieken op afstemmen.'

'Wat betekent dit voor de operationele kant van de zaak?' vroeg Chavez.

Sam Granger antwoordde: 'Meer werk, hopen we. Veel van de nieuwe dingen die we zullen ontdekken, zullen niet gemakkelijk te verifiëren zijn. Dat betekent dat we achter een heleboel sporen aan moeten lopen. Daar zullen veel rotklussen bij zitten, maar misschien levert het iets op. Begrijp me goed; we zouden allemaal graag recht op ons doel afgaan, maar dat gaat niet vanzelf. Je moet ervoor werken.'

'Wanneer beginnen we?' vroeg Jack.

'Nu meteen,' antwoordde Hendley. 'We moeten er allereerst voor zorgen dat we allemaal dezelfde uitgangspunten hebben. Laten we op tafel leggen wat we weten, wat we vermoeden en wat we nog moeten uitzoeken.' Hij keek op zijn horloge. 'We gaan nu even lunchen, en daarna komen we hier terug.'

Jack stak zijn hoofd om de hoek van Clarks kantoor. 'Ik weet niet wat je hebt gedaan, John, maar het heeft absoluut Hendleys aandacht getrokken.'

Clark schudde zijn hoofd. 'Ik heb hem alleen maar een duwtje gegeven in de richting die hij toch al wilde inslaan. Hij is intelligent. Hij zou er uiteindelijk zelf ook wel op zijn gekomen. Kom eens binnen. Heb je even tijd?'

'Ja.' Jack ging tegenover het bureau zitten.

'Ik hoorde dat je je handen vuil wilt maken.'

'Dat heeft hij je dus verteld?'

'Hij heeft me gevraagd je te trainen.'

'Nou, dat zou ik best willen. Heel graag zelfs.'
'Waarom wil je dit doen, Jack?'
'Heeft Hendley je niet verteld...'
'Ik wil het van jou horen.'
Jack verschoof op zijn stoel. 'John, ik zit hier elke dag berichten te lezen en probeer daar informatie uit af te leiden waar we iets aan hebben, of juist niets, en tja, ik weet dat het belangrijk is en dat het gedaan moet worden, maar ik wil iets meer doen, weet je?'
Clark knikte. 'Zoals MoHa.'
'Ja, zoiets.'
'Het gaat niet altijd zo vlot als toen.'
'Dat weet ik.'
'O ja? Ik heb het gedaan, Jack – oog in oog, van man tegen man. Meestal is het lelijk en rommelig en vergeet je het nooit meer. De gezichten vervagen, en de plaatsen en omstandigheden ook, maar de daad – de daad zelf – laat je nooit meer los. Als je dat niet aankunt, kan het je kapotmaken.'
Jack haalde diep adem, zijn ogen neergeslagen. Was hij er klaar voor? Hij voelde dat het waar was wat Clark zei, maar op dat moment was het iets abstracts. Hij wist dat het anders was dan in films en romans, maar het had geen zin om te weten wat iets niet was – dat was net zoiets als de kleur rood beschrijven door te zeggen dat het anders was dan blauw. *Geen vergelijkingsmateriaal – of bijna geen vergelijkingsmateriaal*, zei hij tegen zichzelf. Hij had tenslotte MoHa meegemaakt.
Alsof Clark zijn gedachten kon lezen, zei hij: 'En vergis je niet: MoHa was een uitzondering, Jack. Je kwam er bij toeval in terecht. Je kreeg niet de kans om erover na te denken en je wist zeker dat het een schurk was. Zo duidelijk is het niet altijd. Eigenlijk bijna nooit. Je moet kunnen leven met onzekerheid. Kun je dat?'
'Om je de waarheid te zeggen, John: ik weet het niet. Ik kan je geen antwoord geven. Ik weet dat dit niet het goede antwoord is, maar...'
'Nou, eigenlijk is het precies het goede antwoord.'
'Huh?'
'Toen ik de procedure doormaakte om tot de BUD te worden toegelaten – de *Basic Underwater Demolition School* –, moest iedereen voor een gesprek naar een psycholoog. Ik zat in de hal te wachten, en een vriend van me kwam naar buiten. Ik vroeg hem hoe het ging. Hij zei dat de psycholoog hem had gevraagd of hij iemand kon doden. Mijn vriend, die graag enthousiast wilde overkomen, zei: "Reken maar." Toen het mijn beurt was en de psycholoog mij dezelfde vraag stelde, zei ik tegen hem dat ik dacht van wel, maar dat ik er niet voor honderd procent

zeker van was. Een van ons werd toegelaten; de ander niet.'

Wel alle... dacht Jack. Het kostte hem moeite zich John Clark als nieuwe rekruut voor te stellen, en dus niet als een agent van bijna goddelijke statuur. Iedereen moest ergens beginnen.

Clark ging verder: 'Als je mij iemand laat zien die zulke vragen met "Natuurlijk kan ik dat" beantwoordt, laat ik jou een gek zien, of een leugenaar, of tenminste iemand die er niet genoeg over heeft nagedacht. Weet je wat: vraag het eens aan Ding. De eerste keer dat hij iemand uit de weg moest ruimen, was het tot aan het moment waarop hij de trekker zou overhalen de vraag of hij het zou doen. Hij wist dat hij het kon, en hij was er voor negenennegentig procent zeker van dat hij het zou doen, maar totdat hij het schot loste, was er nog dat kleine stemmetje in zijn achterhoofd.'

'En jij?'

'Ik had hetzelfde.'

'Dat kan ik bijna niet geloven,' zei Jack.

'Geloof het nou maar.'

'Wat bedoel je hiermee? Dat ik achter mijn toetsenbord en monitor moet blijven zitten?'

'Dat moet je zelf weten. Ik wil er alleen voor zorgen dat je weet waaraan je begint. Zo niet, dan ben je een gevaar voor jezelf en ieder ander.'

'Oké.'

'Nog één ding: ik wil dat je erover nadenkt het aan je vader te vertellen.'

'Jezus, meen je dat nou...'

'Ja, ik meen het. Ik zal het geheimhouden, Jack, want je bent volwassen en de keuze is aan jou, maar het wordt tijd dat je zelf je beslissingen neemt, en dat kun je niet doen zolang je de confrontatie met hem nog niet aandurft. Tot dan toe ben je niet helemaal zelfstandig.'

'Je draait er niet omheen, hè?'

Clark glimlachte daarom. 'Dat hoor ik de laatste tijd wel vaker. Denk er nog maar een dag over na – over beide dingen. Als je er dan nog steeds op uit wilt, zal ik je leren wat ik kan.'

Mary Pats contactpersoon in Legoland – het hoofdkwartier van MI6, de Britse Secret Intelligence Service, in Vauxhall Cross aan de Theems werd vaak Legoland of Babylon genoemd omdat de architectuur aan een breed opgezette tempel van legostenen deed denken – had in antwoord op haar vraag maar één naam genoemd. Nigel Embling, was haar verteld, was een gepensioneerde ervaren agent in het Midden-Oosten. Wat hij over die regio was vergeten, was meer dan de meeste mensen erover wisten. Mary Pat nam aan dat de Britten daar actieve agenten hadden, maar ze wist niet of Embling al dan niet een van hen was. Waarschijnlijk niet. Ze had bij het benaderen van haar contactpersoon geen gebruikgemaakt van de officiële kanalen, en daar had hij waarschijnlijk uit afgeleid dat ze enigszins over de schreef ging. In dat geval zou de top van de SIS het niet op prijs stellen als hij een actieve agent aan haar overdroeg.

Natuurlijk was ze er met de naam van de man in Pakistan nog lang niet. Embling was een oudere man die allang geen veldwerk meer deed. Dat betekende dat ze daar anderen heen moesten sturen om het eigenlijke werk te doen. Mary Pat hoefde daar niet lang over na te denken. Er schoten haar meteen twee namen te binnen, en als de geruchten klopten, zouden die twee personen misschien wel geïnteresseerd zijn in zo'n karwei. Het NCTC beschikte over geheime fondsen, en Ben Margolin en zij waren het erover eens dat dit een verstandige uitgave was.

Ze had maar twee telefoontjes nodig om de geruchten te bevestigen, en nog eens twee om een actueel telefoonnummer te krijgen.

Clarks mobiele telefoon, die in de bovenste la van zijn bureau lag, trilde een keer, en toen nog een keer. Hij nam bij de derde keer op. 'Hallo.'

'John, met Mary Pat Foley.'

'Hé, Mary Pat, je stond op mijn lijstje van dingen die ik nog moest doen.'

'O ja?'

'Ding en ik hebben Rainbow net achter ons gelaten. Ik wilde je bellen om je gedag te zeggen.'

'Zullen we dat persoonlijk doen? Ik wil iets aan je voorleggen.'

Clarks interne radar reageerde meteen. 'Goed. Waar en wanneer?'

'Zo gauw mogelijk.'

Clark keek op zijn horloge. 'Ik kan nu wel tijd vrijmaken om te lunchen.'

'Goed. Ken je Huck's in Gainesville?'

'Ja, in een zijstraat van Linton Hall Road.'

'Ja. Ik zie je daar.'

Clark zette zijn computer uit en ging naar de kamer van Sam Granger. Hij vertelde het hoofd Operaties van de Campus over het telefoontje. 'Blijkbaar wil ze niet alleen met je lunchen voor de gezelligheid,' zei Granger.

'Dat denk ik ook niet. Ze klonk erg zakelijk.'

'Weet ze dat je uit de CIA bent gezet?'

'Er ontgaat Mary Pat niet veel.'

Granger dacht na. 'Oké, neem contact op als je terug bent.'

Clark was weleens langs Huck's gekomen, maar was nog nooit binnen geweest. De beste pasteitjes van Virginia, had hij zich laten vertellen. *Niet dat je dat aan de buitenkant kunt zien*, dacht hij toen hij op de schuine parkeerplek voor het restaurant stopte. Twee grote ramen, geflankeerd door een enkele deur onder een luifel van verbleekt rood-met-wit zeildoek. Een neonlicht in het raam maakte bekend dat het restaurant 'ucks' heette. *Een slecht voorteken?* vroeg Clark zich af.

Hij had eigenlijk alleen maar goede herinneringen aan Gainesville. Hij had daar vele uren door de straten gelopen en CIA-agenten technieken op het gebied van surveillance en contrasurveillance geleerd. Er waren grenzen aan wat je in de leslokalen van Camp Perry kon leren. Zonder dat de burgers van Gainesville en een tiental andere steden in Maryland en Virginia het wisten, hadden er op een bepaald moment spionnen door hun straten gelopen die speelden dat ze in leven moesten blijven – iets wat ze later in de echte wereld ook zouden moeten doen.

Hij duwde de deur open en zag Mary Pat op een kruk aan de bar zitten. Ze omhelsden elkaar en Clark ging zitten. Een stevige man met dun rood haar en meel op zijn handen liep naar hen toe. 'Wat kan ik u brengen?'

'Appelpastei,' zei Mary Pat zonder aarzeling. 'Om mee te nemen.'

Clark haalde zijn schouders op en bestelde hetzelfde. 'Hoe gaat het met Ed?'

'Goed. Hij heeft een beetje het gevoel dat hij opgesloten zit, geloof ik. Hij schrijft een boek.'

'Bravo.'

Toen de pasteitjes kwamen, zei ze: 'Zin in een wandeling?'

'Goed.'

Eenmaal buiten liepen ze over het trottoir en praatten over van alles en nog wat, tot ze bij een parkje kwamen met veel groen gras en strakke bukshagen. Ze vonden een bank en gingen zitten.

'Ik heb een probleem, John,' zei Mary Pat nadat ze allebei een paar happen pastei hadden genomen. 'Ik dacht dat Ding en jij misschien wilden helpen.'

'Als we dat kunnen. Maar eerst dit: je weet dat we...'

'Ja, dat heb ik gehoord. Sorry. Ik ken de edele heer Charles Sumner Alden. Het is een klootzak.'

'Blijkbaar lopen er daar tegenwoordig meer van rond bij de CIA.'

'Ja, jammer genoeg wel. Je krijgt daar het gevoel dat de middeleeuwen terug zijn. Vertel me eens: hoe denk je over Pakistan?'

'Een leuk land om naartoe te gaan...' zei Clark met een glimlach.

Mary Pat lachte. 'Het is een vrij eenvoudige operatie, vijf of zes dagen misschien. We moeten een paar dingen uitzoeken, maar we hebben daar niemand, in elk geval niemand die we kunnen inzetten. De nieuwe regering haalt het directoraat Operaties leeg alsof ze het in de uitverkoop doen. We hebben iemand – een Brit – die de omgeving kent, maar hij is niet zo jong meer.'

'Wat bedoel je met "een paar dingen uitzoeken"?'

'Eenvoudig inlichtingenwerk.'

'Ik neem aan dat we het over iets hebben wat met de grote vis te maken heeft?' Hij zag Mary Pat knikken. 'En je hebt al geprobeerd dit via de CIA te spelen?' Weer een knikje. Clark haalde diep adem en liet de lucht ontsnappen. 'Je bent op eigen houtje bezig.'

'Dat is soms de enige manier.'

'Wat is je tijdschema?'

'Hoe eerder, hoe beter.'

'Laat me er vanmiddag over nadenken.'

Een uur later was hij op de Campus terug. Hij trof Granger in Hendleys kamer aan. Hij klopte op de deurpost, kreeg een teken van Hendley dat hij kon binnenkomen en pakte een stoel. 'Sam heeft het me verteld,' zei Hendley. 'Heb je de pastei geproefd?'

'Appel. Misschien niet de allerbeste, maar het scheelt verdomd weinig. Ze heeft me een freelancekarwei aangeboden. In Pakistan.' Hij vertelde over hun gesprek.

'Nou,' zei Granger. 'Omdat ze van het NCTC is, kunnen we wel raden waar ze op uit zijn. Wat heb je tegen haar gezegd?'

'Dat ik haar later zou bellen met een antwoord. Het is eigenlijk wel duidelijk, maar er is wel een probleem: als we de opdracht aannemen, voel ik er weinig voor om haar in onwetendheid te laten.'

'Over de Campus?' vroeg Granger. 'Ik...'

'Sorry,' zei Clark. 'Mary Pat en ik kennen elkaar al heel lang, en ze zet hiermee veel op het spel. Ik ga haar niet misleiden. Jullie kennen haar reputatie; jullie weten hoe Jack Ryan over haar denkt. Als dat niet goed genoeg is, weet ik niet wat dat wel is.'

Hendley dacht even na en knikte toen. 'Oké. Maar wees wel voorzichtig. Wanneer heeft ze je nodig?'

'Gisteren, vermoed ik,' antwoordde Clark.

44

'We weten maar heel weinig zeker over de emir en de URC,' zei Jerry Rounds toen de bijeenkomst was hervat. 'Laten we het hebben over de dingen waar we támelijk zeker van zijn. Tot voor kort maakte de URC veel gebruik van internet voor zijn communicatie, maar we kunnen de berichten niet herleiden tot een internetprovider omdat het steeds weer verandert. We zijn voor het oppikken van de encryptiemethode en de provider afhankelijk van de NSA, en zelfs als we de methode hebben, kunnen we niet altijd de provider identificeren, want ze springen van het ene naar het andere land.'

Dominic nam het over. 'Tenzij er ons een heleboel e-mailverkeer ontgaat – wat altijd mogelijk is –, kunnen we gerust veronderstellen dat hij belangrijk materiaal langs fysieke weg van de ene naar de andere plaats brengt, dus dat hij gebruikmaakt van koeriers. Misschien hebben die koeriers cd-roms of andere draagbare media die ze op een laptop kunnen gebruiken, of die ze aan iemand anders in hun organisatie kunnen geven wiens computer met een telefoon- of kabellijn is verbonden. Of met een wifihotspot.'

'Hotspots zijn niet erg veilig,' merkte Brian op.

'Misschien doet dat er niet toe,' wierp Chavez tegen. 'Dachten we niet dat ze eenmalige codes gebruikten?'

'Ja,' zei Rounds.

'Daarmee kun je zo ongeveer alles zeggen wat je wilt. Iemand die het oppikt, ziet er alleen maar een stel willekeurige cijfers, letters of woorden in.'

'Dat roept een vraag op,' zei Jack. 'Brengen die koeriers alleen maar berichten over, of ook eenmalige codes? Als ze die gebruiken...'

Rounds onderbrak hem. 'Jack, vertel iedereen eens over die kerel...'

'Shasif Hadi,' antwoordde Jack. 'Hij stond op de e-maildistributielijst die we onder ogen hebben gekregen. Zijn provideraccount was niet zo goed geïsoleerd als dat van de anderen. We proberen zijn financiële gegevens te vinden. Of dat tot iets anders leidt dan de supermarkten waar hij zijn boodschappen doet, weet ik niet.'

'Over die koeriers,' zei Chavez. 'Kijkt de FBI niet naar reizigers die veel vliegreizen maken? Kunnen ze op die manier een patroon ontdekken? Misschien is er verband te leggen tussen e-mailverkeer van de URC en vliegreizen.'

Dominic zei: 'Weet je wel hoeveel mensen er regelmatig de Atlantische Oceaan oversteken? Duizenden, en de FBI kijkt naar al die mensen. Het duurt een hele tijd om zelfs maar een kwart van hen na te trekken. Zoals wanneer je acht uur per dag in een telefoonboek zou lezen. En wie weet, misschien verstuurt die rotzak zijn cd-roms wel met FedEx of zelfs met de gewone post. Een postbus is een geweldige plek om iets te verbergen.'

Jerry Rounds' laptop liet een pingtoon horen, en hij keek op het scherm. Na iets te hebben gelezen zei hij: 'Dit maakt de dingen ingewikkelder.'

'Wat?' vroeg Jack.

'We hebben een heleboel informatie over die aanslag op de ambassade in Tripoli gekregen. Ding heeft per ongeluk een USB-stick van een van de daders in zijn zak gestopt. Op die stick stonden een aantal JPEG-bestanden.'

'Foto's van de schuilplaats van de emir?' vroeg Brian.

'Zoveel geluk hebben we niet. De schurken zijn op een hoger plan gaan opereren. Ze maken nu gebruik van steganografie.'

'Huh?'

'Steganografie. Kortweg stego. Het is een encryptiemethode. Je verstopt een bericht in een afbeelding.'

'Als onzichtbare inkt.'

'Min of meer, maar het is zelfs nog ouder. In het oude Griekenland al schoren ze een deel van het hoofd van een bediende kaal, tatoeëerden een bericht op de hoofdhuid, wachtten tot het haar was teruggegroeid en stuurden hem dan door de vijandelijke linies. We hebben het in dit geval over digitale foto's, maar het idee is hetzelfde. Een digitale foto is in feite niets meer dan een heleboel gekleurde stipjes.'

'Pixels,' merkte Chavez op.

'Ja. Elke pixel krijgt een getal – een rood-, blauw- en groenwaarde, meestal variërend van nul tot tweehonderdvijfenvijftig, afhankelijk van de intensiteit. Elk daarvan wordt op zijn beurt opgeslagen in acht bits, te beginnen bij honderdachtentwintig en teruglopend naar één, telkens de helft, dus honderdachtentwintig, vierenzestig, tweeëndertig enzovoort. Een verschil van één, twee of zelfs vier in een kleurwaarde is onwaarneembaar voor het menselijk oog...'

'Nu kan ik je niet meer volgen,' zei Brian. 'Leg het eens uit.'

'Je verstopt lettertekens in een digitale foto door de pixels een klein beetje te veranderen.'

'Hoeveel informatie?'

'Laten we een afbeelding van 640x480 nemen... Daar kun je ongeveer een half miljoen lettertekens in verstoppen. Een kleine roman.'

'Verdraaid,' mompelde Chavez.

'Dat is het probleem,' zei Jack. 'Als ze stego gebruiken, zijn ze waarschijnlijk slim genoeg om de boodschappen kort te houden. We hebben het over een stuk of tien veranderde pixels in een foto van miljoenen pixels. Echt een speld in een hooiberg.'

'Hoe moeilijk is het coderen?' vroeg Chavez. 'Kunnen we ze daardoor op het spoor komen?'

'Daar is weinig kans op. Er is onnoemelijk veel shareware en freeware waarmee je het kunt doen. Sommige programma's zijn beter dan andere, maar het is geen gespecialiseerde software. Dat hoeft ook niet, als alleen de afzender en de ontvanger de sleutel van de code hebben.'

'En hoe halen we de berichten eruit? Wat zou daarvoor nodig zijn?'

Rounds antwoordde: 'Dat zou erop neerkomen dat we elke foto aan reverse-engineering moeten onderwerpen: deconstrueren, uitzoeken welke pixels veranderd zijn en in welke hoeveelheid, en dan het bericht eruit halen.'

'Dat lijkt me net iets voor de NSA,' zei Brian. 'Kunnen we...'

'Nee,' antwoordde Rounds. 'Geloof me, ik zou het heel graag doen, maar de berichten van de NSA onderscheppen is tot daaraan toe. Proberen hun systemen te hacken is heel iets anders. Trouwens, misschien hebben we niet zulke paardenmiddelen nodig. Jack, zijn er ook commerciële programma's beschikbaar?'

'Ja, maar ik weet niet of die de kracht hebben die wij nodig hebben. Ik zal eens kijken wat er is. Misschien kunnen we ons eigen programma maken. Ik neem contact op met Gavin.'

'Dan dat in Tripoli,' zei Dominic. 'Ik neem aan dat we denken dat het een operatie van de URC is?'

'Ja. Alle daders behoorden tot groepen die bij de URC zijn aangesloten. De helft kwam uit een cel in Benghazi, de andere helft kwam uit verschillende cellen.'

'Ze kwamen dus overal vandaan,' zei Jack. 'Als ik mag afgaan op alles wat ik heb gelezen, is dat nogal ongewoon voor een URC-aanslag. Meestal willen ze de cellen intact houden. Dit moet iets betekenen.'

'Dat denk ik ook,' zei Rounds. 'Laten we een draadje volgen en kijken waar het heen gaat. Waarom hielden ze zich niet aan hun gewoonte?'

'En waar zijn de andere leden uit Benghazi?' voegde Brian daaraan toe.

'Ja. Oké, terug naar de steganografie: tenzij het iets eenmaligs is, moeten we aannemen dat dit al een hele tijd een standaardpraktijk van de URC is. Dat maakt ons werk veel moeilijker. Elke message board en website die de URC ooit heeft gebruikt of momenteel gebruikt, is nu een mogelijke bron. We moeten daar overal naar afbeeldingsbestanden zoeken – JPEG's, GIF's, bitmaps, PNG's. Noem maar op.'

'Video?' vroeg Chavez.

'Ja, dat kan ook, maar het is moeilijker. De compressie kan de pixels overhoophalen. Voorlopig kunnen we ons beter op foto's en *screen caps* concentreren. We pakken dus alles wat we kunnen en ontleden het om naar verborgen berichten te zoeken.'

'We moeten ervoor zorgen dat we een onschuldige IP-base hebben, voor het geval iemand ons volgt,' stelde Jack voor.

'Kun je dat ook in gewone taal uitleggen?' vroeg Brian. 'Je kent mij: een grote domme marinier.'

'IP is een afkorting van "internet protocol", je weet wel, die rij cijfers die je op je thuisnetwerk ziet... bijvoorbeeld 67.165.216.132?'

'Ja.'

'Als we al die sites vanaf hetzelfde IP-adres bombarderen en iemand ziet dat, weten ze dat we onderzoek doen. Ik kan Gavin een randomrotatie laten opzetten, zodat we gewone bezoekers lijken. Misschien kunnen we het zelfs via andere islamitische websites spelen.'

'Goed,' zei Rounds. 'Oké, laten we verdergaan. Wat nog meer? Gooi het maar op tafel.'

'Is na te gaan op welk tijdstip foto's op een website zijn gezet?' vroeg Dominic.

'Misschien wel,' antwoordde Jack. 'Hoezo?'

'Dan kunnen we die tijdstippen naast e-mails, bekende operaties en dat soort dingen leggen. Misschien leidt een foto die op een site wordt gezet tot een e-mail, of andersom. Misschien zit er een patroon in waarop we kunnen voortbouwen.'

Jack maakte een notitie. 'Goed idee.'

'Laten we eens een paar veronderstellingen doen,' stelde Chavez voor. 'We hebben altijd gedacht dat de emir ergens in Pakistan en Afghanistan is. Wanneer is voor het laatst bevestigd dat hij daar was?'

'Een jaar geleden,' antwoordde Jack. 'We hebben gespeeld met het idee dat hij ergens anders heen is gegaan of zelfs zijn uiterlijk heeft veranderd, maar daar hebben we geen aanwijzingen voor gevonden.'

'Laten we eens doen alsof. Waarom zou hij ergens anders heen gaan?'

'Om operationele redenen of omdat wij te dicht bij zijn schuilplaats komen,' zei Rounds.

'Waar zou hij heen gaan?'

'West-Europa, zou ik zeggen,' zei Dominic.

'Waarom?'

'Ten eerste vanwege de open grenzen. Je kunt daar veel gemakkelijker reizen.'

Daar had het Schengen-akkoord voor gezorgd, wist Jack. Het had de grenscontroles en toelatingsprocedures van de meeste EU-landen gelijk gemaakt, zodat het daar nu bijna even gemakkelijk was om van het ene naar het andere land te gaan als van de ene naar de andere deelstaat in de Verenigde Staten.

'Vergeet de munteenheid niet,' voegde Brian daaraan toe. 'De euro wordt zo ongeveer overal geaccepteerd. Dat maakt het veel gemakkelijker geld te verplaatsen en je ergens te installeren.'

'Als hij zijn uiterlijk niet heeft veranderd, zou het veel gemakkelijker voor hem zijn om ergens in het zuiden in de menigte op te gaan, het gebied boven de Middellandse Zee: Cyprus, Griekenland, Italië, Portugal, Spanje...'

'Dat is een groot gebied,' merkte Brian op.

'Hoe gaan we op zoek?' vroeg Rounds.

'We volgen het geld,' stelde Dominic voor.

'Dat doen we al een jaar. En de CIA doet het ook,' zei Jack. 'Vergeleken met de financiële structuur van de URC is het labyrint van Knossos zoiets als een placematdoolhof in een fastfoodrestaurant.'

'Leuke vergelijking, neef,' zei Brian grijnzend.

'Sorry. Maar weet je, als we geen hoekje hebben dat we kunnen opentrekken, geloof ik niet dat we veel verder komen met dat geld. Behalve misschien in combinatie met andere dingen.'

'Heeft iemand er al een model van gemaakt?' vroeg Chavez. 'Alles bij elkaar leggen wat we over hun financiële transacties weten, dat weer aan e-mailverkeer en bekendmakingen op websites koppelen, en dat alles weer naast incidenten leggen?'

'Goed voorstel,' zei Rounds.

'Het zou me verbazen als het NCTC of de CIA dat niet al heeft geprobeerd, misschien wel allebei. Als het iets had opgeleverd, zou die kerel niet meer vrij rondlopen.'

'Misschien,' zei Rounds, 'maar wíj hebben het niet geprobeerd.'

'Als de Campus het niet kan, is het onmogelijk?' merkte Brian op.

'Precies. Laten we eens veronderstellen dat ze het niet hebben geprobeerd. Of dat ze het wel hebben geprobeerd, maar het verkeerd hebben aangepakt. Hoe zouden we het dan moeten doen?'

'Een speciaal gemaakte softwareapplicatie,' antwoordde Jack.

'We hebben de mensen en het geld. Laten we het nagaan.'

'Gavin krijgt nog een grote hekel aan ons,' zei Dominic glimlachend.

'Koop een doos met zoutjes en frisdrank voor hem,' zei Brian. 'Dan voelt hij zich weer goed.'

'En als we eens een paar mensen naar Tripoli sturen?' zei Dominic. 'Die aanslag op die ambassade kwam heus niet uit de lucht vallen. Laten we kijken wat we daar kunnen ontdekken. Misschien ook in Benghazi.'

Rounds dacht daarover na. 'Ik zal het aan Sam en Gerry voorleggen.'

Even later maakte Rounds een eind aan de bespreking. 'Laten we er nu mee ophouden en aan het werk gaan. Morgenochtend komen we weer bij elkaar.'

Ze liepen allemaal de kamer uit, behalve Jack, die zijn stoel had omgedraaid en uit het raam keek.

'Ik zie de raderen draaien,' zei Chavez vanuit de deuropening.

'Sorry... Wat?'

'Zo kijkt je vader ook als zijn hersenen op volle toeren draaien.'

'Ik denk nog steeds aan mogelijke scenario's.'

Ding trok een stoel bij en ging zitten. 'Kom maar op.'

'We hebben ons niet afgevraagd waarom. Als de emir met onbekende bestemming uit Pakistan of Afghanistan is vertrokken, waarom heeft hij dat dan gedaan? Waarom nu? Voor zover we kunnen nagaan, is hij ongeveer vier jaar niet uit die omgeving weg geweest. Kwamen we te dicht bij hem of was het iets anders?'

'Zoals?'

'Dat weet ik niet. Ik probeer me alleen in zijn positie te verplaatsen. Als ik iets van plan was, een heel grote operatie, zou ik misschien ook in de verleiding komen een andere schuilplaats op te zoeken, gewoon om er zeker van te zijn dat ik niet gepakt zou worden en de boel niet aan ondervragers zou verraden.'

'Een riskante zet.'

'Misschien wel, maar het is riskanter om altijd op dezelfde plaats te blijven, want dan weet je dat ze je uiteindelijk te pakken krijgen. Als je ergens anders heen gaat, blijf je niet alleen in vrijheid, maar kun je ook een vinger in de pap houden.'

Chavez zweeg even. 'Je hebt een goed stel hersenen, Jack.'

'Dank je, maar eigenlijk hoop ik dat ik me hierin vergis. Anders zit er misschien iets groots aan te komen.'

Ze hadden de storm doorstaan, maar het had niet veel gescheeld of de boot was bezweken. Vier uur nadat ze in het noodweer waren terechtgekomen, lieten ze het in het westen achter zich en kwamen ze weer in kalm water onder een blauwe hemel. Nadat ze aan land waren gegaan, hadden Vitali en Vanja de rest van de dag en een deel van de avond naar schade aan de boot gezocht, maar ze hadden niets gevonden wat zo ernstig was dat ze naar een haven moesten terugkeren. En zelfs in dat geval zou Fred het waarschijnlijk niet hebben toegestaan, dacht Vitali. Het was een schok voor Vitali geweest dat Fred een van zijn mannen zomaar had opgeofferd – niet zozeer de beslissing zelf als wel het gebrek aan emotie bij Fred. Dit waren heel serieuze mannen.

Hun bestemming was de vuurtoren, al wist Vitali nog steeds niet waarom iemand daarheen zou willen gaan. De vuurtoren stond op Kaap Morrasale aan de Baai van Baidaratzkaja en was geen belangrijk navigatiehulpmiddel – in elk geval niet meer. Er was daar ooit een nederzetting geweest, waarschijnlijk een wetenschappelijk station voor de kernproeven die op Nova Zembla werden gedaan, en daarna hadden beroepsvissers het op die plaats geprobeerd, maar al na vier seizoenen waren de mannen met hun boten naar het westen gegaan, op zoek naar betere viswateren. Volgens de kaarten was het water zo'n twintig meter diep. Het gevaar dat je daar aan de grond liep was dus niet groot, en trouwens: de meeste boten hadden tegenwoordig westerse gps-navigatie om in veilige wateren te blijven.

Zijn passagiers keken hun truck na. Ze testten de motor en de kraan. Eigenlijk zou het hem kwaad moeten maken wat ze van plan waren, maar hij viste hier niet en kende ook niemand die dat deed.

Hij kon het licht nog net zien. Het knipperde elke acht seconden, zoals het ook volgens de kaart moest doen. Wanneer ze op het strand kwamen waar ze wilden aanleggen, zou de vuurtoren nog geen kilometer van hen verwijderd zijn. Je kwam er over een weg met haarspeldbochten die naar de bovenkant van de rotsen leidde. Dat zou het ergste worden, wist Vitali. De wegen waren daar nergens meer dan drie meter breed, amper breed genoeg voor de GAZ.

Waarom komen ze hierheen? vroeg hij zich voor de zoveelste keer af. Alleen al de zee was hier gevaarlijk genoeg, maar de rit per truck door deze woestenij vereiste ook nogal wat moed en besluitvaardigheid. Hoewel Fred en zijn mannen er maar tien minuten over zouden doen om bij de vuurtoren te komen, had hij tegen Vitali gezegd dat ze de hele dag weg zouden blijven, en misschien de daaropvolgende nacht ook. Wat konden ze daar doen dat zo lang zou duren? Maar Vitali schokschouderde even. Het was niet aan hem om zich dat af te vragen. Het was zijn taak om de boot te besturen.

De zee zag er vlak en glazig uit. De kustgolven die tegen de stalen zijkanten van zijn landingsboot kabbelden, waren bijna niet te horen. Aan dek zetten zijn passagiers koffie op een klein benzinestelletje dat ze hadden meegebracht.

De dieselmotoren rommelden schor toen Vitali ze in hun achteruit zette en gas gaf om bij het grindstrand vandaan te komen. Na honderd meter liet hij de boot bijdraaien, en daarna keek hij op zijn gyrokompas alvorens weer bij te draaien, ditmaal naar de koers nul-drie-vijf.

Vitali pakte zijn kijker en tuurde langs de horizon. Er was niets te zien wat God zelf daar niet had neergezet, behalve een paar boeien. Het winterijs voerde ze vaak mee of vermaalde ze tot gruis, waarna ze op de bodem terechtkwamen, en de marine vond het niet nodig ze te vervangen, want er kwamen hier toch nooit schepen met een grote diepgang. Ook al een teken dat ze heel ver in de wildernis waren doorgedrongen.

Vier uur later maakte hij het raam aan de zijkant open en riep naar buiten: 'Attentie! We zijn aan land over vijf minuten.' Hij wees naar zijn horloge en stak vijf vingers op. Fred zwaaide bij wijze van antwoord. Twee leden van het gezelschap gingen naar de truck om de motor te starten, terwijl twee anderen hun plunjezakken met materieel achterin gooiden.

Vitali tuurde door het raam en koos een punt uit waar hij met de boot op kon mikken. Hij naderde het strand met een snelheid van ongeveer vijf knopen, genoeg om met kracht aan land te gaan, maar niet zo krachtig dat zijn boeg te hard tegen de stenen zou rammen.

Toen hij ongeveer vijftig meter bij de kust vandaan was, zette hij zich onwillekeurig schrap voor de schok en bracht hij zijn schroef tot stilstand. Dat bleek niet nodig te zijn. De T-4 raakte de grond niet te hard en kwam al gauw tot stilstand met het zacht knarsende geluid van staal op grind.

'Het anker uitgooien?' vroeg Vanja. Ze hadden een vrij groot anker op de achtersteven. Dat konden ze gebruiken om de boot los te trekken als dat niet vanzelf ging.

'Nee. Het is toch laag tij?' antwoordde Vitali.

Ze lieten de dieselmotoren stationair draaien, liepen naar de hendel van de voorklep en stelden de hydraulische motoren in werking. De klep zakte door zijn eigen gewicht omlaag en kletterde op het strand. Dat bleek een tamelijk steile helling te hebben. Er spatte nauwelijks water weg toen de klep omlaagkwam. Een van de mannen klom in de cabine van de GAZ en zette hem in beweging. De remlichten flitsten op toen hij over de klep reed, en toen was hij aan land. De ketting bungelde aan het eind van de kraan als de slurf van een circusolifant. De truck kwam met veel geknars tot stilstand. Fred en de rest van de mannen liepen de klep af en het strand op – behalve een van hen, zag Vitali nu. Die ene man bleef boven aan de klep staan.

Vitali kwam de stuurhut uit en liep naar voren. 'Moet hij niet mee?' riep hij naar Fred.

'Hij blijft achter om je een handje te helpen.'

'Dat is niet nodig. We redden het wel.'

Bij wijze van antwoord glimlachte Fred en stak hij zijn hand op bij wijze van groet. 'We komen terug.'

45

Clark vatte het als een teken van zijn naderende ouderdom op dat hij steeds slechter tegen vliegreizen kon. De weinige zitruimte, het slechte eten, het lawaai... Gelukkig had hij een ruisonderdrukkende Bose-koptelefoon en een nekkussen in de vorm van een hoefijzer dat hij met Kerstmis had gekregen. Hij was ook blij met een paar Ativan-tabletten die Sandy hem voor onderweg had gegeven. Chavez zat bij het raam en luisterde met zijn ogen dicht naar zijn iPod nano. De stoel tussen hen in was gelukkig leeg. Daardoor hadden ze allebei een beetje meer elleboogruimte.

Na zijn gesprek met Hendley en Granger had Clark Ding opgezocht om hem op de hoogte te stellen. Daarna had hij naar Mary Pats mobiele telefoon gebeld en met haar afgesproken dat hij haar later op de middag thuis zou opzoeken. Op haar aandrang was hij vroeg gekomen en had hij een tijdje met Ed gepraat voordat ze er was. Terwijl Ed met het eten bezig was, trokken Clark en Mary Pat zich met een paar biertjes op de achterveranda terug.

Zonder zich iets aan te trekken van Hendleys waarschuwing dat hij voorzichtig moest zijn, legde Clark zijn kaarten meteen op tafel. Ze kenden elkaar al zo lang dat hij niets wilde achterhouden. Mary Pat knipperde niet eens met haar ogen. 'Dus Jack heeft het gedaan, hè? Ik heb me altijd al afgevraagd of hij het had doorgezet. Goed van hem. Nou, ze hebben jullie twee ook gauw genoeg opgepikt, hè? Wie heeft jullie benaderd?'

'Jimmy Hardesty, ongeveer tien minuten nadat Alden ons de zak had gegeven. Weet je, Mary Pat, ik denk dat we aan dezelfde puzzel werken. Maar als je er niet mee akkoord gaat dat we dingen die we ontdekken met elkaar uitwisselen...'

'Waarom zou ik daar niet mee akkoord gaan?'

'Om te beginnen zullen we minstens drie federale wetten overtreden. En we halen ons ook nog de woede van de Aldens bij de CIA op de hals.'

'Als we die klootzak te pakken kunnen krijgen – of zelfs alleen maar een beetje dichter bij hem kunnen komen –, vind ik dat prima.' Mary Pat nam een slokje van haar bier en wierp Clark een zijdelingse blik toe.

‘Wil dit zeggen dat Hendley de rekening betaalt?’

Clark grinnikte. ‘Noem het maar een gebaar van goede wil. Nou, wat wordt het? Een eenmalige afspraak of het begin van een geweldige vriendschap?’

‘We delen alles,’ antwoordde Mary Pat. ‘De bureaucratie kan ophoepelen. Als we de koppen bij elkaar moeten steken om onze man te pakken te krijgen, dan moet dat maar. Natuurlijk,’ voegde ze er met een glimlach aan toe, ‘zullen wij de eer opeisen, want jullie bestaan eigenlijk helemaal niet.’

Een halve tablet Ativan en een biertje hielpen Clark de laatste vijf uur van de vlucht diep en ongestoord te slapen. Toen de wielen van het vliegtuig over de landingsbaan van het vliegveld van Peshawar stuiterden, deed hij zijn ogen open en keek om zich heen. Naast hem stopte Chavez zijn iPod en boek in zijn tas.

‘Tijd om aan het werk te gaan, baas.’

‘Ja.’

Het verbaasde geen van beiden dat ze langzaam maar zonder problemen langs de douane en de immigratiedienst op de luchthaven kwamen. Een uur nadat ze de terminal waren binnengegaan, stonden ze buiten. Toen Clark zijn hand opstak naar een taxi, zei een stem met een accent achter hen: ‘Dat zou ik u afraden, heren.’

Clark en Chavez draaiden zich om en zagen een lange, magere man met wit haar achter hen staan. De man droeg een pastelblauw zomerpak en een witte plantershoed. ‘De taxi’s zijn hier levensgevaarlijk.’

‘U moet meneer Embling zijn,’ zei Clark.

‘Inderdaad.’

Clark stelde zichzelf en Chavez voor. Hij gebruikte alleen hun voornamen. ‘Hoe bent u...’

‘Een vriend mailde me de vluchtinformatie. Daarna hoefde ik alleen maar uit te kijken naar twee mannen die de juiste uitstraling hadden. Er is niets opvallends aan jullie, maar ik heb een soort... radar ontwikkeld, zou je kunnen zeggen. Zullen we?’

Embling leidde hen naar een groene Range Rover met getinte ruiten die naast het trottoir geparkeerd stond. Clark stapte voorin en Chavez achterin. Even later reden ze weg.

‘Neem me niet kwalijk, maar je accent...’ zei Clark.

‘Nederlands. Dat heb ik overgehouden aan de tijd dat ik in actieve dienst was. Er is een grote moslimbevolking in Nederland, weet je, en die worden daar vrij goed behandeld. Het is veel gemakkelijker om vrienden te maken – en in leven te blijven – als ze denken dat je Nederlander bent. Een kwestie van zelfbehoud. En jullie dekmantels?'

'Canadees freelanceschrijver en -fotograaf. We werken aan een stuk voor *National Geographic*.'

'Dat is op de korte termijn goed genoeg, denk ik. Het is het beste als jullie eruitzien alsof jullie hier al een tijdje zijn.'

'En hoe doe je dat?' vroeg Chavez.

'Je moet er angstig en moedeloos uitzien, jongen. De laatste tijd is dat de gewoonte hier in Pakistan.'

'Hebben jullie zin in een tochtje langs de bezienswaardigheden?' vroeg Embling even later. Ze reden in westelijke richting over Jamrud Fort Road, op weg naar het hart van de stad. 'Een beetje uitleg over Peshawar?'

'Goed,' antwoordde Clark.

Na tien minuten sloegen ze een andere weg in en reden ze in zuidelijke richting over Bacha Khan. 'Dit is Hayatabad, Peshawars versie van jullie South Central Los Angeles. Dichtbevolkt, arm, erg weinig politie, drugs, straatcriminaliteit...'

'En niet veel verkeersregels,' zei Chavez. Hij keek door de voorruit naar de zigzaggende stroom personenauto's, vrachtwagens, handkarren en bromfietsen. Claxons loeiden bijna aan één stuk door.

'Helemaal geen regels, vrees ik. Doorrijden na een ongeval is hier bijna een sport. In de afgelopen jaren heeft de gemeente wel geprobeerd de wijk te verbeteren, maar daar komt nooit veel van terecht.'

'Het is een slecht teken als de politie zich niet meer laat zien,' merkte Clark op.

'O, ze laten zich wel zien. Twee keer per dag rijden er twee of drie politiewagens door de wijk, maar tenzij ze een moord zien gebeuren, stoppen ze bijna nooit. Vorige week nog zijn ze hier een van hun auto's en twee agenten kwijtgeraakt. En als ik "kwijtgeraakt" zeg, bedoel ik dat ze zijn verdwenen.'

'Godallemachtig,' zei Chavez.

'Hier niet,' mompelde Embling.

De volgende twintig minuten reden ze steeds dieper Hayatabad in. De straten werden smaller en de huizen gammeler, en uiteindelijk reden ze langs hutten van golfplaat en geteerd karton. Doffe ogen keken vanuit duistere deuropeningen naar Emblings Range Rover. Op elke hoek stonden mannen bij elkaar en rookten iets waarvan Clark vermoedde dat het geen tabak was. Vuilnis lag op de trottoirs en waaide door de straten, voortgejaagd door kleine zandhoosjes.

'Ik zou me hier veel meer op mijn gemak voelen als ik gewapend was,' mompelde Chavez.

'Maak je geen zorgen, jongen. Het toeval wil dat de Special Service Group van het leger gek is op Range Rovers met getinte ruiten. Als je nu achter ons kijkt, zie je een man over de straat rennen.'

Chavez draaide zich om. 'Ik zie hem.'

'Als we bij de volgende straat zijn, worden er deuren dichtgeslagen.'

John Clark glimlachte. 'Meneer Embling, ik merk dat we bij de juiste persoon zijn.'

'Aardig van je. Ik heet trouwens Nigel.'

Ze sloegen weer af en kwamen in een straat met een mengeling van winkels die uit sintelblokken waren opgetrokken en huizen met meer verdiepingen van leem en hout. Veel voorgevels waren zwart uitgeslagen door brand of pokdalig van de kogelgaten, of beide.

'Welkom in de extremistenhemel,' zei Embling. Hij wees naar de gebouwen waar ze langs kwamen en noemde onder het rijden de namen van terroristengroepen: *Lashkar-e-Omar*, *Tehreek-e-Jafaria* Pakistan, *Sipah e-Muhammad* Pakistan, *Nadeem Commando*, *Popular Front for Armed Resistance*, *Harkat-ul-Mujahideen Alami*. Hij sloeg opnieuw af en de lijst ging nog verder. 'Geen van deze gebouwen is natuurlijk een officieel hoofdkwartier,' zei hij. 'Je zou het een soort clubgebouwen kunnen noemen. Nu en dan doet de politie of het leger hier een inval. Soms gaat de groep waarop ze het gemunt hebben dan helemaal weg. Soms zijn ze de volgende dag alweer terug.'

'Hoeveel zijn er in totaal?' vroeg Clark.

'Officieel... bijna veertig, en het worden er steeds meer. Het is een telling van de ISI; dat is het probleem,' zei hij. Hij bedoelde het directoraat *Inter-Services Intelligence*, de Pakistaanse versie van de CIA. 'En de militaire inlichtingendiensten zijn er tot op zekere hoogte ook nog. Dit is de spreekwoordelijke situatie van de vos die het kippenhok bewaakt. De meeste van deze groepen krijgen geld, middelen of inlichtingen van de ISI. Het is zo ingewikkeld geworden dat de ISI volgens mij de tel gewoon niet meer bijhoudt.'

'Die schade daar,' zei Chavez. 'Komt dat door invallen van de politie?'

'Nee, nee. Dat is het werk van de Umayyad Revolutionary Council, de URC. Die zijn zonder enige twijfel de grootste. Telkens wanneer een van die guppy's in de verkeerde vijver zwemt, komt de URC hem opslokken, en in tegenstelling tot wat er gebeurt als de autoriteiten ingrijpen blijft zo'n groep dan voorgoed weg.'

'Dat is veelzeggend,' zei Clark.

'Inderdaad.'

Een paar kilometer voor hen zagen ze een rookpluim naar de hemel opstijgen. Even later voelden ze de *krrrump* van een explosie in hun buik. 'Autobom,' zei Embling luchtig. 'Het zijn er hier gemiddeld drie op een dag, plus nog een paar mortieraanvallen. Tegen de avond wordt het hier pas echt interessant. Ik neem aan dat jullie door geweervuur heen kunnen slapen?'

'Dat hebben we wel gedaan,' antwoordde Clark. 'Ik moet je zeggen, Nigel, dat je een nogal somber beeld van Peshawar schetst.'

'Dan heb ik jullie een accurate indruk van de stad gegeven. Ik ben hier met tussenpozen nu al bijna veertig jaar, en volgens mij heeft Pakistan een kantelpunt bereikt. Over een jaar of zo weten we meer, maar in geen twintig jaar is dit land zo diep afgezakt naar een mislukte staat.'

'Een mislukte staat met kernwapens,' voegde Clark daaraan toe.

'Ja.'

'Waarom blijft je hier?' vroeg Chavez.

'Ik hoor hier thuis.'

Een paar minuten later zei Chavez: 'Om op Hayatabad terug te komen... Ik vraag me af wie daar níét woont.'

'Dat is een goede vraag,' zei Embling. 'Al heb ik de indruk dat de drie grote spelers hier – de URC, Lashkar-e-Taiba en *Sipah-e-Sahaba*, het vroegere *Anjuman* – vooral in het kantonnement van Peshawar, dus in de oude Stad, en de wijk Saddar zitten. Hoe dichter bij het kantonnement ze zitten, des te dominanter zijn ze. Op dit moment heeft de URC de overhand.'

'Toevallig zijn we vooral geïnteresseerd in die delen van de stad,' zei Clark.

'Dat kan ik me voorstellen.' Een glimlach van Embling. 'Mijn huis staat net buiten het kantonnement, bij Balahisar Fort. We gaan lunchen en dan zullen we het erover hebben.'

Emblings huisjongen – een term waar Clark moeite mee had, al wist hij dat het hier een heel gewoon verschijnsel was – Mahmood serveerde een lunch van *raita*, een salade van yoghurt en groente, een linzenschotel en *kheer*, een rijstpudding die bij Chavez enorm in de smaak viel.

'Wat is het verhaal van die jongen?' vroeg Clark.

'Zijn familie is omgekomen tijdens de onlusten na de moord op Bhutto. Hij gaat volgend jaar naar Harrow in Engeland.'

'Daarmee doe je iets goeds, Nigel,' zei Chavez. 'Heb je zelf geen...'

'Nee.' Kortaf.

‘Sorry. Ik wilde niet te nieuwsgierig zijn.’

‘Je hoeft je niet te verontschuldigen. Ik heb mijn vrouw verloren in 1979, toen de Sovjets hun inval deden. Verkeerde plaats, verkeerde tijd. Wie wil er thee?’ Toen hij voor iedereen een kopje had ingeschonken, zei hij: ‘Wat is het, heren? Persoon, plaats of ding? Waar u achteraan zit, bedoel ik.’

‘Om te beginnen een plaats. Of eigenlijk meervoud: plaatsen,’ antwoordde Clark. Hij haalde een digitaal versterkt exemplaar van de Baedeker-kaart uit zijn tas, schoof de kopjes en schotels opzij en vouwde de kaart open op de tafel. ‘Als je goed kijkt...’

‘Dead drops. Plaatsen om brieven of pakjes uit te wisselen,’ onderbrak Embling hem. Hij zag Clark en Chavez verbaasd kijken en glimlachte. ‘In de oude tijd van de spionage, heren, waren dead drops ons dagelijks werk. Drie stippen om dingen achter te laten, vier om ze op te halen?’

‘Andersom.’

‘Hoe recent is die kaart?’

‘Geen idee.’

‘We weten dus niet of die locaties nog actief zijn. Waar hebben jullie...’

‘In de bergen,’ antwoordde Chavez.

‘Een duistere, muffe plaats, denk ik. Waren de vorige eigenaren er ook bij?’

Clark knikte. ‘En ze deden hun best om hem te vernietigen.’

‘Dat werkt in ons voordeel. Als ik het goed heb, geven die drie stippen locaties aan om tekens te geven, dus niet zozeer om er dingen neer te leggen.’

‘Dat dachten wij ook,’ antwoordde Clark.

‘Willen jullie meer weten over wat er wordt achtergelaten en opgepikt, of over degenen die dat doen, of over beide?’

‘Degenen die het doen.’

‘En kennen jullie het teken?’

‘Nee.’

‘Nou, dat is waarschijnlijk niet ons grootste probleem.’

‘Waarom niet?’ vroeg Chavez.

‘Het gaat ons niet zozeer om de juistheid van het teken als wel om de identiteit van degenen die er belangstelling voor hebben.’ Embling zweeg. Hij klakte met zijn tong en keek naar de kaart. ‘Ik stel het volgende voor. We gaan vanmiddag een beetje *recce* doen...’

‘Huh?’ vroeg Chavez.

‘Recce. Reconnaissance. Verkenningswerk.’

‘Dat woord moet me daar zijn ontgaan.’

‘We zijn een tijdje in Hereford geweest,’ legde Clark aan Embling uit.

'Grimmig stel daar,' vond Embling. 'Blij dat jullie nog kunnen glimlachen. Nou, we maken jullie vertrouwd met het territorium, en dan gaan we morgen lokaas neerleggen. Vandaag zal dat niet meer lukken voordat het donker is.'

Hoewel de meeste uitwisselplaatsen zich ver buiten het kantonnement bevonden, besloten ze zich te concentreren op de vier binnen de Oude Stad. Ze reden eerst langs de rand daarvan en volgden daarbij min of meer de muur die het kantonnement tot het midden van de jaren vijftig had omsloten. 'Vroeger zaten er zestien poorten in de muur, compleet met torentjes en borstweringen voor boogschutters,' zei Embling, terwijl hij door het raam aan de passagierskant naar buiten wees. 'In het Perzisch betekent *Peshawar* trouwens "het hoge fort".'

Clark mocht Embling wel, voor een deel omdat hij in zijn Rainbow-tijd de Britse mentaliteit wat beter had leren kennen en voor een deel omdat de man een authentieke persoonlijkheid had; en dan vooral om het eerste. Clark vroeg zich wel af of de man niet honderd jaar te laat geboren was. Nigel Embling zou zich helemaal thuis hebben gevoeld in de tijd dat de Britten nog over dit deel van de wereld heersten, zo te horen.

Embling vond een parkeerplek bij het Lady Reading Hospital, en ze stapten uit en liepen de Oude Stad in. De straten van het kantonnement gonsden van de activiteit: mensen liepen dicht opeen door de straatjes en onder luifels van zeildoek door. Op balkons gluurden kinderen nieuwsgierig tussen smeedijzeren tralies door. In de lucht hingen de geuren van geroosterd vlees en sterke tabak, en overal hoorde je Urdu, Punjabi en Pashto spreken.

Toen ze een paar minuten hadden gelopen, kwamen ze bij een groot plein. 'Chowk Yadgaar,' zei Embling. 'Alle uitwisselplaatsen zijn hier nog geen kilometer vandaan.'

'Ze hebben het waarschijnlijk uitgekozen omdat het zo druk is,' zei Chavez. 'Je bent hier moeilijk te zien en je gaat gemakkelijk in de menigte op.'

'Dat heb je weer scherp waargenomen, jonge Domingo,' zei Embling.

'Ik heb soms mijn momenten.'

Clark zei: 'Laten we uit elkaar gaan en de locaties bekijken. We zien elkaar hier over een uur terug.' Ze bespraken wie welke locaties voor zijn rekening zou nemen en gingen toen uit elkaar.

Na een uur kwamen ze weer bijeen en wisselden ervaringen uit. Twee van de plaatsen – een op een kleine binnenplaats tussen de juweliersbazaar en de Mahabbat Khan-moskee, en een in een straatje bij de Kohati-poort – vertoonden heel vage sporen van een enkele krijtstreep, de gouden standaard voor dead drop-tekens sinds de Koude Oorlog. Krijt vervaagde snel en werd door de meeste mensen afgedaan als kindergekrabbel. Clark haalde zijn kaart tevoorschijn en Embling keek naar de twee locaties. 'De Kohati-poort,' zei hij. 'Gemakkelijk in het oog te houden, en het dichtst bij de uitgang van het kantonnement.'

'Akkoord,' zei Clark.

'Het is nog vroeg,' zei Embling. 'Zullen we naar cricket gaan kijken?'

46

Omdat ze niet wilden riskeren dat iemand hen het teken zag aanbrengen, kwamen Clark en Chavez de volgende morgen ruimschoots voor zonsopgang uit hun bed. Embling bleek al op te zijn. Hij was koffie aan het zetten en deed eten en drinken in een koelbox. Daarmee uitgerust vertrokken ze naar het kantonnement, ditmaal in Emblings andere auto, een vervallen blauwe Honda City uit 2002. Een kwartier later kwamen ze op Chowk Yadgaar aan, waar ze in het halfduister van de vroege ochtend uit elkaar gingen. Clark en Chavez maakten een wandeling om zich opnieuw vertrouwd te maken met de omgeving, en om de nieuwe radio's met oordopjes en microfoon uit te testen waarvan Gavin Biery hen had voorzien. Embling verkende de locatie bij de Kohati-poort en zette hun teken. Veertig minuten later kwamen ze op Chowk Yadgaar weer bij elkaar.

'Vergeet niet: een paar honderd meter hiervandaan is een politiebureau,' zei Embling. 'Als jullie worden aangehouden...' Hij zweeg en lachte. 'Ach, wat zeg ik. Jullie hebben dit soort dingen vast al eerder gedaan.'

'Een paar keer,' zei Clark. *Of honderd keer.* Ze werkten niet meer zo veel met dead drops, maar de algemene methoden van surveillance en contrasurveillance waren ook hier van toepassing. Omdat ze hun prooi nog niet volgden maar voorlopig op hem moesten wachten, zou de verveling hun grootste vijand zijn. Als je je verveelde, concentreerde je je minder goed en zag je dingen over het hoofd. In Clarks achterhoofd tikte een klok. Hoe lang bleven ze in Peshawar wachten tot iemand naar de dead drop kwam, voordat ze tot de conclusie kwamen dat het netwerk niet meer actief was?

'Goed,' zei Nigel. 'Ik breng de auto dichter naar de Kohati-poort toe. Ik ben daar met mijn mobiele telefoon in de buurt.'

Terwijl de eerste kooplieden van de dag hun luifels optrokken en hun kramen en wagens neerzetten, nam Chavez de eerste wacht voor zijn rekening. 'In positie,' gaf hij over de radio door.

'Begrepen,' antwoordde Clark in zijn kraagmicrofoon. 'Laat me weten wanneer je Nigel voorbij ziet komen.'

Er gingen tien minuten voorbij. 'Ik zie hem. Hij kwam net langs de Kohati-poort. Hij parkeert nu.'

En nu wachten we, dacht Clark.

Terwijl de Oude Stad tot leven kwam en de toeristen en inwoners van de stad in de straten verschenen, wisselden Clark, Chavez en Embling elkaar af in de omgeving van de Kohati-poort. Soepel en zonder elkaar zelfs maar een blik toe te werpen droegen ze hun posities over aan de volgende, die zijn best deed om op de plek rond te hangen zonder op te vallen. Ze bleven bij kramen staan om met de eigenaren te pingelen over een kralensnoer of een uitgesneden houten kameel, fotografeerden de gebouwen en maakten een praatje met een enkele inwoner van de stad, die wilde weten waar ze vandaan kwamen en wat ze naar Peshawar had gevoerd – en al die tijd hielden ze de helft van hun aandacht gericht op de lemen steen met de krijtstreep in de muur tegenover de poort.

Om kwart over elf voelde Clark, die de wacht had, dat er op zijn schouder werd getikt. Hij draaide zich om en zag een politieman. 'Amerikaan?' vroeg de man in gebroken Engels.

Clark keek hem met een ontwapenende glimlach aan. 'Nee, Canadees.'

'Paspoort.' Clark gaf het hem. De politieman bestudeerde het een halve minuut, klapte het toen dicht en gaf het terug. Hij knikte naar Clarks digitale camera. 'Wat foto's?'

'Pardon?'

'U maakt foto's. Wat?'

Clark maakte een gebaar in de richting van de gebouwen. 'Architectuur. Ik werk voor *National Geographic*. We doen een verhaal over Peshawar.'

'U hebt vergunning?'

'Ik wist niet dat ik er een nodig had.'

'Vergunning.'

Clark begreep het. *Baksjisj*. In de moslimwereld kon die term betekenen dat je goed was voor bedelaars, of een fooi gaf, of iemand op flagrante wijze omkocht, wat hier het geval was. 'Hoeveel kost de vergunning?'

De agent bekeek Clark van top tot teen om zijn waarde vast te stellen. 'Vijftienhonderd roepie.'

Ongeveer twintig dollar. Clark trok een prop verkreukelde bankbiljetten uit zijn 'lichte' zak en gaf hem drie biljetten van vijfhonderd roepie.

'Alleen dag hier?'
'Misschien kom ik morgen terug,' zei Clark met een vriendelijke glimlach. 'Kan ik vooruitbetalen voor die vergunning?'
Dat aanbod bracht een glimlach op het gezicht van de politieman, dat tot dan toe ijzig onbewogen was gebleven. 'Natuurlijk.'
'Krijg ik korting omdat ik van tevoren betaal?' De meeste commercieel ingestelde Pakistani voelden zich een beetje beledigd als hun slachtoffers niet afdongen.
'Veertienhonderd roepie.'
'Twaalf.'
Gevolgd door, voorspelbaar: 'Dertien.' Clark gaf hem de bankbiljetten, en de politieman knikte en liep weg.
'Wat wilde hij, baas?' vroeg Chavez over de radio vanaf een plaats die Clark niet kon zien.
'Me kaalplukken. We hebben geen last meer van hem.'
Emblings stem: 'Er is een knabbelende vis, John.'
Clark bracht zijn camera voor zijn oog en draaide zich langzaam om, als een toerist op zoek naar een goede opname, totdat hij het straatje en de Kohati-poort in beeld kreeg. Een jongen van zeven of acht jaar, in een vuile witte canvasbroek en een blauw T-shirt van Pepsi, stond gebogen naast de steen met de krijtstreep. Hij spuwde in zijn hand en veegde de steen grondig schoon.
'Hij hapt,' meldde Clark. 'Hij gaat de poort uit. Witte broek, blauw T-shirt van Pepsi.'
'Ik ga erheen.' Dat was Chavez.
'Ik loop naar de auto,' meldde Embling. 'Ik zie jullie buiten de poort.'
Chavez kwam bij Clark aan, die net buiten de poort was. 'Hij is door de straat gelopen. Onze kant. Hij loopt net langs die blauwe Opel.'
'Ik zie hem.'
Embling kwam aanrijden met de Honda, en ze stapten in. De Brit reed weg, slingerde opzij om een vrachtwagen te ontwijken die op de poort af reed, trapte even hard op het gas en hield zich weer aan de maximumsnelheid toen ze ter hoogte van de jongen kwamen en hem voorbijreden. Embling nam de volgende afslag naar rechts, reed dertig meter door een zijstraat, keerde daar snel, reed terug en bleef drie meter voor het kruispunt staan. Door de voorruit zagen ze de jongen links afslaan, een andere zijstraat in. Hij stak die straat schuin over en ging een tabakswinkel in.
'Ik ga,' zei Chavez vanaf de achterbank, en hij pakte de deurgreep vast.
'Wacht,' mompelde Embling, zijn blik op de winkel gericht.
'Waarom?'

'Degene voor wie hij werkt, heeft er waarschijnlijk nog een paar tot zijn beschikking. Dat is hier gebruikelijk: kleine jongens die boodschappen overbrengen.'

Een minuut later kwam de jongen weer naar buiten. Hij keek beide kanten op en riep toen iets naar een man die twee deuren verder op een bank zat. De man zei iets terug en wees naar Emblings Honda.

'Dat ziet er niet goed uit,' zei Embling.

Clark antwoordde kalm: 'Niet als hij deze kant op komt. Als ze ons doorhebben, gaat hij in de tegenovergestelde richting.'

Dat deed hij niet. De jongen rende nu. Hij stak over, ontweek daarbij een stroom toeterende en slingerende auto's en kwam vlak langs hen. Vanaf de achterbank zei Chavez: 'Eén straat verder. Hij ging naar het oosten.'

Nigel zette de auto in de versnelling en bleef voor het stopbord staan, wachtend tot er een opening in het verkeer kwam. Toen die kwam, ging hij naar rechts. 'Deze straat loopt twee blokken evenwijdig met hem.' Bij het volgende stopbord ging hij naar rechts, en toen naar links, en daarna stopte hij bij een schoolplein.

'Hebbes,' zei Clark, die in het zijspiegeltje keek.

De jongen ging een deuropening met een rode luifel in en kwam even later weer tevoorschijn met een andere jongen, een jonge tiener met zwart krulhaar en een leren jasje. Terwijl de eerste jongen praatte en gebaren maakte, liep de tiener naar een straatlantaarn en maakte hij het kabelslot van een citroengele brommer los.

'Goed zo, Nigel,' zei Clark.

'Wacht maar af. Die brommerjongens hier denken dat ze *offroad*-kampioenen zijn.'

En deze was geen uitzondering, zo bleek al gauw. Hoewel zijn snelheid nooit boven de veertig kilometer per uur kwam, zigzagde de tiener zo grillig door het verkeer dat Clark aan een vlieger op een winderige dag moest denken. Nigel volgde de brommer niet telkens wanneer die van rijbaan veranderde, maar bleef rechtuit rijden. Hij hield de gele brommer voortdurend in het oog en veranderde alleen van rijbaan als het nodig was.

De tiener reed in zuidoostelijke richting bij het kantonnement vandaan, volgde eerst Bara Road en nam toen de Ring Road Bypass naar het noordwesten. De in het Urdu geschreven straatnaamborden waren onleesbaar voor Clark en Chavez, maar Embling gaf levendig commentaar op hun route.

'We steken het Kabul-kanaal over,' zei hij.

‘We naderen Hayatabad, nietwaar?’ vroeg Chavez.

‘Goed gezien. Ja, nog drie kilometer. We komen nu op de Gul Mohar.’

Op het allerlaatste moment kruiste de brommer twee rijbanen en nam hij de afslag. Embling, die al op de meest rechtse rijbaan zat, gaf richting aan en volgde hem.

De volgende twintig minuten reed de tiener rond alsof hij eventuele volgers probeerde af te schudden – en dat deed hij vrij goed, moest Clark toegeven. Ze kwamen langs de universiteit van Peshawar, het toeristenbureau en de Britse begraafplaats, totdat de brommerrijder uiteindelijk in noordelijke richting over Pajjagi Road reed, langs de Peshawar Golf Club, en het Kabul-kanaal weer overstak. Al gauw waren ze aan de rand van de stad. Links en rechts verschenen groene geïrrigeerde velden. Embling bleef wat verder achter, tot de brommer alleen nog een knalgeel vlekje was.

Na tien kilometer ging de brommerrijder naar het westen en volgde hij een bochtige, met bomen omzoomde weg om ten slotte tot stilstand te komen op een smal toegangspad. Embling stopte een paar honderd meter verder, keerde de auto en zette de motor uit. Ze wachtten. Zo ver bij het eigenlijke Peshawar vandaan waren er geen claxons en ronkende motoren te horen. De minuten tikten voorbij tot er een halfuur verstreken was.

Ze hoorden een pruttelende motor naderen. Embling startte de auto en reed een paar honderd meter naar het volgende toegangspad. Hij sloeg dat in en reed over de hellende zandweg omlaag totdat de grote weg nauwelijks nog door de achterruit te zien was. Voor hen stond een oude schuur waarvan het dak gedeeltelijk was ingezakt. Chavez draaide zich om op zijn plaats. Even later zagen ze de bovenkant van het hoofd van de jongen voorbijkomen.

‘Jij mag het zeggen, John.’

‘Laat hem maar gaan. Ik denk dat we hebben gevonden wat we zoeken. Als die jongen op de uitwisselplaats gaat kijken, komt hij gauw genoeg terug.’

En dat gebeurde ook. Veertig minuten later reed de jongen langs hun pad. Even later zweeg de brommer.

‘Ik zou zeggen dat jullie je prooi hebben gevonden,’ zei Embling.

Clark knikte. ‘Laten we voorbijrijden en kijken wat er te zien valt.’

Een uur later, toen ze in Emblings huis terug waren, zaten Clark en Chavez thee te drinken terwijl hun gastheer drie telefoongesprekken voerde in vlug Urdu. Hij hing op en zei: ‘Het is een particulier beveiligingsbedrijf.’

'Voor wie zou hij bang zijn?'

Toen ze langs het toegangspad reden, hadden ze een wit busje met een rood-met-wit bord aan het eind van dat pad zien staan, naast een wit huis van twee verdiepingen.

'Dat weet ik niet, en ik kon ook niet achter de naam van de cliënt komen. De firma is overigens pas kort geleden ingehuurd. Vorige week, om precies te zijn. Er hebben steeds twee man dienst en ze zijn er vierentwintig uur per dag.'

Clark keek op zijn horloge. Over vijf uur werd het donker. Hij keek Chavez aan, die zijn gedachten al had geraden. 'Laten we hem ophalen.'

'Nigel, je hebt zeker geen vuurwapens...'

'Die heb ik wel. Zelfs een schrikbarende verzameling.'

47

Twee uur na zonsondergang reed Clark met Emblings Honda het toegangspad naar de leegstaande schuur op. Hij zette de auto in zijn vrij, zette de motor uit en liet de auto de helling af rollen naar de schaduw naast de wand van de schuur. Toen de auto tot stilstand kwam, zette hij hem op PARK. Hij doofde de binnenverlichting en ze stapten uit.

Nigel had niet overdreven toen hij het over zijn wapenverzameling had, die hij in een oude reiskist in zijn kast bewaarde. Ze hadden twee gedempte SIG Sauer P226 9mm pistolen gekozen. Het standaardwapen van de Britse SAS. Ze hadden allebei vele uren met de P226 op de schietbaan geoefend. Op aandrang van Embling hadden ze ieder ook een ploertendoder van lood en leer meegenomen. 'Je weet nooit van tevoren wanneer je barmhartig wilt zijn,' had hij met een glimlach tegen hen gezegd.

Nu fluisterde Chavez: 'Wat gaan we doen?'

'Er is waarschijnlijk één bewaker buiten. Hij staat stil of hij loopt rond. Er zal er ook een binnen zijn. We schakelen de eerste uit en rekenen met nummer twee af als het zo ver is. Ding, probeer het eerst met de ploertendoder. Hoe minder lijken we achterlaten, hoe beter.'

'Mij best.'

Ze gingen uit elkaar. Clark liep in westelijke richting tussen de bomen achter de schuur door en Chavez volgde de greppel langs de weg. 'In positie,' hoorde Clark in zijn oordopje.

Dat was snel, dacht Clark. *Ach, was ik maar weer jong.* 'Wacht daar.'

Hij liep in een rustig tempo door de struiken, bedacht op de plaatsen waar hij zijn voeten zette en op laaghangende takken die te donker waren om ze te kunnen zien. Na vierhonderd meter stonden de bomen minder dicht op elkaar, en al gauw bevond hij zich aan het noordelijke eind van het toegangspad, dertig meter tegenover het eind van het pad.

'In positie,' fluisterde hij. 'Waar ben je?'

'Eind van de greppel, tegen de berm van het toegangspad.'

'Ik zie één wachter. Hij zit op een tuinstoel bij de voorbumper van het busje.'

‘Wat zeg je nou?’

‘Hij zit in een tuinstoel te roken, met zijn gezicht in mijn richting.’ Degene die hem had ingehuurd, kreeg geen waar voor zijn geld. ‘Hij heeft een Type 56 rechts van hem tegen de bumper staan.’ De 56 was een Chinese kopie van de AK-47. Niet dezelfde kwaliteit, maar beslist goed genoeg om je er zorgen over te maken.

Chavez zei: ‘Ik zie één licht branden, begane grond, mijn kant.’

‘Hier is het donker. Niets wat beweegt. Ga als je er klaar voor bent.’

‘Begrepen.’

Hoewel hij wist dat Ding zou komen, zag hij hem pas toen hij de achterbumper van het busje al tot op drie meter was genaderd. ‘Ninja’s beheersen de duisternis’ was het motto van Chavez’ oude eenheid geweest. En dat gold nog steeds voor hem, wist Clark.

Chavez kwam bij de bumper aan, keek om de hoek, ging gehurkt zitten en wachtte af.

‘Nog steeds niets,’ fluisterde Clark na een minuut.

Bij wijze van antwoord kreeg hij twee klikjes: *begrepen*.

Chavez ging achteruit. Hij bewoog zich om de andere kant van het busje heen, uit het zicht. Tien seconden later dook er een schaduw achter de zittende bewaker op. Chavez’ arm ging naar achteren en toen opeens naar voren. De bewaker viel voorover en zakte zijdelings tegen de radiateur van het busje. Chavez trok hem weer overeind en trapte de gevallen sigaret uit.

‘Uitgeschakeld.’

‘Begrepen. We gaan verder.’

Ze kwamen bij elkaar in de schaduw langs de zuidelijke muur van het huis. De veranda en voordeur bevonden zich links van hen. Met Clark voorop glipten ze langs de muur tot ze de ingang konden zien. De binnendeur stond open, maar de hordeur was dicht. Ze stapten op de veranda en posteerden zich aan weerskanten van de deur. Nu hoorden ze vage televisiegeluiden uit het huis komen. Clark, die aan de kant van de deurknop stond, stak zijn hand uit en probeerde hem. Op slot. Hij greep in zijn achterzak, maakte met zijn duim zijn mes open en stak de punt langzaam en zorgvuldig in het gaas van de hordeur, waarna hij het lemmet omlaagtrok tot hij een spleet van vijftien centimeter had gemaakt. Hij sloot het mes en stopte het weer in zijn zak, en daarna stak hij zijn hand door de opening en tastte om zich heen tot hij vond wat hij zocht. Er was een zacht klikgeluid te horen. Hij haalde zijn hand terug en bewoog zich toen een volle minuut niet.

Daarna knikte Clark naar Chavez, die terugknikte en vervolgens langs de deuropening kroop om achter Clark te gaan zitten. Clark stak zijn hand omhoog en drukte de deurkruk omlaag. Hij deed de deur een paar centimeter open, wachtte even en probeerde toen nog een paar centimeter. Hoe oud of hoe goed ze ook waren, hordeuren kraakten eigenlijk altijd. Misschien kwam dat door de blootstelling aan de elementen.

Deze deur stelde niet teleur. Toen hij half open was, piepten de scharnieren. Clark verstijfde. Chavez kwam vlug naar voren tot hij onder Clarks uitgestoken arm door in het huis kon kijken. Hij ging achteruit en gaf een teken dat er niemand te zien was. Centimeter voor centimeter deed Clark de deur helemaal open. Met zijn pistool naar voren ging hij naar binnen. Chavez bleef de deur nog even bewaken en volgde toen. Hij deed de deur voorzichtig achter zich dicht en kreeg niets ergers te horen dan weer wat metaalachtig gepiep.

Ze waren in een keuken. Houten aanrechtbladen, kasten en een gootsteen links; een ronde eettafel in het midden. Een boogpoort in de muur rechts van hen leidde naar een kamer. Chavez keek erdoor en stak zijn duimen op. Ze liepen door naar wat blijkbaar een zitkamer was. Rechts van hen leidde een trap naar de eerste verdieping. Voor hen uit lag een korte gang. Daar kwamen de televisiegeluiden vandaan. Ze namen ieder een muur en liepen de gang in. Een stap, stilstaan, een stap, stilstaan, totdat ze binnen drie meter afstand van een open deur waren. Binnen zag Clark het blauwgrijze licht van een televisie op de muren schijnen.

Clark legde de overgebleven afstand af en koos positie naast de deurpost. Hij knikte Ding toe, die langs de rechtermuur naar voren kwam tot hij schuin door de deuropening kon kijken. Hij ging enkele passen terug en maakte gebaren: *twee mannen in stoelen.* De man die het dichtst bij de deur zat, was gewapend. Clark seinde terug: *ik schakel hem uit en jij gaat door.*

Chavez knikte.

Clark bracht zijn pistool naar zijn linkerhand over en haalde de ploertendoder van zijn riem. Met een knikje boog hij zich om de hoek, koos zijn doel en sloeg keihard met de ploertendoder tegen de slaap van de man. Nog terwijl de man opzij zakte, kwam Chavez met zijn pistool in de aanslag de kamer in. Hij bleef staan. Er kwamen rimpels in zijn voorhoofd. Hij keek Clark aan en kromde zijn vinger, en Clark kwam naar voren.

De man die ze moesten hebben, sliep.

Chavez maakte hem wakker door zacht met de loop van het pistool op de rug van zijn neus te tikken. Toen zijn ogen fladderend opengingen, zei Chavez: 'Engels?'

De man drukte zich zo ver weg in zijn stoel als mogelijk was.

'Engels?' herhaalde Chavez.

'Ja, ik spreek Engels.'

Clark zei: 'Zorg ervoor dat deze hier en meneer Tuinstoel niets kunnen beginnen. Ik neem hem voor mijn rekening.'

Chavez duwde de bewaker tegen de vloer, pakte zijn pols vast, trok hem door de gang naar de zitkamer en ging naar buiten.

'Hoe heet je?' vroeg Clark aan hun gastheer.

Geen antwoord.

'Als je me niet eens je naam noemt, staat ons een lange, lelijke nacht te wachten. Laten we met je voornaam beginnen. Die kan geen kwaad.'

'Abbas.'

Clark trok de lege stoel van de bewaker bij, draaide hem om en ging erop zitten. Ze zaten nu knie aan knie.

De hordeur ging open en klapte dicht. Chavez kwam met de eerste bewaker in de brandweergreep naar binnen. Hij liet hem zonder plichtplegingen naast zijn collega neerploffen. 'Ik heb wat duct tape in het busje gevonden,' zei hij tegen Clark, en hij ging ermee aan het werk. Toen dat klaar was, kwam hij naast Clark zitten.

'Laten we ervoor zorgen dat we op goede voet beginnen,' zei Clark tegen Abbas. 'Je weet wat dat betekent?'

'Ja.'

'Ik geloof niet dat je Abbas heet. Ik laat mijn vriend in je huis op zoek gaan naar iets met een naam erop. Als daar niet "Abbas" op staat, beginnen we je pijn te doen.'

'Ik heet Obaid. Obaid Masood.'

'Goed.' Clark knikte naar Ding, die de kamer uit ging en begon te zoeken. 'Wil je je antwoord veranderen zolang er nog tijd is?'

'Ik heet Obaid Masood. Wie ben jij?'

'Dat hangt ervan af hoe je mijn vragen beantwoordt. Als je meewerkt, zijn we vrienden. Als je niet meewerkt... Vertel me eens over je bewakingsteam. Waarom denk je dat je ze nodig hebt?'

Masood haalde zijn schouders op.

'Hoor eens, als je je zorgen maakt over de politie of het leger: die zouden hier waarschijnlijk al zijn geweest. Dat wijst er voor mij op dat je in slecht gezelschap bent geraakt. Misschien iemand voor wie je hebt gewerkt?'

Chavez kwam terug. Hij knikte: *de man spreekt de waarheid.*

'Iemand voor wie je hebt gewerkt?' herhaalde Clark.

'Misschien.'

'De Umayyad Revolutionary Council?'

'Nee.'

'Speel je honkbal?'

Er kwamen rimpels in Masoods voorhoofd. 'Ja, dat heb ik gedaan.'

'We beschouwen dat "nee" van jou als de tweede gemiste slag,' zei Clark. 'Nog één en ik schiet je in je voet. Heb je je al afgevraagd hoe we je hebben gevonden?'

'De dead drops?'

'Ja. En van wie denk je dat we ze hebben gekregen?'

'Ik begrijp het.'

'Ik geloof niet dat je het begrijpt. Wij hebben je gevonden. Zij kunnen je ook vinden.'

'Je bent een Amerikaan.'

'Dat klopt. Je moet nu beslissen of je ons meer haat dan dat je bang voor hen bent. Want als wij geen antwoorden krijgen, brengen we je naar Hayatabad en gooien we je daar uit de auto.'

Nu had hij Masoods aandacht. 'Nee!'

'Haal me over.'

'Ik werkte vroeger voor de ISI. Ik... verplaatste mensen. Bracht ze naar andere plaatsen.'

'Een soort reisagent van de zwarte markt?' merkte Chavez op.

'Ja, zo zou je het kunnen noemen. Acht maanden geleden ben ik benaderd.'

'Door wie?'

'Ik kende hem niet en ik heb hem nooit teruggezien.'

'Maar hij was van de URC, nietwaar?'

'Daar kwam ik pas later achter. Hij bood me veel geld aan om iemand te verplaatsen.'

'Hoeveel geld?'

'Tweehonderdduizend Amerikaanse dollars.'

'Heb je die persoon ooit ontmoet?'

'Nee.'

'Wat heb je precies voor hem gedaan?'

'Paspoorten, papieren, privévliegtuigen. Ik zorgde ervoor dat de juiste mensen van de douane en immigratiedienst werden betaald. Het kostte me vijf maanden om alles te organiseren. Ze stelden heel precieze eisen en wilden dat ik elke regeling twee of drie keer controleerde.'

'Wanneer heb je alles overgedragen?'

'Twee maanden geleden.'

'Heb je ze alles gegeven?' vroeg Chavez.

'Wat bedoel je?'

'Heb je kopieën gehouden?'

'Papieren kopieën?'

Clark legde een beetje scherpte in zijn stem. 'Wat voor kopieën dan ook, Obaid.'

'Er is een harde schijf.'

'Hier?'

Masood knikte. 'In een plastic zak die aan de onderkant van de gootsteen in de keuken is geplakt.'

Chavez ging de kamer uit. Even later kwam hij terug met een ritszak. Daarin zat een harde schijf ter grootte van een spel kaarten. 'Acht gieg,' zei Chavez.

'Gewone taal, Ding.'

'Veel opslagruimte.' Hij hield Masood de plastic zak voor. 'Alles wat je voor hen hebt gedaan, zit hierin?'

'Ja. Digitale scans, e-mails... alles. Kunnen jullie me eruit krijgen? Het land uit?'

'Dat kan wat tijd kosten,' zei Clark, 'maar we zullen het regelen. Tot dan zullen we je verbergen. Sta op.'

Masood deed het. Clark klopte hem op zijn schouder. 'Welkom in het team dat aan de goede kant staat.' Hij duwde Masood naar de deur. Ding pakte Clarks elleboog vast. 'Heb je even?'

'Ga maar vast, Obaid. Wacht daar op ons.'

Chavez zei: 'Je denkt erover hem bij Nigel te verbergen.'

'Ja.'

'Er is minstens vijftig procent kans dat iemand hem opspoort. Als ze dat doen, is het gedaan met Nigel en zijn jongen.'

'Jij hebt een beter idee.'

Chavez zweeg. 'We hebben de harde schijf. Misschien moeten we het daarbij laten en...' Chavez hield zijn hoofd schuin en keek over Clarks schouder. 'Shit.'

Er stampten voetstappen door de andere kamer.

'Hij heeft me gehoord! Verdomme!'

Chavez rende de deur uit, door de zitkamer en naar de keuken. Op dat moment klapte de hordeur dicht. 'Verrek!' Hij was al dicht bij de hordeur toen er een knal te horen was. Hij bleef abrupt staan. Diep voorovergebogen liep hij achteruit naar de zitkamer terug. Clark was daar al en gluurde boven de vensterbank uit. Op het toegangspad wierp een stel koplampen strepen in het zand. In een van die lichtbundels lag Masood. Iemand met een pistool liep naar hem toe, knielde neer, schoot twee kogels in zijn hoofd, stond weer op en liep het licht van de koplampen weer in. Een portier klapte dicht, gevolgd door het knerpen van banden op grind.

Stilte.

'Wat was dat nou?' fluisterde Chavez.

'Hij kreeg het bezoek waar hij bang voor was.'

'En wij?'

'Ze dachten zeker dat hij voor hen op de vlucht was. Laten we maken dat we hier wegkomen voordat ze van gedachten veranderen.'

48

Jack hoorde de pingtoon van zijn computer, een teken dat er een mailtje was binnengekomen. Hij las het, en las het opnieuw. 'Nee maar...' Hij pakte de telefoon, belde Rick Bell, het hoofd analyse van de Campus, en vertelde hem wat hij had. Bell belegde een overleg met Sam Granger.

'Weet je nog, die kerel van wie we dachten dat hij misschien een URC-koerier was?' zei Jack tegen Granger.

'Hadi?'

'Ja. Ik heb iets ontdekt over zijn financiën – een creditcard. Hij is op reis – op dit moment. Een Alitalia 747 van Da Vinci in Rome naar Pearson bij Toronto.'

'En vandaar?'

'Chicago, maar zijn creditcard vertelt niets over wat hij daarna gaat doen.'

'Dat is zijn bestemming, of hij gaat naar de stomerij,' zei Bell. Hij gebruikte de oude CIA-term voor een truc om volgers op een dwaalspoor te brengen. 'Chicago is een hub van vliegverbindingen. Hij kan overal heen gaan, het land in of er weer uit.'

'Hoeveel tijd hebben we?' vroeg Granger.

'Vier uur,' antwoordde Jack.

'Rick, hoe zeker zijn we van die man?' vroeg Granger.

'Zeventig procent kans. Hij staat op een distributielijst van de URC en reist veel heen en weer: Europa, Zuid-Amerika. Ik denk dat hij een koerier is of anders een freelancer die logistieke dingen voor hen doet. In beide gevallen denk ik dat hij de moeite waard is. We weten dat hij in een vliegtuig zit waarvan de bestemming en aankomsttijd bekend zijn. Veel beter kan het niet worden.'

Granger zweeg even en zei toen: 'Oké, laat Kingfisher in de vergaderkamer bijeenkomen. Ik kom eraan.'

'Wat gebeurt er?' vroeg Dominic Caruso toen hij de vergaderkamer binnenkwam. Behalve Clark en Chavez waren de anderen er al: Brian, Rick Bell, Jerry Rounds.

Jack legde het in het kort uit.

‘Allemachtig.’

‘Zeg dat wel.’

‘Wanneer komt dat vliegtuig aan?’

‘Om drie uur twintig, als het op tijd is,’ antwoordde Jack.

Sam Granger kwam binnen en ging aan het hoofd van de vergadertafel zitten. ‘Oké, het is hier nu acht uur veertig. Het is zeventig, vijfenzeventig minuten naar Toronto. We hebben niet veel tijd om iets te doen. In elk geval niet zonder officiële steun. Wanneer verwachten we Clark en Chavez terug?’

Rick Bell keek op zijn horloge. ‘Over ongeveer veertig minuten.’

‘Laten we kijken of we ze op de hoogte kunnen stellen. Jack, heb je Hadi’s voorgeschiedenis?’

‘Ja.’

Hij overhandigde de documenten, en er volgde een minuut van stilte waarin iedereen de papieren doornam. Toen vroeg Brian: ‘Hebben we een foto van die man?’

‘Nee,’ antwoordde Jack. ‘Helemaal geen signalement.’

‘Van Rome naar Toronto – en dan naar Chicago en dan... Dat weten we niet, hè?’

‘Nee,’ bevestigde Jack.

‘Als dit een operatie van de FBI was,’ zei Dominic, ‘zouden we contact opnemen met de RCMP en een heleboel rechercheurs naar het vliegveld sturen om te proberen de man te identificeren, en daarna zouden we hem volgen naar de plaats waar hij heen gaat. Maar dat kunnen wij niet doen, hè?’

‘We kunnen naar Toronto vliegen,’ zei Jack. ‘Goed uit onze ogen kijken en hopen dat we geluk hebben. Laten we even veronderstellen dat we die kerel kunnen vinden. Wat kunnen we dan doen?’

‘Onzichtbaar volgen,’ zei Dominic. ‘Proberen hem te volgen naar waar het ook mag zijn dat hij heen gaat. Dat wordt niet gemakkelijk. Zelfs als het ons lukt, kunnen we hem niet ondervragen. Eigenlijk kunnen we niets doen, totdat iemand ons groen licht geeft om hem op te pakken.’

‘Vergeet het maar,’ zei Granger. ‘We hebben nog nooit zo’n goede kans gehad om iemand van de URC te pakken te krijgen. We schaduwen hem en pakken hem dan op, of we pakken hem meteen op – in die volgorde.’

‘We verzamelen informatie,’ zei Bell tegen hen. ‘Wat het ook oplevert, het is altijd meer dan we nu hebben. Kleine stapjes, jongens.’

‘Laten we met de baas gaan praten,’ zei Granger.

‘We hebben een vogel in de lucht,’ zei Jack een paar minuten later tegen Hendley. ‘Hij heet Hadi en hij is op weg naar Toronto. Zijn vliegtuig komt iets na drie uur Eastern Time aan.’

‘Wil je proberen hem te volgen?’

‘Het zou veel kunnen opleveren,’ zei Rounds, ‘maar we hebben weinig informatie over hem,’ moest hij toegeven.

‘Wat hebben we precies?’ vroeg Hendley. Jack gaf hem de uitdraai, en Hendley legde hem op zijn bureau en las hem. ‘Goeie vangst,’ zei hij, toen hij even opkeek. ‘Oké, laten we iedereen sturen...’

‘Clark en Chavez zijn bijna geland. We gaan kijken of we ze kunnen onderscheppen.’

‘Goed. Jack, Dom, Brian, haal creditcards en mobiele telefoons van de eerste verdieping.’

Ze reden met z’n allen in Brians Mercedes uit de C-klasse naar vliegveld BWI. Over vijfenzeventig minuten zou er een 737 naar Canada vertrekken, vertelde Rounds hun door de telefoon. Er lagen al tickets voor hen klaar. Zodra ze in de terminal waren, haalden ze hun tickets op, zochten de vlucht van Clark en Chavez op het bord met aankomsttijden en gingen erheen.

Brian vroeg aan Dominic: ‘Hoe goed is de Canadese politie?’

‘Britse traditie, en ook van henzelf. De RCMP – de Mounties – bestaan al een hele tijd en ze zijn vrij goed in recherchewerk, maar ik heb nooit met ze samengewerkt.’

‘Knalrode jassen,’ zei Brian. ‘Dat maakt je een gemakkelijk doelwit, zeker wanneer je op een paard zit.’

‘Het zijn beste kerels,’ zei Dominic tegen zijn broer.

Brian grinnikte. ‘Ik maak maar een grapje.’

Clark en Chavez kwamen uit de jetway, zagen Jack en de anderen en liepen naar hen toe. ‘Service van deur tot deur?’ vroeg Clark.

‘Er is iets op komst. Hebben jullie zin in een volgspelletje?’

Chavez zei: ‘Zolang je eerst een Starbucks voor me vindt.’

Toen ze de controle voorbij waren en naar de ticketbalie terugkeerden om de instapkaarten voor Clark en Chavez te halen, legde Jack uit wat er aan de hand was. ‘Hoe pakken we dit aan?’ vroeg Jack aan Clark toen ze weer door de controle gingen.

‘We kijken uit naar iemand die eruitziet alsof hij daar niet thuishoort. Je kunt hem vergelijken met een getrainde spion. Waarschijnlijk weet hij hoe hij zich onzichtbaar moet maken. Daar kijken we naar uit. Hij zal niet om zich heen kijken, zoals de meeste toeristen doen, en hij zal niets doen om de aandacht op zich te vestigen, maar waarschijnlijk zal hij ook niet goed de weg weten op het vliegveld. Dus een zakentype dat het territorium niet kent. Als hij om zich heen kijkt, doet hij dat zorgvuldig. Waarschijnlijk is hij voorzichtig en probeert hij na te gaan of hij wordt gevolgd. Jullie hebben geleerd hoe dat moet. Kijk uit naar iemand die doet wat jullie hebben geleerd. Het is meer kunst dan wetenschap.'

'Wat doen wij?' wilde Brian weten.

'Je moet eruitzien als een Amerikaanse toerist. Je schakelt alles uit, alles wat je hebt geleerd. Je bent een doodgewone burgerman. Niemand let op zulke mensen. Tenzij je in communistische landen bent, zoals de oude Sovjet-Unie. Je moet vooral niet glimlachen. De Russen glimlachen bijna nooit; dat is een trekje van hun cultuur. Het is niet gemakkelijk; dat weet ik. Maar ik heb het bijna dertig jaar gedaan. En het is gemakkelijker te onthouden als je hachje op het spel staat,' besloot hij met een glimlach.

'Hoeveel keer?'

'In Rusland? Meer dan eens, en ik was elke keer bang. Je ging er naakt in, zonder wapen, zonder een plaats waar je heen kon vluchten. Met een klein beetje dekking, als je geluk had.'

'Dekking.'

'Een achtergrond die tegen een oppervlakkig onderzoek bestand was. Je hotel in de vorige stad waar je was, een telefoonnummer van een werkgever... Dat soort dingen.'

'Dat wilde ik je nog vragen,' zei Dominic. 'Hoe zit het met die kerels, de vijanden die we tegenwoordig hebben?'

Clark dacht daarover na. 'Aan de ene kant zeg ik dat ze misschien allemaal hetzelfde zijn – een andere motivatie, een andere kijk op de wereld, dat wel, maar ze doen dezelfde dingen. Aan de andere kant... Dit stel gelooft in God, maar tegelijk overtreden ze de regels van hun eigen religie. Psychopaten? Ach, ik weet het niet. Zij hebben hun versie van de wereld, en wij hebben de onze, en die twee versies zullen nooit samenvallen.'

De vlucht werd omgeroepen en ze gingen met z'n allen aan boord. Vijf plaatsen naast elkaar, gescheiden door het gangpad, allemaal in de coach class. Chavez, die korte benen had, vond dat niet erg, maar Clark wel. Naarmate hij ouder werd, werd hij stijver. De gebruikelijke veiligheidsoefeningen werden voorgedaan. Clark had zijn gordel stevig vast. In de loop van de jaren had hij geleerd zich strikt aan de veiligheidsregels te houden. De 737-400 taxiede over de baan en steeg zo routinematig op alsof de piloot in een auto reed. Clark pakte het tijdschrift van de luchtvaartmaatschappij op en bladerde door de reclamesectie. Hij keek naar een advertentie voor een gereedschapskist.

'Hoe gaan we dit precies aanpakken?' vroeg Jack aan Clark.

'We improviseren,' antwoordde Clark, en daarna keek hij weer in het tijdschrift.

De landing verliep bijna even soepel als het opstijgen. Ze stapten uit en schuifelden de terminal in, die net zo onpersoonlijk was als alle andere terminals op de wereld. Ze sloegen links af en liepen door de brede, anonieme hal. Borden wezen hun de weg naar de internationale vluchten, en het was net ver genoeg lopen om de bloedsomloop in hun benen weer op gang te krijgen. Op tv-monitors zagen ze dat het nog anderhalf uur zou duren voordat de vlucht van Alitalia arriveerde. Een snelle verkenning leerde hen dat de terminal gemakkelijk in het oog te houden was. Er was zelfs een informele eetgelegenheid die een goed zicht op de hal bood, met de gebruikelijke plastic stoelen om plastic tafels heen.

'Oké, jongens, als we de tijd meerekenen die Hadi nodig heeft om door de douane te komen, hebben we ongeveer twee uur de tijd,' dacht Clark hardop.

'Dat is alles?' vroeg Jack zich af.

'Misschien laten ze een hond langs de tassen lopen om naar drugs te snuffelen, maar veel meer zal het niet zijn. De Canadezen zijn niet zo voorzichtig. Schurken gebruiken Canada als tussenstop. Ze blijven daar niet om rottigheid uit te halen. Daar hebben de Canadezen geluk mee. Daardoor besparen ze zich de kosten van veiligheidsmaatregelen.'

'Als de schurken hier zo nonchalant zijn, kun je er gemakkelijk een paar oppakken en ze naar de Verenigde Staten sturen.'

'En dan,' maakte Dominic die gedachte af, 'zouden de Canadezen vijanden krijgen die ze echt niet kunnen gebruiken. Het is een zakelijke overweging.'

'Daar zit wat in,' zei Chavez. 'Zaken zijn zaken, en je moet slapende honden niet wakker maken, want dan word je gebeten. Ik vraag me af wanneer dat de Canadezen een keer zal overkomen.'

'Dat hangt van de schurken af, maar het is nooit goed voor de zaken om vijanden te maken zonder dat het je iets oplevert. Vergeet niet: een terrorist is een zakenman wiens branche het is om mensen te doden. Misschien zijn ze ideologisch gemotiveerd, maar zaken zijn zaken.'

'Hoeveel hebben jullie er te pakken gekregen?' vroeg Dominic aan Clark.

'Een paar, allemaal in Europa. Ze zijn niet goed getraind. Ze zijn alert, en ze kunnen zo sluw zijn als een vos, maar dat is niet hetzelfde als training. Je bent dus gewoon op je hoede en schakelt ze uit. Het helpt als je ze in de rug schiet. Dan kunnen ze niet zo gemakkelijk terugschieten.'

Dominic fronste zijn wenkbrauwen. 'Huh?'

'Het hoeft niet eerlijk te gaan. Het zijn niet de Olympische Spelen.'

'Dat is zo.'

'Maar het stuit je tegen de borst, hè?'

Dominic dacht even na en haalde toen zijn schouders op. 'Dat weet ik niet, maar het is wel een andere mentaliteit.'

Clark glimlachte grimmig. 'Welkom aan de andere kant van de spiegel.' Hij keek op zijn horloge. Het vliegtuig zou nu gaan landen.

Hadi vond dat de grond onder een vliegtuig er altijd hetzelfde uitzag. Ver weg, maar verwelkomend als je daalde. Alle wegen en auto's kwamen geleidelijk in zicht. Hij mat de hoogte af aan de mogelijkheid om afzonderlijke auto's en vrachtwagens te zien. De 'Air Show'-stand op zijn mini-tv gaf aan dat ze op een hoogte van vijftienhonderd meter waren en daalden, en dat de grondsnelheid driehonderd meter was, veel minder dan hun hoogte en snelheid boven de oceaan. Straks zouden ze landen. Over tien minuten, zei de computer. Het was tijd dat hij helemaal wakker werd. De stewardess haalde zijn koffiekopje weg. Italiaanse koffie smaakte bitter, naar de koffie uit zijn jeugd, en eerlijk gezegd hield hij veel van Italiaans eten, al gebruikten de Italianen veel te veel varkensvlees. Hij dronk wijn, maar bij varkensvlees trok hij de grens. Hij zou uitstappen, moeiteloos door de douane en immigratiedienst komen, degene die hem afhaalde vinden, zijn ticket voor Chicago van hem krijgen en zich door hem met de auto naar zijn volgende vlucht laten brengen, vlucht 1108 van United Airlines. Hij zou een sigaret roken, maar niet veel praten.

Hij moest op zijn hoede zijn als hij door de douane en immigratiedienst ging. Natuurlijk had hij niets aan te geven, zelfs geen fles Italiaanse wijn. Hij moest voor een zakelijke reiziger doorgaan, voor wie zo'n vlucht een routinekwestie was. Officieel was hij handelaar in edelstenen. Hij wist daar genoeg van om een kort gesprek over het onderwerp te kunnen voeren. Natuurlijk niet genoeg om een echte Joodse diamantair te misleiden of indruk op hem te maken, maar hij was er goed in om een gesprek op een ander onderwerp te brengen en kon zich zelfs een accent aanmeten. Nou ja, eigenlijk was hij inderdaad een zakelijke reiziger, en een reis als deze was routine voor hem, al was het de allereerste keer dat hij in Canada kwam. Het zoveelste ongelovige land met eenvoudige, milde regels voor mensen die op doorreis waren.

Ze zouden hem probleemloos doorsturen en geen aandacht aan hem schenken, zolang hij maar geen vuurwapen droeg en geen misdrijf beging.

De landing verliep niet zo soepel. Misschien waren de piloten ook moe. Wat een vreselijk leven leidden die, dacht Hadi. De hele dag zitten, nooit rondlopen, steeds maar je lichaamsklok afstemmen op andere plaatsen en tijden. Maar iedereen had zijn eigen plaats in de wereld, en ze hadden goed betaald werk, al was het wel onaangenaam. Zijn eigen baan en zijn dekmantel brachten met zich mee dat hij aardig moest zijn voor iedereen die hij tegenkwam, dus ook voor ongelovigen die varkens aten. Het was moeilijk, maar zijn plaats in de wereld maakte dat noodzakelijk. Het vliegtuig kwam tot stilstand, en tegelijk met de andere inzittenden stond hij op. Hij pakte zijn handbagage en begaf zich naar de deur.

Je kon de Canadese functionarissen herkennen aan hun marineblauwe pet, hun nietszeggende gelaatsuitdrukking en hun turende ogen. Ze gaven geen zier om de mensen die ze in hun ongelovige land begroetten. Waarschijnlijk waren er moskeeën binnen een kilometer afstand, maar Hadi zou daar niet in de buurt komen. De Canadese regering stond moslims toe Allah in hun eigen gebouwen te aanbidden, maar hield de moskeebezoekers vast wel in de gaten en maakte foto's van hen. Het hoorde bij zijn werk dat hij onzichtbaar bleef.

'Hij is geland,' zei Clark. Hij keek naar de tv-monitor op zeven meter afstand.

'We weten alleen van hem dat hij staand pist,' merkte Dominic op.

Waar is het dichtstbijzijnde toilet? dacht Clark. Veel mensen gingen naar de wc als ze net uit een vliegtuig waren gestapt, omdat ze die in het vliegtuig niet graag gebruikten. Het zou geen slecht idee zijn om rekening te houden met die mogelijkheid. Terroristen waren geen robots. Ze hadden allemaal hun eigenaardigheden, en als die eenmaal bekend waren, maakte dat ze kwetsbaar. Ze zochten een Arabische man, waarschijnlijk achter in de dertig, misschien midden veertig. Zijn lengte en gewicht en de kleur van zijn haar en ogen waren allemaal onbekend. Hij was een getrainde terrorist en zou zich waarschijnlijk ook zo gedragen.

Hij werd afgehaald. Dat wisten ze. Iemand zou hem een ticket geven voor een volgende vlucht. Die was waarschijnlijk niet zo goed getraind. Vermoedelijk een freelancer. Misschien iemand die promotie hoopte te krijgen in de organisatie waardoor hij was ingehuurd. Misschien was hij slim, maar niet ervaren en goed getraind. Wist hij hoe degene die hij moest afhalen eruitzag? Misschien wel, misschien niet. Waarschijnlijk was hij een chauffeur. Hij zou op zoek zijn naar degene die hij moest hebben. Naar de menigte kijken, op zoek naar dat ene gezicht. Zou hij een bord omhooghouden? *Ja, misschien met* DE EMIR HEEFT ME GESTUURD, dacht Clark met een grinniklachje. Hij had in zijn leven veel domme mensen meegemaakt, maar zo dom nog nooit. Dan kon je net zo goed buiten de terminal voor het oog van de camera's een kogel door je hoofd schieten. Die kerels mochten dan geen professionals zijn, niet wat Clark onder die term verstond, maar ze zouden ook niet dom zijn. Iemand had hen getraind en hun organisatie instructies gegeven over het aanleren van vaardigheden die ze in het veld nodig zouden hebben. Zo moeilijk was dat niet. De nuances deed je op in de praktijk, maar de basisvaardigheden waren dingen die iemand met ook maar een beetje verstand zelf wel kon bedenken.

Ze stonden met z'n allen op een rij. Dat was niet slim. Hij schuifelde naar Dominic toe.

'We splitsen ons op in twee teams en gaan aan weerskanten van de hekken staan. Dominic, jij en Brian. Jack, jij gaat met Ding en mij mee.'

Dominic en Brian gingen met de roltrap mee en kozen positie tegenover Clark en Chavez. John tikte tegen zijn neus, en de tweelingbroers herhaalden dat teken.

'Wat denk je, Domingo?' vroeg John.

'Over hen? Goede instincten, een beetje rafelig aan de randen, maar dat is normaal. Als er problemen komen, denk ik dat ze het goed aankunnen.'

'Niet slecht voor een ninja,' zei Clark.

'Wij beheersen de nacht, jongen.' Dat was al een hele tijd geleden, maar het was nog altijd typerend voor Domingo. Je pikte hem er niet zo gemakkelijk uit. Omdat hij zo klein was, zagen mensen hem vaak over het hoofd. Zijn ogen konden hem verraden, maar alleen als je de tijd nam om goed naar zijn gezicht te kijken, en hij was eigenlijk niet groot genoeg om gevaarlijk op je over te komen, totdat hij op je rug zat en je je afvroeg hoe hij daar gekomen was. De tijden waren veranderd sinds hij bij de SEAL's zat. In de 3de Special Operations Group hadden een paar John Wayne-types gezeten, maar de nieuwkomers leken meer op marathonlopers: klein en mager. Ze leefden vaak langer, want ze waren moeilijker te raken. Maar hun ogen waren anders, en daar zat het gevaar. Als je slim genoeg was om het te zien.

'Ik ben een beetje nerveus,' zei Jack.

'Rustig maar,' zei Clark. 'Doe niet te veel je best. En kijk nooit recht in de ogen van de persoon in kwestie, behalve misschien om te zien waar hij naar kijkt, maar ook dan alleen maar kort en behoedzaam.'

Wie ben je, Hadi? dacht Clark. *Waarom ben je hier? Waar ga je heen? Wie wil je ontmoeten?* Waarschijnlijk zou hij niet in de gelegenheid komen om die vragen te stellen en zou hij geen antwoorden krijgen, maar gedachten lieten zich niet tegenhouden.

49

Hadi had de eerste in de rij kunnen zijn, maar hij zorgde ervoor dat hij een beetje achterbleef. Hij hoefde niet te doen alsof hij moe was. De vlucht vanaf Marseille en de overstap in Milaan meegerekend, was hij vijftien uur in de lucht geweest, en de verminderde zuurstofdruk had zijn tol van hem geëist. Ook een reden om zich af te vragen hoe die piloten hun ellendige baan volhielden.

'Hallo, meneer Klein,' zei de immigratieambtenaar met iets wat voor een glimlach moest doorgaan.

'Goedendag,' antwoordde Hadi, die zichzelf weer aan zijn valse identiteit herinnerde. Gelukkig had niemand geprobeerd in het vliegtuig een gesprek met hem te beginnen, behalve de stewardess, die ervoor had gezorgd dat zijn wijnglas gevuld bleef. En het eten was hem ook meegevallen. Dat was een aangename verrassing geweest.

'Het doel van uw bezoek?' vroeg de ambtenaar, terwijl hij aandachtig naar Hadi's gezicht keek.

'Zaken.' Dat was nog waar ook.

'De duur?'

'Dat weet ik nog niet; waarschijnlijk vier, vijf dagen. Is dat belangrijk?'

'Alleen voor u, meneer.' De ambtenaar bekeek het paspoort, haalde het omslag door de lezer van de streepjescode en vroeg zich af of het rode licht zou aangaan – maar dat gebeurde bijna nooit, en deze keer ook niet. 'Niets aan te geven?'

'Helemaal niets,' antwoordde Hadi.

'Welkom in Canada. De uitgang is die kant op,' zei de ambtenaar, en hij wees hem aan.

'Dank u.' Hadi kreeg zijn paspoort terug en liep naar de vele deuren. Westerse landen legden bij het verwelkomen van hun vijanden zoveel zelfvernietiging aan de dag, constateerde hij voor de zoveelste keer. Blijkbaar waren ze op het geld van de toeristen uit. Zoveel gastvrijheid konden ze toch niet echt in hun ongelovige hart hebben?

'Opletten,' zei John. De eerste twee mensen die door de deuren kwamen, waren vrouwen, en Hadi was geen vrouw... Tenzij hun informatie heel slecht was, dacht Clark. Dat was hem al meer dan eens overkomen.

Oké, waar kijken we naar uit? Een man tussen de vijfendertig en vijfenveertig, normaal postuur, misschien een beetje kleiner dan de gemiddelde Amerikaan. Donkere ogen die niet veel om zich heen keken. De man zou doen alsof hij ontspannen was, maar toch goed op zijn omgeving letten. Beheerste nieuwsgierigheid. Hij zou een beetje moe zijn van de reis. De meeste mensen werden moe van reizen. Waarschijnlijk zou hij ook een beetje versuft zijn van de drankjes die hij had gehad... Of hij zou wat hebben geslapen.

Ze zagen een lichte camel jas die tot het midden van de dijen reikte. Die jas zag er Italiaans uit. *Hadi had waarschijnlijk zijn thuisbasis in Italië, in Rome.* Ongeveer een meter zeventig, normaal postuur, een beetje mager. Donkere ogen. *Zo donker als het maar kan, bijna zwart*, dacht John. De man keek aandachtig naar voren, niet opzij en duwde een karretje met een grote koffer en een kleine erop. Die koffers leken niet zo zwaar, en aan de grote zaten wieltjes... lui of moe? Zijn haar was net zo zwart als zijn ogen; zijn kapsel was onopvallend. Gladgeschoren. Geen baard, misschien – waarschijnlijk? – met opzet. Er kwamen twee andere mensen achter hem aan, duidelijk Canadezen, mensen met een lichte huid en rossig haar. Een van hen zwaaide naar iemand die rechts van Clark stond. Die wuifde terug. Terug naar de man in de camel jas. Zijn ogen keken naar links en rechts, maar zijn hoofd bewoog niet. *Goed veldwerk*, dacht John meteen toen hij dat zag. Toen richtten die ogen zich op iets. Clark keek om en zag iemand in een zwart pak. Die man leek een chauffeur, maar dan zonder pet, en hij hield een kartonnen bordje omhoog waarop met markeerstift KLEIN was geschreven.

'Bingo,' fluisterde hij in zichzelf. Tegen Chavez zei hij: 'Ga naar de broers toe en let op de flanken. Ik ga lopen. Jack, jij gaat met mij mee.'

Ze liepen door de hal.

'Heb jij iets gezien wat ik niet zag?' vroeg Jack.

'Hij heet geen Klein. Daar wil ik alles onder verwedden.'

De man ging niet naar het toilet, zag Clark. Dat idee kwam dus niet uit. Ze volgden hem op veertig meter afstand. De man, zagen ze, praatte niet met degene die hem afhaalde. *Te gedisciplineerd, of kennen ze elkaar al?*

'Heb je een camera?' vroeg John.

'Ja, een digitale. Gebruiksklaar. Misschien heb ik al een foto van onze vriend, maar ik heb nog niet gekeken.'

'Als hij in een auto stapt, moeten we ervoor zorgen...'

'Ja. Merk, model en kenteken. Hoe gaat het tot nu toe?'

'Ik denk niet dat hij ons heeft gezien. In elk geval keek hij niet in onze richting. Ofwel hij is heel goed in wat hij doet, ofwel hij is zo zuiver als stuifsneeuw. Je mag kiezen.'

'Hij ziet er nogal Joods uit,' zei Jack.

'In Israël hebben ze een oude grap. Als iemand er Joods uitziet, en hij verkoopt bagels, dan is hij een Arabier. Het gaat niet altijd op, maar de grap is goed genoeg.'

'Afgezien van het haar kan ik me hem als een diamanthandelaar met een cowboyhoed en een lange jas in Forty-seventh Street in New York voorstellen. Het is geen slechte vermomming, maar hij is niet Joodser dan ik.'

Ze liepen langs de tijdschriftkiosken, langs de bierbar, langs de uitgang met de metaaldetectors, en kwamen in de grote hal. Ze gingen niet met de roltrap omlaag naar de bagageafdeling, maar daar was hij natuurlijk al geweest. Naar de hoofduitgang in de glazen wand, en toen de koele Canadese herfstlucht in. Langs de taxirij en naar de parkeerplaatsen aan de overkant van de straat. Wie degene die hem afhaalde ook was, hij had zijn auto op een plaats gezet waar hij een uur mocht staan, niet op het terrein waar je langer dan een dag mocht parkeren. Het was dus allemaal nauwkeurig afgesproken. Er was niet op het laatste moment vanuit het vliegveld gebeld. Ze kwamen op het parkeerterrein, zodat Clark de afstand moest vergroten, en liepen recht op een geparkeerde auto af.

'Camera,' zei Clark op scherpe toon, in de hoop dat Jack wist hoe hij heimelijk een foto moest maken.

Jack deed dat vrij goed, met de lens op twee- of driemaal zoomen. De auto was een nieuwe zwarte Ford Crown Victoria zoals die door bedrijven werd gebruikt die voor een laag tarief auto's met chauffeur verhuurden. Alles voldeed aan het profiel, dacht Clark, terwijl ze de afstand kleiner maakten.

'Dit is je ticket vanaf Chicago West,' zei de chauffeur, en hij reikte met het ticketmapje naar de achterbank.

Hadi maakte het mapje open en keek naar het ticket. Hij was verbaasd over de bestemming. Hij keek op zijn horloge. De timing was bijna perfect. Het had geholpen dat first class-passagiers sneller langs de immigratiedienst kwamen.

'Hoe lang is het rijden naar de andere terminal?'

'Een paar minuten maar,' antwoordde de chauffeur.

'Goed.' Hadi stak een sigaret op.

De auto reed weg. Clark zag dat, maar liep gewoon door totdat de auto op honderd meter afstand was. Toen liep hij naar de ingang van de terminal terug en hield daar een taxi aan.

'Waarheen?' vroeg de chauffeur.

'Dat vertel ik u zo wel. Jack, heb je hem op de foto?'

'Ja,' verzekerde Jack hem. De Crown Vic had even in de rij gestaan om het parkeergeld te betalen. Jack had twee foto's gemaakt om het kenteken vast te leggen, dat hij al uit zijn hoofd had geleerd. Voor alle zekerheid noteerde hij het in het notitieboekje dat hij altijd in zijn jaszak had.

'Oké,' zei Clark tegen de taxichauffeur. 'Ziet u die zwarte Ford daar?'

'Ja, meneer.'

'Volg hem.'

'Is dit een film?' vroeg de chauffeur luchtig.

'Ja, en ik ben de ster.'

'Dat heb ik gedaan, weet u. Echte films. Als chauffeur krijg je daar veel betaald.'

Clark begreep de hint. Hij haalde zijn portefeuille tevoorschijn en gaf de man twee twintigjes. 'Is dat genoeg?'

'Ja, meneer. Ik durf te wedden dat hij naar terminal 3 gaat.'

'We zullen zien,' zei Clark. Hij keek naar de Crown Vic. Die maakte de rondedans die op vliegvelden gebruikelijk was, met wegen die ongetwijfeld ontworpen waren door dezelfde stompzinnige idioot die de architectuur van de terminals had ontworpen. Clark was op genoeg vliegvelden geweest om er vrij zeker van te zijn dat alle architecten dezelfde opleiding hadden gevolgd.

De taxichauffeur had gelijk. De Crown Vic stopte bij het bord met UNITED AIRLINES. Het portier aan de bestuurderskant ging open, en de chauffeur stapte uit en liep naar het portier aan de passagierskant.

'Goed geraden – hoe heet je?' vroeg Clark.

'Tony.'

'Dank je, Tony. Een prettige dag gewenst.' Clark en Jack stapten uit. Jack hield de camera in zijn hand, goed verborgen, maar klaar om in actie te komen.

'Hij rookt,' merkte Clark op. En wat nog belangrijker was: hij poseerde ook vrij goed. Soms had je geluk. 'Oké, maak een foto van mij,' zei Clark, poserend. Dat deed Jack plichtsgetrouw, waarna Clark naar hem toe kwam om iets onschuldigs te zeggen, gevolgd door: 'Heb je hem?'

'Recht in de lens. Wat nu?'

'Nu probeer ik een ticket naar Chicago te krijgen. Jij volgt hem naar de gate en belt me als je weet welke vlucht hij neemt.'

'Denk je dat je snel genoeg een ticket kunt krijgen?'

'Als het niet lukt, zijn we niet slechter af dan nu.'

'Begrepen,' zei Jack. 'Ik heb je nummer.' En hij posteerde zich op vijftig meter afstand van hun vriend Hadi, die zo veel mogelijk van zijn sigaret genoot voordat hij zich omdraaide en de terminal inliep. Hij had een goede foto van die kerel, besefte hij toen hij naar het schermpje op zijn toestel keek.

Clark liep naar de balie van United Airlines, blij dat er geen lange rij stond.

Hadi rookte zijn sigaret op en gooide de peuk op het trottoir. Hij zoog nog één keer frisse lucht in zijn longen en liep toen naar binnen. Jack volgde hem op discrete afstand en hield zijn beveiligde mobiele telefoon in zijn linkerhand. Hadi liep recht op de hal af en zocht op een monitor naar de juiste jetway. Hij liep daar zoals een normale passagier die een vliegtuig wil halen. Het duurde nog geen tien minuten voordat hij op een stoel ging zitten bij gate D-28. Jack belde.

'Clark,' zei de stem aan de andere kant.

'Met Jack. Gate D-achtentwintig, vlucht één-één-nul-acht.'

'Begrepen. Is het daar druk?'

'Nee, maar het toestel staat voor de jetway en de vertrektijd is over vijfentwintig minuten. Schiet dus maar op.'

'Ik kom eraan.' John liep naar de balie, moest wachten tot een zakenman voor hem zijn ticket had en keek de baliemedewerkster toen glimlachend aan. 'Vlucht één-één-nul-acht naar Chicago alstublieft. First class, als dat mogelijk is, maar desnoods coach.' Hij gaf haar zijn gouden MasterCard.

'Ja, meneer,' zei de medewerkster beleefd. Ze bleek geweldig efficiënt te zijn, en binnen drie minuten spuwde de printer het ticket uit.

'Dank u, mevrouw.'

'Naar rechts.' Ze wees ook nog, voor het geval hij niet wist waar rechts was. John liep rustig weg. Hij had twintig minuten de tijd om in het vliegtuig te komen. *Geen probleem.* Dat kwam bij de metaaldetector. Nogal tot Johns verbazing liet die een pingtoon horen. Een geüniformeerde bewaker bewoog het toverstokje over hem en het bleek dat het probleem in de zak van zijn jas zat. John stak zijn hand erin en merkte dat zijn U.S. marshal-badge voor de detectoruitslag had gezorgd.

'Oké, meneer.'

'Ik ben hier niet eens voor mijn werk,' zei Clark met een verlegen glimlachje. 'Is dat alles?'

'Ja, meneer. Dank u.'

'Ja.' De volgende keer zou hij hem op de lopende band gooien, dacht

John. Dan moest de hele wereld maar zien dat hij politieman was. Het apparaat had níét gereageerd op de pen in zijn zak. Dat was interessant.

Het was een Boeing 737. Seattle moest er een heleboel van hebben verkocht, dacht Clark, terwijl hij in de oncomfortabele lounge om zich heen keek. Dezelfde architect, dezelfde waardeloze stoelen. *Hetzelfde bedrijf dat ook de vliegtuigstoelen heeft gemaakt?* vroeg hij zich af.

Daar was Hadi. Hij zat in het gedeelte voor niet-rokers. Deed hij zijn best om geen aandacht op zichzelf te vestigen? In dat geval verstond hij zijn vak. Hij zat nonchalant in het tijdschrift *Newsweek* te lezen. Tien minuten later riepen ze de vlucht om. Clark had geluk gehad en een plaats in de first class gekregen: 4C. Aan het gangpad, en dat was nuttig. Hij dacht aan een vlucht die hij kort geleden had gemaakt. Toen had hij een pistool bij zich gehad zonder dat het cabinepersoneel van British Airways het wist; ze zouden er net zo bang voor zijn geweest als voor een tas vol dynamietstaven. Nou ja, stewardessen waren voornamelijk mooie meisjes, en het had geen enkele zin om hen onnodig te ergeren. Ze werkten hard voor hun lage salaris. Hadi ging aan boord terwijl er drie mensen voor hem waren, zag John, en kwam op 1A terecht, de voorste plaats bij het raam aan de linkerkant, ongeveer vijf meter voor Clark en links van hem. Drie stappen, en hij kon de nek van de man als een takje laten knappen. Hij had dat niet meer op die manier gedaan sinds Vietnam, waar de mannen vaak magere nekken hadden. Maar dat was lang geleden, en zelfs toen had hij het bijna verknoeid. Ach, herinneringen aan vroeger. Het was belangrijker dat hij zich concentreerde op degene die vijf meter voor hem zat. Hoe ouder hij werd, des te meer moest hij erop letten dat hij bij de les bleef.

De gebruikelijke veiligheidsvoorlichting. De gordel is net als die in je auto, sufkop, en als je hem echt nodig hebt, maakt mammie hem wel voor je vast – maar je krijgt geen drank! De toiletten waren voor en achter, en voor het geval je te dom was om te kunnen lezen, stonden er symbolen op. Ook in Canada gedroegen ze zich alsof de mensen steeds dommer werden. *Jammer*, dacht John. Tenzij United Airlines alleen Amerikaanse passagiers vervoerde.

De vlucht verliep rustig, bijna zonder turbulentie. Amper een uur nadat ze waren opgestegen, landden ze op O'Hare, dat genoemd was naar een marinevlieger uit de Tweede Wereldoorlog die de Medal of Honor had gekregen voordat hij werd neergeschoten. Waarschijnlijk door zijn eigen kant, die kon je net zo goed doodmaken als de tegenstander. Nu kwam het moeilijkste, besefte Clark. Waar ging Hadi heen, en kon hij een plaats in hetzelfde toestel krijgen? Jammer dat hij het die kerel niet kon vragen. Hij moest door de immigratiedienst, want Amerika lette er tegenwoordig goed op wie het land binnenkwamen. In de praktijk kwam het er alleen maar op neer dat de schurken een hele minuut moesten nadenken voordat ze het land in glipten. Misschien was het alleen de bedoeling dat de heel domme schurken buiten de deur bleven. Maar de dommen vormden niet zo'n grote bedreiging, hè?

Nou ja, het was niet aan hem om zich daar druk over te maken. Degenen die zulke beslissingen namen, vroegen het bijna nooit aan de mensen die zelf hun leven in de waagschaal stelden. Dat was al tot Clark doorgedrongen in Vietnam, toen hij nog Kelly heette. Misschien veranderden zulke dingen wel nooit. Maar de toegangsprocedures waren hier wel erg licht, er werd niet eens een stempel in zijn paspoort gezet, en dat verbaasde hem nogal. Ook een procedureverandering? Misschien om te voorkomen dat er inktvlekken op de hand van de ambtenaar kwamen?

'Oké, wat gebeurt er?' vroeg Granger over de beveiligde lijn.

'Clark heeft hetzelfde vliegtuig genomen als onze vriend,' antwoordde Jack. 'We hebben een paar foto's van hem. Met een beetje geluk schaduwt hij hem naar de plaats waar hij heen gaat.'

Die kans is klein, dacht het hoofd Operaties aan de andere kant. *Niet genoeg troepen, niet genoeg middelen.* Je kon als particuliere onderneming niet alles doen. 'Oké, hou me op de hoogte. Wanneer zijn jullie terug?'

'We hebben een vlucht naar Washington geboekt en vertrekken over een halfuur. Om halfzes of zes uur zijn we waarschijnlijk in het gebouw terug.' Dat kwam neer op een volledig verspilde dag, tenzij je een paar foto's een succes wilde noemen, dacht Jack. Nou ja, het was meer dan wat ze eerst hadden gehad.

50

Clark liep door een ondergrondse gang van het ene terminalcomplex naar het andere. Hij bewoog zich vooral over een lopende band, maar het was alsnog ver genoeg. Hij had Hadi weer even naar buiten zien gaan om een sigaret te roken. Daarna was Clark de metaaldetectors gepasseerd; wonder boven wonder reageerden ze niet op zijn badge. Daarop volgde deze lange tunnel, en nu ging hij de roltrap op naar de buitenterminal, waar het tijd was om aan het werk te gaan. Boven aangekomen ging Hadi naar links. Hij had op een informatiemonitor gezien naar welke gate hij moest – zonder op zijn ticket naar het vluchtnummer te kijken. Wilde dat zeggen dat hij een getrainde professional was, of alleen maar iemand met een goed geheugen en veel zelfvertrouwen? vroeg Clark zich af. Boven ging Hadi naar links, naar hal F. Hij liep met ferme pas. *Had hij misschien haast?* vroeg Clark zich af. Zo ja, dan was dat slecht nieuws voor Clark. De man keer weer naar een monitor, waarna hij zich oriënteerde en naar links liep, naar gate F-5, waar hij op een stoel ging zitten. F-5 was een vlucht naar... Las Vegas? Het vliegveld McCarran International daar was een grote luchthaven met veel vluchten, naar god mocht weten hoeveel andere bestemmingen. Zou Hadi daar opnieuw overstappen? Was dat te verwachten? vroeg John zich af. *Hm.* Wie had die man getraind? Een KGB-type of iemand uit zijn organisatie zelf? Wat het antwoord ook was, het vliegtuig vertrok over een kwartier. Dat betekende dat John niet genoeg tijd had om naar de balie in terminal 1 terug te gaan en een ticket voor hetzelfde vliegtuig te kopen. Het zou hier ophouden. *Verdomme.* Hij moest er zelfs voor oppassen dat hij te aandachtig naar de man keek, hem te nauwlettend gadesloeg. Hadi had misschien om zich heen gekeken en zou dus zijn gezicht kunnen herkennen. Hij was wellicht getraind door een professional, en misschien was hij wel net zo goed als Clark in staat gezichten te onthouden. Clark liep naar een geschenkenwinkel en kocht een chocoladereep en een blikje cola light. Intussen liet hij zijn blik door de hal gaan. Hadi zat nog op dezelfde plaats. Hij keek niet eens of hij een rookhokje zag, waarin mensen zich achter glas aan hun slechte gewoonte konden overgeven. Misschien kon hij zijn verslaving beheersen, dacht John. Zulke mensen konden gevaarlijk zijn.

Toen werd de vlucht omgeroepen, eerst de first classtickets, en Hadi stond op, liep naar de jetway en liet zijn ticket zien. Hij glimlachte zelfs naar de controleur, die zijn ticket bekeek en hem liet doorlopen naar de al wat oudere DC-9. John had zijn reep op en liep naar de tunnelingang terug. Net als op de heenweg leek de neergaande roltrap richting hel te gaan, en hij zegende de architect die de lopende banden had ontworpen. Hij was oud genoeg om daar blij mee te zijn. Hij zei tegen zichzelf dat hij zich niet moest ergeren aan wat hij als een mislukte missie beschouwde. Ze wisten nu dingen over deze man die ze eerder niet wisten, en ze hadden een foto van hem. De man mocht graag reizen onder een Joodse dekmantel, iets wat je bijna slim kon noemen maar wat ook wel een beetje voor de hand lag. Per slot van rekening waren Joden en Arabieren genetische neven van elkaar en liepen hun religieuze overtuigingen niet zo ver uiteen – hoe woedend beiden natuurlijk ook op zo'n idee zouden reageren. Ook christenen, alle volkeren van het Boek, zoals zijn Saoedische vrienden hem ooit hadden uitgelegd.

Hoe dan ook, het was nu zijn taak om naar de Campus terug te vliegen. Hij wachtte tot de deur van de jetway dichtging en zag dat het tweemotorige vliegtuig bij de terminal vandaan werd gereden, waarna het op eigen kracht naar de startbaan taxiede. Drie uur naar Las Vegas? Misschien iets minder, over Iowa, Nebraska en Wyoming. *En vandaar naar welke volgende plaats?* vroeg John zich af. Waar het ook was, hij zou er niet gauw achter komen. Hij vond een balie waar hij een ticket naar BWI kon kopen. Zijn vliegtuig zou over anderhalf uur vertrekken. Hij belde vooruit om ervoor te zorgen dat hij werd afgehaald.

Hadi, op plaats 1D in zijn vliegtuig, keek in het menu terwijl hij een slokje van zijn gratis witte wijn nam – die was in Italië beter, maar dat was geen verrassing. Hij las zichzelf de les omdat hij een ongepast fijne neus voor wijn had. Het land onder hem was grotendeels vlak, met enkele merkwaardig groene ronde figuren, waarvan hij had gehoord dat het de roterende irrigatiesystemen waren die Amerikaanse boeren in de prairiestaten gebruikten. Deze omgeving was door ontdekkingsreizigers ooit de Grote Amerikaanse Woestijn genoemd. Tegenwoordig was het de graanschuur van de wereld, al lagen er andere, echte woestijnen achter de bergen. Wat een groot, vreemd land was dit, vol vreemde mensen, voor het merendeel ongelovigen. Evengoed waren het mensen voor wie je op je hoede moest zijn, en dus moest hij elke minuut op zichzelf en zijn gedrag letten, meer nog dan in Italië. Het viel niet mee om je nooit te kunnen ontspannen, altijd op je qui-vive te moeten zijn. Met een beetje geluk zou hij zich kunnen ontspannen als hij zijn vriend had ontmoet; dat hing ervan af wat de volgende etappe van zijn reis was. Het was vreemd dat hij nooit had gehoord waar de emir woonde. Ze waren vele, vele jaren vrienden geweest. Ze hadden zelfs samen leren paardrijden, in dezelfde tijd en op dezelfde plaats, toen ze nog jong waren, en ze hadden samen op school gezeten en gespeeld. De wijn eiste zijn tol, en hij had een lange dag achter de rug. Zijn ogen werden zwaar, en terwijl het vliegtuig in de duisternis opging, viel Hadi in slaap.

Clark stapte in een ander vliegtuig, ging op zijn plaats in de first class zitten en deed zijn ogen dicht, niet om te slapen maar om de gebeurtenissen van die dag door zijn hoofd te laten gaan. Wat had hij gedaan? Welke dingen had hij verkeerd gedaan? Wat had hij goed gedaan, en waarom had dat niets uitgehaald?

Het korte antwoord was: mankracht. De Caruso-jongens leken hem bekwaam genoeg, en Jack deed het goed, maar dat was geen grote verrassing. De jongen had goede instincten. Al met al was het geen slechte operatie geweest, zeker niet als je bedacht hoe snel alles in elkaar was gezet. Ze hadden geweten dat de man naar Chicago ging. Was het beter geweest teams van twee te vormen en de foto elektronisch vooruit te sturen? Hadden ze dat kunnen doen? Misschien zou het technisch mogelijk zijn geweest, maar dat wilde nog niet zeggen dat het zou hebben gewerkt. In dit soort gevallen wilde je een heleboel ondersteuning, want als je van het toeval afhankelijk was, kon je erop rekenen dat het misging. Zelfs op zorgvuldige planning kon je nooit helemaal vertrouwen, ook niet als je over ruimschoots voldoende getrainde professionals kon beschikken. De beste plannen konden misgaan, zelfs wanneer de vijand niet eens uit professionals bestond. Misschien zou het een goed idee zijn, dacht hij, om de Europese missies met de tweelingbroers door te nemen, gewoon om te kijken hoe goed ze in het veld waren. Ze leken goed, maar dat kon je ook van fotomodellen zeggen. Het kwam aan op training en ervaring. Je trainde jezelf in het veld. *Verbeter eerst de communicatie tussen de teams*, dacht hij. Als ze niet genoeg ervaring hadden om gedachten te kunnen lezen, moesten ze verdomd goede communicatieprotocollen hebben. Het zou een goed idee zijn om meer mensen te rekruteren, maar dat zou niet gebeuren. Het was de bedoeling dat de Campus klein en slim bleef.

Clarks vliegtuig landde op vliegveld Baltimore-Washington International. Het duurde vijf minuten om naar gate D-3 te taxiën. Hij meldde zijn aankomst en liep door de hal in de hoop dat er iemand op hem zou wachten. Het bleek Jack te zijn, die naar hem zwaaide.

'Ik weet hoe je eruitziet,' zei Clark. 'Je hoeft andere mensen niet te laten weten dat je me kent.'

'Hé, ik bedoel...'

'Ik weet wat je bedoelt. Je blijft een agent in het veld tot je thuis je eerste biertje zit te drinken, jongen. Vergeet dat nooit.'

'Begrepen. Wat heb je ontdekt?'

'Hij is doorgevlogen naar Las Vegas, en daar zal hij nu wel zijn. Ik heb vooral ontdekt dat we bij de Campus niet genoeg mensen hebben om iets belangrijks te kunnen doen,' zei hij nors.

'Ja, nou, de dingen die we doen, zouden we niet meer kunnen doen als we onder toezicht van de overheid stonden.'

'Misschien niet, maar er zijn voordelen aan verbonden om deel uit te maken van een grotere organisatie, weet je.'

'Ja. Je zou ons parasieten van het staatsbestel kunnen noemen.'

'Misschien. Is er nog geprobeerd na te gaan waar hij heen is gegaan?'

Jack schudde zijn hoofd. Ze liepen de hal uit. 'Nee.'

'Ik durf te wedden dat hij is doorgegaan. Misschien had hij nog twee of drie etappes voor de boeg, maar daar valt niets over te zeggen.'

'Waar zou dat goed voor zijn?'

'Complexiteit. Je moet het je tegenstander zo moeilijk mogelijk maken. Dat is een elementair principe in dit vak.'

Voor het gebouw van het vliegveld McCarran International bij Las Vegas werd Hadi opgehaald door Tariq. Die verwelkomde hem en zei toen: 'Goed, we hebben dit uitgebreid besproken. Voor zover we weten, is er geen gevaar. Onze communicatie is zo veilig als voor geld te koop is, en er is niemand bij ons geïnfiltreerd, want anders zouden we hier niet zijn, hè?'

'En Uda bin Sali dan?' vroeg Hadi.

'Die is aan een hartaanval gestorven. We hebben allemaal het officiële sectierapport gelezen.'

'En de anderen?'

'Er gaan elke dag mensen dood aan hartkwalen, zelfs de uitverkorenen van Allah,' merkte Tariq op.

'Misschien hebben de Joden hem vermoord, maar zeiden de artsen in Rome dat hij aan een hartaanval is gestorven. Misschien is er een manier – een of andere stof – om het op een hartaanval te laten lijken.'

'Misschien.' Tariq ging naar links, richting stad. 'Maar hier hoeven we niet bang te zijn voor de Israëliërs.'

'Misschien niet,' gaf Hadi toe. Hij was te moe van zijn lange reis om een serieuze discussie aan te gaan. Te veel tijd in de lucht, te veel wijn en te weinig slaap – hij kon de energie gewoon niet meer opbrengen. 'Je auto is clean?'

'We wassen de auto om de drie dagen. Als we dat doen, zoeken we ook naar afluisterapparatuur.'

'Hoe gaat het met hem?'

'Je gaat het zelf over een paar minuten zien. Je zult zien dat hij in fysiek opzicht volkomen gezond is. Maar het zal je ook moeite kosten hem te herkennen. De Zwitserse chirurgen hebben wonderen verricht met zijn uiterlijk. Als hij wilde, zou hij hier door de straten kunnen lopen zonder bang te hoeven zijn dat iemand hem zou herkennen.'

Hadi keek uit de auto. 'Waarom hier?'

'Niemand geeft ooit toe dat hij hier woont, behalve de dieven die de hotels en casino's in eigendom hebben. De stad is berucht om zijn corruptie, net als vroeger Beiroet – tenminste, dat zei mijn vader altijd. Er wordt veel gegokt, maar zijne hoogheid gokt niet met geld.'

'Dat weet ik. Alleen met zijn leven. Dat is op zich nog gevaarlijker, maar iedereen gaat een keer dood, of niet?'

'De ongelovigen hier gedragen zich alsof ze daar niet bang voor zijn. Het is vreemd dat hier zo veel christelijke kerken zijn. Mensen mogen graag trouwen in deze stad – ik begrijp niet waarom, maar het is nu eenmaal zo. De emir heeft deze stad uitgekozen vanwege de anonimiteit. Ik denk dat het een verstandig besluit van hem was. Er komen hier veel mensen om te gokken en tegen Allah te zondigen. Er is hier genoeg misdaad van het soort dat de politie bezighoudt.'

Tariq nam de weg naar het landhuis van de emir. Het huis was veel comfortabeler dan de grotten in het westen van Pakistan. Dat deed Tariq goed, en ook de rest van het personeel, Allah zij geprezen. Hij ging langzamer rijden en gaf richting aan om links af te slaan. Zijn collega's en hij hielden zich aan elke wet en regel in Amerika die ze kenden.

'Hier is het?'

'Ja,' bevestigde Tariq.

Hij had goed gekozen, dacht Hadi. De emir had voor een beter beschermd huis kunnen kiezen, maar dat zou misschien de nieuwsgierigheid van zijn buren hebben gewekt. In deze tijd van helikopters en bommenwerpers zou zo'n huis contraproductief zijn. Toen ze Las Vegas naderden, had de piloot de aandacht gevestigd op een grote Amerikaanse luchtmachtbasis even ten noorden van de stad. Dat was ook een slimme zet van zijn vriend: dicht bij een groot Amerikaans militair complex gaan wonen. Op het eerste gezicht was het niet zo'n goed idee, maar juist daarom was het briljant, dacht Hadi bewonderend. Hoe lang had hij hier plannen voor gemaakt? Hoe had hij het geregeld? Hierdoor was hij aan het hoofd van de organisatie komen te staan: hij kon zien wat anderen niet konden zien. Hij had zijn plaats in de wereld verdiend, en op grond daarvan had hij de mogelijkheid – het recht – om met zijn mannen te doen wat hij wilde... en met zijn vrouwen, volgens de man achter het stuur. *Alle mannen hebben hun behoeften en hun zwakheden*, zei Hadi tegen zichzelf. Hij had zelf ook deelgenomen aan de geneugten van het leven. Vaak genoeg had hij zich daarna helemaal niet schuldig gevoeld. Dus zijn vriend deed hetzelfde. Dat was geen verrassing.

De auto reed de garage in. Eén plek was leeg, zag hij. Had zijn vriend nog een bediende? Hij stapte uit, pakte zijn koffer uit de auto en liep naar de deur.

'Hadi!' bulderde de stem vanuit de deuropening van het huis. De garagedeuren kwamen al omlaag.

'*Effendi*,' riep Hadi bij wijze van antwoord. De mannen omhelsden en kusten elkaar zoals in hun cultuur gebruikelijk was.

'Hoe was je vlucht?'

'Alle vier de vluchten waren goed, maar vermoeiend.' Hadi nam de tijd om naar zijn gezicht te kijken. De stem maakte hem herkenbaarder, maar het gezicht niet. Saif Rahman Yasin was totaal veranderd. De neus, het haar, zelfs de ogen enigszins – *of niet?* vroeg hij zich af. Alleen de uitdrukking erin niet. De emir was duidelijk blij zijn oude vriend, die hij nog uit zijn kinderjaren kende, terug te zien, en de blijdschap in die ogen was heel anders dan het strakke gezicht dat op tv en in kranten te zien was. 'Je ziet er goed uit, mijn vriend,' zei Hadi.

'Ik leid hier een rustig, comfortabel leven,' legde de emir met een zeldzaam glimlachje uit. 'Prijs Allah, we hoeven hier geen heuvels te beklimmen. Er is veel geluk te vinden in een leven onder aan de hellingen, zoals ze zeggen.'

'Toen ik dit hoorde, dacht ik dat je gek geworden was, maar nu zie ik hoe verstandig je besluit was.'

'Dank je.' De emir trok hem het huis in. 'Je reist als Jood, nietwaar? Dat is goed. Daar zijn er hier veel van.'

'Is deze stad zo verdorven als ze zeggen?'

'Het is nog veel erger. Er is veel verloop onder de bevolking. De mensen hier herkennen elkaar niet, behalve misschien hun beste vrienden. Het is hier zoals het vroeger in Libanon was. Maar kom. Laten we een echt bed voor je vinden.'

Hadi volgde hem door de keuken en het huis in. Vandaar liepen ze naar de vleugel met de slaapkamers.

‘Je bent hier veilig?’ vroeg Hadi.

‘Ja, maar ik kan hier binnen een paar minuten weg zijn. Het is niet volmaakt, maar het is het beste wat menselijkerwijs te regelen is.’

‘Heb je je vluchtroute uitgetest?’

‘Elke week.’

‘Dat doe ik in Italië ook.’

‘Maar nu moet je rusten,’ zei de emir, die de deur van de slaapkamer opendeed. ‘Heb je iets nodig?’

Hadi schudde zijn hoofd. ‘Ik zou wel iets kunnen eten, maar ik heb vooral slaap nodig. Ik zie je morgenvroeg.’

‘Welterusten, mijn vriend.’ De emir schudde even met zijn schouder en deed de deur dicht. De man had bijna tienduizend kilometer gevlogen. Hij had het recht om moe te zijn.

51

Bell en Granger zaten in Hendleys kamer toen Jack en Clark binnenkwamen. 'Het is misgegaan in Chicago,' zei Clark tegen hen, en hij liet zich in een draaistoel zakken. 'Hij vloog naar Las Vegas. En daarna... Wie zal het zeggen? Vanuit McCarran kun je overal heen vliegen. Misschien Los Angeles, San Francisco, zelfs terug naar de oostkust.'

'Onder welke naam reisde hij?' vroeg Bell.

'Joel Klein. Nog Joods ook. Eigenlijk is het wel te begrijpen. We kunnen in de computers kijken om te zien of hij op diezelfde naam een vlucht vanuit Las Vegas heeft geboekt, maar wie zegt dat hij niet nog veel meer identiteiten heeft?'

'Dat wordt al nagegaan,' verzekerde Granger hem. 'We hebben nog niets ontdekt. Ik heb geen ideeën meer.'

'Als ik moest wedden, zou ik zeggen dat hij daar ergens overnacht. Misschien gaat hij morgen weer verder. We hebben niet genoeg mankracht, Rick. Hiervoor hebben we meer mensen nodig – meer ogen.'

'We hebben wat we hebben,' zei Bell.

'Ja.'

'Er is nog een mogelijkheid,' zei Jack. 'Als Las Vegas nu eens zijn bestemming was? Wat dan?'

'Een angstaanjagende gedachte,' antwoordde Granger. 'Dat zou betekenen dat we daar een operationele URC-cel hebben.'

'Vertel eens over Peshawar,' zei Hendley een paar minuten later.

Clark groef in zijn tas en legde Masoods harde schijf op het bureau. Hij bracht in het kort verslag uit van de reis naar Pakistan. 'Ik weet niet waarom ze het huis niet hebben doorzocht,' zei hij. 'Volgens Masood kopieerde hij alles wat hij voor de URC deed. We mogen aannemen dat de emir degene was die ze hielpen verhuizen.'

'Voortaan gaan we daarvan uit.' Hendley knikte Bell toe. 'Rick, kun je dit naar Gavin brengen? Laat hem ons zo spoedig mogelijk de inhoud sturen.' En tegen Clark: 'Wil je Mary Pat bellen?'

'Heb ik al gedaan. Ze komt eraan.'

Hendley pakte de telefoon en belde naar de hal. 'Ernie, met Gerry. Ik krijg bezoek. Mary Pat Foley. Ja, bedankt.'

Veertig minuten later verscheen Mary Pat in Hendleys deuropening. 'Mooie kamer,' zei ze. 'Blijkbaar werk ik voor de verkeerde organisatie.' Ze liep over de vloerbedekking en schudde Hendleys hand. 'Goed je weer te zien, Gerry.'

'Insgelijks, Mary Pat. Dit zijn Rick Bell en Sam Granger. En ik denk dat je Jack Ryan al kent.' Nog meer handdrukken en een verraste blik van Mary Pat. 'Hou je de familietraditie in stand?' vroeg ze aan Jack.

'Het is nog vroeg, mevrouw.'

'Mary Pat.'

'Ga zitten,' zei Hendley. Ze nam de stoel naast Clark. 'Je ziet er moe uit, John.'

'Zo zie ik er altijd uit. Dat komt door het licht.'

'Laten we Mary Pat op de hoogte stellen,' zei Hendley.

Clark bracht hetzelfde korte verslag aan Mary Pat uit. Toen hij klaar was, liet ze een lage fluittoon horen. 'Iemand die is verhuisd. Dat zegt wel iets. Je hebt iemand als Masood alleen nodig als je uit de regio vertrekt.'

Granger zei: 'We zullen binnenkort de inhoud van de harde schijf hebben.'

'Die vertelt ons heus niet waar hij is,' voorspelde Mary Pat. 'Daar is de emir veel te glad voor. Waarschijnlijk heeft hij meer dan één verhuizer gebruikt. Hij gebruikte ze om ergens heen te gaan waar hij buiten het radarscherm bleef. We komen hooguit bij hem in de buurt.'

'Dat is al heel wat dichterbij dan we nu zijn,' merkte Rick Bell op.

Terwijl Gavin Biery, het hoofd van de IT-afdeling, en zijn collega's zich op Masoods harde schijf stortten en Clark en Chavez een dutje deden op de banken in de pauzekamer, richtte Jack zijn aandacht op de USB-stick die Ding van een van de daders in Tripoli had afgenomen. Nadat ze hadden vastgesteld dat er beelden op stonden die met steganografie waren gecodeerd, hadden Biery en hij besloten met brute kracht te werken en te proberen de code met algoritmen te kraken, met een gratis steakdiner voor degene die het als eerste was gelukt. Omdat Biery druk bezig was met Masoods schijf, had Jack het gevoel dat hij een voorsprong had.

Na twee uur proberen boorde hij met een van de algoritmen goud aan en lukte het hem om het beeld op zijn scherm te depixelen. Het was een groot bestand, bijna zes megabyte, en het decoderen zou dus wat tijd kosten. Hij pakte de telefoon en belde Granger. Twee minuten later had Jack een publiek van acht mensen die over zijn schouder meekeken naar de monitor, waarop de foto uiteenviel.

'Wat is dat nou?' vroeg Brian, die zich naar voren boog.

De foto werd wazig en verloor kleur. Jack importeerde hem naar Photoshop en haalde het bestand door filters. Hij werkte met het contrast en het licht, totdat het beeld duidelijk werd.

Er volgden tien seconden van stilte.

Het was een grote foto in de pin-upstijl van de jaren veertig: een donkerharige vrouw in een boerinnenrok van wit katoen. Ze zat op een hooibaal en had haar benen zedig over elkaar geslagen. Boven haar middel was ze naakt. Haar onmogelijk grote borsten zakten naar haar dijen.

'Tieten,' zei Sam Granger. 'Allemachtig, Jack, je hebt tieten ontdekt.'

'O, shit,' mompelde Jack.

Iedereen barstte in lachen uit.

Dominic zei: 'Jack, kleine viezerik... Wie had dat kunnen denken?'

En Brian: 'Zeg, Jack, hoe vaak ben je in je vrije tijd aan het "depixelen"?'

Nog meer gelach.

'Heel grappig,' kreunde Jack.

Toen ze waren uitgelachen, zei Hendley: 'Oké, laten we uit elkaar gaan en onze Playboyliefhebber zijn werk laten doen. Goed werk, Jack.'

Om vier uur ging Jack naar Clark en Chavez toe om hen wakker te maken. 'Het is zo ver, jongens. Over vijf minuten in de vergaderkamer.'

Ze verschenen na vier minuten, allebei gewapend met een extra grote kop koffie. Alle anderen waren er al: Hendley, Granger, Bell, Rounds, Dominic en Mary Pat. Clark en Chavez gingen zitten. Rounds nam het woord. Hij keek op van de samenvatting die Biery hem een paar minuten eerder had gestuurd.

'Er zitten veel praktische dingen bij die ons verder kunnen helpen. Er zijn drie belangrijke zaken.' Hij pakte de afstandsbediening op en richtte hem op de 42-inch widescreen-tv. Op het scherm verscheen het titelblad van een paspoort. 'Zo zag onze man er op een gegeven moment in de afgelopen zes tot negen maanden uit.'

Er volgden tien seconden van stilte.

'Het vertoont gelijkenis met de weinige foto's die we van hem hebben,' zei Bell.

Rounds zei: 'Vervalst Frans paspoort. Werk van hoge kwaliteit. De stempels, de achtergrond, de draden – allemaal perfect. Volgens Masoods harde schrijf heeft de emir dit paspoort drie maanden geleden gebruikt. Hij ging van Peshawar naar Dushanbe in Tadzjikistan, en toen naar Ashgabat, Wolgograd en Sint-Petersburg. En daarna niets.'

'Zo ver heeft Masood hem gebracht,' voegde Dominic eraan toe.

'Sint-Petersburg kan niet zijn eindbestemming zijn geweest,' zei Jack. 'Misschien heeft een andere verhuizer het daar overgenomen.'

Clark zei: 'Als je naar die etappes kijkt, zie je dat hij naar het noordwesten ging. Als je die lijn een beetje doortrekt, kom je in Finland of Zweden.'

'Zweden,' zei Mary Pat. 'Die plastische chirurgie?'

'Misschien wel,' zei Granger.

'Hlasek Air?' vroeg Chavez zich hardop af.

'Dat misschien ook. Als Masood hem tot aan Sint-Petersburg heeft gebracht, wil dat zeggen dat hij het Franse paspoort heeft vervangen door een ander. Als hij met een nieuw paspoort naar Zweden of Finland ging, zou hij daarna niet naar een ander land kunnen gaan – tenminste niet legaal.'

'Leg dat eens uit,' zei Hendley.

'Hij zou zijn oude gezicht niet voor het volgende paspoort kunnen gebruiken, en zolang zijn gezicht helemaal in het verband zat, kon hij geen nieuw paspoort nemen. Daarom zou hij moeten wachten tot alle zwellingen en kneuzingen weg waren voor hij een nieuw paspoort nam.'

'Laten we nog even teruggaan,' zei Jack. 'Wie nam in Sint-Petersburg de rol van verhuizer over? Dat moeten we ons nu afvragen.'

'Een speld in een hooiberg,' zei Bell.

'Misschien niet,' merkte Mary Pat op. 'Masood heeft vroeger voor de ISI gewerkt. De URC heeft hem uitgekozen omdat hij goed is in zulke dingen. Ze zouden in Rusland hetzelfde willen. Misschien moeten we zoeken naar iemand die voor de SVR heeft gewerkt, of de KGB.'

'Of de GRU,' voegde Rounds daaraan toe. 'De militaire inlichtingendienst.'

'Ja.'

'Kunnen we die lijst korter maken, Mary Pat?' vroeg Clark.

'Misschien wel. Het is nogal een specialisme. Waarschijnlijk heb je er iemand voor nodig die met illegalen heeft gewerkt. Maar dan heb je het nog steeds over een heleboel mensen.'

'Maar hoeveel van hen zijn er dood?' vroeg Jack. 'In Sint-Petersburg. En in de afgelopen vier maanden. Ze zouden Masood waarschijnlijk al veel eerder hebben gedood als hij niet was ondergedoken. Hij was een los eindje. Dat zal ook voor de Russische verhuizer gelden.'

'Goed denkwerk, Jack,' zei Hendley. 'Denk je dat je daar iets mee kunt doen?' vroeg hij aan Mary Pat.

'Geef me een paar uur de tijd.'

Na twee uur was ze van het NCTC terug. 'Eigenlijk was het niet zo moeilijk. Jack, je hebt het goed gezien. Vorige maand in Sint-Petersburg: Joeri Beketov, voormalig KGB-agent, directoraat S – Illegalen – van het eerste hoofddirectoraat. Doodgeschoten in een Tsjetsjeens restaurant. De politie van Sint-Petersburg heeft het op de telex van Interpol gezet. Ik laat een paar mensen proberen meer details te weten te komen, maar Beketov voldoet aan het plaatje.'

'Laten we kijken wat we daarmee kunnen doen,' zei Hendley. 'Stel, hij gaat voor plastische chirurgie naar Zwitserland, Zweden of Finland.'

'Ik zou op Zweden gokken,' zei Rounds. 'Hij zou iets duurs willen met veel privacy en een selecte clientèle. Daar zijn er meer van in Zweden dan in Finland. Zweden zou een uitgangspunt kunnen zijn.'

'Google,' zei Jack.

Om bijna negen uur die avond vonden ze wat ze nodig hadden. Jack leunde op zijn bureaustoel achterover en streek door zijn haar. 'Nou, ik moet ze nageven dat ze consistent zijn. Genadeloos en consistent.'

'Vertel,' zei Clark.

'Drie weken geleden, de Orrhogen-kliniek in Sundsvall. Tot de grond toe afgebrand, met de directeur erin. En dan nog iets: Sundsvall ligt maar zo'n honderdtwintig kilometer ten noorden van Söderhamn. Als Brian en Dominic daar niet heen waren gegaan, zou Rolf de monteur nu vast ook dood zijn.'

'Oké, dus de emir ondergaat een operatie, blijft nog een paar dagen om te herstellen en gaat weg,' zei Granger. 'De kans is groot dat hij geen paspoort heeft. Hij moet een privévliegtuig charteren dat van een privévliegveld opstijgt, met een piloot die tegen betaling iets illegaals wil doen.' Hendley dacht even na. 'Hoe zou hij dat precies aanpakken?'

'Dat heeft Rolf ons verteld,' antwoordde Dominic. 'Door de transpondercode te dupliceren.'

'Ja,' zei Jack. 'Hlasek zet de eerste transpondercode uit, valt van het radarscherm weg, zet de tweede transpondercode aan, en ze hebben een nieuw vliegtuig.'

'Zulke dingen worden natuurlijk ergens geregistreerd,' merkte Rounds op. 'Hebben we toegang tot gegevens van de FAA of Transport Canada?'

'Nee,' antwoordde Granger. 'Maar daar kan misschien wel verandering in komen.' Hij pakte de telefoon en twee minuten later kwam Gavin Biery de vergaderkamer binnen.

Jack vertelde wat ze zochten. 'Is dat te doen?'

Gavin snoof. 'De firewalls van de FAA zijn een aanfluiting. Met Transport Canada is het niet beter gesteld. Geef me een halfuur.'

Zoals hij had beloofd, belde Biery een halfuur later naar de vergaderkamer. Henry zette hem op de speakertelefoon. 'In het tijdsbestek dat je me hebt gegeven zijn er achttien vluchten van de radar verdwenen in het Amerikaanse en Canadese luchtruim. In zestien gevallen was er niets aan de hand – een technisch defect – en in één geval ging het om een Cessna die bij Albany is neergestort. Eén vliegtuig, een Dassault Falcon 9000, is helemaal weggevallen. De piloot meldde dat hij een probleem met zijn landingsgestel had toen hij op weg was naar Moose Jaw. Een paar minuten later verdween het toestel van de radar.'

'Waar is Moose Jaw?' vroeg Dominic.

'In Canada. Ten noorden van de plaats waar North en South Dakota bij elkaar komen,' zei Jack.

'En er is nog iets,' zei Biery. 'Ik heb een beetje met sleutelwoorden gezocht bij Transport Canada, de FAA en de NTSB. Drie dagen nadat Moose Jaw de Falcon uit het oog verloor, vond een visser voor de kust van Californië een zwarte doos van een vliegtuig. Volgens de NTSB was de doos afkomstig van een Gulfstream – een toestel dat officieel nog in een hangar bij Söderhamn stond. Maar Dassault-vliegtuigen zijn uitgerust met een prototype van een zwarte doos. Dat is ontworpen om zich los te maken van het toestel zodra hij een zekere kinetische drempelwaarde registreert. En hij heeft een drijver en een baken – Gulfstreamdozen hebben alleen een baken. De zwarte doos die ze hebben gevonden, was van de Falcon van Hlasek.'

Hendley liet zijn adem ontsnappen en keek de tafel rond. 'Hij is hier. Die schoft verbergt zich vlak onder onze neus.'

Clark knikte. 'De vraag is waarom? Het moet wel iets belangrijks zijn, anders was hij nooit helemaal hierheen gekomen.'

52

'Is onze vriend veilig aangekomen?' vroeg Ibrahim. Zijn stem werd nu en dan onderbroken door digitale klikgeluiden.

'Ja,' antwoordde de emir. 'Hij is gisteren weer vertrokken. Ik heb de details van je plan gelezen. Hoe staat het ervoor?'

'We zijn klaar. Je hoeft het maar te zeggen en we kunnen binnen tweeenzeventig uur in het land zijn.'

De emir had impulsief besloten rechtstreeks met de commandant van zijn grondteam te praten. Dat was een gevaarlijk besluit geweest, zeker gezien de hachelijke omstandigheden waarin hij verkeerde, maar hij moest het risico nemen. De communicatiemethode was veilig genoeg, een eigengemaakt encryptiepakket dat ze hadden gekoppeld aan de VoiIP van het huis – *Voice over Internet Protocol* –, een Skype-account om computers met elkaar te verbinden.

Nu hij had besloten de operatie van Ibrahim door te zetten, wilde de emir een definitief gesprek, niet alleen om zichzelf gerust te stellen, maar ook voor Ibrahim. Als Ibrahim bij de missie zijn leven zou verliezen, zou hij zijn ware beloning in het paradijs krijgen, maar hier op aarde was hij nog steeds een soldaat die ten strijde trok, en soldaten hadden vaak aanmoedigingen nodig.

'Hoe vaak ben je daar geweest?' vroeg de emir.

'Vier keer. Twee keer om te rekruteren en twee keer om te verkennen.'

'Vertel me meer over je contactpersoon.'

'Hij heet Cassiano Silva. Hij is Braziliaan van geboorte en katholiek opgevoed. Zes jaar geleden is hij tot de islam bekeerd. Hij is een van de getrouwen, daar ben ik zeker van, en hij heeft altijd voor me gedaan wat ik hem vroeg.'

'Tariq zegt dat je hem handig hebt gerekruteerd.'

'Westerse inlichtingendiensten noemen het een "valse vlag". Hij denkt dat ik voor de inlichtingendienst van Koeweit werk en dat ik in verbinding sta met de divisie Marktanalyse van de OPEC. Ik dacht dat hij het idee van industriële spionage beter verteerbaar zou vinden.'

'Ik ben onder de indruk, Ibrahim,' zei de emir, en hij meende het. 'Je hebt blijk gegeven van een goed instinct.'

'Dank u.'

'En je plan... Heb je er vertrouwen in dat het uitvoerbaar is?'

'Ja, maar ik wil voorzichtig blijven tot ik ter plaatse ben. Aan de oppervlakte passen alle stukjes goed in elkaar.'

En dus had hij Ibrahim toestemming gegeven verder te gaan met zijn plan. Hij had hem laten weten dat zijn operatie de eerste dominosteen van een rij was, met aan het eind een gebeurtenis die de wereld grondig zou veranderen. Maar dat lag in de toekomst – niet ver in de toekomst, maar wel zo ver dat het grote geheel in gevaar kon komen als hij zich daarop concentreerde en de kleinere elementen daardoor te weinig aandacht schonk.

'Hoeveel slachtoffers verwacht je?' vroeg de emir.

'Dat kan ik op dit moment niet zeggen. Enkele honderden, misschien. Maar zoals u al zei: die getallen zijn irrelevant.'

'Zeker, maar als er doden te zien zijn op de televisie, heeft dat een afschrikwekkende uitwerking. Dat zal later in ons voordeel werken. Hoeveel tijd heb je nodig voor je laatste verkenning?'

'Vijf tot zes dagen.'

'En daarna?'

'Twee of drie dagen tot aan de gebeurtenis zelf.'

De emir stelde zich de agenda voor die hij in zijn hoofd had zitten. Omdat hij als het ware met verschillende operaties jongleerde, zou hij met zijn definitieve toestemming moeten wachten tot ze iets van de Russische teams hadden gehoord. De andere elementen in Dubai en Dakar stonden klaar. Natuurlijk konden ze de hoeksteen, hun mooie Tataarse meisje, maar tot op zekere hoogte opjagen. Tariq had er vertrouwen in dat ze in het juiste tempo te werk ging, en daar zou de emir voorlopig genoegen mee moeten nemen, maar in zijn achterhoofd moest hij aan alternatieven denken voor het geval ze zou falen. Evengoed moesten ze klaar staan om in actie te komen. Dat was gevaarlijk. Misschien konden ze hun acties verhullen of vertragende tactieken uitvoeren, maar geweld – vooral het soort geweld dat waarschijnlijk nodig zou zijn – zou zonder enige twijfel de aandacht van de autoriteiten trekken.

Als een dergelijke actie noodzakelijk was, konden ze de autoriteiten dan ver genoeg voor blijven om Lotus te voltooien?

'Je hebt definitief toestemming,' zei de emir.

Hun gevoel dat de emir naar alle waarschijnlijkheid al in de Verenigde Staten was en zich ergens tussen de Dakota's en Californië schuilhield, werd snel gevolgd door het besef dat ze weinig konden doen om die hypothese te bevestigen. Zeker, ze wisten dat Shasif Hadi, reizend onder de naam Joel Klein, op weg was geweest naar Las Vegas toen ze zijn spoor kwijtraakten, maar dat zei niets. Het paspoort van Klein was daarna niet opgedoken in het systeem, en dat kon betekenen dat hij niet verder dan Las Vegas was gegaan, maar ook dat hij zich gewoon aan de regels van zijn vak had gehouden en de naam Klein had gedumpt om onder een andere naam verder te reizen. Jacks onderzoek naar Hadi's activiteiten had aan het licht gebracht dat de man veel naar de Golfstaten, West-Europa en Zuid-Amerika reisde – wat betekende dat hij vaak een tussenstop in de Verenigde Staten had gemaakt. Ze zouden Hadi's foto aan de politie van Las Vegas kunnen geven, maar verder konden ze weinig anders doen dan dat ze met de gegevens waarover ze beschikten aan het probleem bleven werken.

'Ha!' zei Jack Ryan junior vanuit zijn hokje.

'Wat is er?' riep Dominic vanuit de vergaderkamer, waar de dagelijkse brainstormsessie net was begonnen.

'Wacht even, ik kom eraan.' Hij tikte op een paar toetsen om het bestand naar de centrale apparatuur in de vergaderkamer te sturen, liep toen naar binnen en pakte de afstandsbediening van de tafel.

'Je lijkt net een tiener die zijn eerste tiet heeft gezien,' zei Brian. 'Wat is er?'

'Ik was op een van de URC-websites aan het zoeken toen ik op dit stuitte.' Hij richtte de afstandsbediening op de 42-inch monitor aan de muur. Na enkele seconden verschenen er drie foto's naast elkaar op het platte scherm. Op de eerste foto hing een man aan een touw om zijn nek in een kamer die verder leeg was. Op de tweede zag je dezelfde man op de vloer liggen, met zijn afgehakte hoofd naast hem. Op de derde foto stonden de afgehakte voeten van de man naast zijn afgehakte hoofd.

'Jezus christus, dat is niet niks,' zei Brian.

'Welke website is dat?' vroeg Rounds.

Jack noemde de URL en zei toen: 'Het is een URC-hub, maar tot nu toe was er alleen propaganda op te zien, dingen in de trant van: "Geef de ongelovigen op hun kop, we krijgen ze er wel onder."'

'Nou, dit is bepaald geen peptalk,' zei Ding Chavez.

'Het is een bestraffing,' zei Clark, kijkend naar het scherm.

'Wat denk je?'

'Ophanging is een vrij gebruikelijke executietechniek bij hen, en de onthoofding is een beetje extra vernedering, iets uit de Koran, als ik het me goed herinner. Maar die voeten... Is dat de echte boodschap?'

‘Wat, dat hij probeerde weg te lopen?’ vroeg Dominic. ‘Dat hij uit de URC weg wilde?’

‘Nee, hij heeft iets gedaan waarmee de hogere figuren in de organisatie niet blij waren. Ik heb dat in Libanon in 1982 ook gezien. Een groep die deel uitmaakte van Hamas, ik weet de naam niet meer, pleegde op eigen houtje een bomaanslag op een bus in Haifa. Een week later werden de leiders op dezelfde manier gevonden: opgehangen, onthoofd, hun voeten afgehakt.’

‘Bijzondere manier om iets duidelijk te maken,’ zei Chavez.

‘Jack, waar komt die site vandaan?’ vroeg Rounds.

‘Dat is het nou juist,’ antwoordde Jack. ‘Uit Benghazi.’

‘Bingo,’ zei Dominic. ‘Dit komt wel heel kort na die aanslag op de ambassade in Tripoli... Wedden dat dit het gevolg is van een missie waarvoor geen toestemming was gegeven?’

‘En als het nu eens meer dan een bestraffing is?’ merkte Jack op.

‘Leg eens uit,’ zei Rounds.

Clark antwoordde: ‘Het is een waarschuwing. Ik had het net over Libanon... Twee weken later probeerde Hamas een autobom in de Britse ambassade te krijgen, ongeveer een huizenblok bij de busexplosie vandaan. Die aanslag mislukte omdat hun inlichtingenmensen nog aan die busexplosie werkten.’

‘Hetzelfde principe zou hier ook kunnen gelden,’ zei Jack. ‘Ze zeggen tegen de andere cellen dat ze zich netjes moeten gedragen.’

‘Ja, maar ten gunste van welke andere operatie?’ vroeg Chavez.

53

De grindweg die bij het strand vandaan leidde, zag er bijna maagdelijk ongerept uit, misschien omdat er weinig of geen verkeer kwam en er ook niet veel dieren overheen liepen. En als er al iets probeerde te groeien, werd dat door het strenge weer doodgemaakt of klein gehouden.

Musa zwaaide nog een laatste keer naar hun kapitein, Vitali, en knikte ernstig naar Idris, die hij bevel had gegeven achter te blijven. Hoe onwaarschijnlijk het ook leek: als de kapitein probeerde weg te gaan voordat ze terugkwamen, zou Idris hem en zijn assistent doden. Het zou niet meevallen de boot zonder hen naar de haven terug te krijgen, maar Allah zou hun de weg wijzen.

Musa ging op de passagiersplaats in de cabine zitten. Fawwaz zat al achter het stuur en startte de motor, terwijl Numair en Thabit in de laadbak klommen.

'Rijden,' beval Musa. 'Hoe eerder we klaar zijn met wat we komen doen, des te eerder kunnen we van deze vervloekte plaats vertrekken.'

Fawwaz schakelde en reed de helling op.

De vuurtoren en de bijbehorende loods stonden op maar een kilometer afstand, misschien vijfhonderd meter de helling op. Vitali en Vanja zaten op de draaistoelen in de stuurhut en volgden de wagen door hun kijker. Ze dronken thee, rookten sigaretten en verlangden naar meer eten, terwijl de geluidskwaliteit van de radio steeds slechter werd. Freds waakhond stond aan de reling en keek naar hen. In het oosten lag de mosgroene toendra, en het uitzicht was zo monotoon als dat van een muis die naar een stuk groene vloerbedekking kijkt.

Vitali had de generatoren die de vuurtorens van energie voorzagen nooit gezien. Hij had gehoord dat ze radioactief materiaal bevatten, al wist hij niet hoe ze werkten. Hij had ook gehoord dat er een paar verdwenen waren, maar voor zover hij wist was dat niet met een belangrijke vuurtoren op zijn deel van de kust gebeurd. En volgens hem konden het ook kleine dieselgeneratoren zijn. De gloeilamp in de vuurtoren was meestal klein, bijna nooit meer dan honderd watt, iets wat mensen die er niet van wisten verbaasde, ja zelfs verbijsterde. De fresnell-lenzen concentreerden het licht in een potlooddunne straal waarvan het bereik bepaald werd door de hoogte van de toren. In een donkere nacht was elk licht fel. Vuurtorens, zei Vitali tegen zichzelf, waren een overblijfsel uit vroeger tijden. In deze tijd van elektronische hulpmiddelen waren ze nauwelijks nog nodig. Dus welke schade zou hij eigenlijk aanrichten? Van het geld dat zijn chartergezelschap hem gaf zou hij een modern gps-systeem kopen, waarschijnlijk een van de nieuwe Japanse systemen die vijf- of zeshonderd euro kostten. En wat maakte het nou eigenlijk uit?

Het kwam geen moment bij hem op dat dit de dood van duizenden mensen kon worden.

Het duurde vier uur, veel minder dan Fred had gezegd. Het zou misschien nog sneller zijn gegaan als ze de loods van golfplaat gewoon hadden gesloopt, maar blijkbaar wilden ze dat niet. De vuurtoren zou er bij daglicht volkomen normaal uitzien (als de zon scheen, was moeilijk te zien of het licht aan of uit was), en 's nachts kwamen er maar weinig mensen in deze baai die het zouden merken. En als ze het merkten, was het ook niet zo erg. Omdat er veel dingen in Rusland waren die niet werkten zoals de bedoeling was, was het niet bepaald wereldnieuws als daar nog iets bij kwam. Twee koppen thee en vijf sigaretten nadat ze waren begonnen, kwam de wagen weer rommelend tot leven en reden ze het grindpad af naar de boot. Pas toen ze keerden om achteruit de boot op te rijden, zag Vitali dat er iets aan de kraan hing, ongeveer een meter groot, rechthoekig, maar met gebogen randen die erop wezen dat er een cilinder in zat, die vermoedelijk zo groot als een olievat was. Was dat een vuurtorenbatterij? Hij had zich afgevraagd hoe ze eruitzagen en vroeg zich nu af hoe ze werkten. Het ding leek hem afschuwelijk groot voor zo'n kleine gloeilamp. Dat maakte het natuurlijk typisch iets uit de Sovjet-Unie: groot, lomp, maar over het geheel genomen goed werkend.

Een van de mannen liep langs de truck naar achteren om hem de boot op te leiden, en na drie uur, toen het getij gunstig was, was het tijd om de klep op te trekken en weg te gaan. De man in de cabine van de truck bediende de hendels van de kraan om de generator op het dek te laten zakken.

Vitali zette de motoren in hun achteruit en voer het diepere water in. Toen draaide hij hard aan het stuurwiel om weer naar het noordwesten te gaan, richting de Karazee. Hij had zijn tweeduizend euro's bijna verdiend. Ongeveer duizend daarvan ging op aan dieselbrandstof – in werkelijkheid minder, maar dat wist zijn chartergezelschap niet – en de rest was slijtage aan zijn T-4-landingsboot, en dan was er natuurlijk ook nog zijn eigen waardevolle tijd. De taak was nu half volbracht. Als ze weer in de haven waren, zou hij hen van boord laten gaan en laten vertrekken naar waar ze maar heen wilden. Hij vroeg zich niet eens af waar dat zou kunnen zijn. Het kon hem niet schelen. Hij keek op zijn chronometer. Twee uur 's middags. Hij zou dus pas aan het eind van de dag in de haven komen: één extra dag die hij hun in rekening kon brengen, en dat vond hij prima.

Zonder te weten dat er op vijfhonderd kilometer afstand een andere missie werd uitgevoerd, stonden Adnan en zijn mannen op het punt het relatieve comfort van de boot te verlaten. De kapitein, Salitsjev, manoeuvreerde de Halmatic een inham aan de westkust van het eiland in. Adnan stond op het achterdek naar de met sneeuw bedekte uitlopers langs de inham te kijken, die naar elkaar toe kwamen totdat de doorgang niet meer dan een kilometer breed was. De mist hing steeds dichter over het water, totdat Adnan alleen nog nu en dan een glimp kon opvangen van de kliffen: bruine rotsen met erosiestrepen en hier en daar puin en keien.

De dieselmotor van de Halmatic tufte zacht, terwijl Salitsjev in de stuurhut een deuntje floot. Adnan liep naar voren en ging de stuurhut in.

'Hoe ver is het nog naar het dorp...'

'Beloesja Goeba,' maakte Salitsjev voor hem af. 'Niet ver. Verderop aan de kust – honderd, honderdvijftig kilometer. Maak je geen zorgen. De patrouilles komen niet in de inhammen; ze blijven langs de kust varen. Misschien horen we ze als de wind goed is, maar zo dicht bij het land werkt hun navigatieradar niet goed. Ze zouden ons pas zien als ze tegen ons op botsten.'

'Zijn er explosies in die omgeving geweest?'

'Een paar, maar dat was in 1960 of 1961. En nog kleintjes ook. Niet meer dan vijftien kiloton. Niets om je zorgen over te maken. Daarentegen heb je driehonderd kilometer ten noorden van Beloesja Goeba de kustplaats Mitjoesjev. Daar hebben ze er veel gedaan. Tientallen en tientallen, allemaal in de honderden kilotonnen, en ook een paar megatonnen. Als je wilt weten hoe de maan eruitziet, moet je daar gaan kijken.'

'Ben je daar geweest?'

'Ik heb het vanaf zee gezien. Voor geen goud zou ik die baaien en geulen ingaan. Nee, die plaats waar wij heen gaan, is een paradijs in vergelijking met Mitjoesjev.'

‘Het is een wonder dat daar nog iets leeft.’

‘Alles is relatief. Heb je weleens van de *pak mozg* gehoord?’

‘Nee.’

‘De Engelse vertaling is “hersenkreeft”. Hij schijnt een halve meter groot te zijn, met een schaal die aan de onderkant gespleten is, zodat het zenuwstelsel blootligt en min of meer door die opening in de schaal naar buiten hangt.’

‘Je maakt een grapje.’

Salitsjev haalde zijn schouders op. ‘Nee. Zelf heb ik er nooit een gezien, maar een vriend van me wel. Tenminste, hij zweert van wel.’

Adnan maakte een laatdunkend gebaar. ‘Onzin. Wanneer zijn wij bij de schepen?’

‘Over ongeveer twee uur. Niet lang daarna is het donker, dus jullie zullen tot morgenvroeg moeten wachten. Je kunt daar niet rondstommelen in het donker.’

‘Nee.’

‘Je hebt nooit precies gezegd waar het jullie om begonnen is. Monsters, of niet?’

‘Pardon?’

‘Bodem- en rotsmonsters. Daar komen de meeste van jullie voor: aarde. Om het te testen op iets.’

‘Dat klopt,’ antwoordde Adnan. ‘Aarde.’

54

Dat mensen de auto's zagen komen en gaan, kon een nadeel zijn.

Arnie kwam als eerste. Ex-president Ryan verwelkomde hem en leidde hem naar de huiskamer.

'Ben je er klaar voor?' vroeg de voormalige stafchef van het Witte Huis.

'Dat weet ik niet zeker,' gaf Jack senior toe.

'Nou, Jack, als je twijfels hebt, kun je ze vandaag maar beter uit je hoofd zetten. Wil je nog vier jaar langer Ed Kealty in het Witte Huis?'

'Nee,' antwoordde Jack bijna automatisch. Toen dacht hij nog eens na. Was hij zo arrogant om te denken dat híj de aangewezen redder van de Verenigde Staten van Amerika was? Zulke momenten van introspectie had hij vaak. Hij was niet iemand die zijn ego voorop zette. De komende campagne zou niet in alle opzichten even leuk zijn. 'Dit is het probleem: mijn kracht zit in de nationale veiligheid,' zei Ryan. 'Ik ben geen expert op het gebied van binnenlands beleid.'

'Kealty wel, tenminste, dat beeld straalt hij uit. Maar hij heeft deuken in zijn harnas, Jack, en die zullen we vinden. En jíj hoeft alleen maar tweehonderd miljoen Amerikaanse kiezers ervan te overtuigen dat je beter bent dan hij.'

'Je vraagt nogal wat,' mopperde Ryan. 'Er valt veel te repareren.' *Verdomd veel te repareren*, dacht hij. 'Oké, wie eerst?'

'George Winston en een paar van zijn vrienden uit Wall Street. George krijgt de leiding over je financiën.'

'Wat gaat dit kosten?'

'Meer dan honderd miljoen dollar. Meer dan jij je kunt veroorloven, Jack.'

'Weten die mensen wat ze kopen?' vroeg Ryan.

'George heeft het ze vast wel uitgelegd. Je moet dat natuurlijk waarmaken. Hé, je moet het positief zien. Jouw regering kende nauwelijks corruptie. Er waren genoeg journalisten naar op zoek, maar niemand heeft ooit veel gevonden.'

'Jack, die Kealty is een sukkel,' zei George Winston, en overal aan de eetkamertafel werd instemmend geknikt. 'Het land heeft iemand anders nodig. Jou bijvoorbeeld.'

'De vraag is: doe je weer mee?' vroeg Ryan.

'Ik heb mijn tijd gediend,' antwoordde de voormalige minister van Financiën.

'Dat zei ik ook, maar Arnie wil er niet van horen.'

'Allemachtig, we hebben het belastingstelsel helemaal opgeknapt, totdat die stomkop het weer verknoeide – en toen kwam er opeens veel minder geld binnen!' benadrukte Winston met enige walging. Als je de belastingtarieven verhoogde, namen de inkomsten altijd af zodra belastingconsulenten met de nieuwe regeling aan het werk gingen. De nieuwe en 'eerlijke' wetgeving was een godsgeschenk voor belastingontduikers.

'En Irak?' vroeg Tony Bretano, die daarmee op een andere koers overging. De vroegere topman van TRW was de door Ryan uitgekozen minister van Defensie.

'We zitten eraan vast, of we het nu leuk vinden of niet,' gaf Ryan toe. 'De vraag is: kunnen we op een slimme manier vertrekken? Tenminste slimmer dan Kealty het aanpakt.'

'Toen Marion Diggs twee jaar geleden zijn toespraak hield, werd hij bijna gelyncht.' Toen generaal Marion Diggs stafchef van het leger was, had hij forse kritiek uitgeoefend op het Irakese leger, maar zijn opmerkingen over conflicten die zich in de laatste tijd hadden voorgedaan waren volkomen genegeerd door de nieuwe regering. Diggs' opvolgers in het Pentagon hadden gebogen voor orders uit het Witte Huis en gedaan wat hun gezegd werd te doen. Dat was een veelvoorkomend gebrek bij hoge legerofficieren, niets nieuws. Als een generaal de vierde ster kreeg, moest hij daar vaak zijn ballen voor inleveren. De meesten van hen waren niet oud genoeg om in Vietnam te hebben gediend. Ze hadden niet meegemaakt dat vrienden en jaargenoten omkwamen door politieke beoordelingsfouten, en de lessen die de vorige generatie officieren had geleerd, waren verloren gegaan in iets wat 'vooruitgang' werd genoemd. De media waren er volkomen aan voorbijgegaan dat Ed Kealty twee complete divisies lichte infanterie had opgeheven en had het leger vervolgens naar een conflict gestuurd dat om lichte infanterie schreeuwde. Tanks leverden mooiere foto's op.

'Dat moet ik je nageven, Tony: je hebt altijd naar advies geluisterd,' zei Ryan tegen hem.

'Het helpt als je weet wat je niet weet. Ik ben een goede ingenieur, maar ik weet nog lang niet alles. De man die mijn baan heeft overgenomen, zit er soms naast, maar hij twijfelt nooit. Maar Jack, ik moet je helaas vertellen dat ik niet terugkom. Mijn vrouw is ziek. Borstkanker. We hopen dat ze er op tijd bij waren, maar dat is nog niet zeker.'

'Wie is jullie arts?' vroeg Ryan.

'Charlie Dean. Van de UCLA. Hij is vrij goed, zeggen ze,' antwoordde Bretano.

'Ik wens je succes, vriend. Als Cathy kan helpen, moet je het ons laten weten.' Ryan had zijn vrouw in de loop der jaren voor veel medische verwijzingen gebruikt, en in tegenstelling tot de meeste politieke figuren wist hij dat niet alle artsen hetzelfde waren, in elk geval niet wat de omgang met mensen betrof.

'Dat zal ik doen. Dank je.' Het nieuws had een ontnuchterende uitwerking op hun bijeenkomst. Valerie Bretano, een levendige moeder van drie kinderen, was geliefd bij zo ongeveer iedereen.

'En de bekendmaking?' vroeg Van Damm.

'Ja, dat moet ik doen, hè?'

'Tenzij je een stiekeme campagne wilt voeren. Maar dan is het nogal moeilijk om te winnen,' zei Arnie. 'Zal ik Callie Weston vragen een toespraak voor je te schrijven?'

'Ze is goed met woorden,' erkende Ryan. 'Wanneer moet ik het doen?'

'Hoe eerder, hoe beter. We moeten de problemen direct aan de orde stellen.'

'Dat vind ik ook,' zei Winston. 'Kealty kan alleen maar onder de gordel slaan. Heb jij nog lelijke bagage, Jack?'

'Niet dat ik weet – en daarmee bedoel ik: niets wat ik me kan herinneren. Als ik ooit de wet heb overtreden, moeten ze dat niet alleen aan een jury, maar ook aan mij bewijzen.'

'Ik ben blij dat te horen,' merkte Winston op. 'Ik geloof je, Jack, maar denk aan de advocaten van de duivel. Daar lopen er in Washington veel van rond.'

'En Kealty? Welke vuile was heeft hij nog liggen?'

'Veel,' antwoordde Arnie. 'Maar je moet dat wapen zorgvuldig gebruiken. Vergeet niet: de pers luistert naar hem. Tenzij je een videoband hebt, zullen ze elke beschuldiging aan een genadeloos onderzoek onderwerpen, en dan proberen ze de bal meteen naar jou terug te kaatsen. Ik kan daar een beetje mee helpen. Laat de lekken maar aan mij over, Jack. Hoe minder je over de gang van zaken weet, hoe beter.'

55

De dieselmotoren tuften monotoon toen de landingsboot weer naar het westen ging. Vitali stond aan het roer, lette met een schuin oog op het gyrokompas en zag het water langs de stompe boeg en de zijkanten glijden. Er was nergens een ander schip of zelfs maar een vissersboot in zicht. Het was midden op de middag. De truck stond weer op zijn plaats. Het beige ding dat ze hadden meegenomen – *gestolen?* vroeg hij zich af, *nou, waarschijnlijk wel* – stond op het roestige stalen dek. Dat dek zou hij moeten schuren en verven voordat het daar te koud voor werd. Schilderen in de vrieskou was tijdverspilling. Als de verf al opdroogde, dan ging hij bladderen. *Ik moet gauw schilderen*, zei hij tegen zichzelf. Vanja zou klagen. Als voormalige matroos bij de Sovjetmarine beschouwde hij zulk onderhoud als een belediging van zijn mannelijkheid. Maar Vanja was geen eigenaar van de boot, en Vitali wel, en dat was dat. De passagiers ontspanden zich. Ze rookten hun sigaretten en dronken hun thee. Vreemd dat ze geen wodka dronken. Hij had de moeite genomen het goede spul te kopen, niet de eigenstook die ze van aardappelen maakten. Vitali zelf dronk naar hartenlust. Alleen echte wodka, gemaakt van graan. Soms nam hij het ervan en dronk hij Starka, de bruine wodka die ooit door het politbureau en de plaatselijke partijbazen werd gedronken. Wodka bleef het enige wat zijn land goed kon – beter dan enig ander land ter wereld. *Nasja loesje*, zei hij tegen zichzelf – *de onze is de beste* – een oud Russisch vooroordeel, al was het in dit geval wel juist. Wat die barbaren niet dronken, zou hij zelf gauw genoeg soldaat maken.

Op de kaartentafel was zijn positie te zien. Hij zou toch echt dat gps-navigatiesysteem moeten kopen. Zelfs hier was het zaak om op elk moment je exacte positie te kennen, want de vlakke, zwarte wateren lieten niet zien wat er een meter onder lag... Een zeeman moest te allen tijde alert zijn. Zelfs wanneer hij aan boord van het enige schip op een vlakke, kalme zee was.

Vanja kwam bij hem staan.

'De motoren?' vroeg Vitali aan zijn matroos.

'Spinnend als poesjes.' Nogal luidruchtige poesjes natuurlijk, maar daarom niet minder soepel en regelmatig. 'De Duitsers hebben ze goed ontworpen.'

'En je onderhoudt ze goed,' zei Vitali waarderend.

'Ik zou hier niet graag de motoren verliezen. Ik ben hier zelf ook, kameraad kapitein,' zei Vanja. En dit karwei betaalde goed genoeg. 'Zal ik je aflossen achter het stuurwiel?'

'Dat is goed,' zei Vitali, en hij ging een stap achteruit.

'Waar willen ze dat ding voor hebben?'

'Misschien hebben ze grote zaklantaarns in het land waar ze vandaan komen.'

'Zo sterk is niemand,' wierp Vanja tegen, en hij schoot even in de lach.

'Misschien willen ze in hun eigen land een vuurtoren bouwen en hebben ze geen geld voor zo'n batterij.'

'Wat denk je dat hij kost?'

'Helemaal niets, als je een goede truck hebt,' merkte Vitali op. 'Er zitten niet eens stickers op, bijvoorbeeld met de waarschuwing dat je hem niet mag meenemen.'

'Ik zou hem niet onder mijn kussen willen. Dat is een nucleaire generator.'

'O ja?' Vitali had nooit gehoord hoe die generator werkte.

'Ja. Het teken met de drie driehoeken staat op de rechterkant. Ik kom niet bij dat rotding in de buurt,' zei Vanja.

'Hmpf,' bromde Vitali bij de kaartentafel. Wat voor ding het ook was, zijn passagiers moesten het hebben geweten, en zíj kwamen er dicht genoeg bij. Hoe gevaarlijk kon het dan zijn? Maar hij besloot zich er zelf verre van te houden. Radioactief spul. Je kon niet zien of voelen wat het deed en dat maakte het angstaanjagend. Hij herinnerde zich een oude grap bij de Sovjetmarine: *hoe herken je een matroos van de noordelijke vloot? Hij geeft licht in het donker.* En hij had allerlei verhalen gehoord over de mannen die op de kernonderzeeërs hadden gediend. Ellendig werk, en zoals de bemanningsleden van de *Koersk* tot hun verdriet hadden ontdekt: ze waren nog steeds gevaarlijk. Een dieselmotor mocht dan niet zo krachtig zijn, maar hij probeerde je niet dood te maken als je er alleen maar langs liep. Nou, vijftien meter bij die batterij vandaan zou hij wel veilig zijn. Zijn passagiers waren er maar vijf meter bij vandaan, en zo te zien was er niets met hen aan de hand.

'Wat denk je, Vanja?' vroeg de eigenaar.

'Die batterij? Ik ga me daar niet druk om maken. Tenminste niet te druk.' Hij sliep achterin onder de stuurhut.

Vitali keek naar de stalen wand voor het stuurwiel. Per slot van rekening was het staal, en nog zeven of acht millimeter dik ook. Genoeg om een kogel tegen te houden. Dan zou het toch ook wel genoeg zijn om straling tegen te houden?

Kort na zonsondergang kwamen ze in de haven aan, waar de werkdag bijna was afgelopen. Bij de kade voor grote schepen was een *roll-on-roll-off*-schip half ingeladen met containers voor de olievelden in het oosten, en de havenarbeiders liepen naar huis terug in de verwachting dat ze de volgende dag de rest zouden inladen. In havenkroegen werden tafels schoongemaakt voor de gebruikelijke avonddrukte. Al met al was het een normale, slaperige avond in wat meestal een slaperige haven was. Vitali manoeuvreerde zijn boot naar de kade met een helling voor het laden van vrachtwagens op boten als de zijne. Zoals gewoonlijk was er niemand op de kade te zien. De havenmeester zou wel op weg naar een van de kroegen zijn om zijn diner te drinken.

'De dagen worden korter, kapitein,' zei Vanja, die links van het stuurwiel stond. Over een paar weken zouden ze de zon bijna niet meer zien en zou hun winterse onderhoudsperiode beginnen, want dan werd hun boot niet meer gecharterd. Zelfs de ijsberen zouden op zoek gaan naar holen waarin ze de bitter koude winter slapend konden doorbrengen, terwijl mensen ongeveer hetzelfde deden, geholpen door de wodka. En één vuurtoren zou de hele winter donker blijven – niet dat het veel uitmaakte.

'Dus we kunnen langer slapen, Vanja?'

Altijd een goede manier om je tijd door te brengen, dacht de matroos.

De passagiers stonden nog bij hun truck in het laadruim. Blijkbaar verheugden ze zich niet erg op hun terugkeer in de haven, zag Vitali. Nou ja, ze gedroegen zich zakelijk, en dat vond hij prima. Hij had de helft van het geld dat hij had gekregen in zijn zak, en de rest zou gauw genoeg komen. Binnenkort zou hij het gps-systeem kopen dat zijn navigatie gemakkelijker zou maken, als hij er ergens eentje voordelig op de kop kon tikken. Joeri Ivanov had een goede voorraad apparatuur in zijn winkel, en voor een fles Starka kon hij misschien een koopje sluiten, want ze leefden nog steeds grotendeels in een ruileconomie.

'Blijf bij de motoren, Vanja.'

'Zoals je wilt, kameraad kapitein,' antwoordde de matroos, die naar achteren en benedendeks ging.

Vitali besloot zijn boot gewoon aan land te zetten. De klep was van beton, bedekt met aarde, en zijn boot was gemaakt voor zulke dingen. Hij koos zorgvuldig positie en bracht de boot met een snelheid van drie of vier knopen in beweging. Het werd donkerder, maar niet zo snel.

'Hou je gereed,' zei hij door de intercom.

'Gereed,' antwoordde Vanja op dezelfde manier.

Vitali's linkerhand vond de gashendel, maar bewoog hem nog niet. *Dertig meter, voorzichtig naderen*, zei hij tegen zichzelf. *Twintig meter.* Aan de rand van zijn gezichtsveld zag hij alleen een vissersboot die langszij lag, met niemand in zicht. *Ongeveer... nu.*

Het was een afschuwelijk geluid, het soort geluid dat kippenvel veroorzaakte. De stalen bodem van zijn boot knarste over de helling, maar al gauw kwam er een eind aan dat geluid, en Vitali zette de gashendel weer op de nulstand. De charterreis was voorbij.

'Geen motoren meer, Vanja.'

'Ja, kameraad kapitein. Ik zet ze uit.' En er kwam een eind aan het gerommel.

Vitali trok aan de hendel om de klep te laten zakken, en die kwam langzaam op de kade. Toen dat was gebeurd, liep hij naar het laadruim. Het chartergezelschap liep naar hem toe.

'Dank je, kapitein,' zei de leider met een glimlach. Hij sprak Engels met een accent, al viel dat laatste Vitali niet op.

'Alles naar wens?'

'Ja,' antwoordde de buitenlander. Hij sprak in een andere taal met een van zijn vrienden, maar Vitali verstond het niet. Het was geen Engels en het was geen Russisch. Het is moeilijk een taal thuis te brengen die je zelf niet spreekt. Een lid van het gezelschap stapte in de truck, startte hem en reed achteruit de wal op. De lading bungelde aan de kraan op de laadbak. In het afnemende licht was het stralingslabel met drie driehoeken ongewoon helder, en waarschijnlijk was dat opzet. Even later verscheen er een andere truck op de kade, en de vroegere legertruck reed daar achteruit naartoe. Een ander lid van het chartergezelschap bediende de hendels van de kraan. Hij tilde de lading op en liet hem in de laadbak van de tweede truck zakken. Wie deze mensen ook waren, ze waren redelijk efficiënt. Iemand moest een mobiele telefoon hebben gebruikt om door te geven dat ze op komst waren, vermoedde Vitali.

'Hier heb je je geld,' zei de leider, en hij gaf Vitali een envelop.

Vitali pakte hem aan, maakte hem open en telde de bankbiljetten. Tweeduizend euro, geen slechte beloning voor wat een eenvoudig karwei was geweest. En genoeg om het gps-systeem te kopen, plus wat Starka en natuurlijk honderd euro voor Vanja.

'Dank je,' zei Vitali beleefd. 'Als je me weer nodig hebt, weet je hoe je contact met me kunt opnemen.'

'Misschien kom ik morgen. Zullen we zeggen ongeveer tien uur morgenochtend?'

'Dan zijn we hier,' beloofde Vitali. Ze zouden met het schilderen van het dekhuis moeten beginnen, en dat konden ze net zo goed de volgende dag doen.

'Tot dan,' zei de leider. Ze gaven elkaar een hand en hij liep naar de wal.

Op de wal praatte hij met een metgezel, ditmaal weer in zijn eigen taal. 'Morgenvroeg om tien uur,' zei hij tegen zijn tweede man.

'En als het druk is in de haven?'

'Dan doen we het gewoon binnen,' antwoordde hij.

'Hoe laat verwachten we het vliegtuig?'

'Morgenmiddag om twaalf uur.'

'Goed.'

Ze verschenen kort voor tien uur, zag Vitali. Met extra geld, hoopte hij. Ditmaal reden ze in een andere auto, een Japanse. De Japanners namen Rusland over. Te veel van zijn landgenoten hadden nog steeds een hekel aan Japanse auto's, een houding die waarschijnlijk minder uit de geschiedenis voortkwam dan uit de oorlogsfilms die de Russische filmindustrie produceerde alsof het pakjes sigaretten waren.

De man die hij kende als Fred droeg een anorak die wijd genoeg was om er een trui onder te dragen, en hij liep met een glimlach naar de boot. Dus ja, misschien had hij inderdaad extra geld voor hem. Mensen glimlachten vaak als ze op het punt stonden geld te geven.

'Goedemorgen, kapitein,' riep de man toen hij de stuurhut binnenkwam. Hij keek om zich heen. Er was niet veel activiteit te zien, behalve op de pier voor grote schepen op een halve kilometer afstand, waar ze containers aan het inladen waren. 'Waar is je matroos?'

'Beneden. Hij prutst aan de motoren.'

'Verder is er niemand?' vroeg hij met enige verbazing.

'Nee, we onderhouden zelf onze boot,' zei Vitali, en hij stak zijn hand uit naar zijn kop thee. Die kreeg hij niet te pakken. De 9mm kogel boorde zich zonder waarschuwing in zijn rug, ging door zijn hart en kwam aan de voorkant door zijn jas naar buiten. Bijna zonder te begrijpen wat er was gebeurd viel hij op het stalen dek, om ten slotte voor het laatst het bewustzijn te verliezen.

De leider van het voormalige chartergezelschap daalde de ladder af naar de machinekamer, waar Vanja inderdaad aan het spruitstuk van de stuurboordmotor werkte. De matroos keek nauwelijks van zijn gereedschap op en zag het pistool niet omhoogkomen. Ditmaal waren het twee schoten in de borst, op een afstand van drie meter. Toen Musa er zeker van was dat zijn doelwit dood was, stopte hij het pistool in zijn zak en ging hij de ladder weer op. Vitali's lijk lag met het gezicht omlaag op het dek. Musa legde zijn vingers op de halsslagader en voelde niets. Zijn missie was volbracht. Hij liep de stuurhut uit en de ladder af. Hij draaide zich nog even om en zwaaide naar het lijk in de stuurhut, voor het geval iemand hem zag. Toen liep hij de loopplank af, naar zijn huurauto. Hij had een kaart om de weg te vinden naar het vliegveld, en straks zou er een eind komen aan zijn tijd in dit land van ongelovigen.

56

De volgende dag waren ze kort na zes uur op. Ze pakten hun spullen op het dek bij elkaar, terwijl de oude Salitsjev zijn koffie dronk en toekeek. De wind van de vorige dag was gaan liggen, en de baai was vlak en kalm achtergebleven, afgezien van het zachte kabbelen tegen de rotsen op een halve kilometer afstand. Maar de lucht was niet anders dan de vorige dag. Die had nog dezelfde loodgrijze kleur als op de dag dat ze in Rusland waren aangekomen.

Toen alles bij elkaar lag, controleerde Adnan het aan de hand van de lijst in zijn geheugen. Daarna beval hij alles in vier grote rugzakken met een extern frame te stoppen. Ze hadden ook twee opblaasvlotten. Die waren zwart en zagen er oeroud uit, maar de trollingmotoren op de achterkant verkeerden in goede staat en er waren geen lekken of plakstukken; daar had Adnan op gelet toen hij ze kocht. Zodra er genoeg lucht in de vlotten zat, legden de mannen de dekplanken in hun inkepingen.

‘Wacht, wacht,’ zei Salitsjev. ‘Dat doen jullie verkeerd.’ Hij liep erheen, haalde een van de planken eruit en keerde hem om, zodat de boog aan het eind precies in het vlot paste. ‘Kijk, zo.’

‘Dank je,’ zei Adnan. ‘Maakt het verschil?’

‘Dat hangt ervan af of je wilt leven of sterven,’ antwoordde de kapitein. ‘Zoals jullie het hadden gedaan, zouden de bodems om jullie heen zijn dubbelgeklapt alsof het schelpen waren. Dan hadden jullie in het water gelegen voor jullie er erg in hadden.’

‘O.’

Vijf minuten later waren de vlotten klaar. De mannen lieten ze over de reling zakken en bonden de boeglijnen aan de klampen op de achtersteven van de Halmatic vast. Toen kwamen de motoren, daarna de rugzakken met hun uitrusting, en ten slotte de mannen. Adnan klom als laatste over de verschansing. ‘We zijn voor donker terug,’ zei hij tegen Salitsjev.

‘En als jullie er niet zijn?’

‘We zullen er zijn.’

Salitsjev haalde zijn schouders op. ‘Jullie kunnen daar beter niet

’s nachts blijven – tenzij jullie een pooluitrusting in die rugzakken hebben.’

‘We komen terug,’ herhaalde Adnan. ‘Zorg dat je hier dan bent.’

‘Daar betalen jullie me voor.’

Als de ijsschotsen en het nauwelijks onder water staande pancake-ijs er niet waren geweest, zou de trip naar de wal tien minuten in beslag hebben genomen, maar er waren bijna veertig minuten verstreken toen de neus van het voorste vlot over het met kiezels bezaaide strand schuurde. De vlotten werden het hogere terrein op getrokken en de rugzakken uitgeladen. Adnan hielp zijn mannen een voor een en hing toen zijn eigen rugzak om zijn schouders.

‘Onherbergzaam,’ zei een van de mannen terwijl hij om zich heen keek.

Afgezien van een rij gladde bruine rotswanden, vier kilometer naar het oosten, was de grond vlak en bedekt met stenen, plukken bruin gras en een dunne sneeuwkorst die knerpte onder hun voeten.

‘En de vlotten?’ vroeg een andere man.

‘We slepen ze,’ zei Adnan. ‘De stenen zijn glad genoeg.’

‘Hoe ver is het?’ vroeg iemand.

‘Zes kilometer,’ antwoordde Adnan. ‘Laten we gaan.’

Ze gingen op weg. Ze volgden de kustlijn in noordoostelijke richting en hielden de baai links van hen, totdat hij nog maar zo’n honderd meter breed was en in zuidelijke richting afboog naar de uitloper van het eiland, waar de geul evenwijdig liep met de rotswanden die ze vanaf hun landingsplaats hadden gezien. Toen ze dichterbij kwamen, zag Adnan dat de rotswanden in werkelijkheid heuvels met steile hellingen waren, doorgroefd door eeuwen van wind en smeltsneeuw. Na nog eens twee kilometer lopen kwam de geul plotseling uit in een tweede baai, die ongeveer een ovaalvorm had en twee vierkante kilometer groot was.

De schepen hier waren lukraak aangelegd, zag Adnan. Sommige helden tegen hun buren aan, andere staken hun boeg of achtersteven onder vreemde hoeken naar elkaar toe, terwijl weer andere door sleepboten aan wal getrokken waren om plaats te maken voor nieuwkomers. Het waren oorspronkelijk allemaal commerciële vaartuigen geweest, voor het merendeel dry cargo carriers, tenders en reparatieschepen, maar ze varieerden in grootte van dertig tot tweehonderd meter. Sommige waren zo oud dat hun romp hier en daar was doorgeroest.

‘Hoeveel zijn het er?’ vroeg een van de mannen.

‘Ongeveer achttien,’ antwoordde Adnan.

Het was een ruwe schatting, gebaseerd op hun eigen inlichtingen, maar de Russische overheid zou het waarschijnlijk ook niet preciezer hebben geweten. In het midden van de jaren tachtig, toen de wapenwedloop met het Westen zijn tol van de Russische financiële infrastructuur eiste en de militaire uitgaven meer en meer bezuinigingen op andere terreinen met zich meebrachten, was de baai een officieus kerkhof geworden. Het was goedkoper om schepen die uit de vaart waren genomen van alle waardevolle onderdelen te ontdoen en ergens te dumpen dan ze volgens de regels te slopen. Dit was nog maar een van de tientallen scheepskerkhoven in de Barents- en Karazee. De meeste daarvan lagen vol schepen die ergens in een register waren opgenomen met de notitie 'aangemeerd in afwachting van sloop'. Er was Adnan niet verteld hoe de scheepskerkhoven onder de aandacht van zijn superieuren waren gekomen, en hij kende ook niet de details van wat binnenkort als de kostbaarste administratieve fout uit de moderne geschiedenis zou worden beschouwd.

Het schip dat ze zochten had waarschijnlijk een naam en een registratienummer, maar die gegevens waren niet opgenomen in de schriftelijke informatie die Adnan was verstrekt. Hij had wel een kaart met de coördinaten van de ankerplaats en een ruw geschetste blauwdruk van het laadruim en de dekluiken. Het was duidelijk dat de blauwdruk niet van Atomflot of de fabrikant afkomstig was, maar uit de eerste hand verkregen was, waarschijnlijk van een bemanningslid. Adnan kende ook de geschiedenis van het schip en wist hoe het daar terechtgekomen was.

Het schip was in 1970 gebouwd als nucleaire tender, een soort loodsboot, van de Atomflot. Het had tot doel gehad verbruikte brandstof en beschadigde onderdelen van civiele nucleaire vaartuigen op zee over te nemen en naar de wal te brengen, waar ze zouden worden vernietigd. In juli 1986 was het schip, overbelast met reactorstaven afkomstig van een beschadigde ijsbreker, in een storm onbestuurbaar geworden en vergaan. Er was zeewater in het ruim gekomen en de reactorstaven waren losgebroken. De besmetting had zo snel en hevig toegeslagen dat alle 42 bemanningsleden van het schip al waren gestorven voordat de reddingsschepen ter plaatse konden zijn. Omdat de Sovjets niet wilden dat de wereld drie maanden na de ramp bij Tsjernobyl te horen zou krijgen dat er weer zoiets was gebeurd, beval Moskou het schip naar een afgelegen baai aan de oostkust van Nova Zembla te slepen en het daar achter te laten.

De Russen hadden nooit moeten toelaten dat daar nog meer schepen werden gedumpt. Dat was een gigantische fout geweest, maar zo zat de bureaucratie nu eenmaal in elkaar, dacht Adnan. Op een gegeven moment had de regering haar fout ingezien, maar toen was er niet veel meer aan te doen. De baai werd tot verboden terrein verklaard, en het geheim bleef goed bewaard. Nu en dan werd er een team naar de baai gestuurd om te kijken of er tekenen van lekkage of indringing op het schip te zien waren, maar na verloop van tijd kregen andere dingen prioriteit en leek het erop dat het incident geleidelijk zou vervagen op de geheime bladzijden van de Sovjetgeschiedenis van de Koude Oorlog.

Uit het oog, uit het hart, zeiden ze dan, dacht Adnan.

Het schip lag voor anker aan de noordkant van de baai, vijftig meter uit de kust en aan het oog onttrokken door twee bulkcarriers. In ongeveer veertig minuten liepen ze om de baai heen.

Ze pakten hun materiaal uit. Eerst kwamen de met rubber geïmpregneerde L1 chemische beschermingspakken, en de rubberen laarzen en handschoenen. Zoals het meeste van hun uitrusting waren de pakken afkomstig van het leger: olijfgroen en stijf, en stinkend naar nieuwe verf. Nadat ze er goed op hadden gelet dat alle ritsen en andere sluitingen dicht waren, zette iedere man een GP-6-gasmasker uit het Sovjettijdperk op.

'Helpen die dingen wel?' vroeg een van de mannen met gedempte stem.

'Ze zijn bestemd voor kortdurende blootstelling,' antwoordde Adnan. Hij had een beetje spijt van die leugen, maar er was niets aan te doen. Zelfs wanneer de pakken niet meer dan twintig jaar oud waren geweest, zouden ze van weinig nut zijn geweest tegen iets anders dan chemische en biologische stoffen.

Als de mannen wisten hoe groot het gevaar was dat hun te wachten stond, zouden ze waarschijnlijk evengoed zijn gegaan, maar dat was een gok die hij zich niet kon veroorloven. 'Zolang we binnen een uur weg zijn, is er geen schade op de lange termijn.' Ook dat was een leugen.

Ze duwden de vlotten het water in, klommen aan boord en voeren over de baai, op weg naar het schip en de ladder die midscheeps was aangebracht. Die ladder hing tot een halve meter boven het water omlaag. Adnan wist niet waarom dat zo was; geen van de bemanningsleden had hem laten zakken. Misschien had de overheid ooit een soort inspectie gehouden.

Ze bonden de vlotten aan de ladder vast en klommen omhoog. De ladder schudde en ratelde onder hun voeten. Boven bleek het hek in de reling dicht te zijn, maar na enkele stoten met zijn handpalm kreeg Adnan de grendel los en duwde hij het hek open.

'Bij elkaar blijven en op zwakke plekken in het dek letten,' zei Adnan.

Hij keek op zijn blauwdruk en ging met zijn gezicht naar de achtersteven staan om zich te oriënteren. *Het tweede luik*, dacht hij, *één ladder af, dan naar rechts...*

Ze liepen erheen, stijf en met kromme benen. De stof van hun pak schuurde tegen hun oksels en dijen. Adnan bewoog zijn hoofd voortdurend. Hij keek zowel naar het dek onder zijn voeten als naar de opbouw boven hem, en deed zijn best om niet aan de onzichtbare deeltjes te denken die zijn pak bombardeerden en in zijn huid binnendrongen. Net als de grendel van het relinghek was de hendel op het luik roestig, hij wilde niet meteen in beweging komen. Een ander lid van het team kwam hem te hulp, en samen trokken ze aan de hendel tot het luik gierend openging.

Beide mannen deden hun zaklantaarn aan, en een voor een daalden ze af door het luik. Op het volgende dek namen ze een gang naar links. Ze kwamen langs drie zijgangen, elk met hutdeuren en luiken. Buizen en elektrische leidingen liepen kriskras als aderen over het plafond. Bij de vierde kruising ging Adnan naar links en bleef bij een deur staan. Er was een patrijspoort op ooghoogte. Hij keek erdoor, maar kon niets zien.

Hij draaide zich om. 'Waarschijnlijk staat er water op het dek. Dat wordt ons grootste risico. Jullie moeten niet te veel op de stangen en leuningen vertrouwen. Als er iets begint te bezwijken, moeten jullie stokstijf blijven staan en niet in paniek raken. Begrijpen jullie dat?'

Er werd alom geknikt.

'Hoe ziet het eruit, dat vat?'

'Als een olievat, maar dan half zo hoog. Als Allah het wil, zit het nog aan de wand van de kluis vast. *En laat Allah vooral willen dat de deur van de kluis nog dicht en op slot is*, dacht Adnan. Anders maakten ze geen kans om te vinden wat ze zochten voordat ze door de straling werden gedood. 'Verder nog vragen?' vroeg hij.

Niemand had vragen.

Adnan draaide zich weer om naar de deur en probeerde de knop. Omdat die veel minder van de zoute lucht te lijden had gehad, gaf hij meteen mee. Adnan duwde langzaam de deur open, tot de opening breed genoeg voor hem was, maar hield de knop vast, zodat de deur niet dichtzwaaide als ze naar binnen gingen. Hij ging aarzelend een stap naar voren, zette zijn voet plat op de loopbrug en verplaatste geleidelijk zijn gewicht, tot hij er zeker van was dat hij er niet doorheen zou zakken. Hij deed nog een stap, ging toen naar links, en deed nog twee stappen. Hij keek over zijn schouder en knikte. De volgende man betrad de loopbrug.

Voor een laadruim was dit niet groot: ongeveer dertig bij dertig meter en zeven meter diep. De loopbrug waarop ze stonden strekte zich langs de hele wand uit en eindigde bij een ladder. Zodra de rest van de mannen door de deur was, liep Adnan door over de loopbrug. Op de helft bleef hij staan en liep naar de leuning, waarbij hij erop lette dat hij er niet tegenaan kwam. Hij scheen met zijn zaklantaarn naar het plafond en zag de contouren van het zeven bij zeven meter grote laadluik; langs een van de randen zag hij een sliertje grijs licht. Daar was het zeewater binnengekomen, wist hij. Het laadluik was verdraaid toen het schip opzij was geslingerd en de afsluiting was bezweken. Hij scheen met zijn zaklantaarn naar beneden. Zoals hij al had gevreesd, stond het dek blank. Hij zag een smurrie van zwart zeewater, radioactief stof en stukken van verbruikte brandstofstaven, waarvan er verscheidene op het oppervlak dreven. Ergens daar beneden lagen de met lood beklede 'sarcofagen'. Hoeveel van de deksels waren losgesprongen toen het schip verging? vroeg hij zich af. Hoeveel brandstofstaven zaten er nog afgesloten in de kisten?

Ze liepen naar de ladder.

'Is dat het?' vroeg een van de mannen. Hij scheen langs de ladder omlaag.

Beneden, voorbij twee meter ondergelopen dek, was een deur zoals je die op een bankkluis zou verwachten, afgesloten met acht dogginghendels, drie aan elke kant en een boven en onder. Op een meter hoogte zat aan de linkerkant een sluitmechanisme met een hangslot.

'Allah zij geprezen,' mompelde Adnan.

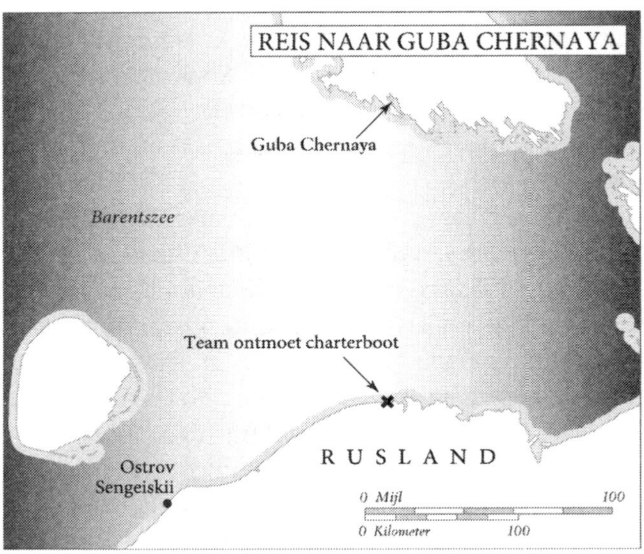

57

Het internationale vliegveld bij Archangelsk verwerkte vooral binnenlandse vluchten, en zelfs dat waren er niet veel, behalve in de zomer. Er waren meer mensen die met de trein naar het zuiden gingen. Voor velen was dat goedkoper en gemakkelijker, en er was nog steeds iets blijven hangen van Aeroflots reputatie van onveilige luchtvaartmaatschappij. Daarentegen was er wel veel vrachtverkeer. De vrachtvliegtuigen werden vooral gebruikt voor vis, die snel naar allerlei restaurants overal ter wereld gebracht moest worden.

Het pakket werd in het voorste laadruim van een veertig jaar oude DC-8 van Asin Air Freight gezet. Het toestel zou naar Stockholm vliegen, en vandaar met een nieuwe bemanning naar het zuiden, waarna het een tussenstop in Athene zou maken alvorens de laatste etappe af te leggen naar het vliegveld van Dubai in de Verenigde Arabische Emiraten.

'Wat is dit?' vroeg een douanebeambte, kijkend naar de pas geschilderde batterijbehuizing.

'Wetenschappelijk materieel, röntgenapparatuur of zoiets,' antwoordde zijn collega.

De douanier zag dat de papieren correct waren ingevuld, en dat was eigenlijk het enige waar hij zich druk om maakte. Het was geen bom. Daar waren andere formulieren voor nodig. En dus zette hij zijn handtekening op de lange groene lijn en plakte hij er een stempel op dat het officieel maakte. Niemand hoefde hem hiervoor om te kopen. In het geval van munitie zou dat wel nodig zijn geweest, maar dit was duidelijk geen wapen. Hij vroeg er niet naar, en ze zeiden ook niets. Tot hun opluchting, en tot zijn onverschilligheid. Een vorkheftruck met benzinemotor hees het ongeveer zevenhonderd kilo zware pakket omhoog en bracht het naar het platform naast het ladingluik. Daar werd het aan boord gebracht en stevig op het aluminium dek vastgezet.

De twee piloten voerden de laatste controle voor het opstijgen uit. Ze liepen om het toestel heen, keken of er vloeistof lekte en inspecteerden de romp. Het luchtvrachtverkeer stond niet bekend om de kwaliteit van zijn onderhoudsprocedures, en de piloten, die hun leven konden verliezen, deden hun best om dat verontrustende feit te compenseren. De linkerbuitenband moest over ongeveer tien cycli worden vervangen. Afgezien daarvan zag het vliegtuig eruit alsof het de komende acht uur wel in de lucht zou blijven. Ze liepen naar de kantine terug om de (ellendige) plaatselijke koffie te drinken en het (vrij goede) brood te eten. Hun lunchpakketten waren al aan boord gebracht door de boordwerktuigkundige, die bezig was de motoren voor te bereiden.

Een halfuur later kwamen ze weer naar buiten en beklommen ze de ouderwetse ladder om het vliegtuig te starten. Die procedure nam nog eens vijftien minuten in beslag, en toen taxieden ze naar het eind van startbaan 18 om op te stijgen. Het oude vliegtuig had zevenendertigduizend uur achter de knopen – het was zijn leven begonnen als passagiersvliegtuig van United Airlines, vooral voor vluchten tussen de oost- en westkust van de Verenigde Staten. Het had ook een tijd militairen uit Vietnam teruggebracht, en als het toestel een geheugen had, zou het daar met een glimlach aan terugdenken. Het steeg naar de toegewezen kruishoogte van zesennegentighonderd meter, vloog enige tijd naar het westen en volgde toen een zuidelijke koers boven Finland, om te vertragen toen het de Oostzee overstak en te dalen voor de landing in Stockholm. Allemaal routine. Ze kwamen op landingsbaan 26 terecht en gingen naar links om bij de vrachtterminal te komen. Er kwam meteen een tankwagen aanrijden om de vleugeltanks vol te gooien, en een minuut later kwamen de nieuwe piloten. Ze vroegen hoe het ging en hoe het met het vliegtuig gesteld was. Alle antwoorden bleven binnen aanvaardbare grenzen, en de afgeloste piloten liepen de trap af naar een auto die hen naar het hotel zou brengen waar piloten gebruik van maakten. Het had een café, zagen ze tot hun genoegen, met koud tapbier. Voordat ze hun eerste glas op hadden, waren de nieuwe piloten alweer met de DC-8 in de lucht.

In Rusland was Musa op het vliegveld Domodedovo van Moskou aangekomen. Hij stond in het hoofdterminalgebouw, dat eruitzag als een ruimteschip van een andere planeet (al was het een verbetering ten opzichte van Stalins suikertaartgebouwen) en voerde een internationaal telefoongesprek met een vriend in Berlijn. Toen de verbinding tot stand was gekomen, zei hij tegen zijn vriend dat de auto goed gerepareerd was en dat hij de betaling zou accepteren als ze elkaar weer ontmoetten. Zijn vriend ging akkoord, en er kwam een eind aan het gesprek. Musa en zijn mannen liepen naar een bar van het vliegveld, waar ze zich te goed deden aan dure glazen Russische wodka, terwijl ze twee uur op hun KLM-vlucht naar Nederland wachtten. In de bar kregen ze schijfjes komkommer en brood voor bij de wodka. Ze betaalden de barrekening in euro's en lieten een krenterige fooi voor de barkeeper achter. Vervolgens stapten ze in de first class van de KLM 747, waar de drank gratis was, en ook daar lieten ze zich niet onbetuigd. Musa dacht nauwelijks nog aan de twee moorden die hij had begaan. Het was nodig geweest. Hij had dat deel van de missie geaccepteerd voordat hij naar Rusland ging en de boot van de ongelovige charterde. Achteraf verbaasde het hem dat zijn vrienden en hij aan boord geen alcohol hadden gedronken, maar er was een oud gezegde dat je zaken en plezier niet moest vermengen, en het was ongetwijfeld nog verstandiger om zaken niet met alcohol te vermengen. Had die Vitali iets aan vrienden verteld over zijn chartergezelschap? Dat zou Musa nooit weten. Maar Vitali had hun namen en adressen niet geweten, en niemand had foto's gemaakt – dus wat voor bewijs kon hij achterlaten?

Noord-Rusland had hem doen denken aan oude films over het Amerikaanse wilde Westen. Er heerste daar te veel onverschilligheid om een echt rechercheonderzoek in te stellen. De pistolen die ze hadden gebruikt, waren weggegooid, en dat was dat. Toen hij tot die conclusie was gekomen, zette hij de rugleuning van zijn stoel naar achteren en liet hij zich door de alcohol in slaap brengen.

De 747 landde om één uur 's nachts, plaatselijke tijd, op vliegveld Tempelhof bij Berlijn. Musa en de anderen gingen afzonderlijk van boord, passeerden met hun Nederlandse paspoorten de immigratiedienst en gingen hun bagage ophalen. Vervolgens liep Musa naar de taxistandplaats, waar hij een Duitser in een Mercedes in het Engels opdracht gaf naar een bepaald adres te rijden. Dat bevond in zich in de buurt die ter plaatse 'Schotelstad' werd genoemd omdat er zo veel schotelantennes waren. Die schotels stelden de voornamelijk Arabische inwoners in staat om naar tv-programma's in hun eigen taal te kijken.

Zijn gastheer had bericht gekregen van een vriend in Amsterdam en verwachtte hem dus al. Ze hoefden maar één keer aan te kloppen. Er werden handen geschud en kussen uitgewisseld, en Musa ging naar de huiskamer van het kleine appartement. Mustafa, de gastheer, hield zijn vinger op zijn lippen en toen bij zijn linkeroor. Het appartement werd misschien afgeluisterd, dacht hij. Nou, in een land van ongelovigen moest je voorzorgsmaatregelen nemen. Mustafa zette de tv aan. Er was een herhaling van een spelletjesprogramma aan de gang.

'Is je missie geslaagd?' vroeg Mustafa.

'Volkomen.'

'Goed. Wil je iets drinken?'

'Wijn?' vroeg Musa. Mustafa ging naar de keuken en kwam terug met een glas witte rijnwijn. Musa nam een grote slok en stak een sigaret op. Hij had een lange dag achter de rug, plus de twee moorden, die hem toch een beetje dwarszaten. In elk geval viel hij gemakkelijk in slaap toen Mustafa het logeerbed had uitgerold en hij zijn rijnwijn had opgedronken. De volgende dag zou hij naar Parijs gaan, wachten tot hij bericht kreeg dat het pakket veilig was aangekomen, en dan volgen. Eenmaal in Dubai kon hij wat vrije tijd nemen. De ingenieur die met het pakket was belast, was betrouwbaar en bekwaam en zou weinig toezicht nodig hebben. Bovendien, dacht Musa, zou toezicht van hem toch niet veel kunnen voorstellen. Het ging hem boven de pet wat er met het pakket moest gebeuren.

Het was een vreemde naam voor een stad, vond Kersen Kaseke. De plaats waar Napoleon definitief was verslagen door Wellington. Misschien was het wel een passende vergelijking: een goddelijk voorbestemde ommekeer voor een tiran die een groot deel van de wereld onder de duim had gehouden. Evengoed was het een verrassing voor hem geweest om hier een plaats met die naam te vinden, midden in de 'maisgordel', maar ja, er was veel in Amerika wat hem verraste. De mensen hier leken hem fatsoenlijk genoeg en hadden hem goed behandeld, ondanks zijn vreemde naam en het zware accent waarmee hij Engels sprak. Het had natuurlijk geholpen dat hij voor christen kon doorgaan. Hij beweerde de geadopteerde zoon te zijn van lutherse zendelingen die twee jaar eerder tijdens een mortieraanval bij Kuching om het leven waren gekomen. Hoe weerzinwekkend hij het ook vond om de islam en de enige ware profeet te verloochenen, het verhaal had ook de meer argwanende inwoners van de stad voor hem ingenomen. De meeste inwoners waren trouwens arbeiders of boeren. Nee, hij had geen hekel aan de mensen hier, maar wel aan hun regering, en hoe triest het misschien ook was, burgers betaalden al duizenden jaren de prijs voor politieke fouten en wreedheden. Je zou kunnen zeggen dat deze mensen nu eindelijk door het lot werden ingehaald. Het lot en de wil van Allah. Trouwens, zei hij tegen zichzelf, wat er op deze mensen af kwam, was maar een fractie van wat zijn eigen land had moeten doorstaan. Hoewel het tragische verhaal over zijn ouders feitelijk onjuist was, was het op een bepaalde manier toch volkomen waar. De straten van Zagreb, Rijeka, Osijek en tientallen andere steden waren jarenlang overspoeld door het bloed en de ellende die de moslims moesten ondergaan, en het Westen had niets gedaan om te helpen. Wat zou er zijn gebeurd, vroeg Kaseke zich af, als er christelijke kinderen met blond haar en blauwe ogen waren afgeslacht in de straten van Londen of Los Angeles? Wat dan?

Zoals hem in het e-mailbericht was opgedragen, reed Kaseke met zijn Ford Ranger 1995 naar het Trailways-busstation aan Sycamore Street, tussen Third Street en Park Avenue. Hij zette de Ranger op het parkeerterrein van Doyle's Pub, liep naar het busstation en ging naar binnen. De sleutel die hij een week eerder over de post had gekregen, paste op kluisje nummer 104. Daarin vond hij een dikke kartonnen doos in bruin pakpapier. Die was zwaar, bijna dertig kilo, maar versterkt met plakband. Er was niets op het papier geschreven. Hij haalde de doos uit het kluisje, zette hem tussen zijn voeten op de vloer en keek toen om zich heen om er zeker van te zijn dat niemand op hem lette. Toen gebruikte hij de mouw van zijn sweatshirt om de sleutel van het kluisje af te vegen. Had hij verder iets aangeraakt? Ergens vingerafdrukken achtergelaten? Nee, alleen de sleutel.

Kaseke pakte de doos op en liep naar buiten en naar zijn pick-uptruck terug. Hij maakte het portier aan de passagierskant open en zette de doos op de zitting. Toen stapte hij aan de andere kant in, draaide de sleutel in het contact om, maar wachtte even. Hij vroeg zich af of hij de doos op de vloer moest zetten. Als hij een ongeluk kreeg... *Nee*, dacht hij. Hij wist wat er in de doos zat of had daar tenminste een idee van, gezien de training die hij in het kamp had gehad. Ze hadden hem goed getraind om één ding te doen, en alleen dat.

Deze lading was volkomen onschadelijk. Voorlopig.

58

Ze hadden dus indicaties voor wat de emir en de URC wilden doen: oude e-mailonderscheppingen, die weinig opleverden, behalve een geboorteaankondiging die blijkbaar elke URC-cel tot radiostilte had gebracht en misschien ook een paar URC-stukken over het schaakbord had verplaatst; Hadi, een koerier en een nieuw gezicht op het toneel; en de USB-stick die Chavez bij de ontzetting van de ambassade in Tripoli onopzettelijk van een van de daders had afgenomen. Tot nu toe had het feit dat de URC gebruikmaakte van steganografie hun niets meer opgeleverd dan voor honderden gigabytes aan foto's van URC-websites uit de afgelopen acht jaar. Als je een bericht van vijf kilobyte uit een tweehonderd keer zo groot JPEG-bestand moest halen, was dat niet alleen tijdrovend, maar ook bijna onbegonnen werk.

Hun vijfde en misschien wel beste spoor was per ongeluk ontstaan doordat een vinger de sluiter van een camera een paar seconden langer ingedrukt had gehouden dan de bedoeling was.

Van de ongeveer twintig foto's die Jack in Chicago van Hadi had gemaakt waren er drie een succes. Daarop zag je het gezicht van de koerier in genoeg licht: van voren en van opzij. Toch zou niet Hadi's gezicht belangrijk worden voor de Campus, maar zijn handen. Als het op inlichtingenwerk aankwam, wist Jack, ging het er niet altijd om dat je vond wat je zocht, maar dat je zag wat je voor ogen kreeg.

'Deze hier,' zei Jack, en hij drukte op de toets van de afstandsbediening voor de volgende foto, die meteen op het lcd-scherm in de vergaderkamer verscheen. Op die foto zag je Hadi op het trottoir stappen en opzijgaan voor een andere voetganger, die op weg was naar de deur. Aan de onderkant van de foto, nauwelijks zichtbaar in de schaduw, werden Hadi's hand en die van de vreemde samengedrukt, met daartussenin een voorwerp dat niet te onderscheiden was.

'Een overdracht in het voorbijgaan,' zei Clark, terwijl hij zich erheen boog. 'En knap gedaan ook.'

'Goede vangst, Jack,' zei Hendley.

'Dank je, baas, maar het was stom geluk.'

'Dat bestaat niet, *mano*,' zei Chavez. 'Geluk is geluk. Neem het als het op je af komt.'

'We hebben dus een tweede gezicht,' zei Sam Granger. 'Wat hebben we daaraan?'

'Niets. Niets aan het gezicht op zichzelf,' zei Jack. 'Maar het kan wel tot iets leiden.' Hij drukte weer op de toets. 'De koffer van de man, vergroot en verscherpt. Ik heb Gavin een beetje met Photoshop laten werken. Kijk eens naar de rechterbovenhoek – dat opgekrulde witte vierkantje.' Jack drukte weer op de toets, en het witte vierkantje werd groter en duidelijker. 'Het is een bagagesticker.'

'Wel alle...' mompelde Brian Caruso. 'Wat is die computershit toch geweldig.'

Hendley keek Dominic aan. 'FBI-agent Caruso, dit zou weleens in jouw straatje kunnen liggen.'

'Oké, baas.'

Gewapend met het bagagenummer, een tijdsbestek en zijn FBI-badgenummer, had Dominic nog geen uur nodig om een naam te vinden: Agong Nayoan, viceconsul voor Economische Zaken in het consulaat-generaal van Indonesië in San Francisco.

'Niets bijzonders over die man te vinden,' zei Dominic. 'Hij vloog op dezelfde morgen als Hadi van Vancouver naar Chicago en San Francisco. Het kantoor van het ministerie van Buitenlandse Zaken in San Francisco heeft een paar jaar geleden onderzoek naar hem gedaan. Daar kwam niets uit. Voor zover bekend onderhoudt hij geen banden met extremistische groepen, is hij politiek gematigd, heeft hij geen crimineel verleden...'

'Voor zover Jakarta wil toegeven,' zei Granger. 'Of anders heeft hij zijn sporen goed uitgewist. We zien op die foto dat hij iets aan een URC-koerier geeft. Iemand heeft een achtergrondcontrole verknoeid.'

Met een bevolking van bijna tweehonderd miljoen moslims was Indonesië volgens veel westerse en andere inlichtingendiensten hard op weg het belangrijkste rekruteerterrein voor extremistische terroristengroepen te worden. De machtigste van die groepen – *Jemaah Islamiah*, het *Islamic Defenders' Front* (FPI), *Darul Islam* en *Laskar Jihad* – hadden niet alleen operationele en financiële banden met de URC van de emir, maar ook sympathisanten op alle niveaus van de overheid in Jakarta. Het idee dat Agong Nayoan, medewerker van het Indonesische consulaat, zulke neigingen had, verraste Jack niet, maar het feit dat Nayoan als tussenpersoon voor een URC-koerier optrad, betekende wel dat ze met lieden van een heel ander kaliber te maken hadden.

'Het feit dat Nayoan zich hiermee inlaat, betekent dat het belangrijk is,' zei Jack. 'Als hij wordt betrapt, wordt hij door ons waarschijnlijk alleen maar tot persona non grata verklaard.' Dat was een bureaucratische term voor 'niet meer welkom', hij zou dus het land worden uitgezet. 'Maar wat hem in Jakarta zou overkomen, is een heel ander verhaal. Hij zou daar niet bepaald met gejuich worden ontvangen.'

De Indonesische veiligheidsdienst, BAKORSTANAS, had de ruime en verontrustend vage opdracht bedreigingen voor de republiek te signaleren en elimineren. Dat betekende weer weinig toezicht en weinig juridische beperkingen. Als Nayoan uit de Verenigde Staten werd gezet, beschuldigd van hulp aan de URC, was het beste waarop hij kon hopen een donker gat in de Cipinang-gevangenis, met jaren de tijd om over zijn misdaden na te denken. De regering in Jakarta probeerde de laatste jaren uit de economische schaduw van China te komen en zichzelf als alternatief voor dat land aan het Westen te verkopen. Dat werd moeilijk als je de reputatie had een kweekbodem voor terroristen te zijn.

'Ideeën?' vroeg Hendley, en hij keek Clark aan.

'Het spoor terugvolgen,' antwoordde Clark. 'We weten dat Hadi op weg was naar Las Vegas en misschien nog verder. We weten waar Nayoan is en waar hij vandaan kwam. Laten we hem in de gaten houden en kijken waar hij ons heen leidt.'

Hendley dacht even na. Hij keek Granger aan, die knikte. 'Chavez en jij,' zei Granger. 'Begin in San Francisco, en ga dan naar Vancouver. Probeer zo veel mogelijk over hem te weten te komen.'

'En Jack?' stelde Clark voor. 'Dit zou een goede oefening voor hem zijn.'

Opnieuw wisselden Hendley en Granger een blik. De baas keek Chavez en de gebroeders Caruso aan. 'Heren, wilt u even de kamer uitgaan?' Zodra ze weg waren, zei Hendley tegen Jack: 'Weet je zeker dat je dit wilt?'

'Ja, baas.'

'Vertel ons waarom.' Dat was Granger.

'Ik heb al...'

'Vertel het ons nog een keer.'

'Ik kan wat goeds doen, denk ik...'

'Wat je nu doet, is goed. Bovendien lopen we nu niet het risico dat het mis met je gaat – dat een zoon van een ex-president om het leven komt. Je hebt een bekend gezicht, Jack.'

'Een gemiddeld gezicht. Ik kan het aantal keren dat ik in de afgelopen twee jaar ben herkend op de vingers van twee handen tellen. Uit het oog, uit het hart. John en ik hebben dit gesprek al gevoerd, nietwaar? Ik heb geen overdreven beeld van het werk in het veld.'

Hendley keek Clark aan, die zijn handen spreidde. 'Of hij is een goede acteur, of het is de waarheid.'

Jack glimlachte. 'Hé, in het ergste geval krijg ik te zien hoe anderen door het leven gaan en word ik daardoor een betere analist, nietwaar? Het is een win-winsituatie.'

'Oké, je zit in het team. Maar let wel op je manieren. Deze keer ga je geen mensen met naalden prikken. Begrepen?'

Jack knikte. 'Begrepen.'

'John, hoe ver ben je met Driscoll?'

'Ik heb vanmorgen met hem gesproken en een paar voelhoorns uitgestoken. Ik denk dat het tot hem is doorgedrongen dat de CID zijn hoofd wil. Hij neemt dat zoals het is – beter dan de meesten zouden reageren. Hij houdt van het werk. Ik denk dat hij geïnteresseerd zal zijn als hij een kans krijgt om uit het leger te stappen en toch min of meer hetzelfde werk te doen. Enig geluk aan jouw kant?'

'Ik denk dat we wel van de minister van Justitie gedaan kunnen krijgen dat hij afziet van vervolging, maar het zal ons niet lukken Driscoll in uniform te houden. Als je uit Chicago terug bent, moet je hem maar benaderen.'

Clark knikte.

'Roep ze maar weer binnen, Sam.'

Toen Chavez en de Caruso's weer binnenkwamen, zei Brian: 'Hé, nu we ons actief met deze zaak gaan bemoeien... De URC moet een goede reden hebben gehad om die Dirar te executeren. Heb je er nog over nagedacht ons naar Tripoli te sturen, zodat we de zaak kunnen onderzoeken?'

'Wat verwacht je dat daar uitkomt?' vroeg Granger.

Dominic antwoordde: 'Dirar is rechtstreeks door de URC gedood, of ze hebben het door een geaffilieerde organisatie laten doen. In beide gevallen komen we er misschien achter wie het heeft gedaan en krijgen we weer een stukje van de puzzel in handen. Misschien ontdekken we iets over communicatieprotocollen, de financiering van routes... Wie weet?'

Hendley knikte. 'Zorg voor jullie papieren en laat de afdeling Reizen aan de vluchtschema's werken. We zullen zien of jullie een contactpersoon in Tripoli kunnen vinden – iemand op de ambassade die wel een informeel praatje wil houden. We zullen ook zien of we jullie een briefing kunnen geven – Jack, misschien die nieuwe dingen waaraan Gavin en jij hebben gewerkt?'

'Komt voor elkaar, baas.'

Hendley stond op en keek de tafel rond. 'Oké, heren, doe wat jullie te doen staat. We hebben een hoekje nodig dat we kunnen wegtrekken om de zaak in beweging te krijgen.'

Ze zouden ieder een eigen hotelkamer nodig hebben, wist Hadi, allemaal binnen een uur rijden van het complex en niet zo luxueus dat een verblijf van tien tot veertien dagen argwaan zou wekken. Buitenlanders die naar een ander land gingen om werk te zoeken, hadden geen geld voor dure hotelkamers, en hoewel het niet zo vreemd was dat vrienden die zoiets deden bij elkaar bleven, zouden vier mannen met een Arabisch uiterlijk die samen op één plaats waren misschien de belangstelling van de plaatselijke politie wekken.

Er waren genoeg tweesterrenmotels in São Paulo; Hadi was niet bang dat hij er geen zou vinden, maar dit was zijn eerste operatie in het veld en hij wilde niets aan het toeval overlaten – zoals ze dat ook niet hadden gedaan met hun dekmantels.

Ze hadden allemaal zo veel kennis van de bedrijfstak opgedaan dat ze met hun komst en de daaropvolgende pogingen werk te zoeken weinig aandacht zouden trekken, in elk geval niet in de korte tijd die ze in het land zouden doorbrengen. Door de economische bloei van Brazilië waren er veel mensen naar dat land gekomen om er te werken. Velen van hen kwamen uit het Midden-Oosten en hadden er genoeg van om een hongerloontje te krijgen voor vermoeiend en gevaarlijk werk. Nee, dacht Hadi, zolang ze niets deden om op te vallen, zou niemand het vreemd vinden dat deze vier Arabieren op zoek waren naar werk.

Het verkenningswerk zou het moeilijkst zijn. Ze moesten vele kilometers wegen en honderden auto's in de gaten houden; ze moesten tijdschema's en routes controleren en nog eens controleren; ze moesten topografie en infrastructuur bestuderen. Het complex zelf was verre van onneembaar, maar had wel zijn eigen bewakingsdienst, en uit Ibrahims voorbereidende onderzoek was gebleken dat er vaak oefeningen werden gehouden waarbij zowel het leger als de politie betrokken was. Beide instanties hadden een speciale eenheid die onmiddellijk in actie kon komen als er iets op het complex gebeurde. Natuurlijk waren die eenheden alleen maar nuttig tot op zekere hoogte. Als hij en de anderen de operatie goed planden en standvastig te werk gingen onder leiding van Allah, kon niets hen tegenhouden.

59

Steve was met vlag en wimpel geslaagd voor de nieuwste test, vond Allison. Ze had op het laatste moment hun ontmoeting in Reno afgezegd met het excuus dat haar baas haar had gevraagd zijn plaats in te nemen op een congres over geneesmiddelen in Sacramento. Dat congres was echt genoeg, evenals haar visitekaartjes, de geneesmiddelenmonsters en het informatiemateriaal dat ze in haar leren tas had als ze bij elkaar kwamen voor seks – en alleen daarvoor. Ze mocht hem graag genoeg, maar het bleef werk. Steve was niet weerzinwekkend en mishandelde haar niet. Niet dat het voor haar prestatie verschil zou hebben gemaakt, maar het maakte hun ontmoetingen in elk geval wel draaglijk.

Zoals ze had verwacht, was Steve erg teleurgesteld geweest toen ze op het laatste moment afzegde, en eveneens zoals ze had verwacht, had hij meteen een oplossing aangeboden: hij zou vrij nemen van zijn werk en het weekend naar Sacramento vliegen, zodat ze daar bij elkaar konden zijn. Ze kon overdag naar het congres gaan, en dan hadden ze de avonden en nachten voor zichzelf. Allison toonde de juiste mate van verbazing en dankbaarheid toen hij met zijn voorstel kwam, en beloofde dat ze van hun eerste weekendtrip iets zou maken wat hij zich nog lang zou herinneren. In de loop van het weekend zou ze de lijn op een gegeven moment wat strakker trekken door hem schuchter voor te stellen haar met zijn familie te laten kennismaken. Misschien kon ze zich er zelfs op laten betrappen dat ze huilde, om daarna te bekennen dat ze een beetje verrast was door de 'speciale band' die ze met hem voelde.

Zoals ze van het begin af had geweten, zou de uiteindelijke poging Steve aan het praten te krijgen het moeilijkste deel van haar hele operatie zijn. Haar begeleider, de man met de handen vol brandwonden, had haar een suggestie gedaan waar ze wel iets voor voelde, maar dat zou wel betekenen dat ze zichzelf in gevaar bracht met een niet ondersteund verhaal dat Steve kon natrekken, als hij dat wilde. Maar als ze Steve tegen die tijd nog niet helemaal onder de duim had, zou ze ervan afzien en het op een andere manier proberen. Steve was niet dom, maar als het op de liefde aankwam, waren mannen minstens even irrationeel als vrouwen. Seks was, hoewel machtig, alleen maar een opstapje, en als ze hem goed beoordeelde, was ze nog maar een paar treden van de hoofdprijs verwijderd.

Allison dacht liever niet aan de aard van de informatie die haar opdrachtgever wilde hebben. Waarom, vroeg ze zich af, maakten ze zich in godsnaam zo druk om de grondwaterstand midden in de woestijn?

Voor een containerschip van de Panamax-klasse, dus een schip dat nog net niet te groot was om gebruik te mogen maken van het Panamakanaal, was de *Losan* klein, een schip waarop twaalf standaardcontainers naast elkaar konden staan, zevenentwintighonderd TEU (*Twenty feet Equivalent Unit*) en honderdzestig meter lang. De capaciteit van dit schip was allang overtroffen door veel grotere schepen die later waren gebouwd, maar Tarquay Industries in Smithfield, Virginia, interesseerde zich niet zozeer voor moderniteit als wel voor het beperken van zijn verliezen.

Van de honderdtwintig propaantanks van twintig liter die het bedrijf aan de overheid van Senegal had verkocht, waren er zesenveertig die mankementen vertoonden. Die waren met slecht gelaste handgrepen door de kwaliteitscontrole geglipt. Op zichzelf was dat geen onoverkomelijk probleem. Tarquay had aangeboden het gratis en ter plaatse te verhelpen, maar uit onderzoek door zowel inspecteurs van de Senegalese overheid als de hoofdingenieur van Tarquay in Dakar was gebleken dat de slechte lassen de sterkte van de tanks als geheel aantastten: geen van de tanks zou de vereiste druk van negentien kilo per vierkante centimeter kunnen weerstaan.

Omdat dit het eerste contract van Tarquay met Senegal was, zelfs het eerste buitenlandse contract van het bedrijf, werd het betaalde geld snel teruggestuurd, samen met een officiële verontschuldiging van de directie, en werden er onmiddellijk vervangende tanks gestuurd. In Dakar werden de defecte tanks met de code R3001c – 'retourzending kwalitatief ontoereikende niet-olieproducten na opslag in pakhuis' – op de douaneverklaring gezet en werden ze naar een douanegebouw in Port Sud gebracht, waar ze op een leeg, met onkruid overwoekerd terrein werden gezet, met daaromheen een draadgazen omheining van ruim een meter hoog.

Acht maanden later werden er regelingen getroffen om de defecte tanks naar Smithfield terug te sturen. De *Losan*, die zijn laatste haven aandeed alvorens de Atlantische Oceaan over te steken naar de Verenigde Staten, had de benodigde ruimte om de lading aan boord te nemen.

Twee dagen voor vertrek werden de tanks met een vorkheftruck op platte goederenwagens geladen en vastgezet, en drie kilometer over het spoor vervoerd naar de ligplaats van de *Losan*, waar de tanks per kraan in open 'bulktainers' werden gezet – vier tanks per container – en vervolgens op het dek van de *Losan* werden gehesen en opgeslagen, twaalf naast elkaar.

Omdat de tanks bij binnenkomst in het land waren geïnspecteerd en sinds hun aankomst bij de douane hadden gestaan, werden ze niet gewogen of onderzocht voordat ze aan boord werden gehesen.

De hoofdpijn en misselijkheid waren de afgelopen tien uur steeds erger geworden, en dat verbaasde Adnan enigszins. Hij had de symptomen niet zo gauw verwacht. Zijn handen trilden en zijn huid voelde klam aan. Blijkbaar waren de verhalen over de giftigheid van het schip niet overdreven geweest. *Het deed er niet toe*, dacht hij, het was bijna tijd. Volgens de kaart van Salitsjev waren ze nog maar twintig kilometer verwijderd van de plaats waar hij de lading zou overdragen.

Door de genade van Allah hadden ze het vat precies op de plaats aangetroffen waar het moest zijn. Het stond nog in zijn rek aan de scheepswand. Het was lichter geweest dan Adnan had verwacht, en dat was tegelijk een zegen en een vloek. Hij wist hoe zwaar de kern ongeveer was, en het was dus betrekkelijk eenvoudig om het gewicht van het vat zelf te schatten. Dat was met lood bekleed, maar niet zo dik als volgens hun inlichtingen. Dat betekende dat de kluis zelf als primair schild bedoeld was, maar daar hadden zij niets aan. Niettemin zat het vat nog goed dicht en had het blijkbaar geen schade opgelopen door het incident van al die jaren geleden.

Ze hadden het rek opengemaakt, het vat aan zijn vier gelaste D-vormige handgrepen opgetild en het de kluis uit gedragen, over het ondergelopen dek naar de ladder. Behoedzaam, stap voor stap, waren ze naar de loopbrug en vervolgens de hoofdgang gelopen. De laatste twee grote obstakels – de ladder naar het bovenste dek en de ladder naar de vlotten – leverden geen problemen op, en al gauw waren ze weer op de wal. Ze waren blij dat ze zich van hun beschermende pakken en gasmaskers konden ontdoen. Ze stopten ze in een van de rugzakken, die ze met een kei verzwaarden en in de inham gooiden.

Ze deden er een uur over om naar de kaap terug te lopen. Adnan beval de mannen het vat neer te zetten en uit te rusten en liep zelf naar het water en tuurde door de mist naar de baai. Hij kon de contouren van Salitsjevs boot nog net zien. Hij haalde een vuurpijl uit zijn rugzak, liet het ontstekingskapje eraf springen en zwaaide met de vonkende buis boven zijn hoofd. Na dertig seconden werd er twee keer met een zaklantaarn geknipperd op de boot. Adnan draaide zich om naar de anderen en gaf hun een teken dat ze naar voren moesten komen.

Een halfuur later waren ze weer op de boot en op de terugweg. Toen ze in de baai kwamen, stond het vat in het tweede, zwaarder afgeschermde vat dat ze hadden meegebracht. Salitsjev keek er argwanend naar, maar zei niets toen hij de boot naar open water stuurde.

Adnan stond nu naast Salitsjev in de stuurhut. Het was bijna middernacht en achter de ruiten was alles zwart. 'Je hebt je geld beslist verdiend, kapitein,' zei Adnan. 'We zijn dankbaar.'

Salitsjev haalde zijn schouders op en zei niets.

Naast zijn heup voelde Adnan de hoekige contouren van de radio die uit het houten besturingspaneel naar buiten stak. Langzaam haalde hij een mesje uit de zak van zijn jas en liet met zijn duim het lemmet openklappen, dat hij tegen de stroomkabel van de radio drukte. De kabel sprong met een nauwelijks hoorbaar geluid in tweeën.

'Ik ga bij de mannen kijken,' zei Adnan. 'Kan ik een kop koffie voor je meebrengen? Of iets sterkers?'

'Koffie.'

Adnan ging de ladder af naar de salon, en vandaar een korte ladder af naar de slaapverblijven. Het was donker, afgezien van een beetje licht dat uit de salon kwam. De mannen sliepen ieder in hun kooi; ze lagen allemaal op hun rug. Eerder had hij ze iets gegeven waarvan hij zei dat het weer een dosis kaliumjodide was; in werkelijkheid was het drie gram lorazepam in een cellulosecapsule. De drievoudige dosis van dit medicijn tegen angstaanvallen was genoeg om de mannen in een heel diepe slaap te brengen. *Een zegen*, dacht Adnan.

De afgelopen vier uur had hij geworsteld met wat hem nu te doen stond – niet de noodzaak daarvan, maar de methode. Deze mannen waren al stervende, en niets kon daar verandering in brengen. Hij was zelf ook stervende, en daar was ook niets tegen te doen. Het was de prijs die voor de oorlog betaald moest worden, de last die de getrouwen moesten dragen. Het troostte hem enigszins dat ze nooit wakker zouden worden, nooit pijn zouden voelen. Het enige probleem was het geluid. Salitsjev was oud, maar hij was taai, gehard door een leven op zee. Het was veiliger hem onverhoeds te overvallen.

Adnan ging naar de werkbank tegen de achterwand en maakte de linkerbovenla open. Het mes dat hij daar al eerder had gevonden, lag er nog in. Het had de vorm van een J, met een punt als een naald en een vlijmscherp lemmet. Hij nam aan dat het werd gebruikt om ingewanden uit vis te snijden.

Hij pakte het houten heft vast en liep met het lemmet omhoog naar de eerste kooi. Hij haalde diep adem, legde zijn linkerhand op de kin van de man, draaide diens hoofd naar het matras, stak de punt van het lemmet in de holte onder de oorlel en trok het mes omhoog langs de kaak. Het bloed gutste uit de doorgesneden halsslagader. In het donker leek het zwart. De man kreunde zacht tegen Adnans handpalm, maakte nog enkele krampachtige bewegingen en bleef toen stil liggen. Adnan liep naar de tweede man, herhaalde de procedure en ging naar de derde. In totaal kostte het hem anderhalve minuut. Hij liet het mes op het dek vallen, ging naar de salon en spoelde het bloed van zijn handen. Toen knielde hij naast de gootsteen neer, maakte de onderste la open en haalde er het 9mm Jarigin-pistool uit dat hij daar had verborgen. Hij trok de schuif twee centimeter naar achteren om zich ervan te vergewissen dat er een kogel in de kamer zat, spande de haan, haalde de veiligheidspal eraf, en stopte het pistool in de zak van zijn jas. Ten slotte pakte hij een plastic koffiemok van het droogrek.

Hij ging de ladder weer op en liep de stuurhut in.

'Koffie,' zei hij, en hij reikte Salitsjev de mok met zijn linkerhand aan. De kapitein draaide zich om en wilde de koffie aanpakken. Adnan haalde het pistool uit zijn zak en schoot hem in zijn voorhoofd. Bloed en hersenweefsel spetterden tegen het zijraam. Salitsjev zakte achterover en gleed langs de wand omlaag. Adnan zette de besturing op de automatische piloot, pakte Salitsjev bij zijn enkels vast, trok hem naar de ladder en rolde hem de salon in.

Toen hij weer bij het stuurwiel was, nam Adnan even de tijd om met het oude Loran-C-navigatiesysteem hun positie na te gaan. Toen zette hij de automatische piloot uit en stelde hij de koers bij.

Een uur later verscheen de donkere lijn van het eiland aan de horizon, en weer een uur later minderde Adnan vaart en draaide hij bij. Hij volgde de kustlijn in oostelijke richting, totdat het scherm van de Loran-C de gewenste coördinaten te zien gaf.

Het eiland heette Kolgoejev en maakte volgens Adnans kaart deel uit van het autonome district Nenetsië, een bijna volmaakte cirkel van moerassig land en lange heuvels, tachtig kilometer in doorsnee. Er was daar maar één eenzame nederzetting, Boegrino aan de zuidoostkust, bevolkt door een paar honderd Nenets, die aan visserij en landbouw deden en rendieren hoedden.

Adnan zette de motor van de boot in zijn vrij en schakelde hem uit. Hij keek op zijn horloge: tien minuten te laat. Nadat hij de draagbare schijnwerper uit zijn rek had gepakt, liep hij het dek op. De knippercode van zijn schijnwerper werd onmiddellijk gevolgd door het correcte antwoord vanaf de kust.

Vijf minuten later hoorde hij het zachte rommelen van een buitenboordmotor. Een speedboot dook op uit de duisternis en kwam aan bakboord langszij liggen. Er waren vier mannen aan boord; ieder van hen was bewapend met een AK-47. Adnan herkende hen niet. Niet dat het er iets toe deed; de knippercode was juist, en als het een val was, was daar nu niets meer aan te doen.

'Je bent Abdul-Baqi – dienaar van de Schepper?' vroeg een van de mannen. Adnan nam aan dat het de leider was.

'Nee. Dienaar van de Eeuwige,' antwoordde Adnan. 'Ik ben blij je hier te zien.'

'Ik ben ook blij jou te zien, broeder.'

'Gooi me je boeglijn toe en kom aan boord. Je moet minstens met zijn tweeën zijn om het te tillen.'

Terwijl Adnan de lijn aan de klamp op de verschansing vastmaakte, klommen twee van de mannen aan boord. Ze maakten het vat los van het dek en droegen het naar de verschansing, waar de twee mannen in de speedboot het aanpakten en op het dek zetten. De laatste twee mannen voegden zich bij hun collega's.

'Nog problemen gehad?' vroeg de leider.

'Nee. Alles ging volgens plan.'

'Kunnen we je verder nog helpen?'

Adnan schudde zijn hoofd. 'Nee, dank je. Het is bijna klaar. Het is hier diep, bijna driehonderd meter. De zee doet de rest.'

60

Dit zou een onaangenaam gesprek worden, wist admiraal Stephen Netters. Dat had net zo veel te maken met degene die er niet was als met degene die er wel was. Eigenlijk had de man aan de andere kant van het bureau Robby Jackson moeten zijn, maar dat was hij niet. Daar had een redneck met een hart vol haat voor gezorgd. In plaats van Jackson hadden ze nu Edward Kealty. De verkeerde man, onder alle omstandigheden. Netters en Jackson hadden samen carrière gemaakt. Ze waren samen op de marineacademie begonnen, en daarna hadden hun carrières elkaar nu en dan gekruist terwijl ze de ladder beklommen, totdat Netters uiteindelijk, in de nadagen van de regering-Ryan, tot voorzitter van de gezamenlijke chefs-van-staven was benoemd. Hij had die baan om verschillende redenen aangenomen, waarbij zijn ambitie geen rol van betekenis speelde, maar zijn respect voor Ryan des te meer.

Daarna was het moeilijk geweest om aan te blijven, vooral toen duidelijk werd dat Kealty tot president zou worden gekozen, niet op grond van zijn verdiensten, maar door een tragedie en door stom toeval. Zelfs toen de stemmen geteld waren en de electorale balans onverbiddelijk doorsloeg ten gunste van Kealty, wist Netters dat hij zou aanblijven, omdat de nieuwe president anders een van de 'geparfumeerde prinsen' van het Pentagon zou benoemen. Je hoefde alleen maar naar de diepgang (of het gebrek daaraan) van Kealty's kabinet te kijken om te weten wat de man van zijn mensen verwachtte. En daar zat de moeilijkheid. Als Netters de koning te vaak of met te veel vuur tegensprak, zou er een volgzamer prins worden gevonden. Als hij de koning niet tegensprak, ging het koninkrijk naar de haaien.

'Vertel me wat ik hier zie, admiraal,' zei president Kealty met een kreungeluid. Hij schoof de satellietfoto over het bureau naar Netters toe.

'President, we zien hier een grootschalige verplaatsing van tanks en gemechaniseerde infanterie in westelijke richting naar de grens.'

'Dat begrijp ik, admiraal. Over welke aantallen hebben we het, en wat voeren ze in godsnaam in hun schild?'

'Wat de eerste vraag betreft: we hebben een gepantserde divisie geidentificeerd. Die bestaat uit drie tankbrigades met een mix van oudere T-54's, T-62's en Zulfiqar-gevechtstanks uit de Sovjettijd. Verder zijn er vier artilleriebataljons en twee divisies gemechaniseerde infanterie. Wat ze in hun schild voeren? Nou, we kunnen nog niet in die termen denken. We moeten ons concentreren op waartoe ze in staat zijn en dan kijken wat ze van plan zijn.'

'Leg dat eens uit,' zei Ann Reynolds, de nationale veiligheidsadviseur.

Vertaling: *ik weet absoluut niet waar je het over hebt.* Net als Scott Kilborn was Reynolds, een Democratische afgevaardigde uit Michigan, buitengewoon onbekwaam. Ze dankte haar benoeming aan het feit dat ze vrouw was en in de commissie voor de inlichtingendiensten zat. Als president-directeur van een bedrijf dat websites voor sociale netwerken exploiteerde was Reynolds slim en capabel geweest, vaardigheden waarvan ze aannam dat ze haar in de politiek ook goed van pas zouden komen. Netters vermoedde dat ze nog niet helemaal besefte dat ze veel te veel hooi op haar vork had genomen, iets wat hem angst aanjaagde. De nationale veiligheidsadviseur was doodsbang, maar hoopte dat haar Donna Karan-pakjes, strenge bril en snelle manier van praten de wolven op een afstand zouden houden.

'Stel, ik ben van plan het olympisch record voor de marathon te verbeteren. Dat is mijn streven. Nu heb ik wel het probleem dat ik mijn beide benen heb gebroken en een hartkwaal heb. Dat is mijn capaciteit. Het laatste is bepalend voor het eerste.'

Reynolds knikte begrijpend.

Scott Kilborn, de directeur van de CIA, zei: 'Meneer de president, Teheran zal het een "oefening" noemen, maar we kunnen dit niet negeren. Ten eerste beweegt die troepenmacht zich naar de provincie Ilam – hemelsbreed is dat dichter bij Bagdad dan bij de meeste plaatsen in Iran. Ongeveer honderdveertig kilometer. Ten tweede hebben we net ons plan om ons uit Irak terug te trekken in werking gesteld. In het gunstigste geval sturen ze de soennieten hiermee een waarschuwing dat ze zich netjes moeten gedragen. In het ongunstigste geval is het menens en zijn ze van plan de grens te overschrijden.'

'Waarom?'

Kealty had de vraag gesteld, en dat was goed, dacht Netters, maar eigenlijk was Kealty helemaal niet nieuwsgierig. Als het op Irak aankwam, wilde de president alleen maar dat er een oplossing kwam. Vanaf de eerste dag had hij duidelijk gemaakt dat hij van plan was de Amerikaanse troepen zo snel mogelijk uit dat land terug te trekken, waarbij alleen symbolische aandacht aan de tactische veiligheid zou worden besteed. Het ontbrak Kealty aan twee essentiële eigenschappen voor goed leiderschap: flexibiliteit en nieuwsgierigheid.

'Om eens wat te proberen en te kijken hoe wij reageren,' antwoordde Kilborn. 'Hoe langer we de terugtrekking uitstellen, des te meer tijd heeft Teheran om achter de coulissen met de sjiitische milities samen te werken. Als ze de grens overschrijden, en we gaan gewoon door met onze terugtrekking, dan krijgen ze als het ware een preview.'

'Daar ben ik het niet mee eens,' zei admiraal Netters. 'Ze hebben niets te winnen en alles te verliezen met een invasie. Bovendien zit er weinig luchtdoelgeschut bij die troepen.'

'Wat bedoel je?'

'Ze brengen nauwelijks luchtdoelelementen in het veld, en het is niet zo dat ze daar gewoon niet aan hebben gedacht. Ze weten dat als wij op ze af komen, we eerst vanaf vliegdekschepen in de Golf aanvallen.'

Ann Reynolds, de nationale veiligheidsadviseur van Kealty, zei: 'Een signaal?'

'Nogmaals, mevrouw Reynolds, dat valt onder de categorie "intenties", maar dit kan ik u wel vertellen: ondanks al hun tekortkomingen zijn de Iraniërs niet blind. Bovendien geloven ze in de gevechtsformaties van de Sovjet-Unie, en die werkten veel met mobiele luchtdoelsystemen. Ze hebben gezien wat we in de eerste en tweede Golfoorlog hebben gedaan, en dat zijn ze niet vergeten. Je laat niet zomaar je luchtdoelelementen weg.'

'Kunnen ze geen dekking vanuit de lucht inzetten?' vroeg Reynolds. 'Jagers?'

'Daar is geen verandering in gekomen,' antwoordde Netters. 'We zien alleen de gebruikelijke patrouillevluchten.'

President Kealty fronste zijn wenkbrauwen. *Een vlieg in zijn soep*, dacht Netters. Hij had het land beloofd dat hij de Amerikaanse troepen uit Irak zou terugtrekken, en de klok tikte, niet voor zijn troepen of het strategische welzijn van Amerika, maar voor Kealty's kans op een tweede ambtstermijn. Natuurlijk had Netters van het begin af zijn eigen twijfels over de oorlog in Irak gehad, en die had hij nog steeds. Maar of de Verenigde Staten het nu leuk vonden of niet, ze zaten tot aan hun oren in het Midden-Oosten, misschien wel meer dan ooit. Een pijnloze terugtrekking was een luchtkasteel dat Kealty had verkocht aan een natie die de oorlog moe was, zoals ook heel begrijpelijk was. Hoewel het huidige terugtrekkingsplan niet kon slagen, was het nog wel zo goed uitgemeten dat Irak geleidelijk in chaos zou afzakken, in plaats van daar halsoverkop in te storten. Mocht dat laatste gebeuren, dan hoopte hij dat Kealty nog zo veel verstand had dat hij zijn plannen in heroverweging nam en naar de bevelhebbers ter plaatse luisterde.

In één opzicht had Scott Kilborn gelijk: die kwestie aan de grens zou heel goed een preview kunnen zijn van een Irak zonder Amerikaanse troepen, al was het de vraag of Iran werkelijk in Irak zou binnendringen als de Amerikaanse troepen weg waren. Maar als ze dat deden, zouden ze het hoog oplopende geweld tussen soennieten en sjiieten gebruiken om het te rechtvaardigen.

De Iraniërs speelden een verbijsterend spel. Als de terugtrekking van de Amerikaanse troepen werd vertraagd, was dat waarschijnlijk in strijd met de belangen van Teheran – in elk geval voor zover Washington kon zien.

Kealty leunde in zijn stoel achterover en maakte een bruggetje van zijn vingers. 'Goed, admiraal, omdat u niet over intenties wilt praten, zal ik dat voor u doen,' zei Kealty. 'De Iraniërs doen aan sabelgekletter. Ze willen kijken hoe vastbesloten we zijn. We negeren ze, houden ons aan het terugtrekkingsplan en geven ons eigen signaal af.'

'Welk signaal?' vroeg admiraal Netters.

'We sturen nog een vliegdekschip.'

Een signaal. Weer een missie zonder doel. Hoewel een vliegdekschip met alles wat daarbij hoort macht uitstraalde, gold daarvoor wat ook voor elementaire vuurwapens gold: richt nooit een wapen op iets als je niet van plan bent te schieten. En in dit geval wilde Kealty alleen maar met het wapen zwaaien.

'Welke vliegdekschepen hebben we beschikbaar?' wilde Kealty weten.

Voordat Netters antwoord kon geven, zei Kilborn: 'De *Stennis*...'

Netters onderbrak hem. 'Meneer de president, we zijn al overbelast. De *Stennis*-groep is pas tien dagen geleden afgelost. Hij is allang toe aan een...'

'Verdomme, admiraal, ik ben het zat om steeds maar te horen wat we niet kunnen. Is dat duidelijk?'

'Ja, meneer de president, maar u moet begrijpen dat...'

'Nee, dat begrijp ik niet. Daar wordt u voor betaald, admiraal. Zorg dat het gebeurt, en geef me het plan, of ik vind iemand anders die dat doet.'

Tariq liep de huiskamer in, waar de emir zat te lezen, en pakte de afstandsbediening van de televisie. 'Iets wat u moet zien.' Hij zette de televisie aan en ging naar een nieuwsstation. Een aantrekkelijke presentatrice met blond haar en blauwe ogen was midden in een zin.

'... opnieuw, en een woordvoerder van het Pentagon heeft zojuist een eerder BBC-bericht bevestigd over een Iraanse legeroefening bij de grens met Irak. Hoewel het Pentagon toegeeft dat de overheid in Teheran de oefening niet vooraf heeft bekendgemaakt, zegt het ook dat zulke oefeningen niet ongewoon zijn. Het noemt een soortgelijke verplaatsing van troepen en materieel in het begin van 2008...'

Tariq zette het geluid van de televisie uit.

'Een merkwaardige vriendschap,' mompelde de emir.

'Pardon?'

Hoewel Iran over het geheel genomen geen steun aan de URC gaf, had het land hen ook niet in de weg gezeten, want het besefte heel goed dat je nooit wist wanneer de belangen nog eens zouden samenvallen. Het Iraanse ministerie van Inlichtingen en Nationale Veiligheid, het VEVAK, had zich er de laatste jaren in verdiept hoe een Irak van na de bezetting er zou uitzien. Hoewel de Iraakse sjiieten verscheidene milities telden en hulp kregen van Hezbollah en Pasdaran, vormden ze toch een minderheid in Irak en liepen ze dus gevaar door de soennieten vervolgd te worden. Het was een verstoring van het machtsevenwicht waar Teheran een afkeer van had en waar de URC maar al te graag gebruik van wilde maken. Toen de Verenigde Staten in 2002 op oorlog aanstuurden, had de emir zijn eigen kosten-batenanalyse uitgevoerd en een strategie ontwikkeld om het doel van de URC dichterbij te brengen. Waarschijnlijk zou Washington nooit inzien dat die strategie indirect gebaseerd was op het Amerikaanse economische model.

De Verenigde Staten zouden uiteindelijk weggaan of alleen nog symbolisch aanwezig blijven, en dan zou Iran proberen Irak te overheersen, iets wat het land niet zou kunnen bereiken als het geen machtsmiddel had dat het tegen de soennitische meerderheid kon inzetten. In dat opzicht stond Iran aan de vraagkant. De emir zou daar een aanbod tegenover kunnen stellen. Iran was dus een potentiële klant.

De URC was zich in augustus 2003 met Irak gaan bemoeien. De organisatie stuurde toen manschappen, materieel en deskundigheid naar dat land en stelde dat alles gratis ter beschikking van extremistische soennietengroepen. Ze werden verbonden door hun gezamenlijke afkeer van de Amerikaanse bezetters en deelden dan ook hun middelen. Hun doelstellingen waren met elkaar vervlochten, en vanaf 2006 had de URC het voor het zeggen in grote delen van Bagdad en het grootste deel van de Sunni Triangle. Dat was een dienst waarvoor Teheran graag zou willen betalen.

Zoals Mary Pat Foley en het NCTC heel goed wisten en Jack Ryan junior sinds kort besefte, kon de informatie die in dit digitale tijdperk beschikbaar was het inlichtingenwerk zowel voorthelpen als belemmeren. Computers konden enorme hoeveelheden informatie indelen, vergelijken en verspreiden, maar de menselijke geest kon daar maar een bepaald deel van verwerken en gebruiken. Veel beslissingen – goede, slechte en neutrale – waren gebaseerd op de toepassing van informatie. Wie deed wat, en waar en wanneer deden ze het? Een stadsplanner had bijna niets aan een lijst van kruispunten waar het verkeer vaak vastliep, maar veel meer aan een dynamische kaart waarop hij of zij een beeld kon krijgen van trends en plaatsen waar mensen heen gingen. Jammer genoeg liepen de Verenigde Staten, zoals te vaak het geval was, hopeloos achter op het gebied van datavisualisatie en informatiearchitectuur. Ze zagen zich genoodzaakt die diensten uit te besteden aan particuliere bedrijven die beter thuis waren in het cybertijdperk, en intussen verspilde de federale bureaucratie miljoenen dollars en ontzaglijk veel tijd aan dat alles.

Voor Jack Ryan en Gavin Biery begon het project dat ze uiteindelijk PLOWSHARE zouden noemen als een technisch probleem: hoe maakte je iets nuttigs van de stroom van voor iedereen verkrijgbare informatie op internet? Hoe smeedde je een zwaard waarmee je alles kon weghakken wat je niet nodig had? Die vergelijking mocht dan wat overtrokken zijn, ze kwamen snel vooruit. Ze begonnen met een softwareprogramma dat ontworpen was om overlijdensberichten van de oostkust te verzamelen en ze op grond van allerlei criteria in te delen: leeftijd, plaats, doodsoorzaak, beroep enzovoort. Veel van de patronen die daaruit naar voren kwamen waren voorspelbaar geweest – bijvoorbeeld dat in bejaardentehuizen veel ouderen stierven –, maar sommige waren dat niet, bijvoorbeeld dat toen in een staat de leeftijd waarop alcohol mocht worden gedronken werd verhoogd, er meer jonge volwassenen om het leven kwamen op wegen die naar een aangrenzende staat leidden, waar op jeugdiger leeftijd mocht worden gedronken.

De andere verrassing bestond uit de diepte en breedte van de informatie die voor iedereen beschikbaar was. De werkelijk nuttige gegevens waren niet ontoegankelijk, maar zaten wel diep weggestopt in websites van overheden op verschillend niveau. Ze waren beschikbaar voor iedereen met genoeg geduld en handigheid. Landen in de Tweede en Derde Wereld, de landen waarin de meeste terroristische aanslagen werden gepleegd, waren de gemakkelijkste prooi. Die landen wilden graag alles online zetten, maar slaagden er niet in de veiligheid van hun database op tijd voor elkaar te krijgen. Informatie die eigenlijk vertrouwelijk was, zoals arrestatierapporten en recherchedossiers, kwamen op onbeveiligde servers zonder zelfs maar een firewall of wachtwoord terecht, zodat je er vanaf websites van de overheid gemakkelijk bij kon komen.

Dat was ook het geval met Libië. Binnen vier uur nadat ze het groene licht van Hendley hadden gekregen, waren Jack en Gavin zo ver dat PLOWSHARE met gigabytes van gegevens uit toegankelijke databases aan het werk was. Twee uur daarna zette PLOWSHARE de informatie op Gavins gehackte exemplaar van Google Earth Pro. Jack liet Hendley, Granger, Rounds en de gebroeders Caruso naar de verduisterde vergaderkamer komen. Op het door PLOWSHARE versterkte satellietbeeld van Tripoli waren veelkleurige lijnen, stippen en figuren aangebracht. Jack stond met de afstandsbediening in zijn hand bij het lcd-scherm; Biery zat achterin tegen de muur, zijn laptop open op zijn benen.

'Het lijkt net een schilderij van Jackson Pollock,' merkte Brian op. 'Wil je ons hoofdpijn bezorgen, Jack?'

'Wacht nou maar even,' antwoordde Jack, en hij drukte op een knop van de afstandsbediening. De 'datatracering', zoals Gavin en hij het noemden, verdween. Jack gaf de groep vijf minuten uitleg over PLOWSHARE en drukte toen weer op de afstandsbediening. Het beeld zoomde in op het vliegveld van Tripoli, waar nu iets overheen gelegd was dat op een bloem leek, met in het midden een stempel dat in gekleurde taartstukken was verdeeld. De bloemblaadjes waren rechthoekig en hadden verschillende lengten.

'De stempel vertegenwoordigt het gemiddelde aankomstvolume per dag. De ochtenden zijn het drukst, de middagen het rustigst. De bloemblaadjes vertegenwoordigen het gemiddelde aantal speciale onderzoeken dat op de controleposten van het vliegveld wordt ingesteld. Zoals jullie kunnen zien, is er 's morgens van zeven tot tien uur een piek en worden er tegen het middaguur minder reizigers onderzocht. We zien dat de donderdagen tussen halfelf 's morgens en twaalf uur 's middags de beste tijd zijn om iets door de controle te smokkelen.'

'Waarom?' vroeg Granger.

'De controleposten zijn 's morgens volledig bemand, maar op het eind van de ochtend gaan er steeds enkele personeelsleden lunchen. Er is dan dus minder personeel op de posten, en ze werken minder efficiënt doordat ze elkaar steeds aflossen. Daar komt nog bij dat bijna tweederde van de controleurs en bewakers van zondag tot en met donderdag werken.'

'Dus de donderdagen zijn hun vrijdagen,' zei Dominic. 'Ze denken al aan het weekend.'

Jack knikte. 'Dat dachten wij ook. We hebben ook een overeenkomende grafiek van vertrektijden. Daar hebben jullie misschien meer aan.'

Hij liet een serie gekleurde overlays zien met verkeerspatronen, geweldsdelicten, ontvoeringen, invallen van politie en leger, anti-westerse demonstraties... alles ingedeeld naar tijd, demografie, locatie, etniciteit, betrokkenheid van buitenlanders, religieuze en politieke gezindten. Ten slotte vatte hij de gegevens samen in een aantal dingen die Brian en Dominic moesten doen of juist niet moesten doen: stadsdelen die ze moesten mijden, en op welke tijden van de dag vooral, buurten waarin waarschijnlijk veel URC-sympathisanten woonden, straten waar militaire controles en politie-invallen het meest voorkwamen.

'Jack, dit is geweldig,' merkte Brian op. 'Onze eigen bizarre reisgids.'

'Hoeveel schommelingen zitten er in de gegevens?' vroeg Dominic.

'Niet veel. Er doet zich enige fluctuatie voor op en rond belangrijke islamitische feestdagen, maar als jullie daar niet langer dan een dag of tien blijven, hebben jullie daar niets mee te maken.'

'Kunnen ze hier in het veld ook bij?' vroeg Granger.

'Gavin heeft twee Sony Vaio VGN's gehackt – 8-inch scherm met Ubuntu OS en 1.3...'

'In gewone taal, Jack,' zei Rounds.

'Een heel kleine laptop. Daar staan alle gegevens in Flash-format op. Je kunt de PLOWSHARE-overlays veranderen en bekijken wanneer je maar wilt. We laten het jullie zien als we hier klaar zijn.'

'Goed werk, Jack, Gavin,' zei Hendley. 'Nog vragen, jongens?'

Brian en Dominic schudden hun hoofd.

'Oké, dan wens ik jullie een veilige reis.'

61

Jack Ryan senior strikte zijn das en keek in de spiegel. Hij vond dat hij er goed genoeg uitzag. Zijn gelukspak, een effen wit buttondownoverhemd, een rode das. Hij had de vorige dag zijn haar laten knippen, en dat vertoonde genoeg grijs om duidelijk te maken dat hij geen jonkie meer was, al zag hij er tegelijk nog jeugdig genoeg uit voor een man van begin vijftig. Hij glimlachte even om te controleren of hij zijn tanden goed had gepoetst. *Het was tijd.*

Het zou over een uur beginnen, voor zo'n twintig tv-camera's, met daarachter honderden verslaggevers en commentatoren, van wie er maar weinigen sympathie voor hem konden opbrengen. Maar dat hoefde ook niet. Het was hun werk de feiten te melden zoals zij ze zagen, eerlijk en zo objectief mogelijk. De meesten, of in elk geval sommigen, zouden dat waarschijnlijk wel doen. Ryan van zijn kant moest zijn tekst goed opzeggen en niet overgeven of omvallen voor de camera's, hoe prachtig de makers van televisieprogramma's dat ook zouden vinden.

Er werd op de deur geklopt. Ryan liep erheen om open te doen. Hij hoefde niet erg voorzichtig te zijn. Zijn team van de Geheime Dienst bewaakte deze hele verdieping alsof er kernkoppen van de luchtmacht lagen opgeslagen.

'Hé, Arnie, Callie,' groette hij.

Arnie van Damm bekeek hem van top tot teen. 'Nou, ik ben blij dat je nog weet hoe je je moet kleden.'

'Heb je een andere das?' vroeg Callie Weston.

'Wat is er verkeerd aan rood?' zei Ryan.

'Te opvallend.'

'Wat zou jij voorstellen?'

'Hemelsblauw is beter.'

'Callie, ik hou van je werk, maar alsjeblieft, mag ik zelf mijn kleren uitkiezen?'

Callie Weston mopperde iets, maar liet het erbij.

'Ben je er helemaal klaar voor?' vroeg Arnie.

'Het is te laat om nu nog weg te lopen,' antwoordde Ryan. En dat was het inderdaad. Voortaan was hij een bereidwillige, enthousiaste kandidaat. Met bloed in zijn ogen en staal in zijn ruggengraat.

Van Damm zei: 'Ik kan je zeker niet overhalen om...'

'Nee.' Arnie, Callie en hij waren het niet eens geweest over Georgetown – of hij de moordaanslag al dan niet moest opnemen in de toespraak waarmee hij zich kandidaat stelde. Uiteraard waren zij daarvoor geweest, maar Ryan had er niets van willen weten. Het incident zou tijdens de campagne ter sprake worden gebracht, maar niet door hem. Al zou hij het ook niet uit de weg gaan.

'Hoe is het publiek?' vroeg Ryan. Daarmee was het onderwerp Georgetown afgesloten.

'Ze kijken gespannen naar je uit,' antwoordde Arnie. 'Er is vandaag niet veel ander nieuws, en dus zijn ze heel blij met je. Ze kunnen er bijna vijf minuten uitzendtijd mee vullen. Je gaat veel tandpasta voor ze verkopen, Jack. Ach, en sommigen mogen je misschien ook nog graag.'

'O ja? Sinds wanneer?' vroeg Ryan.

'Ze zijn niet de vijand. Ze zijn de pers. Het zijn neutrale waarnemers. Je kunt best met ze omgaan, een praatje met ze maken. Een biertje met ze drinken. Op die manier neem je ze voor je in. Je bent een sympathieke kerel. Maak daar gebruik van.'

'Ik zal erover nadenken. Koffie?'

'Hebben ze hier goeie?'

'Ik heb geen klachten,' zei Jack. Hij liep naar het dienblad van de roomservice en ging zitten om een kop in te schenken. Zijn derde. Dat was zijn limiet, anders zou de cafeïne hem onrustig maken. In het Witte Huis was de presidentiële koffie altijd Jamaican Blue Mountain uit de voormalige Britse kolonie. Die koffie werd door velen als de beste van de hele wereld beschouwd. Dát was nog eens koffie. Misschien kwam het door het bauxiet in de bonen, dacht Jack.

Hij dacht weer aan de vraag die centraal stond. Als hij won, hoe kreeg hij het land dan weer op de rails? Het was bijna onmogelijk om zo'n gecompliceerd land als de Verenigde Staten van Amerika te besturen. Er waren te veel belangen in het spel. De president had een staf die ervoor zorgde dat alleen de belangrijke dingen op zijn bureau kwamen te liggen. Dat maakte de president tot gijzelaar van zijn staf, en zelfs een bekwaam mens kon in een verkeerde richting worden gestuurd door de mensen die hij daarvoor had uitgekozen – en om praktische redenen werd de keuze van het personeel gedelegeerd aan de hogere stafleden, die allemaal iets gewichtigs hadden, alsof een bureau in de West Wing van het Witte Huis of het Old Executive Office Building een persoonlijk geschenk van God zelf was. Door de dingen te selecteren die de president onder ogen kreeg gaven zulke mensen vorm aan zijn ideeën. *En je gaat ervoor vechten om dat nog eens vier jaar mee te maken?* vroeg Ryan zich af. *Idioot die je bent.*

'Ik ken die blik,' zei Arnie. 'Ik weet wat je denkt. Wat kan ik zeggen, Jack, behalve dat ik denk dat je echt de beste man voor die baan bent, en dat het noodzakelijk is dat je het doet. Dat geloof ik met heel mijn hart. En jij?'

'Ik probeer het,' zei Ryan.

'Heb je gezien wat er in Iran aan de hand is?' vroeg Arnie.

'Wat? Hun nucleaire programma, of de legeroefeningen bij de grens?'

'Beide.'

'Komt op hetzelfde neer,' zei Jack. 'Teheran weet dat een beetje sabelgekletter genoeg is om Kealty tot een reactie te brengen – waarschijnlijk een overdreven reactie. Laat hij Netters daarheen sturen, een compleet vliegdekschip en alles wat daarbij hoort?'

'Ja. De *Stennis*. Die was naar huis teruggekeerd.'

'De stommeling. Die Iraniërs trekken aan de touwtjes van de president van de Verenigde Staten.' Hij keek op zijn horloge. 'Hoeveel tijd heb ik nog?'

'Tien minuten,' antwoordde Callie. 'Kan ik je overhalen je te laten schminken?'

'Geen denken aan!' donderde Ryan. 'Ik ben geen tiendollarhoer in Sixteenth Street.'

'Ze kosten tegenwoordig meer, Jack. Inflatie, weet je nog wel?'

Ryan stond op om naar de wc te gaan. Dat was ook iets wat hij niet moest vermelden: dat zijn blaas niet meer te bedwingen was, vooral wanneer er camera's bij waren. Naarmate Ryan ouder werd, had hij er steeds meer moeite mee om te wachten tot hij kon plassen. Dat hoorde bij het verouderingsproces, dacht hij. Hij plaste, trok zijn rits dicht en liep de kamer weer in om zijn jasje aan te trekken.

'Gaan we?'

'Naar de leeuwenkuil, meneer de president.' Arnie noemde hem alleen Jack als ze met z'n tweeën waren. Callie Weston had hetzelfde privilege, al kostte het haar moeite. Toen ze de kamer uitliepen, was Andrea Price-O'Day er ook, samen met andere leden van Jacks bewakingsteam. Hun pistolen zaten in de holsters.

'SWORDSMAN in beweging,' zei Andrea via het microfoontje op haar kraag tegen de rest van haar team.

Jack liep naar de lift, die zoals gewoonlijk voor hem was vastgehouden. Er stond nog een gewapende agent in.

'Oké, Eddie,' zei Andrea, en Eddie liet de sleutel los die hij in zijn hand had gehad. De lift ging omlaag naar de eerste verdieping, waar de vergaderzaal was gereserveerd voor de bekendmaking van die dag.

Veertig seconden later gleden de deuren open en kwam het team van de Geheime Dienst naar buiten om voorop te gaan in de stoet. Er was een soort trechter van toeschouwers. Daar stonden zowaar gewone burgers tussen, maar de meesten waren verslaggevers van allerlei media. Er waren ook veel tv-camera's. Jack glimlachte naar hen – kandidaten moesten altijd glimlachen – en zwaaide naar de weinigen die hij nog bij naam kende van vier jaar geleden. Als hij te vaak glimlachte, kwamen er barsten in zijn gezicht, dacht Jack.

'Meneer de president, wilt u me volgen?' zei de hoteldirecteur, en hij leidde het gezelschap naar de achterkant van de zaal. Daar stond de lessenaar. Ryan ging er meteen op af en pakte het hout hard genoeg vast om zijn handen een beetje pijn te doen. Dat was zijn gewoonte; het hielp hem zich af te stemmen op wat hem te doen stond.

'Dames en heren,' begon Jack. 'Dank u voor uw komst. Ik ben hier om bekend te maken dat ik me kandidaat stel voor de presidentsverkiezingen van volgend jaar.

Sinds ik drie jaar geleden het Witte Huis verliet, heb ik met teleurstelling gevolgd hoe de huidige president het deed. President Kealty heeft niet goed gereageerd op de problemen waarvoor ons land zich gesteld ziet. In Afghanistan en Irak zijn soldaten onnodig omgekomen, als slachtoffers van een stuurloos beleid van terugtrekking. Zelfs wanneer een oorlog ondoordacht is begonnen, is het nu eenmaal oorlog en moet je daarnaar handelen. Het is geen goed beleid om voor een conflict weg te lopen. President Kealty was als senator al geen vriend van onze strijdkrachten, en hij heeft zijn eerdere fouten nog erger gemaakt door ondoelmatig gebruik van onze troepen te maken. Hij luistert niet naar de commandanten in het terrein, maar probeert vanuit het Witte Huis leiding te geven aan onze mensen in het veld. Daardoor zijn mensen omgekomen.

Bovendien heeft president Kealty verkeerd leidinggegeven aan onze nationale economie. Toen ik het Witte Huis verliet, had Amerika een groeiende en gezonde economie. In zijn eerste twee jaar heeft president Kealty's onjuiste belastingpolitiek die economie abrupt tot stilstand gebracht. In het afgelopen jaar is de economie vanaf het dieptepunt teruggestuiterd en begint ze weer te groeien, maar dat gebeurt in weerwil van het overheidsbeleid en is daar zeker niet aan te danken. Toen ik president was, hebben we de belastingwetgeving vereenvoudigd. Dat maakte veel juristen en accountants werkloos – zoals u zich misschien kunt herinneren, ben ik ooit begonnen als registeraccountant, en de nieuwe belastingwetten zijn zo ingewikkeld dat zelfs ik ze niet meer kan begrijpen. Misschien is president Kealty er blij mee dat, zoals hij het zegt, iedereen zijn eerlijke portie belastingen betaalt, maar de inkomsten van de federale overheid zijn niet gestegen, maar gedaald, en het daaruit voortkomende tekort brengt Amerika elke dag schade toe.

Ik kan Kealty's eerste drie jaar in het Witte Huis alleen maar als een fout van ons land zien. Ik sta hier nu om te proberen zelf weer president te worden en de fouten te herstellen.

Wat de nationale veiligheid betreft, heeft ons land behoefte aan een nieuwe, efficiënte visie op de plaats die we in de wereld innemen. Wie onze vijanden zijn en hoe we met hen moeten afrekenen. Om te beginnen hebben we behoefte aan een betere inlichtingendienst. Het zal jaren duren voordat we dat voor elkaar hebben, en we moeten er binnenkort aan beginnen. Je kunt niet met je vijanden afrekenen als je niet weet wie ze zijn en waar ze zijn. Je vecht tegen vijanden door je militaire middelen te ondersteunen en ze efficiënt in te zetten. Het is duidelijk dat president Kealty dat niet goed heeft gedaan. De nationale veiligheid is de voornaamste taak van de federale overheid. Zoals Thomas Jefferson het stelde: het leven gaat voor vrijheid en het nastreven van geluk. Het is de taak van de landmacht, de marine, de luchtmacht en het korps mariniers om het leven van de natie te beschermen. Daarvoor moeten ze goed worden ondersteund, terdege worden getraind en vervolgens in staat worden gesteld hun werk te doen op grond van de wensen en deskundigheid van hun beroepsofficieren, onder strategische leiding van de zittende president. President Kealty schijnt dat niet in te zien.

Dames en heren, ik ben hier omdat iemand de president moet vervangen, en die iemand, denk ik, ben ik. Ik vraag om uw steun, en de steun van onze burgers. Amerika verdient iets beters dan wat president Kealty heeft gedaan, en ik bied mijzelf en mijn visie aan om de problemen op te lossen die in de afgelopen drie jaar zijn gecreëerd. Het is mijn missie om Amerika terug te brengen naar de oude waarheden, die ons gedurende tweehonderd jaar goed hebben gediend. Onze mensen verdienen iets beters. Ik ben hier om de mensen de dingen te geven die ze nodig hebben. En wat is dat dan wel?' vroeg hij retorisch.

'De mensen moeten vrij zijn van angst. Ze moeten zich thuis en op hun werkplek veilig voelen. Ze moeten weten dat hun overheid waakzaam is, op zoek is naar degenen die ons land kwaad willen doen, en in staat is degenen terecht te laten staan die Amerika aanvallen.

We moeten vrij zijn om ons leven te leiden zonder bemoeienis van mensen die in Washington wonen en hun wil proberen op te leggen aan ieder ander, of ze nu in Virginia of Wyoming wonen. De vrijheid is het gemeenschappelijke geboorterecht van alle Amerikanen, en dat geboorterecht zal ik zo goed mogelijk beschermen.

Dames en heren, het is niet de taak van de regering om voor kindermeisje van het land te spelen. De gemiddelde burger kan voor zichzelf zorgen zonder hulp van iemand die hier in Washington werkt. Amerika is gesticht omdat onze burgers meer dan tweehonderd jaar geleden niet meer vanuit de verte geregeerd wilden worden door mensen die hen niet kenden en niet veel om hun welzijn gaven. Amerika is het land van de vrijheid. De vrijheid om je eigen beslissingen te nemen, de vrijheid om in vrede met je buren te leven. De vrijheid om met je kinderen naar Disney World in Florida te gaan, of om op forel te gaan vissen in Colorado. Vrijheid is de natuurlijke toestand in de natuur. God wil dat we in vrijheid leven. Het is de taak van de president van de Verenigde Staten om ons land te behouden, te beschermen en te verdedigen. Als de president dat doet, kunnen de burgers leven zoals ze willen. Dat is het doel van de president: het volk beschermen en het vervolgens met rust laten.

Dat stel ik voor te gaan doen. Ik zal de strijdkrachten weer opbouwen en in de gelegenheid stellen hun geüniformeerde leden te trainen. Ik zal ze de juiste steun geven en met onze vijanden laten afrekenen. Ik zal onze inlichtingenwereld weer opbouwen, zodat we degenen die ons land en onze burgers kwaad willen doen kunnen identificeren en bestrijden voordat ze hun verwoestende aanslagen kunnen plegen. Ik zal een rationeel belastingstelsel invoeren dat van de mensen alleen het geld neemt dat het land nodig heeft om goed te kunnen functioneren, zonder de burgers uit te zuigen en ze tegelijk ook nog te zeggen hoe ze moeten leven.

Tot slot iets wat kort geleden onder mijn aandacht is gekomen. President Kealty heeft het ministerie van Justitie met zijn volle gewicht in actie laten komen tegen een onderscheiden soldaat van het Amerikaanse leger. Die soldaat was in Afghanistan op zoek naar de emir, Saif Rahman Yasin. De missie om hem te pakken te krijgen mislukte, waarschijnlijk door gebrekkige inlichtingen, maar bij het uitvoeren van die missie heeft deze soldaat verscheidene vijandelijke strijders gedood. Hierna heeft het ministerie van Justitie een onderzoek tegen hem ingesteld wegens moord. Ik heb me in dit incident verdiept. Deze soldaat deed precies wat soldaten al sinds het begin der tijden doen: hij doodde vijanden van ons land. Het is duidelijk dat president Kealty en ik heel verschillende ideeën hebben over wat de strijdkrachten van ons land moeten doen. Deze vervolging is een groot onrecht. De regering moet de burgers dienen, en een soldaat van het Amerikaanse leger is een geuniformeerde burger. Ik roep president Kealty dan ook op om onmiddellijk een eind aan dit schandaal te maken.

Ik dank u voor uw komst. Mijn campagne begint hier en nu. Het zal een lange en waarschijnlijk ook harde campagne worden, in elk geval harder dan de eerste. Maar ik ben in de race, en we zullen zien wat het Amerikaanse volk in november besluit. Nogmaals, bedankt voor uw komst.'

Ryan stapte bij de lessenaar vandaan en haalde diep adem. Hij had een slokje water nodig, en dronk uit een glas op de lessenaar. Hij keek naar Arnie en Callie en zag dat ze allebei hun duim opstaken. Oké, dat was gebeurd. De wedstrijd was begonnen. God helpe hem.

'De klootzak!' snauwde Edward Kealty tegen de tv. 'Zogenaamde held die het belaagde land te hulp komt! En miljoenen makke schapen trappen erin. Dat is nog het ergste.'

McMullen en zijn mensen hadden geweten dat Ryan zijn bekendmaking zou doen, en ze hadden Kealty erop voorbereid. Maar blijkbaar waren ze daar niet helemaal in geslaagd. Kealty was woedend, wist McMullen, maar hij was ook oprecht bezorgd. Een groot deel van het Amerikaanse publiek had nog zijn twijfels over Kealty, vooral door de manier waarop de verkiezingen waren verlopen. In de maanden na Kealty's verkiezing was de frase 'overwinning bij gebrek aan tegenstanders' gemeengoed geworden in de politieke televisieprogramma's. Hoewel de peilingen de stemming van het land niet goed konden weergeven, hadden de meeste mensen, dacht McMullen, het gevoel dat er een essentieel ingrediënt aan de verkiezingen had ontbroken: een lange, verwoede strijd tussen twee kandidaten die hun ziel voor de kiezers hadden blootgelegd. Kealty had zich laten zien, voor een groot deel in elk geval, maar zijn tegenstander had niet de kans gekregen.

'Hoe is hij in godsnaam achter dat van die Ranger gekomen?' vroeg Kealty.

'Dat is niet na te gaan, meneer de president.'

'Kom niet met die onzin aanzetten, Wes! Zoek het uit.'

'Ja, meneer de president. We zullen de vervolging moeten staken.'

'Van die soldaat? Ja, ik weet het, verdomme. Gooi het maar in de nieuwscyclus van vrijdag. Doe het weg. Hoe ver zijn we met onze research naar de tegenstander?'

'Daar wordt nog aan gewerkt. Niets waar we onze tanden in kunnen zetten. Het probleem is de CIA. Veel dingen die Ryan heeft gedaan, zijn nog geheim.'

'Laat Kilborn...'

'Zoiets lekt uit. Als de pers ontdekt dat we in Ryans CIA-verleden aan het spitten zijn, staat dat niet goed. We moeten een andere manier vinden.'

'Doe wat je moet doen. Als die lul weer president wil worden, moet hij dat zelf weten, maar ik wil dat hij op zijn donder krijgt.'

'Allemachtig,' zei Sam Driscoll vanuit zijn ziekenhuisbed. 'Een gezicht uit het verleden. Wat doe jij hier?'

John Clark glimlachte. 'Ik hoorde via via dat je je schouder hebt geblesseerd met badmintonnen.'

'Was dat maar waar. Ga zitten, man.'

'Ik breng geschenken mee,' zei Clark. Hij zette zijn tas op het bed en maakte hem open. Er zaten twee flesjes Sam Adams-bier in. Hij gaf er een aan Driscoll en maakte dat van hemzelf open.

Driscoll nam een slok en zuchtte. 'Hoe wist je dat? Van het bier, bedoel ik.'

'Ik herinnerde me dat je het er na Somalië over had.'

'Je hebt een goed geheugen. Je hebt ook een beetje meer grijs haar, zie ik.'

'Dat moet jij nodig zeggen.'

Driscoll nam weer een grote slok. 'Wat is de echte reden van je komst?'

'Ik wilde vooral even bij je komen kijken, maar ik heb ook die onzin over de CID gehoord. Hoe staat het daarmee?'

'Weet ik niet. Ze hebben me drie keer ondervraagd. Mijn advocaat denkt dat er een of andere klootzak achter een bureau naar een manier zoekt om mij in staat van beschuldiging te stellen. Het is een grote puinhoop, John.'

'Daar heb je gelijk in. Als je je werk doet, is het fout, en als je het niet doet ook. Wat zeggen de artsen over je schouder?'

'Ik moet nog één keer geopereerd worden. Die rotssplinter heeft de grote bloedvaten gemist, maar hij heeft wel veel ravage aangericht in de pezen en banden. Drie maanden herstel, denken ze, en dan nog eens drie maanden revalidatie. Ik denk niet dat ik ooit nog aan de rekstok zwaai.'

'En met een zware rugzak lopen?'

'Dat waarschijnlijk ook niet. De dokter die me heeft geopereerd, denkt dat ik mijn elleboog niet meer boven mijn oor kan krijgen.'

'Ik vind het erg, Sam.'

'Ja, ik ook. Ik zal het missen. Ik zal de jongens missen.'

'Je hebt je twintig dienstjaren, hè?'

'Ja, ruimschoots, maar met die CID-toestand... Wie weet?'

Clark knikte peinzend. 'Nou, je hebt met een klapper afscheid genomen. Je hebt goede inlichtingen uit die grot gehaald. Misschien had je op die zandtafel de berg af kunnen glijden.'

Driscoll lachte en zei toen: 'Wacht eens even. Hoe weet jij daarvan? Je zit er nog steeds in, hè?'

'Dat hangt ervan af wat je met "erin" bedoelt.'

Een verpleegster kwam met een klembord de kamer in. Driscoll stopte zijn bier vlug onder het laken weg; Clark liet zijn flesje ook uit het zicht verdwijnen. 'Goedemiddag, sergeant Driscoll. Ik ben Veronica. Ik pas tot middernacht op u. Hoe voelen we ons?'

'Heel goed, mevrouw, en u?'

Veronica keek plichtsgetrouw op haar klembord en maakte een paar notities. 'Kan ik u iets brengen? Hoe erg is uw pijn op een schaal van één tot...'

'Een zesje, en stabiel,' antwoordde Driscoll met een glimlach. 'Mag ik misschien een beetje ijs na het eten?'

'Ik zal zien wat ik kan doen.'

Veronica glimlachte, draaide zich om en liep naar de deur. Over haar schouder zei ze: 'Zorg er wel voor dat die flesjes verdwenen zijn als u er klaar mee bent, heren.'

Toen Clark en Driscoll waren uitgelachen, zei Driscoll: 'Met "erin" bedoel ik de overheidsdienst.'

'In dat geval: nee. Ik kom je een baan aanbieden, Sam.' Clark wist dat hij nu enigszins buiten zijn boekje ging, maar hij geloofde niet dat het hem moeite zou kosten Driscoll aangenomen te krijgen.

'Wat voor baan?'

'Ongeveer hetzelfde als wat je tot nu toe deed, maar dan zonder rugzak en met een hoger salaris.'

'Vraag je me iets illegaals te doen, John?'

'Niets waar je moeite mee zou hebben. Niets wat je niet eerder hebt gedaan. Daar komt nog bij dat je niet meer wordt vervolgd. Je zou wel moeten verhuizen. De winters zijn daar kouder dan in Georgia.'

'Washington?'

'Daar in de buurt.'

Driscoll knikte langzaam en dacht over Clarks aanbod na. Toen zei hij: 'Wat is dat nou?' Hij pakte de afstandsbediening van zijn nachtkastje en zette het geluid van de tv aan.

'... Kealty heeft het ministerie van Justitie met zijn volle gewicht in actie laten komen tegen een onderscheiden soldaat van het Amerikaanse leger. Die soldaat was in Afghanistan op zoek naar de emir, Saif Rahman Yasin. De missie om hem te pakken te krijgen mislukte, waarschijnlijk door gebrekkige inlichtingen, maar bij het uitvoeren van die missie heeft deze soldaat verscheidene vijandelijke strijders gedood. Hierna heeft het ministerie van Justitie een onderzoek tegen hem ingesteld wegens moord. Ik heb me in dit incident verdiept. Deze soldaat deed precies wat soldaten al sinds het begin der tijden doen: hij doodde vijanden van ons land...'

Driscoll zette het geluid weer uit. 'Wat krijgen we nou?' Clark glimlachte. 'Nou?' zei Driscoll. 'Heb jij dat gedaan?'

'Shit, nee. Dat is allemaal het werk van generaal Marion Diggs en Jack Ryan.'

'Het is wel een ongelooflijk goeie timing, John.'

'Stom toeval. Ik had al het gevoel dat hij zoiets zou doen, maar toch...' Clark haalde zijn schouders op. 'Ik denk dat je CID-probleem daarmee wel is opgelost.'

'Hoe bedoel je?'

'Ryan doet mee aan de presidentsverkiezingen, Sam, en zojuist heeft hij Kealty voor de landelijke televisie om de oren geslagen. Kealty kan nu twee dingen doen: die idiote vervolging een paar weken in het nieuws laten, of er een eind aan maken en hopen dat mensen het vergeten. Op dit moment heeft Kealty veel grotere problemen. Jij bent niet belangrijk meer voor hem.'

'Godsamme. Bedankt, John.'

'Ik heb niets gedaan.'

'De kans dat ik Jack Ryan of generaal Diggs aan de telefoon krijg, is niet groot. Daarom moet ik jou maar bedanken.'

'Ik zal het doorgeven. Denk over mijn aanbod na. Het blijft staan tot je weer op de been bent, en dan kun je komen kennismaken. Wat zeg je daarvan?'

'Klinkt goed.'

Drieënveertig uur nadat Adnan de buitenboordkranen van de Halmatic-trawler van Salitsjev had opengezet en het schip met zijn drie kameraden tweehonderd meter diep naar de bodem van de Barentszee had laten zinken, kwam de tweede zending bij het pakhuis in Dubai aan.

Sinds Musa's komst was de ingenieur hard aan het werk geweest. Hij had de tent met loden binnenbekleding op de vloer van het pakhuis gezet en zijn inventarislijst van onderdelen nagekeken. Net als de tent zelf, die in Maleisië was gemaakt volgens specificaties die gestolen waren uit het online-lesmateriaal van de cursus OPRAD (operationele radiatieveiligheid) van Fort Leonard Wood, waren de onderdelen aan lasermilling onderworpen en op een draaibank vervaardigd aan de hand van tekeningen die in Marokko en de Oekraïne waren gemaakt.

De schoonheid van de eenvoud, dacht Musa.

Alle onderdelen van het apparaat kwamen voort uit onschuldige technologie die ook voor iets anders te gebruiken was, of uit plannen die lang geleden waren opgegeven omdat ze niet meer aan moderne normen voldeden.

Het onderdeel dat hij en zijn team hadden bemachtigd, bestond alleen dankzij de in de ogen van veel milieugroepen lakse houding van Rusland ten opzichte van nucleair materiaal. Musa wist dat ze daarnaast ook veel te danken hadden aan de liefde van de Russische overheid voor innovatieve kernenergieprogramma's en haar neiging om de wereld zo min mogelijk over die programma's te vertellen.

Verspreid langs de noordelijke scheepvaartroutes van Rusland stonden vuurtorens met een 380 RTG – een thermo-elektrische generator met radio-isotoop. De overgrote meerderheid daarvan werd aangedreven door een strontium 90-kern, een lichte, warmteopwekkende radio-isotoop met een halveringstijd van negenentwintig jaar en een uitgangsvermogen dat uiteenliep van enkele watts tot tachtig watt. Onder de vuurtorens met de vier RTG-modellen – Beta-M, Efir-MA, Gorn en Gong – bevonden echter zich ook enkele die een heel ander soort kern gebruikten: plutonium-238. In tegenstelling tot strontium, dat in het ergste geval kon worden gebruikt om een vuile bom te maken, was plutionium-238 splijtbaar. Niettemin zou de hoeveelheid kernmateriaal dat ze konden bemachtigen op zichzelf niet voldoende zijn voor hun doeleinden. Daarvoor moesten ze een tweede bron aanboren, en dat was Adnans taak geweest. Een taak waarvoor hij en zijn mannen hun leven hadden opgeofferd. Het voorwerp dat hij uit de gedumpte ijsbreker op dat godvergeten eiland had gehaald, was het laatste stukje van de puzzel geweest: de kern van een OK-900A drukwaterreactor met honderdvijftig kilo verrijkt uranium-235.

Beide elementen lagen voor het grijpen, dacht Musa. Nauwelijks beveiligd en ook bijna niet geregistreerd. Zouden die idioten merken dat het weg was, en zo ja, hoe lang zouden ze daarover doen? vroeg hij zich af. In elk geval zou het dan te laat zijn.

Hoe ingewikkeld de processen en theorieën achter de werking van het apparaat ook waren, de bouw was niet ingewikkelder dan wanneer je uit losse onderdelen een viercilindermotor van een auto in elkaar zou zetten, had de ingenieur hem verteld. Alles moest natuurlijk precies op elkaar aansluiten, tot op micrometers nauwkeurig, en daardoor was het assemblageproces een heel werk, maar het pakhuis dat Musa in Dubai had uitgekozen, zou hun de nodige privacy en anonimiteit verschaffen.

En het tijdschema van de emir stelde hen in staat om alles op hun gemak in elkaar te zetten.

De ingenieur kwam uit de ritsdeur van het werkgedeelte in de tent. Hij trok zijn beschermende kleding uit in de ruimte die ze daarvoor hadden bestemd en kwam het pakhuis in. 'Beide montages waren goed verpakt,' zei hij, terwijl hij een fles water van Musa aanpakte. 'Afgezien van een beetje reststraling op de buitenkant van de vaten zijn er geen lekken. Na de lunch haal ik de inhoud eruit. Ik maak me vooral zorgen om het tweede pakket.'

'Waarom?'

'De sluitingen waarmee de aandrijvers van de regelstaven het vat binnengaan, zouden een probleem kunnen vormen. Waarschijnlijk waren ze tijdens de oorspronkelijke bergingsoperatie afgesloten, maar het is de vraag met welke methode en hoe goed dat is gedaan. Totdat ik ze zie, kan ik niet zeggen of ze nog intact zijn.'

Musa dacht daarover na en knikte. 'En de opbrengst?'

'Ook dat weet ik pas als ik ze heb ontmanteld.'

'Je weet welke minimale opbrengst we nodig hebben?'

'Ja, en ik denk dat we dat gemakkelijk kunnen bereiken, maar op dit moment kan ik niets beloven. Je weet echt zeker dat niets van dit alles afkomstig is uit militaire installaties?'

'Waarom is dat zo belangrijk?'

'Het maakt alle verschil van de wereld, mijn vriend. We zijn bezig het apparaat omgekeerd op te bouwen. Alsof het nog niet ingewikkeld genoeg is, hebben we te maken met heel verschillende bronnen, die voor heel verschillende doeleinden worden gebruikt. De manier waarop we de dingen uit elkaar halen is bijna even belangrijk als de manier waarop we ze in elkaar zetten. Begrijp je dat?'

'Ja. Ze zijn verkregen zoals ik je heb verteld. De tekeningen die je hebt, horen bij die twee apparaten.'

'Dat is goed. Dan voorzie ik geen onoverkomelijke problemen.'

'Hoe lang duurt het?'

'Nog een dag om het uit elkaar te halen. Twee of drie dagen om het in elkaar te zetten. Laten we zeggen: vier dagen voordat het klaar is voor vertrek.'

62

Het consulaat-generaal van Indonesië bevond zich aan Columbus Avenue, enkele blokken ten zuiden van het Embarcadero, tussen Telegraph Hill en Lombard Street en in het zicht van het eiland Alcatraz. Clark vond een parkeerplek aan Jones Street, een blok ten zuiden van het consulaat, en zette hun gehuurde Ford Taurus daar neer.

'Ooit eerder in San Francisco geweest, Jack?' vroeg Chavez vanaf de achterbank.

'Als kleine jongen. Ik kan me alleen nog Fisherman's Wharf herinneren, die museumduikboot...'

'De USS *Pampanito*,' zei Clark.

'Ja. En Treasure Island. Mijn vader zegt dat ik huilde toen hij me vertelde dat het niet hetzelfde Treasure Island was als uit het boek van Stevenson.'

Clark lachte. 'Was dat voordat hij je vertelde dat de paashaas en de Kerstman niet bestonden?'

Jack Ryan junior lachte ook. 'Dezelfde dag, geloof ik.'

Clark haalde zijn mobiele telefoon tevoorschijn, een van drie prepaidtelefoons die ze op het vliegveld hadden gekocht. Hij toetste een nummer in en zei even later: 'Ja, goedemorgen, is meneer Nayoan vanmorgen aanwezig? Ja, dank u.' Clark hing op. 'Hij is er. Laten we een eindje gaan lopen om de omgeving te verkennen.'

'Waar kijken we naar uit?' vroeg Jack.

'Naar alles en niets,' antwoordde Clark. 'De kaart is niet het terrein, Jack. Je moet acclimatiseren. Uitzoeken waar de cafetaria's zijn. De geldautomaten, de zijstraten en steegjes, de kiosken, de telefooncellen. Wat zijn de beste plaatsen om een taxi te nemen of op de tram te springen? Je moet het gevoel krijgen dat je hier woont.'

'Is dat alles?'

Chavez zei: 'Nee. Hoe lopen de mensen? Hoe gaan ze met elkaar om? Wachten ze tot het voetgangerslicht op groen springt of lopen ze door rood? Kijken ze elkaar op het trottoir aan en wisselen ze beleefdheden uit? Hoeveel politieauto's zie je? Je kijkt hoe het met het parkeren is gesteld. Zijn er meters of is het gratis? Je kijkt waar de BART-ingangen zijn.'

'*Bay Area Rapid Transit*,' voegde Clark daaraan toe voordat Jack het kon vragen. 'De metro hier.'

'Je moet dus heel wat verwerken,' zei Jack.

'Dat is het werk,' antwoordde Clark. 'Wil je naar huis?'

'Absoluut niet.'

'Het is een mentaliteit, Jack. Je moet op een andere manier naar je omgeving kijken. Soldaten kijken uit naar mogelijkheden om dekking te zoeken en een hinderlaag te leggen; spionnen kijken uit naar plaatsen om pakjes uit te wisselen en mensen in de gaten te houden. Twee dingen moet je je steeds weer afvragen: hoe zou ik hier iemand volgen, en hoe zou ik hier iemand kwijtraken?'

'Oké.'

Clark keek op zijn horloge. 'We nemen een uur de tijd en komen dan bij de auto terug om te kijken of Nayoan aan zijn lunch toe is. Jack, jij gaat naar het zuiden; Ding en ik nemen het noordoosten en noordwesten.'

'Waarom op die manier?' vroeg Jack.

'Naar het zuiden toe zijn er woonwijken. Overdag zal Nayoans leven door de klok worden bepaald: besprekingen, lunchpauze, dat soort dingen. Gebruik je wandeling om te acclimatiseren.'

Zoals hem was opgedragen, liep Jack in zuidelijke richting door Jones Street, en daarna door Lombard Street, steile en bochtige straten die goed voor zijn conditie waren. Hij kwam bij de tennisbanen boven aan Telegraph Hill en ging daar weer naar het zuiden. De huizen stonden dicht op elkaar en waren kleurrijk geverfd. Vele ervan hadden balkons en veranda's vol bloemen. Jack had foto's gezien van de aardbeving die San Francisco in 1906 had getroffen, en die beelden kon hij moeilijk rijmen met wat hij nu te zien kreeg. De aardkorst hoefde maar een paar meter, misschien zelfs een paar centimeter, te verschuiven, en een hele stad werd verwoest. Met Moeder Natuur viel niet te spotten. De orkaan Katrina had Amerika daar kort geleden weer aan herinnerd, al had de natuur daarbij niet meer dan een bijrol gespeeld. De rest was een kwestie van slechte logistiek en onvoldoende materiaal geweest. Hoe zou het gaan als er nog iets ergers met het land gebeurde, of het nu door de natuur of de mens werd veroorzaakt? Waren we echt klaar voor zoiets? vroeg Jack zich af. Was het wel mogelijk om echt op zoiets voorbereid te zijn? China, India en Indonesië hadden al sinds onheuglijke tijden te maken met tsunami's en aardbevingen, en elke keer dat het opnieuw gebeurde, leken de reddingsoperaties op niets meer dan beheerste chaos.

Toen Jack veertig minuten had gelopen, zette hij bij het Feusier Octagon House weer koers naar het noorden, naar de auto terug. Omdat Clark en Chavez er nog niet waren, ging hij op een bankje onder een boom aan de overkant zitten en las hij in de krant die hij onderweg ergens had gekocht.

'Heel slim om niet in de auto te gaan zitten,' hoorde Jack achter zich. Daar stonden Clark en Chavez. 'Waarom?'

'Op zo'n mooie dag als vandaag? Wie zou dat doen, behalve rechercheurs of stalkers?'

'Goed zo. Sta op en kom eens hierheen. Hetzelfde principe: drie kerels zitten niet samen op een bankje, tenzij ze op een bus wachten of zwervers zijn.' Jack kwam bij hen onder de boom staan. 'Oké, we zijn kantoormannetjes,' zei Clark. 'We staan hier over de wedstrijd van gisteravond of die rotbaas van ons te praten. Nou, wat heb je gezien?'

'De sfeer is hier meer ontspannen dan in New York of Baltimore,' antwoordde Jack. 'De mensen schijnen niet zo veel haast te hebben. Ze hebben meer oogcontact en glimlachen meer.'

'Goed, en wat nog meer?'

'Ze hebben goed openbaar vervoer, met veel haltes. Ik heb vijf politiewagens gezien, maar zonder sirene en zwaailicht. Bijna iedereen draagt een jasje of trui. Er wordt niet veel getoeterd. Er zijn veel kleine auto's, hybriden en fietsen. Veel kleine winkels en cafetaria's met een achterdeur.'

'Niet slecht, Jack,' zei Chavez. 'Misschien zit er toch een beetje spion in het DNA van de jongen, hè, John?'

'Het zou kunnen.'

Nadat ze nog tien minuten als kantoormannen bij elkaar hadden gestaan, zei Clark: 'Oké, het is bijna lunchtijd. Ding, jij rijdt. Jack en ik lopen wat rond. De hoofdingang van het consulaat is bij de hoek van Columbus Avenue en Jones Street, maar een eindje Jones Street in is er nog een ingang.'

'Ik zag daar een bestelwagen stoppen toen we onze wandeling maakten,' zei Chavez. 'En er stonden een paar personeelsleden buiten te roken.'

'Goed. Laten we gaan.'

Vijfentwintig minuten later zei Jack door de telefoon: 'Ik heb hem. Hij komt door de hoofdingang naar buiten. Hij is te voet en loopt in zuidelijke richting door Columbus Avenue.'

'Ding, blijf waar je bent. Jack, volg hem op minstens twintig meter afstand. Ik ben een blok ten oosten van jou en kom in jouw richting door Taylor Street.'

'Begrepen.' Een minuut later: 'Ik kom langs de Motor Coach Inn. Ik ben ongeveer dertig seconden bij de hoek van Taylor vandaan.'

'Ik ben daar, op weg naar het zuiden,' zei Clark. 'Wat hij op de hoek ook doet, jij steekt de straat over en loopt in westelijke richting door Chestnut Street. Ik pik hem op.'

'Begrepen. Hij is nu op de hoek. Gaat door Taylor Street naar het noorden.'

'Ik zie hem. Loop jij gewoon door.'

Jack stak de straat over naar Chestnut Street en liep door. Vanuit zijn ooghoek kon hij Nayoan zien. 'Ik raak hem kwijt... nu,' riep Jack.

Clark: 'Hij komt recht op me af. Hou je gereed.'

Even later veranderde Clarks stem: 'Nee, nee, dat zeg ik toch, ze hebben geen werpers. Die hebben geen diepte. Man, je vergist je. Tien dollar dat ze de eerste wedstrijd verliezen...' Er gingen enkele seconden voorbij. 'Hij liep net langs me. Hij gaat een restaurant in – Pat's Café aan de oostkant van de straat. Jack, laten we gaan lunchen. Ik zoek vast een tafel voor ons.'

Ding liet van zich horen: 'Voor mij een broodje pastrami.'

Jack ging op de hoek van Chestnut Street en Mason Street naar het noorden, en bij Taylor Street opnieuw naar het noorden. Hij zag Clark aan een tafel bij de deur zitten, met zijn gezicht naar het raam. Het begon druk te worden in het restaurant, want het was lunchtijd. Jack ging zitten.

'Bij het buffet,' zei Clark. 'De derde vanaf het eind.'

'Ja, ik heb hem gezien.'

'Wie zitten er aan weerskanten van hem?'

'Wat?'

'Iemand volgen is nog maar de helft van het werk, Jack. Heeft hij met iemand gepraat toen jij hem volgde? Is hij ergens blijven staan?'

'Nee, en hij is ook niet dicht langs iemand gelopen.'

Clark haalde zijn schouders op. 'Zelfs rotzakken moeten eten.'

Jack bestelde een broodje tonijn, Clark een broodje met spek, sla en tomaat, en een broodje om mee te nemen voor Ding. 'Hij is bijna klaar,' zei Clark toen ze hun broodjes zelf ook op hadden. 'Ik ga de rekening betalen. Bij de deur geven we elkaar een hand en zeggen we "Tot volgende maand", en dan loop jij naar de auto terug. Ik volg onze jongen naar huis en zie je dan in de Starbucks in Bay Street.'

Een halfuur later zaten ze achter drie koppen koffie aan een tafel bij het raam. Buiten kwamen voetgangers en auto's in het heldere zonlicht voorbij. Op de tv in de hoek stond Jack Ryan senior achter een lessenaar te spreken. Het geluid stond uit, maar ze wisten alle drie wat er aan de hand was. De personeelsleden en de rest van de klanten wisten dat ook. De meesten van hen keken naar het scherm of letten op het nieuws dat op het lint aan de onderkant voorbijtrok en gingen intussen gewoon verder met wat ze aan het doen waren.

'Man, hij doet het echt,' zei Chavez. 'Je vader heeft ballen, Jack.'

Jack knikte.

Clark vroeg: 'Ik neem aan dat hij jou erover heeft verteld?'

Jack knikte weer. 'Ik geloof niet dat hij het echt leuk vindt, maar zijn plicht roept, weet je. Als er veel aan je wordt gegeven, wordt er ook veel van je gevraagd.'

'Nou, hij heeft al veel voor het land gedaan. Oké, ter zake: wat hebben we ontdekt?'

Jack nam een slokje koffie en zei toen: 'Nayoan houdt van erwtensoep en geeft kleine fooien.'

'Huh?' zei Chavez.

'Hij nam erwtensoep en een club sandwich. Ongeveer twaalf dollar, volgens het menu. Hij liet een paar kwartjes liggen. Afgezien daarvan weet ik niet wat we hebben ontdekt.'

'Het is niet veel,' beaamde Clark. 'Ik verwachtte ook niet veel. Als hij iets voor de URC heeft gedaan, was het misschien iets eenmaligs. De kans dat je hem op een bepaalde dag op iets betrapt, is nihil.'

'Wat nu?'

'Volgens de website van het consulaat houden ze vanavond een receptie in de Holiday Inn Express. Een gezamenlijke benefietavond met het Poolse consulaat.'

'Ik heb mijn smoking thuis laten liggen,' zei Chavez.

'Die heb je ook niet nodig. Wat ik bedoel, is dat we weten waar Nayoan vanavond is. Hij is dus niet thuis.'

Op veertienduizend kilometer afstand kwam de ingenieur uit de verkleedruimte in de tent en veegde met een doek het zweet van zijn voorhoofd en hals. Op wankelende benen liep hij naar een kruk en ging zitten.

'Nou?' vroeg Musa.

'Het is klaar.'

'En de opbrengst?'

'Zeven tot acht kiloton. Tamelijk klein voor hedendaagse begrippen – de bom op Hirosjima was bijvoorbeeld vijftien kiloton –, maar het is meer dan genoeg voor wat jullie van plan zijn. Het levert anderhalve kilo per vierkante centimeter op, tot vijfhonderd meter in de omtrek.'

'Dat lijkt niet veel.'

De ingenieur glimlachte vermoeid. 'Het is genoeg om gewapend beton te verwoesten. Zei je niet dat de bodem vooral van aarde is?'

'Ja. Met wat ondergrondse verharde bouwwerken.'

'Dan hoef je je geen zorgen te maken, mijn vriend. Die besloten ruimte waar je het over had... Ben je zeker van het volume?'

'Ja.'

'En de bovenbouw? Wat is de samenstelling daarvan?'

'Ik heb gehoord dat het iets is wat ignimbriet heet. Dat is...'

'Ja, dat weet ik. Het is een soort tufsteen, een pyroclastisch gesteente. Samengedrukte lagen vulkanisch gesteente. Dat is goed. Mits de bovenbouw dik genoeg is, gaat de schokgolf recht naar beneden, met minimale verzwakking. Aan de penetratievereisten die je me hebt opgegeven, zal worden voldaan.'

'Ik moet je maar op je woord geloven. Is het klaar voor transport?'

'Natuurlijk. Het heeft een relatief lage outputsignatuur, dus je hoeft je niet druk te maken om passieve detectiemaatregelen. Actieve maatregelen zijn een heel ander verhaal. Ik neem aan dat jullie stappen hebben gezet om...'

'Ja, dat hebben we.'

'Dan leg ik het in jouw goede handen,' zei de ingenieur. Hij stond op en liep naar het kantoor aan de achterkant van het pakhuis. 'Ik ga slapen. Ik vertrouw erop dat de rest van mijn honorarium morgenvroeg op mijn rekening wordt gestort.'

63

Hun contactpersoon ontmoette hen bij Al Kurnish Road aan de oostkant van Sendebad Park, op een steenworp afstand van het Australische consulaat. Hendley had Brian en Dominic niet willen vertellen wat zijn relatie met de Australiër was, en hun baas had het ook niet nodig gevonden hun de naam van de man te noemen. Aan de andere kant leek het hun geen van beiden toevallig dat hun valse paspoorten en visa een Australisch stempel hadden.

'Goedemiddag, heren. Ik neem aan dat jullie van Gerry komen?'

'Ja,' zei Dominic.

'Archie.' Ze gaven elkaar een hand. 'Zullen we een eindje gaan wandelen?' Ze wachtten op een opening in het verkeer en draafden over Al Kurnish Road naar een onverhard parkeerterrein naast het Al Fatahgebouw, dat de vorm van een wagenwiel had. Vervolgens liepen ze naar de waterkant.

'Dus jullie zijn op jacht?' vroeg Archie boven het ruisen van de golven uit.

'Zo zou je het kunnen noemen,' zei Brian. 'Er is hier vorige week iemand vermoord. Eerst opgehangen, toen onthoofd, toen zijn voeten afgehakt.'

Archie knikte. 'Daar heb ik van gehoord. Dat was een lelijk stuk werk. Ze noemen dat hier de "ondeugende niet-stap". Denken jullie dat die kerel over de schreef ging en iets op eigen houtje heeft gedaan?'

Dominic knikte.

'De Zweedse ambassade?'

Weer een knikje.

'En jullie willen weten wie en wat, neem ik aan?'

'We nemen genoegen met wat we kunnen ontdekken,' zei Brian.

'Nou, het eerste wat jullie over Tripoli moeten weten, is dat het in het algemeen een heel veilige stad is. Er is relatief weinig straatcriminaliteit en er is veel sociale controle. De politie maakt zich er niet zo druk om dat die groep een van haar eigen leden heeft vermoord, tenzij het geweld zich uitbreidt tot de straten of een lid van die groep de aandacht op zichzelf vestigt. Het laatste wat kolonel Khadaffi wil, is een slechte internationale pers, zeker na al het public relationswerk dat hij heeft gedaan. Overigens heeft de URC zich acht of negen maanden tamelijk stil gehouden. Er gaat het gerucht dat de aanslag op de Zweedse ambassade niet het werk van de URC was.'

'Of in elk geval niet door de URC is goedgekeurd,' zei Dominic.

'O, ik begrijp het. Een afgehakt hoofd met een paar voeten is een krachtige waarschuwing. Al had het nog erger kunnen zijn. Meestal doen ze ook iets met de edele delen. In elk geval, het appartement waar die man in stukken is gehakt, ligt aan een zijstraat van Al Khums Road. Een nogal besloten plaats. Als ik het goed begrijp, stond dat appartement op dat moment leeg.'

'Waar heb je dat gehoord?'

'Ik ken een paar Franse expats die vrienden hebben bij de politie.'

'Ze hebben dat appartement alleen voor praktische doeleinden gebruikt, denk je?' vroeg Dominic. 'Als werkplaats?'

'Ja. Die arme kerel is waarschijnlijk ergens anders vermoord. Hebben jullie het op een website gezien? URC of LIFG, de *Libyan Islamic Fighting Group*?' zei Archie.

'De URC,' antwoordde Brian. 'Is het mogelijk dat zij het karwei aan iemand anders hebben uitbesteed?'

'Dat zou heel goed kunnen. Het hoeft niet eens een groep te zijn. Er zijn misdadigers in de Medina – de Oude Stad – die je keel doorsnijden voor twintig Amerikaanse dollars. En dan heb ik het niet over roof, maar over huurmoord. Maar die videobeelden... Ik vind dat nogal hoog gegrepen voor de gemiddelde gorilla.'

'Waarom hebben ze het dan niet gewoon ergens in de Medina gedaan?' vroeg Brian. 'Hem vermoorden, alles op video opnemen en het lijk op straat dumpen.'

'Dan had de politie de Medina in moeten gaan, weet je. Zoals het nu is gegaan, kan iedereen doen alsof het ergens anders is gebeurd en blijft het natuurlijk evenwicht in stand. Op hoeveel sites is die video verschenen?'

'We hebben er zes gevonden,' zei Dominic.

'Nou, er zijn hier genoeg internetservicebedrijven, maar de groepen die zulke sites hebben, doen de hosting meestal zelf, met een dedicated server die ze elk moment kunnen verplaatsen – fysiek en elektronisch. Als de URC de moord heeft uitbesteed, hebben jullie waarschijnlijk pech. Als ze het zelf hebben gedaan, wil dat zeggen dat de boodschap van hoger op de ladder is gekomen. Zo'n karwei laat je niet aan het toeval over. Als dat het geval is, moet er ergens een overlapping zijn – een plaatselijke URC-leider die in contact staat met een van de mobiele hosts.'

'Ik neem aan dat je zoiets niet in de beroepengids vindt,' zei Brian.
'Klopt. Maar ik ken misschien iemand. Ik zal een paar mensen bellen. Waar logeren jullie?'
'Het Al Mehari.'
Archie keek op zijn horloge. 'Ik zie jullie daar om vijf uur; dan drinken we iets met elkaar.'

Hij was een uur te vroeg en kwam met zijn eigen auto, een groene Opel uit het midden van de jaren tachtig. Zoals bijna alles in Tripoli was de auto bedekt met een dun laagje roodbruine stof.
'Hebben jullie een huurauto?' vroeg Archie toen ze in westelijke richting door Al Fat'h Street reden, midden in een kakofonie van claxons en gierende remmen.
'Zo!' riep Brian vanaf de achterbank.
'Ze hebben hier geen verkeersregels. Onder de automobilisten hier geldt alleen het recht van de sterkste. Nou: een huurauto?'
'Nee, die hebben we niet.'
'Als we klaar zijn, kunnen jullie me op de ambassade afzetten en deze gebruiken. Let wel op de tweede versnelling. Die doet het niet goed.'
'Zolang je maar niet verwacht dat je hem onbeschadigd terugkrijgt.'
'Dit is het spitsuur. Over een paar uur is het rustiger.'

De hedendaagse ommuurde en labyrintachtige medina van Tripoli was ontstaan in de tijd van de Ottomaanse bezetting. De wijk had eeuwenlang niet alleen als handelscentrum gediend, maar ook als middel om indringers af te schrikken. De medina, die naast de haven lag en aan vier kanten werd begrensd door Al Kurnish Road, Al Fat'h Street, Sidi Omran Street en Al Ma'arri Street, was een doolhof van smalle straatjes, bochtige doodlopende steegjes, overwelfde doorgangen en kleine binnenplaatsen.
Archie vond een parkeerplek bij de Bab Hawara-poort, langs de zuidoostelijke muur, en ze stapten uit en liepen twee blokken naar een café. Een man in een zwarte broek en een geelbruin overhemd met korte mouwen stond van zijn tafel op toen Archie naderde. Ze gaven elkaar een hand, omhelsden elkaar, en Archie stelde Brian en Dominic voor als 'oude vrienden'.
'Dit is Ghazi,' zei Archie. 'Jullie kunnen hem vertrouwen.'
'Ga zitten,' zei Ghazi, en ze gingen aan de tafel onder de parasol zitten. Er kwam een ober, en Ghazi vuurde iets in het Arabisch op hem af. De ober ging weg en kwam een minuut later terug met een theepot, vier kleine glazen en een schaal snoepjes. Zodra de thee was inge-

schonken, zei Ghazi: 'Archie zegt dat jullie je voor websites interesseren.'

'Onder andere,' zei Dominic.

'Er zijn veel mensen die de diensten leveren waar Archie het over had, maar een man in het bijzonder zou misschien jullie aandacht verdienen. Hij heet Rafiq Bari. Op de dag nadat die webvideo verscheen, een dag voordat het lijk van die man werd ontdekt, verplaatste hij zijn bedrijfje – heel plotseling en midden in de nacht.'

'Is dat alles?' vroeg Brian.

'Nee. Er gaan geruchten dat hij werk voor bepaalde mensen heeft gedaan. Websites die verschijnen en verdwijnen – proxyservers, *redirects*, wisselende domeinnamen, dat soort dingen. Dat is Bari's specialiteit.'

'En ISP's, internetproviders?' vroeg Dominic. 'Kunnen die mensen hun eigen ISP's creëren in plaats van gebruik te maken van commerciele bedrijven?'

'Dat is te veel gedoe, denk ik,' antwoordde Archie. 'Er is hier niet veel toezicht op dat soort dingen. Meer dan een naam en een creditcardnummer heb je niet nodig. Domeinnamen kunnen met een heleboel tegelijk worden geregistreerd en in een ommezien worden gewisseld. Nee, de manier waarop die Bari het doet, is hier de geijkte methode.'

Dominic zei tegen Ghazi: 'Heeft hij een gezin?'

'Niet hier. Hij heeft een vrouw en dochter in Benghazi.'

'Hoe groot is de kans dat hij gewapend is?'

'Bari zelf? Dat is heel onwaarschijnlijk. Als hij ergens heen gaat, heeft hij soms bescherming.'

'De URC?'

'Nee, nee, niet rechtstreeks, denk ik. Misschien door hen ingehuurd, maar het zijn gewoon mensen uit de medina. Criminelen.'

'Hoeveel?' vroeg Brian.

'De keren dat we hem hebben gezien, waren het er twee of drie.'

'Waar vinden we hem?' vroeg Brian.

Toen ze Archie bij het consulaat afzetten, raakte de onderkant van de zon bijna het zeeoppervlak in het westen. In de hele stad kwamen straatlantaarns, autokoplampen en neonborden flikkerend tot leven. Ze hadden besloten dat Dominic, die de defensieve rijopleiding van de FBI had gevolgd, achter het stuur van de Opel zou gaan zitten. Zoals Archie had voorspeld, werd het verkeer een beetje minder druk, maar toch leken de straten nog altijd meer op racebanen dan op verkeersaders.

Archie, die op de achterbank had gezeten, stapte uit en leunde nog even met zijn armen op het portier aan de passagierskant. 'Die kaart van de medina die jullie hebben gekregen, is vrij goed, maar niet volmaakt, dus kijk goed uit. Kan dit echt niet tot morgen wachten?'

'Waarschijnlijk niet,' zei Brian.

'Nou, ontspan je dan een beetje. Gedraag je als toeristen. Kijk in etalages; ding een beetje af; gedraag je met een beetje bravoure. Loop niet door de straten als soldaten. Jullie kunnen in een van de zijstraten bij het Corinthia parkeren – dat monsterlijke hotel waar we op weg hierheen langs kwamen.'

'Begrepen.'

'Dat hotel is vanaf ongeveer elk punt in de medina te zien. Als jullie verdwalen, ga daar dan op af.'

'Verdomme, man,' zei Brian, 'als ik jou zo hoor, is het net of we een leeuwenkuil in lopen.'

'Dat is geen slechte vergelijking. De medina is 's avonds op zich wel veilig, maar als je opvalt, raakt dat daar snel bekend. Nog twee dingen: dump de auto desnoods maar. Ik doe wel aangifte van diefstal. Ten tweede ligt er een bruine papieren zak onder de reserveband in de kofferbak. Daar zitten wat cadeautjes in.'

'Ik neem aan dat je het niet over stropdassen hebt,' zei Dominic.

'Klopt, vriend.'

64

Nayoan verliet de ambassade om vijf uur 's middags, nam de bus naar een parkeerterrein aan een zijstraat van Columbus Avenue en stapte daar in een blauwe Toyota Camry. Met Clark achter het stuur volgden ze hem naar een appartement op de begane grond aan de zuidwestelijke rand van de beroemde Tenderloin-wijk van San Francisco, tussen de City Hall en Market Street. Het was misschien wel de slechtste buurt van de stad, met veel armoede, criminaliteit, dakloosheid, etnische restaurants, goedkope hotels, louche clubs en kunstgalerieën. Er kon maar één reden zijn waarom Nayoan ervoor had gekozen om in deze wijk te gaan wonen, dachten Clark en de anderen: de Tenderloin had een tamelijk gezonde Aziatisch-Amerikaanse gemeenschap, zodat hij daar in betrekkelijke anonimiteit kon leven.

Toen Nayoan een paar uur thuis was geweest, kwam hij in een stemmig zwart pak naar buiten en stapte weer in de Camry. Met ditmaal Jack achter het stuur volgden ze hem naar het Holiday Inn in de binnenstad terug. Ze zagen hem de hal binnengaan, wachtten tien minuten en reden weer naar de Tenderloin.

'Waarom heet die wijk de Tenderloin?' vroeg Chavez toen ze Hayes Street verlieten en op zoek gingen naar een parkeerplek. De koplampen van de auto schenen over omgevallen vuilnisbakken en schimmige figuren die op stoepen van huizen zaten.

'Dat weet niemand zeker,' zei Jack. 'Het is een soort stadslegende. Een tenderloin is een zacht stuk vlees. Sommigen zeggen dat deze wijk de zachte onderbuik van de stad is. Anderen zeggen dat politiegenten vroeger gevarengeld kregen als ze in die buurt werkten, zodat ze met dat extra geld betere stukken vlees konden kopen.'

'Heb je weer in de reisgids zitten lezen, Jack?'

'Ja, en ook een beetje in Sun Tzu. Ken uw vijand.'

'De wijk heeft in elk geval karakter.'

Clark vond een plek tussen twee straatlantaarns onder de bomen en zette de auto daar neer. Hij zette de lichten en de motor uit. Nayoans appartementengebouw bevond zich een blok verder aan de overkant van de straat.

Clark keek op zijn horloge. 'Acht uur. Nayoan zal nu op de receptie zijn. Laten we ons verkleden,' zei Clark.

Ze verwisselden hun stadstenue – kakibroek, trui, windjack – voor de Tenderloinkleren die ze eerder die dag in een uitdragerij hadden gekocht: sweatshirts, flanellen overhemden, honkbalpetten en gebreide mutsen.

'Twintig minuten, en dan hier terug,' zei Clark. 'Een straal van drie blokken. Dezelfde procedure. Het is een slechte buurt, dus probeer je daarnaar te gedragen.'

'Hoe dan?' vroeg Jack.

Chavez antwoordde: 'Bemoei je niet met mij, dan bemoei ik me niet met jou.'

Toen ze allemaal bij de auto terug waren, liepen ze een half blok naar het zuiden en bleven bij elkaar staan naast een lege stoel. Chavez zei: 'Ik heb maar één politiewagen gezien. Het zag eruit als een verplichte patrouille. De agent keek niet veel om zich heen.'

'Jack?'

'Ik heb geen licht zien branden in de woning. Er is een steegje aan de achterkant, en een gammele schutting met een deur die niet op slot zit en naar een betonnen patio leidt. Aan weerskanten is er twee huizen verderop een hond. Die blafte toen ik voorbijliep, maar ik zag geen gezichten naar de ramen komen.'

'Licht op de achterveranda?' vroeg Clark.

Jack knikte. 'Een kale gloeilamp. En geen hordeur.'

'Waarom is dat belangrijk?'

Jack haalde zijn schouders op. 'Hordeuren piepen altijd.'

'Een tien met een griffel.'

Een halve minuut later liepen ze om het blok heen en kwamen in het steegje weer bij elkaar. Chavez ging als eerste door de deur. Hij liep het verandatrapje op, schroefde de gloeilamp los en ging het trapje af. Clark en Jack kwamen ook. Clark ging het trapje op en zat anderhalve minuut gehurkt bij de deur om aan de sloten te werken. Hij gaf hun een teken dat ze moesten wachten en glipte naar binnen. Even later was hij terug en liet hij hen binnenkomen.

Het interieur van de woning paste goed bij de buitenkant: lang en smal, met krappe gangetjes, hardhouten vloeren van smalle planken met versleten lopers, donkere plinten en gipsen plafonds. Nayoan interesseerde zich niet erg voor woninginrichting, zag Jack: een eenvoudige keuken en badkamer met porseleinen tegels in dambordpatroon, een voorkamer met zitelementen, een salontafel en een kleine televisie. Misschien verwachtte hij niet dat hij hier lang zou blijven, dacht Jack. Ze moesten maar eens nagaan hoe lang Nayoan nog op het consulaat gestationeerd zou blijven.

'Oké, laten we het doorzoeken,' beval Clark. 'Alles weer op zijn plaats als we klaar zijn.'

Ze deden hun zaklantaarns aan en gingen aan het werk.

Bijna meteen vond Chavez een Dell-laptop op een tafel in Naoyans slaapkamer. Jack zette hem aan en zocht in de mappen en bestanden, de geschiedenis van de webbrowser en de e-mailberichten. Clark en Chavez lieten hem bij de laptop achter en doorzochten de woning kamer voor kamer, waarbij ze steeds eerst naar de voor de hand liggende bergplaatsen keken.

'Oké,' zei Jack even later. 'Geen wachtwoord, geen software voor keylogging... Afgezien van een standaardfirewall en een antivirusprogramma is er geen enkele bescherming. Er staan veel dingen op, maar niets bijzonders. Voor het merendeel niet-geheime ambassadezaken en e-mailberichten – waaronder persoonlijke. Familie en vrienden in zijn eigen land.'

'Adresboek?' vroeg Clark.

'Daar geldt hetzelfde voor. Niets wat we ook op distributielijsten van de URC hebben zien staan. Hij verwijdert de geschiedenis van zijn webbrowser bijna dagelijks, tot en met de tijdelijke bestanden en de cookies.'

'Cookies?' vroeg Chavez.

'Stukjes data die websites op je computer achterlaten als je ze bezoekt. Dat is op zichzelf niets bijzonders.'

'Hoe diep kun je graven?' vroeg Clark.

'Hier? Niet erg diep. Ik kan al zijn bestanden, mappen en mailboxen kopiëren, maar het zou te veel tijd kosten om zijn harde schijf te dupliceren.'

'Oké, pak wat je pakken kunt.'

Jack stak een externe harde schijf in de *firewire-port* van de Dell en begon bestanden te kopiëren. Clark en Chavez gingen verder met hun zoektocht in het huis. Na zo'n veertig minuten fluisterde Chavez in de keuken: 'Hebbes.'

Hij kwam de slaapkamer in met een boterhammenzakje. 'Valse bodem in de besteklade.'

Jack nam het zakje aan en keek ernaar. 'Een herschrijfbare dvd.' Hij deed de dvd-lade van de Dell open en schoof de dvd erin. Hij klikte op de desbetreffende drive-letter en het venster verscheen op het scherm. 'Veel gegevens, John. Ongeveer zestig gigabytes. Voor een groot deel beeldbestanden.'

'Laat er eens een paar zien.'

Jack dubbelklikte een map open en liet de afbeeldingen op klein formaat verschijnen. 'Komt het je bekend voor?'

'Nou en of,' zei Clark.

Jack tikte met de nagel van zijn wijsvinger op drie foto's achter elkaar. 'Die zijn absoluut afkomstig van URC-websites.'

'Waar rook is...' zei Chavez.

Clark keek op zijn horloge. 'Kopieer het. Ding, laten we het hier afronden. Tijd om te vertrekken.'

Een uur later waren ze in hun hotel terug, een filiaal van La Quinta Inn bij het vliegveld. Jack gebruikte een beveiligd FTP – *file transfer protocol* – om beelden naar de server van de Campus te sturen, belde toen Gavin Biery, hun computerman, en zette de telefoon op de luidspreker.

'We hebben die foto's al eerder gezien,' zei Biery. 'Stonden ze niet op die USB-stick uit Tripoli?'

'Ja,' zei Jack. 'We moeten weten of er steganografie in zit.'

'Ik leg net de laatste hand aan het decryptiealgoritme. Jammer genoeg weten we niet wat voor programma ze voor de encryptie hebben gebruikt – commercieel of zelfgemaakt. Volgens het *Steganopgraphy Analysis and Research Center...*'

'Bestaat er zoiets?' vroeg Chavez.

'... zijn er momenteel zevenhonderdvijfentwintig stegoapplicaties in omloop, en dan hebben we het alleen over programma's die in de handel zijn. Iemand die ook maar een beetje van programmeren weet, kan er eentje bedenken en op een USB-stick zetten. Je loopt ermee rond, steekt hem in een computer en je hebt steganografie.'

'Hoe kraak je zoiets?' vroeg Clark.

'Ik werk in twee fasen. Eerst zoek ik naar discrepanties in het bestand – of het nu een video-, foto- of geluidsbestand is. Als er op die manier een anomalie aan het licht komt, haalt het tweede deel van het programma het bestand door de meest voorkomende encryptiemethoden. Een vrij botte werkwijze, maar er is een kans dat de URC zijn favoriete methoden heeft. Als we die vinden, kunnen we de bestanden sneller ontleden.'

'Hoe lang heb je nodig?' vroeg Jack.

'Geen idee. Ik bel je terug zodra ik iets weet.'

Om drie uur 's nachts ging de telefoon. Ze waren alle drie meteen wakker. 'Biery,' zei Jack. Hij wreef over zijn ogen en tuurde naar het schermpje van zijn telefoon. Hij zette hem op de luidspreker.

'Misschien trek ik de fles een beetje te vroeg open,' zei Biery, 'maar ik denk dat we een goudmijn hebben aangeboord. Dat is het goede nieuws. Er is ook slecht nieuws: het ziet ernaar uit dat ze drie verschillende encryptiemethoden hebben gebruikt en er gaat dus wat tijd in zitten.'

'Je hebt onze aandacht,' zei Clark.

'Ten eerste: de foto van de moord op Dirar die we als banner op de URC-website zagen is volgens mij een eenmalige digitale code. Het is een decodeerraster voor boodschappen in gewone taal. Ik weet nog niet of die code al verouderd is, of nog actueel.'

Het systeem van de eenmalige code was eeuwenoud, wist Jack. Het stond onder cryptografiegeleerden nog ter discussie hoe oud het precies was, maar in de moderne tijd begon het in 1917 met Gilbert Vernam, een ingenieur van AT&T – en hoewel er veel soorten eenmalige code waren, was het eigenlijk altijd een vervangingscode op grond van een raster van willekeurige cijfers en letters: je combineerde een letter van de linkermarge met een van de bovenmarge, en op de plaats waar ze elkaar in het raster kruisten, vond je de vervangende letter. Het coderen en decoderen was tijdrovend, maar als de code alleen in het bezit van de afzender en de ontvanger was, kon bijna niemand hem kraken. In dit geval zouden bepaalde URC-leden weten dat ze op bepaalde dagen op bepaalde websites moesten kijken en daar bepaalde beelden van moesten downloaden, die ze dan via steganografie konden ontcijferen, om vervolgens een eenmalige code te gebruiken. Op die manier konden gewone telefoongesprekken, brieven en e-mails veilig worden verstuurd.

De vraag was, dacht Jack: hoe vaak wisselde de URC van eenmalige code? Daar kon je alleen achter komen door te proberen bekende URC-berichten naast eenmalige codes uit dezelfde tijd te leggen.

'Dit zou kunnen verklaren waarom de e-mail met die geboorteaankondiging niets heeft opgeleverd,' zei Jack. 'Ze wisselden van code en wij lagen een stap achter.'

Clark knikte en zei: 'Ga verder, Gavin.'

'Ten tweede: een van de grotere beeldbestanden op Nayoans dvd kwam niet overeen met beelden die we van URC-sites hebben gehaald. Het algoritme is er nog mee bezig, maar op grond van wat ik tot nu toe heb gezien, kan ik zeggen dat we een heleboel creditcard- en bankroutingnummers hebben.'

'Nayoan is een penningmeester van de URC,' zei Chavez. 'Daar kunnen we nu wel van uitgaan.'

'Heb je de nummers nagetrokken?' vroeg Clark aan Gavin.

'Nog niet. Wat wil je het eerst hebben?'

'Creditcards. Die zijn gemakkelijker te pakken te krijgen en gemakkelijker te dumpen dan een bankrekening. Begin met dingen op rekeningen uit San Francisco en de westkust. We zijn hier nu toch; dan kunnen we daarmee werken.'

65

Voor zover de gebroeders Caruso konden nagaan, trok hun verschijning in de Medina weinig aandacht. Het was natuurlijk nog niet donker, en er liepen dus nog veel blanke en westerse toeristen langs de kramen en door de bochtige steegjes. Daardoor vielen ze niet op. Evengoed zakte de zon achter de horizon. De buitenstaanders zouden met het vallen van de avond uit de Medina verdwijnen, met achterlating van alleen de plaatselijke bevolking en de weinige toeristen die Tripoli goed genoeg kenden of niets wisten van de gevaren die ze in die wijk liepen. Er werden maar weinig toeristen vermoord in de Medina, had Archie hun verzekerd, maar als het eenmaal donker was, werden beroving en tasjesroof daar bijna als een sport beschouwd. Dieven hadden een scherp oog voor mensen die zwak waren of niet goed uit hun ogen keken. Brian en Dom zouden die indruk echter niet wekken, had Archie opgemerkt, dus ze hoefden zich nauwelijks zorgen te maken. Het cadeautje van de Australiër in de kofferbak – twee Browning 9mm Hi-Power Mark III pistolen zonder serienummer, en vier magazijnen vol lagesnelheidskogels met holle punt – zou hen ook helpen. De geluiddempers die Archie had verstrekt, waren van pvc-buizen gemaakt, elk zwart gespoten en ongeveer zo groot als twee frisdrankblikjes die op elkaar waren gezet. Beide dempers zouden na zo'n honderd schoten niet meer werken, maar omdat ze samen maar zo'n veertig patronen hadden, deed dat niet ter zake.

Twintig minuten liepen ze door de steegjes met muren van baksteen en stucwerk. Ze bleven bij kraampjes en winkels staan om naar de koopwaar te kijken en hielden zich al die tijd aan Archies kaart, die Brian opgevouwen in zijn hand had. Archie had hun enkele routes naar het appartement van Rafiq Bari gegeven, en ook enkele routes om daar weg te komen, inclusief twee vluchtroutes, een aanvulling die voor hen nog eens bevestigde dat hun contactpersoon waarschijnlijk een ex-militair was, bijvoorbeeld afkomstig van het Australische SASR, het *Special Air Service Regiment*. Dat vonden ze erg geruststellend: de Australiër had dezelfde mentaliteit als zij.

'Het ruikt hier goed,' zei Dom, snuivend.

De lucht was vol geuren: brandend houtskool, gebraden vlees, kruiden en ook de stank van veel zwetende lichamen dicht opeen in kleine ruimten. Ook de geluiden waren in het begin desoriënterend: een kakofonie van Arabisch, Frans, Maghrebi en Engels met een zwaar accent. De menigten bewogen zich alsof ze geleid werden door een onzichtbare verkeersagent. De mensen liepen om elkaar heen, straatjes in en uit, met nauwelijks een aarzeling of oogcontact.

'Hondenvlees?'

'Dat eten ze in Azië, broertje, maar minder dan je denkt. Misschien eten ze hier een beetje paardenvlees, maar vooral lamsvlees, denk ik.'

'Heb je weer folders gelezen?'

'Als je in Rome bent, doe dan als de Romeinen...'

'Ik heb het gevoel dat hygiëne niet hoog op hun prioriteitenlijst staat,' zei Brian. Hij knikte naar een kraamhouder die rauwe kip in stukken sneed op een snijplank. Zijn zeildoeken schort was bespikkeld met bloed.

Dominic lachte. 'Hé, heb je geen insecten moeten eten op de SERE?' Hij doelde op de *Survival, Evasion, Resistance and Escape*-opleiding.

Net als alle mariniers had Brian het niveau A van SERE doorlopen, maar hij had daarna ook de niveaus B en C gedaan, die voorbehouden waren aan vooruitgeschoven gevechtseenheden en piloten.

'Ja, insecten in Bridgeport, slangen in Warner.'

De niveaus B en C van SERE voor marine en mariniers werden op verschillende plaatsen gehouden, waaronder het *Mountain Warfare Training Center* in Bridgeport, Californië, en het *Naval Air Station* in Warner Springs, Californië.

'Een beetje paardenvlees kan toch geen kwaad?'

'Misschien op de terugweg, oké? Zijn we er al gauw?'

'Ja, maar we hebben tijd over. We lopen in de schemering langs Bari's huis om de omgeving te verkennen. We gaan pas naar binnen als het donker is.'

'Klinkt goed. Hoe laat is het...'

Alsof hij erom vroeg, kwam verderop in het straatje een luidspreker knetterend tot leven met de oproep tot het gebed van de muezzin. Om hen heen werd het geleidelijk stil in de straatjes. De mensen daar hielden op met wat ze aan het doen waren, rolden hun gebedskleden open en knielden neer voor het ritueel. Samen met de andere niet-moslims gingen Brian en Dominic een stap opzij en bleven ze zwijgen totdat het ritueel voltooid was en het normale leven verderging. De Caruso's liepen door. Het werd nu snel donker, en achter ramen en op terrassen gingen lampen aan.

'Ik geloof niet dat de islam iets voor mij is,' zei Dominic, 'maar ik moet ze nageven dat ze toegewijd zijn.'

'Dat is het probleem met die radicalen. Die toewijding is de eerste stap op de weg naar zelfmoordaanslagen en vliegtuigen die zich met opzet in gebouwen boren.'

'Ja, maar toch vraag ik me soms af of dat niet alleen de rotte appels in de mand zijn.'

'Nou en?'

'Eén rotte appel in de mand. In dit geval zijn er een heleboel heel rotte appels, maar waarschijnlijk is het toch een vrij kleine minderheid.'

'Misschien wel, misschien niet. Maar wij hoeven ons daar niet druk om te maken.'

'Ik bedoel, denk nou eens na: hoeveel moslims zijn er op de wereld?'

'Anderhalf miljard, geloof ik. Misschien twee miljard.'

'En hoeveel van hen plegen zelfmoordaanslagen? Betere vraag: hoeveel van hen zijn radicale terroristen?'

'Waarschijnlijk twintig- of dertigduizend. Ik begrijp wat je bedoelt, broertje, maar ik maak me geen zorgen over de goede appels. Het is je eigen zaak wie je aanbidt en hoe je dat doet – totdat je de goddelijke boodschap krijgt dat je onschuldige mensen moet vermoorden.'

'Dat zal ik niet tegenspreken.'

Ze hadden dit gesprek al eerder gevoerd. Was het alleen maar een morele fout om een heel volk of een hele godsdienst tot vijand te verklaren, of was het ook een tactische vergissing? Als je grote delen van een volk als de vijand beschouwde, had dat dan niet tot gevolg dat je de echte schurken over het hoofd zag en niet meer wist wie je bondgenoten konden worden? Zoals bijna elk land op aarde had Amerika meegemaakt dat vijanden vrienden werden, en vrienden vijanden. De Afghaanse moedjahedien was daar een goed voorbeeld van, dat vaak door Dominic werd aangehaald. Dezelfde opstandelingen die door de CIA waren geholpen om de Sovjets uit Afghanistan te verdrijven, waren overgegaan in de Taliban. De geschiedenisboeken zouden er tot in de eeuwigheid over discussiëren hoe en waarom dat was gebeurd, maar over de zaak zelf viel eigenlijk niet te twisten. De gebroeders Caruso waren het erover eens dat er overeenkomsten bestonden tussen het perspectief van een soldaat en dat van een politieman: ken je vijand zo goed mogelijk en wees flexibel met je tactieken. Bovendien hadden beiden in hun leven genoeg ellende meegemaakt om te zien dat er in de echte wereld niet zoiets als zwart-wittegenstellingen bestonden – en dat gold vooral voor hun werk bij de Campus, waar grijs de norm was. Er was een goede reden waarom spionnen en agenten vaak 'schaduwkrijgers' werden genoemd.

Brian bleef staan om op de kaart te kijken. 'We zijn er bijna. De eerste naar links, en dan een steegje door. Bari woont achter de derde deur links. Bloedrood geverfd, volgens Ghazi.'

'Laten we hopen dat dat geen slecht voorteken is.'

Tien minuten later vonden ze het juiste steegje en gingen ze door de boogpoort. Omdat Brian soldaat was, had hij een beter nachtzicht dan zijn broer, en hij was dan ook de eerste die besefte dat de man die door het steegje op hen af liep niemand minder was dan Rafiq Bari zelf. Hij was niet alleen, maar werd geflankeerd door twee mannen. Die droegen allebei een donkere broek en een wit overhemd dat over hun broeksband heen hing.

'Zware jongens,' mompelde Dominic.

'Ja. Gewoon doorlopen.'

Bari liep vlug, net als zijn lijfwachten, maar aan Bari's lichaamstaal en die van de twee lijfwachten konden de Caruso's zien dat Bari niet gespannen was. Hun onderlinge verhouding was duidelijk die van een werkgever en zijn werknemers.

Brian en Dom kwamen als eersten bij de rode deur en liepen gewoon door, waarbij ze Bari en de twee mannen links lieten passeren. Brian wierp een snelle blik over zijn schouder en zag Bari een sleutel in het slot van de deur steken. Brian keek weer naar voren. De deur ging open en klapte dicht. De Caruso's sloegen bij de volgende hoek links af en bleven staan.

'Ze keken nauwelijks naar ons,' zei Dominic. Bari's lijfwachten waren waarschijnlijk straatvechters die dachten dat een gewelddadige inslag voldoende training was voor een lijfwacht. En waarschijnlijk hadden ze in de meeste omstandigheden gelijk.

'Pech voor hen, goed voor ons,' zei Brian. 'Maar hij liep wel vlug. Hij wil *Rad van Fortuin* niet missen, of hij moet ergens heen.'

'Laten we maar van het laatste uitgaan. Het is tijd om te improviseren.'

'Zoals mariniers doen.'

Toen ze zes meter door het straatje waren gelopen, vonden ze links van hen een open boogpoort. Ze kwamen op een kleine binnenplaats met een droge ronde fontein in het midden. Het was nu bijna helemaal donker, en de hoeken waren in diepe schaduw gehuld. Ze wachtten even tot hun ogen aan de duisternis waren gewend. Tegen de muur aan de achterkant zat een latwerk met verdroogde wijnranken. Ze liepen erheen en probeerden het hout; het was broos.

'Hijsen,' zei Brian, en hij liep naar de muur en vormde een opstapje met zijn handen. Dominic stapte erin, stak zijn handen omhoog en kreeg de bovenrand van de muur te pakken. Hij klauterde omhoog, keek omlaag, gaf Brian met één hand het teken 'wachten' en kroop weg. Drie minuten later was hij terug. Hij gaf een teken dat alles in orde was, boog zich omlaag en hielp Brian omhoog.

'Bari's deur leidt naar een binnenplaats. Open deur in de oostelijke muur. Daar is één lijfwacht. Bari en de andere lijfwacht zijn binnen. Ik hoor ze rondstommelen. Zo te horen hebben ze haast.'

'Laten we het doen.'

Ze laadden hun Brownings, zetten de geluiddempers erop en liepen over het dak. Links van hen, in het straatje, was er het geluid van een hond die blafte, gevolgd door een doffe dreun. De hond jankte en zweeg. Brian hield zijn vuist omhoog, het teken dat ze moesten blijven staan. Ze knielden allebei neer. Brian kroop over het dak, keek over de rand en kwam terug.

'Er komen vier mannen door het straatje,' fluisterde hij. 'Ze lopen als professionals. Of politie.'

'Misschien heeft Bari daarom zo'n haast,' merkte Dominic op. 'Wachten we af?'

'Als het politie is, hebben we geen keus. Zo niet...'

Dominic haalde zijn schouders op en knikte. Ze hadden een lange reis gemaakt om bij Bari te komen, en ze zouden hem nu niet opgeven, tenzij ze geen keus hadden. De vraag was: als deze nieuwkomers Bari kwamen vermoorden, deden ze dat dan ter plekke of brachten ze hem ergens anders heen?

Brian en Dominic gingen dichter naar de dakrand vanwaar ze over Bari's binnenplaats konden uitkijken. Toen lieten ze zich op hun buik vallen en schoven ze naar voren tot ze iets konden zien. De lijfwacht stond nog naast de deur en vormde niet meer dan een vaag silhouet in de duisternis. De punt van een sigaret kwam gloeiend tot leven en brandde toen minder fel.

Links van hen werden de voetstappen luider. Schoenen schuifelden over de aarde van het straatje en kwamen toen tot stilstand – waarschijnlijk bij Bari's deur. De Caruso's wisten dat in de volgende momenten alles duidelijk zou worden wat ze over hun concurrenten moesten weten. De politie zou schreeuwend naar binnen gaan; niet-politiemensen zouden dat schietend doen.

Maar geen van beide gebeurde.

Er werd zacht op de deur van de binnenplaats geklopt. Bari's lijfwacht gooide zijn sigaret weg, boog zich naar de deuropening toe, zei iets en liep toen naar de deur van de binnenplaats. Zijn lichaam vertoonde geen tekenen van spanning. Hij maakte geen aanstalten om het wapen te trekken waarvan Brian en Dominic vermoedden dat hij het in een riemholster had zitten. Ze wisselden een blik: *verwacht Bari bezoek?*

De lijfwacht haalde de grendel over en trok de deur open.

Plof, plof.

De schoten waren zacht, niet luider dan een handpalm die op een houten tafelblad sloeg. De lijfwacht wankelde achteruit en viel languit op de grond. Drie figuren renden hem voorbij naar de deur van het huis. Een vierde volgde. Hij bleef even bij de lijfwacht staan om een laatste kogel in zijn voorhoofd te pompen en liep toen door.

Er kwamen nog twee gedempte schoten uit het huis. Ze hoorden een kreet, en daarna was het stil. Tien seconden later kwam Bari met zijn handen achter zijn hoofd gevouwen naar buiten, voortgeduwd door de drie indringers. Hij werd op zijn knieën geduwd voor de vierde man, die blijkbaar de leider was. Deze boog zich naar voren en zei iets tegen Bari. Bari schudde zijn hoofd. De man sloeg hem.

'Ze zijn op zoek naar iets,' fluisterde Dominic.

'Ja. Zou hij van de URC zijn?'

'Dat zou best kunnen. Tenzij hij is ingehuurd door iemand anders.'

De ondervraging ging nog twee of drie minuten door, en toen maakte de leider een gebaar naar de andere mannen, die Bari tegen de grond drukten. Zijn handen werden met duct tape vastgemaakt en er werd een prop in zijn mond gestopt. Ze sleepten hem het huis weer in.

'Meneer Bari raakt straks een paar nagels kwijt,' merkte Brian op.

'Als hij geluk heeft. We moeten bij hem zien te komen voordat ze hem helemaal de vernieling in helpen.'

'Laten we een paar minuten wachten. Dan is hij des te blijer als de cavalerie hem te hulp komt,' zei Brian, met een grijns waarvan Dominic vond dat hij nogal boosaardig was.

'Shit, Brian, dat is keihard.'

'Het is tactiek.'

Er kwamen bijna meteen gesmoorde kreten uit het huis. Na vijf minuten keek Dominic van zijn horloge op en knikte. Brian liet zich als eerste over de dakrand zakken. Hij bleef daar nog even aan hangen en liet zich toen soepel op zijn voeten vallen. Voorovergebogen en met zijn Browning op de deur gericht, ging hij naar de muur aan de andere kant, waar hij neerknielde en zijn broer toeknikte. Tien seconden later was Dominic ook op de binnenplaats en hurkte hij bij de dichtstbijzijnde muur neer.

Samen kwamen ze naar voren. Ze slopen in de schaduw ieder langs hun eigen muur naar voren, totdat Dominic met een gebaar te kennen gaf dat ze moesten blijven staan. Hij sloop naar voren tot hij een blik door de deur kon werpen. Toen maakte hij gebaren naar Brian: *drie mannen te zien; kamer naar links door de deur. Kort gangetje recht door de deur. Twee mannen niet te zien.*

Brian knikte en stelde met gebaren voor naar binnen te gaan, waarop Dominic bevestigend knikte. Dominic liep de laatste drie meter naar de muur aan de deurkant en schuifelde daarlangs tot hij met zijn rug tegen de muur naast de deur stond. Brian kwam naar voren en hurkte naast de andere deurpost neer. Dominic boog zich net ver genoeg opzij om een laatste blik naar binnen te werpen. Hij knikte.

Brian knikte één... twee... drie, stond op, stapte door de deuropening en ging naar links, zijn Browning omhoog en voor hem uit. Dominic kwam een stap achter hem aan.

Twee van de mannen hadden Bari met zijn gezicht tegen een houten schraagtafel geduwd. Het tafelblad zat onder het bloed, dat zwart glansde in het licht van een vloerlamp in de hoek. De leider zat tegenover Bari en had een schilmesje in zijn rechterhand; het lemmet en zijn hand waren nat.

Een van de mannen die Bari vasthielden, keek op en zag Brian zijdelings de kamer in stappen. Brians eerste schot trof de man in zijn keel, het tweede in het midden van zijn voorhoofd. Brian richtte opnieuw en legde de tweede man neer. De leider draaide zich snel om, met een pistool in zijn hand. Dominic sloeg met de kolf van de Browning tegen de slaap van de man, en die zakte zijdelings op de vloer.

'Klaar.'

'Oké,' fluisterde Brian. 'En Bari?'

'Laat hem maar even slapen.'

Brian sloeg Bari met de kolf van de Browning achter zijn oor en onderzocht hem. 'Goed.'

Ze draaiden zich allebei om, slopen door de gang, keken door de deuropening naar rechts en gingen dus naar links, het korte gangetje door. Er verscheen een silhouet in de deuropening aan het eind. Dominic schoot twee keer. De man ging neer. Vanuit de kamer hoorden ze het knarsen van hout over hout.

'Raam,' zei Dominic.

'Ja.'

Brian was met drie stappen bij de drempel. Hij gluurde om de hoek en zag een man door een raam aan de andere kant van de kamer klimmen. Hij schoot. De 9mm-kogel met holle punt boorde zich in de heup van de man. Zijn been bezweek onder hem en hij viel ruggelings de kamer in. In zijn linkerhand had hij een pistool. Dominic kwam naar voren en schoot twee keer in de borst van de man.

'Klaar.'

'Klaar.'

De rest van de woning bestond uit een badkamer en een tweede slaapkamer, allebei aan het korte gangetje. Beide vertrekken waren leeg, evenals de kasten. Ze vonden Bari's andere lijfwacht in het bad, volledig gekleed en met een keurig gaatje in zijn achterhoofd. Ze keerden naar de voorkamer terug en beseften dat dat de huiskamer was, met open keuken. Bari lag op de plaats waar ze hem hadden achtergelaten, op zijn buik op de tafel, zijn armen gespreid.

'Jezus,' zei Brian. 'Wat...'

In de vijf minuten die Bari's bezoekers met hem hadden doorgebracht, hadden ze kans gezien twee vingers van zijn linkerhand af te snijden.

'Iemand had het wel erg op deze man voorzien,' zei Dominic.

'Ja. De vraag is: waarom?'

66

Hoe bekwaam Agong Nayoan als bureaucraat ook was, of juist niet, één ding werd Clark, Jack en Chavez al gauw duidelijk: de man deed inlichtingenwerk, maar was niet getraind op dat gebied, of anders had hij zich bewust niet aan de regels gehouden. Dat bleek vooral uit zijn keuze van wachtwoorden, die Gavin Biery al na enkele uren had gekraakt. De webbrowser op Nayoans laptop had de normale verzameling bookmarks – van winkelsites tot informatiesites en alles daartussenin –, maar hij had ook een paar online-mailaccounts, een bij Google, een bij Yahoo! en een bij Hotmail. Elke mailbox bevatte tientallen berichten, blijkbaar vooral van vrienden en familie, maar ook junkmail en spam. Die laatste berichten bevatten banner-afbeeldingen die Biery op sporen van steganografie zou onderzoeken.

Nayoan maakte intensief gebruik van Google Maps, en Jack zag dat hij daar veel digitale vlaggetjes op had aangebracht. De meeste bleken restaurants, cafetaria's en andere uitgaansgelegenheden in San Francisco te zijn, allemaal binnen loopafstand van de ambassade of zijn huis. Eén vlaggetje trok Jacks aandacht: een woonhuis in San Rafael, ongeveer vijfentwintig kilometer ten noorden van de stad, aan de andere kant van de Golden Gate Bridge.

'Hoe heet dat vlaggetje?' vroeg Clark.

'Sinaga,' antwoordde Jack.

'Dat klinkt als een achternaam.'

'Ik ga het na,' zei Jack. Hij belde Biery: 'Ik wil dat je in Nayoans accounts naar een naam zoekt: Sinaga.'

Tien minuten later belde Biery terug: 'Kersan Sinaga. Nayoan heeft de afgelopen twee jaar zeven cheques voor hem uitgeschreven, variërend van vijfhonderd tot tweeduizend dollar. Op een van de chequeberichten die ik op de website van zijn bank heb gevonden, staat een mededeling: "Computeradviezen". Maar weet je wat zo interessant is? Ik heb bij de immigratiedienst naar zijn naam gezocht en vond een signalering. Hij had acht maanden geleden op een afspraak moeten komen, maar is niet verschenen. En hij staat op de lijst van personen naar wie ze uitkijken.'

'Er moet meer aan de hand zijn,' zei Chavez. 'Als je een keer niet op een afspraak van de immigratiedienst verschijnt, kom je nog niet op de lijst.'

'Nee,' beaamde Clark. 'Wat is er nog meer?'

'Hij wordt gezocht door de Indonesische POLRI, de *Polisi Negara Republik Indonesia*,' antwoordde Biery, 'de Indonesische nationale politie. Het schijnt dat jullie Kersan Sinaga een eersteklas vervalser is. Ze zijn al vier jaar naar hem op zoek.'

De rit naar het noorden duurde een halfuur. Volgens Jacks eigen Google-kaart woonde Sinaga aan de oostelijke rand van San Rafael in een dunbevolkt woonwagenkamp. Ze reden er een keer doorheen, gingen terug en parkeerden honderd meter ten noorden van Sinaga's dubbelbrede woonwagen, die omheind was met een roestig gaashek en heggen.

'Ding, er ligt een schrijfblok in mijn tas daar achter,' zei Clark over zijn schouder. 'Wil je het even voor me pakken?'

Chavez gaf hem het blok. 'Wat ben je van plan?'

'Een kleine buurtenquête. Ik ben over tien minuten terug.'

Clark stapte uit, en Jack en Chavez zagen hem over het pad naar de dichtstbijzijnde woonwagen lopen, waar hij het trapje op liep en aanklopte. Er verscheen een vrouw, en Clark praatte een tijdje met haar waarna hij naar het volgende adres ging, waar hij de procedure herhaalde, om vervolgens naar Sinaga's woonwagen te lopen. Toen hij weer tevoorschijn kwam, deed hij nog drie woonwagens aan voordat hij naar de auto terugliep en instapte. Hij gaf het schrijfblok aan Jack. Het was bedekt met namen, adressen en handtekeningen.

'Wil je ons vertellen wat je deed?' vroeg Jack.

'Ik zei dat ik hier aan de weg een restaurant wilde openen en dat ik vijfhonderd handtekeningen van omwonenden nodig had om een drankvergunning te kunnen aanvragen. Sinaga is niet thuis. Volgens zijn buurman werkt hij parttime in de Best Buy aan de 101. Hij is om twee uur vrij.'

Chavez keek over zijn horloge. 'Een uur. Niet genoeg tijd.'

'We wachten tot het donker is,' zei Clark.

'En dan?' vroeg Jack.

'Dan ontvoeren we die rotzak.'

Clarks redenering was logisch. Omdat Nayoan maar zelden contact met Sinaga opnam, en dan nog alleen per e-mail, zou de verdwijning van de man waarschijnlijk geen argwaan wekken. Beter nog: als ze het goed aanpakten, kon het elektronische verband dat ze hadden gelegd ze misschien een heleboel informatie van Nayoan opleveren. In het ergste geval zouden ze met een gevangene komen te zitten die waarschijnlijk papieren voor de URC had vervalst, misschien zowel in Amerika als in het buitenland. En niemand van hen wist of Gerry Hendley het een prettig idee zou vinden dat de Campus een URC-helper in hechtenis had.

'Maar je kunt beter om vergeving vragen dan om toestemming,' merkte Clark op.

Ze reden naar de Best Buy en wachtten tot Sinaga tevoorschijn kwam. Daarna volgden ze hem naar een winkel in de buurt, en toen naar huis. Ze wachtten een halfuur, en toen speelde Clark weer de rol van restauranthouder. Ditmaal ging hij eerst langs de wagens aan de overkant van de straat voordat hij naar Sinaga's woonwagen liep. Vijf minuten later was hij terug.

'Hij is alleen. Hij speelt met zijn Xbox en drinkt bier. Ik zag binnen niets wat op de hand van een vrouw wees, dus het zit er dik in dat hij vrijgezel is,' meldde Clark. 'Hij heeft wel een hond, een oude cockerspaniël. Die blafte pas toen ik op de deur klopte.'

Ze wachtten tot het donker was, keerden toen naar het woonwagenkamp terug en reden een keer het blok rond. Sinaga's auto, een vijf jaar oude Honda Civic, stond in de carport, en achter de ramen van de woonwagen was licht te zien. Een enkele gloeilamp hulde de veranda in wit licht. Clark zette de koplampen van de Taurus en ook de motor uit en keek toen op het schrijfblok.

'Zijn buurman – degene die wist dat hij naar zijn werk was – is een zekere Hector. Hij lijkt een beetje op jou, Ding.'

'Laat me raden: ik moet wat suiker gaan lenen.'

'Ja. Omdat er geen hordeur is, moet hij de deur opendoen. Als hij dat doet, bespring je hem. Ik grijp de hond en zet hem in de badkamer. Jack, jij gaat door het hek aan de zijkant en let op de achterramen. Hij krijgt vast niet de tijd om bij die ramen te komen, maar je kunt nooit voorzichtig genoeg zijn.'

'Oké.'

'Ga daar niet wat rondlummelen. Loop alsof je een doel hebt. De buren zijn vriendelijk, dus als iemand je ziet, zwaai je even of zeg je hem gedag, alsof je daar thuishoort. Laten we gaan.'

Ze stapten uit en liepen door de straat, zacht pratend en nu en dan grinnikend, drie bewoners die thuiskwamen. Toen ze ter hoogte van de woonwagen waren gekomen, gingen Clark en Chavez die kant op. Jack ging in de schaduw naast het hek staan en zag dat Clark zich naast de deur tegen de wand drukte en dat Chavez de trap op ging. Clark draaide zich met een knikje om naar Jack, die het hek voorzichtig opendeed en de tuin in stapte. Er was niet veel gras, wel een heleboel onkruid met bruine plekken en hondendrollen. Hij kwam bij de achterkant van de woonwagen en hurkte neer om de hele lengte van de wagen te kunnen zien. Er waren twee ramen, maar een daarvan was te klein voor een volwassene; het dichtstbijzijnde raam was de enige uitgang.

Jack hoorde dat Chavez aan de voorkant aanklopte. Even later hoorde hij: 'Ja, wie is daar?'

'Hector van hiernaast. Hé, man, mijn telefoon is afgesloten. Mag ik die van jou even gebruiken?'

Voetstappen op de vloer van de woonwagen. Piepende scharnieren.

'Hé!'

Een deur klapte dicht, gevolgd door stampende voetstappen. Jack keek op, volkomen alert. *Shit... Wat...*

'Hij komt jouw kant op!' riep Clark. 'Achterraam!'

Terwijl Clark dat zei, werd het raam opengeschoven en verscheen er een silhouet dat naar buiten dook. De man kwam met een kreungeluid neer, rolde zich om en sprong overeind.

Jack verstijfde even, en zei toen: 'Stop, staan blijven!'

Sinaga draaide zich naar hem om en keek eerst naar links en toen naar rechts. Toen ging hij Jack te lijf, en in het zwakke licht dat door het raam naar buiten kwam, zag Jack een glinstering van staal in Sinaga's hand. *Mes,* zei iets in zijn achterhoofd tegen hem. Toen was Sinaga bij hem en haalde hij zijdelings uit met het mes. Jack liep vlug achteruit. Sinaga bleef komen. Jack voelde het gaashek tegen zijn rug en zag dat Sinaga weer uithaalde met zijn arm. Hij trok vlug zijn hoofd opzij en voelde dat er iets tegen zijn rechterschouder kwam. Enigszins uit zijn evenwicht gebracht door de wilde uithaal, strompelde Sinaga opzij. Jack pakte zijn arm vast, zijn linkerhand op de pols van de man, en gaf er een ruk aan. Vervolgens sloeg hij zijn rechterarm om Sinaga's hals, met diens strottenhoofd in de kromming van Jacks elleboog. Sinaga boog zijn hoofd naar voren en stootte toen naar achteren. Jack had dat zien aankomen, maar kon alleen zijn hoofd enigszins opzij buigen. Sinaga's achterhoofd dreunde tegen Jacks jukbeen. De pijn vlamde op achter Jacks ogen. Sinaga sloeg om zich heen om zich te bevrijden en gooide Jack weer tegen het gaashek, maar daarbij raakte hij zelf uit zijn evenwicht. Met zijn benen voor zich gespreid plofte Sinaga op zijn achterste neer. Jack hield vol. Hij voelde dat hij over Sinaga's hoofd naar voren viel. *Niet loslaten, niet loslaten...* Met zijn arm nog om Sinaga's keel maakte Jack een koprol, hij hoorde een zacht kraakgeluid. Hij plofte op de grond neer en rolde zich opzij in de verwachting dat Sinaga zich op hem zou storten.

'Jack!' De stem van Chavez. Ding kwam aangerend. Zonder snelheid te minderen schopte hij het mes bij Sinaga's hand vandaan. Sinaga bewoog niet. Zijn hoofd stond vreemd opzij. Hij knipperde een paar keer met zijn ogen, maar daarna verstarden ze. Zijn rechterarm maakte stuiptrekkende bewegingen en sloeg zacht op de grond.

'God...' fluisterde Jack. 'Godallemachtig.'

Clark kwam door het hek aangerend, bleef staan en knielde bij Sinaga neer. 'Zijn nek is gebroken. Hij is dood. Jack, ben je ongedeerd?'

Jack kon zijn blik niet van Sinaga losmaken. Hij zag dat de arm van de man ophield met stuiptrekken.

'Jack, word wakker,' zei Clark. 'Ben je ongedeerd?'

Jack knikte.

'Ding, breng hem naar binnen. Vlug.'

Ding ging met Jack de woonwagen in, liet hem op de bank zakken en liep toen door het gangetje naar de slaapkamer, waar hij Clark hielp het lijk van Sinaga door het raam naar binnen te krijgen. Ze kwamen in de voorkamer bij elkaar. In de badkamer blafte de hond.

'Buiten beweegt niets,' meldde Clark, terwijl hij de voordeur dichtdeed. 'Ding, kijk of er eten voor Fikkie in de koelkast ligt. Dan houdt hij misschien op met blaffen.'

'Doe ik.'

Clark liep naar Jack toe. 'Je bloedt.'

'Huh?'

Clark wees naar Jacks rechterschouder. De stof van zijn overhemd was donker van het bloed. 'Trek je overhemd uit.'

Jack deed het. Er bleek een vijf centimeter lange snee op zijn sleutelbeen te zitten, onder aan zijn keel. Het bloed liep over zijn borst omlaag.

'O,' mompelde Jack. 'Dat wist ik niet. Ik voelde dat er iets tegen mijn schouder kwam, maar ik wist niet wat het was.'

'Vijf centimeter hoger en je zou er zijn geweest, Jack. Druk er met je duim op. Ding, kijk eens of Sinaga superlijm in huis heeft.'

Uit de keuken kwamen geluiden van laden die open en dicht gingen. Toen kwam Chavez tevoorschijn, hij gooide een tube naar Clark toe, die hem aan Jack gaf. 'Spuit daar een streepje van op de snee.'

'Je maakt een grapje.'

'Nee. Het is beter dan hechtingen. Doe het nou maar.'

Jack probeerde het, maar zijn handen beefden. Hij keek hen aan. 'Sorry.'

'Dat is gewoon adrenaline, *mano*,' zei Chavez, die de tube van hem overnam. 'Geen probleem.'

'Is hij echt dood?' vroeg Jack aan Clark.

Clark knikte.

'Shit. We wilden hem levend in handen krijgen.'

'Het was zijn keuze, Jack, niet de jouwe. Je mag je er best beroerd om voelen. Dat is begrijpelijk. Maar vergeet niet: hij probeerde je keel door te snijden.'

'Ja, dat is zo. Ik weet het niet.'

Chavez zei: 'Denk er niet te veel aan. Jij leeft; hij is dood. Had je het liever andersom gehad?'

'Nee.'

'Beschouw het dan als een overwinning en ga verder.' Chavez deed de dop op de tube superlijm en stond op.

'Zomaar? Verdergaan?'

'Misschien heb je wat tijd nodig om het te verwerken,' zei Clark. 'Als je dat niet kunt, moet je voortaan achter je bureau blijven zitten.'

'Jezus, John.'

'Als je deze klootzak in je hoofd blijft ronddragen, kost dat jou of iemand anders het leven. Dat kan ik je garanderen. Dit is geen werk voor iedereen, Jack. Je hoeft je niet te schamen. Je kunt er beter nu achter komen dan later.'

Jack blies zijn adem uit en wreef over zijn voorhoofd. 'Oké.'

'Oké wat?'

'Oké, ik zal erover nadenken.' Clark glimlachte. 'Wat is er?' vroeg Jack.

'Dat was het juiste antwoord. Je hebt net iemand gedood. Ik zou me zorgen maken als je daar zomaar aan voorbij kon gaan.'

Vanuit de keuken riep Ding: 'Ik heb iets gevonden, John.'

Drie dagen nadat het apparaat met een chartervlucht uit Dubai was vertrokken, arriveerde het op het vliegveld van Vancouver in Canada. Musa, die daar de vorige dag al was geland, wachtte op het toestel. Met zijn visitekaartje en brief begaf hij zich naar het douanepakhuis.

'Silvio Manfredi,' stelde Musa zich voor aan de douaneinspecteur, en hij overhandigde zijn papieren.

'Dank u. Phil Nolan. Uw zending staat daar.'

Ze liepen naar een pallet waarop het plastic vat stond.

Het was geen probleem geweest het kaartje en het briefpapier met Photoshop en een geavanceerd desktop-publishingprogramma te maken. Natuurlijk zou de inspecteur weinig kunnen beginnen met een brief van een hoogleraar aan de faculteit Diergeneeskunde van de universiteit van Calgary, maar de psychologische uitwerking was niet gering. De inspecteur had met een medeburger en een vermaarde Canadese universiteit te maken.

Musa had in zijn veertien maanden van onderzoek geleerd dat douanebeambten over de hele wereld overwerkt en onderbetaald waren en zich door checklists en formulieren lieten leiden. In het geval van dit specifieke type zending – radioactieve materialen – zou de inspecteur zich voor maar drie vormen van documentatie interesseren: een factuur en vrachtbrief voor het apparaat; de stempels en zegels van de IATA-agent in Dubai, waarop de herkomst van de zending stond vermeld, en de talloze papieren en vergunningen die voor nucleair materiaal vereist werden door de *Canadian Nuclear Safety Commission*, Transport Canada, de *Canadian Nuclear Substance Act* en de *Transportation of Dangerous Goods Act*. Hoewel geen van die papieren moeilijk te reproduceren was, hadden Musa en zijn mannen er acht maanden over gedaan om precies te achterhalen wat ze allemaal nodig hadden.

'Goed, wat is dit?' vroeg de douaneman.

'Een draagbare PXP-40HF *equine imager*.'

'Wat zegt u?'

Musa grinnikte. 'Ik weet het. Het is een hele mondvol. Dit is een draagbaar röntgenapparaat voor paarden. Een vriend van de rector magnificus van de universiteit woont in Dubai. Hij heeft een Arabische hengst die meer waard is dan wij beiden in ons hele leven zullen verdienen. Het paard werd ziek, de vriend klaagde bij de rector magnificus, en de universiteit leende hem het apparaat.'

De inspecteur schudde zijn hoofd. 'Dat is mooi. Heeft het paard het gered?'

'Ja. En het was gewoon koliek. Ik ben een week met dat röntgenapparaat op stap geweest omdat de dierenarts van die kerel een simpel geval van indigestie niet had herkend.'

'Nou, u hebt tenminste wat zon gezien. Oké...' zei de inspecteur, en hij bladerde in de papieren. 'Ik heb wat dingen nodig. De radio-isotopencode, het activiteitsniveau, de doses, de besmettingsgrenzen...'

'Bladzijde vier. En bladzijde negen. Over het algemeen nogal laag.'

'Ja, oké, ik zie het. Hoe gevaarlijk is dit ding?'

'Tamelijk onschuldig, tenzij je een paar honderd röntgenfoto's van je ballen maakt. Dan heb je een probleem.'

De inspecteur lachte. 'Niet bepaald een massavernietigingswapen, hè?'

Musa haalde zijn schouders op. 'Regels zijn regels. Je kunt nooit voorzichtig genoeg zijn, denk ik.'

'Dat is zo. Hé, waarom hebben ze u niet rechtstreeks naar Calgary laten vliegen?'

'Ik kon tot aan woensdag geen vlucht daarheen krijgen. Het leek me gemakkelijker hierheen te gaan en een auto te huren. Met een beetje geluk ben ik voor het donker thuis.'

De inspecteur zette zijn handtekening op de vereiste plaats en plakte een verzegeling op het vat. Hij liet Musa ook op de vereiste plaatsen tekenen, wierp nog een laatste blik in de papieren en gaf ze terug. 'U kunt gaan.'

'Mijn huurauto staat op het parkeerterrein...'

'Zet u hem maar voor de poort. Ik zeg wel tegen ze dat ze u moeten doorlaten.'

Musa gaf hem een hand. 'Dank u.'

'Graag gedaan. Rij voorzichtig.'

67

Nadat ze het bloed dat uit de stompjes van Bari's afgesneden vingers stroomde hadden gestelpt, zetten ze hem in een stoel in de huiskamer en maakten ze zijn voeten met duct tape aan de poten vast. De leider van de groep werd met tape aan de schraagtafel vastgemaakt. Beide mannen waren nog bewusteloos. Ten slotte pakten ze de lijken op en legden ze in het bad, boven op Bari's tweede lijfwacht.

'Ik ga een blokje om,' zei Dominic. 'Kijken of alles rustig blijft in de buurt. Ik denk niet dat we de aandacht hebben getrokken, maar...'

'Klinkt goed.'

'Ik ben over vijf minuten terug.'

Brian ging in de huiskamer zitten. Hij keek naar hun gevangenen en liet hun hele actie nog eens door zijn hoofd gaan. *Verdomd goed werk*, dacht hij. Dominic was altijd al goed met een pistool geweest, en een kampioen in Hogan's Alley, maar dit was de eerste keer geweest dat ze er echt samen tegenaan gingen. Zeker, er was die toestand in het winkelcentrum geweest, maar dat was niet helemaal hetzelfde. Deze keer hadden ze echte URC-schurken op hun eigen terrein aangevallen. Al waren ze het niet gewend om gevangenen te nemen; daar zou hij nog eens over moeten nadenken. Met de kolf van de Browning had hij beide schurken buiten gevecht gesteld, maar erg efficiënt was dat niet geweest. Misschien had hij het ook met een slagwapen van leer en lood kunnen doen. Daar zou hij zich in moeten verdiepen.

Hij hoorde het hek van de achtertuin opengaan. Hij stond op, liep naar de deur en keek om de hoek. 'Ik ben het maar, broertje,' zei Dominic, en hij liep naar binnen.

'Hoe ziet het eruit?'

'Rustig. Als het donker wordt, is hier niet veel meer te beleven. Nog een paar uur en het is waarschijnlijk een spookstad.'

'Dat roept een vraag op.'

'Die twee?' antwoordde Dominic. Hij knikte naar Bari en de andere man.

'Ja. Als ze informatie hebben, kunnen we proberen het hier uit ze te wringen of ze hier weg te halen.'

'Nou, één ding staat vast: we krijgen ze niet in ons eentje uit Libië weg. Misschien kunnen we ze in Tunesië krijgen.'

'Hoe ver is dat?'

'Ongeveer honderdvijftig kilometer naar het westen. Laten we niet op de zaken vooruitlopen. Eerst maar eens met Bari praten en kijken wat dat oplevert.'

Door een glas koud water over zijn hoofd uit te gieten en een paar keer op zijn gezicht te slaan konden ze Bari bij bewustzijn krijgen. Hij knipperde met zijn ogen en keek eerst de kamer in en toen naar Brian en Dominic.

Hij blafte een paar woorden in het Arabisch, en zei toen in Engels met een zwaar accent: 'Wie zijn jullie?'

'De cavalerie,' zei Brian.

Bari kneep zijn ogen dicht en kreunde. 'Mijn hand.'

'Het zijn maar twee vingers,' zei Dominic. 'We hebben het bloeden gestelpt. Hier.' Hij gaf Bari zes aspirientjes uit een buisje dat ze in de badkamer hadden gevonden. Bari stopte de tabletten in zijn mond en pakte een glas water van Brian aan.

'Dank je. Wie zijn jullie?'

'Zo te zien zijn wij de enige vrienden die je in de Medina overhebt,' zei Dominic. 'Wie waren dat?'

'Zijn ze allemaal dood?'

'Behalve die met het schilmesje,' antwoordde Brian. 'Wie waren het?'

'Ik kan niet...'

'We denken dat ze van de URC waren. Iemand heeft je verraden, Bari.'

'Wat betekent dat?'

'Iemand heeft opdracht gegeven je te vermoorden. Waarover ondervroegen ze je?'

Bari gaf geen antwoord.

'Zeg, als wij je niet helpen, krijgen ze je te pakken. Misschien kun je je een tijdje schuilhouden, maar ze zullen je vinden. En je familie in Benghazi waarschijnlijk ook.'

Bari keek meteen op. 'Jullie weten van hen?'

Dominic knikte. 'En als wij het weten...'

'Jullie zijn Amerikanen, nietwaar?'

'Doet dat er iets toe?'

'Nee, eigenlijk niet.'

Brian zei: 'Als je ons helpt, helpen we jou. Dan proberen we je het land uit te krijgen.'

'Hoe?'

'Laat dat onze zorg zijn. Wie waren het?'

'URC.'
'Dezelfden die Dirar al-Kariim hebben vermoord?'
'Wie?'
'De webvideo. De man zonder hoofd en zonder voeten...'
'O. Ja. Dat zijn ze.'
Dominic vroeg: 'Hoe heet hij, die met het mes?'
'Ik ken hem als Fakhoury.'
'Wat doet hij?'
'Wat je hier hebt gezien. Moord. Bestraffing. Een slechte man. Hij pochte over Al-Kariim. Praatte erover.'
'Waarom zat hij achter jou aan?'
'Dat weet ik niet.'
'Onzin,' zei Brian. 'Jij en je lijfwachten hadden haast. Jullie wisten dat Fakhoury op komst was. Hoe?'
'Op straat werd verteld dat ik met de politie praatte. Dat was niet waar. Ik weet niet wie het zei, maar bij die mensen... is geheimhouding alles. Ze wilden me voor alle zekerheid vermoorden.'
'Wat wilden ze van je? Jij bent hun internetspecialist, of niet?'
'Ja. Fakhoury wilde weten of ik gegevens had bewaard.'
'Zoals?'
'Domeinnamen. Wachtwoorden. Beelden...'
'Zoals banners op websites?'
'Ja. Ja, daar vroeg hij naar.'
Dominic keek Brian aan en mompelde: 'Steganografie.'
'Ja.'
'Waar hebben jullie het over?' vroeg Bari.
'Nou, wat is het antwoord?' vroeg Dominic. 'Heb je gegevens bewaard? Misschien als verzekeringspolis?'
Bari deed zijn mond open om iets te zeggen, maar Brian onderbrak hem: 'Als je tegen ons liegt, maken we Fakhoury los en gaan we weg.'
'Ja, ik heb gegevens bewaard. Ze staan op een SD-kaart – zo'n geheugenkaartje voor een fototoestel. Het zit onder een tegel achter de wc.'
Brian was al in beweging. 'Hebbes.' Twee minuten later was hij terug met een klein plastic kaartje.
Dominic vroeg aan Bari: 'Wie geeft Fakhoury zijn bevelen?'
'Ik heb alleen maar geruchten gehoord.'
'Goed.'
'Een zekere Almasi.'
'Hier uit de stad?'
'Nee, hij heeft een huis bij Zuwarah.'

Dominic keek Brian aan. 'Ongeveer honderd kilometer ten westen van hier.'

'Hoe hoog is die kerel in de organisatie? Kan hij het groene licht hebben gegeven voor de executie van Al-Kariim?'

'Dat is mogelijk.'

Ze lieten Bari alleen en liepen de binnenplaats op. 'Wat denk je?' vroeg Brian.

'Bari is een goede vangst, maar het zou mooi zijn als we iemand te pakken kregen die hoger in de voedselketen zit. Als die Almasi genoeg macht heeft om een van hun eigen mensen te laten vermoorden, is hij misschien de moeite waard.'

Brian keek op zijn horloge. 'Het is nu bijna tien uur. Ik denk dat we een halfuur nodig hebben om bij de auto terug te komen, en dan is het twee uur rijden naar Zuwarah. We grijpen hem om twee uur en gaan dan verder.'

'Dus we nemen Bari mee en grijpen Almasi als dat kan.'

'Dan is Fakhoury er ook nog.'

'Dood gewicht, broertje.'

Dominic zuchtte.

Brian zei: 'De man is een ijskoude moordenaar, Dom.'

'Je meent het. Kost het je moeite de schakelaar in je hoofd over te halen?'

'Jij hebt hem een keer overgehaald. Die kinderverkrachter.'

'Dat was een beetje anders.'

'Niet veel anders. Die schurk zou er niet uit zichzelf mee ophouden. Dat is hier ook zo.'

Dominic dacht erover na en knikte. 'Ik doe het wel.'

'Nee, broertje, deze is voor mij. Zorg dat Bari mee kan. Ik ruim wel op.'

Dominic bracht Bari naar de binnenplaats. Brian kwam even later naar buiten en gooide een canvas tas voor Dominics voeten. 'Zes pistolen en tien magazijnen. Ik ben zo terug.' Hij ging weer naar binnen.

'Wat doet hij?' vroeg Bari.

Vanuit het huis kwam een doffe klap, en toen nog een.

'Fakhoury?' zei Bari tegen Dominic. 'Jullie hebben hem vermoord.'

'Had je liever dat hij in leven bleef en achter je aan kwam?'

'Nee, maar wie zegt dat jullie niet hetzelfde met mij doen als jullie klaar zijn?'

'Ik. In het ergste geval laten we je lopen.'

'En in het beste geval?'

'Dat hangt ervan af hoe goed je meewerkt.'

Tien minuten later kwam Brian naar buiten. Dominic en hij liepen naar de achtermuur en Brian hees Dominic op het dak. Tien seconden later was hij terug met hun rugzakken. Ze liepen met zijn drieën naar de deur van de binnenplaats.

Brian keek Bari aan. 'Even voor alle duidelijkheid: als je wegloopt of de aandacht op ons vestigt, schieten we een kogel in je hoofd.'

'Waarom zou ik zoiets doen?'

'Dat weet ik niet en dat kan me niet schelen. Als je ons in moeilijkheden brengt, ben je de eerste die eraan gaat.'

'Ik begrijp het.'

Na veertig minuten kwamen ze bij de Sidi Omran Street uit de Medina. Ze liepen twee blokken in oostelijke richting naar het Corinthia Hotel, waar ze de Opel hadden geparkeerd, en reden in westelijke richting door Umar al Mukhtar Street naar de rand van de stad. De lucht was helder, met een schijfje maan en een diamantenveld van sterren.

Ze reden in stilte. Bari lag op de achterbank, tot ze voorbij Sabratah waren, een kustplaats zestig kilometer ten westen van Tripoli. 'Je kunt rechtop gaan zitten,' zei Dominic vanaf de passagiersplaats tegen hem. 'Hoe gaat het met je hand?'

'Die doet nog veel pijn. Wat hebben jullie met mijn vingers gedaan?'

'Door de wc gespoeld,' antwoordde Brian.

Dat was het gemakkelijkste geweest van wat hem in Bari's huis te doen had gestaan. Hij had gekeken of Fakhoury en zijn mannen tatoeages of papieren hadden. Van het eerste had hij niets gevonden, maar van het laatste een heleboel; hij had ze in de tas gestopt. Vervolgens had hij drie kogels in het achterhoofd van iedere man geschoten. De kogels met holle punt deden hun werk en veranderden elk gezicht in een onherkenbare vleesmassa. Waarschijnlijk zou de politie ze uiteindelijk wel kunnen identificeren, maar tegen de tijd dat de URC besefte dat een van hun mannen weg was, zouden Dominic, Bari en hij het land al uit zijn.

'Heb je mijn vingers door de wc gespoeld?' herhaalde Bari. 'Waarom?'

Dominic gaf antwoord. 'Er mochten geen sporen van je achterblijven. We moeten zo min mogelijk informatie achterlaten. Waar is Almasi's huis?'

'Ten oosten van de stad. Ik herken de afslag wel als we er zijn. Het is tegenover een oude raffinaderij.' Twintig minuten later zei Bari: 'Ga langzamer rijden. De volgende weg links.'

Brian ging langzamer rijden en sloeg de onverharde weg in. Bijna meteen werd de helling steiler. Voor hen uit slingerde de weg zich door lage, met struikgewas begroeide heuvels. Na vijf minuten ging de weg scherp naar links. Bari, die uit het raam aan de bestuurderskant keek, tikte op de ruit. 'Daar. Dat huis met het licht aan. Dat is van Almasi.'

Vierhonderd meter verder zagen Brian en Dominic een lemen huis van twee verdiepingen tegen een uitgesleten helling staan. Er stond een muur omheen, die tot schouderhoogte reikte. Vijftig meter ten westen daarvan zagen ze een stel lemen hutten. Recht achter het huis stond een schuur.

'Oude boerderij?' vroeg Dominic.

'Ja. Geiten. Almasi heeft hem drie jaar geleden als buitenhuis gekocht.'

'Zie je die antennes op het dak, Brian?' vroeg Dominic.

'Ja. De man doet veel aan communicatie.'

Ze reden een kleine kilometer door, verloren de boerderij achter een heuvel uit het oog en gingen langzamer rijden toen ze een kruispunt naderden. Impulsief ging Brian naar links. De zandweg werd smaller en kwam na vijftig meter bij een grindgroeve uit.

'Dit lijkt me geschikt,' zei Dominic.

Brian zette de koplampen uit, liet de auto tot stilstand komen en zette de motor uit. Ze keken om naar Bari. 'Wat weet je nog meer van dat huis?' vroeg Brian.

'Alleen waar het staat. Dat is alles.'

'Je bent hier nooit eerder geweest?'

'Eén keer. Alleen voorbijgereden.'

'Waarom? Uit nieuwsgierigheid?'

Bari aarzelde. 'In mijn vak loont het om te weten met wie je te maken hebt. Ik wist dat Fakhoury voor Almasi werkte. Ik dacht dat het verstandig zou zijn op een dag rechtstreeks zaken met hem te doen. En dus heb ik inlichtingen ingewonnen.'

'IJverig,' merkte Dominic op. 'Dus je bent daar nooit geweest, nooit in het huis zelf?'

'Nee.'

'Zijn er lijfwachten?' vroeg Brian.

'Die heeft hij vast wel, maar ik weet niet hoeveel.' Brian en Dominic keken hem strak aan. 'Dat is de waarheid. Ik zweer het op mijn kinderen.'

'Honden?'

'Weet ik niet.'

'Geef me je handen,' zei Brian. 'Leg ze op de hoofdsteunen.'

Aarzelend deed Bari het. Brian en Dominic maakten zijn handen met tape aan de hoofdsteunen vast. 'Is dit echt nodig?' vroeg Bari.

‘We vertrouwen je nog niet helemaal,’ legde Dominic uit. ‘Dat moet je niet persoonlijk opvatten. We zijn zo terug.’

‘En als jullie niet terugkomen?’

‘Dan heb je grote pech,’ zei Brian.

Ze stapten uit, pakten de tas uit de kofferbak en legden hun arsenaal voor zich neer. Naast hun Brownings hadden ze vier MAB P15 9mm pistolen van Frans fabricaat en twee .32 revolvers met korte loop.

‘Ik heb zestig patronen uit de P15’s gehaald,’ zei Brian. ‘Negen millimeter parabellum. Die passen goed in onze Brownings. Als we er meer dan zestig nodig hebben, kunnen we het toch al schudden.’

Ze herlaadden de magazijnen van de Brownings, verdeelden de overgebleven losse P15-patronen en stopten ze in de zijzakken van hun wijde broeken. Ten slotte borgen ze nog wat dingen op in hun rugzakken. Dominic liep naar het achterraam van de Opel. Bari zei: ‘Ik heb meer aspirientjes nodig.’

Brian haalde het buisje uit zijn rugzak en gooide het naar Dominic toe. Die liet er zes in Bari’s mond vallen en liet hem een slok uit hun veldfles nemen.

‘Hier blijven zitten en geen geluid maken,’ beval Dominic. Hij keek Brian aan. ‘Klaar?’

‘Ja. Laten we een grote vis gaan vangen.’

68

'Kun je het een beetje uithouden?' vroeg Gerry Hendley, toen Jack tegenover hem zat. Sam Granger was ook in de kamer. Hij stond met zijn armen over elkaar tegen het raam geleund.

'Afgezien van het feit dat die vraag me veel te vaak wordt gesteld, gaat het prima,' antwoordde Jack. 'Het was maar een ondiepe wond, Gerry. Een beetje superlijm en hij was dicht.'

'Daar heb ik het niet over.'

'Ik weet waar je het over hebt.'

'Jack, nog geen twaalf uur geleden heb je iemand gedood. Als je tegen me zegt dat het je niets doet, keten ik je aan je bureau vast.'

'Baas...'

'Hij meent het,' zei Granger. 'Of je het nu leuk vindt of niet, je bent de zoon van ex-president Ryan. Dat laat ons heus niet onverschillig. En als wij ook maar even denken dat je niet de juiste mentaliteit hebt, zit je weer op kantoor.'

'Wat wil je van me? Mijn handen trillen nog een beetje en mijn maag speelt op. Ik heb MoHa koud gemaakt omdat hij het verdiende. Die Sinaga... Ik weet het niet. Misschien verdiende hij het, misschien niet. Hij kwam op me af, probeerde me te doden...' Jack aarzelde en schraapte zijn keel. 'Of ik hem wilde doden? Nee. Of ik blij ben dat hij dood is en niet ik? Reken maar.'

Gerry dacht daar even over na en knikte toen. 'Slaap er een nachtje over en laat het me morgen weten. Wat je ook besluit, je hebt hier altijd een baan.'

'Dank je.'

'Sam, wil je ze binnen laten komen?'

'Wacht even,' zei Jack. 'Ik heb dit al met John en Ding besproken... Weet je nog, die geboorteaankondiging die we hebben onderschept?' Hendley knikte. 'Dat heeft nooit tot iets geleid. Geen antwoorden, geen vervolgberichten. Alleen maar stilte, over de hele linie. Volgens mij was dat mailtje een opdracht om van kanaal te veranderen.'

'Leg eens uit,' zei Granger.

'We weten dat de URC gebruikmaakt van steganografie om te communiceren. Waarschijnlijk in de banner-beelden op hun websites, en waarschijnlijk doen ze dat al een tijdje. Misschien was het mailtje een teken voor de cellen dat ze op een protocol van alleen steganografie moesten overschakelen. Je zou het hun versie van radiostilte kunnen noemen.'

'Waarvoor?'

'Agenten die op het punt staan een actie te ondernemen, nemen vaak radiostilte in acht. Misschien heeft de emir het groene licht voor een operatie gegeven.'

'We hebben gezien dat er voor 11 september 2001 opeens veel minder werd gecommuniceerd,' zei Granger. 'En voor Bali en Madrid ook.'

Hendley knikte. 'Jack, ik wil dat je bij Biery blijft. Pluis alles uit wat jullie bij Nayoan hebben gevonden.'

'Oké.'

'Laat ze binnenkomen, Sam.'

Granger deed de deur open, en Clark en Chavez liepen naar binnen en gingen naast Jack zitten. Hendley zei tegen Clark: 'Heb je het gehoord?'

'Wat?'

'De beschuldigingen tegen Driscoll zijn ingetrokken.'

'Kijk eens aan,' zei Clark met een grijns.

'Kealty's persvoorlichter heeft het gisteren tegen het eind van de dag bekendgemaakt. Net op tijd om het over het weekend heen te tillen. Sam heeft met een oude vriend in Fort Benning gepraat. Driscoll is uit de problemen. Eervol ontslag, volledig pensioen plus invaliditeitstoeslag. Wordt zijn schouder een probleem?'

'Nee, tenzij je hem inhuurt om gipsplaten op je muren te zetten, Gerry.'

'Goed. Oké, laat maar horen.'

'We hebben in Sinaga's woonwagen alleen een digitale spiegelreflexcamera gevonden,' zei Clark. 'Een Nikon uit de gemiddelde prijsklasse. Er zat een SD-kaart met een paar honderd foto's in. Vooral foto's van landschappen, maar er zijn ook een stuk of tien portretten bij.'

'Paspoortfoto's,' voegde Chavez eraan toe. 'Allemaal mannen, vooral uit het Midden-Oosten en Indonesië. En ook iemand die we al eerder hebben gezien. Weet je nog, die koerier die we hebben gevolgd, Shasif Hadi?'

'Echt waar?' zei Granger.

'Maar nu dit,' zei Jack. 'Op de pasfoto die Sinaga in bezit had was Hadi gladgeschoren. Toen we hem volgden, had hij een baard en een snor. Scheer ze af, gebruik het nieuwe paspoort, en je kunt overal heen.'

Clark zei: 'Dat geeft misschien antwoord op de vraag waar hij na Las Vegas naartoe is gegaan – tenminste voor een deel. Hij is het land uitgegaan.'

Hendley knikte. 'Maar waarheen en waarvoor? Sam, wat weten we nog meer over Sinaga?'

'Hij staat hoog in de hitparade in Jakarta. Ik heb met een vriend van een vriend gepraat die de CIA-post in Soerabaja heeft geleid. De man was goed. Hij was erg handig met paspoorten.'

'Hoe ver zijn we met gezichtsherkenning?'

Jack antwoordde: 'Biery heeft zijn systeem in de bètafase, maar we weten niet veel van het systeem dat de immigratiedienst en het ministerie van Binnenlandse Veiligheid gebruiken. Daar werken ze misschien met heel andere parameters dan wij.'

'En de FBI?' vroeg Granger.

'Waarschijnlijk hetzelfde systeem. Zo niet, dan doen ze toch allemaal aan kruisbestuiving.'

'Als Dom terug is, laat hem dan op onderzoek gaan. Aangezien Hadi onze enige bekende factor is, kunnen we ons eerst op hem concentreren. Zoek uit waar hij vanuit Las Vegas naartoe is gegaan. Clark, hoe hebben jullie de zaken in San Francisco achtergelaten?'

'Nayoan is geen probleem. We hebben alles achtergelaten zoals het was, maar we hebben veel gegevens gedownload. Gavin is daar nu mee aan het werk. Eén ding staat vast: Nayoan speelde een belangrijke rol in de logistiek van de URC. Geld, papieren... wie weet wat nog meer. In het geval van Sinaga hebben we een inbraak in scène gezet. Hij verloor het gevecht met de inbreker en kwam om het leven. Om het geloofwaardiger te maken hebben we zijn dvd-speler en wat geld meegenomen.'

'We houden het nieuws daar in de gaten om te kijken of het goed gaat. Dat verwachten we wel. We zijn voorzichtig geweest.'

'Oké, dus we wachten tot onze computerman iets ontdekt. Bedankt, heren. Clark, kun je even blijven?' Zodra Jack en Chavez weg waren en de deur dicht was, zei Hendley: 'Nou?'

Clark haalde zijn schouders op. 'Hij doet het goed. Het is afwachten of hij gevoel voor veldwerk heeft, maar hij doet het goed. Het is een slimme jongen.'

'Wat heeft slimheid ermee te maken?' vroeg Granger.

'Oké, dan, hij is evenwichtig. Net als zijn vader.'

'Zou je hem nog een keer meenemen?'

'Onmiddellijk, baas. Hij heeft een goed instinct, een goed waarnemingsvermogen en kan verdomd snel leren. Verder heeft hij ook een beetje grijs, en dat kan nooit kwaad.'

‘Grijs?’ vroeg Hendley.

‘De grijze man,’ antwoordde Clark. ‘De beste agenten weten hoe ze in de achtergrond moeten opgaan: hoe ze moeten lopen, hoe ze zich moeten kleden, hoe ze moeten praten. Je loopt ze op straat voorbij en ze vallen je niet op. Jack heeft dat van nature.’

‘Nog meer Ryan-genen?’

‘Misschien wel. Vergeet niet: hij is opgegroeid onder de microscoop. Zonder dat hij het zelf merkte, heeft hij waarschijnlijk veel van zijn omgeving opgepikt. Kinderen zijn vlug van begrip. Jack kwam er al vroeg achter waarom die kerels met donkere pakken en pistolen de hele tijd bij hem in de buurt rondhingen. Hij lette goed op.’

‘Denk je dat hij het zijn vader gaat vertellen?’

‘Over de Campus? Ja. Het is niemands schuld, maar Jack leeft in de schaduw van zijn vader – en die schaduw is verdomd groot. Als hij eenmaal weet wat hij hier wil doen, bedenkt hij wel een manier om het ter sprake te brengen.’

Met hulp van een douanebeambte zette Musa het vat achter in zijn gehuurde Subaru Outback. Hij zwaaide nog even naar de inspecteur en reed toen de poort uit. Hij begon natuurlijk niet aan een lange reis naar Calgary terug, zoals hij de douaneman had verteld, maar reed vijfentwintig kilometer naar het oosten, waarna hij in de buitenwijk Surrey op het terrein van de Holiday Inn Express parkeerde. Hij vond een plek vlak voor zijn kamer op de begane grond en ging naar binnen. De rest van de dag sliep hij en ging hij van het ene stompzinnige televisieprogramma naar het andere, waarbij hij uiteindelijk voor CNN koos. Zijn kamer was voorzien van draadloos internet, en dus moest hij weerstand bieden aan de aandrang om zijn laptop aan te zetten en te kijken of er nieuws was. Hij had een USB-stick met de nieuwste eenmalige codes en steganografische decryptiesoftware – geen van beide begreep hij helemaal –, maar het zou onverstandig zijn om zo laat in de operatie nog in te loggen op een van hun satellietsites. De volgende middag om twaalf uur moest hij pas weer kijken, en zelfs dan nog maar kort. Zonder tegenbericht zou hij ervan uitgaan dat de andere onderdelen van het plan allemaal gelukt waren.

Musa keek naar het plafond. Hij liet het gepraat op de televisie naar de achtergrond wegzakken en nam de lijst door die hij in zijn hoofd had zitten. Hij kende de afstanden en routes uit zijn hoofd, en er moest wel heel intensief onderzoek naar zijn papieren worden ingesteld wilde hij door de mand vallen. Zeker, de douane-inspecteur op het vliegveld was een horde geweest die hij moest nemen, maar de controle hier in Canada was niet te vergelijken met die in de Verenigde Staten. Daar ging de politie grondig te werk; ze waren nieuwsgierig en uiterst waakzaam. Aan de andere kant, zei Musa tegen zichzelf, zouden de lokale en federale Amerikaanse politiekorpsen binnen enkele dagen hun handen vol hebben, en dan zou hij op zijn bestemming zijn.

Hij sliep weer wat, tot de wekker van zijn horloge hem om zeven uur die avond wakker maakte. Hij ging rechtop zitten en wreef over zijn ogen. Door de dichte gordijnen zag hij de laatste restjes daglicht vervagen. Hij deed de lamp op het nachtkastje aan. Op de televisie ondervroeg een van de presentatoren een Wall Street-type. Ze zeurden maar door over de Amerikaanse economie. 'Is de bodem bereikt?' vroeg de presentator. 'Gaat het land in de richting van herstel?' *Idioten. Amerika moet de bodem nog bereiken. Binnenkort.*

Musa ging naar de badkamer, plensde water over zijn gezicht en trok zijn jasje aan. Hij bleef even in het midden van de kamer staan nadenken, ging toen naar de badkamer terug en pakte een washandje van het handdoekenrek. Terwijl hij achteruit liep, veegde hij elk oppervlak af dat hij had aangeraakt: wastafel, wc-bril, knop van de spoelbak, lichtknopje... Ten slotte veegde hij het nachtkastje, de afstandsbediening en de lamp schoon. Omdat hij al voor de kamer had betaald, hoefde hij niet meer naar de balie. De receptioniste had tegen hem gezegd dat hij de sleutelkaart in de kamer kon achterlaten, en nadat hij hem had afgeveegd, legde hij hem op de televisie. Hij stopte het washandje in de zak van zijn broek. Wat nog meer? Was hij iets vergeten? Nee. Hij liep de kamer uit, deed de deur achter zich dicht en liep naar de achterkant van de Subaru. Het vat was er nog. Hij deed de portieren open, stapte in en startte de motor.

Eenmaal het parkeerterrein af nam hij Highway 1 en volgde hem vijfendertig kilometer in zuidoostelijke richting, tot aan de afslag naar de Fraser Highway, die hij twaalf kilometer in oostelijke richting volgde naar 264th Street. Daar ging hij naar het zuiden. Even later zag hij het schijnsel van stadionlichten in de verte. Dat was de grensovergang 15/539, een terrein in de vorm van een klaverblad, schrijlings op de grens tussen Canada en de Verenigde Staten. Musa merkte dat zijn hart sneller ging slaan. Hij reed door.

Na een paar honderd meter splitste de weg zich in tweeën. De linkerweg ging naar de grensovergang; de rechterweg maakte een bocht tot hij samenging met wat op zijn kaart Zero Avenue heette en ging verder naar het westen. Musa zette de teller van de boordcomputer op nul en keek in zijn spiegeltje. Niemand achter hem. Hij trapte op het gas tot de Subaru de maximumsnelheid had bereikt, ging toen iets langzamer rijden en stelde de cruisecontrol in werking.

Vreemd, dacht hij, dat die onopvallende tweebaansweg, met groepjes bomen en akkers aan weerskanten, de grens was tussen twee landen. Het enige teken dat Musa daarvan zag, was een draadgazen hek van één meter hoog aan de zuidkant van de weg. De Amerikanen waren gek op hun hekken.

Hij reed dertien kilometer door en zag de zon ondergaan en de sterren opkomen. Het schijnsel van zijn koplampen gleed over het grijze asfalt, en de gele middenstrepen verdwenen onder de auto. Na wat wel uren had geleken dook er een kruispunt voor hem op. Hij las het bord: 216th Street. Goed. Hij was nu dichtbij. Daarna kwam 212th Street, en daarna 210th. Hij zette de cruisecontrol uit en liet de auto uitrijden. Rechts voor hem zag hij licht branden in enkele huizen achter een rij bomen. Hij tuurde door het raam. Hij keek, liet de auto langzaam doorrijden... Dáár.

Naast een groepje dennen was er een opening in het hek. Op een bord stond PRIVÉTERREIN, VERBODEN TOEGANG. Musa keek naar voren, zag geen koplampen en keek in het spiegeltje. Niets te zien. Hij zette zijn koplampen uit, remde, draaide naar links, over de rijbaan voor tegemoetkomend verkeer heen, en reed door de opening.

Hij was in de Verenigde Staten.

De weg ging bijna meteen omlaag, glad zand dat in wasbordribbels overging. Rechts van hem stak een halve hectare dennenstompen uit de grond. Een houtbedrijf had dit stuk bos opgekocht en alles gekapt.

De weg werd slechter, maar de Subaru met zijn vierwielaandrijving kon de hobbels moeiteloos aan. De bosbouwweg slingerde nog een kleine kilometer door het gekapte bos naar het zuidoosten en kwam toen bij een driesprong van zandwegen. Musa ging naar links. De weg werd vlakker, en binnen enkele minuten kwam er weer een kruispunt. Ook daar ging hij naar links. Hij reed weer een paar honderd meter naar het oosten en ging toen opnieuw naar het zuiden. Vijf minuten later verscheen er een asfaltweg. Dat zou H-Street Road zijn. Hij ademde diep uit. Als hij tijdens de oversteek betrapt zou worden, zou dat inmiddels zijn gebeurd. Hij was veilig. Voorlopig.

Hij zette zijn koplampen aan en nam de weg naar rechts. Na acht kilometer zou hij op Highway 5 komen, even ten noorden van Blaine in de staat Washington. Vandaar zou hij naar het zuiden rijden. Drie dagen gemakkelijk rijden over snelwegen.

69

Almasi's huis stond met de achterkant naar een lage, met dwergdennen begroeide heuvel toe, waarvan de helling aan de andere kant tot de grindgroeve afdaalde. Dominic en Brian namen de tijd. Ze volgden de onregelmatige, met rotsen bezaaide geulen in de helling naar boven. Na een halfuur waren ze op het hoogste punt. Ze lieten zich op hun buik vallen en schoven naar voren.

Onder aan de helling, een meter of twintig bij hen vandaan, zagen ze de achterwand van de schuur. Rechts daarvan stond het groepje lemen hutten. Daar brandde geen licht. Links voor hen bevond zich de achterveranda van de boerderij. Alleen achter een bovenraam brandde licht.

'Bijna drie uur,' fluisterde Brian. 'Laten we afwachten. Als Almasi patrouilles heeft lopen, zien we ze uiteindelijk wel.'

Er gingen tien minuten voorbij, toen twintig. Ze zagen niets bewegen.

'Zullen we wat lawaai maken?' stelde Dominic voor. 'Eerst de schuur?'

'Waarom niet?'

Brian schoof bij de top van de helling vandaan, pakte een handvol stenen en kwam terug. Hij gooide de eerste steen met een wijde boog. De steen klapte op het dak van de schuur, kletterde over de shingles omlaag en dreunde op de grond.

Er bewoog niets. Geen geluiden.

Brian gooide nog een steen, ditmaal in een rechte lijn. De steen bonkte tegen de wand van de schuur. Er gingen vijf minuten voorbij.

'We zijn hier nu een halfuur.'

'Eerst de schuur, dan de hutten?' vroeg Dominic.

'Ja. Als hij lijfwachten heeft, zijn ze daar.'

Ze verwijderden zich van de heuveltop en kropen naar rechts, tot ze precies achter de schuur waren. Vervolgens gingen ze over de top van de heuvel en zakten ze voorzichtig de helling af naar de achterkant van de schuur. De planken waren oud en half vergaan, met brede spleten ertussen. Brian en Dominic keken naar binnen, maar zagen niets bewegen. Brian maakte een gebaar: *naar de hutten. Ik ga voorop.*

Voorovergebogen liepen ze achter de schuur vandaan en slopen naar de onderkant van de helling, waarbij ze hun hoofd onder de toppen van de dwergdennen hielden. Na vijftien meter kwamen ze bij een smal zandpad. Recht daartegenover stonden de lemen hutten. Twintig meter zonder dekking. Dertig meter links van hen stond de boerderij. Boven de achterveranda brandde nog steeds licht achter een raam.

Brian maakte gebaren: *jij gaat. Ik geef dekking.*

Dominic knikte, keek nog eens om zich heen en rende toen geluidloos over de weg naar de buitenmuur van de hut die het meest naar het westen stond. Hij keek langs beide hoeken en gaf Brian toen een teken dat hij kon volgen. Brian was er tien seconden later. Dominic tikte tegen zijn oor en toen tegen de muur. Een meter boven hun hoofd zat een raampje in de vorm van een horizontale spleet. Er waren snurkgeluiden door te horen.

Ik neem de twee in het noorden, gebaarde Dominic.

Twee minuten later waren ze terug. Brian maakte een kom van zijn hand bij Dominics oor en fluisterde: 'Twee mannen, een per hut. Ieder een AK-47.'

Dominic knikte instemmend en hield eerst twee en toen vier vingers omhoog. Vier in totaal. Hij streek met zijn vinger over zijn keel en haalde zijn schouders op: *ze uit de weg ruimen?*

Brian schudde zijn hoofd en wees naar de boerderij. Dominic knikte. Brian ging voorop, ze volgden de wanden van de hut naar de oostelijke kant, vanwaar de afstand tot de achterveranda van de boerderij het kleinst was. Opnieuw open terrein, zij het ditmaal niet meer dan zeven meter.

Met zijn Browning omhoog en afwisselend naar rechts, naar links, naar boven en naar beneden wijzend sloop Brian naar het huis, waar hij gehurkt naast de verandatrap ging zitten. Na twee minuten gaf hij Dominic een teken dat hij ook kon komen. Brian wees naar de houten trap en streek met zijn vinger over zijn keel. *Te oud, te luidruchtig.* Dominic knikte. Hij schuifelde zijdelings naar de rand van de veranda en probeerde de leuning. Toen draaide hij zich om en stak zijn duimen op naar Brian. Drie minuten later waren ze over de leuning en op de veranda. Ze liepen naar de deur en gingen ieder aan een kant staan. Brian probeerde de knop. De deur zat niet op slot. Hij duwde hem vijf centimeter open en wachtte even. Toen duwde hij hem helemaal open, keek om de hoek en trok zich terug. Hij schudde zijn hoofd.

Ze stapten over de drempel, hun Brownings omhoog, op zoek naar iets wat bewoog. Ze stonden in een betegelde hal. Rechts tegenover hen leidde een trap naar een galerij met deuren. Links en rechts van hen waren zitkamers. De muren waren spierwit geverfd en leken licht te geven in het donker. Dominic wees naar zichzelf. *Ik ga voorop.* Brian knikte en ging een stap opzij. Samen liepen ze een zitkamer en een eetkamer daarachter in, en daarnaast vonden ze een keuken. Via de deur aan de andere kant van de keuken kwamen ze in de zitkamer links van de hal.

Brian wees naar de trap en zijn broer knikte. Dominic trok zich in de hoek van de hal terug om op de uitkijk te staan terwijl Brian de trap beklom. Zodra hij boven was, ging hij op zijn beurt op de uitkijk staan en sloop Dominic de trap op om bij hem te komen.

Er kwamen vier deuren op de galerij uit, en in de achterwand zat ook een deur. Ze begonnen met de eerste. Een slaapkamer. Niemand. Het bed was opgemaakt. De lucht was muf, alsof de kamer een hele tijd niet was gebruikt. Ze liepen naar de tweede en derde deur en troffen daarachter ook lege slaapkamers aan. Achter de vierde deur bevond zich een werkkamer: eikenhouten bureau, telefoon met meer lijnen, fax/scanner/kopieerapparaat, flatscreen monitor. Brian ging naar binnen en keek om zich heen. In een kast tegenover het bureau was een muursafe ingebouwd.

Ze liepen naar de laatste deur. Dominic drukte zijn oor tegen het hout, trok zich toen terug en vormde met zijn lippen: *Snurken*. Hij wees: *ik ga op Almasi af; zorg jij voor de rest van de kamer.*

Brian knikte.

Dominic draaide aan de knop, trok de deur een paar centimeter open en keek door de kier. Hij draaide zich om, knikte Brian toe en trok de deur toen helemaal open. In drie stappen was hij bij Almasi's hemelbed. Almasi lag op zijn rug, zijn armen langs zijn zijden. Brian liep de kamer door en keek in alle hoeken. Hij knikte Dominic toe, die de arm aan Almasi's andere kant vastpakte, de man op zijn buik trok en zijn gezicht in het kussen drukte. Almasi was meteen wakker en zwaaide met zijn armen. Dominic drukte de geluiddemper van de Browning tegen de onderkant van zijn hals.

'Eén geluid en je bent dood. Knik één keer als je het begrijpt.'

Almasi knikte.

'We gaan weg, en jij gaat met ons mee. Als je het ons moeilijk maakt, kom je op een lelijke manier aan je eind. Je hebt een computer en een safe in je werkkamer. Je geeft ons het wachtwoord en de combinatie, ja?'

Almasi knikte opnieuw.

Brian gaf Dominic een rol duct tape. Hij bond Almasi's handen vast en gooide de rol terug. Vervolgens stapte hij bij het bed vandaan en gaf Almasi een teken dat hij moest opstaan. Brian ging voorop en ze liepen naar de galerij terug en naar de werkkamer.

Dominic zette Almasi's computer aan, een Dell-toren uit de bovenste prijsklasse. Het logo van Windows Vista verscheen, gevolgd door een inlogvenster. Hij vond een schrijfblok en pen in de bureaula en schoof ze over het bureau naar Almasi toe. 'Gebruikersnaam en wachtwoord.'

Almasi kwam niet in beweging.

Brian trok een stoel door de kamer en duwde Almasi erop. Hij drukte de Browning tegen Almasi's rechterknie. 'Daar begin ik. De knieën, dan de enkels, dan de ellebogen.' Hij pakte het schrijfblok en de pen van het bureau en liet ze op Almasi's schoot vallen. 'Gebruikersnaam en wachtwoord.'

Ditmaal aarzelde Almasi niet. Toen hij klaar was, gaf Brian het schrijfblok aan Dominic, die inlogde en in de directory's van de computer begon te zoeken. 'Laat hem aan de safe beginnen,' zei Dominic. 'Ik begin met downloaden en doorzoek dan zijn slaapkamer.' Hij stak een USB-stick in de poort van de computer en begon bestanden over te zetten.

Brian trok Almasi overeind en duwde hem naar de safe. 'Maak open.'

'Mijn handen.'

'Je redt het wel.'

Almasi liet zich op zijn knieën zakken en draaide aan de schijf.

'Ik ben zo terug,' zei Dominic, en hij ging de kamer uit.

Almasi keek op naar Brian. 'Klaar.'

'Maak open, en ga dan achteruit.'

Almasi deed het, schuivend op zijn knieën. Brian knielde voor de safe neer. Daarin lag alleen een cd-rom in een papieren hoes. Hij stak zijn hand in de safe. Vanuit zijn ooghoek zag hij dat Almasi's gebonden handen naar de plank naast hem gingen. Hij draaide zich om, zag het pistool in Almasi's handen, draaide zich met een ruk om en bracht de Browning omhoog terwijl hij tegelijk een stap opzij ging. Er was een knal te horen. De kamer flitste oranje op. Brian loste een schot vanuit zijn heup en trof Almasi midden in zijn borst. Almasi viel opzij.

'Brian!' Dominic kwam de kamer in, nam twee stappen en schopte het pistool uit Almasi's hand. Hij knielde neer en voelde zijn pols. 'Hij is dood.'

'Hij had opeens een pistool,' hijgde Brian. 'Ik keek even niet naar hem. Verdomme.'

'Ga zitten, Brian, ga zitten.'

'Wat is er?'

'Je bloedt.'

'Huh?'

Dominic duwde hem op de stoel, pakte zijn rechterhand en drukte hem tegen het bovenste deel van zijn buik. Brian voelde iets nats. Hij haalde zijn hand weg en keek naar zijn vingers. 'Shit.'

'Blijf erop drukken.'

'We krijgen gezelschap. Ga kijken.'

Dominic liep naar het raam en trok de gordijnen opzij. Beneden gingen er lichten aan in de hutten. 'Ze komen.' Hij keek Brian weer aan, die zijn overhemd open had. Ongeveer tien centimeter onder zijn rechtertepel zat een gaatje ter grootte van de top van een pink. Hij drukte met zijn vingertoppen om de wond heen en huiverde. Het bloed gutste uit de wond.

'Rib gebroken?' vroeg Dominic bij het raam.

'Ja, ik denk van wel. Dat heeft de kogel vertraagd. Jezus, wat doet dat pijn. Shit, shit, shit! Wil je die cd pakken die ik heb laten vallen? Die zat in de safe.'

Dominic pakte zijn rugzak van de vloer, viste erin en haalde er zes snelverbanden uit. Hij gaf ze aan Brian en ging toen naar het raam terug. 'We hadden echt verband moeten meebrengen.'

'Deze zijn beter, man. Ze absorberen het bloed.' Hij maakte de verpakking van een snelverband open en drukte het tegen zijn borst. 'Zie je iets?'

'De lichten zijn aan. Straks komen ze. Kun je je bewegen?'

'Ja.'

'Ik zal zien of ik ze kan vertragen.'

Dominic pakte Almasi's pistool – een Beretta .32 Tomcat – van de vloer.

'Wat voor patronen?' vroeg Brian.

Dominic liet het magazijn uitwerpen en keek ernaar. 'Holle punt.'

'Oké. Ga maar.'

Dominic rende de deur uit, de trap af, naar buiten. Hij ging gehurkt naast de verandatrap zitten, mikte op de meest westelijke hut en schoot drie keer door het raam. Er kwam geschreeuw van binnen. De lichten gingen uit. Dominic rende het huis weer in, deed de deur op slot, ging naar rechts en rende naar het raam op de hoek. Hij deed het open en schoot vier keer op de oostelijke hut, waarna hij vijf kogels door de voordeur schoot. De schuif van het pistool ging open. Hij liet het wapen vallen en rende weer naar boven. Brian was opgestaan en leunde op het bureau.

'Het gaat wel. Het bloeden wordt minder. Heb je een plan?'

'Ja.' Dominic pakte de cd-rom van de vloer, stopte hem in zijn rugzak, boog zich over het bureau en trok de USB-stick uit de computer. 'De veranda is recht onder ons. Als ze in actie komen, ga je het raam uit. Ga plat op het dak liggen. Als je hoort dat het hier begint, laat je je naar de grond zakken en loop je naar de schuur. Als je het aankunt, ga dan naar de auto. Ik zie je daar. Geef me je pistool.'

'Dom...'

'Hou je kop en geef me je pistool. Kun je je rugzak meenemen?' Brian knikte. Dominic gaf hem de rugzak. 'Je bent helemaal groen, broertje. Weet je zeker dat je kunt lopen?'

'Hebben we een keus?'

'Nee.'

'Let op het raam en hou me op de hoogte.'

'Begrepen.'

Dominic legde beide Brownings op het bureau en keek de kamer rond. Hij pakte Almasi's bureaustoel en duwde hem naar de deur, waarna hij hetzelfde deed met een tafel die in de buurt stond. Hij duwde ze door de deuropening en over de galerij en liet ze de trap af vallen. Ze denderden naar de begane grond en bleven daar liggen.

'Hoe gaat het?' riep hij.

'Nog niets – wacht. Er komt iemand naar buiten. Hij maakt een omtrekkende beweging naar het westen. Hij heeft de AK.'

Dominic liep de eerste logeerkamer in en pakte een nachtkastje, een vloerlamp en een stoel. Dat alles gooide hij de trap af.

'Wat doe je toch, Dom?'

'Ik maak een barricade.'

Hij deed hetzelfde in de volgende logeerkamer en ging toen naar de werkkamer terug. Hij pakte zijn rugzak en hing hem om. Daarna pakte hij de Brownings, haalde de geluiddempers eraf en stak ze achter zijn riem.

Bij het raam zei Brian: 'Daar ga je dan, cowboy. De drie anderen zijn net naar buiten gekomen... Twee zijn op weg naar de veranda. Eén gaat naar de voorkant. De eerste is nu om de oostkant heen. Hé, ik heb een verrassing in de kast gevonden.' Hij wees naar de hoek, waar een geweer rechtop stond. 'Een Mossberg 835 kaliber twaalf. Geladen met zes patronen.'

Dominic liep naar Brian toe en deed voorzichtig het raam open. Hij hielp Brian naar buiten en hield hem vast tot hij op de shingles lag. Dominic zei: 'Ik wacht tot ze allemaal in het huis zijn. Dan roep ik om meer munitie. Als je dat hoort, ga je weg. Hoeveel tijd heb je nodig?'

'Twee minuten.'

'Ik volg je meteen. We willen ze niet achter ons aan hebben.'

Dominic sloot het raam, draaide zich om, pakte het geweer en liep de galerij op. Uit de zitkamer aan de westkant kwam het geluid van brekend glas. In de hal bonkte iets tegen de deur. En nog eens, en een derde keer. De deurpost kraakte en boog naar binnen door. Dominic schoof het voorhout van het pompgeweer heen en weer, liet zich op zijn buik vallen en stak de loop van het geweer een paar centimeter tussen de spijlen van het galerijhek door. In de zitkamer hoorde hij een stoelpoot over de houten vloer schuiven. Er keek een hoofd om de hoek. Het trok zich terug en kwam opnieuw. Dominic verstijfde. Hij hield zijn adem in. *Hier is niets te zien, klootzak.* Het bonken op de deur werd luider, heviger. De man in de zitkamer wierp een laatste blik om de hoek en ging toen opzij, zijn AK omhoog gericht naar de galerij. Hij stapte om een van de omgevallen nachtkastjes heen en liep naar de deur terug. Hij nam zijn linkerhand van de AK weg om naar de deurknop te reiken.

Dominic mikte met het geweer op de borst van de man en schoot. De man wankelde achterover, viel tegen de deur en zakte in elkaar. Voetstappen dreunden over de veranda en verwijderden zich. Even later was het geluid van brekend glas te horen. *Eén uitgeschakeld; nog drie te gaan*, dacht Dominic. Er kwam een gedachte bij hem op. Hij stond op, rende naar de werkkamer terug en deed het raam open. Hij gaf een van de Brownings aan Brian. 'Voor het geval ze gaan klimmen.' Hij deed het raam dicht en liep naar de galerij terug.

Beneden was er niets wat bewoog. Er ging een volle minuut voorbij, en toen hoorde Dominic ergens rechts van hem een fluisterstem. Links verscheen een hand om de hoek, en die hand gooide iets over de trap omhoog. *Een granaat*, dacht Dominic terwijl het ding over de galerij stuiterde. Aan de vorm kon hij zien dat het geen fragmentatiegranaat maar een flashbang was. Ze wilden niet het risico lopen dat ze Almasi doodden. *Te laat, jongens.* Dominic drukte zich overeind, rolde door de deuropening van de werkkamer, klapte zijn handen over zijn oren en kneep zijn ogen stijf dicht. Er volgde een daverende klap. Wit licht flitste tussen Dominics oogleden door. Hij voelde dat de vloer onder hem trilde. Hij rolde zich weer op zijn buik en schoof naar de deur terug. Links van hem rende iemand schietend de trap op. Kogels sloegen in de wand. De man kwam boven aan de trap en bleef staan, ineengedoken achter een hoekpaal. Dominic haalde de Browning achter zijn riem vandaan, mikte en schoot. De kogel scheurde door de onbeschermde knieschijf van de man. Die gaf een schreeuw en viel ruggelings de trap af. Dominic schakelde weer over op het geweer, stond op en rende over de galerij. Hij vuurde op een hoofd dat om de deur van de zitkamer keek. *Mis.* Hij pompte weer een patroon in de kamer, draaide zich snel naar rechts, schoot vanaf zijn heup en raakte de man die van de trap viel midden in zijn borst. De man landde op de vloer van de hal en bleef stil liggen. Dominic draaide zich snel naar rechts, dook de eerste logeerkamer in en liet zich op zijn buik vallen.

'Bijna geen munitie meer!' riep hij. 'Breng me wat!'

Dominic keek op zijn horloge. Twee minuten. Hij maakte de balans op. Bijna twee volle magazijnen voor de Browning en nog zes patronen in het geweer. Hij rolde zich naar links, kwam overeind en keek om de hoek. In de hal bewoog niets. Hij ging een stap de galerij op en bleef daarbij achter de hoekpaal. Hij keek nog eens, draaide zich toen snel om en rende over de galerij. Kogels ratelden in de wand achter hem. Hij boog zich voorover, legde de laatste meter af en dook Almasi's slaapkamer in.

'Broertje, waar blijft die munitie?' schreeuwde Dominic.

Hij telde tot tien, ging toen de kamer uit, schoot twee keer naar de hal en sloot de deur van de werkkamer voordat hij de slaapkamer weer in ging. Hij liet de deur van de werkkamer zo hard dichtklappen dat ze het wel moesten horen. Als ze eenmaal de trap op waren, zouden ze in de logeerkamers moeten kijken, en dan in de werkkamer, zodat Almasi's slaapkamer als laatste overbleef. De vraag was: hoe lang zouden ze daarover doen? Hoe lang duurde het voordat een van hen weer naar buiten ging om hem de pas af te snijden?

Hij deed de deur op slot en drukte zijn oor tegen het hout. Er ging een minuut voorbij; twee minuten. In de hal was het geschraap van meubels over tegels te horen. Toen kraakte er een traptree. Dominic sloop naar het raam, deed het open en klom het dak op. Het raam liet hij openstaan. Hij keek in het rond en zag niemand. Diep voorovergebogen liep hij naar de rand. Hij was drie meter boven de grond. Hij stak het geweer tussen zijn rugzak en zijn schouderbladen, rolde zich op zijn buik en liet zijn benen en bovenlijf naar beneden hangen. Toen liet hij los. Zodra zijn voeten de grond raakten, boog hij zijn knieën en rolde zich om. Hij sprong overeind en rende om het huis heen naar de oostkant, waar hij de veranda op ging en het gebroken raam vond. Hij glipte naar binnen en sloop door de zitkamer naar de hal. Hij keek om de hoek. Op de galerij was maar één figuur te zien. Die stond met zijn rug naar Dominic toe op de drempel van de tweede logeerkamer. Dominic kwam naar voren en liep tussen de chaos van meubilair in de hal door. Hij trok de Browning, mikte en schoot de man in zijn achterhoofd. Terwijl de man viel, ging Dominic een stap opzij en dook onder de trap weg. Hij stak de Browning in de holster en pakte het geweer.

Op de galerij boven hem bonkten voetstappen. Dat geluid hield even op en toen gingen de voetstappen verder, ditmaal behoedzamer. Met een versplinterend kraakgeluid vloog de deur open. *De werkkamer*, dacht Dominic. Er ging een halve minuut voorbij. Voetstappen kwamen de werkkamer uit en hielden toen op. De deur van de grote slaapkamer werd opengetrapt.

Kijk naar dat raam, dombo...

Er ging nog eens een halve minuut voorbij.

'*Jebnen kelp!*' blafte een stem.

Dominic kende niet veel Arabisch, maar aan de toon te horen waren die woorden een vloek, iets in de trant van 'shit' of 'verdomme'.

Voetstappen bonkten over de galerij, de trap en de tegelvloer van de hal. Hij hoorde het ratelen van een slot dat werd opengemaakt. Dominic ging twee stappen opzij, bracht het geweer omhoog en schoot de man in de achterkant van zijn benen. De schok gooide de man tegen de deur. Zijn AK kletterde op de tegels en hij viel opzij. Dominic stond op en gooide het geweer weg. Hij trok de Browning en liep naar de man toe, die kronkelend en kreunend op de vloer lag. Hij zag Dominic en bracht zijn handen omhoog. 'Alsjeblieft...'

'Daar is het te laat voor.'

Dominic schoot hem in zijn voorhoofd.

Hij vond Brian terug, die achter de schuur op de grond zat, met zijn rug tegen de helling aan. Hij zag Dominic en stak zijn hand op om hem te groeten. 'Heb je ze?'

'Allemaal. Hoe gaat het met je?'

Brian schudde moeizaam zijn hoofd. Zijn gezicht was asgrauw en glansde van het zweet. 'Ik moet je iets bekennen.'

'Wat?'

'De kogel miste mijn ribben. Hij ging ertussendoor. Hij zit in mijn lever, Dom.'

'Jezus, weet je dat zeker?' Hij maakte aanstalten om Brians overhemd los te maken, maar Brian wilde dat niet.

'Het bloed is heel donker, bijna zwart. Waarschijnlijk heeft die kogel met holle punt mijn lever aan flarden gescheurd. Ik kan mijn benen ook bijna niet meer voelen.'

'Ik breng je naar het ziekenhuis.'

'Nee. Daar stellen ze te veel vragen.'

'Kan me niet schelen. Zuwarah is hier vijftien kilometer vandaan.'

Dominic knielde neer, pakte de arm van Brian die het verst bij hem vandaan was, trok hem over zijn schouders en ging rechtop staan. 'Gaat het?'

'Ja,' kreunde Brian.

Dominic deed er tien minuten over om met zijn broer de helling op te komen, en daarna nog eens tien minuten om aan de andere kant naar beneden te gaan. Toen hij bij de grindgroeve aankwam, liep hij op een drafje naar de Opel. 'Ben je er nog?' vroeg Dominic.

'Ja.'

Hij kwam bij de Opel, ging op zijn knieën zitten en liet Brian op de grond zakken. Vanaf de achterbank riep Bari: 'Wat is er gebeurd?'

'Hij is geraakt. Is er een ziekenhuis in Zuwarah?'

'Ja.'

Dominic maakte het achterportier open en gebruikte zijn zakmes om Bari los te snijden. Samen tilden ze Brian op de achterbank.

'Weet je waar het is?' vroeg Dominic aan Bari, en die knikte. 'Dan rij jij. Eén verkeerde afslag en ik schiet je in je kop. Begrepen?'

'Ja.'

Bari ging achter het stuur zitten en startte de motor. Dominic rende om de auto heen en ging bij Brian op de achterbank zitten. 'Rijden!'

70

Hun doelwit bevond zich niet in São Paulo zelf, maar honderddertig kilometer ten noorden van de stad. Het was het centrum van de snel groeiende olie-industrie van Brazilië. De allergrootste raffinaderij van heel Brazilië, het Paulinia-REPLAN-complex, verwerkte bijna vierhonderdduizend vaten olie per dag, ongeveer tachtig miljoen liter. Genoeg, had Shasif Hadi gelezen, om elke dag meer dan dertig zwembaden van olympisch formaat te vullen. Natuurlijk was het, zoals Ibrahim hem tijdens hun eerste briefing had verteld, geen eenvoudige zaak om zo'n complex te saboteren. Ze moesten rekening houden met tal van beveiligingsmaatregelen, om nog maar te zwijgen van de fysieke bewaking. Het zou niet zo'n groot probleem zijn om op het terrein van de raffinaderij te komen (het hoogste hek was drie meter hoog), maar eenmaal binnen konden ze weinig uitrichten. Explosieven konden de verzameltanks vernietigen, maar die stonden zo ver uit elkaar dat ze niet op een domino-effect durfden hopen. De honderden afsluiters die voor noodsituaties waren aangebracht en de stroom van chemicaliën naar het labyrint van destillatiekolommen, fractioneringstorens, kraakeenheden en meng- en opslagtanks reguleerden, waren nagenoeg onkwetsbaar, want ze waren kort geleden voorzien van iets wat een Neles ValvGuard-systeem werd genoemd, een beveiligingssysteem dat gereguleerd werd vanuit het controlecentrum van de raffinaderij. Zoals ze op grond van eerdere verkenningstochten wisten, lag dat centrum onder de grond en was het zwaar versterkt. Shasif begreep niets van de technische details, maar de kern van wat Ibrahim had verteld was hem duidelijk: de kans dat je een catastrofaal lek binnen Paulinia-REPLAN kon veroorzaken, was onnoemelijk klein. Maar het draaide om dat woord 'binnen', zei Shasif tegen zichzelf. Er waren andere manieren om de dominostenen tegen elkaar te laten vallen.

Zoals ze hadden gepland, zaten ze ieder in een eigen hotel en hadden ze ook ieder een eigen huurauto. Ze vertrokken 's morgens op verschillende tijden, namen ieder de SP-348-snelweg vanuit São Paulo en reden in noordelijke richting naar Campinas, dertig kilometer ten zuiden van Paulinia. Om twaalf uur 's middags kwamen ze bij elkaar in een restaurant, de Fazendão Grill. Shasif was de laatste die arriveerde. Hij zag Ibrahim, Fa'ad en Ahmed aan een hoektafel zitten en liep naar hen toe.

'Hoe was de rit?' vroeg Ibrahim.

'Niets bijzonders gebeurd. Bij jou?'

'Hetzelfde.'

'Het doet me goed jullie allemaal te zien,' zei Shasif. Hij keek de tafel rond en zag de anderen knikken.

Ze waren nu vijf dagen in het land, en ieder van hen had zijn eigen taak in São Paulo. De explosieven – semtex H van Tsjechisch fabricaat – waren beetje bij beetje met vrachtvliegtuigen het land in gesmokkeld, vijftig gram tegelijk, om de kans op onderschepping zo klein mogelijk te maken. Hoe betrouwbaar semtex ook was, het had een gevaarlijk nadeel: een chemische stof die tijdens het productieproces werd toegevoegd om het snuffelhonden gemakkelijker te maken de springstof te detecteren. Voor 1991 werd die stof niet toegevoegd, maar die geurloze partijen semtex bleven maar tien jaar goed. Het jaar 2000 was dus niet alleen een mijlpaal voor de mensheid, maar ook een keerpunt voor terroristen, want voortaan moesten ze hun eigen semtex zonder geur produceren, of speciale transporttechnieken ontwikkelen voor nieuwere partijen waaraan de geurstof wel was toegevoegd. Het ging om de stof glycoldinitraat, of een verbinding die 2,3-dimethuyl-2,3-dinitrobutaan, DMDNB, werd genoemd. Beide stoffen waren zogenaamde 'langzame verdampers' en werden onmiddellijk opgepikt door de neus van een snuffelhond.

Gelukkig hadden Shasif en de anderen niet meer dan vierhonderdvijftig gram springstof nodig voor hun doeleinden, zodat de reeks zendingen maar enkele weken in beslag had genomen. Ze hadden zes ladingen van de semtex gemaakt – vijf van zestig gram en een van honderdvijftig gram.

'Ik heb gisteren voor het laatst op het complex gekeken. Zoals we hadden gehoopt, zijn de scheidingswal en de gracht nog niet klaar. Als we ons werk goed doen, hebben ze niets om ons tegen te houden.'

'Hoeveel liter, denk je?' vroeg Ahmed.

'Dat is moeilijk te zeggen. De lijn is volledig functioneel, en de capaciteit is ruim twaalf miljard liter per jaar – vijfendertig miljoen liter per dag. Verder is het ingewikkeld uit te rekenen. In elk geval zal het genoeg zijn voor onze doeleinden.'

'Geen veranderingen in het ontsnappingsplan?' vroeg Fa'ad.

Ibrahim keek hem strak aan en dempte zijn stem. 'Geen veranderingen. Maar vergeet niet: of we nu in leven blijven of sterven, we moeten in elk geval slagen. Allahs ogen zijn op ons gericht. Als Hij het wil, zullen wij allen of sommigen van ons het overleven. Of niet. Dat is een bijkomstigheid. Is dat duidelijk?'

De mannen knikten een voor een.

Ibrahim keek op zijn horloge. 'Over zeven uur. Ik zie jullie daar.'

Toen de eerste opwinding van hun gezamenlijke weekend voorbij was en het vuur van hun liefdesspel was geblust, begon ze zich van hem terug te trekken. Ze keek uit het raam, ging niet in op zijn voorstel om uit te gaan en trok een pruillip... Na een halfuur vroeg Steve: 'Wat is er?'

'Niets,' antwoordde Allison.

'Er is iets. Dat zie ik aan je gezicht. Je doet dat met je lip.' Hij kwam naast haar op het bed zitten. 'Vertel het me.'

'Het is stom. Het is niets.'

'Allison, alsjeblieft. Heb ik iets verkeerds gedaan?'

Dat was de vraag waarop ze had gewacht. Die goeie Steve. Dat watje, zo bang dat hij haar kwijtraakte. 'Weet je zeker dat je niet gaat lachen?'

'Ik beloof het.'

'Ik praatte gisteren met mijn zus Jane. Ze zei dat ze een documentaire had gezien, iets op Discovery Channel of National Geographic, geloof ik. Het ging over de geologie van...'

'Van waar ik werk? Allison, ik heb je verteld...'

'Je hebt beloofd dat je niet zou lachen.'

'Ik lach niet. Oké, ga verder.'

'Ze zei dat veel wetenschappers tegen dat project waren. Er wordt voortdurend tegen geprotesteerd. Er worden juridische procedures in gang gezet om te proberen het complex te sluiten. Ze zeggen dat daar overal breuklijnen in de grond zitten. En ze hadden het over het grondwater, over een lek dat daar zou kunnen zijn.'

'Er komen geen lekken.'

'Maar als het nu eens gebeurt?' drong Allison aan.

'Het kleinste lek zou al worden opgemerkt. Ze hebben overal sensoren. Trouwens, de waterspiegel is driehonderd meter diep.'

'Maar de bodem – is die niet zacht of zo? Poreus?'

'Ja, maar er zijn een heleboel beveiligingssystemen, het ene boven op het andere, en het spul wordt verpakt in hermetisch afgesloten vaten. Je zou die dingen moeten zien. Het zijn net...'

'Ik maak me zorgen om jou. Als er nu eens iets gebeurt?'

'Er gebeurt niets.'

'Kun je geen andere baan nemen? Als jij en ik... Ik bedoel, als we verdergaan... Ik zou me constant zorgen maken.'

'Hoor nou eens. Op dit moment is het complex niet eens operationeel. We zijn er nog maar net aan toe om een schijnaflevering te doen.'

'Wat is dat?'

'Alleen maar een simulatie. We gaan proefdraaien. Er komt een vrachtwagen binnen en we laden het vat uit. Je weet wel: we controleren alle procedures om er zeker van te zijn dat alles werkt zoals het moet werken.'

Allison zuchtte en sloeg haar armen over elkaar.

Steve zei: 'Hé, ik wil je best vertellen dat ik het fijn vind dat je je zorgen om me maakt, maar het is helemaal niet nodig.'

'O nee? Kijk hier dan eens naar.' Allison liep naar het nachtkastje, pakte haar tasje en kwam terug. Ze zocht even in het tasje en haalde er toen een opgevouwen papier uit. 'Jane heeft me dit gemaild.' Ze gaf het aan hem.

Hoewel het alleen maar een tekening was, stonden er veel details op. Het was een weergave van de hoofdverdieping van het complex, twee lager gelegen verdiepingen, met helemaal onderaan, onder lagen van bruin en grijs gesteente, een blauwe horizontale streep die de waterspiegel voorstelde.

'Hoe is ze hieraan gekomen?' vroeg Steve.

'Met Google.'

'Ally, er komt veel meer bij dit complex kijken dan deze... cartoon.'

'Dat weet ik. Ik ben niet dom.' Ze stond op, liep naar het balkonraam en keek naar buiten.

'Zo bedoelde ik het niet,' zei Steve. 'Ik geloof niet dat je dom bent.'

'Heeft Jane het dan fout? Bedoel je dat niemand zich daar druk maakt om deze dingen?'

'Natuurlijk maken we ons daar wel druk om. Het is een serieuze zaak. Dat weten we allemaal. Het MVE heeft...'

'Het wat?'

'Het ministerie van Energie. Het heeft jarenlang onderzoek gedaan. Alleen al aan haalbaarheidsonderzoeken zijn tientallen miljoenen uitgegeven.'

'Maar die documentaire... Ze hadden het steeds over breuken in de grond. Zwakke plekken.'

Steve aarzelde. 'Ally, ik mag eigenlijk niet praten over...'

'Oké, laat maar. Ik maak me gewoon geen zorgen meer. Wat vind je daarvan?'

Allison voelde dat hij daar stond en naar haar achterhoofd keek. Hij zou die trouwe hondenblik in zijn ogen hebben en met zijn handen in zijn broekzakken staan. Ze liet de stilte in de lucht hangen. Na een halve minuut zei hij: 'Oké, als het zo belangrijk voor je is...'

'Het is niet belangrijk voor mij, maar voor jou.'

Met haar armen nog over elkaar draaide ze zich naar hem om. Ze zag kans een paar tranen uit haar ogen te laten lopen. Hij stak zijn hand naar haar uit. 'Kom hier.'

'Waarom?'

'Kom nou maar hier.'

Ze liep naar hem toe. Hij zei: 'Als je maar niemand vertelt dat ik over deze dingen heb gepraat. Ze zouden me in de gevangenis gooien.'

Ze glimlachte en veegde een traan van haar wang. 'Ik beloof het.'

Het vrachtschip *Losan* was drie dagen van zijn bestemming verwijderd. Gedurende het grootste deel van de Atlantische oversteek was de zee kalm en de hemel helder geweest. De kapitein van de *Losan*, een zevenenveertigjarige Duitser die Hans Groder heette, voerde al acht jaar het gezag over het containerschip en had telkens tien maanden van elk jaar op zee doorgebracht. Dat was een zwaarder schema dan hij in zijn vorige baan had gehad – kapitein van een tankschip type 702 van de Berlijnklasse in de Duitse marine –, maar het salaris was veel hoger en de stress was veel minder. Beter nog: de *Losan* was een schip dat de wereldzeeën bevoer, iets wat Groder wel op prijs stelde na tweeëntwintig jaar de labyrintachtige wateren bij de marinebases Eckendorf en Kiel te hebben bevaren. Het deed hem goed dat hij zijn steven nu simpelweg naar de Atlantische Oceaan kon wenden en met honderden of duizenden meters onder de kiel kon varen, zonder dat er ook maar een vlekje land op de radar te zien was. Natuurlijk permitteerde Groder zich op zijn meer introspectieve dagen de melancholie die zich van alle zeelieden en soldaten meester maakte als ze het militaire leven eenmaal achter zich hadden gelaten, maar over het geheel genomen hield hij van zijn leven en van de grote mate van zelfstandigheid. Hij was verantwoording schuldig aan maar één man, de eigenaar van het schip, niet aan een keten van bekakte vlagofficieren die het verschil tussen een blok en een klamp niet wisten.

Groder liep over de brug en keek naar de radar. Er was tot op twintig mijl in de omtrek geen ander schip. Hun navigatieradar was niet de beste van de wereld, maar goed genoeg voor hun doeleinden. Voor een waakzame kapitein en bemanning was twintig mijl genoeg om van koers te veranderen en ver bij andere schepen vandaan te blijven. Groder liep naar de ramen en keek uit over het voordek, waarbij hij onwillekeurig de opgestapelde bulktainers inspecteerde. Ze waren nu en dan wat verschoven, meestal door die verrekte propaantanks. Die zaten per vier in een container, en ze waren goed genoeg vastgezet, maar hun vorm miste de gebruiksvriendelijke geometrie van kisten en pallets. Maar het had erger kunnen zijn, wist Groder. Die verrekte dingen waren tenminste leeg.

71

Later zou Gerry Hendley bedenken dat het vinden van een plek met genoeg privacy om hen binnen te brengen het moeilijkste deel van de hele zaak was, afgezien natuurlijk van de gebeurtenis die de aanleiding vormde. Ten slotte had ex-president Ryan zich ermee bemoeid. Hij had een telefoongesprek gevoerd met de stafchef van de luchtmacht, die op zijn beurt de commandant van de 316de Wing had gebeld, de eenheid die het beheer van de luchtmachtbasis Andrews had.

Ze kwamen aan in twee zwarte Chevrolet Tahoe's. Hendley, Jerry Rounds, Tom Davis, Rick Bell, Pete Alexander en Sam Granger in de eerste; Clark, Chavez en Jack Ryan junior in de tweede. Beide auto's sloegen links af, C Street in, en kwamen tot stilstand naast een hangar aan de rand van de banen. Ex-president Ryan arriveerde vijf minuten later in een Town Car, geflankeerd door een eenheid van de Geheime Dienst in twee Suburbans.

De Gulfstream V landde na elf minuten, drie minuten later dan volgens schema, en taxiede door om vijftig meter bij hen vandaan tot stilstand te komen. De motoren gingen uit, en de trap werd gebracht en aan de deur van het vliegtuig vastgemaakt.

Jack Ryan stapte uit de Tahoe, en de rest stelde zich een paar meter achter hem op.

De deur van de Gulfstream ging open, en Dominic Caruso verscheen in de opening. Hij knipperde in de felle zon en daalde de trap af. Hij had een afgetobd gezicht en een baard van vijf dagen. Jack liep hem tegemoet. Ze omhelsden elkaar.

'Ik vind het zo erg, man,' fluisterde Jack.

Dominic maakte een eind aan de omhelzing en knikte. 'Ja,' was het enige wat hij zei.

'Waar is hij?'

'In het laadruim. Ik mocht hem niet bij me in de cabine hebben.'

Nadat ze de grindgroeve hadden verlaten, had Bari zo snel mogelijk gereden, met de koplampen van de Opel uit. In nog geen tien minuten was hij op de grote weg terug. Terwijl ze met grote snelheid in westelijke richting langs de kust reden, was Brian telkens bewusteloos geraakt. Dominic hield zijn hand vast en wiegde Brians hoofd in zijn schoot. Met zijn andere hand drukte hij op de kogelwond, waaruit nog steeds donker bloed sijpelde. Het bedekte Dominics hand en onderarm en doorweekte de zitting onder zijn benen. Tien kilometer voor Zuwarah begon Brian te hoesten, eerst zacht, toen krampachtig. Zijn hele lichaam kwam van de zitting, en Dominic wierp zich over zijn bovenlichaam en fluisterde dat hij moest volhouden. Na een paar minuten ontspande Brian zich en kwam zijn ademhaling tot bedaren. Toen hield die ademhaling op. Dominic besefte het pas veel later, maar hij had het op dat moment gevoeld, dat kleine hiaat tussen leven en dood. Dominic ging rechtop zitten en merkte dat Brians hoofd opzij viel. Zijn nietsziende ogen staarden naar de rugleuning van de achterbank.

Dominic zei tegen Bari dat hij moest stoppen, trok de sleutel uit het contact, stapte uit en liep tien meter bij de auto vandaan. In het oosten was boven de horizon het eerste vage schijnsel van roze zonlicht te zien. Dominic ging zwijgend zitten. Hij keek naar de zonsopgang. Hij hoopte half dat als hij naar zijn broer keek, deze weer zou ademhalen en hem met een schaapachtige grijns zou aankijken. Natuurlijk gebeurde dat niet. Na tien minuten stapte Dominic weer in en beval hij de Libiër de grote weg te verlaten en een plaats te zoeken waar ze zich konden verschuilen. Na een halfuur rijden vond Bari een schaduwrijk palmbosje en stopte daar.

Dominic belde naar Archies mobiele telefoon; hulp van de Campus zou te lang duren. In twee zinnen vertelde hij de Australiër wat er was gebeurd en gaf toen de telefoon aan Bari, die Archie vertelde hoe hij bij hen kon komen. Het duurde twee uur. Archie kwam in een Range Rover. Zonder een woord te zeggen trok hij Dominic uit de Opel. Hij zette hem op de achterbank van de Rover, haalde een plastic lijkenzak uit de auto en liep naar de Opel terug. Bari en hij haalden Brians lichaam voorzichtig van de achterbank en legden het in de zak. Nadat ze de zak in de laadruimte van de Rover hadden gelegd, keerde hij naar de Opel terug om hem schoon te maken en al het materieel en alle wapens weg te halen. Toen Archie er zeker van was dat er geen sporen op de auto meer te vinden waren, goot hij een jerrycan benzine over het interieur van de Opel en stak hem in brand.

Tegen de middag waren ze in Tripoli terug. Archie reed het consulaat voorbij en ging regelrecht naar een huis – Dominic veronderstelde dat het een *safe house* was – in de buurt van Bassel el Asad, niet ver van het stadion. Bari, wiens handen en voeten gebonden waren, werd in de badkamer opgesloten, en nadat Archie had gekeken of de scrambler van de vaste telefoon goed werkte, had hij Dominic alleen gelaten, zodat hij naar huis kon bellen.

'Wie weten het nog meer?' vroeg Dominic nu aan zijn neef.

'Niemand,' antwoordde Jack. 'Alleen degenen die hier zijn. Ik dacht dat je het zo zou willen. Als je het anders wilt, kan ik...'

'Nee.'

'Wil je naar huis?' vroeg Jack.

'Nee. We hebben dingen bij ons. Die willen jullie hebben. Laten we naar kantoor gaan. Hendley of iemand anders moet contact opnemen met Archie in Tripoli. Als we Bari hier willen hebben, moeten we...'

'Dom, daar hoef jij je niet druk om te maken. We regelen het wel.'

Ex-president Ryan liep naar hen toe, en Dominic en hij omhelsden elkaar. 'Je hebt er niets aan als ik zeg hoe erg ik het vind, jongen, maar ik zeg het toch.'

Dominic knikte. Tegen Jack zei hij: 'Laten we gaan.'

'Ja.'

Jack draaide zich om en gaf een teken aan Clark en Chavez, die dichterbij kwamen en Dominic naar de tweede Tahoe leidden. Jack vroeg aan zijn vader: 'Kan ik een lift van je krijgen?'

'Natuurlijk.'

Jack knikte Hendley toe en volgde zijn vader naar de Town Car.

Ze reden in stilte, tot de auto's de basis achter zich hadden gelaten. Toen zei Ryan senior: 'Waarschijnlijk zullen we nooit weten wat er gebeurd is. Dat is nog het ergst. Ik zal het nooit aan Gerry vragen, hoe graag ik dat ook zou willen.'

'Vraag het mij,' zei Jack.

'Wat?'

'Ze waren in Tripoli, pa. Ze zaten achter iets aan.'

'Waar heb je het over? Hoe weet jij dat?'

'Hoe denk je?'

Ryan senior gaf niet meteen antwoord. Hij keek zijn zoon alleen maar aan. 'Je meent het echt.'

'Ja.'

'Jezus, Jack.'

'Je hebt altijd tegen me gezegd dat ik mijn eigen weg in het leven moet vinden. Dat doe ik nu.'

'Hoe lang al?'

'Anderhalf jaar. Ik combineerde een paar dingen die ik wist en kwam tot de conclusie dat er meer achter Gerry's firma zat dan je op het eerste gezicht zou zeggen. Ik ging naar hem toe en praatte met hem. En zo kreeg ik een baan.'

'Wat doe je?'

'Vooral analyse.'

'Vooral? Wat bedoel je daarmee?' De stem van Ryan senior klonk nu scherper.

'Ik heb ook een beetje veldwerk gedaan. Niet veel, alleen om kennis te maken met dat werk.'

'Geen denken aan, Jack. En dat is definitief. Ik sta niet toe dat je...'

'Die beslissing is niet aan jou.'

'Natuurlijk wel. De Campus was mijn idee. Ik ging naar Gerry toe en...'

'En het is zijn organisatie, of niet? Ik ben verstandig genoeg, pa. Je hoeft niet op me te passen. We hebben hier goed werk gedaan. De dingen die jij vroeger ook deed. Als jij het toen kon doen, waarom ik nu dan niet?'

'Omdat je mijn zoon bent, verdomme.'

Nu keek Jack zijn vader met een vaag glimlachje aan. 'Dan zit het misschien in mijn bloed.'

'Onzin.'

'Hoor eens, ik heb in de financiële wereld gewerkt, en dat vond ik prima, maar ik besefte al gauw dat ik het niet de rest van mijn leven wil blijven doen. Ik wil echt iets doen. Iets wat betekenis heeft. Ik wil mijn land dienen.'

'Word dan leraar op een zondagsschool.'

'Dat is het volgende op mijn lijst.'

Ryan senior zuchtte. 'Je bent geen kind meer.'

'Nee.'

'Nou, leuk zal ik het waarschijnlijk nooit vinden, maar ja, dat is mijn probleem. Je moeder daarentegen is een heel ander verhaal.'

'Ik zal met haar praten.'

'Nee, dat doe je niet. Dat doe ik, als de tijd er rijp voor is.'

'Ik lieg niet graag tegen haar.' Jack zag dat zijn vader iets wilde zeggen en voegde er vlug aan toe: 'En ik vond het ook niet prettig om tegen jou te liegen. Als John er niet was geweest, had ik het je misschien nooit verteld.'

'John Clark?'

Jack knikte. 'Hij leidt me min of meer op. Samen met Ding.'

'Niemand is zo goed op dat gebied als die twee.'

'Dus je gaat hiermee akkoord?'

'Min of meer. Ik zal je een geheim vertellen, Jack. Hoe ouder je wordt, des te minder hou je van verandering. Vorige week haalde Starbucks mijn favoriete koffie uit het assortiment. Ik was dagenlang van de kaart.'

Jack lachte. 'Ik ben meer iemand voor de Dunkin' Donuts.'

'Die is ook goed. Je bent toch voorzichtig?'

'Met de koffie? Ja...'

'Doe niet zo flauw.'

'Ja, ik ben voorzichtig.'

'Waaraan laat hij je werken?'

Jack glimlachte weer. 'Sorry, pa, dat hoef je al een tijdje niet meer te weten. Als je de verkiezingen wint, praten we opnieuw.'

Ryan senior schudde zijn hoofd. 'Die verrekte inlichtingendiensten.'

Omdat Frank Weaver vier jaar in het leger had gezeten, wist hij hoe idioot de overheid dingen soms aanpakte, maar hij had gedacht dat hij dat alles achter zich had gelaten toen hij eervol ontslag had gekregen en een opleiding tot vrachtwagenchauffeur was gaan volgen. Hij had tien jaar op een truck gezeten, langeafstandsritten van kust tot kust. Soms had hij zijn vrouw meegenomen, maar meestal had hij de kilometers in zijn eentje onder zich weg zien glijden terwijl hij naar klassieke rock luisterde. *Goddank is er satellietradio*, dacht hij, en goddank mocht hij daar nog steeds naar luisteren nu hij zijn nieuwe baan bij de overheid had. Hij had het niet zo'n geweldig idee gevonden om weer voor de overheid te gaan werken, maar het salaris was te goed geweest om het van de hand te wijzen, vooral door het gevarengeld dat hij kreeg. Zo noemden ze het dan wel niet precies, maar het kwam er wel op neer. Hij had een speciale opleiding moeten volgen en de FBI had onderzoek naar zijn verleden gedaan, maar hij had niets te verbergen en kon verdomd goed rijden. Eigenlijk was er ook niets bijzonders aan wat ze hem lieten doen – behalve de lading, maar hij hoefde het spul nooit aan te raken. Hij hoefde alleen maar op tijd te komen en het inladen aan iemand anders over te laten, en daarna moest hij het veilig naar zijn bestemming brengen, waar iemand anders het uitlaadde. Ze hadden hem vooral de noodprocedures geleerd: wat hij moest doen als iemand de lading probeerde te kapen; wat hij moest doen als hij een ongeluk kreeg; wat hij moest doen als er een ufo naar beneden kwam en hem uit de cabine straalde... De opleiders van het ministerie van Energie hadden oefeningen uitgedacht voor alles wat je maar kon bedenken, en ook nog eens minstens honderd voor alles wat je niet kon bedenken. En hij zou de route nooit in zijn eentje rijden. Ze hadden hem nog niet verteld of zijn begeleiders in gewone auto's of in auto's met een opschrift zouden rijden, maar je kon erop rekenen dat ze tot de tanden toe bewapend zouden zijn.

Deze keer zouden er geen bewakers zijn, en dat verbaasde Weaver enigszins. Zeker, het was maar een proefrit en hij zou geen echte lading vervoeren, maar omdat het ministerie alles speelde alsof het echt was, had hij een escorte verwacht. Aan de andere kant was het ook mogelijk dat ze logen; misschien zou hij een escorte krijgen dat hij niet mocht zien. Dat veranderde niets aan zijn werk.

Weaver schakelde terug en remde. Hij manoeuvreerde de truck met oplegger door de ingang van kerncentrale Callaway. Honderd meter verder zag hij het gebouwtje van de bewaking. Hij stopte daar en gaf de bewaker zijn identiteitskaart. De ingang werd geblokkeerd door vijf palen van gewapend beton.

'Motor uit, alstublieft.'

Weaver gehoorzaamde.

De bewaker keek naar zijn identiteitskaart, stopte hem in het borstzakje van zijn overhemd en liet hem het klembord tekenen. Weavers dieplader was leeg, maar de bewaker deed zijn werk. Hij liep eerst helemaal om de truck met oplegger heen en keek toen met een van die rijdende spiegelplateaus onder het chassis.

De bewaker verscheen weer onder het raam.

'Wilt u uitstappen?' Weaver stapte uit. De bewaker keek nog eens naar Weavers identiteitskaart. Hij nam minstens tien seconden de tijd om te kijken of de gezichten overeenkwamen. 'Wilt u naast het bewakingsgebouw gaan staan?'

Weaver deed het, en de bewaker klom in de cabine van de truck, was twee minuten bezig het interieur te doorzoeken en klom er weer uit. Hij gaf Weaver zijn identiteitskaart.

'Laadperron 4. U wordt begeleid. De maximumsnelheid is vijftien kilometer per uur.'

' Begrepen.'

Weaver klom weer in zijn cabine en startte de motor. De bewaker bracht zijn radio naar zijn lippen en zei iets. Even later zakten de betonnen palen in de grond. Hij liet Weaver doorrijden.

Laadperron 4 was maar honderd meter verder, aan de achterkant van het complex. Toen hij halverwege was, liet een man in overall en met een veiligheidshelm hem doorrijden. Weaver keerde, reed achteruit naar het laadperron en zette de motor uit.

De voorman van de expeditie liep naar Weavers portier. 'Je kunt in de kantine wachten, als je wilt. We hebben ongeveer een uur nodig.'

Het duurde bijna anderhalf uur. Hoewel Weaver tijdens zijn opleiding foto's van het ding onder ogen had gekregen, had hij er nooit een in het echt gezien. Hij en de andere chauffeurs noemden het 'de halter van King Kong', maar het ministerie van Energie had veel moeite gedaan om de specifieke gegevens in hun hoofd te stampen. Het vat heette officieel de GA-4 *Legal Weight Truck* (LWT) *Spent Fuel Cask* en was een indrukwekkend staaltje van technologie. Weaver wist niet waarom ze voor die haltervorm hadden gekozen, maar hij nam aan dat het iets met duurzaamheid te maken had. Volgens de instructeurs hadden de ontwerpers van de GA-4 het ding aan de zwaarste tests onderworpen. Ze hadden het van grote hoogte laten vallen, in brand gestoken, met scherpe voorwerpen bewerkt en in water gedompeld. Op elke ton kernafval – verbruikte brandstof van drukwaterreactors en kokendwaterreactors – ging er vier ton beschermend materiaal in de bemanteling van de GA-4.

Ach, dacht Weaver, *je krijgt dat verrekte ding net zomin open als dat je het kunt stelen zonder dat er een truck, een kraan en misschien een zware helikopter aan te pas komen.* Het was te vergelijken met die idioten die je soms op tv zag: ze maakten een ketting aan een geldautomaat vast, trokken hem los en dumpten hem vervolgens ergens omdat ze hem niet open konden krijgen.

'Nooit eentje van dichtbij gezien,' zei Weaver tegen de voorman.

'Net iets uit een sciencefictionfilm, hè?'

'Ja, zoiets.'

Zoals het protocol voorschreef, liepen ze samen om de dieplader heen en vinkten ze controlepunten af op hun formulieren, als piloten voordat ze aan een vlucht begonnen. Alle spanbanden waren nieuw en aan zware proeven onderworpen in het complex, evenals de ratels, die elk van twee hangsloten waren voorzien. Toen ze er zeker van waren dat het vat niet van zijn plaats zou gaan voordat het zijn bestemming had bereikt, tekenden Weaver en de voorman de papieren en behielden ze ieder een exemplaar.

Weaver zwaaide hem gedag en stapte in de cabine. Zodra de motor draaide, zette hij het navigatiesysteem aan dat aan zijn dashboard was bevestigd, waarna hij het touchscreenmenu doorliep om zijn route te bekijken. Het ministerie van Defensie had tientallen routes in het apparaat gestopt. Dat was ook een veiligheidsmaatregel, was hem verteld. De chauffeurs kregen de daadwerkelijke route pas te zien als ze op weg gingen.

De route verscheen op het scherm als een paarse lijn op een kaart van de Verenigde Staten. *Niet slecht,* dacht Weaver. Het grootste deel van de trip zou hij over snelwegen afleggen, 2611 kilometer in totaal. Vier dagen.

72

'Een sms'je van ons Russische meisje,' zei Tariq terwijl hij met grote passen de huiskamer in kwam. De emir stond bij het raam over de woestijn uit te kijken. Hij draaide zich om.

'Goed nieuws, neem ik aan.'

'Dat weten we over een minuut.'

Tariq zette zijn laptop aan, opende zijn webbrowser en ging naar een website die storespot.com heette, een van de tientallen gratis opslagsites die op internet beschikbaar waren. Om een account te openen hoefde je alleen maar een gebruikersnaam, een wachtwoord en een e-mailadres op te geven, en daarvoor waren er sites die 'zelfvernietigende' wegwerp-e-mailadressen aanboden.

Tariq logde in op de account, klikte verder en kwam in het upload-/download-deel van de site. Er was nog maar één item over, een bestand in gewone tekst. Volgens de annotatie was het bestand twaalf minuten geleden geüpload. Tariq opende het bestand, kopieerde de inhoud naar zijn klembord en wiste het bestand van de account. Vervolgens opende hij het tekstverwerkingsprogramma van de laptop en plakte de inhoud in een nieuw bestand. In twee minuten nam hij de inhoud door.

'Het staat hier allemaal. Alles wat we moeten weten.'

'Welke ingang?'

'De zuidelijke.'

De emir glimlachte. Allah was met hen. Van de twee ingangen werd de zuidelijke het minst gebruikt. Dat betekende dat daar minder bewakingspersoneel was. 'Waar precies?'

'De derde ganglaag, vijfhonderd meter naar binnen en driehonderd meter onder de oppervlakte. Volgens Jenkins is dat het deel van het complex waar de technologen zich het drukst om maken. Volgende week hebben ze een bespreking met het ministerie van Energie over het opvullen en afsluiten van de hele gang voordat ze zendingen accepteren.'

Er was ook een nadeel aan de zuidelijke ingang verbonden, wist de emir. Binnen enkele minuten nadat de truck vanaf Highway 95 de dienstweg was ingeslagen, zouden sensoren en camera's hem waarschijnlijk oppikken en het monitorcentrum bij de hoofdingang van het complex waarschuwen. Hoe zouden de bewakers reageren als ze beseften dat de truck op weg was naar de zuidelijke ingang? De kans dat ze meteen alarm zouden slaan was niet groot. Per slot van rekening was het maar een proefzending, de eerste van een reeks van zulke zendingen. Waarschijnlijk zouden ze aannemen dat de chauffeur een verkeerde afslag had genomen. Er zou worden gebeld en misschien werd er een auto naar de zuidelijke ingang gestuurd om de verdwaalde truck op te vangen. Daar zouden Musa en zijn mannen wel mee afrekenen.

In alle haalbaarheidsonderzoeken die de URC in de eerste stadia van Lotus had verricht was de lastigste, meest onvoorspelbare factor de interne bewaking van het complex geweest. Het ministerie van Energie en de andere betrokken instanties hadden daar nooit openlijk iets over gezegd, hetzij om veiligheidsredenen, hetzij omdat er nog geen duidelijke besluiten waren genomen. Naarmate de planning van Lotus vorderde, was het de emir steeds duidelijker geworden dat ze van het ergste scenario moesten uitgaan, namelijk dat nucleaire complexen intern bewaakt werden door eenheden van de NNSA, een goed getrainde en goed uitgeruste paramilitaire dienst onder leiding van het ministerie van Energie.

Zoals de aanslagen van 11 september 2001 veel facetten van de Amerikaanse overheid en samenleving hadden veranderd, zo hadden ze ook duidelijk gemaakt dat er zwaardere programma's moesten komen om gebouwen en complexen te bewaken, en het moest gezegd worden dat het ministerie van Energie niet op kosten had bespaard om dat doel te bereiken. Eenheden van de NNSA waren getraind in kleinschalige tactieken tegen terroristen en voorzien van gepantserde voertuigen en zware wapens, waaronder granaatwerpers, antitankgeweren en op sommige plaatsen ook mobiele en vaste Dillon M134D Gatling Gunsystemen.

Uit de onderzoeken die de URC had ingesteld was niet naar voren gekomen dat de NNSA het complex al zo ver van tevoren bewaakte, maar de emir had het Musa toch op zijn hart gedrukt: *ga ervan uit dat jullie op veel verzet stuiten. Ga ervan uit dat jullie maar een paar minuten de tijd hebben om de missie te volbrengen.*

'Hoe ver zijn we met de andere elementen?' vroeg de emir aan Tariq. 'De truck.'

'Die is vanmiddag van de centrale vertrokken. Hij doet er vier dagen over. Ibrahim en zijn team zijn ter plaatse. Tenzij we hem bericht sturen dat het niet doorgaat, komen ze over...' Tariq keek op zijn horloge, '... over drie uur in actie. Het schip is er over twee dagen; onze mensen in Norfolk zijn klaar. Zoals het er nu voorstaat, moet het schip waarschijnlijk een nacht voor anker liggen voordat het een ligplaats krijgt toegewezen.'

'Goed. En de mannen van Nayoan?'

'Die zijn er klaar voor. Ze komen pas in actie als u het bevel geeft. Dat moet vierentwintig uur van tevoren gebeuren.' De emir knikte, en Tariq vroeg: 'Wat wilt u met het meisje doen?'

'Laat haar maar gaan. Ze weet niets van ons, en Beketov is dood. Het verband tussen ons en de mensen die ze kent is verbroken. Zelfs als ze wordt opgepakt, leiden de dingen die ze zegt tot niets, of juist in een richting die wij willen. Ze heeft haar geld verdiend.'

'Ze weet van het complex.'

'Nou, en? Ze is door een kleine milieuorganisatie ingehuurd om belastende informatie over het complex te verzamelen. Dat is alles. Ze is een huurling, Tariq. Ze pakt haar geld aan en gaat verder met haar leven.'

Tariq dacht even na en knikte. 'Goed.'

'Nog één detail: ik ga op deze missie met Musa mee.'

'Pardon?'

'Ik spreek een boodschap in voordat ik vertrek. Als we succes hebben gehad, zorg jij ervoor dat die boodschap in de juiste handen komt.' Tariq deed zijn mond open om iets te zeggen, maar de emir liet hem niet aan het woord komen. 'Oude vriend, je weet dat dit nodig is. Mijn dood en wat wij hier doen zullen onze strijders nog generaties aanvuren.'

'Wanneer hebt u dit besloten?'

'Ik ben het van het begin af van plan geweest. Waarom zouden we anders hierheen zijn gekomen, naar deze godvergeten plaats?'

'Laat me met u meegaan.'

De emir schudde zijn hoofd. 'Het is niet jouw tijd. Je moet me vertrouwen. Beloof me dat je zult doen wat ik vraag.'

Tariq knikte.

73

Kort na zonsondergang reed Shasif Hadi de plaats Paulinia in. Hij zag de lichten van de raffinaderij, die nog zes kilometer bij hem vandaan lag, allang voordat hij het complex zelf kon zien. Zevenhonderd hectare destillatiekolommen, fractioneringstorens en omheiningen die onder hoogspanning stonden, dat alles voorzien van knipperende rode lichten om laagvliegende vliegtuigen te waarschuwen – allemaal overbodig, vond Hadi. Als een piloot de tientallen hoge stadionlichten over het hoofd zag die hun schijnsel op het werkterrein van het complex wierpen, verdiende hij het dat hij neerstortte.

De grote weg vanaf Campinas, de SP-332, leidde met veel bochten langs de noordkant van Paulinia waarna hij eerst naar het westen en toen naar het noorden slingerde, om ten slotte langs het raffinaderijcomplex aan de linkerkant te leiden. Hadi reed erlangs en ging een kleine twee kilometer in noordelijke richting verder tot hij bij zijn afslag kwam, een tweebaans asfaltweg die naar het oosten leidde. Die volgde hij precies tweeënhalve kilometer, en toen maakte de weg weer een bocht en ging het wegdek over in grind. Na nog eens honderd meter pikten de koplampen iets op wat op een viaduct over de weg leek. Hadi voelde dat zijn hart sneller ging slaan. Hij wist dat het geen viaduct was, maar een ethanolpijplijn. Toen hij onder de pijplijn door reed, zag hij naast zich een grasveld met een veehek. Voor dat hek stond een witte pick-uptruck, met de motorkap naar voren. Hadi reed door en nam nog een afslag, ditmaal een onverharde weg naar het zuiden. Na vijftig meter ging hij langzamer rijden. Hij zag de opening tussen de bomen links van hem, reed ertussendoor, zette zijn koplampen uit en liet de auto uitrijden tot hij stilstond. Hij keek op zijn horloge: op tijd.

Hij stapte uit, deed het portier op slot en liep tussen de bomen vandaan naar de kant van de weg. Hij keek naar rechts. Een kleine kilometer verderop verschenen twee koplampen om een hoek. Ibrahims blauwe Volkswagen Fox stopte met licht piepende remmen naast Hadi.

'Geen problemen?' vroeg Ibrahim.

'Nee.'

Hadi ging op de achterbank zitten. Fa'ad zat naast hem en Ahmed op de passagiersplaats voorin. In het kader van hun vluchtplan hadden Fa'ad en Ahmed hun auto's op achterwegen ten zuidoosten en noordoosten van de raffinaderij geparkeerd, waar ze waren opgepikt door Ibrahim. Als de groep om de een of andere reden uit elkaar raakte, zouden ze bij een van die auto's samenkomen en vandaar naar de kust terugrijden.

Ahmed gaf Hadi een pistool, een 9mm Glock 17 met geluiddemper.

'De pick-uptruck is er,' zei Hadi. 'Ik kon het niet met zekerheid nagaan, maar ik geloof dat er twee mensen in zaten.'

'Goed. Ahmed, jij doet het.'

Ibrahim liet de koplampen uit. Hij schakelde en volgde Hadi's weg terug. Toen hij vijftig meter bij de pijplijn vandaan was, stopte hij. Ahmed stapte uit, liep achter de auto langs en verdween tussen de bomen. Ze wachtten zwijgend af en Ibrahim hield de tijd bij op zijn horloge. Na twee minuten zette hij de koplampen aan en startte hij de motor weer. 'Daarachter,' zei hij tegen hen. Hadi en Fa'ad lieten zich onder de ramen zakken. Toen de auto ter hoogte van de pick-uptruck kwam, stopte Ibrahim en stapte hij uit. Hij had een kaart in zijn rechterhand.

'Pardon,' riep hij in het Portugees, terwijl hij naar de pick-uptruck toe liep. 'Ik ben verdwaald. Kunt u me de weg naar Paulinia wijzen?'

Geen antwoord.

'Pardon, ik heb hulp nodig. Kunt u...'

Uit het raam aan de bestuurderskant werd een hand naar buiten gestoken die hem duidelijk maakte dat hij dichterbij moest komen. Ibrahim liep naar het raam. Op de deur stond PETROBRAS SECURITY. 'Ik geloof dat ik ergens een afslag heb gemist. Hoe ver is het naar Paulinia?'

'Niet ver,' zei de bewaker. 'U volgt deze weg naar het westen, tot hij op de grote weg uitkomt, en daar gaat u naar links.'

Door het open passagiersraam van de pick-uptruck zag Ibrahim de contouren van Ahmed tussen de bomen vandaan komen.

'Hoe ver is het?' vroeg Ibrahim.

Voordat de bestuurder van de pick-uptruck antwoord kon geven, ging Ibrahim een stap achteruit. Het eerste gedempte schot trof de slaap van de bewaker op de passagiersstoel; het tweede trof de hals van de bestuurder, die opzij zakte. De geluiddemper, die van stalen soepblikken en glaswolisolatie was gemaakt, had goed gewerkt. De schoten waren niet luider geweest dan zacht handgeklap.

'Ieder nog één,' beval Ibrahim.

Ahmed schoot nog een kogel in de bewaker. Vervolgens stak hij het pistool in de cabine, mikte en schoot een kogel in het oor van de bestuurder. Ibrahim draaide zich om en gaf een teken aan de Volkswagen.

Hadi ging achter het stuur zitten en reed het veld op. Ibrahim en Ahmed hadden de lijken van de bewakers al uit de pick-uptruck gehaald.

'Sleutel,' zei Ahmed, en hij gooide hem naar Ibrahim toe.

Ze sleepten de lijken naar de bomen. Hadi haalde twee witte handdoeken tevoorschijn die hij uit zijn hotel had meegenomen en gooide er een naar Fa'ad toe. Samen veegden ze de cabine schoon. De kogels met zachte neus en holle punt waren in de schedels van de bewakers uit elkaar gesprongen, zodat er geen uitgangswonden waren, en er was dan ook meer bloed dan hersenweefsel. Toen ze klaar waren, gooide Hadi zijn handdoek naar Fa'ad toe, die tussen de bomen verdween om beide doeken weg te gooien.

Ibrahim kwam naar het veld terug, maakte het veehek open en gooide de autosleutel naar Hadi. Fa'ad en Hadi stapten in en reden de pick-up achteruit het veld op, gevolgd door Ibrahim en Ahmed in de Volkswagen. Hadi deed het hek dicht en op slot, terwijl Ibrahim de Volkswagen tussen de bomen uit het zicht zette.

De dienstweg leidde langs de pijplijn, die op pijlers van anderhalve meter hoog rustte, elke vijftien meter een pijler. De weg, diep doorgroefd en met bomen aan weerskanten, was met de komst van de pijplijn aangelegd voor het bouwverkeer en fungeerde nu als toegangsweg voor het onderhouds- en bewakingspersoneel van de raffinaderij.

Na anderhalve kilometer ging de weg naar rechts, terwijl de pijplijn naar links afboog. In de strook tussen weg en pijplijn stonden bomen, en boven de toppen daarvan waren de lichten van de raffinaderij te zien. Ibrahim stopte de pick-uptruck, en ze stapten uit. 'Verkleden,' beval hij.

Ze hadden voor blauwe overalls gekozen, niet zozeer om onzichtbaar te worden als wel om anoniem te zijn. De meeste personeelsleden van de raffinaderij droegen zo'n overall. Als Ibrahim en zijn team op een afstand werden opgemerkt, zouden ze hopelijk voor onderhoudspersoneel worden aangezien. Ze waren nu ruim een halve kilometer verwijderd van de omheining en de weg rond het raffinaderijcomplex.

Zodra ze hun overall aanhadden, liepen ze door de bomen naar een open plek. De pijplijn ging zo'n vijfhonderd meter verderop door de omheining naar het complex zelf.

De ethanolpijplijn die boven hun hoofd liep, was nog geen jaar oud en leidde van Goiás, achthonderd kilometer in het noorden, via Paulinia naar de Japeri-terminal in Rio de Janeiro, driehonderd kilometer naar het noordoosten. Twaalf miljard liter ethanol per jaar, door een pijplijn die zich over een kwart van de breedte van Brazilië uitstrekte.

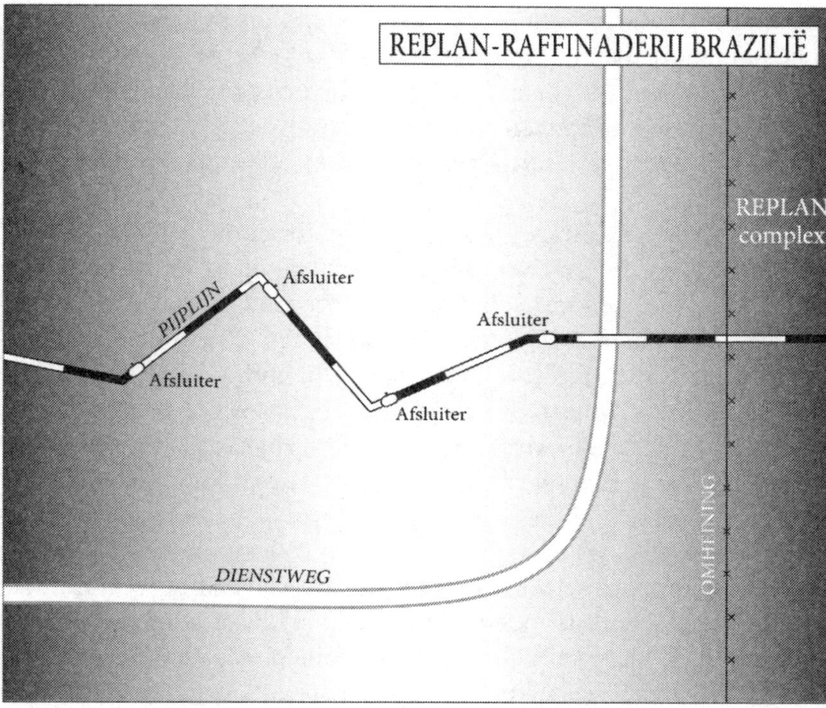

Hoewel de URC de exacte stroomsnelheid in de pijplijn niet precies had kunnen vaststellen, waren de gemiddelden goed genoeg geweest om de emir van de uitvoerbaarheid van het plan te overtuigen. Volgens hun gegevens was de pijplijn vijfentachtig procent van de tijd in werking. Dat betekende dat die twaalf miljard liter er in driehonderdtien dagen doorheen gingen, en dat betekende weer dat op elke dag dat de pijplijn in werking was negenendertig miljoen liter van Goiás naar Rio stroomde. Op elk uur van de dag zat er in een stuk pijplijn van vijftien kilometer genoeg ethanol om twintig tankwagens te vullen.

'Vier afsluiters tussen hier en het complex,' fluisterde Ibrahim. 'Eén lading om elke afsluiter buiten gebruik te stellen, een voor het punt tussen de laatste pijlers, en een voor de detonatie. Die twee doe ik zelf. Ahmed, jij neemt de eerste afsluiter; Fa'ad, de tweede; Shasif, jij neemt de derde en vierde. Als ik mijn lading heb aangebracht, kom ik tevoorschijn en krab ik over mijn hoofd. Stel dan jullie timers af. Vier minuten precies. Bedenk wel: gewoon lopen als je naar de wagen teruggaat. Niet rennen. Iemand die nog niet terug is wanneer de eerste lading afgaat, wordt achtergelaten. Nog vragen?' Die waren er niet. 'Allah zij met ons,' zei Ibrahim.

Ze gingen samen op weg, nonchalant lopend en pratend, als onderhoudsmonteurs die het beste van hun nachtdienst probeerden te maken. Na tweehonderd meter kwamen ze bij de eerste afsluiter. Ahmed ging bij de anderen vandaan en knielde neer bij de afsluiter, die zo groot was als een regenton. Daarna gingen Fa'ad en Shasif naar hun eigen afsluiters.

'Ik zie jullie bij de pick-uptruck terug,' zei Ibrahim, en hij liep door.

De weg langs de rand van het complex lag vijftig meter voor hen. Rechts verscheen een witte pick-uptruck. Die reed langzaam en een bewaker scheen met een schijnwerper door het raam aan de passagierskant naar de omheining. Ibrahim keek op zijn horloge. *Te vroeg. Vijftien minuten te vroeg!* Hun informant, Cassiano, was zeker geweest van de tijden en routes van de bewakingspatrouilles. Hij had zich vergist of het tijdschema was veranderd. In het laatste geval; waarom? Uit routine of om een andere reden? Deze pick-uptruck van de bewaking, wist Ibrahim, zou de weg langs de omheining blijven volgen, vervolgens door de westelijke poort van het complex naar buiten gaan en dan weer naar het noorden rijden om uiteindelijk langs het veehek te komen waardoor Ibrahim en de anderen waren binnengekomen. Als de bewakers daar geen pick-uptruck zagen staan, hoe zouden ze dan reageren? Ibrahim besloot dat ze dat maar beter niet konden afwachten.

Ze hadden twaalf minuten de tijd. Vier minuten om de explosieven aan te brengen en acht minuten om de anderhalve kilometer terug te rennen naar het veehek. Het zou kantje boord zijn. Maar, dacht hij, er was nog een andere optie.

Met bonkend hart ging hij langzamer lopen. De pick-up ging ook langzamer rijden en kwam bijna tot stilstand. Ibrahim zwaaide bij wijze van groet en riep in het Portugees: '*Boa tarde!*' Goedenavond. Hij welfde zijn rug een beetje om na te gaan of de Glock nog op zijn plaats zat.

Na vijf lange seconden zwaaide de bestuurder van de pick-up terug. 'Hoe gaat het?' vroeg hij.

Ibrahim haalde zijn schouders op. '*Bem.*' Goed. Nonchalant liep hij naar de pick-up toe. *Hoe dichtbij?* vroeg hij zich af. Om beide mannen te doden voordat ze de kans kregen hun radio te pakken zou hij hen tot op tien of twaalf meter moeten naderen. Zouden ze argwaan krijgen als ze zijn gezicht of uniform van zo dichtbij zagen? Moest hij op hen af stormen en schieten? Nee, besloot hij. Dan zou de pick-up hard wegrijden. Ibrahim bleef staan.

'Wat zijn jullie aan het doen?' vroeg de bestuurder.

'We kijken lassen na,' antwoordde Ibrahim. 'Onze baas vond dat we iets moesten doen.'

De bestuurder grinnikte. 'Ik ken dat. Tot later.'

Hij zette de pick-up in de versnelling, en de wagen zette zich in beweging. Toen bleef hij staan. De achteruitlichten gingen aan en de wagen reed terug tot hij weer ter hoogte van Ibrahim was. 'Kom je van het veehek?' vroeg de bestuurder.

Met zijn hart in zijn keel knikte Ibrahim.

'Stond daar een pick-up?'

'Die heb ik niet gezien. Wat is het probleem?'

'Paiva en Cabral reageren niet op radiocontact.'

Ibrahim wees met zijn duim naar de anderen, die her en der langs de pijplijn aan het werk waren. 'Die van ons doen het vanavond ook niet goed.'

'Het zal wel door zonnevlekken of zoiets komen,' zei de bestuurder. 'Interessant accent heb je.'

'Angola. Daar heb ik tot een jaar geleden gewoond.'

De bestuurder haalde zijn schouders op. 'Oké. Kalm aan.'

De pick-up reed door en verdween over de weg. Ibrahim wachtte tot hij de motor niet meer hoorde en liet toen zijn adem ontsnappen. *Ik ben er bijna. Allah, leid me.* Hij stak de weg over, daalde in de afvoergreppel af en ging aan de andere kant omhoog. De omheining was nu in zicht, op honderd meter afstand. Hij liep langs de laatste pijler en telde zijn stappen. Toen hij halverwege was, bleef hij staan en knielde neer. De buis bevond zich recht boven zijn hoofd. Hij hoorde hoe de brandstof door het staal gorgelde.

De eerste van zijn twee explosieve ladingen, de grootste van de zes, woog honderdvijftig gram, maar paste toch nog gemakkelijk in zijn broekzak. De tweede lading, van vijftig gram, paste in de palm van zijn hand. De digitale timer van de grootste lading zette hij op vier minuten en tien seconden en die van de tweede lading op vijf minuten. Hij kneep zijn ogen stijf dicht, zei vlug een gebed, stond toen op, bevestigde de grootste lading aan de onderkant van de buis en startte de timer. Hij zag twee seconden wegtikken, liep toen tussen de bomen vandaan, draaide zich om en krabde zich op zijn hoofd. Nadat hij lang genoeg had gewacht om er zeker van te zijn dat ze alle drie zijn teken hadden gezien, zette hij de timer van de laatste lading aan en stopte hem in zijn cocon van duct tape en noppenfolie.

Hij gooide het pakje over de omheining, draaide zich om en begon te lopen.

74

Hendley, Granger en Rick Bell waren een deel van de middag en het begin van de avond bezig met de debriefing van Dominic. Jack junior en John Clark zaten op stoelen tegen de muur en luisterden; Jack was familie en een goede vriend, en hoewel Dominic zich goed hield, had Hendley gedacht dat het hem zou helpen als Jack erbij was. Hij had Clark ook gevraagd omdat die met een professioneel oog naar Dominic kon kijken.

Jack keek aandachtig naar zijn neef toen die Hendley en de anderen over de missie in Tripoli vertelde: hun eerste ontmoeting met Archie, hun expeditie in de Medina om Bari gevangen te nemen, hun trip naar Almasi's huis en ten slotte de dood van Brian. Bij elke stap gaf Dominic met weinig woorden maar grondig antwoord op hun vragen. Hij verloor nooit zijn geduld en aarzelde ook nooit. En hij vertoonde geen spoor van emotie, besefte Jack. Zijn neef gaf geen blijk van enig gevoel, niet met zijn gezicht en niet met zijn lichaamstaal. Hij was volstrekt onbewogen.

'Vertel ons nog eens over Fakhoury,' zei Sam Granger.

'Volgens Bari was hij een lagere figuur, iemand die opdrachten uitvoerde en geweld gebruikte. Almasi leek ons een beter doelwit. We wilden niet dat iemand iets over Bari's verdwijning kon vertellen, en dus vroegen we ons af wat we met hem moesten doen.'

'Wiens besluit was het hem te doden?'

'Dat hebben we allebei besloten. Ik was er niet zo zeker van, maar Brian... Zijn argumenten waren steekhoudend.'

'Heb jij het gedaan?'

Dominic schudde zijn hoofd. 'Brian.'

'Hoeveel doden zijn daar gevallen, Fakhoury meegerekend?' vroeg Bell.

'Zes. Vier door ons toedoen.'

'Laten we verdergaan naar Almasi's huis,' zei Hendley.

Dominic nam het nog eens door: dat ze in de grindgroeve hadden geparkeerd... dat ze in Almasi's huis waren binnengedrongen... de computer en de safe... Brian die werd neergeschoten... het vuurgevecht en hun vertrek. Dominics stem stierf weg. 'De rest weten jullie.'

'Aantal doden?' vroeg Granger.

'Vijf.'

'Geen gewonden?'

Dominic haalde zijn schouders op. 'Niet toen ik het huis verliet.'

'Wat betekent dat?' vroeg Rick Bell.

'Het betekent dat ik ervoor heb gezorgd dat er geen getuigen waren. De URC kan niet nagaan wie er zijn geweest en wat er is gebeurd. Dat is ongeveer de bedoeling van ons werk, nietwaar?'

Hendley knikte. Hij keek Bell en Granger aan. 'Verder nog iets?' Beide mannen schudden hun hoofd. 'Oké, Dom, bedankt.'

Dominic stond op om weg te gaan.

'Dom, we vinden het heel erg van Brian,' zei Hendley.

Dominic knikte alleen maar.

'Ik zal een auto laten komen om je naar huis te brengen.'

'Nee, ik vind wel ergens een bank om te slapen.'

Granger zei: 'Als je wilt dat we regelingen treffen voor Brian...'

'Ik doe het wel.'

Dominic ging weg en deed de deur achter zich dicht. Hendley zei: 'Jack?'

'Moeilijk te zeggen. Ik heb hem nooit zo meegemaakt, maar het is natuurlijk een bijzondere situatie. Dat zou het voor iedereen zijn. Ik denk dat hij gewoon verdoofd is. Hij is doodmoe. Hij heeft zijn tweelingbroer in zijn schoot zien sterven, en hoe het ook is gegaan, hij voelt zich natuurlijk schuldig. Als het eenmaal goed tot hem doordringt, stort hij in, en daarna komt hij er weer bovenop.'

'Denk jij dat ook, John?'

Clark dacht even na voordat hij antwoord gaf. 'Hij is veranderd. Dat staat vast. Er is een schakelaar overgehaald.'

'Leg dat eens uit,' zei Bell.

'Hij twijfelde eraan of ze Fakhoury moesten doden. Brian moest hem overhalen en heeft het waarschijnlijk zelf gedaan omdat hij wist dat Dominic er niet klaar voor was. Drie uur later zijn ze bij Almasi's huis. Brian wordt neergeschoten, en voordat Dom het huis verlaat, maakt hij alle gewonden af. Dat betekent dat hij in die korte tijd sterk is veranderd.'

'Stel, je hebt gelijk en er is een schakelaar in hem overgehaald,' zei Hendley. 'Is dat erg?'

'Dat weet ik niet. Het hangt ervan af hoe goed hij zich herstelt. Op dit moment heeft hij zijn blik op oneindig. Meestal kan het met een agent dan twee kanten op gaan: je leert de ervaring te verwerken en in het juiste perspectief te plaatsen, of je laat je erdoor kapotmaken.'

'Kan hij momenteel in het veld opereren?'

'Dit is geen exacte wetenschap, Gerry. Iedereen is verschillend.'
'Geef eens een inschatting. Kan hij in het veld opereren?'
Clark dacht even na. 'Niet in zijn eentje.'

Hendley vroeg aan Rick Bell: 'Wat weten we over de dingen die Dom mee naar huis heeft genomen?'

'Een USB-stick met Almasi's computerbestanden, en een cd-rom. Het zal wel even duren voordat we al die bestanden hebben bekeken. Die cd-rom was een goudmijn: driehonderdvijfenzestig JPEG-afbeeldingen van eenmalige codes – rasters van negen bij negen met alfanumerieke vervangende tekens. Ik heb het niet precies uitgerekend, maar we hebben het over miljoenen verschillende combinaties.'

'Voor een jaar,' zei Hendley. 'Eentje voor elke dag. Alsjeblieft, zeg nu dat er een datum bij staat.'

Bell glimlachte. 'Reken maar. Ze gaan bijna tien maanden in de tijd terug. Dus tenzij ze ermee stoppen, hebben we voor twee maanden aan toekomstige eenmalige codes in handen.'

'Zo doen ze het,' mompelde Jack.

'Wat?' vroeg Clark.

'Ze werken met twee systemen. Ze gebruiken steganografie om de eenmalige codes in beelden op websites onder te brengen. De ontvangers halen een beeld van de site, gebruiken een programma om de stegolaag weg te halen, en ze hebben de dagelijkse eenmalige code. Daarna zijn het alleen maar cijfers: ga naar een forum op een URC-website, vind de post met een reeks van een paar honderd combinaties van letters en cijfers, haal ze door je eenmalige code, en je hebt je bevelen.'

'Ik ben het grotendeels met je eens,' zei Granger, 'maar ik denk niet dat de URC zo'n boodschap op een forum in de openbaarheid gooit. Ze zullen ervoor willen zorgen dat het bericht alleen degenen bereikt voor wie het bedoeld is. We weten dat ze niet met e-mail werken, toch?'

'Waarschijnlijk niet. Het URC-verkeer ligt zo goed als stil.'

'En online e-mail?' opperde Bell. 'Google, Yahoo!... Agong Nayoan had toch een Google-account, John?'

'Ja, maar de IT-mannen hebben die account doorgespit. Niets gevonden. Als de URC een radiostilte heeft afgekondigd voor zijn gewone e-mailverkeer, zullen ze de online-accounts ook wel hebben verboden.'

'Dus ze hadden een soort hub nodig,' zei Hendley. 'Een plaats waar iemand elke dag kon kijken en berichten kreeg die alleen voor hem bestemd waren.'

'Allemachtig,' zei Jack. 'Dat is het.' Hij typte iets in op zijn laptop. 'Online opslag van bestanden.'

'Huh?' zei Clark.

'Dat zijn websites die opslagruimte voor back-upbestanden aanbieden. Stel, je hebt een stel MP3-nummers en je bent bang dat je ze kwijtraakt als je computer crasht. Je meldt je aan bij een van die sites, uploadt de bestanden, en dan staan ze daar op de servers.'

'Hoeveel van die sites zijn er?'

'Honderden. Voor sommige moet je betalen, maar de meeste zijn gratis zolang je met kleine bestanden werkt – alles onder een gigabyte.'

'Hoeveel is dat?'

Jack dacht daar even over na. 'Neem bijvoorbeeld een normaal Wordbestand... Ongeveer een half miljoen bladzijden zijn een gigabyte.'

'Verrek.'

'Maar dat is het mooie hiervan. Een URC-lid in Tanger logt in op een van die sites, uploadt een tekstdocument met een reeks van een paar honderd getallen, en dan logt een ander lid in Japan in, downloadt het bestand, verwijdert het van de site, haalt de cijfers door een steganografisch ingebedde eenmalige code die hij van de URC-site heeft gehaald, en hij heeft zijn bericht.'

'Wat is er voor nodig om je op een van die sites aan te melden?' vroeg Hendley.

'Die gratis sites? Een e-mailadres, en daar kun je er zoveel van aanmaken als je wilt. Er zijn plaatsen op internet waar ze je een adres geven dat zichzelf na vijftien minuten vernietigt.'

'Over anonimiteit gesproken,' zei Rick Bell. 'Je zou het best eens bij het rechte eind kunnen hebben, maar wat doen we ermee?'

De deur van de vergaderkamer ging open, en Chavez kwam binnen. 'Dit moeten jullie zien.' Hij pakte de afstandsbediening van de televisie, zette de lcd-flatscreen aan en ging naar CNN. De presentator was midden in een zin.

'... nogmaals, dit zijn livebeelden van een Record News-helikopter in Brazilië. De brand is kort na acht uur 's avonds plaatselijke tijd begonnen...'

Jack boog zich op zijn stoel naar voren. 'Godallemachtig.'

De helikopter filmde blijkbaar op een afstand van zo'n tien kilometer, maar twee derde van het scherm werd opgevuld door kolkende vlammen en dikke, zwarte rook. Door de rook kon je telkens een glimp opvangen van verticale bouwsels, kriskras lopende buizen en ronde opslagtanks.

'Dat is een raffinaderij,' zei John Clark.

De presentator ging verder: 'Volgens Record News is de brand uitgebroken op een raffinaderij van het bedrijf Petrobras, de Paulinia

REPLAN. Paulinia is een stad met zestigduizend inwoners, ongeveer honderddertig kilometer ten noorden van São Paulo.'

Hendley keek Jack aan. 'Kun je...'

Jack had zijn laptop al open. 'Ik werk eraan.'

'... Paulinia REPLAN is de grootste raffinaderij van Brazilië. Het complex beslaat ongeveer zevenduizend hectare en heeft een opbrengst van bijna vierhonderdduizend vaten per dag...'

'Een ongeluk?' opperde Rick Bell.

'Ik denk van niet,' antwoordde Clark. 'Zevenduizend hectare, dat is een groot terrein. Het complex is bijna helemaal door de brand verzwolgen. Toen ik nog bij de SEAL's zat, hielden we steeds simulatieoefeningen. Raffinaderijen zijn prachtige doelwitten, maar je hebt zeker zes lasergeleide bommen nodig om een heel complex in de fik te steken. De raffinaderijen in ons land zijn bijna vijfendertig jaar oud, en je kunt het aantal ongelukken in al die tijd op de vingers van één hand tellen. Er zijn te veel veiligheidssystemen die in geval van nood in werking treden.'

Jack typte op zijn laptop en zei: 'Paulinia is tamelijk nieuw. Nog geen tien jaar oud.'

'Hoeveel personeelsleden?'

'Dat kunnen er wel duizend zijn. Misschien twaalfhonderd. Het is de nachtploeg, dus dat zijn er minder, maar evengoed hebben we het waarschijnlijk over minstens vierhonderd mensen daar.'

'Kijk,' zei Clark. 'Kijk daar...' Hij liep naar de televisie en tikte op een punt in het complex van de raffinaderij. 'Die vlammen bewegen. Dat is vloeistof, en er is een heleboel van.'

De helikopter van Record News ging dichter naar het vuur toe en zwaaide om de raffinaderij heen totdat de noordkant in het zicht kwam.

Jack zei: 'Oké, hier: Paulinia is ook een terminal voor een ethanolpijplijn. Die komt uit het noorden.'

'Ja, ik zie hem,' zei Rick Bell. Hij liep naar de televisie en tikte op een punt bij de noordelijke rand van het complex. Vlak voor de omheining was de buis opengescheurd en spoot er een geiser van vlammende ethanol uit.

'Ja,' zei Clark. 'Ze moeten een paar afsluiters buiten werking hebben gesteld...' Hij streek met zijn vinger in noordelijke richting langs de pijplijn tot hij bij een geïsoleerde brandhaard kwam. 'Dat is er een.'

'En verderop zijn er nog drie,' zei Granger. 'Hoeveel pijplijn is dat?'

'Bijna een kilometer,' antwoordde Clark.

'Ongeveer veertigduizend liter,' zei Jack, opkijkend van zijn laptop.

'Wat?' zei Chavez.

'Er gaat ongeveer twaalf miljard liter per jaar door die pijplijn. Dat betekent dat er in die sectie waarschijnlijk ongeveer veertigduizend liter zat – genoeg om een tankwagen te vullen. Een deel zal worden opgenomen door de grond, maar je moet je voorstellen dat er twintig- of misschien wel dertigduizend liter in het complex is terechtgekomen.'

'De hele installatie gaat in vlammen op,' zei Clark. 'De meng- en opslagtanks... de torens. Ze exploderen.'

Clark was nog niet uitgesproken of de camera van de helikopter liet drie explosies zien, die elk een enorme paddenstoelwolk van vlammen en zwarte rook de lucht in joegen.

'Ze moeten de hele omgeving evacueren,' zei Sam Granger. 'Dus we denken allemaal dat het geen ongeluk was?'

'Zeker geen ongeluk,' zei Clark. 'Hier is veel planning in gaan zitten. Veel inlichtingenwerk en verkenningen.'

'De URC,' speculeerde Chavez.

'Waarom Brazilië?' vroeg Hendley.

'Ik denk niet dat het iets met Brazilië te maken heeft,' zei Jack. 'Het is voor ons bedoeld. Kealty heeft net een contract met Petrobras getekend. Olie uit Brazilië voor prijzen onder de OPEC-norm. Ze barsten daar van de olie – alleen al in de velden Lara en Tupi heeft Brazilië een reserve van vijfentwintig miljard vaten. Dat is één factor. Er speelt ook mee dat Petrobras ver achter ligt met het bouwen van raffinaderijen. Paulinia was hun werkpaard. Het nieuwe complex in Maranhã zal zeshonderdduizend vaten per dag opbrengen, maar dat begint pas over een jaar.'

'Dus Brazilië heeft de olie, maar kan het niet verwerken,' zei Hendley. 'Dat betekent dat er van ons contract niet veel terechtkomt.'

'Minstens een jaar niet. Misschien twee.'

Jacks e-mail liet een pingtoon horen. Hij keek naar het bericht. 'Biery heeft paspoortfoto's van Sinaga door de gezichtsherkenning gehaald en twee hits gevonden. Twee zijn Indonesiërs die twee weken geleden op Norfolk zijn aangekomen – Citra en Purnoma Salim.'

'Citra is een vrouwennaam,' zei Rick Bell. 'Man en vrouw?'

'Broer en zus. Negentien en twintig jaar oud. Volgens hun immigratieformulieren zijn ze hier op vakantie. De derde is niemand minder dan onze raadselachtige koerier: Shasif Hadi. Hij reist als Yaseen Qudus. Twee dagen nadat we hem op weg naar Las Vegas waren kwijtgeraakt, nam Hadi een United-vlucht van San Francisco naar São Paulo.'

'Dat is wel erg toevallig,' zei Sam Granger.

'In zoveel toeval moet je niet geloven,' zei Hendley. 'Chavez, heb je zin in een reisje naar Brazilië?'

'Mij best.'

'Wil je Dom meenemen?'

Chavez dacht even na. Hij had veel mannen meegemaakt die er zo aan toe waren als Dominic nu, mannen die verbijsterd waren, zich schuldig voelden en zich voortdurend afvroegen wat ze anders hadden kunnen doen. Ze voelden zich schuldig omdat de ander dood was, en omdat ze blij waren dat ze zelf nog in leven waren. Het was een rotsituatie, maar Chavez had in de ogen van de voormalige FBI-man gekeken: Dominic was gespannen en wilde wraak nemen, maar hij was zijn zelfbeheersing niet kwijt.

'Goed,' zei Chavez. 'Als hij het wil, wil ik het ook wel. Eén vraag: wat doen we als we daar aankomen? Het is een groot land, en Hadi en degenen die hij bij zich heeft, zijn waarschijnlijk ondergedoken.'

'Of het land uit geglipt,' voegde Clark daaraan toe.

'Laten we ervan uitgaan dat ze daar nog zijn,' antwoordde Hendley. 'Jack, om terug te komen op de vraag van Rick: stel dat je met dat idee over online-opslag op het goede spoor bent, wat doen we daar dan aan?'

'Dan gaan we daarmee verder,' antwoordde Jack. 'Op dit moment is Hadi de grootste URC-speler die we in het vizier hebben, toch?'

'Ja,' zei Chavez.

'En we weten dat hij van Las Vegas naar San Francisco is gegaan voordat hij verderging naar São Paulo. Waarschijnlijk ging hij naar San Francisco om zijn Qudus-paspoort te krijgen van Agong Nayoan. Dat betekent dat ze waarschijnlijk rechtstreeks met elkaar in contact hebben gestaan. Op zijn minst heeft Nayoan hem verteld dat hij het kon ophalen.'

'Ga verder.'

'Nayoan is lui. Toen we zijn huis doorzochten, zagen we dat hij de geschiedenis van zijn webbrowser niet had gewist.' Jack keerde zijn laptop om, zodat iedereen hem kon zien. Op het scherm was een tekstbestand met honderden websiteadressen te zien. 'Terwijl we hier met elkaar praatten, heb ik ze doorgekeken. Sinds de URC radiostilte in acht neemt, is Nayoan elke dag drie keer op een online-opslagsite geweest en ging hij om de andere dag naar een andere site.'

'Allemachtig,' zei Sam Granger. 'Goed werk, Jack.'

'Bedankt. Tot nu toe heeft Nayoan dertien verschillende opslagsites afgewerkt. Tien tegen een dat we dezelfde sites op Hadi's computer zouden aantreffen.'

'Dat helpt ons nog maar voor een deel op weg,' zei Bell. 'We hebben zijn gebruikersnaam en wachtwoord nodig.'

'Een kwestie van statistiek,' antwoordde Jack. 'Vijfentachtig procent van de surfers gebruikt zijn e-mailadres als gebruikersnaam, of een variatie op de prefix – wat er voor het apenstaartje staat. Biery kan een scenario opstellen. We gaan naar elke site en proberen verschillende variaties op Hadi's e-mailadres. Als we de gebruikersnaam vinden, proberen we met brute kracht zijn wachtwoord te kraken. Als dat is gelukt, gebruiken we de eenmalige codes die Dominic in Almasi's huis heeft gevonden en gaan we aan Hadi's touwtjes trekken.'

'Eén probleem,' zei Hendley. 'Die hele redenering is erop gebaseerd dat Hadi naar zijn online-opslagsite kijkt.'

'Laten we hem dan een reden geven om dat te doen,' zei John Clark.

'Hoe wilde je dat doen?'

'Hem opjagen. We geven een anonieme tip aan Record News. Een vaag signalement van Hadi en een paar losse details. Hij ziet dat, raakt in paniek en gaat naar de website voor nieuwe orders. Dan zorgen we ervoor dat er iemand op hem wacht.'

'Er is wel een risico aan verbonden,' zei Rick Bell. 'Als de Braziliaanse politie hem eerder dan wij te pakken krijgt, hebben we pech.'

Clark glimlachte. 'Die niet waagt, die niet wint.'

Hendley zweeg even. 'Het is nogal vergezocht, maar ook de moeite waard. Jack, laat Biery eraan werken.'

Jack knikte. 'En die Norfolk-Indonesiërs?'

'John en jij.'

'Ik wil geen zwartkijker zijn, maar ik heb een slecht voorgevoel,' zei Chavez.

'O ja?' Dat was Granger.

'Ik heb het gevoel dat deze raffinaderij nog maar het begin is.'

75

Kort voor negen uur 's ochtends verliet Musa de snelweg ter hoogte van het plaatsje Toppenish in de staat Washington. Hij reed de bebouwde kom in, en vond een restaurant dat Pioneer Kitchen heette. Het parkeerterrein stond maar voor een kwart vol. Amerikanen, had Musa al lang geleden ontdekt, hielden van alles wat snel en gemakkelijk was, vooral wanneer het op eten aankwam. Hoewel hij er nog niet een had gezien, nam hij aan dat Toppenish zijn portie McDonald's en Burger Kings had. Amerikanen waren altijd druk in de weer, altijd bezig met hun belangrijke zaken. Ze namen niet de moeite om rustig te gaan zitten eten, of het moest al op de bank voor de televisie zijn. Voor elk kwaaltje was er een pil, en bij elk karaktergebrek hoorde een stoornis.

Hij vond een parkeerplek bij de voordeur en liep naar binnen. Op een bord bij de kassa stond dat hij alvast kon plaatsnemen. Hij vond een tafel bij het raam, vanwaar hij de Subaru in het oog kon houden, en ging zitten. Een serveerster met een mosterdgeel schort en witte blouse kwam naar hem toe. 'Goedemorgen, kan ik u koffie brengen?'

'Ja, alstublieft.'

'Wilt u in het menu kijken?'

'Nee. Toast zonder boter en een portie fruit.'

'Goed, geen probleem. Ik ben zo terug.' Ze kwam met een kop en een koffiekan terug en ging weg.

Achter hem hoorde hij een stem vragen: 'Hé, is dat uw auto?'

Musa draaide zich om. Er stond een geüniformeerde politieagent. Hij was midden vijftig en had gemillimeterd haar en een buikje. En ook scherpe ogen. De ogen van een politieman. Musa haalde diep adem om zichzelf te kalmeren en zei: 'Pardon?'

'Die auto. Is hij van u?'

'Welke?'

'Die hatchback daar.'

'De Subaru? Ja.'

'Uw binnenlicht is aan. Ik zag het toen ik hierheen kwam lopen.'

'O, dank u. Dat had ik niet in de gaten. Ik blijf hier niet lang. Ik denk niet dat het kwaad kan voor de accu.'

'Waarschijnlijk niet. En gewoon uit nieuwsgierigheid: wat is dat ding dat u achterin hebt liggen? Het lijkt op een grote kist voor visaas.'

'U zou me niet geloven als ik het u vertelde.'

'Probeert u het maar eens.'

'Het is een draagbaar röntgenapparaat voor paarden.'

De agent snoof. 'Ik wist niet dat er zoiets bestond. Waar gaat u heen?'

'De faculteit Diergeneeskunde van de UNLV in Las Vegas.'

'Dat is een eind rijden.'

'Er waren problemen met de papieren. De luchtvaartmaatschappij wilde het niet in het ruim hebben. Ik dacht dat een eindje rijden geen kwaad kon. Bovendien krijg ik vijftig cent per kilometer.'

'Nou, veel succes.'

'Bedankt.'

De politieman liep weg en nam een kruk aan het buffet. Een paar minuten later kwam de serveerster terug met Musa's toast en fruit. 'Bemoeit Willie zich met uw zaken?' vroeg ze.

'Pardon.'

Ze wees met haar duim naar de politieman. 'Willie is hier de commandant van de politie. Hij doet zijn werk goed, maar hij bemoeit zich ook overal mee. Vorig jaar maakte ik het uit met mijn vriendje, en toen wist Willie het eerder dan mijn moeder.'

Ga weg, vrouw. Musa haalde zijn schouders op. 'Klein stadje.'

'Ja. Ik wens u een prettig ontbijt. Ik kom straks wel weer bij u kijken.' Ze ging weg.

Allah, geef me geduld, dacht Musa. Eerlijk gezegd vond hij de meeste Amerikanen wel sympathiek, al praatten ze een beetje veel. Dat zouden ze waarschijnlijk niet doen als zijn huid een beetje donkerder was geweest of hij een accent had gehad. Het lot was vreemd. Mensen die in andere opzichten heel fatsoenlijk waren, bewogen zich soepel door het leven, aanbaden een valse god en probeerden iets te begrijpen van een bestaan dat buiten de islam geen betekenis had. Amerikanen hielden van wat ze als hun eigen veilige omgeving beschouwden. De overgrote meerderheid van hen had de Verenigde Staten nooit verlaten en zou dat ook nooit doen. Ze waren er zeker van dat de rest van de wereld niets te bieden had, behalve misschien een paar exotische vakantieplaatsen. Zelfs de gebeurtenissen van 11 september 2001 hadden de ogen van de Amerikanen nauwelijks geopend voor de wereld buiten de luchtbel waarin ze leefden. Integendeel. Aangemoedigd door hun eigen regering, hadden velen van hen zich nog dieper in hun eigen wereldje teruggetrokken en troost gezocht bij hun etiketten en clichés: islamo-fascist, extremist, boosdoeners die onze vrijheid haten, de mensen die Amerika willen vernietigen.

Amerika kon niet van buitenaf worden vernietigd; daar was Musa zeker van. Wat dat betrof, had de emir een vooruitziende blik gehad. Elk rijk dat in de geschiedenis ten val was gekomen, was van binnenuit weggerot, en dat zou met Amerika ook gebeuren. De Amerikanen voerden twee lastige oorlogen; hun economie lag in puin; hun banken en grote concerns gingen failliet... Die condities konden in de loop van de tijd veranderen en misschien zelfs verbeteren, maar toekomstige historici zouden die gebeurtenissen als de eerste tekenen van verval zien. Het was nu eenmaal een trieste waarheid dat Amerika niet zomaar kon worden vernietigd, niet van binnenuit en niet van buitenaf, en beslist niet door menselijk handelen. Als het al gebeurde, zou het door Allahs eigen hand geschieden, en op een tijd die Hij uitkoos. En in tegenstelling tot alle leiders die voor hem waren gekomen, zag de emir de waarheid daarvan in en had hij zijn strategie erop afgestemd.

Nog vier dagen, dacht Musa. Dan zou de angstaanjagende wereld die Amerika zo angstvallig buiten de deur probeerde te houden opeens over het land heen daveren.

Clark en Jack zouden om zes uur 's morgens met een US Airways-vlucht van Dulles naar Norfolk vertrekken. Chavez en Dominic waren van plan een nachtvlucht van Northwest naar Rio de Janeiro te nemen. Ze zouden ongeveer tegelijk op hun bestemmingen landen.

Anderhalf uur nadat het vuur in Paulinia was begonnen en de hemel boven de kust zwart werd van de rook, sloot São Paulo zijn luchtruim voor alle vliegverkeer. Hendley en Granger beschouwden dat als een goed voorteken: met een beetje geluk waren de daders van de aanslag op de raffinaderij niet weggekomen voordat het vliegveld was gesloten. Ze zouden bijna zeker een reservevluchtplan hebben, maar het was onbekend hoe snel ze daarmee het land uit zouden komen.

Terwijl de anderen in de vergaderkamer zaten en naar het nieuws over Paulinia keken, zag Jack dat Dominic in de pauzekamer zat. Hij had zijn handen voor zich gevouwen op tafel en staarde voor zich uit. Pas toen Jack naast hem stond, keek Dominic op.

'Hé, Jack.'

'Heeft Ding je op de hoogte gebracht? São Paulo?'

'Ja.'

'Als je het niet aankunt, is het...'

'Waarom zou ik het niet aankunnen?'

Die vraag verraste Jack. 'Ik denk dat ik het niet zou kunnen, als ik in jouw schoenen stond. Dom, hij was mijn neef en ik hield van hem, maar hij was jóúw broer.'

'Wat bedoel je?'
'Een dag nadat Brian is gestorven ga je weer het veld in, en als ik je ernaar vraag, geef je een nonchalant antwoord. Dat is een beetje vreemd.'
'Sorry.'
'Ik wil geen verontschuldiging. Ik wil dat je met me praat.'
'Brian is dood, Jack. Dat weet ik. Ik heb het leven uit hem zien wegtrekken.' Dominic knipte met zijn vingers. 'Van het ene op het andere moment. Weet je wat het eerste was dat ik daarna dacht?'
'Nou?'
'Dat als die klootzak van een Bari er niet was geweest Brian waarschijnlijk nog in leven zou zijn.'
'Geloof je dat?'
'Niet echt, maar het scheelde niet veel of ik stapte uit die auto en pompte een kogel in het hoofd van die man. Ik had de handgreep van het portier al vast. Ik wilde hem vermoorden en dan naar Almasi's huis teruggaan en kijken of daar nog schurken in leven waren, dan kon ik hen ook doodmaken.'
'Je had een shock. Voel je je nog steeds zo?'
'Ik voel niet veel, Jack. Dat maakt me zo bang.'
'Het is een shock. Misschien blijf je je een tijdje zo voelen. Dat verschilt van persoon tot persoon. Je moet het zelf verwerken.'
'Ja. Hoe komt het dat jij daar zoveel van weet?'
'Heb je van Sinaga gehoord?'
'Die vervalser? Wat is er met hem?'
'Ik hield de achterkant van zijn woonwagen in de gaten toen John en Ding door de voordeur naar binnen gingen. Hij sprong uit het raam, en opeens kwam hij met een mes op me af. We worstelden; ik kreeg zijn hals te pakken en struikelde of zoiets. Toen ik opkeek, lag hij stuiptrekkend op de grond. Hij staarde me aan. Ik weet niet hoe het precies is gegaan, maar ik heb zijn nek gebroken.'
Dominic liet dat op zich inwerken, maar zijn gezicht bleef onbewogen. 'Dan is het nu mijn beurt om jou te vragen hoe het met je gaat.'
'Wel goed, denk ik. Ik geloof niet dat ik zijn gezicht ooit uit mijn hoofd kan zetten, maar het was een kwestie van hij of ik. Het zit me niet lekker, maar ik vind het echt geen probleem dat ik nog leef.'
'Dan heb je dat op mij voor, neef. Als ik met Brian zou kunnen ruilen, zou ik dat doen.'
'Probeer je me iets te vertellen?'
'Wat bijvoorbeeld?'
'Dat ik alle vleesmessen moet verstoppen als je weer football bij me komt kijken?'

'Nee, Jack. Maar ik zal je dit vertellen: voordat dit alles voorbij is, zet ik het ze betaald wat ze Brian hebben aangedaan, en ik ga daar in São Paulo mee beginnen.'

Jack deed zijn mond open om antwoord te geven, maar zweeg toen hij zag dat Dominic zijn hand opstak. 'De missie komt op de eerste plaats, Jack,' zei Dominic. 'Ik zeg alleen dat als ik een schurk in het vizier krijg, ik hem neerleg voor Brian.'

Afgezien van de vreemde blikken die zijn medeweggebruikers op het GA-4-vat wierpen als ze hem inhaalden, verliep Frank Weavers eerste dag op de weg zonder incidenten. Omdat dit een proefrit was, had het vat dat hij vervoerde geen neutronen- en gammaschild, zoals een vat met echt nucleair afval zou hebben gehad. Het had ook geen opschriften. Niets wat verried waarvoor het diende. Het was alleen maar een gigantische halter van roestvrij staal op een dieplader. Vooral de kleine kinderen waren grappig geweest, als ze bij het inhalen hun gezichten met grote ogen tegen het raam drukten.

Toen hij zeshonderdzeventig kilometer, en zeven uur, bij de centrale in Calloway vandaan was, nam Weaver afslag 159 van Highway 70 en reed hij in zuidelijke richting door Vine Street. Na een halve kilometer kwam hij bij het Super 8 Motel. Hij volgde een bord, TRUCKS HIERLANGS, naar het parkeerterrein en stopte tussen de gele lijnen van een plaats voor vrachtwagens. Er stonden daar al drie andere trucks.

Weaver sprong uit de cabine en rekte zich uit.

Eén dag gehad, dacht Weaver. *Nog drie te gaan.*

Hij deed de truck op slot, liep eromheen, inspecteerde alle ratels met hangsloten en keek of de spanbanden strak genoeg stonden. Alles zat nog stevig op zijn plaats. Hij liep over het parkeerterrein naar de hal van het motel.

Op vijftig meter afstand stopte een donkerblauwe Chrysler 300. Op de voorbank bracht een man een kijker omhoog en hij zag Weaver het motel binnengaan.

Zoals hij de afgelopen twee weken vier keer per dag had gedaan, zette Kersen Kaseke zijn laptop aan, opende zijn webbrowser en ging naar de online-opslagsite. Tot zijn verbazing zat er een bestand in zijn inbox. Het was een JPEG-afbeelding van een vogel – een blauwe gaai, dacht hij. Hij downloadde het bestand naar de documentenmap van zijn harde schijf, verwijderde de afbeelding van de site en sloot zijn webbrowser.

Hij vond het bestand, klikte er met de rechterknop van de muis op en koos voor 'Openen met... Image Magnifier'. Vijf seconden later verscheen er een venster met een blauwe gaai, die van kleur naar zwart-wit overging en vervolgens korrelig werd. De groepjes pixels vervaagden, eerst langzaam en toen sneller. Na dertig seconden bleven er alleen twee lijnen van alfanumerieke tweetallen over – honderdachtenzestig stuks. Ten slotte dubbelklikte Kaseke op de eenmalige code van die dag om hem te openen. Het decoderen was een vervelend karwei dat bijna tien minuten in beslag nam, maar toen hij klaar was, had hij twee regels tekst:

Zondag 08.50 uur
Congregationalistische kerk Open Hart

Een christelijke kerk, dacht Kaseke. Veel beter dan een bibliotheek of zelfs een school. Hij wist waar de kerk zich bevond en vermoedde dat daar, net als in bijna elke kerk in Waterloo, op zondagmorgen meerdere diensten werden gehouden. Om tien voor negen zouden mensen de eerste dienst verlaten en zouden anderen voor de tweede dienst aankomen. Als je de leden een paar minuten de tijd gaf om hun spullen bij elkaar te pakken en naar de deur te lopen... Toen hij eerder op verkenning was gegaan, had hij het komen en gaan van de kerkleden bestudeerd. Tussen de diensten door mochten ze graag buiten bij elkaar staan, elkaar de hand schudden, lachen en praten. Wat een frivoliteit. Wat aanbidding zou moeten zijn, was hier een aanfluiting.

Tien voor negen. Ja, dat was de ideale tijd. Er zouden minstens honderd mensen op de trappen van de kerk en op het trottoir staan. Waarschijnlijk zouden er ook kinderen zijn, en dat vond Kaseke niet zo'n geweldig idee, maar Allah zou het hem vergeven. Het was aanvaardbaar om enkelen op te offeren als je daarmee een groter goed kon dienen.

Het was vrijdagavond. Hij zou het grootste deel van de zaterdag gebruiken om de locaties te verkennen en zich er op zaterdagavond van vergewissen dat het apparaat in orde was. Dat zou niet lang duren, wist hij. Zijn taak zou eenvoudig zijn: het apparaat neerleggen, de timer instellen, weglopen en een plaats zoeken vanwaar hij de resultaten kon gadeslaan.

76

Het vuur was schitterend, vond Shasif Hadi. Zelfs op vijf kilometer afstand was de hemel boven de boomtoppen bijna zo fel als de zon. En toen waren de explosies gekomen, immense, kolkende paddenstoelen van vlammen en zwarte rook die geluidloos opstegen in de donkere hemel, enkele seconden later gevolgd door een gerommel zo krachtig dat Hadi het dwars door het wegdek heen en door de banden van zijn auto kon voelen. Zijn autostoel schudde ervan. *Door middel van ons vieren*, dacht Hadi, *heeft de hand van Allah die raffinaderij vernietigd.*

Nadat ze hun explosieven hadden aangebracht, hadden ze gedaan wat Ibrahim had gezegd. Ze waren een voor een langs de pijplijn teruggelopen naar het bosje waar ze hun overalls hadden aangetrokken. Zonder nadere uitleg had Ibrahim bevolen: 'Rennen!' en had hij het op een lopen gezet. Ze waren ongeveer tweehonderd meter bij het veehek vandaan geweest toen de eerste lading afging.

Hadi had door de achterruit van de auto gezien dat de afsluiters een voor een tot ontploffing kwamen, gevolgd door de grotere hoofdlading. Daarna gebeurde er een minuut en vijftig seconden niets, afgezien van de loeiende alarmclaxon van de raffinaderij. De bedrijfsbrandweer was waarschijnlijk net bij de verwoeste pijplijn aangekomen toen het laatste explosief de ethanol tot ontploffing had gebracht die als een vloedgolf het complex was binnengestroomd. Die mannen waren waarschijnlijk op slag dood geweest. In de meeste gevallen een pijnloos einde, hoopte Hadi. Brazilië was een grotendeels christelijk land en daardoor een vijand van de islam, maar dat betekende niet dat die mannen geen genade verdienden. Als ze leden, was dat Allahs wil: als ze snel waren omgekomen, was dat ook Allahs wil. In beide gevallen hadden hij en de anderen hun missie volbracht.

Eenmaal terug bij het hek zetten ze de truck tussen de bomen. Ze liepen naar de Volkswagen terug en reden weg, waarbij ze het hek achter zich afsloten. Anderhalve minuut later waren ze bij Hadi's auto terug. Zoals ze hadden afgesproken, reed Hadi achter Ibrahim en de anderen aan naar de plaats waar Fa'ad zijn auto een paar kilometer verder op een onverharde weg had achtergelaten. Toen ze daar waren gestopt, stapte Ibrahim uit en gaf hij Hadi een teken dat ze naar hem toe moesten komen.

'We zijn vergeten rekening te houden met een belangrijk detail,' zei Ibrahim tegen hen. 'De windrichting.'

'Wat bedoel je?' vroeg Ahmed.

Ibrahim wees naar de raffinaderij in het westen. De vlammen waren nu meer dan honderd meter hoog en reikten tot aan een plafond van dichte, zwarte rook. Ze konden de rook naar het zuidwesten zien drijven.

'De rook gaat naar São Paulo. Daar zullen ze het vliegveld sluiten, als ze dat nog niet hebben gedaan.'

'Je hebt gelijk,' antwoordde Hadi. 'Toch is het de minst erge van alle fouten die we hadden kunnen maken. Als we wegkomen, dan zij het zo. Als we niet wegkomen, sterven we in de wetenschap dat we onze plicht hebben gedaan.'

Fa'ad grinnikte. 'Je hebt natuurlijk gelijk, maar toch zou ik liever blijven leven en de vruchten van ons werk zien. Moge Allah me mijn ijdelheid vergeven.'

'Wat zijn zal, zal zijn,' zei Ibrahim. 'Maar we hebben nog een kans. Jullie kennen allemaal de alternatieve route.' Hij keek op zijn horloge. 'We zien elkaar morgenmiddag om twaalf uur in de Botanische Tuin in Rio. Als iemand om de een of andere reden vertraging heeft opgelopen, zien we elkaar vier uur later op de reservelocatie. Veel succes.'

Hoewel ze geen van beiden meer dan een paar uur slaap hadden gekregen voordat ze naar het vliegveld vertrokken, maakte hun vertrektijd, op de grens van nacht en dageraad, John Clark en Jack Ryan junior onrustig. Er was ook goed nieuws: omdat er geen plaatsen in de coach class beschikbaar waren geweest, vlogen ze first class op kosten van de Campus. En de koffie was ook goed.

'Ik begrijp het niet, John,' zei Jack.

'Wat niet?' vroeg Clark.

'Die twee waar we achteraan zitten... broer en zus. Dat zijn nog bijna tieners. Waarom zijn ze naar een ander land gegaan om daar mensen te doden die ze helemaal niet kennen?'

'Ten eerste weten we niets zeker, behalve dat ze met valse paspoorten zijn binnengekomen.'

'Misschien niet, maar de kans dat ze hier komen beachvolleyballen lijkt me niet groot.'

'Akkoord. Maar ik bedoel dat het in ons werk beter is de dingen te nemen zoals ze op je af komen. Intuïtie kan verdomd handig zijn, maar het kan ook je dood worden.'

'Ik begrijp het.'

'Om je vraag te beantwoorden: daar is geen eenvoudig antwoord op. Je vraagt in feite hoe terroristen in elkaar zitten. Iemand wordt terrorist door armoede, hopeloosheid, misplaatste godsdienstijver, de behoefte om bij iets te horen wat groter is dan jezelf... Je kunt kiezen.'

'Verdomme, John, het lijkt wel of je er begrip voor hebt.'

'Dat heb ik ook. Tot aan het moment waarop die motivaties ertoe leiden dat iemand een geweer oppakt of een bomgordel omdoet. Dan houdt het voor mij op.'

'Zet je dan gewoon je verstand op nul?'

'Dat moet je zelf weten, Jack, maar het hoort bij dit soort werk dat je bereid bent oogkleppen op te zetten. Je wordt met dingen geconfronteerd en daar moet je mee afrekenen. Iedere terrorist heeft een moeder en een vader. Misschien kinderen, misschien mensen die van hem houden. In zes op de zeven gevallen zal hij zelfs een fatsoenlijke burger zijn, maar vanaf de dag waarop hij besluit een geweer op te pakken of een bomaanslag te plegen, vormt hij een bedreiging. En als jij degene bent die tussen hem en onschuldige levens in staat, mag je alleen maar aan die bedreiging denken. Begrijp je wat ik bedoel?'

Jack knikte. 'Ja, ik geloof van wel.' Terwijl de echte wereld misschien vooral uit grijstinten bestond, was er op het moment van de waarheid alleen plaats voor zwart en wit. Jack glimlachte en toostte met zijn koffiekop naar Clark. 'Je bent een wijs man, John.'

'Dank je. De wijsheid komt met de jaren. Tenminste, zo zou het moeten gaan. Er zijn altijd uitzonderingen. Je vader bijvoorbeeld. Hij was altijd al wijs. Dat wist ik al toen ik hem voor het eerst ontmoette.'

'Ja, wanneer was dat?'

'Leuk geprobeerd, Jack. Heb je al met hem gepraat, trouwens?'

'Over de Campus? Ja, toen we samen terugreden vanaf Andrews. Eerst was hij kwaad, maar het ging veel beter dan ik had verwacht.'

'Laat me raden: hij wil degene zijn die het je moeder vertelt.'

Jack knikte. 'En onder ons gezegd: daar ben ik verdomd blij om. Mijn vader is een lastige rotzak, maar mijn moeder... Ze heeft die blik, waarmee alleen een moeder je kan aankijken. Begrijp je wat ik bedoel?'

'Ja.'

Ze zaten een tijdje zwijgend koffie te drinken. 'Ik heb nagedacht over Dom,' zei Jack.

'Hij komt er wel bovenop. Je moet niet vergeten dat de overgang voor hem het moeilijkst was, behalve misschien voor jou. Eerst was hij FBI-agent, en nu werkt hij mee aan clandestiene operaties. Hij ging van een dienst die zich aan regels en voorschriften houdt naar een zogenaamd effectenkantoor dat buiten de wet om jacht maakt op schurken. En nu dit met Brian...' Clark haalde zijn schouders op. 'Hoe je het ook bekijkt, het is verschrikkelijk.'

'Ik vind alleen dat het te vroeg voor hem is om weer het veld in te gaan.'

'Ding vindt van niet, en dat is goed genoeg voor mij. En voor Gerry ook. Bovendien zijn we maar met zijn vieren en hebben we een heleboel te doen.' Clark glimlachte. 'Vergeet niet met wie hij meegaat. Ik heb die kerel mijn dochter toevertrouwd, Jack, en daar heb ik nooit spijt van gehad. Hij zorgt wel dat Dom erdoorheen komt.'

Hoewel ze zeshonderd kilometer van elkaar gescheiden waren, hadden Raharjo Pranata en Kersen Kaseke al weken dezelfde dingen gedaan; naar de universiteit gaan, zo min mogelijk aandacht trekken en op bevelen wachten. Die van Pranata waren maar enkele uren na die van Kaseke gekomen, toen hij die dag voor het laatst keek of er berichten waren. Hij was zo verbaasd over het tekstbestand in de inbox van zijn opslagsite dat hij zijn eerste poging om het bericht te decoderen helemaal verknoeide.

Ze hadden een locatie voor hem gekozen die amper een kilometer bij zijn appartement vandaan lag. Hij kwam er bijna elke dag langs. Voor een doelwit was het vrijwel ideaal: groot genoeg om honderden mensen te kunnen bevatten en toch aan alle kanten begrensd door gebouwen. De timing van de aanslag was ook logisch. Pranata had in de hele stad reclameborden voor het evenement gezien, al had hij weinig aandacht aan de details geschonken. Er werd iets ingewijd. Een standbeeld of een fontein. Niet dat het er iets toe deed.

Van de drie doelwitten waarop hij zich had moeten voorbereiden bood dit de grootste mogelijkheid om enorm veel slachtoffers te maken. Hoe zeiden ze dat in Amerika ook weer? Schijfschieten?

De kaarten die hij voor zijn voorbereidingen had gebruikt, waren gemakkelijk te verkrijgen geweest. Sommige had hij gewoon op het vvv-kantoor van de stad gekocht. De stafkaart had hij gedownload van een populaire wandelwebsite, en hoewel hij geen belangstelling had voor de wandelroutes, stonden de hoogteverschillen en afstanden duidelijk aangegeven, en toen hij met zijn gps-apparaat een wandelingetje om de stad heen had gemaakt, had hij geconstateerd dat de gegevens accuraat waren.

Zodra hij er zeker van was dat hij over de noodzakelijke gegevens beschikte, had hij alleen nog maar de cijfers hoeven in te voeren om de juiste coördinaten te vinden.

Nu kwam het moeilijkst: wachten. Hij zou de tijd verdrijven door te oefenen met het opzetten en ontmantelen van zijn apparatuur.

De tweede dag dat Musa onderweg was, maakte hij een relatief korte rit. Hij ging van Toppenish in de staat Washington naar Nampa in Idaho, dat zich volgens het bord aan de rand op niets anders kon beroemen dan dat het met 79.249 inwoners de grootste stad in Canyon County was, en ook de snelst groeiende. Nog geen honderd meter verder stond trouwens een bord waarop verkondigd werd dat Nampa ook 'een geweldige stad om te wonen!' was.

Toen hij zijn route vanuit Blaine plande, had Musa besloten dat hij in middelgrote steden moest overnachten – niet zo groot dat de politie agressief en erg goed getraind was, en ook niet zo klein dat de komst van een vreemdeling met een donkere huid onnodige nieuwsgierigheid wekte. Toppenish, met maar achtduizend inwoners, zou tot de laatste categorie hebben behoord als het niet zo dicht tegen Yakima aan had gelegen. Natuurlijk had zijn ontmoeting met Willie, de nieuwsgierige politiecommandant van Toppenish, een beetje twijfel bij Musa gewekt. Gelukkig was de situatie niet geëscaleerd, en dat zou ook niet zijn gebeurd als de politieman hem nader had ondervraagd. Musa was niet alleen voorzien van de valse papieren die hij met succes aan de douaneman in Vancouver had laten zien, maar ook van visitekaartjes, briefpapier en formulieren met het zegel van de universiteit van Nevada in Las Vegas. Zijn verhaal was min of meer hetzelfde gebleven: een rijke en neurotische paardeneigenaar in Bellingham die geen vertrouwen had in de röntgenapparatuur van de plaatselijke veearts.

In de loop van de middag verliet hij Highway 84/30 om het parkeerterrein van de Fairfield Inn & Suites op te rijden. Hij zette de motor uit en opende de wegenatlas die hij op de passagiersstoel had liggen. Hij had niets genoteerd en ook geen tekens in de atlas gezet. Dat hoefde niet; hij kende de route en de afstanden uit zijn hoofd.

Nog ruim duizend kilometer, dacht Musa. Als hij wilde, kon hij de volgende morgen vroeg vertrekken en de rest van de afstand naar Beatty, Nevada, in één dag afleggen. De verleiding was groot, maar hij zou het niet doen. De bevelen van de emir waren heel duidelijk geweest. Hij zou zich aan het tijdschema houden.

77

Toen Chavez en Dominic tot zesduizend meter waren afgedaald, op weg naar Rio de Janeiro, zagen ze de sluier van vettige rook al over São Paulo hangen, dat driehonderd kilometer bij Rio vandaan aan de kust lag. Ten noorden van São Paulo woedde de brand in Paulinia nog steeds. De afgelopen nacht hadden ze op weg naar het vliegtuig gehoord dat brandweer en reddingswerkers in de omgeving hun strategie hadden veranderd. Ze richtten zich niet meer op het blussen van het vuur, maar evacueerden omwonenden en probeerden te voorkomen dat de brand zich uitbreidde. Binnen een uur na de eerste ontploffing spoot er geen ethanol meer uit de pijplijn, maar tegen die tijd waren er al tienduizenden liters brandstof over de raffinaderij uitgestroomd, en terwijl een deel daarvan nog brandde, stonden nu vooral de vele tientallen meng- en opslagtanks in lichterlaaie. Het vuur zou op den duur vanzelf uitgaan, maar deskundigen in zowel Brazilië als de Verenigde Staten waren het er niet over eens hoeveel tijd daarmee gemoeid was. Sommigen voorspelden dat het vier dagen zou duren, anderen spraken van twee weken of langer. Daarentegen was iedereen het erover eens dat het een milieuramp van de eerste orde was. Het olieroet bedekte al velden en huizen zo ver naar het zuiden als Colombo. De ziekenhuizen lagen vol met patiënten met ademhalingsproblemen.

'Als dat geen hel op aarde is, weet ik het niet meer,' zei Dominic, die uit het raam keek.

'Ik spreek je niet tegen. Hoe voel je je?' Terwijl Ding tijdens de vlucht wat hazenslaapjes had gedaan, was Dominic tot een uur geleden diep onder zeil geweest.

'Beter, geloof ik. Ik was doodop.'

'In meer dan een opzicht, *mano*. Ik weet dat ik het al heb gezegd, maar ik vind het heel erg van Brian. Hij was een goede soldaat.'

'Dank je. Wat gaan we doen als we zijn geland?'

'Dan bellen we naar huis en kijken we naar de media om na te gaan of de informatie over Hadi al in het nieuws is. Als dat zo is, gaan we op jacht. Zo niet, dan wachten we af.'

Zodra ze uit het vliegtuig waren gestapt en de douane waren gepasseerd, liepen ze naar de Avis-balie om een auto te huren. Tien minuten later stonden ze langs het trottoir te wachten tot hun Hyundai Sonata werd gebracht. 'Heeft hij airco?' vroeg Dominic.

'Ja, maar hij is handgeschakeld. Je kunt niet alles hebben.'

De donkergroene Sonata kwam de hoek om. Degene die hem had voorgereden stapte uit, liet Chavez een formulier tekenen, knikte en liep weg. Ze stapten in en reden bij het vliegveld vandaan. Dominic pakte zijn satelliettelefoon uit zijn tas en belde naar de Campus.

'We zijn er,' zei hij tegen Hendley, en hij zette de telefoon op de luidspreker.

'Goed. Je zit op de luidspreker. Sam en Rick zijn hier ook. Biery komt eraan.' Dominic hoorde een deur opengaan en toen het kraken van een stoel. Biery zei: 'Dom, ben je daar?'

'Ja, we zijn er allebei.'

'We kunnen verder. We hebben tien opslagsites bekeken voordat we een hit hadden. Hij gebruikt een site die filecuda.com heet. Zoals Jack al dacht had Hadi een variant op zijn e-mailadres als gebruikersnaam. Het wachtwoord konden we in tien minuten kraken. Er zit op dit moment niets in zijn inbox.'

Rick Bell zei: 'We hebben een bericht opgesteld waarvan we denken dat het Hadi in onze richting laat komen. Sam geeft je de bijzonderheden.'

Granger zei: 'We willen vooral niet dat Hadi door het nieuwslek in paniek raakt, dus gaan we voorzichtig te werk en proberen we hem van de ene naar de andere plaats te laten gaan. Hij zal op zijn hoede zijn. We denken dat hij zich minder zorgen maakt als hij naar de eerste plaats gaat en daar niet wordt overvallen. Zodra we denken dat we hem aan de haak hebben, zeggen we tegen hem dat hij een contactpersoon moet ontmoeten in de Rocinha...'

'De wat?'

'Dat is Portugees,' antwoordde Ding. 'Het betekent "kleine boerderij". De sloppenwijken heten daar *favelas*, en de Rocinha is de grootste in Rio.'

'We denken dat we hem naar twee of misschien drie plaatsen laten gaan voordat we hem naar de Rocinha sturen. Het hangt af van de toon van zijn reacties. Ik stuur je een mailtje met een lijst en een tijdschema.'

'Waarom daar?'

'De politie van Rio gaat die wijk niet in als het niet absoluut moet. Daar kun je gemakkelijker opereren.'

'Wanneer laten jullie die informatie over Hadi uitlekken?' vroeg Dominic.

'Over ongeveer veertig minuten. Per fax naar Record News. We maken een signalement en een schets. Hopelijk komen die zo dicht in de buurt van zijn echte uiterlijk dat Hadi zichzelf herkent, maar zijn ze tegelijk zo vaag dat hij niet meteen wordt opgepakt.'

'Hoe zeker zijn we ervan dat ze het signalement gaan gebruiken?' vroeg Chavez.

Hendley zei: '*Survival of the fittest.* Ze zijn een nieuwszender, ze vechten om het nieuws ten tijde van de grootste ramp uit de Braziliaanse geschiedenis. Ze zullen die tip als een geschenk van God zien.'

'Wat is die journalistiek toch mooi,' merkte Ding op.

'We letten hier op alle zenders. Zodra het in de ether komt, bellen we jullie.'

Dominic hing op. Tegen Chavez zei hij: 'Gaan we op jacht?'

'Nou en of. Maar eerst moeten we even ergens heen. Ik ken iemand die iemand kent.'

'Die weet waar hij de hand kan leggen op een paar wapens?'

'Precies.'

Frank Weaver werd om vijf uur 's morgens wakker, nam twee koppen koffie uit het apparaat op zijn kamer en las twintig minuten in de krant, voordat hij een douche nam en naar de hal liep voor het uitgebreide ontbijt dat bij de prijs was inbegrepen. Om kwart over zeven had hij zijn spullen gepakt en ging hij de deur uit.

Zijn vrachtwagencombinatie stond precies op de plaats waar hij hem had achtergelaten, net als het vat, maar hij had ook niet anders verwacht. Het ministerie van Energie had zijn truck van een startonderbreker voorzien. Als je de motor zonder sleutel startte, werd de brandstoftoevoer afgesneden. Een leuke optie. En wat het vat betrof: niemand zou er met dat ding vandoor gaan. Misschien King Kong, als hij merkte dat een van zijn halters weg was, maar verder niemand.

Hij maakte zijn gebruikelijke inspectieronde om de truck heen, controleerde de ratels, de hangsloten, de spanbanden. Toen hij niets bijzonders vond, maakte hij het portier aan de bestuurderskant open en klom hij in de cabine. Hij reikte met zijn sleutel naar het contact, maar onderbrak die beweging.

Iets...

Eerst wist hij niet precies wat het was, maar geleidelijk drong het tot hem door. Er was iemand in de truck geweest. Maar dat kon niet. Net als al het andere aan zijn truck was ook het portierslot versterkt. Je moest wel een heel slimme dief zijn om het open te krijgen. Hij keek in het dashboardkastje en het middenpaneel om te zien of er iets weg was.

Alles was er nog. Dat gold ook voor het slaapcompartiment. Alles was zoals hij het had achtergelaten.

Wapen.

Hij greep onder zijn zitting. De .38 revolver zat nog in de leren holster die aan het frame van de stoel was vastgemaakt.

Weaver bleef een halve minuut zwijgend zitten en zette toen het vreemde gevoel van zich af. Misschien was de koffie in het hotel sterker geweest dan hij had gedacht. Daar werd hij onrustig van.

Hij zette het navigatiesysteem op het dashboard aan en wachtte tot het zijn zelfdiagnose had verricht. Toen toetste hij zijn route in. Dag drie van vier. Vijfhonderd gemakkelijke kilometers naar Saint George in Utah.

Tariq trof de emir in zijn slaapkamer aan, waar hij de weinige bezittingen die hij had meegebracht in een doos stopte. 'Als ik mijn testament heb ingesproken en ben weggegaan om Musa te ontmoeten, moet je deze dingen verbranden.'

'Dat zal ik doen. Ik heb twee stukjes nieuws. Alle vier de mannen van Nayoan hebben bevestigd dat ze hun opdracht hebben gekregen. De eerste aanslag is in Waterloo op zondagmorgen.'

'Goed.'

'Ten tweede heeft onze man de truck probleemloos onderschept. We hebben de route van de chauffeur, inclusief pauzes om uit te rusten en te tanken. Hij wordt overmorgen tussen halfdrie en drie uur bij de energiecentrale verwacht.'

De emir knikte, sloot zijn ogen en liet de tijdlijn door zijn hoofd gaan. 'Dat is heel goed, mijn vriend. Musa zal minstens vier uur eerder ter plaatse zijn. Ga de camera opstellen. Het is tijd.'

78

Toen Clark en Jack uit het vliegtuig waren gestapt en hun huurauto hadden gevonden, was het zeven uur 's morgens, tijd om te ontbijten en naar huis te bellen. Gewapend met niets meer dan de namen van de broer en zus – Citra en Purnoma Salim – en de datum van hun aankomst in Norfolk, konden Clark en Jack alleen maar wachten tot de Campus hun een uitgangspunt gaf.

Anderhalve kilometer ten zuiden van het vliegveld, aan Military Highway, vonden ze een IHOP-wegrestaurant. Ze namen een tafel en bestelden koffie, eieren en pannenkoeken. Terwijl ze wachtten, belde Clark naar Rick Bell.

'We weten alleen het hotel dat de Salims bij de immigratiedienst op hun formulier hebben ingevuld,' zei hij tegen Clark. 'Als ze daar geen kamer hebben genomen, moeten we creatief zijn. De Indonesische ambassade in Washington houdt een lijst bij van hun burgers die op vakantie in de Verenigde Staten zijn, maar omdat ze op een vals paspoort zijn binnengekomen, is het maar de vraag of ze in dat systeem zitten.'

'We beginnen met het hotel,' zei Clark. 'Ze moeten toch ergens slapen.'

Bell gaf hem de naam van het hotel en beëindigde het gesprek.

'De Econo Lodge in Little Creek,' zei Clark tegen Jack. 'Eet maar goed. Ik denk dat we vandaag heel wat te doen krijgen.'

Ze vonden de Econo Lodge op ongeveer drie kilometer afstand van de Amphibious Base en een halve kilometer afstand van het kanaal van Little Creek. Jack vroeg: 'De SEAL's zitten op die basis, nietwaar?'

'Ja. De *SpecWar Group Two* – de teams 2,4 en 8, plus een SDV-team, dus een wagen om zwemmers af te leveren.'

'Mis je het?'

'Soms, maar de meeste dagen niet. Ik mis vooral de mensen en het werk, maar er waren ook lelijke momenten.'

'Hoe bedoel je?'

Clark wierp hem een zijdelingse blik toe en glimlachte. 'Dat is nu eenmaal het werk van de SEAL's, Jack. Ze gaan naar plaatsen waar niemand anders heen wil gaan en ze doen dingen die niemand anders kan doen. Tegenwoordig noemen ze die plaatsen "ontkende terreinen". In die tijd noemden we het "indianenland". De SEAL's krijgen tegenwoordig veel meer aandacht dan toen ik erbij was, en dat vind ik jammer. Hoe minder mensen over je praten, des te beter kun je je werk doen.'

'Wat is er dan veranderd?'

'Dat weet ik eigenlijk niet. Ik heb contact met mensen die op dit moment bij de SEAL's zijn, en zij weten het ook niet precies. Er komen daar veel jongens binnen die denken dat ze over het strand gaan joggen en push-ups gaan doen en dat ze dan de Budweiser krijgen.' Clark doelde op het SEAL Trident-insigne. 'Meestal houden die het er nog geen week uit.'

'Je moet het kaf van het koren scheiden,' merkte Jack op.

'Er valt ongeveer vijfenzeventig procent af. Goed, we zijn er...' Clark verliet Shore Drive en parkeerde naast de hal van het hotel. 'Misschien moeten we een trucje uithalen om aan de informatie te komen die we nodig hebben,' zei Clark.

'Jij leidt. Ik volg.'

Ze gingen naar binnen en liepen naar de receptie. Een blond meisje van begin twintig met een bruine teint uit een potje zei: 'Goedemorgen.'

'Goedemorgen.' Clark haalde zijn marshal-badge tevoorschijn en liet het haar zien. 'U.S. marshal. Ik ben op zoek naar een stel jongeren die hier een paar weken geleden een kamer hebben gehad.'

'Goh. Wat hebben ze gedaan?'

'Dat hangt ervan af hoe gauw we ze kunnen vinden. Na middernacht moeten we een opsporingsverzoek voor een kroongetuige uitvaardigen. We proberen de puntjes op de i te zetten in een oude zaak. Ze heetten Salim – Citra en Purnoma Salim.'

'Dat klinkt Arabisch.' Ze trok haar lip op.

'Wat bedoel je daarmee?'

Clark had een beetje staal in zijn stem gelegd. Het meisje deinsde terug en zei: 'Niets. Sorry. Eh... Dus u wilt weten of ze hier zijn geweest?'

'Om te beginnen.'

Het meisje ging achter haar computer zitten en typte iets in. 'Hebt u een datum?'

Clark noemde haar de datum. 'Ik kan er een paar dagen naast zitten.'

'Oké, ja, hier heb ik ze. Ze zijn één nacht gebleven en de volgende morgen vertrokken.'

'Cash of creditcard?' vroeg Jack.

'Ze betaalden cash, maar we namen een creditcard in als borg.'

'Heb je de gegevens?'

'Ik weet niet of ik die kan geven. Ik kan erdoor in moeilijkheden komen.'

Clark haalde zijn schouders op. 'Geen probleem. Ik begrijp het.' Hij keek Jack aan. 'Bel de onderminister van Justitie.'

Jack begreep het meteen. Hij haalde zijn mobiele telefoon tevoorschijn, drukte op een sneltoets en liep naar de andere kant van de hal.

'Wat gebeurt er?' vroeg het meisje.

'De onderminister van Justitie. We hebben je naam nodig voor het huiszoekingsbevel.'

'Huh?'

'We moeten het huiszoekingsbevel op naam overhandigen. Zo werkt het. We hebben de naam van je baas ook nodig. Hoe heet je?'

'Lisa.'

Tegen Jack riep Clark: 'Lisa...' Jack knikte en noemde haar naam in de telefoon. Clark, weer tegen het meisje: 'Je achternaam en je sofinummer?'

'Eh, wacht even... Dus jullie willen alleen de gegevens van de creditcard?'

'Ja, maar maak je geen zorgen. We hebben hier over twintig minuten een heel team. Hoe laat ben je vrij?'

'Negen uur vanmorgen.'

Clark grinnikte. 'Sorry, vandaag niet.'

Lisa typte weer iets in. 'Ze hadden een Visa-kaart. Kaartnummer...'

'Heel handig,' zei Jack toen ze weer in de auto stapten.

'Niemand wil gedoe. Ik noem het de theorie van klein en groot. Je wekt de indruk dat je om een heel kleine gunst vraagt, maar dat de gevolgen heel groot zijn. Nou, wat vind je? Jouw type?'

'Zij? Ze zag er leuk genoeg uit, maar ik heb het gevoel dat ze niet het soort meisje is dat goed is in cryptogrammen.'

Clark lachte. 'Dus je wacht op de combinatie van schoonheid en hersenen?'

'Wat is daar verkeerd aan?'

'Helemaal niets. Bel de gegevens van de creditcard door en laat Bell eraan werken.'

Het kostte twintig minuten. 'Geen andere hotelrekeningen, maar op de dag dat ze vertrokken hebben ze de kaart zes keer gebruikt: souvenirwinkels, McDonald's, Starbucks... Alleen maar dat soort dingen, en alleen die ene dag. Ik mail de details en een Google-kaart.'

'Waarom die kaart?'

'Al die plaatsen lagen nog geen kilometer bij elkaar vandaan.'

Jack hing op en bracht Clark op de hoogte. 'Ze wisselden van creditcards en van namen,' zei Clark. 'Een goed teken.'

'Waarom goed?'

'Normale burgers doen zoiets niet, Jack.'

De e-mail van Jacks telefoon liet van zich horen, en hij bekeek het nieuwe bericht. Clark vroeg: 'Waar gaan we heen?'

'Virginia Beach.'

'Oké, jongens, we moeten een besluit nemen,' zei Sam Granger. 'Gewone tekst of gecodeerd?'

Granger, Hendley en Bell hadden er een uur over gediscussieerd. Kon Hadi nog gecodeerde berichten ontcijferen, terwijl hij en zijn team na de aanslag in Paulinia waren ondergedoken en terwijl de URC elke dag zijn eenmalige code veranderde? Betere vraag: waren de terroristen nog in staat de steganografie te halen uit beelden waarin de eenmalige codes waren verwerkt? Granger en Bell dachten van niet, maar Hendley maakte zich zorgen.

In het verleden had de URC zijn grote operaties georganiseerd met een soort dodemansknop: als het bevel om een aanslag te plegen eenmaal was gegeven, was er geen weg terug en kon niemand het intrekken. Dat was na de mislukte URC-bomaanslag op de metro van Berlijn besloten, toen kort nadat het groene licht was gegeven de leider van de URC-cel in München door de BfV gevangen was genomen en was overgehaald om de aanslagplegers terug te roepen. Natuurlijk maakte dat in het grotere verband geen enkel verschil: dodemansknop of niet, Hadi zou het bericht krijgen of niet. Als hij in staat was een gecodeerd bericht te ontcijferen, zou hij schrikken van een bericht in gewone tekst en zou hun kans misschien verkeken zijn.

'Luister, we moeten het riskeren,' zei Bell. 'We gebruiken ons bericht om hem aan het schrikken te maken, maar dan wel in ons voordeel. Als hij maar genoeg schrikt, vindt hij het misschien niet eens vreemd dat het gewone tekst is.'

Hendley keek Granger aan. 'Sam?'

'Oké, laten we het doen. We sturen Hadi ergens heen en zeggen tegen hem dat hij eventuele achtervolgers moet afschudden, en dan sturen we hem naar de Rocinha, en daar grijpen Chavez en Dominic hem.'

Bell stond op en liep naar de deur. 'Ik laat het uploaden.' Hij ging weg.

Even later ging Hendleys telefoon. Het was Gavin Biery. 'Hebben jullie dat bericht al geüpload?'

'Rick is het net aan het doen.'

'Shit. Hou hem tegen; haal hem terug. Ik kom naar boven.'

79

Biery liep Hendleys kamer in. 'Ik heb een patroon gevonden,' zei hij. 'Als je dat bericht in gewone tekst verstuurt, weet Hadi dat het nep is.'

Hij had Rick Bell op het laatste moment onderschept. Dat was gelukt omdat hij de hele nacht bezig was geweest zijn pas geschreven algoritme op de eenmalige codes van de URC toe te passen. Hoewel de letters binnen een eenmalige code willekeurig moesten zijn en dus niet gekraakt konden worden door iemand die niet met de desbetreffende code werkte, was het typisch iets voor Biery om naar patronen te zoeken op plaatsen waar die niet leken te bestaan. Het was, had hij Jack eens uitgelegd, zoiets als het SETI-project (*Search for Extra-Terrestrial Intelligence*, het zoeken naar buitenaardse wezens): 'Waarschijnlijk is er niets, maar zou het niet prachtig zijn als er wel iets was?' In dit geval had Biery ontdekt dat er een patroon in de eenmalige codes van de URC zat.

'Die eenmalige codes zijn geweldig, waarschijnlijk de eenvoudigste vorm van "onontcijferbare" encryptie ter wereld, al is niets ooit echt onontcijferbaar,' had hij uitgelegd toen Rick Bell terug was. 'Eigenlijk is het allemaal een kwestie van waarschijnlijkheden...'

Granger onderbrak hem. 'Een andere keer, Gavin.'

'Oké. Nou, zoals jullie al dachten, maakte de emir, of wie dit ook heeft bedacht, zich waarschijnlijk zorgen over hun mensen in het veld. Het is nogal dom om met een eenmalige code rond te lopen of hem op een laptop te hebben die je bij je hebt. Daarom bedachten ze een systeem om de eenmalige code van een bepaalde dag te reconstrueren terwijl je onderweg bent. Het is tijdrovend, maar uitvoerbaar.'

'Laat maar eens horen,' zei Bell.

'Ze gebruiken een formule die de *middle-square*-methode wordt genoemd. Die formule is in 1946 ontwikkeld door de Hongaars-Amerikaanse wiskundige John von Neumann. Het komt erop neer dat je een codegetal neemt – de lengte doet er niet toe, zolang het maar een even aantal cijfers heeft –, daar het kwadraat van neemt, het middelste deel van het resulterende getal neemt – nogmaals, zoveel cijfers als je maar wilt – en dat je dat dan gebruikt voor je nieuwe codegetal. Aangezien die kerels het waarschijnlijk op papier doen, zullen ze kleine getallen gebruiken en daarop voortbouwen. Kijk...'

Biery pakte het schrijfblok van Hendleys bureau en schreef:

49 x 49 = 2-4-0-1. Nieuwe getal = 40

'Omdat je geen nullen kunt gebruiken, tel je er een bij op. Je nieuwe getal is dus 41. Daar neem je weer het kwadraat van enzovoort, totdat je het hele raster van de eenmalige code vol hebt.'

'En die getallen zijn willekeurig?' vroeg Granger.

'Pseudowillekeurig, maar dat kun je pas zien als je een heleboel eenmalige codes te kraken krijgt. Hoe ingewikkelder de formule is, des te willekeuriger worden de getallen, maar op een gegeven moment kun je de berekeningen niet meer met pen en papier doen.'

'Welke formule gebruiken ze?'

'Maand, dag en jaar, bij elkaar opgeteld. Neem bijvoorbeeld vandaag: 21 mei 2010...' Hij schreef:

5 + 21 + 2010 = 2036

'Je neemt gewoon de middelste twee cijfers. Van die nul maak je natuurlijk een één.'

'En dertien is je nieuwe codegetal,' zei Hendley.

'Zo is het.'

'En al hun eenmalige codes zijn gebaseerd op diezelfde methode?'

'Alle codes die uit Almasi's safe komen.'

'Heel goed werk, Gavin.'

'Bedankt.' Hij ging weg.

'Die jongen heeft net ons hachje gered,' zei Granger.

Omdat hij wist dat Allah het als een teken van ongeloof zou beschouwen, had Hadi nooit in voortekens willen geloven, maar het feit dat de Botanische Tuin van Rio zich zo dicht bij het O Cristo Redentor, Christus de Verlosser, bevond, was verontrustend. Aan de andere kant, zei hij tegen zichzelf, leek in Rio alles dicht bij de O Cristo Redentor. Het beeld op de zevenhonderd meter hoge Corvocado-berg keek neer op honderden vierkante kilometers stad en jungle. Het achtendertig meter hoge, zeshonderd ton zware beeld was het beroemdste herkenningspunt van de stad en herinnerde Hadi er weer eens aan dat hij zich in een grotendeels heidens land bevond.

Nadat hij afscheid had genomen van Ibrahim en de anderen, had

Hadi een grote afstand afgelegd, de eerste twee uur van de rit met zijn handen krampachtig om het stuur geklemd en elke twintig seconden in zijn spiegeltje kijkend.

Een uur na zonsopgang was hij in de plaats Seropédica gekomen, helemaal aan de oostelijke rand van Rio de Janeiro. Vijftig kilometer naar het oosten kon hij het eigenlijke Rio zien liggen: duizend vierkante kilometer stad met twaalf miljoen inwoners – ongeveer half zoveel als de bevolking van Saoedi-Arabië, maar dan in één stad. São Paulo was nog groter, maar daar was hij 's nachts geland en daarna was hij meteen naar de noordkant van de stad gereden, op weg naar zijn hotel in Caieiras.

Bij de kassa van de Botanische Tuin kocht hij een kaartje en een folder met plattegrond. De folder wees hem op de hoogtepunten van de tuin, die honderdveertig hectare besloeg, met zevenduizend tropische plantensoorten, laboratoria en... Hij bladerde door tot hij de opsomming van specifieke plaatsen vond. Het vogelhuis stond boven aan de lijst. Hij oriënteerde zich aan de hand van de kaart en begon te lopen. Het was een heldere, zonnige dag en de luchtvochtigheid was bijna ondraaglijk. Een heel eind naar het zuiden zag hij de zwarte rook boven São Paulo, zo dicht dat het leek of het nacht was geworden aan dat deel van de kust.

Halverwege zijn bestemming kwam hij langs een ijssalon en keek door het raam naar binnen. Een kleine televisie in de hoek van de salon was afgestemd op Record News. Beelden van de brand in de raffinaderij, sommige vanaf de grond en sommige vanuit een helikopter gemaakt, waren naast het gezicht van de presentatrice te zien. Ze draaide zich om naar een andere camera, veranderde van onderwerp, en plotseling verscheen er een tekening op het scherm. De gelijkenis was niet volmaakt, maar toch zo groot dat Hadi's hart een sprongetje maakte.

Dat kan niet, dacht hij. *Wie heeft mij gezien?* Ze hadden geen getuigen achtergelaten; daar was hij zeker van. De bewakers van de raffinaderij die voorbij waren gekomen toen ze de explosieven aanbrachten, waren te ver weg geweest om hem te kunnen zien. *Misschien een bewakingscamera?* Nee, dat kon niet. Als ze echte beelden van hem hadden, zouden ze die laten zien, geen tekening.

Hij bleef naar de televisie kijken en verwachtte dat zijn tekening gevolgd zou worden door die van Ibrahim, Fa'ad en Ahmed, maar alleen die van hem bleef op het scherm staan.

Denk na, denk na...

Hij zag een souvenirwinkel tegenover de eetgelegenheden, liep erheen en ging naar binnen. Hij keek of er televisies of radio's waren. Omdat die er niet waren, keek hij wat rond alsof hij geen enkele haast had, om ten slotte voor een honkbalpet met het logo van de Botanische Tuin te kiezen. Hij betaalde contant, weigerde een draagtas, liep naar buiten, zette de pet op en trok hem laag over zijn voorhoofd. Toen keek hij op zijn horloge. Hij was bijna zeventig minuten te vroeg voor de ontmoeting. Hij liep naar de betonnen rand van een bed met varens en ging zitten.

Hadden Ibrahim en de anderen van die tekening gehoord? Zo ja, dan kwamen ze misschien niet opdagen. Ze hadden besproken wat ze zouden doen als ze achtervolgd of gevangengenomen werden, of als er teamleden tijdens de missie om het leven kwamen, maar hieraan hadden ze niet gedacht.

Hij bleef vijf minuten peinzend voor zich uit zitten kijken en nam toen een besluit. Hij bladerde in de folder en vond wat hij nodig had.

Het internetcafé bevond zich aan de oostkant van de Botanische Tuin. Hij betaalde de serveerster voor een halfuur en ze wees hem een van de terminals aan. Hij ging in het hokje zitten en opende de webbrowser. Pas na enkele seconden herinnerde hij zich de URL van de site. Het was vandaag de vijfde van de maand, en dus ging hij naar... bitroup.com.

Toen de site op het scherm verscheen, logde hij in en ging hij naar het berichtengedeelte. Tot zijn verbazing stond er een tekstbestand in de geüploade sectie. Hij dubbelklikte op het bestand; het bevatte twee regels alfanumerieke tweetallen. Hij noteerde de tweetallen op de achterkant van zijn brochure. Het waren er driehonderdvierenveertig. Hij logde uit en ging weg.

Hij deed er een halfuur over om het raster te maken en nog eens twintig minuten om het bericht te decoderen en controleren:

Zag tekening op tv. Vermoedelijk verraden door iemand van team. Verbreek contact. Ga naar Tá Ligado Cyber Café aan Rua Bráulio Cordeiro voor instructies. 14.00 uur. Bevestig dit bericht met code: 9M, 6V, 4U, 4D, 7Z.

Hadi las het bericht twee keer door. *Verraden?* Hij dacht koortsachtig na. Dat kon niet. Had Ibrahim of een van de anderen hem verraden? Waarom? Het was volstrekt onbegrijpelijk, maar het bericht was echt. *Verbreek contact.* Hij keek op zijn horloge: kwart voor twaalf. Vlug codeerde hij het bericht waarmee hij de ontvangst bevestigde. Hij ging naar het internetcafé terug, maakte een tekstbestand van zijn antwoord en uploadde het.

Toen Ibrahim het parkeerterrein op kwam, reed hij langs de auto's van Fa'ad en Ahmed. Hij vond een plek, parkeerde daar en zette de motor uit. Fa'ad en Ahmed stonden een rij achter hem, gescheiden door een stuk of zes auto's. Toen hij door zijn passagiersraam keek, zag hij Hadi door de hoofdingang van de Botanische Tuin naar buiten komen. Hadi liep gehaast en maakte een gespannen indruk. *Politie?* vroeg Ibrahim zich af. Hij bleef kijken en verwachtte elk moment dat er mannen achter Hadi aan kwamen rennen, maar er gebeurde niets.

Wat is dit nou?

Hadi stapte in zijn auto.

Ibrahim nam een snel besluit. Hij wachtte tot Hadi's auto naar de toegangsweg reed, zette toen zijn eigen auto in beweging en volgde hem. Hij ging langzamer rijden toen hij bij Ahmeds auto kwam en gaf hem met een gebaar te kennen dat hij ook moest volgen.

Wat voer je in je schild, mijn vriend?

80

'Ze hebben hem aan de haak geslagen,' zei Chavez, terwijl hij op een toets van zijn satelliettelefoon drukte om de verbinding te verbreken. 'Twee uur, een internetcafé aan de Rua Bráulio Cordeiro.'

'Geweldig. Waar is dat?' zei Dominic. Hij week uit voor een taxi, en de chauffeur toeterde en schreeuwde. 'Niet dat het iets uitmaakt. We komen daar toch niet heelhuids aan.'

Chavez streek met zijn vinger over een stadsplattegrond. 'Blijf naar het oosten rijden. Ik geef je wel aanwijzingen.'

'Ik neem aan dat we hem daar niet oppakken?'

'Nee. We moeten eerst nagaan of hij alleen is. We hebben tegen hem gezegd dat hij het contact moet verbreken, maar wie weet? Bovendien hebben we een beetje privacy nodig om te doen wat we moeten doen.'

'En dat is?'

'Wat er ook maar nodig is.'

Dominic glimlachte grimmig.

Ze vonden het café en reden twee keer om het blok heen om de omgeving te verkennen. Ten slotte parkeerden ze vijftig meter verder, voorbij een kruispunt. Ze stapten uit en liepen terug. Tussen een apotheek en een autobandenzaak vonden ze een steegje dat naar een geïmproviseerde vuilnisbelt vol roestige wasmachines, autoassen en stapels oude rioolbuizen leidde. Chavez liep voorop naar de achterkant van het terreintje en verdween achter een berg afval. Door een schutting met brede spleten konden ze het internetcafé aan de overkant van de straat zien.

'Shit,' zei Chavez.

'Wat is er?'

'Ik zie net dat pad aan de rechterkant van het café.'

'Misschien een achterdeur,' zei Dominic. Hij keek op zijn horloge. Nog twintig minuten. 'Ik ga kijken. Misschien kan ik iets zien.'

Tien minuten later piepte Chavez' telefoon. Hij drukte op de knop. 'Ja.'

'Er is een achterdeur, maar daar staat een vuilcontainer tegenaan,' zei Dom.

'Slecht voor de brandveiligheid, maar goed voor ons. Oké, kom maar terug.'

Chavez had zijn vinger nog maar nauwelijks van de knop weggenomen of er stopte een groene Chevrolet Marajó voor het internetcafé. Hoewel ze er geen goed zicht op hadden, zag Chavez wel dat er één man achter het stuur zat. De Marajó reed achteruit een parkeerplek op.

'Dom, waar ben je?'

'Bijna op het kruispunt terug.'

'Rustig aan. Misschien is hij er al.'

'Oké.'

Verderop stapte de bestuurder van de Marajó uit en liep naar het café.

Chavez drukte op de knop. 'Hij is het.' Hij gaf Dominic een beschrijving van Hadi's auto en zei: 'Ga naar de Hyundai terug. Hij heeft vast niet veel tijd nodig.'

Dominic antwoordde met een dubbelklik: begrepen. Chavez belde naar de Campus. Sam Granger nam op. Chavez zei: 'Hij is er.'

'Het bericht is geüpload. We sturen hem naar een biljartzaal op de hoek van Travessas Roma en Alegria aan de zuidkant van de Rocinha.'

'De tijd?'

'Zeven uur.'

Chavez hing op. Tien minuten later kwam Hadi het café uit. Hij keek de straat door, liep toen naar zijn auto en stapte in.

'Hij rijdt,' zei Chavez. Hij rende over het achterterrein, door het steegje en kwam de straat op. Links van hem stopte Hadi's Marajó voor het kruispunt.

'Ik zie hem,' zei Dominic.

Hadi sloeg links af.

'Ik kom naar je toe,' gaf Dominic door.

'Nee. Blijf daar.' Chavez rende de straat door en was in een halve minuut bij de Hyundai. 'Oké, rijden. Links op het kruispunt, en dan weer links en stoppen voor het verkeerslicht.'

Dominic deed wat hem werd gezegd. Toen ze bij het verkeerslicht kwamen, reed Hadi voor hen langs naar het noorden. Dominic liet twee auto's voorgaan en sloeg toen af.

Een kwartier later zei Dominic: 'We worden gevolgd. Of Hadi.'

Chavez keek in het zijspiegeltje. 'Die blauwe Lancia?'

'En nog twee daarachter. Een groen Fiatje en een rode Ford Corcel.'

'Hè? Weet je dat zeker?'

'Ik zag de Fiat en de Ford twee keer om het blok heen rijden toen ik naar de achterkant van dat café ging. Het kan geen politie zijn.'

'Waarom niet?'

'Die zou het beter aanpakken. Ze rijden godbetert in konvooi.'

Chavez keek op hun plattegrond. 'Laten we naar de inzittenden kijken.'

Dominic ging langzamer rijden bij een parkeerplek en gaf richting aan. Achter hen claxonneerde de Lancia. Chavez stak zijn hand uit het raam en liet hem voorbijrijden. Toen de Lancia opzij ging en hen voorbijreed, keek Chavez zijn kant op.

'Iemand met dezelfde etnische achtergrond als Hadi. Zouden het zijn medeplichtigen zijn?'

'Het zou kunnen. Misschien heeft Hadi het contact toch niet verbroken.'

Dominic liet de derde auto, de Corcel, voorbijrijden, wachtte toen vijf tellen en reed de straat weer op.

Musa's derde reisdag verliep even soepel als de eerste twee, en tegen het eind van de middag bereikte hij zijn laatste overnachtingsplaats, Winnemucca in Nevada, een stadje met 7030 inwoners, 550 kilometer ten noordwesten van Las Vegas.

81

Het strekte Hadi tot eer dat hij op weg naar de Rocinha zijn best deed om eventuele achtervolgers af te schudden. Twee uur lang reed hij in kringetjes om de sloppenwijk heen. Nu en dan maakte hij rechtsomkeert, en al die tijd zocht hij naar tekenen van de achtervolging die hij toch eigenlijk meteen had moeten zien. De Lancia, de Fiat en de Corcel bleven in konvooi rijden. Ze veranderden nooit van volgorde en waren nooit meer dan honderd meter van Hadi's achterbumper verwijderd.

'We moeten een besluit nemen,' zei Dominic. 'Dat kunnen we beter nu zelf doen, voordat we geen keus meer hebben.' Als Chavez en hij de kans kregen om Hadi en zijn drie collega's te pakken te krijgen, zouden ze dat dan proberen, of zouden ze zich op Hadi alleen concentreren?

'Hoe meer zielen, hoe meer vreugd,' zei Chavez, 'maar we moeten wel bedenken dat we maar met zijn tweeën zijn en dat de politie van Rio, als het misgaat, geen verschil ziet tussen ons en Hadi's groepje.'

Om kwart over zes staakten ze de achtervolging en reden ze naar de zuidelijke toegang van de Rocinha. Ze wisten dat het riskant was om Hadi aan zijn lot over te laten, maar ze wisten ook niets over de ontmoetingsplaats. Ze moesten maar hopen dat Hadi's achtervolgers hem niet in de komende drie kwartier zouden onderscheppen.

De zon gleed achter de bergen in het westen en zette de sloppenwijk in een gouden schijnsel.

Rocinha mocht dan 'kleine boerderij' betekenen, maar Dominic en Chavez zagen niets wat er klein aan was. Ze legden ruim een kilometer van noord naar zuid en een halve kilometer van oost naar west af en constateerden dat de sloppenwijk zich in een ondiep, glooiend dal bevond, aan weerskanten geflankeerd door rotswanden en dicht beboste heuvels. De smalle straten, in de schaduw van kriskras lopende waslijnen en geïmproviseerde luifels van zeildoek, slingerden de hellingen op tussen dicht opeenstaande, pastelkleurige appartementengebouwen met schuine daken. Veel van die gebouwen stonden zo dicht op elkaar dat de balkons elkaar raakten en de daken in elkaar overgingen. Trappen van afbrokkelend beton en baksteen, overwoekerd met klimop, verhieven zich van de straten en verdwenen achter gebouwen. Telefoon- en hoogspanningsmasten, met daartussen honderden meters draden en kabels, strekten zich in alle richtingen uit. Langs elk straatje stonden vele tientallen hutten van planken en golfplaat. Het rioolwater liep door ondiepe goten vol rotzooi.

'Ongelooflijk,' zei Dominic.

'Hoeveel mensen zouden hier wonen?'

'Minstens honderdduizend. Misschien honderdvijftigduizend.'

Ze vonden een parkeerplek in de straat van de biljartzaal en stapten uit. 'Jij de achterkant, ik de voorkant. Geef me vijftien minuten de tijd en kom dan binnen.'

'Akkoord.'

Dominic liep door de straat en ging de hoek om. Chavez ging naar de overkant, kocht een flesje cola bij een kraam en leunde onder een luifel tegen een muur. Verderop kwam één straatlantaarn flikkerend tot leven. Tien minuten gingen voorbij. Hadi, de Lancia, de Fiat en de Corcel waren nergens te bekennen. Chavez dronk zijn cola op, gaf het flesje aan de kraamhouder terug en stak de straat over om de biljartzaal binnen te gaan.

Het was niet zozeer een zaal als wel een kamer ter grootte van een dubbele garage met twee biljarttafels in het midden, een bar rechts en keukenstoelen aan de muur tegenover de ingang. Achter de bar bevond zich een zitgedeelte met vier ronde tafels en stoelen. In de hoek leidde een trapje van drie treden omlaag naar een deur met het woord 'uitgang' in het Portugees. Onder de hanglampen van gekleurd plastic zag hij mannen om de biljarttafels staan. Er hing een dichte rook.

Ding ging aan de bar zitten en bestelde een biertje. Vijf minuten later ging de achterdeur open en kwam Dominic binnen. Hij liep naar de bar, bestelde een biertje, ging ermee naar achteren en koos een tafel.

Om vijf over zeven ging de voordeur open en kwam Hadi binnen. Hij bleef bij de deur staan en keek nerveus om zich heen. Dominic bracht zijn bierflesje naar schouderhoogte en knikte naar Hadi. Die aarzelde en liep toen in Dominics richting.

De voordeur ging weer open. De bestuurder van de Lancia kwam binnen. Net als Hadi bleef hij even stilstaan om het interieur in zich op te nemen. Zijn overhemd hing over zijn broek en op zijn rechterheup zag Chavez een bekende bult. De man hield plotseling op met om zich heen kijken toen hij Hadi zag, die net naar Dominics tafel liep. De man liep achter hem aan. Chavez liet hem voorbijlopen en kwam toen van zijn kruk.

'Waar is mijn geld, klootzak?' zei Chavez in het Portugees.
De man draaide zich met gebalde vuisten om. Chavez bracht zijn handen ter hoogte van zijn oren. 'Rustig maar...'
Hij sloeg met zijn rechterhandpalm op het gezicht van de man en verbrijzelde zijn neus. De man wankelde achterover, en Chavez kwam achter hem aan en stompte met zijn duim in de holte onder zijn strottenhoofd. De man zakte in elkaar. De andere bezoekers keken nieuwsgierig toe, maar maakten geen aanstalten om tussenbeide te komen. Schulden waren schulden.
Achter in de zaal was Dominic al opgestaan, hij dirigeerde Hadi de achterdeur uit.
Chavez liep naar Lancia toe en trapte op zijn rechterhand, waarna hij het wapen achter zijn riem vandaan trok. 'Spreek je Engels?'
De man sputterde.
'Knik als je Engels spreekt.'
De man knikte.
'Sta op, of ik schiet je ter plekke neer.'

Dominic wachtte achter het pand. Het was nu helemaal donker. Links van hem was een muur, waarin een trap was aangebracht die in de duisternis omhoog leidde. Rechts, op twintig meter afstand, begon een steegje.
Hadi stond naast een stel vuilnisbakken tegen de bakstenen muur. Dominic had zijn pistool getrokken en hield het achter zijn dij. Chavez duwde tegen de rug van Lancia, en die strompelde naast Hadi tegen de muur.
'Wie zijn jullie?' vroeg Hadi.
'Hou je kop,' gromde Dominic.
Chavez zag dat Doms vingers zich telkens even om de kolf van zijn pistool spanden. 'Rustig, Dom.' Hij pakte een prop krantenpapier van de grond en wierp hem Lancia toe. 'Veeg je neus af.'
'Rot op.'
De deur vloog naast hen open. In het zwakke licht dat uit de biljartzaal naar buiten viel zag Chavez een silhouet opduiken, ongeveer een meter voorbij de drempel. Zijn hand kwam omhoog in hun richting. Chavez schoot hem twee keer in zijn borst, en hij viel achterover. Chavez schopte de deur dicht.
'Lopen, Dom.' Hij richtte zijn pistool op Hadi en Lancia. 'Lopen.'
Vanuit het steegje rende iemand op ze af. Een pistoolloop flitste oranje op, en daarna nog twee keer. Chavez ging achter de vuilnisbakken staan en schoot twee keer. De figuur dook opzij.

'Trap,' beval Chavez.

Dom duwde Lancia en Hadi voor zich uit en liep naar de trap. Chavez liep achteruit met hen mee tot hij voelde dat zijn schouders tegen de muur stootten. Toen draaide hij zich om en volgde hen.

Chavez rende achter Dominic aan de trap op en keek om zich heen. Naar links en rechts strekte zich een steeg uit; boven hen waren overhangende balkons. Rechts achter hen zat weer een rechthoek in een bakstenen muur. Chavez wees ernaar. Dominic knikte en duwde Lancia en Hadi de trap op. Achter zich hoorde Chavez schoenen schuifelen. Hij keek omlaag langs de trap. Hun achtervolger stond beneden en gluurde om de hoek. Chavez trok zich terug en verroerde zich niet. Na tien seconden van stilte was weer geschuifel op de trap te horen.

Chavez stak zijn pistool achter zijn riem, nam twee stappen naar rechts, reikte boven zijn hoofd en greep de onderste stijl van het balkonhek vast. Hij trok zich omhoog, stak opnieuw zijn hand uit, greep de bovenste stijl vast en hees zich over het balkonhek. Hij liet zich plat op het balkon vallen.

De voetstappen bleven komen. Stap... stilte. Stap... stilte... In de verte loeiden sirenes. Zouden een paar schoten genoeg zijn om de politie naar de Rocinha te laten komen? vroeg hij zich af. Hij deed zijn ogen dicht en luisterde, wachtend tot de echo veranderde.

Stap... stilte. Weer geschuifel. Deze keer geen echo. De man liep onder Chavez' balkon door en verkeerde waarschijnlijk in tweestrijd. *Steeg of trap?* Hij koos voor de trap. Chavez ging geruisloos op zijn knieën zitten, liet zijn pistool op het balkonhek steunen en schoot. Zijn kogel drong in het achterhoofd van de man binnen.

Hij sprong omlaag, rende naar het lijk, fouilleerde het vlug en vloog de trap op. Boven stond Dominic ineengedoken met Lancia en Hadi achter een vuilcontainer te wachten. Honderd meter verder kwam de steeg uit op een parkeerterrein dat zwak verlicht werd door straatlantaarns. Ergens dichtbij stuiterde een basketbal en riepen kinderen.

'We hebben er nog twee,' zei Chavez.

'Dan moeten we het daarmee doen.'

Chavez liet de voorwerpen vallen die hij van de dode op de grond had afgenomen: paspoort, pakje bankbiljetten, autosleutels. Hij pakte de sleutels op en liet ze voor Lancia en Hadi bungelen. 'Welke auto, de Fiat of de Corcel?'

Geen van beide mannen gaf antwoord.

Dominic pakte Hadi bij zijn haar vast, trok zijn hoofd naar achteren en stak de loop van zijn pistool tussen zijn lippen. Hadi verzette zich en zette zijn tanden op elkaar. Dominic haalde uit met zijn andere hand en sloeg Hadi hard tegen de zijkant van zijn luchtpijp. Hadi's mond viel open. Dominic stak zijn pistool in Hadi's mond.

'Vijf seconden, en ik sproei je hersenen door deze steeg.' Hadi reageerde niet. Dominic stak het pistool dieper naar binnen. Hadi kokhalsde. 'Vier seconden. Drie seconden.'

Chavez keek naar zijn collega, keek naar zijn ogen. Gelaatsuitdrukkingen zijn desnoods te simuleren, maar dan was het moeilijk om de ogen goed te krijgen. Aan de blik in Dominics ogen kon Ding zien dat hij het meende.

'Dom...'

'Twee seconden...'

'Dom!' zei Chavez fel.

Hadi knikte en bracht smekend zijn handen omhoog. Dominic trok het pistool weg, en Hadi zei: 'Ford Corcel.'

'Je bent een verrader,' gromde Lancia.

Dominic richtte het pistool op het linkeroog van Lancia. 'Nu jij. Waar staat hij geparkeerd?'

Lancia gaf geen antwoord.

'Deze keer krijg je drie seconden,' zei Dominic, en toen drukte hij zijn pistool tegen Lancia's knieën. 'En daarna loop je de rest van je leven met een stok.'

'Een blok ten oosten van de biljartzaal. Het midden van het blok, aan de zuidkant.'

Chavez zei tegen Dom: 'Ga hem halen. Ik pas op onze vrienden.'

Een kwartier later hoorde Chavez een claxon en keek hij door de steeg. De Corcel stond met open portier te wachten. Hij liet Lancia en Hadi opstaan en lopen. Bij de auto duwde hij hen op de achterbank. 'Dit heb ik in de kofferbak gevonden,' zei Dominic, en hij hield een kleine rol roestig binddraad omhoog.

Chavez boog zich naar achteren. 'Geef me jullie handen.'

Dominic begon te rijden.

'We hebben wat privacy nodig,' zei Chavez. Hij zat zijdelings op de passagiersplaats, met zijn pistool boven op de rugleuning.

'Ik denk dat ik iets weet. Ik zag het op weg hierheen.'

Het gebouw leek op alle andere, een rechthoek van vier verdiepingen met één deur en balkons voor de ramen; alleen waren de ramen en de deur dichtgespijkerd. Naast het gebouw ging een met struiken overwoekerde trap in het donker omhoog. Over de voorkant was een officiele verzegeling geplakt. In het Portugees stond er 'Onbewoonbaar verklaard' op.

'Hier,' zei Dominic. 'Ik ben zo terug.'

Hij stapte uit, baande zich een weg over de overwoekerde trap en verdween. Twee minuten later was hij terug. Hij knikte naar Chavez, die uitstapte en achter Lancia en Hadi aan Dominic de trap op volgde. Na ongeveer tien meter werden de struiken minder dicht en ging de trap rechtsaf een portiek in. Net als beneden had ook deze deur een verzegeling met 'Onbewoonbaar verklaard', maar hij zat alleen nog vast met zijn onderste scharnier. Dominic tilde de deur los en zette hem opzij. Chavez beval Hadi en Lancia naar binnen te gaan.

In het schijnsel van Dominics led-zaklantaarntje werd gauw duidelijk waarom het gebouw onbewoonbaar was verklaard. Muren, vloer en plafond waren bedekt met roet en hier en daar verkoold tot op de balken. De vloer was een dambord van gesmolten linoleumtegels, verbrand triplex en open gaten waardoor ze de lagere verdiepingen konden zien.

'Ga zitten,' beval Chavez hen.

'Waar?' snauwde Lancia.

'Overal waar geen gat is. Ga zitten.'

Ze gehoorzaamden.

'Ik ga rondkijken,' zei Dominic.

Chavez ging tegenover hun gevangenen zitten en hoorde Dominic in de andere kamers stommelen. Hij kwam terug met een dof geworden petroleumlamp. Hij schudde hem heen en weer en er klotste vloeistof in. Hij zette hem in de hoek en stak hem aan. Een sissend geel licht vulde de kamer.

Chavez keek Dom aan en haalde zijn schouders op. Dominic zei: 'Jij bent de baas. Zeg het maar.'

Chavez stond op, liep dichter naar Lancia en Hadi toe en knielde weer neer. 'Ik wil dat jullie heel goed luisteren. Ik ga jullie niet belazeren, en ik wil niet dat jullie mij belazeren. Als we goed met elkaar kunnen opschieten, maken jullie een veel betere kans dat jullie de zon weer zien opkomen. Hoe heten jullie?'

Geen van beide mannen gaf antwoord.

'Kom op, alleen de voornamen. Dan kunnen we praten.'

'Hadi.'

De andere man aarzelde en perste zijn lippen op elkaar. Ten slotte zei hij: 'Ibrahim.'

'Goed. Bedankt. Zeg, we weten dat jullie en jullie twee dode vrienden de aanslag op de raffinaderij in Paulinia hebben gepleegd. Dat weten we, dus daar hoeven we het niet meer over te hebben. Wij zijn niet van de politie, en we zijn hier niet om jullie voor die aanslag te arresteren.'

'Wie zijn jullie dan?' vroeg Hadi.

'Anderen.'

'Waarom denken jullie dat wij iets met die aanslag te maken hebben?' vroeg Ibrahim.

'Wat denk je?' zei Chavez met een vage glimlach en een vluchtige blik in Hadi's richting.

'Waarom kijk je mij aan?'

Aan Ibrahim vroeg Chavez: 'Waarom achtervolgde je Hadi?' Ibrahim gaf geen antwoord, en Chavez ging verder: 'Laat me eens raden. Jullie hebben de aanslag op de raffinaderij gepleegd, maar jullie hadden er niet op gerekend dat het vliegveld van São Paulo door de rook zou moeten sluiten, en dus gingen jullie over op het reserveplan: naar Rio gaan. Toen jullie hier waren, ging het verkeerd. Hadi sloeg op de vlucht. Ibrahim, jij ging achter hem aan. Waarom?'

'Waarom interesseren jullie je niet voor de raffinaderij?' drong Ibrahim aan.

'Niet ons land, niet ons probleem. Waarom reed je achter hem aan?'

'Hij is een verrader.'

'Je liegt,' snauwde Hadi. 'Jij bent de verrader. Jij of Ahmed of Fa'ad. Jullie hebben die tekening laten uitlekken.'

'Welke tekening?'

'Die op de televisie. Ik heb hem gezien; hij leek op mij. Wie anders kan hem aan hen hebben gegeven?'

'Wie heeft je dat verteld?'

'De em... Toen ik de tekening zag, heb ik contact opgenomen. Er lag een bericht op me te wachten. Daarin stond dat jullie me hadden verraden en dat ik moest vluchten.'

'Dat was een truc.'

'Ik ben de echtheid van het bericht nagegaan. Het was echt.'

Ibrahim schudde zijn hoofd. 'Nee, je hebt het mis. Wij hebben je niet verraden.'

Chavez zei: 'Dus jij en je vrienden wilden hem te pakken krijgen om met hem te praten. Is dat het?'

'Ja.'

Chavez boog zich dichter naar Hadi toe. 'Dat is onzin, en dat weet jij net zo goed als ik. Of dat bericht nu echt was of niet, zij wisten dat je op de vlucht sloeg, misschien wel naar de politie toe. Dat risico wilden ze niet nemen, dat weet jij ook.'

Hadi zei niets.

'Oké, we doen het volgende aanbod,' zei Chavez. 'Wat ons betreft...'

'We weten nog steeds niet wie jullie zijn.'

'Zeggen onze accenten je niets?'

'Amerikanen.'

'Precies. Wat ons betreft, laten we de raffinaderij rusten. We willen weten wie er in de Verenigde Staten opereren. Hoeveel cellen hebben jullie daar, waar zijn ze... Dat alles.'

'Val dood,' zei Ibrahim.

Chavez hoorde dat Dominic achter hem opstond. Hij draaide zich om en zag hem naar de keuken lopen. Hij keek Hadi weer aan. 'En jij? Geef ons alleen...'

Hij hoorde dat Dominic terugkwam, vlugger en doelbewuster. Hij draaide zich om. Zijn pistool zat in een schimmelige vaatdoek. Dominic liep naar Ibrahim toe, zette het pistool tegen zijn linkerknie en haalde de trekker over. De vaatdoek dempte het schot, dat een plofgeluid maakte. Ibrahim schreeuwde het uit. Dominic stopte een tweede vaatdoek in zijn mond.

Chavez zei: 'Dom, jezus...'

Dominic verplaatste het pistool en schoot een kogel in Ibrahims rechterknie. Ibrahim spartelde, schreeuwde in de vaatdoek en bonkte met zijn hoofd tegen de muur achter hem. Dominic hurkte bij hem neer en sloeg hard op zijn gezicht, één keer, twee keer en een derde keer. Ibrahim werd stil. De tranen liepen over zijn gezicht. Hadi was teruggedeinsd. Hij probeerde langs de muur te schuiven.

Chavez wees naar hem. 'Geen centimeter meer.' Hij pakte Dominics arm en probeerde hem te laten opstaan. Dominic kwam niet van zijn plaats. Hij bleef gewoon met gekromde schouders naast Ibrahim gehurkt zitten en keek recht in zijn ogen.

'Dom! Sta op.'

Dominic maakte zijn blik van Ibrahim los en stond op. Chavez trok hem mee naar de keuken. 'Wat was dat nou?'

'De praattherapie werkte niet, Ding.'

'Die beslissing was niet aan jou. Jezus, je moet je niet zo laten gaan. Nu hebben we niets meer aan hem. Een kogel in elke knie... We mogen blij zijn als hij nog twee woorden achter elkaar kan zeggen.'

Dominic haalde zijn schouders op. 'Hadi is toch al de man die we moeten hebben. Hij was koerier. Ibrahim is leider van een cel. Hij weet van Paulinia, en dat is alles.'

'Dat weten we niet. Laat mij het op mijn manier doen.'

'Oké. Goed.'

'Heb je me gehoord?'

'Ja, verdomme, dat zei ik toch?'

Chavez liep de kamer weer in en knielde neer. Tegen Ibrahim zei hij: 'Ik haal de vaatdoek eruit. Als je schreeuwt, gaat hij er weer in.'

Ibrahim knikte. Zijn gezicht was nat van het zweet. Onder elk van zijn knieën trokken plassen bloed ter grootte van een frisbee in het triplex.

Dominic haalde de vaatdoek weg. Ibrahim hield zijn adem in van de pijn, maar klemde zijn kaken op elkaar en bleef stil. Zijn onderlip trilde. 'Mijn vriend is vandaag een beetje lichtgeraakt. Sorry. Laten we over de Verenigde Staten praten. Vertel ons iets, dan brengen we je naar een ziekenhuis.'

Ibrahim schudde zijn hoofd.

Tegen Hadi: 'En jij? Vertel ons wat we willen weten, en we nemen je niet met ons mee terug.'

Ibrahim zei met schorre stem: 'Niet doen, Shasif...'

Dominic liep naar hen toe, knielde bij Chavez neer en gaf met zijn handpalm te kennen dat hij geen vreemde dingen ging doen. 'Hadi,' zei hij. 'Laat me je op weg helpen: heeft iemand jullie gezien toen jullie de aanslag op de raffinaderij pleegden?'

'Nee, ik geloof van niet.'

'Wie wist dan hoe je eruitzag? Wie kon die tekening laten uitlekken? Dat moet Ibrahim zijn geweest, of iemand hoger in de organisatie. Niemand anders.'

'Maar waarom?'

'Om een los eindje weg te werken. Misschien dacht iemand dat je onbetrouwbaar was. Denk eens na. Ibrahim krijgt bevel van hogerhand om je te vermoorden; de tekening en het bericht jagen je op de vlucht. Ibrahim gebruikt dat om de anderen zo ver te krijgen dat ze samen met hem achter jou aan gaan. Anders had Ibrahim hen zonder goede reden moeten overhalen hun vriend te doden. Wat is gemakkelijker?'

Hadi dacht daar even over na en wierp toen een zijdelingse blik naar Ibrahim, die zijn hoofd schudde. Speeksel liep uit zijn mondhoeken over zijn kin. 'Het is niet waar.'

Dominic zei: 'Hadi, hij heeft je verraden, en nu zit hij hier naast je en liegt erover. Maakt dat je niet kwaad?'

Hadi knikte.

'Nou, mij maakt het in elk geval heel kwaad.'

Dominic bracht zijn pistool omhoog, richtte op Ibrahim en schoot hem in zijn oog. De muur werd besproeid met bloed en hersenweefsel. Ibrahim zakte opzij en bleef stil liggen, afgezien van zijn linkerarm, die nog tien seconden trilde en stuiptrekte.

Chavez sloeg Dominics arm weg. 'Godallemachtig! Wat doe je nou?'

Dominic stond op en ging een meter achteruit. Hadi maakte zich zo klein mogelijk en begon te jammeren. Dominic deed twee passen naar hem toe en drukte zijn pistool tegen Hadi's slaap.

'Niet doen!' riep Chavez. 'Geen beweging, Dom.'

Dominic keek opzij. Chavez had zijn eigen pistool min of meer op Dominic gericht, die alleen maar zijn hoofd schudde en Hadi weer aankeek.

'Dom, doe het niet...'

Dominic boog zich naar voren en zei tegen Hadi: 'Tenzij je ons iets gaat vertellen, klootzak, ben ik klaar met jou. Dan schiet ik een kogel in je oor. Je kunt nu knikken of doodgaan.'

82

Jack en Clark bereikten na twintig minuten Virginia Beach en vonden een openbaar parkeerterrein op een blok afstand van het strand. Broer en zus Salim hadden hun aankopen met dezelfde creditcard tot drie blokken in de omtrek gedaan.

'Nou, wat denk je?' vroeg Jack toen ze uitstapten.

'Ze gebruikten een nieuwe creditcard om een kamer in een van de hotels hier in de buurt te nemen, maar ze gingen nog even winkelen met de oude creditcard. We spelen weer voor marshal en deputy en laten hun foto's aan mensen zien.'

Het uur daarna liepen ze van hotel naar hotel en streepten ze ze een voor een weg op Jacks lijst. Toen ze het parkeerterrein van het Holiday Inn aan Atlantic Avenue op liepen, zei Jack opeens: 'Daar heb je ze.'

'Waar?'

'Bij het zwembad. Twee ligbedden bij de duikplank.'

'Ik zie ze. Doorlopen.'

Ze liepen de hal in. Clark bleef staan en perste zijn lippen op elkaar. 'Weet je nog, die bloemenzaak waar we langs kwamen in Twenty-seventh Street? Ga daar weer heen en koop wat margrieten of zo. En ook zo'n kaartje in een envelop.'

'Huh?'

'Ik leg het nog wel uit. Kom niet langs dezelfde weg terug. We zien elkaar op het parkeerterrein aan de achterkant.'

Jack was na een kwartier terug. Hij vond Clark op het parkeerterrein aan de achterkant, naast een vuilcontainer. 'Ze hebben zich ingeschreven met hun eigen voornamen, maar met de achternaam Pasaribu. Hun kamer is aan de noordkant, dus niet aan de kant van het zwembad.'

'Dus we forceren het deurslot en gaan naar binnen.'

'Er zijn daar kamermeisjes. Met bloemen gaat het beter.'

Jack ging als eerste naar boven. Hij had de margrieten bij zich. Clark nam de trap aan de andere kant en bleef uit het zicht om de hoek staan. Toen Jack bij de kamerdeur van de Salims was aangekomen, bleef hij staan en klopte aan. Hij wachtte tien seconden en klopte toen nog eens aan. Vier deuren verder kwam een kamermeisje uit een andere kamer. Ze pakte een paar handdoeken van haar wagen. 'Pardon, mevrouw,' zei Jack.

'Ja, meneer?'

'Ik heb deze bloemen voor mijn vriendin gekocht. Ik moet naar de basis terug, maar ik wil ze voor haar achterlaten. Jammer genoeg heb ik mijn sleutelkaart al ingeleverd. Kunt u de deur misschien even openmaken? Ik leg de bloemen op het bed en ben over vijf seconden weer weg.'

'Ik mag eigenlijk niet...'

'Binnen vijf seconden ben ik echt weer weg.'

Een korte stilte. 'Nou, goed dan.'

Ze maakte de deur open en ging opzij.

'Dank u,' zei Jack.

Op dat moment kwam Clark de hoek om. 'Mevrouw, hé, mevrouw...'

'Ja, meneer?'

'Ik heb een paar handdoeken nodig.' Clark liep naar de wagen en graaide in de dingen die daarop lagen. Stukken zeep en flesjes shampoo vielen op de vloer. Het kamermeisje liep naar hem toe. 'Laat u mij maar even, meneer.'

In de kamer van de Salims gooide Jack de bloemen op het bed en keek om zich heen. Sleutelkaart, sleutelkaart... Hij zag hem op de asbak liggen, pakte hem vlug op en liep naar de deur. Eenmaal buiten riep hij 'Bedankt' en liep naar de trap. Clark kreeg zijn handdoeken en liep in de tegenovergestelde richting. Hij liep met een omweg naar Jacks trap terug, waar ze bij elkaar kwamen. Ze wachtten tot het kamermeisje naar de kamer was teruggegaan die ze aan het schoonmaken was, en liepen toen naar de deur van de Salims. Met behulp van de sleutelkaart glipten ze naar binnen.

'Hoe wist je van die kaart?' vroeg Jack.

'Ze geven altijd twee kaarten aan een stel, en de meeste mensen nemen ze allebei mee – maar niet naar het zwembad.'

'Waar zoeken we naar?'

'Creditcards, identiteitspapieren en verder alles wat je maar opvalt.'

Drie minuten later waren ze de kamer weer uit. Toen ze naar de auto terugliepen, belde Clark naar de Campus. 'Ze hebben ieder nog vier creditcards en drie paspoorten,' zei hij tegen Rick Bell. 'We mailen de bijzonderheden nu naar jullie toe.'

Afgezien van hun nieuwe hotel in Virginia Beach, nog meer maaltijden bij de McDonald's en frappuccino's bij Starbucks deden de Salims maar één andere uitgave met de creditcard: een huurauto van Budget. Jack en Clark reden naar het Holiday Inn terug en vonden de platinagrijze Intrepid op het parkeerterrein aan de achterkant.

'En nu wachten we,' zei Clark.

Kort voor twee uur die middag kwamen Citra en Purnoma via de achtertrap van het hotel naar beneden en stapten ze in de Intrepid.

Vanuit Virginia Beach namen ze de 264 naar het oosten, langs Norfolk en over de 460 door Portsmouth, waarna ze naar het noorden gingen en de tunnel door de Hampton Roads Bay namen. Aan de andere kant namen ze Terminal Avenue en Jefferson Avenue naar King Lincoln Park op de zuidpunt van Newport News Point. Clark volgde hen naar het parkeerterrein en zag hen uitstappen en het park in lopen. Ze gaven de Salims een voorsprong van honderd meter, stapten toen uit, gingen bij elkaar vandaan en volgden hen.

Het park was maar vierhonderd meter lang. Op de helft kwamen Clark en Jack weer samen bij de basketbalvelden, waar een wedstrijdje van teams met en zonder shirt aan de gang was.

'Waar gaan ze nou heen?' vroeg Jack. Het park werd aan twee kanten begrensd door water. 'Ze waren in de zon- en surfhoofdstad van Virginia, en nou zijn ze hier.'

'Dat voelt niet goed aan,' beaamde Clark.

De Salims bereikten de achterste rand van het park, waar het een pijlpunt tussen het strand en Jefferson Avenue vormde. Terwijl ze stonden te kijken, haalde het meisje een camera tevoorschijn en maakte ze foto's – niet van de oceaan, maar van de overkant van de weg.

'De vrachtterminal,' mompelde Clark.

'Ze doen verkenningswerk,' zei Clark een uur later door de telefoon tegen Hendley en de anderen. Ze hadden de Intrepid van de Salims naar het hotel terug gevolgd, en nu waren ze op Atlantic Avenue, op een blok afstand, vanwaar ze alle auto's konden zien komen en gaan. 'De Newport News Marine Terminal. We weten niet precies waar ze in geïnteresseerd zijn, maar ze hebben tientallen foto's gemaakt.'

'Liggen daar militaire schepen? Zijn er chemicaliën of brandstoffen opgeslagen?'

'Niets,' zei Clark. 'Dat zijn we al nagegaan. Vooral containerschepen met droge lading. We volgen ze sinds vanmorgen. Afgezien van het zwembad en de terminal zijn ze nergens heen gegaan, en er is niemand naar hun kamer gekomen.'

'Als ze doelwitten aan het verkennen zijn,' zei Granger, 'kan dit nog weken doorgaan. Eigenlijk zijn we niet ingesteld op langdurige surveillance. Ik stel voor dat we de FBI een tip geven en het aan hen overlaten.'

'Geef ons nog een dag,' zei Clark. 'Als er niets uitkomt, halen we de stekker eruit en komen we naar huis.'

In de Claridge Inn in Saint George, Utah, nam Frank Weaver een douche om het vuil van die dag van zich af te spoelen. Hij verheugde zich op een aflevering van een politieserie op tv, toen er op zijn deur werd geklopt. Hij sloeg een handdoek om zich heen en liep op blote voeten door de kamer. 'Wie is daar?'

'De receptie, meneer Weaver. We hebben een probleem met uw creditcard.'

Weaver haalde de deur van het slot en deed hem een beetje open. De deur vloog naar binnen en dreunde tegen de muur. Twee mannen kwamen binnen. De een sloot de deur en de ander was met twee snelle stappen bij Weaver, die door de kamer terugliep, maar dat niet snel genoeg deed. Hij voelde dat er iets hards tegen zijn middenrif werd gedrukt en voelde toen een hamerslag, en nog een. Hij merkte dat hij achteroverviel, stuiterde tegen de rand van het bed en kwam ruggelings op de vloer terecht. Toen hij zijn hoofd omhoog bracht en naar zijn borst keek, zag hij net onder zijn borstbeen twee gaatjes ter grootte van een potloodgummetje, waar bloed uit opborrelde. De man die hem had neergeschoten, kwam naar voren en bleef boven hem staan, een voet aan weerskanten van zijn borst. Frank Weaver zag dat de loop van het pistool naar zijn gezicht zakte, en hij deed zijn ogen dicht.

83

Broer en zus Salim verlieten het hotel om negen uur 's avonds, en Jack en Clark beseften bijna meteen dat ze opnieuw naar de Newport News Marine Terminal gingen. In Portsmouth verlieten ze de snelweg en reden ze naar een bedrijf dat opslagruimte verhuurde, aan Butler Street. Clark reed de ingang voorbij, sloeg Conrad Street in, zette de koplampen uit, keerde en stopte drie meter voor het kruispunt.

Verderop was de Intrepid het parkeerterrein opgereden en naast de eerste rij opslag-units gestopt. Citra Salim stapte uit en liep naar een unit, die ze met een sleutel openmaakte.

'Dit is wel verdacht,' zei Jack. 'Wat doen twee jongeren die op vakantie zouden zijn met een opslag-unit?'

'Ik zou het niet weten,' antwoordde Clark.

Citra kwam weer naar buiten. Ze deed de unit op slot en liep naar de Intrepid terug, met twee kleine rugzakken van canvas in haar handen.

Binnen enkele minuten reden ze weer over de snelweg in de richting van de tunnel onder de baai. Eenmaal aan de andere kant bleef de Intrepid de route van die middag volgen om ten slotte weer bij King Lincoln Park uit te komen. Ze stopten deze keer niet op het parkeerterrein, maar reden gewoon door en sloegen rechts af, Jefferson Street in, om vervolgens in dezelfde richting terug te gaan.

'Zouden ze ons hebben opgemerkt?' vroeg Jack.

'Nee. Ze zijn gewoon voorzichtig. Ze hebben ons niet gezien.'

Ze reden door een industriegebied: transportbedrijven, grindleveranciers, schroothandels en bootreparatiebedrijven. De Intrepid sloeg weer rechts af.

'Twelfth Street,' zei Jack. 'Ze gaan weer naar het oosten.'

Clark liet ze wat meer voor hen uit komen, zette toen zijn koplampen uit, keerde en stopte langs de stoeprand. Honderd meter verder ging de Intrepid naar links, waar een appartementencomplex was.

'Op bezoek bij nieuwe vrienden?' vroeg Jack zich af.

'Laten we het nagaan.'

Clark zette de koplampen aan en reed door. Toen ze ter hoogte van de appartementen kwamen, liepen twee figuren vanaf het parkeerterrein over het trottoir. De Salims. Met hun rugzakken. Clark reed hen voorbij en keek in het spiegeltje. Ze liepen naar Jefferson Street terug. Clark ging de volgende hoek om, stopte weer en zette de lichten uit.

'Zie je ze?' vroeg Clark.

'Ja.'

Bij Jefferson Street aangekomen staken de Salims de straat over en verdwenen over een grasstrook achter een transportbedrijf.

'Tijd om in actie te komen,' zei Clark.

Met de lichten nog uit keerde hij en reed door Twelfth Street naar Jefferson Street. Toen ze bij het kruispunt kwamen, zagen ze de Salims naar links gaan en achter de omheining van het transportbedrijf verdwijnen.

'Ze hebben niet veel ruimte meer,' zei Jack. Het transportbedrijf stond met de achterkant naar de 664, een verhoogde vierbaansweg.

'Laten we rennen,' zei Clark.

Ze parkeerden, stapten uit en draafden naar de grasstrook aan de overkant. Achter het transportbedrijf vonden ze een kanaal, geflankeerd door dichte struiken en een smal pad. Ze waren halverwege toen Clark besefte waar ze waren. 'Het is het kanaal langs de 664. Weet je nog, rechts van ons toen we de tunnel uitkwamen?' Ze hadden tientallen motorjachten en speedboten in het kanaal zien liggen.

Verder op het pad kwam een motor gorgelend tot leven. Clark en Jack renden naar voren. Vijftig meter verder, aan het eind van een steiger, zagen ze de Salims in een speedboot. De jongen zat op de bestuurdersplaats en duwde de gashendel naar voren. De boot verliet de steiger en voer het kanaal op.

Een minuut later waren Jack en Clark bij hun auto terug. Ze reden Jefferson Street in en zetten koers naar het zuiden. Na een paar blokken zagen ze het kanaal door het raam aan de passagierskant. Ze zagen de speedboot van de Salims naar het begin van het kanaal varen.

'Ze gaan naar de terminal,' zei Clark.

'Hoe zit het met de havenpolitie?'

'Jack, als ze eenmaal om de pier heen zijn, zijn ze vierhonderd meter bij de eerste aanlegplaats vandaan. We hebben hooguit vijf minuten.'

Clark keerde en reed in de andere richting.

Ze reden onder de 664 door en gingen naar het zuiden over Terminal Avenue. Bij een opslagterrein van olietanks splitste de weg zich in tweeen. Clark ging naar rechts en volgde een bochtige onverharde weg. Toen ze op de helft van het opslagterrein waren, remde Clark plotseling. Honderd meter verder stond een verlicht bewakingshokje. Een zwaaihek versperde de weg.

'Shit.'

'Redden we het met je marshal-badge?' vroeg Jack.

'Ja, wel als je eenmaal binnen bent, maar de hoofdpoort is in januari op TWIC overgeschakeld – *Transport Worker Identification Credential.* Als je niet zo'n TWIC-pasje hebt, kom je er niet in.'

'Hoe weet je dat?'

'Rainbow had een afdeling die identificatieprotocollen bijhield,' antwoordde Clark. 'Schurken proberen altijd op plaatsen te komen waar ze niet thuishoren. Als je weet wat ze proberen te vervalsen, kun je er vrij goed naar raden wat hun doelwit is.'

Clark reed achteruit door de straat, zijn arm over de rugleuning, kijkend door de achterruit, tot ze bij de splitsing kwamen. Hij ging nu naar links en stopte op een keerplaats van grind, naast de omheining van het terrein met olietanks.

'Lopend terug,' zei Clark.

Links van hen, aan de andere kant van het opslagterrein, hoorden ze het verkeer op de 664. Rechts van hen, aan de andere kant van de onverharde weg, lag een verhoogde berm die overwoekerd was met struikgewas. Ze draafden het talud op, baanden zich een weg door de struiken en gingen aan de andere kant omlaag. Ze waren nu op een met onkruid overwoekerd veld ter grootte van een voetbalveld. Helemaal aan het eind zagen ze het bewakingshokje. Ze renden over het veld, gingen weer een helling op, liepen door struikgewas en kwamen zo op een onverharde weg. Links lag een onverhard parkeerterrein met vele rijen scheepscontainers en twee loodsen van golfplaat. Een halve minuut later waren Clark en Jack tussen de containers. Ze bleven even staan om op adem te komen en liepen toen weer door.

Ze liepen tussen de rijen containers door naar de rand van het parkeerterrein. De haven lag op ongeveer vijftig meter afstand. Er waren drie pieren met elk een schip aan weerskanten. In totaal lagen er dus zes schepen.

'Veel open terrein tussen hier en daar. En veel lichten. Het lijkt wel een stadion. Welk schip?'

'Het is maar een ingeving, maar ik zou zeggen: het schip dat nog niet is uitgeladen.' Hij wees naar een containerschip dat helemaal rechts lag. Op het voordek stonden bulktainers. 'Kun je de naam lezen?'

Jack tuurde. '*Losan*.'

Driehonderd meter bij hen vandaan meerden Citra en Purnoma Salim met hun speedboot aan onder de achtersteven van de *Losan*. 'Weet je zeker dat het dit schip is?' fluisterde Citra.

'Ja. Hier.' Ze nam de rugzak aan en hing hem om.

Purnoma stak zijn hand uit, greep de stalen onderhoudsladder en bond de boeglijn van de speedboot aan de achtersteven van het schip vast. Ze wachtten tot de boot rustig in het water lag, en toen ging zijn zus de ladder op. Toen ze bij de bovenste sport was, stak ze haar armen boven haar hoofd om de boeglijn te pakken. Vervolgens zwaaide ze haar voeten omhoog en sloeg ze haar voeten om de lijn. Toen ze halverwege was, volgde Purnoma. Even later waren ze op het dek.

'Er zullen niet meer dan twee bemanningsleden aan boord zijn. Jij grijpt ze, en ik ga naar de tanks. Als je klaar bent, laat je het me weten. Dan begin ik.'

'Bedenk wel: als je doet of je ergens thuishoort, hoor je daar ook thuis,' zei Clark. Hij kwam overeind en liep het parkeerterrein op. Jack volgde. Drie mannen die bij een van de loodsen van golfplaat stonden te roken, keken naar hen. Clark stak zijn arm op. 'Hé, jongens. Hoe gaat het?'

'Goed. En met jou?'

Clark haalde overdreven zijn schouders op. 'Weer een dag, weer een dollar.'

De mannen lachten.

Clark en Jack liepen door. Ze verlieten het parkeerterrein en liepen door een gangpad tussen opleggers. Zo kwamen ze op de kade, waar ze naar rechts gingen, langs de schepen, om bij de pier van de *Losan* te komen.

'Zo gemakkelijk kan het niet zijn,' mompelde Jack.

'Bederf het nou niet met zwartkijkerij.'

Ze liepen naar links, de pier op. Ze zagen dat de valreepstrap van de *Losan*, vijftig meter bij hen vandaan, was neergelaten. De onderkant hing een meter boven de pier.

'Hebben ze een bewaker?' vroeg Jack.

'Een wacht, Jack. In de maritieme wereld noemen we zo iemand een wacht. We zullen er gauw achter komen.'

Ze gingen de trap op. Hun voeten maakten zachte geluiden op de stalen treden. Boven stond het relinghek open, maar er was een kabel voor gespannen. Clark maakte hem aan het ene eind los, en ze gingen aan boord. Rechts van hen, naar voren, leidde een boogpoort naar het voordek. Links strekte het blootgestelde dek zich tot de achtersteven uit. De wand werd onderbroken door drie luiken. Clark trok zijn pistool. Jack deed dat ook. Ze liepen naar het eerste luik, maakten het geruisloos los en trokken het open. Van benedendeks kwam een geluid als van twee tafeltennisbatjes die tegen elkaar werden geslagen. Clark vormde met zijn hand een pistool, en Jack knikte.

Een tweede schot.

Op het voordek was het zachte piepen en ruisen van een radio of een walkie-talkie te horen.

Clark wees naar zichzelf, wees toen naar de ladder, naar Jack en naar het voordek. Jack knikte, en Clark verdween naar binnen.

Jack zette twee stappen op het dek en bleef toen staan. Zijn hart bonkte. Hij haalde diep adem om zichzelf te kalmeren. Toen bracht hij zijn pistool naar zijn linkerhand over en veegde zijn handpalm af aan zijn broekspijp. *Rustig, Jack. Diep ademhalen.* Net als op de training. Natuurlijk was het heel anders, dat wist hij zelf ook wel, maar hij deed zijn best om die gedachte uit zijn hoofd te zetten. *John redt zich wel; maak je over hem maar geen zorgen. Concentreer je op wat er voor je ligt...* Stap voor stap liep hij over het dek, zijn pistool in twee handen, zijn blik gericht op de bovenbouw. Hij bereikte de boogpoort van het voordek. Bleef staan. Hoeken waren pure ellende, hadden Dominic en Brian tegen hem gezegd. Geen enkele politieman hield van hoeken. *Ga nooit zomaar een hoek om*, zei Jack tegen zichzelf. *Kijk om de hoek, maak als het ware een foto, en trek je dan meteen terug.*

Dat deed hij nu. Hij keek en trok zich terug. Links van hem verhief zich een wand van staal, tien tot vijftien meter hoog. Dat waren de bulktainers, besefte Jack. Twaalf naast elkaar, vier op elkaar. Hun voorste randen kwamen tegen de verhoogde rand van het voorste ruim. Jack keek nog eens en concentreerde zich nu op het dek voor het ruim. Hij wilde zich net terugtrekken toen hij iemand achter de stapels bulktainers vandaan zag komen die bij het luik van het ruim neerknielde. De figuur werkte aan de sluitingen van het luik. Toen het luik los was, zette de figuur het een halve meter open en rende toen weg.

Aan de stuurboordkant was het piepen te horen van een luik dat open en dicht ging. Voetstappen klikten over het dek. Mompelende stemmen. Jack kwam de hoek om en liep langs het schot naar de onderste bulktainer. Hij sloop naar de voorkant en keek om de hoek. Niets te zien.

Er was een metalen geluid te horen, en nog een, en nog een. Pas na enkele ogenblikken kon Jack het geluid thuisbrengen: schoenen op stalen laddersporten. Hij keek omhoog. Een meter boven zijn hoofd begon een ladder. *Wat voer je in je schild, vriend?* Er was maar één manier om daarachter te komen. Hij stak zijn pistool weer in de holster, pakte de onderste sport vast en begon te klimmen. Boven ging de ladder van de volgende bulktainer ongeveer een halve meter ernaast verder, zodat Jack zijn hand opzij moest steken om die vast te grijpen, waarna hij zijn voeten door de lucht zwaaide.

Hij hoorde iets onder zich en keek omlaag. Hoewel het op het dek te donker was om haar gezicht te kunnen zien, herkende Jack het lange zwarte haar van Citra Salim. Ze bracht haar pistool omhoog. Jack liet de sport met zijn rechterhand los en pakte zijn pistool. Omdat hij uit zijn evenwicht raakte, zwaaide hij nog meer opzij. De loop van Citra's pistool flitste oranje op. Jack voelde dat er iets witheets langs zijn kin vloog en zich in het staal naast zijn hoofd boorde.

Van de andere kant van de bulktainer kwam een mannenstem: 'Citra?'

Jack greep weer naar zijn pistool, maar toen zijn vingers de kolf aanraakten, wist hij al dat het te laat was.

Stom om op deze manier te sterven, dacht hij.

Achter Citra stapte een figuur door de boogpoort. John Clark nam een snelle stap, bracht zijn pistool omhoog en schoot Citra in haar achterhoofd. Ze viel voorover op het dek.

'Citra! Ben je daar?'

Jack wees naar bakboord. Clark knikte en liep die kant op. Jack drukte zijn hand tegen zijn wang; er kwam bloed op zijn vingers. *Het gutst er niet uit*, dacht hij, en dat was goed. Hij klom verder, steeg van de tweede verdieping bulktainers naar de derde. Halverwege de zijkant van de bovenste container hield hij even op met klimmen. Hij trok zijn pistool en ging verder. Boven aangekomen wachtte hij even. Links van hem, een meter boven zijn hoofd, zag hij de ramen van de stuurhut en de overhangende dakrand. Hij gluurde over de rand van de container.

Vier cilindervormige propaantanks, spierwit in het donker, stonden naast elkaar, twee voor en twee achter. Vijf containers verderop zag Jack een dof zilverkleurig voorwerp door de lucht vliegen en in zijn container kletteren. Hij rekte zijn hals om het voorwerp te vinden, maar zag toen een sputterend gele gloed onder de voorste rand van een van de tanks.

'John!'

'Hier!'

'Hij heeft iets, een bom, een granaat... zoiets.'

Er vloog weer een voorwerp met een boog door de lucht. Ditmaal kon Jack het beter zien. Een bom in een buis. Jack hees zich op de rand van de container, stapte opzij naar de voorkant en liep voorzichtig over de containers heen, de punt van zijn ene schoen telkens achter de hak van de andere. Aan de stuurboordkant zag hij Clarks hoofd boven de rand van de container verschijnen.

Balancerend op de voorste rand keek Jack in elke container en bewoog daarbij zijn pistool heen en weer, voor het geval er iets bewoog. Er vloog weer een buisbom door de lucht. Hij kletterde tegen een tank aan. En toen nog een.

Jack sprong naar de volgende tank, wankelde, hervond zijn evenwicht en sprong opnieuw. Zijn voet gleed uit en hij smakte met zijn borst tegen de rand van de vierde container. Aan stuurboord had Clark zich op de rand gehesen en hij kwam Jack nu tegemoet.

'Straks ontploffen ze, John,' riep Jack.

Hij hees zich omhoog, sloeg zijn been over de rand en ging op zijn knieën zitten.

'Zie je hem?' riep Clark, en hij nam een stap.

In een van de containers dook een bovenlijf op. Het loste een schot op Clark en dook weer uit het zicht.

'Verdomme,' mompelde Jack. Hij zette er meer vaart achter en liep nu met uitgestoken armen, als een koorddanser. Hij was net de zesde container aan het oversteken toen Purnoma Salim over de rand van de achtste tank opdook en zich tegen de volgende aan liet vallen. Hij sprong overeind en draaide zich om naar Clark, die net een grote stap nam van de ene naar de andere rand. Purnoma bracht zijn pistool omhoog. Nog steeds hard lopend richtte Jack zijn eigen pistool. Hij hield zijn linkerhand uitgestoken om in evenwicht te blijven en schoot op de borst van de man. Purnoma viel weg. Jack bleef schieten. Twee containers achter hem was een dreun te horen. De stapel containers trilde. Nog een dreun.

'John, ga daar weg!' riep Jack, en hij liep vlug door.

Weer een dreun.

De rand bewoog onder Jacks voeten en hij viel zijdelings in de container. De witte curve van een propaantank kwam op hem af. Hij draaide zijn lichaam opzij en ving de klap op met zijn arm en schouder. Vervolgens gleed hij over de curve omklaag en kwam tegen de containerwand te liggen.

Ergens in de terminal loeide een alarmclaxon.

'Jack?' riep Clark.

'Ik ben ongedeerd!'

Hij hoorde een sissend geluid. Keek om zich heen. Recht onder hem, onder de propaantank, zag hij een geel schijnsel. *Shit.*

'John, ga daar weg!'

Een tank verderop was weer een dreun te horen.

Jack rolde zich op zijn rug en ging rechtop zitten. Daarna rolde hij zich opnieuw om en ging schrijlings op de rand van de container zitten. Hij stond op en keek om zich heen. Hij kon nergens heen. Aan alle kanten zou hij een val van vijftien meter maken, en de dichtstbijzijnde ladder was zeven meter bij hem vandaan. *De stuurhut.* Jack rende langs de container en maakte een sprong. Hij greep de overhangende rand vast, zwaaide zijn been omhoog, sloeg zijn enkel achter de rand, hees zich naar boven en rolde op het dak van de stuurhut.

Dreun.

Jack rolde zich om en keek naar beneden. Uit de container kwamen klotsende geluiden. De geur kwam op hem af. Zijn ogen traanden.

'John!' riep hij.

'Ja, aan bakboord!'

'Ruik je dat?'

'Ja. Maak dat je daar wegkomt.'

Jack stond op, rende over het dak, vond de ladder van de bovenbouw en klom vlug omlaag. Clark stond beneden te wachten. Jack vroeg: 'Wat is dat voor spul?'

'Chloorgas, Jack.'

Veertig minuten later kwamen ze nat en doodmoe bij hun auto aan en reden ze over Terminal Avenue terug. In het spiegeltje zagen ze flikkerende rode en blauwe lichten van het ene naar het andere eind van de terminal. Omdat ze wisten dat hun aanwezigheid meer problemen zou scheppen dan oplossen, waren ze naar de reling van de *Losan* gegaan en hadden ze een paar honderd meter gezwommen om op de wal te komen. Vandaar waren ze teruggelopen door de terminal, uitwijkend voor de brandweerwagens en politieauto's totdat ze bij het opslagterrein kwamen.

Clark ging de 664 weer op en reed in noordoostelijke richting naar Newport News, waar ze een restaurant vonden dat de hele nacht open bleef. Jack belde naar de Campus. Hendley nam op. 'Die toestand in Newport News... Zijn jullie dat?'

'Is het al op het nieuws?'

'Op alle zenders. Wat is er gebeurd?'

Jack bracht verslag uit en vroeg toen: 'Hoe erg is het?'

'Het had erger kunnen zijn. Tot nu toe zijn er nog maar zo'n dertig terminalmedewerkers naar het ziekenhuis gebracht. Geen doden. Wat waren het voor tanks?'

'Propaan, denk ik, ongeveer vijftig. Ze hebben maar een stuk of vijf buisbommen laten ontploffen, maar we denken dat ze er nog veel meer in hun rugzakken hadden.'

'Zijn ze allebei dood?'

'Ja.'

'Ik wil dat jullie naar het vliegveld gaan. We hebben een plaats voor jullie geboekt in een vliegtuig dat daar om halfvier vertrekt.'

'Wat is er aan de hand?'

'We hebben net bericht gekregen van Chavez en Caruso. Ze hebben Hadi, en hij praat.'

84

Toen ze op vliegveld Dulles waren geland, stonden Hendley en Granger met een Suburban op hen te wachten. 'Waar gaan we heen?' vroeg Clark.

'De Andrews-basis. Daar staat een Gulfstream te wachten,' antwoordde Hendley. 'We hebben al kleding en materieel aan boord. Maar eerst dit: het schip – de *Loran*. Je had gelijk, Jack. De Salims hadden vierentwintig buisbommen bij zich. Op de vrachtbrief stonden zesenveertig propaantanks vermeld, volgens de brief allemaal defect en leeg. Ze kwamen uit Senegal en gingen naar de fabrikant terug, Tarquay Industries in Smithfield.'

'Nou, we weten dat ze niet leeg waren,' zei Clark.

'Precies. Het zal wel een paar dagen duren voordat we zekerheid hebben, maar de onderzoeksteams op de terminal denken dat er honderden liters ammonia en natriumhypochloriet in elke tank zitten.'

'Bleekmiddel,' zei Jack.

'Ja, daar ziet het naar uit. Gewoon bleekmiddel. Als je die stoffen vermengt, krijg je chloorgas. We hebben het uitgerekend en komen op minstens vijfendertig ton precursors van chloorgas. Uiteindelijk is er maar zo'n achthonderd liter vermengd. De brandweer kon voorkomen dat de brand zich uitbreidde.'

'Allemachtig,' zei Jack. 'Vijfendertig ton. Wat voor schade had dat kunnen aanrichten?'

Granger gaf antwoord. 'Dat is voor een groot deel afhankelijk van wind, vochtigheid en temperatuur, maar er hadden duizenden doden kunnen vallen. En duizenden anderen hadden ernstig gewond kunnen raken: brandwonden, slijmvliesbeschadiging, longoedeem, blindheid... Het is gemeen spul.'

'Het volgende punt op de agenda,' zei Hendley. 'Chavez en Caruso hebben Hadi opgepakt.'

'En de anderen van zijn groep?' vroeg Clark.

'Dood in de Rocinha. Misschien hadden zij daar iets mee te maken, maar toen Hadi eenmaal begon te praten, ging hij een hele tijd door.'

'Hebben we hem hier?'

'Nee, ze hebben hem ingepakt als een kerstkalkoen en op een politiebureau afgeleverd, met een briefje aan hem vast. Hij krijgt nooit meer de buitenkant van een Braziliaanse gevangenis te zien.'

'Wat Hadi betreft, hadden we grotendeels gelijk. Hij is een hele tijd koerier van de URC geweest en werd op het laatste moment voor de aanslag in Paulinia ingezet. Toen hij zijn laatste koeriersklus deed – van Chicago via Las Vegas naar San Francisco –, maakte hij onderweg een tussenstop om een oude vriend op te zoeken.'

Het antwoord op de volgende vraag van Clark en Jack stond al op Hendleys gezicht te lezen voordat ze hem konden stellen. 'Neem je ons in de maling?'

'Nee. De emir is ongeveer een maand geleden met een Dassault Falcon uit Zweden aangekomen. Sindsdien woont hij in de buurt van Las Vegas.'

'En Hadi wist waar...'

'Ja.'

'Er zit meer achter,' zei Jack. 'Hij had een reden om hier te komen. De aanslag in Paulinia, de *Losan*... Ding heeft gelijk. Dit is nog maar het begin.'

'Akkoord,' zei Granger. 'Daarom gaan jullie hem oppakken. Chavez en Caruso zitten al in een vliegtuig. Ze landen ongeveer een uur na jullie.'

'Dus we grijpen hem en deponeren hem bij de FBI op de stoep?' zei Clark.

'Niet meteen, en niet voordat we de kans hebben gekregen hem uit te wringen.'

'Daar kan wat tijd in gaan zitten.'

'We zullen zien,' zei Hendley met een glimlach waarin Jack enige kwaadaardigheid bespeurde.

Op de Andrews-basis was de Gulfstream al in gereedheid gebracht. De deur stond open en de trap was voor hen neergelaten. Jack en Clark pakten hun spullen uit de Suburban, gaven Hendley en Granger een hand en gingen aan boord van het vliegtuig. De tweede piloot wachtte hen bij de deur op. 'Ga maar zitten waar u wilt.' Hij haalde de trap omhoog, deed de deur dicht en zette hem vast. 'We taxiën over vijf minuten en stijgen over tien minuten op. De koelkast en minibar staan tot uw beschikking.'

Jack en Clark liepen naar de achterkant van de cabine. Op de laatste rij zat een bekend gezicht: dokter Rich Pasternak.

'Gerry heeft me niet veel verteld,' zei Pasternak. 'Ik hoop dat jullie een verdomd goeie reden hebben om mij in het holst van de nacht naar de andere kant van het land te laten vliegen.'

Clark glimlachte. 'Niets is zeker, dokter, maar ik denk dat je het de moeite waard zult vinden.'

Doordat er vier uur tijdverschil was en ze vier uur en twintig minuten over de vlucht deden, landden ze strikt genomen maar twintig minuten na hun vertrek op het vliegveld North Las Vegas. Jack begreep dat verschijnsel natuurlijk wel, maar als je te veel over de surrealistische wereld van de tijd nadacht, kreeg je er hoofdpijn van.

Tussen dutjes door hadden Clark en hij de missie op de *Losan* besproken. Ze hadden ook over honkbal gepraat en het een en ander uit de koelkast en de minibar gehaald. Pasternak was op zijn plaats blijven zitten. Nu en dan viel hij even in slaap, maar het grootste deel van de tijd staarde hij voor zich uit. De man had veel aan zijn hoofd, wist Jack. Hij had op die zwarte ochtend in september 2001 een broer verloren, en nu, acht jaar later, zou hij misschien de man ontmoeten die dat allemaal had gepland. Hoewel, 'ontmoeten' was niet helemaal het juiste woord. Pasternak had iets voor de emir in petto wat Jack niemand zou toewensen. Bijna niemand.

Het vliegtuig stopte, en de motoren kwamen tot bedaren. Jack, Clark en Pasternak pakten hun persoonlijke bezittingen bij elkaar en liepen naar de deur. De tweede piloot kwam uit de cockpit, deed de deur open en liet de trap zakken. 'Dokter, wilt u dat we uw materieel naar de uitgang sturen?'

'Nee, we wachten erop.'

Toen ze beneden stonden, vroeg Clark aan Pasternak: 'Welk materieel?'

'Mijn gereedschap, John,' zei Pasternak zonder zelfs maar een zweem van een glimlach.

Een pendelbus zette hen af bij de uitgang, en tien minuten later zaten ze in een Ford-MPV en reden ze in zuidelijke richting over Rancho Drive. Ze reden het terrein voor kort parkeren van het vliegveld McCarran op en vonden een vrije plek. Jack belde naar Dominics mobieltje; Dominic nam bijna meteen op. 'Zijn jullie geland?' vroeg Jack.

'Vijf minuten geleden. Waar zijn jullie?'

'We zijn net voor de aankomsthal gestopt.'

Chavez en Dominic gooiden hun tassen achterin en stapten in. Ze begroetten elkaar uitbundig. Chavez zei: 'Verdomme, John, ik had nooit gedacht dat ik jou nog eens achter het stuur van een gezinswagen zou zien zitten.'

'Leuk grapje.'

Clark zette de auto in beweging en reed naar de grote weg.

Het duurde maar vijftien minuten om in de dure woonwijk te komen. Op aanwijzingen van Chavez reed Clark langs het huis zonder te vertragen. Vervolgens ging hij de hoek om en reed naar de ingang van de wijk terug. Bij de verkeerslichten parkeerde hij de Ford en zette hij de lichten uit.

'We hebben ongeveer twee uur de tijd voordat de zon opkomt. En we weten niet wat er binnen is. Zo is het toch, Ding?'

'Hadi heeft de garage, keuken en huiskamer gezien. Dat was alles.'

'Alarmsystemen?'

'Hij herinnert zich niet dat hij toetsenpaneeltjes heeft gezien. Hij weet zeker dat de emir één lijfwacht heeft, een zekere Tariq. Een man die er gewoon uitziet, normaal postuur, bruin haar, maar met littekens van brandwonden op zijn handen. Hadi wist daar niets van.'

'Dus er zijn zeker twee mannen binnen,' zei Clark. 'Waarschijnlijk is het al een tijdje geleden dat de emir aan gevechten heeft deelgenomen, maar we mogen aannemen dat het twee rotzakken zijn. Vragen?'

Die waren er niet.

'We gaan stilletjes door de zijdeur van de garage naar binnen, en dan naar de keuken. Twee teams. Vindt iemand het nodig om de samenstelling te veranderen?'

'Nee,' zei Chavez.

Jack zag dat Dominic zijn hoofd een beetje liet hangen en uit het zijraam keek. 'Dom?' vroeg Clark.

'We hebben het samen goed gedaan. Ik ging een beetje in de fout, maar we hebben het in orde gemaakt, nietwaar?'

Ding knikte. 'Zo is het.'

'Oké,' zei Clark. 'Twee teams, gebruikelijke procedure voor een inval in een huis. Als het even kan, willen we iedereen levend in handen krijgen, maar de emir is het primaire doel. Het zou het beste zijn als we geen enkel schot lossen. In zo'n dure wijk heb je binnen vijf minuten de politie op je dak. Dokter, ik wil u vragen hier te blijven en de auto te bemannen. We bellen u als we klaar zijn. Als er ruimte in de garage is, zet de auto daar dan in. Zo niet, zet hem dan op het pad.'

Ze parkeerden de MPV aan het eind van het blok en legden de resterende afstand lopend af. De lucht was helder en het was vollemaan. Het was koud, het soort kou dat alleen 's nachts in een woestijn kon heersen.

Clark ging als eerste. Hij liep het pad op en nam het zijhekje naar de zijdeur. Het slot was een draaiknop, en hij had het in veertig seconden geforceerd en open. Ze liepen achter elkaar de garage in. Dominic, de laatste, trok de deur zachtjes dicht. De garage was leeg. Geen auto. Ze bleven een volle minuut staan om te luisteren en hun ogen aan de duisternis te laten wennen.

Clark liep naar de keukendeur en probeerde de knop. Hij keek om naar de anderen en knikte. Ze trokken allemaal hun pistool. Clark draaide aan de knop, wachtte, luisterde en trok de deur toen open. Hij bleef twintig seconden op de drempel staan, keek naar de deurpost en luisterde of hij het veelzeggende piepen van een alarminstallatie hoorde. Het was stil in het huis. De keuken en eethoek waren rechts van hem. Links, achter een boogpoort, lag de huiskamer.

Clark liep door de deuropening en naar rechts, gevolgd door Jack, Dominic en Chavez, en liep vervolgens naar de boogpoort links van hem. Toen Clark knikte, liepen ze verder door het huis. Aan de andere kant van de keuken zagen ze een deuropening met daarachter een gang. Clark keek om de hoek. Drie meter links van hem verscheen Dings hoofd om een andere hoek. De gang ging rechts van Clark verder. Drie deuren, een aan elke kant en een aan het eind. Clark gaf Ding en Dominic een teken dat ze de linkerdeur moesten nemen. Toen ze naar voren kwamen, slopen Clark en Jack naar de deur aan de rechterkant. Beide teams gingen tegelijk naar binnen en kwamen tien seconden later weer buiten. Beide kamers bleken logeerkamers te zijn, en ze waren leeg.

Ze gingen met z'n vieren bij de deur aan het eind staan. Clark maakte een gebaar: *twee bij twee, rechts en links.* Iedereen knikte. Clark probeerde de knop, draaide zich om en knikte. Ze duwden de deur open, stapten naar rechts en links en bewogen hun pistolen heen en weer. Clark hield zijn vuist omhoog – *wacht* – en wees naar de bult onder het dekbed. Hij wees naar Chavez en toen naar de kast. Ding keek erin en schudde zijn hoofd.

Clark sloop naar het bed. Jack en Dominic namen het eind, en Ding nam de andere kant. Alle vier richtten ze hun pistool op de figuur onder het dekbed. Clark stak zijn pistool in de holster, deed zijn led-zaklantaarntje aan, pakte de rand van het laken vast en rukte het weg.

'Shit,' zei hij.

85

Kersen Kaseke verliet zijn huis om vier uur 's morgens, reed twee blokken naar een benzinestation dat de hele nacht openbleef en nam een grote kop koffie. Eigenlijk wist Kaseke niet zeker of koffie *haraam* was, verboden voor moslims, maar zolang hij dat niet wist, zou hij zich aan die zonde overgeven. Per slot van rekening was het zijn enige zonde. Hij rookte niet, dronk niet, en liet zijn blik ook niet te lang op de relatieve naaktheid van de vrouwen hier rusten.

Hij stapte weer in zijn auto en reed naar de congregationalistische kerk Open Hart. De straten van de stad, toch al nooit druk, waren extra stil. Het had geregend sinds het midden van de middag, en de enige mensen op straat waren degenen die geen keus hadden: werknemers die vroeg in de ochtend moesten beginnen, bezorgers, politie... Er was nergens politie te zien, en daarin zag hij een teken dat Allah met hem was.

Hij reed een keer om de kerk heen en parkeerde twee blokken ten noorden daarvan op het terrein van een videotheek. Vervolgens hing hij zijn rugzak aan een van zijn schouders en stapte uit. Uit gewoonte liep hij niet recht op de kerk af, maar volgde hij een omweg. Toen hij er eindelijk van overtuigd was dat hij niet werd gevolgd, liep Kaseke over het gazon aan de voorkant van de kerk naar de heggen naast de trap die naar de ingang leidde. Daar knielde hij neer.

Hij haalde de eerste mijn uit zijn rugzak. Het was een M18A1, maar dit type mijn werd meestal een Claymore genoemd. Het was een antipersoonsmijn die ook gebruikt kon worden om mensen buiten een terrein te houden. De Claymore had de vorm van een enigszins gekromde rechthoek en zat heel eenvoudig in elkaar: een laag C4-kneedexplosief onder een laag van zevenhonderd stalen kogellagers, elk zo groot als een hagelkorrel uit een jachtgeweer, ingebed in hars. Bij een ontploffing joeg de C4 de zevenhonderd fragmenten met een snelheid van meer dan duizend meter per seconde naar buiten. Zoals hem was geleerd, had Kaseke de vorige avond de buitenhuls van de Claymore verwijderd en zorgvuldig honderdvijftig gram rattenkorrels tussen de kogellagers gestrooid. Het actieve ingrediënt van het gif, difethialon, een antistollingsmiddel, zou er met een beetje geluk voor zorgen dat zelfs de kleinste wondjes bleven bloeden. Het was een tactiek die zijn Palestijnse broeders met veel succes in zowel de Gazastrook als op de Westoever hadden gebruikt. De Israëlische nooddiensten hadden al gauw begrepen wat er aan de hand was, maar in de korte periode daarvoor waren vele tientallen mensen gestorven, doodgebloed uit wat anders kleine verwondingen zouden zijn geweest. Omdat ze hier in Amerika nooit zulke aanslagen hadden meegemaakt, zouden de ziekenbroeders niet weten hoe ze het hadden.

Zodra Kaseke ervan overtuigd was dat de korrels gelijk verdeeld waren, had hij het gif afgesloten met een dun laagje kaarswas. Die was had hij laten harden, en daarna had hij de buitenhuls van de Claymore er weer opgezet. Het handboek raadde aan om keukenpapier met een opgespoten laagje textiellijm te gebruiken, maar hij wist dat kaarswas even goed werkte. Vervolgens controleerde hij alle schroeven, en toen de spouwen, om er zeker van te zijn dat de verschillende lagen goed op elkaar aansloten. Het handboek legde daar ook de nadruk op: als de buitenlagen verkeerd op elkaar aangesloten waren, kon de explosieve kracht in een verkeerde richting gaan. Hij volgde die instructie zorgvuldig op.

Vervolgens stak Kaseke de schaarpoten van de mijn uit. Hij lette erop dat het etiket – *voorkant naar vijand* – op de ingang van de kerk gericht was, waar het over enkele uren zou krioelen van de mensen, en stak de poten vervolgens in de zachte aarde binnen de heggen. Hij ging op zijn buik liggen, kroop door de heggen, draaide zich om en tuurde door het vizier dat boven op de mijn was bevestigd.

Goed. Hij had de perfecte locatie gekozen. De explosie zou niet alleen de ingang en de trap treffen, maar ook een deel van het trottoir.

Hij vergeleek de tijd die de mijn aangaf met die van zijn horloge. De tijden kwamen precies overeen. Hij stelde de timer af, drukte op de startknop en zag enkele seconden voorbij tikken. Toen stond hij op en liep weg.

Zoals in de weekends hun gewoonte was, werd Hank Alvey op zondagmorgen vroeg wakker en haalde hij zachtjes hun drie kinderen uit bed. Hij zette ze hun havermout en bosbessenwafels voor en liet ze voor de tv zitten – met het geluid heel zacht – om ze naar tekenfilms te laten kijken. De regenwolken van de vorige avond waren weggetrokken en er was een helderblauwe hemel achtergebleven. Het zonlicht viel door de ramen van de huiskamer en op de hardhouten vloeren waarop de kinderen nu gefascineerd naar de tv zaten te kijken.

Kort voor zeven uur maakte hij een ontbijt met zuurdesemtoast en koffie voor Katie klaar en wekte haar met ontbijt in bed. De autobandenzaak waarvan hij bedrijfsleider was, was op zondag dicht, en dit was de enige dag waarop hij zijn vrouw kon aflossen. Op zondagmorgen zorgde hij voor de kinderen, zodat ze een uur kon uitslapen, en zoals Katie hem vaak had verzekerd, was dat heel romantisch en sexy – en op de meeste zondagavonden, als de kinderen naar bed waren, liet ze hem precies weten hoe ze het gebaar op prijs stelde.

Maar dat was voor later, zei Hank tegen zichzelf, terwijl hij de koffie inschonk die hij vervolgens naast de pas gesmeerde toast op het dienblad zette. De meeste ochtenden was hij al bijna bij hun bed als Katie zich omrolde en hem met een slaperige glimlach aankeek. Dat deed ze nu ook.

'Wat voor ontbijt heb je?' vroeg ze glimlachend.

'Raad eens.'

'O, mijn favoriete ontbijt.' Ze ging rechtop zitten en stak kussens achter haar rug. 'Wat heb je met de kinderen gedaan, ze in de kast opgesloten?'

'Ze kijken naar een tekenfilm. Ik geloof dat Jeremy verliefd is op een van de hoofdpersonen.'

Katie nam een hap toast. 'Schattig. Gaan we naar de kerk?'

'Dat moesten we maar doen. We hebben al twee zondagen overgeslagen. We kunnen de dienst van negen uur nemen en daarna met de kinderen naar het park gaan.'

'Oké, ik ga me mooi maken.'

'Goed,' zei Hank, en hij liep naar de deur. 'Dan laat ik ze nu uit de kast.'

Katie kwam al aangekleed, opgemaakt en met haar kapsel in model de trap af toen Hank nog niet eens aan de schoenen toe was. Hun oudste, Josh, kon zijn eigen veters strikken, maar Amanda en Jeremy konden dat niet, en dus nam Hank het ene kind voor zijn rekening en Katie het andere. Daarna waren ze druk in de weer. Ze zochten hun jassen en autosleutels en keken of de achterdeur op slot zat...

'Straks komen we te laat,' riep Katie.

Hank keek op zijn horloge. 'Het is nog geen kwart voor. We zijn er in vijf minuten. Oké, jongens, opschieten...'

Ze waren de deur uit.

Een half blok ten noordwesten van de kerk zat Kaseke op een bankje van een bushalte. Hij dronk zijn derde beker koffie van die dag. Vanaf de plaats waar hij zat, kon hij de trappen van de kerk heel goed zien. *Daar.* De voordeuren gingen open en er kwamen mensen naar buiten. Kaseke keek op zijn horloge: twaalf minuten voor negen. Vanaf het pad dat om de kerk heen naar het parkeerterrein aan de achterkant leidde, kwam een rij kerkgangers die de dienst van negen uur wilden bijwonen. Voorop een jong echtpaar met drie kinderen, twee jongens en een meisje. De kinderen hielden elkaars hand vast en huppelden om hun ouders heen. Kaseke kneep zijn ogen dicht en bad Allah om kracht. Dat was nodig. De kinderen, hoe klein ze ook waren, zouden op slag dood zijn, zo snel dat de pijn niet eens meer tot ze zou doordringen.

De groep bereikte het eind van het pad, waar het op het gazon aan de voorkant van de kerk uitkwam.

Kaseke keek op zijn horloge. Minder dan een minuut.

Zoals hij daar zat, op honderd meter afstand van de plaats waar hij de mijn had neergelegd, kon hij niet zien dat zijn plan in duigen viel, en pas later, toen hij gevangen was genomen, zou de politie hem uitleggen hoe dat was gegaan.

In de afgelopen vijf uur, waarin de Claymore-mijn eerst in de regen had gelegen en daarna aan de vroege ochtendzon was blootgesteld, had de kaarswas die Kaseke had gebruikt de rattengifkorrels aan de kogellagers laten vastplakken en waren er barsten gekomen in het bed van hars waarin ze lagen. Dat alleen zou niet genoeg zijn geweest om de mijn buiten werking te stellen, maar wat Kaseke niet wist, was dat deze specifieke Claymore-mijn en acht andere mijnen meer dan twintig jaar oud waren en de afgelopen acht jaar slecht opgeslagen waren, hetzij in een houten kist in een vochtige grot, hetzij begraven in de gloeiend hete grond van de Afghaanse provincie Nangarhar.

Toen er barsten kwamen in de kaarswas, kwamen er ook barsten in de hars, die allang over de datum was en zo broos als een kruimelig koekje was geworden. Die barsten waren niet meer dan een paar millimeter diep, maar dat was genoeg om de holten uit elkaar te trekken waarin veertien van de kogellagers een plaats hadden gevonden. Met metalen *tink*-geluiden die niemand op de trappen van de kerk boven de pratende stemmen uit zou horen, braken de veertien kogellagers los en vielen ze tegen het omhulsel van de granaat. Als het sinds de vorige middag niet tien uur had geregend, zou dat de ontploffing van de mijn ook nog niet hebben tegengehouden, maar de grond was modderig geworden en de poten die de mijn rechtop moesten houden bezweken onder het gewicht van de losgeraakte kogellagers. Om 8.49.36 uur, vierentwintig seconden voordat de mijn zou ontploffen, viel Kasekes zorgvuldig gerichte Claymore naar voren en bleef in een hoek van vijfenveertig graden liggen. De helft van de voorkant wees nu naar de modder, en de andere helft naar het beton.

Toen ze later die dag in het ziekenhuis wakker werd, zouden Katie Alveys eerste gedachten zijn: *mijn man is dood* en *ik denk dat mijn kinderen in leven zijn*, gevolgd door het besef dat het waarschijnlijk voor een groot deel toeval was dat het zo was afgelopen.

Toen Kasekes mijn naar voren zakte, stond de familie Alvey samen met tientallen andere laatkomers op het punt de trap van de kerk te beklimmen. Hank liep het dichtst bij de heggen langs de trap, met Josh en Amanda links van hem en gevolgd door Katie en Jeremy, die de hand van zijn moeder vasthield.

Getuigen zouden de explosie later beschrijven als een woesj-geluid, gevolgd door een verschrikkelijke hagelbui. Kate zag of hoorde die dingen niet, maar om de een of andere reden keek ze net naar Hank toen de Claymore afging. Van de zevenhonderd kogellagers in de mijn sloegen er ongeveer vierhonderd in de grond. Ze vormden een krater en haalden een vierkante meter uit het beton. De rest van de kogellagers vloog over het beton, boorde zich in voeten en kuiten, verbrijzelde botten en scheurde hele stukken vlees weg, of ze stuiterden van het beton omhoog en vlogen op allerlei manieren over de trap. Degenen die de pech hadden door die kogeltjes te worden getroffen, waren op slag dood of liepen vreselijke verwondingen op. Hank Alvey, die met zijn lichaam zijn oudste zoon en dochter beschermde, kreeg een kogellager onder de linkerkant van zijn kin, waardoor zijn hoofd min of meer in drie delen werd gespleten. Katie zag dat, maar had geen tijd om te reageren, geen tijd om een van de kinderen vast te pakken of Jeremy met haar lichaam te beschermen. Dat bleek ook niet nodig te zijn geweest.

Katie knipperde met haar ogen. Haar oren galmden en haar hersenen weigerden het bloedbad om haar heen te verwerken. Aan weerskanten van haar waren Josh, Jeremy en Amanda even verbijsterd als zij, maar dat ging snel voorbij en toen kwam de paniek. De trap was nat van het bloed en bezaaid met armen, benen en onherkenbare brokken van... wie? Ze herkende niemand. Tientallen mensen lagen op het beton. Sommigen bewogen niet, terwijl anderen kronkelden van de pijn, probeerden weg te komen of naar dierbaren kropen. Hun mond bewoog, maar er kwam geen geluid uit.

Toen werden Katies ogen helder en hoorde ze het schreeuwen. En de sirenes.

86

Toen ze er zeker van waren dat alle gordijnen dicht waren, deden ze in het hele huis het licht aan. Jack belde Pasternak en liet hem het busje de garage in rijden. De arts liep de keuken in en bleef abrupt staan. 'Is dat hem?'

Jack zei: 'Nee, dit is Tariq, de lijfwacht van de emir.'

Ze hadden er tien minuten over gedaan om Tariq alleen maar zo ver te krijgen dat hij zijn eigen naam toegaf. Afgezien daarvan had hij niets gezegd. Chavez en Domingo doorzochten de rest van het huis, maar voor zover ze tot nu toe konden zien, was het zo onpersoonlijk als een modelwoning. Er was nergens een persoonlijk accent te bekennen.

'Blijkbaar zijn we de man zelf net misgelopen,' zei Jack. 'Ga in de huiskamer zitten, dokter. We roepen je wel.' Hij ging met Clark tegenover Tariq aan de tafel zitten. Ze hadden zijn handen en enkels met duct tape vastgebonden en daarna zijn voeten aan een poot van de keukentafel vastgemaakt.

'Wat is er met je handen gebeurd?' vroeg Clark.

Tariq nam ze van de tafel en legde ze op zijn schoot. 'Brand.'

'Dat dacht ik al. Hoe precies?'

'Jullie dringen mijn huis binnen en slepen me uit mijn bed. Jullie zijn niet de politie. Wie zijn jullie? Wat willen jullie?'

'Je weet waarom we hier zijn,' zei Jack. 'Wanneer is hij weggegaan?'

'Wie? Ik woon hier alleen.'

'Shasif Hadi heeft ons een ander verhaal verteld,' zei Clark.

Toen Hadi's naam viel, kneep Tariq zijn ogen een klein beetje samen, maar dat was alles.

'Wil je niet weten hoe we Hadi hebben gevonden?' vroeg Jack. 'We hebben hem opgepakt in Rio de Janeiro. Na de aanslag op de raffinaderij in Paulinia heeft de emir hem bevel gegeven het contact met Ibrahim, Fa'ad en Ahmed te verbreken. De emir heeft hem verteld dat de anderen hem hadden verraden.'

'Dat is niet...' Tariq zweeg abrupt.

'Niet waar?' zei Clark. 'Je hebt gelijk. Wij hebben jullie codering doorbroken. Al die eenmalige codes in de banner-afbeeldingen op jullie websites... We hebben de code gekraakt en een bericht geüpload naar Hadi's opslagsite van die dag. Daarmee joegen we hem op de vlucht – recht in onze armen.' Clark keek Jack aan. 'Hoe lang duurde het voordat hij ging praten? Tien minuten?'

'Korter. En dan heb ik nog een nieuwtje voor je, Tariq: het vrachtschip *Losan* – daar hebben we ook een stokje voor gestoken. Broer en zus Salim zijn dood, en op dit moment is de brandweer van Newport News bezig de propaantanks uit te laden.'

Nu kon Tariq zich niet meer inhouden: 'Jullie liegen!'

'Waarover?' vroeg Clark. 'Hadi of de *Losan*?'

'Beide.'

'Dus je geeft toe wie je bent en dat je de emir kent.'

Tariq vouwde zijn handen voor zich op de tafel en keek recht voor zich uit.

Vanaf de gang riep Ding: 'John, dit moet je zien.'

Clark en Jack troffen Ding en Dominic in de grote slaapkamer aan. Op een ladekast stond een laptop. Ding zei: 'We vonden hem in het nachtkastje.' Hij drukte op de ENTER-toets.

Het gezicht van de emir verscheen op het scherm. De bank en de muur in de huiskamer vormden de achtergrond. 'Ik ben Saif Rahman Yasin. Ik word ook wel de emir genoemd, en ik ben commandant van de Umayyad Revolutionary Council. Ik spreek vandaag tot u als een vrome moslim en een nederige dienaar en soldaat van Allah. Inmiddels is de wereld al getuige geweest van de wraak van Allah die de ongelovige Amerikaanse natie heeft getroffen...'

Clark tikte op de ENTER-toets om de video stop te zetten. 'Dat is het testament van die schoft.'

'Wat is de datum?' vroeg Jack.

'Gisteren,' antwoordde Dominic.

'Jezus.'

Ze volgden Clark door de gang en naar de eethoek terug. Clark ging aan de tafel zitten, terwijl alle anderen daar een eindje vandaan bleven staan.

'Tariq.'

'Wat is er?'

'Ik wil dat je me vertelt waar Saif is en wat hij doet. Voordat je antwoord geeft, moet je weten wat regel één is: je krijgt één kans om antwoord te geven, anders...'

Tariq keek voor zich uit. 'Ga je me anders vermoorden? Doe dat maar. Ik ben niet bang voor de dood. Ik zal in het paradijs worden verwelkomd als...'

'We gaan je niet vermoorden, Tariq, maar je zult binnen een uur wensen dat we dat hadden gedaan.'

Tariq keek Clark aan. 'Ik ben niet bang.'

Clark keek hem enkele ogenblikken plechtig aan en zei toen, zonder zijn blik van Tariq los te maken, over zijn schouder tegen Ding: 'Laat het bad vollopen.'

Clark had nooit veel begrepen van de discussie over de vraag of *waterboarding* al dan niet marteling was. Iedereen die het had meegemaakt of het met eigen ogen had gezien, wíst dat het marteling was. Je bereikte er resultaten mee, maar je had een bijzonder bekwame ondervrager of goed inlichtingenwerk nodig om na te gaan of degene die je martelde de waarheid sprak. Clark verkeerde in het gelukkige bezit van het eerste, maar voor het laatste ontbrak het hem aan de tijd en de middelen.

Acht minuten, een drijfnatte handdoek en precies negenhonderd centiliter water waren genoeg geweest. Clark richtte zich op uit zijn gehurkte positie bij de sputterende, nauwelijks bij bewustzijn verkerende Tariq en wendde zich tot Ding, die met zijn armen over elkaar tegen de muur van de badkamer geleund stond.

'Hou ermee op,' beval Clark. 'Maak hem schoon en sluit hem op.'

'Geloof je het, John?'

'Ja.' Clark keek op zijn horloge. 'Maar of we het nu geloven of niet, we hebben geen tijd meer.'

87

Clark liep de keuken weer in. 'Jack, pak het telefoonboek. We hebben het dichtstbijzijnde vliegveld nodig. De meeste kans maken we met commerciële helikopterbedrijven.'

'Doe ik.'

'Dom, jij rijdt. Dokter, wilt u bij hem blijven?' Ding kwam door de gang en sleepte Tariq achter zich aan. 'We komen u halen.'

'Goed.'

Jack riep: 'Paragon Air Helicopter Tours op Highway 215. Vijf kilometer hiervandaan.'

Een halve minuut later waren ze de deur uit, en na twee minuten reden ze over de grote weg. Clark belde met de satelliettelefoon naar de Campus. Rick Bell nam op, en Clark zei: 'Ik heb jou, Gerry en Sam direct aan de vergadertafel nodig.'

'Wacht even.'

Er gingen dertig seconden voorbij. Hendley kwam aan de lijn. 'Wat heb je, John?'

'Ik heb Jack ook hier. Onze man is gisteren vertrokken. Er was nog een lijfwacht in het huis. Ze hebben een bom, Gerry, waarschijnlijk net geen tien kiloton, maar groot genoeg voor wat ze van plan zijn.'

'Wacht even. Is dit geloofwaardig?'

'Ik geloof het. We moeten ervan uitgaan.'

'Waar hebben ze die bom vandaan?'

'Geen idee. Dat wist onze informant niet.'

'Oké. Wat nog meer?'

'De emir heeft ongeveer honderdvijftig kilometer ten noorden van hier een ontmoeting met zes andere mannen. De lijfwacht wist niet alle details, maar hun doelwit is Yucca Mountain.'

'De opslagplaats voor nucleair afval?'

'Ja.'

'Dat is nog niet eens open. Er ligt daar niets.'

'Er is grondwater,' zei Jack.

'Huh?'

'Je kunt het zien als een ondergrondse kernproef. Als je onder vijftienhonderd meter gesteente een atoombom laat ontploffen, gaat de schokgolf recht naar beneden. Ze hebben al opslagtunnels gegraven tot driehonderd meter diepte. De waterspiegel ligt daar honderdvijftig meter onder. Het is een geologische zeef,' legde Jack uit. 'Alle straling van een kernbom gaat recht omlaag de waterhoudende grondlagen in, en dan naar de rest van het zuidwesten. Misschien helemaal tot aan de westkust. We hebben het over duizenden vierkante kilometers die de komende tienduizend jaar vergiftigd blijven.'

Het werd stil aan de kant van de Campus. Toen zei Granger: 'Hoe zijn ze aan dat spul gekomen?'

Clark antwoordde. 'Het is een zelfgemaakte bom – waarschijnlijk een simpele kruitvatconstructie. Je schiet een brok uranium, een zogeheten *slug*, in een tweede, groter brok, een *pit*, en je hebt een kritische massa.'

'En het materiaal? Hoe zijn ze daaraan gekomen?'

'Dat weet ik niet precies. De lijfwacht zei dat een van de kapiteins van de emir tot veertien dagen geleden in Rusland was.'

Hendley zei: 'Jij bent de man ter plaatse, John. Wat wil je doen?'

'We zijn gehandicapt, Gerry. Als we naar instanties bellen, sturen ze heus niet zomaar de cavalerie. Ze zullen eerst honderd vragen stellen: wie we zijn, hoe we aan die informatie zijn gekomen, welke bewijzen we hebben... Je weet hoe dat gaat.'

'Ja.'

'We zijn ongeveer twee minuten bij een luchthaventje vandaan. We gaan kijken of we een helikopter kunnen lenen. Afhankelijk van wat we krijgen, kunnen we over een halfuur boven Yucca zijn. Als we daar als eersten aankomen, kunnen we het fort houden totdat jullie iemand hebben overgehaald te luisteren.'

'En als jullie daar als tweede aankomen?'

'Daar wil ik niet eens aan denken. Ik bel je als we in de lucht zijn.'

Honderdvijftig kilometer ten noorden van Las Vegas, op Highway 95 in Death Valley, ging de emir langzamer rijden en sloeg links af. Hij kwam op een onverharde weg die nauwelijks te zien was tussen de cactusplanten. Met enige moeite volgde hij hem naar een ondiepe plek, vanwaar hij een paar bandensporen kon volgen. Door zijn voorruit zag hij op een kleine kilometer afstand de Skeleton Hills, die zich als een maanlandschap uit de woestijn verhieven.

Het pad bleef dalen, ging toen naar het noorden en liep evenwijdig met een ondiep ravijn. Op een halve kilometer afstand zag hij een auto geparkeerd staan. Toen hij dichterbij kwam, zag hij dat het een Subaru was. Musa stond naast het portier aan de bestuurderskant. De emir stopte naast hem, en Musa stapte in. Ze omhelsden elkaar. 'Goed dat ik je zie, broeder,' zei Musa.

'Insgelijks, oude vriend. Zijn ze hier?'

'Ja, een eindje verderop.'

'En het apparaat?'

'Al ingeladen.'

De emir volgde Musa's instructies nog eens een halve kilometer over het pad, tot het een bocht maakte om een lage heuvel heen. Frank Weavers truck met dieplader stond met de neus naar de weg geparkeerd. Het GA-4-vat glinsterde in de zon. Bij het portier aan de bestuurderskant stonden drie mannen.

De emir en Musa stapten uit en liepen naar hen toe. 'Mijn team uit Rusland,' zei Musa. 'Numair, Fawwaz en Idris.'

De emir knikte de mannen een voor een toe. 'Jullie hebben alles goed gedaan. Allah zal glimlachend op jullie neerzien.' Hij keek op zijn horloge. 'We vertrekken over vijftien minuten.'

Het was krap, maar ze konden zich net met z'n allen in de cabine van de truck persen. Fawwaz, die het meest op Frank Weaver leek, reed. Vijf minuten later waren ze weer op de grote weg en reden ze naar het noorden.

Op een bord in de berm stond: HIGHWAY 373 – 10 KILOMETER.

Chavez reed het parkeerterrein van Paragon Air op. Door de omheining zagen ze twee helikopters – Eurocopters EC-130 – op het platform staan. Chavez stopte bij het kantoor, en Clark en Jack stapten uit. 'Ding, rij eromheen naar het onderhoudshek. We laten je binnen.'

Clark en Jack liepen het kantoor in. Achter de balie zat een vrouw van midden zestig met opgestoken rood haar. Achter een deur aan de rechterkant, die half van glas was, bevond zich de onderhoudsruimte.

'Goedemorgen,' zei Clark.

'Ook goedemorgen. Wat kan ik voor u doen?'

'Ik vroeg me af of u een piloot hebt met wie ik kan praten.'

'Misschien kan ik u helpen. Bent u geïnteresseerd in een rondvlucht?'

'Nee, eigenlijk heb ik een technische vraag over het roterende lagerspruitstuk van de EC-130. Mijn zoon hier studeert luchtvaarttechnologie en het zou hem erg helpen als hij er eentje van dichtbij kon bekijken.'

'Een ogenblik. Ik ga kijken of Marty tijd heeft.'

Ze pakte de telefoon, praatte even en zei toen: 'Hij komt eraan.'

Clark en Jack liepen dichter naar de deur toe. Een man in een grijze overall kwam naar hen toe en maakte de deur open. Clark stak zijn hand uit. 'Hé, Marty! Steve Barnes. Dit is mijn zoon Jimmy...' Terwijl Clark dat zei, liep hij door de deuropening, zodat Marty een paar stappen achteruit moest doen. 'We hebben een vraag over de EC-130.'

Er waren maar twee andere mensen te zien in de hangar, allebei helemaal aan het andere eind, bij een Cessna.

'Goed,' antwoordde Marty. 'Maar dan kunnen we beter weer naar binnen...'

Clark trok zijn loshangende overhemd omhoog om Marty de kolf van zijn Glock te laten zien.

'... O, shit, hé...'

'Rustig maar,' zei Clark. 'We willen alleen maar een helikopter lenen.'

'Huh?'

'En we willen dat jij hem bestuurt.'

'Is dit een grap?'

'Nee. Als je ons niet helpt, schiet ik in je been en neem ik je helikopter evengoed mee. Vooruit, breng ons naar de plaats waar we heen moeten, en je bent over een uur terug. Zeg ja.'

'Ja.'

'Welk toestel is klaar om te vertrekken?'

'Nou, geen enkel...'

'Lieg niet tegen me, Marty. Het is weekend. De drukste dagen voor lessen en rondvluchten.'

'Oké. Die daar.' Marty wees.

'Zeg tegen je receptioniste dat je een tochtje gaat maken. Als je streken uithaalt, schiet ik je in je kont.'

Marty maakte de deur open, stak zijn hoofd door de opening en deed wat hem gevraagd was.

Jack fluisterde tegen Clark: 'Wat is een roterend lagerspruitstuk?'

'Geen idee.'

Marty kwam bij de deur vandaan en Jack vroeg: 'Waar zit de bediening van het zijhek?'

'Aan de buitenmuur, aan het andere eind van de hangar.'

Jack begon die kant op te lopen. Clark keek Marty glimlachend aan. 'Laten we gaan.'

'Wat is de bedoeling?' vroeg Marty toen ze naar de EC-130 liepen. 'Wat doen we?'

'Je gaat iets heel goeds doen, Marty.'

Toen ze de helikopter naderden, kwamen Jack, Chavez en Domingo om de hoek van de hangar en liepen ze naar het toestel toe. Ze stapten achterin, terwijl Clark op de passagiersplaats voorin ging zitten. Marty stapte in, maakte zijn gordel vast en trof voorbereidingen voor de vlucht.

'Waar gaan we heen?' vroeg hij.

'Naar het noordwesten,' zei Jack. 'Als je bij Highway 95 en 373 komt, ga je naar het noordoosten.' Hij gaf Marty de coördinaten.

'Dat is verboden luchtruim, man,' zei Marty. 'Dat is de Nellis Range en de Nevada Test Site. We kunnen niet...'

'Dat kunnen we wél.'

Acht minuten later waren ze opgestegen. Clark belde naar Hendley en zei: 'We zijn in de lucht.'

'Rick Bell is ook aan de lijn. Er vallen nog meer dominostenen. CNN, MSNBC en Fox hebben het over niets anders. Een explosie bij een kerk in Waterloo, Iowa. Ze hebben het over vijftig of zestig doden, misschien twee keer zoveel gewonden. En ook iets in Springfield, Missouri. Een plaatselijk nieuwsstation was daar bij de onthulling van een beeld; het leek verdomme net Omaha Beach op D-Day. Een stadje in Nebraska... Brady... Iemand ging daar naar het zwembad van een middelbare school toen er een wedstrijd aan de gang was. Hij rolde granaten onder de tribunes. Godallemachtig.'

'Ze doen wat ze altijd doen,' zei Clark. 'Terreur. De *Losan*, de brand in Paulinia, deze aanslagen. De URC stuurt een boodschap: je bent nergens meer veilig.'

'Nou, na vandaag zullen veel mensen dat geloven.'

'Het is erger dan ooit,' zei Bell. 'Weet je nog dat de economie een duikeling maakte na 11 september 2001? Vermenigvuldig dat met duizend en je krijgt de situatie van dit moment. De emir en de URC proberen het karwei af te maken. Ze willen ervoor zorgen dat onze economie het land van binnenuit wegvreet. Ze hebben onze nieuwe bron van olie-import getroffen, ze hebben geprobeerd een belangrijke haven te treffen, ze hebben god mag weten hoeveel mensen gedood in het binnenland, en nu proberen ze een nucleaire aanslag te plegen. Mensen zíjn de economie. Als je het een verlamt, verlam je ook het ander. Voeg daar Kealty aan toe, die toch al blunder op blunder stapelt, en je hebt een gigantisch probleem.'

'Dat zou best kunnen,' antwoordde Clark. 'Niets wat die kerel doet, is ooit ééndimensionaal.'

'Wanneer komen jullie daar aan?' vroeg Hendley.

Clark vroeg aan Marty: 'Hoe lang nog?'

'Tweeëntwintig minuten.'

88

Vijfentwintig kilometer bij het kruispunt met de 373 vandaan verscheen Highway 95 onder de EC-130, een rechte, grijze lijn die door de bruine woestijn sneed. 'Hoe dichtbij is de Nellis Range?' vroeg Clark aan Marty.

'Als je je hand uit het raam steekt, kun je het bijna aanraken. Dat zeg ik toch? Zodra we naar het noordwesten gaan, komen we overal op radarschermen. Die mensen laten niet met zich spotten.'

'We moeten naar Yucca.'

'Shit. Alsjeblieft, zeg tegen me dat jullie geen terroristen zijn.'

'Wij staan aan de goede kant.'

'Welke goede kant?'

'Dat is moeilijk uit te leggen. Kun je ons daar krijgen voordat ze ons te pakken hebben?'

'Welke ingang, noord of zuid?'

'Zuid.'

'Als ik alles op alles zet, kan ik driehonderd kilometer per uur uit dit toestel halen, en als ik heel laag ga vliegen... Vier minuten nadat we de snelweg achter ons hebben gelaten. Wil je me een lol doen?'

'Wat dan?'

'Bedreig me nog eens. Dan kan ik me verweren als ze me de handboeien omdoen.'

Vijf minuten later zagen ze door de voorruit dat een andere grijze lijn de 95 vanuit het zuiden sneed. 'De 373,' zei Marty. Toen ze over het kruispunt vlogen, zwenkte hij naar het noordwesten en daalde tot ze tien meter boven de woestijn vlogen.

Er dook een helling voor hen op. 'De Busted Butte,' zei Marty. Hij ging weer wat omhoog. 'Vijf kilometer. Zestig seconden.' Hij helde weer over, eerst naar links en toen naar rechts, en dook een ondiep dal in.

Voor hen lag een grindterrein van een hectare groot. Aan de linkerkant daarvan was een gigantisch sleutelgat in de helling uitgehakt. In het midden daarvan zat een enorme tunnelingang.

'We hebben gezelschap,' riep Jack.

Aan de noordkant van het terrein liep een weg de woestijn in. Erop reed een truck met dieplader. Zo te zien had hij een reusachtige roestvrijstalen halter aan boord.

'Wat is dat nou weer?' riep Dominic.

'Een GA-4-vat,' antwoordde Jack. 'Om verbruikte brandstofstaven te vervoeren.'

'Ik dacht dat dit complex nog niet open was.'

'Dat is het ook niet.' Jack tuurde door de kijker langs de weg en zag een wit bewakingshokje ter grootte van een telefooncel. Daar lagen twee figuren. 'Mannen op de grond bij de controlepost,' riep hij.

Clark vroeg aan Marty: 'Kun je landen?'

'Niet met die truck daar. Dan breekt er een rotorblad. Vijftig meter verder kan het wel.'

'Doe het.'

'Ik draai bij.'

Marty helde scherp over en vloog terug in de richting vanwaar ze gekomen waren. Toen bleef hij dicht boven de weg hangen. Op het grindterrein was de truck tot stilstand gekomen. Er kwamen mannen uit de cabine.

'Ik tel er vijf,' riep Dominic.

Ze zagen twee mannen langs de dieplader in de richting van de EC-130 rennen. Onder het rennen brachten de mannen AK-47's omhoog en begonnen ze te schieten.

'Shit!' riep Marty. 'Wat is dat nou?'

'Dat zijn de schurken,' zei Clark tegen hem.

Marty zwenkte met de helikopter naar rechts, bij de weg vandaan en achter de heuvel.

'Deze plaats is goed,' zei Clark.

Marty zette de EC-130 soepel aan de grond. Clark en de anderen klommen eruit. Clark boog zich door de deur weer naar binnen en riep: 'Zoek ergens dekking en zet hem daar neer. Neem geen radiocontact op en blijf wachten tot we terug zijn.'

'Kom nou...'

Clark wees met zijn pistool ongeveer in Marty's richting. 'Helpt dat?'

'Ja!'

Clark gooide het portier dicht en rende naar de anderen, die op tien meter afstand van de helikopter bij elkaar stonden. Er kwam een laag zand tegen hen aan toen Marty opsteeg, naar links zwenkte en de weg volgde om achter een lage heuvel te verdwijnen. Na twintig seconden hield het roffelen van de rotorbladen op.

'Luister,' zei Jack.

Aan de andere kant van de heuvel was de truck met dieplader weer in beweging gekomen.

Met Chavez voorop renden ze over de helling omhoog. Ze waren drie meter van het hoogste punt verwijderd toen ze het ratelen van automatische wapens hoorden. Gerichte salvo's van drie patronen. Stemmen schreeuwden en galmden tegen de rotswanden. Chavez liet zich op zijn buik vallen en kroop naar voren. Even later gaf hij de anderen een teken dat ze ook naar voren moesten komen. Beneden reed de truck nu de inham van de tunnel in. Ze zagen een man met een gele helm over het grindterrein rennen, naar de weg toe. Drie schoten werden ongeveer tegelijk gelost, en de man viel voorover en bleef stil liggen.

'Ik tel vier anderen,' zei Dominic. 'Ik zie ze niet bewegen. Jullie?'

Niemand antwoordde.

Ze renden de helling af naar de betonnen rand die langs het terrein liep, en volgden die rand naar de inham. Ze slopen naar de rand van de inham, keken om de hoek en hoorden het geluid van knarsend staal. De cabine van de truck verdween in het begin van de tunnel. Het vat gleed de ingang in, schrapend over de bovenrand. De truck kwam knarsend tot stilstand, schokte nog een meter naar voren en bleef toen weer staan. De motor viel stil.

Er kwam een man achter de dieplader vandaan, zijn AK in de aanslag. Kogels sloegen in het zand bij hun voeten. Ze liepen vlug terug en lieten zich vallen. Chavez schoof op zijn buik naar voren, keek omhoog, ging toen op een knie zitten, loste drie schoten en liet zich weer vallen. 'Eén man neer,' zei hij.

'Weten we hoe groot dat ding is?' vroeg Jack.

'Niet groter dan een reiskist, denk ik,' antwoordde Clark. 'Twee mannen kunnen het dragen. Kom, laten we gaan.' Ze liepen langs de betonnen rand terug en lieten zich een voor een aan de andere kant op de grond vallen. Voor hen uit, langs de betonnen muur, zagen ze stapels kisten, rollen draad, verrijdbare gereedschapskasten, snijbranders en lasapparaten. Voorbij de hoek daarachter lag de inham.

Ze liepen er in groepjes van twee naartoe, telkens elkaar voorbij, totdat Clark om de hoek kon kijken. Hij draaide zich om, gaf Jack een teken dat hij naar voren moest komen, en gaf dat teken daarna aan Dominic en Chavez. Bij de ingang was geen enkele beweging te zien. De dieplader zat stevig vastgeklemd. Beide zijkanten drukten tegen de muren en het vat drukte tegen het dak.

Uit de tunnel kwam een gonzend motorgeluid. Het verdween in de verte.

‘Dat klinkt als een golfkarretje,’ zei Dominic.
‘Een Cushman-wagentje. Ongeveer hetzelfde, maar dan sneller.’
‘Wat weet je van de indeling?’ vroeg Clark.
‘Ik heb een paar tekeningen op internet gezien, maar omdat het nog niet eens klaar is, weet ik niet...’
‘Doe er eens een gooi naar.’
‘Deze hoofdtunnel gaat waarschijnlijk helemaal naar de noordelijke ingang. Er zullen zijtunnels op uitkomen die naar beneden gaan.’
‘Recht of met bochten?’
‘Recht.’
‘Hoe diep?’
‘Bijna driehonderd meter. Beneden komen die hellende tunnels op binnenplaatsen uit. Ik weet niet hoe groot die zijn. Op die binnenplaatsen komen de tunnels uit die voor de opslag van de vaten bestemd zijn. Omdat ze dat ding zo diep mogelijk willen neerzetten, zullen ze zo'n afhellende tunnel gebruiken. Dat is gunstig voor ons. Ze doen er waarschijnlijk wel tien minuten over om vanuit de hoofdtunnel beneden te komen.’

Op een teken van Clark renden Jack en Chavez naar de achterkant van de dieplader. Ze klommen erop en gingen langs het vat naar voren. Toen ze bijna bij de cabine waren, kwamen Dominic en Clark de hoek om. Ze gingen bij de truck uit elkaar en renden naar de muren aan weerskanten van de ingang. Clark schoof langs de muur, knielde neer en keek onder het chassis van de truck door. Hij richtte zich op en gaf een teken aan Jack: *twee man binnen.* Jack knikte en gaf het door aan Ding, die het doorgaf aan Dominic aan de andere kant.

Langzaam, voorzichtig, schoof Jack het achterraam van de cabine open. Hij liet zich een duwtje geven door Chavez en werkte zich het slaapgedeelte in. Hij liet zich op de vloer zakken en kroop naar het dashboard. De afstand tussen de zijramen en de rotswand was amper twintig centimeter.

Hij stak zijn hoofd boven het dashboard tot hij door de voorruit kon kijken. De tunnel was groter dan hij had gedacht. Net als het geraamte van een onderzeeboot werden de wanden en het plafond ondersteund door gigantische gebogen balken. De rij halogeenlampen aan het plafond strekte zich tot in de verte uit.

Over de motorkap zag Jack de kruin van iemands hoofd van rechts naar links bewegen en uit het zicht verdwijnen. Zes meter verder in de tunnel zag hij een andere man gehurkt naast een gele Cushman zitten. Terwijl hij er goed op lette dat zijn hoofd uit het zicht bleef, kroop Jack op de plaats van de bestuurder. In de slaapafdeling werd zacht geklopt. Eén. En nog een keer. Twee...

Bij drie drukte Jack op de claxon.

Aan weerskanten van de cabine daverden schoten. De man naast de Cushman stond op en loste een salvo met zijn geweer. Er volgde een knal, en nog een. De man strompelde achterover, viel tegen de Cushman en zakte op de grond.

'Kom er maar uit, Jack,' riep Clark.

Met twee tegelijk kropen ze onder de truck door, de tunnel in. De eerste man die Jack had gezien lag een paar meter voor de truck. Dominic draafde naar de Cushman toe en keek naar de andere man. Hij draaide zich om en trok zijn duim over zijn keel.

Ze pakten de twee AK's op, gingen met Chavez achter het stuur in de Cushman zitten en reden door de tunnel. 'Hoe stabiel is dat ding dat ze hebben?' vroeg Jack aan Clark.

'Vrij stabiel. Het ene brok uranium moet met veel geweld in het andere, grotere brok worden geramd. Daar heb je een flinke explosieve lading voor nodig, en die moet al zijn afgesteld. Hoezo?'

'Ik heb misschien een idee.'

Vijftien meter verder vormde de rij halogeenlampen aan het plafond een cirkel. 'Eerste zijtunnel,' zei Jack.

'Langzaam, Dom,' beval Clark.

Ze stopten zeven meter voor de zijtunnel, stapten uit en liepen naar de ingang. De zijtunnel ging met een hoek van vijfentwintig graden naar beneden, ook met een rij halogeenlampen aan het plafond.

'We moeten hun Cushman kunnen horen,' fluisterde Jack.

Ze zwegen en luisterden. Niets.

Ze stapten weer in de Cushman en reden door. De tunnel maakte een bocht naar rechts. Dominic stopte, en Jack stapte uit en keek om de bocht. Hij kwam terug. 'Niemand.'

Ze reden door. Ze bereikten de tweede zijtunnel en bleven ook daar staan luisteren, maar hoorden niets. Hetzelfde bij de nummers drie en vier. Toen ze de vijfde naderden, hoorden ze de echo van een stem. Ze stapten uit de wagen, liepen naar voren en keken in de zijtunnel.

In de verte zagen ze het gele vlekje van een Cushman onder een halogeenlamp verschijnen, in de schaduw opgaan en weer in het licht komen.

'Op driekwart van de afstand naar beneden,' zei Jack.

'Als je een idee hebt, is dit het moment,' zei Clark.

‘Het hangt ervan af hoe zeker je van de stabiliteit van dat ding bent.’
‘Voor negentig procent.’
Jack knikte. ‘Ding, ik heb je hulp nodig.’
Ze stapten in de Cushman, keerden het wagentje en reden door de tunnel terug. Een halve minuut later waren ze er weer. Jack en Ding tilden ieder een snijbrander uit de achterkant van de Cushman. ‘Torpedo’s,’ zei Jack.
‘Zijn ze vol?’
‘Grotendeels leeg.’
‘De timing wordt lastig.’
‘Dat laat ik aan jou over. Jij bent de baas.’
‘Ga je gang.’
Jack en Chavez droegen de cilinders naar de ingang van de zijtunnel, legden ze plat op de grond en gaven ze een duwtje. De cilinders draaiden meteen rond en denderden met galmende metaalgeluiden tegen de wanden omlaag. Jack en Chavez renden naar de Cushman terug en stapten in. Dominic reed naar de zijtunnel en stopte.
Clark wachtte tien tellen en zei toen: ‘Nu.’

Bijna meteen werd duidelijk dat de remmen van de Cushman ontoereikend waren. Na vijftig meter bleef de snelheidsmeter trillend bij de vijftig kilometer per uur hangen. De plafondlampen vlogen voorbij. Dominic remde en wist de snelheid daarmee enigszins te beperken, maar er kwam meteen rook uit de trommels. Tweehonderd meter beneden hen stuiterden de cilinders als voetballen door de tunnel. De Cushman van de emir was bijna beneden aangekomen.
‘Het zal niet veel schelen,’ zei Chavez.
‘Langzamer, Dom,’ zei Clark.
Dominic tikte op de rem, maar dat had geen resultaat. Toen trapte hij er hard op. ‘Hou je handen binnen,’ riep hij, en hij zwenkte naar rechts. De voorkant van de Cushman schraapte over de tunnelwand en joeg een regen van vonken omhoog. Ze gingen iets langzamer rijden. Hij zwenkte bij de muur vandaan en remde opnieuw.
Honderd meter verder in de afhellende zijtunnel waren de cilinders bij de Cushman van de emir aangekomen. De ene cilinder stuiterde hoog op en vloog over het wagentje heen, maar de tweede dreunde tegen de achterbumper. De Cushman slipte, kwam dwars op de tunnel te staan, kapseisde en gleed verder naar beneden.
‘Stoppen,’ beval Clark.
Dominic gaf een harde ruk aan het stuur, zodat de hele linkerkant van het wagentje tegen de rotswand dreunde. Langzaam en knarsend kwam

de Cushman tot stilstand. Ze stapten uit en renden de helling af. De Cushman van de emir lag op zijn kant op de binnenplaats. Dichtbij lag een lichaam languit op het beton. Ze bleven bij de ingang van de binnenplaats staan. Links van hen ging de tunnel nog vijftien meter door om vervolgens scherp naar links te gaan. Er was niemand in die tunnel te zien. Chavez liep naar het lijk toe en knielde neer. 'Hij is het niet,' zei hij.

Ze draafden door de tunnel. Om de hoek kwamen ze in een doorgang van tien meter breed. Boven hun hoofd ondersteunden gekromde stalen balken het plafond. Ze zagen de ronde ingangen van de opslagtunnels aan weerskanten van de doorgang, met telkens zeven meter ertussen.

'Ik tel er twaalf per kant,' zei Dominic.

'Opsplitsen,' beval Clark. 'Jack en ik rechts, jullie twee links.'

Clark en Jack renden door de doorgang naar de tegenover liggende muur. *Ik neem de laatste zes*, vormde Jack met zijn lippen. Clark knikte. Jack sprintte weg en keek in het voorbijgaan in elke opslagtunnel. Aan de andere kant van de doorgang deed Dominic hetzelfde.

Jack rende langs de zesde opslagtunnel, zag niets en liep verder langs de zevende en achtste. Hij kwam glijdend tot stilstand, ging een stap achteruit en keek opnieuw. Ver weg, in de diepte van de tunnel zag hij licht flikkeren. Hij kon nog net twee figuren zien die gehurkt bij iets zaten wat eruitzag als een kist die in de beroepsvisserij voor aas werd gebruikt. Jack keek om. Clark was op weg naar voren, maar hij was te ver weg. Dat gold ook voor Dominic en Chavez.

'Ik waag het erop.'

Hij rende de opslagtunnel in.

Hij had de helft van de afstand afgelegd toen een van de figuren plotseling opkeek. Er kwam een oranje flits uit een loop. Jack rende door. Hij bracht zijn pistool omhoog en loste twee schoten. In de doorgang riep Clark: 'Hierheen!'

De man kwam naar voren en vuurde vanaf zijn heup. Jack maakte zich zo klein mogelijk en drukte zich tegen de muur. Hij richtte opnieuw, ditmaal op de borst van de man, en schoot twee keer. De man tolde rond en zakte in elkaar. De andere figuur negeerde zijn gevallen kameraad en werkte door. Zijn handen waren bezig in de kist. Hij keek even op, maar bleef doorwerken. Op tien meter afstand bracht Jack zijn pistool omhoog en bleef schieten totdat de schuif terugkwam: het magazijn was leeg. Zeven meter. Een hoofd keek langs de kist en verdween weer. Jack legde de laatste drie meter in twee stappen af, liet toen zijn schouder zakken en ramde tegen de kist. Hij hoorde dat er iets in zijn schouder knapte en voelde hoe de pijn door zijn hals omhoog schoot. De kist gleed achteruit. Jacks voeten vlogen onder hem vandaan en hij smakte met zijn gezicht tegen het beton. Terwijl het bloed uit zijn verbrijzelde neus liep, ging hij op zijn knieën zitten. Er vlogen vonken voor zijn ogen langs. Hij keek om zich heen. Het lijk van de eerste man lag languit tegen de gebogen wand. Zijn geweer lag een meter bij hem vandaan. Jack kroop erheen, pakte met zijn rechterhand de riem en trok het wapen naar zich toe. Hij stond op en strompelde om de kist heen.

De emir was al opgestaan en stapte naar de kist toe. Hij bleef staan toen hij Jack zag. Hij keek vlug naar de kist, en toen weer naar Jacks gezicht.

'Niet doen!' blafte Jack. 'Het is voorbij.'

Voetstappen stampten door de tunnel achter Jack.

'Nee, dat is het niet,' zei de emir, en hij knielde bij de kist neer.

Jack schoot.

89

Toen Hendley en Granger hem er later naar vroegen, zou Jack Ryan junior niet kunnen zeggen of hij van plan was de emir alleen maar te verwonden of dat hij in het vuur van de strijd zijn doel had gemist. Jack wist het zelf niet zeker. Op het kritieke moment had zijn hart gebonkt en had de adrenaline wild door zijn aderen gestroomd. In de opwinding was het of de tijd in zijn hersenen tegelijk werd uitgerekt en samengetrokken. Tegenstrijdige gedachten vochten om de beheersing van zijn fijne motoriek: schieten om te doden en de emir tegen te houden; schieten om hem te verwonden en zo een goudmijn van informatie te verwerven, maar dan wel riskeren dat de man de kans kreeg om op de knop te drukken.

Toen de emir Jack in de donkere opslagtunnel voor zich zag staan, had hij maar even geaarzeld en zijn aandacht meteen weer op de bom gericht. Met grote, koortsachtige ogen was hij binnen het open paneel van het apparaat aan het werk gegaan. In een fractie van een seconde had Jack beseft dat hij te maken had met een man die het niet kon schelen of hij bleef leven of doodging, of het nu door een kogel was of door een nucleaire explosie. De emir was hierheen gekomen om zijn heilige taak te volbrengen.

Jacks wapen had teruggeslagen in zijn hand, en er was een flits van oranje door de tunnel gegaan. Toen het lawaai was afgezakt en de duisternis was teruggekeerd, zag hij de emir op zijn rug liggen, zijn armen wijd, het schijnsel van de zaklantaarn op zijn gezicht. Jack zag dat de 7,62 mm-kogel van de AK schuin in de rechterdij van de emir was binnengedrongen, omhoog was gegaan en door zijn bil weer naar buiten was gekomen. Met het wapen in de aanslag deed Jack twee snelle stappen naar voren, klaar om opnieuw te schieten, maar toen hoorde hij dreunende voetstappen achter zich. Clark, Chavez en Dominic waren er. Ze trokken hem weg.

Hoewel ze pas een dag later uit een onderschept bericht van het ministerie van Binnenlandse Veiligheid zouden opmaken hoe dat kwam, hadden Clark en zijn mannen bij het verlaten van de hoofdtunnel, met hun vastgebonden gevangene tussen hen in, geen rotorbladen van een helikopter en sirenes gehoord. Er had een doodse stilte geheerst. Zoals Clark al had vermoed, was de vlucht van hun helikopter langs Highway 95 en vervolgens door het verboden luchtruim boven Yucca Mountain niet onopgemerkt gebleven op het radarnet dat de luchtmachtbasis Nellis Range en de Nevada Nuclear Test Site besloeg. Maar het alarm dat onder normale omstandigheden helikopters en veiligheidstroepen van het 3de squadron Speciale Operaties op de luchtmachtbasis Creech de lucht in zou hebben gestuurd, was buiten werking gesteld vanwege het proeftransport van het ministerie van Binnenlandse Veiligheid vanaf de kerncentrale Callaway. Ergens in het onvermijdelijke en vaak ondoorgrondelijke bureaucratische proces had het ministerie verzuimd de luchtmacht te vertellen dat ze van helikopterescorte voor het transport hadden afgezien. Voor zover de basis Creech wist, gaf de gestolen EC-130 waarmee Clarks team zich verplaatste alleen maar luchtdekking aan het transport.

Of het nu uit angst was of omdat hij dacht dat zijn passagiers inderdaad aan de goede kant stonden, Marty had het bevel van Clark om te wachten ter harte genomen. Hij was in de stationair draaiende EC-130 blijven zitten totdat Clark en de anderen kwamen aandraven. Vijfentwintig minuten later waren ze bij Paragon Air terug, waar ze ontdekten dat Marty ook geen radiocontact had opgenomen.

'Ik hoop dat ik hier geen spijt van krijg,' had hij gezegd, toen iedereen uitstapte.

'Waarschijnlijk zul je het nooit weten, maar je hebt iets goeds gedaan, mijn vriend,' zei Clark tegen hem. Hij veegde zijn Glock af en legde hem op de vloer aan de passagierskant. 'Geef ons een uur de tijd en bel dan de politie. Laat ze dat pistool zien en geef ze dan mijn signalement.'

'Wat?'

'Doe het nou maar. Op die manier blijf je uit de gevangenis.'

En trouwens, ik ben niet bepaald gemakkelijk te vinden, voegde Clark er in gedachten aan toe.

Twintig minuten nadat ze bij Paragon Air waren weggereden, waren ze bij het huis van de emir terug, waar ze de auto in de garage zetten en de deur achter zich sloten. Chavez en Jack gingen naar binnen om Tariq op te halen, terwijl Pasternak en Dominic de emir van de achterbank haalden en op de garagevloer legden. Pasternak knielde bij hem neer om hem te onderzoeken.

'Leeft hij nog?' vroeg Clark.

Pasternak haalde het verband weg dat ze inderhaast hadden aangebracht voordat ze Yucca verlieten, betastte de huid rond de rimpelige ingangswond en schoof toen zijn hand onder de bil van de emir.

'Er dwars doorheen,' zei Pasternak. 'Geen slagaders, geen botten, geloof ik. Het bloed stolt. Wat voor kogel was het?'

'Een 7,62 met een jacket.'

'Goed. Geen fragmenten. Als hij geen infectie krijgt, redt hij het wel.'

Clark knikte. 'Dom, je gaat met mij mee.'

Samen gingen ze naar binnen om het huis nog eens te doorzoeken. Hoewel ze voortdurend handschoenen hadden gedragen, zou de FBI vroeg of laat in het huis komen, en die agenten waren er verdomd goed in om sporen te vinden die er eigenlijk niet zouden moeten zijn.

Toen Clark tevreden was, gaf hij Dom met een hoofdknikje te kennen dat hij naar de auto terug kon gaan. Daarna belde hij de Campus. Binnen enkele seconden had hij Hendley, Rounds en Granger alle drie aan de lijn. Clark bracht hen op de hoogte en zei: 'We kunnen twee dingen doen. We kunnen ze anoniem op de stoep van het FBI-gebouw dumpen, of we kunnen dit zelf afmaken. In beide gevallen moeten we hier zo gauw mogelijk vandaan.'

Het werd stil op de lijn. Deze beslissing was aan Hendley.

'Wacht even,' zei de directeur van de Campus. Twee minuten later was hij terug. 'Ga naar de Gulfstream terug. De piloot weet waar jullie heen moeten.'

Veertig minuten later kwamen ze bij het vliegveld North Las Vegas aan. Ze werden opgewacht door de tweede piloot, die hen aan boord liet komen. Eenmaal in de lucht belde Clark opnieuw naar Hendley, die al aan een ingewikkeld en delicaat proces was begonnen: de Amerikaanse overheid vertellen dat URC-terroristen, die inmiddels dood waren, in het opslagcomplex voor nucleair afval in Yucca Mountain waren binnengedrongen, en dat de kofferbom die ze hadden achtergelaten onschadelijk was gemaakt, maar dat het verstandig zou zijn om het apparaat daar zo gauw mogelijk weg te halen.

'Hoe kun je er zo zeker van zijn dat we hier geen gedonder mee krijgen?' vroeg Clark nu.

'Dat weet ik niet zeker, maar ik heb niet veel keus.'

'Dat is waar.'

'Hoe gaat het met onze patiënt?'

'De dokter heeft de gaten schoongemaakt en gehecht en hem antibiotica gegeven. Zijn toestand is stabiel, maar hij lijdt verdomd veel pijn. Door Jacks toedoen zal hij waarschijnlijk altijd mank blijven lopen.'

'Dat is niet zijn grootste probleem,' merkte Hendley op. 'Praat hij?'

'Hij zegt geen woord. Waar gaan we heen?'
'Het vliegveld Charlottesville-Albemarle. Daar worden jullie afgehaald.'
'En daarna?' drong Clark aan. Ze hadden de meest gezochte terrorist ter wereld in hun bezit. Hoe eerder ze een schuilplaats vonden waar ze konden uitrusten en plannen maken voor hun volgende stap, hoe beter.
'Ergens waar het stil is. Ergens waar dokter Pasternak aan het werk kan gaan.'
Clark glimlachte.

Vier korte uren na hun vertrek uit Las Vegas landden ze op de enige baan van het vliegveld Charlottesville-Albemarle en taxieden ze naar de terminal. Zoals Hendley had beloofd, stonden er twee Chevrolets Suburban te wachten. Achter elkaar aan reden ze naar de trap van de Gulfstream. De twee auto's keerden tegelijk en stopten onder aan de trap. Hendley boog zich door het raam aan de passagierskant van de eerste Suburban naar buiten en gaf een teken aan Clark en Jack, die op de achterbank gingen zitten, terwijl Caruso en Chavez, gevolgd door Pasternak, hun gevangenen meenamen naar de tweede Suburban. Binnen enkele minuten hadden ze het vliegveld achter zich gelaten en reden ze in noordelijke richting over Highway 29.
Hendley bracht hen op de hoogte. Op grond van het weinige dat Gavin Biery uit de stroom van gecodeerd elektronisch verkeer had kunnen afleiden, was het 3de squadron Speciale Operaties van de luchtmachtbasis Creech binnen veertig minuten na Hendleys telefoontje bij het Yucca-complex aangekomen. Twee uur daarna was het elektronische verkeer opgedroogd, een geheid teken dat het ministerie van Energie, het ministerie van Binnenlandse Veiligheid en de FBI zich massaal op Yucca Mountain hadden gestort.
'Weten ze waar het huis van de emir is?' vroeg Jack.
'Nog niet.'
'Ze doen er vast niet lang over om Paragon Air te vinden.' Dat was Clark. 'Dus vertel het maar, Gerry. Waar gaan we heen?'
'Ik heb een paar hectare paardenland en een landhuis in de buurt van Middleburg.'
'Wat is een paar?'
'Twaalf. Dat moet ons genoeg ruimte geven.' Hendley keek op zijn horloge. 'Het materieel van dokter Pasternak zal er inmiddels wel zijn.'

90

Na de bijna ononderbroken opwinding waaraan Clark en zijn team ten prooi waren geweest sinds ze vierentwintig uur eerder in Las Vegas waren geland, was de eerste tijd na hun aankomst bij Hendleys landhuis een anticlimax. Tot hun zichtbare teleurstelling zei Pasternak dat het nog een dag, misschien wel twee dagen, zou duren voordat zijn patiënt stabiel genoeg was om een verhoor te kunnen ondergaan. Dat betekende dat iedereen een heleboel tijd overhad, met niets anders te doen dan kaartspelen en tv-kijken. Zoals te verwachten was, was er op het nieuws niets over Yucca Mountain te zien, maar was er wel ongelooflijk veel aandacht voor wat de netwerken 'De aanslagen in het binnenland' noemden. Bij de explosie van de Claymore-mijn in de kerk in Waterloo, Iowa, waren tweeëndertig mensen omgekomen en vijftig gewond geraakt. De mortieraanval op de onthulling van het beeld in Springfield, Missouri: tweeëntwintig doden, veertien gewonden. Het granaatincident bij de zwemwedstrijd in Brady, Nebraska: slechts zes doden en vier gewonden, dankzij een snel denkende vrijwillige politieman buiten dienst die de dader doodschoot toen hij nog maar drie granaten onder de tribunes had gerold. De daders in Waterloo en Brady, die beiden binnen enkele uren thuis waren opgespoord, hadden zelfmoord gepleegd. In combinatie met de andere aanslagen kwam het aantal slachtoffers boven de honderd.

Met enige sturing van de kant van de FBI en het ministerie van Binnenlandse Veiligheid was de bijna geslaagde chlooraanval aan boord van de *Losan* in Newport News toegeschreven aan een kombuisbrand.

Op hun eerste dag in Hendleys landhuis, om vier uur 's middags, toen de plasticmooie vrouwelijke en breedgeschouderde mannelijke tv-presentatoren bekendmaakten dat president Edward Kealty het Amerikaanse volk om acht uur 's avonds oostelijke tijd zou toespreken, stond Clark op en ging hij op zoek naar Pasternak. Hij vond de arts in Hendleys houtbewerkingsatelier, een van alle gereedschap voorziene houten schuur achter het huis. De werkbank van esdoornhout was ingericht als operatietafel, compleet met halogeenlampen, een Dräger-beademingsapparaat en een ECG-machine/defibrillator van Marquette, inclusief paddles om een onregelmatig slaand hart weer in een normaal sinusritme te brengen. Beide apparaten waren gloednieuw. De dozen van de fabrikant waaruit ze kwamen, stonden nog opgestapeld in de schuur. Alles was aanwezig en in gereedheid gebracht, behalve de eregast, die in een van de logeerkamers lag en afwisselend bewaakt werd door Chavez, Jack en Dominic.

'Alles klaar?' vroeg Clark.

Pasternak drukte op enkele knoppen van het ECG-apparaat en kreeg een reeks pieptonen die hem blijkbaar tevredenstelde. Hij zette het apparaat uit en keek Clark aan. 'Ja.'

'Niet van gedachten veranderd?'

'Waarom zeg je dat?'

'Je hebt niet bepaald een pokergezicht, dokter.'

Pasternak glimlachte daarom. 'Daar ben ik nooit goed in geweest. Ik denk dat het door de eed van Hippocrates komt. Die kun je niet zomaar van je afzetten. Maar ik heb meer dan tien jaar de tijd gehad om hierover na te denken. Na 11 september wist ik niet of het met wraak te maken had of met iets groters – het belang van de mensheid en dat soort dingen.'

'Wat was je conclusie?'

'Het heeft met beide te maken, maar meer met het laatste. Als we iets uit deze man los krijgen waarmee we mensenlevens kunnen redden, bedenk ik wel een manier om in het reine te komen met wat ik heb gedaan – wat ik ga doen. Of wanneer het daar maar tijd voor is.'

Clark dacht daarover na en knikte. 'Dokter, tot op zekere hoogte zitten we allemaal in datzelfde schuitje. Iedereen moet zelf uitmaken wat goed is en daarnaar handelen, en dan moet het verder maar gaan zoals het wil.'

De volgende dag stonden ze vol verwachting in alle vroegte op. Dominic, de beste kok van de groep, maakte een kom havermout en tarwetoast voor hun gast. Die was nu helemaal wakker en leed duidelijk pijn, en hij weigerde koppig iets te eten.

Om zeven uur kwam dokter Pasternak hem onderzoeken. Dat duurde maar een paar minuten. Pasternak keek Hendley aan, die in de deuropening stond, met de rest van de groep achter hem.

'Geen koorts, geen tekenen van infectie. Hij is gezond genoeg.'

Hendley knikte. 'Laten we hem verplaatsen.'

De emir verzette zich niet, maar werkte ook niet mee toen Chavez en Dominic hem door de achterdeur naar buiten en door de zijdeur van de schuur droegen. Pas toen hij de met halogeenlampen verlichte werkbank en de geïmproviseerde leren banden daarop zag, veranderde zijn gezicht. Jack zag iets van emotie in zijn ogen, maar kon niet zo gauw zien of het angst of opluchting was. Angst voor wat er zou komen, en opluchting omdat hij vermoedde dat hij als martelaar mocht sterven?

Zoals ze de vorige avond hadden geoefend, legden Chavez en Dominic de emir op de werkbank. Zijn linkerarm werd met een leren band vastgelegd, terwijl de rechter, aan de kant van de apparatuur, op een opgevouwen handdoek werd gelegd en daarna op dezelfde manier werd vastgemaakt. Ten slotte werden beide benen vastgemaakt. Chavez en Dominic stapten bij de bank vandaan.

Pasternak zette de apparatuur aan: eerst de ECG, toen het beademingsapparaat, gevolgd door een zelfdiagnosetest van de met de hand te bedienen externe defibrillator. Toen richtte Pasternak zijn aandacht op het wagentje naast de tafel, waarop een verzameling flesjes en injectiespuiten lag. De emir keek aandachtig naar dat alles.

Hij moest wel nieuwsgierig zijn, dacht Jack, en toch ook bang. Niemand kon onverschillig blijven in zo'n situatie, zeker niet een man die het gewend was de almachtige baas te zijn van alles wat er om hem heen gebeurde, gewend dat al zijn bevelen vliegensvlug werden uitgevoerd. De wereld was niet meer in zijn macht. Dat moest hem wel dwarszitten, maar hij behield een waardigheid die in zekere zin indrukwekkend was. Oké, hij was moedig, maar moed was niet oneindig. Er waren grenzen aan, en degenen die bij hem in de kamer waren, zouden die grenzen verkennen.

Dokter Pasternak stroopte de mouw van de emir op en maakte de knoopjes van zijn overhemd los. Daarna stak hij zijn hand uit naar het wagentje en pakte een plastic injectiespuit en een glazen buisje. Na een blik op zijn horloge keek hij op.

'Ik kies voor zeven milligram succinylcholine,' zei hij, en hij mat de hoeveelheid zorgvuldig af terwijl hij de vloeistof in de spuit liet komen. 'Laat iemand dat opschrijven.' Op de kaart die Chavez van Pasternak moest bijhouden noteerde Ding de informatie: '7 mg om 8.58.' 'Oké...' zei de arts. Hij stak de naald in de ader binnen de elleboog en drukte de spuit leeg.

Saif Rahman Yasin voelde geen echte pijn, alleen dat er aan de binnenkant van zijn elleboog iets scherps in hem binnendrong, en de naald werd gauw teruggetrokken. Waren ze hem aan het vergiftigen? vroeg hij zich af. Hij keek naar de man die hem had geprikt en zag een gezicht dat op iets wachtte. Dat vond hij een beetje angstaanjagend, maar het was te laat voor angst. Hij zei tegen zichzelf dat hij sterk moest zijn, dat hij Allah trouw moest blijven en vertrouwen in zijn geloof moest hebben, want Allah kon je door alles heen helpen wat mensen je aandeden, en hij, de emir, was sterk in zijn geloof. In gedachten herhaalde hij zijn geloofsbelijdenis, die hij meer dan veertig jaar geleden als kleine jongen in het huis van zijn familie in Riad van zijn vader had geleerd. *Er is geen God behalve God, en Mohammed is zijn profeet. Allahu akbar. God is groot*, zei hij tegen zichzelf. Hij dacht zijn geloofsbelijdenis zo luid als in de stilte van zijn eigen geest mogelijk was.

Pasternak keek en wachtte. Er ging van alles door zijn hoofd. Deed hij hier goed aan? vroeg hij zich af. Natuurlijk was het te laat om zich daar druk over te maken, maar evengoed stelde hij zichzelf die vraag. De ogen van de man keken nu in de zijne, en de arts zei tegen zichzelf dat hij geen krimp mocht geven. Hij had hier de leiding. Hij beheerste het lot van de man die zijn naaste familielied had gedood, zijn dierbare broer Mike. Dit was de man die de bestuurder van het vliegtuig opdracht had gegeven in het World Trade Center te vliegen en zo de brand te veroorzaken die de stalen constructie van dat gebouw verzwakte, waarna het hele kantoor van Cantor Fitzgerald driehonderd meter omlaag was gevallen naar de straten van Lower Manhattan en meer dan drieduizend mensen omkwamen, meer dan er in Pearl Harbor aan hun eind waren gekomen. Dit was het gezicht van die vervloekte moordenaar. Nee, hij zou nu geen zwakheid tonen, niet in het bijzijn van die ellendige barbaar...

De man wachtte op iets, dacht de emir, maar op wat? Hij voelde geen pijn, helemaal geen ongemak. De man had zojuist iets in zijn bloedsomloop gespoten. Wat was het? Als het een gif was, dan zou de emir straks het gezicht van Allah zien en kon hij Hem melden dat hij de wil van God had gedaan, zoals alle mensen deden, of ze het nu wisten of niet, want alles wat in de wereld gebeurde was Allahs wil. Alles wat ooit in de hemel of op de aarde was gebeurd, was geschreven met Gods eigen hand. Toch had hij er vrijelijk voor gekozen Allahs wil te doen.

Maar er gebeurde niets. Hij wist niet, kon niet voelen, dat zijn geest zich met de snelheid van het licht bewoog, sneller dan alles, zelfs sneller dan het bloed in zijn aderen waardoor het geïnjecteerde middel zijn weg vond naar alle delen van zijn lichaam. Hij wenste dat het gif was, want dan zou hij straks Allahs gezicht zien en kon hij verslag doen van zijn leven – hoe hij Allahs wil had gedaan, zo goed als hij kon begrijpen... Of niet? vroeg de emir zich af, toen de twijfel kwam. Het was tijd voor de ultieme waarheid. Hij had toch de wil van God gedaan? Had hij niet zijn hele leven de heilige Koran bestudeerd? Had hij het heilige boek niet bijna uit zijn hoofd geleerd? Had hij de innerlijke betekenis van de Koran niet met de meest vooraanstaande islamitische geleerden van het koninkrijk Saoedi-Arabië besproken? Ja, hij was het niet eens geweest met sommigen van hen, maar die onenigheid was eerzaam en openlijk geweest, gebaseerd op zijn persoonlijke opvatting van de schrift, zijn interpretatie van Gods woord zoals dat was geschreven en verspreid door de profeet Mohammed, vrede zij met Hem. Een groot en goed man was de profeet geweest, en dat was ook te verwachten geweest, want hij was door God zelf uitverkoren om zijn heilige boodschapper te zijn, degene die Gods wil naar de mensen op aarde moest overbrengen.

Pasternak keek naar de secondewijzer van zijn horloge. Een minuut voorbij... nog ongeveer dertig seconden, dacht hij. Zeven milligram moest genoeg zijn voor wat hij van plan was, zeker als het rechtstreeks in de bloedsomloop werd gespoten. Het zou nu volledig verspreid zijn, doorgedrongen tot alle weefsels van de man... als eerste...

... de kleine zenuwen. Ja, die zouden het eerst reageren. De zenuwen in het hele lichaam die de perifere stelsels beheersten, zoals de oogleden, ongeveer... nu.

Pasternak bracht zijn hand naar het gezicht van de man. Hij sloeg hem bijna op zijn oogleden, maar de man knipperde niet.

Ja, het begon.

De emir zag de hand naar zijn gezicht slaan, maar hem niet raken. Onwillekeurig knipperde hij met zijn ogen... maar ze knipperden niet... *Huh?* Hij probeerde zijn hoofd omhoog te brengen, en het bewoog ongeveer een centimeter, maar zakte toen weer omlaag... Wat? Hij beval zijn rechterhand zich tot een vuist te ballen en zich tegen de handboeien te verzetten, en die hand begon wel, maar hield op en viel terug op het houten tafeloppervlak. De vingers verslapten uit eigen beweging...

Behoorde zijn lichaam hem niet meer toe...? Wat was dit? Wat was dit? Hij bewoog zijn benen, en ze gehoorzaamden zijn hersenen. Een klein beetje, maar ze bewogen zoals ze moesten doen. Ze volgden de bevelen van zijn hersenen op, zoals het lichaam dat altijd had gedaan. Beveel je arm, had een ongelovige filosoof geschreven, en hij beweegt – beveel je geest en hij verzet zich. Maar zijn geest werkte, en zijn lichaam niet. Wat was dit? Hij probeerde zijn hoofd te draaien om zijn omgeving in zich op te nemen. Maar ondanks zijn bevelen bewoog zijn hoofd niet – en zijn ogen wilden dat ook niet. Hij zag het witte systeemplafond. Hij probeerde zich erop te concentreren, maar zijn ogen werkten niet zoals ze moesten doen. Zijn lichaam was net dat van een ander; hij voelde het, maar hij kon het niet commanderen. Hij zei tegen zijn benen dat ze moesten bewegen, en ze trilden alleen maar een beetje en vielen toen slap terug. Slap als een lijk.

Wat was dit? *Ben ik aan het doodgaan? Is dit de dood?* Maar het was niet de dood. Op de een of andere manier wist hij dat en...

Voor het eerst kwam er een beetje angst bij de emir op. Hij begreep niet wat er gebeurde. Hij wist alleen dat het heel erg zou zijn.

Clark vond dat het eruitzag alsof de man in slaap viel. Zijn lichaam bewoog niet meer. Er waren een paar schokjes doorheen gegaan, stuiptrekkende bewegingen, alsof hij op het punt stond in slaap te vallen, maar daar was verrassend gauw een eind aan gekomen. Het gezicht van de man werd leeg, starend. Er ging geen enkele kracht van uit, en ook geen angst. Hij had nu het gezicht van een etalagepop. Het gezicht van een lijk. Clark had dat vaak genoeg gezien. Maar hij had zich nooit afgevraagd hoe de geest achter het gezicht eraan toe was. Als de dood kwam, was het probleem met dat lichaam definitief voorbij en kon hij verdergaan naar het volgende probleem. Aan een probleem dat voorbij was hoefde hij nooit meer terug te denken. Dat was nooit nodig geweest. Als het stierf, had het lichaam afgedaan. Eigenlijk zou Clark de dokter willen vragen wat er gebeurde, maar dat deed hij niet, want hij wilde de man die de leiding van deze operatie had nog niet storen...

Hij kon zijn hele lichaam voelen. Het was Saif nu volkomen duidelijk. Hij kon niets bewegen, maar hij kon alles voelen. Hij voelde hoe het bloed door zijn slagaders werd gepompt. Maar hij kon zijn vingers niet bewegen. Wat was dit? Ze hadden zijn lichaam van hem gestolen. Het was niet meer van hem. Hij voelde het, maar kon het niet beheersen. Hij was een gevangene in een cel, en die cel was... hijzelf... Wat was dit? Waren ze hem aan het vergiftigen? Was dit het begin van de dood? Zo ja, moest hij er dan niet blij mee zijn? Was het gezicht van God nog maar enkele momenten van hem verwijderd? In dat geval moest hij glimlachen. Als zijn lichaam niet kon bewegen, kon zijn ziel dat in elk geval nog wel, en dan kon Allah zijn ziel even duidelijk zien als een grote steen midden in de zee. Als dit de dood was, zou hij hem verwelkomen als het hoogtepunt van zijn leven, een geschenk dat hij aan veel mannen en vrouwen had gegeven, de gelegenheid om het gezicht van Allah te zien, zoals hij het binnenkort zou zien... ja... Hij voelde dat de lucht in zijn longen kwam en hem de laatste seconden van leven gaf, terwijl die ongelovigen zijn leven van hem stalen. Maar Allah zou hen hiervoor laten boeten. Daar was hij zeker van. Volkomen zeker.

Pasternak keek weer op zijn horloge. Bijna twee minuten. Straks begon de laatste fase. Hij draaide zich om en keek naar de defibrillator. Het groene controlelichtje brandde. Dat van het beademingsapparaat ook. Hij zou ze kunnen gebruiken wanneer hij ze nodig had. Hij kon die schoft het leven teruggeven. Hij vroeg zich af wat Mike daarvan zou vinden, maar die gedachte stond zo ver van hem af dat hij hem nu niet kon vasthouden. Levende mensen wisten niet wat er na de dood gebeurde. Iedereen kwam daar uiteindelijk achter, maar niemand kon terugkomen en de levenden erover vertellen. Het grote raadsel van het leven, het onderwerp van filosofie en religie – mensen geloofden van alles, maar niemand wist het zeker. Nou, de emir kon er nu een glimp van opvangen. Wat zou hij zien? Wat zou hij ontdekken?

'Een ogenblik,' zei Pasternak tegen de mannen om hem heen.

De emir hoorde dat en begreep de woorden. Nog even en hij zou het gezicht van God zien. Het laatste moment voor het paradijs. Nou, hij was niet helemaal zo ver gekomen als hij had gehoopt. Hij was niet de wereldleider van de gelovigen geworden. Hij had het geprobeerd. Hij had zijn best gedaan, en dat was erg, erg goed. Alleen niet goed genoeg. Dat was jammer. Hij had zoveel kunnen doen. Nu zou iemand anders het moeten doen. Ahmed misschien? Ahmed was een goede man, gelovig en geleerd, met een goed hart en een krachtig geloof. Misschien zou hij goed genoeg zijn... De emir voelde dat de lucht in en uit zijn longen ging. Hij voelde het heel duidelijk. Het was een mooi gevoel, het gevoel van het leven zelf. Waarom had hij de schoonheid, het wonder daarvan nooit ingezien?

Toen veranderde er iets...

Zijn longen hielden ermee op. Zijn middenrif bewoog niet meer. De lucht kwam niet meer in zijn longen. Hij had ademgehaald vanaf het moment van zijn geboorte. Dat was het eerste teken van leven: als een pasgeborene het uitschreeuwde – maar zijn longen vulden zich nu niet met lucht. Er zat geen lucht meer in zijn longen... Dit was de komst van de dood. Nou, hij zag de dood al dertig jaar onder ogen. De dood door toedoen van de Russen, de Amerikanen, Afghanen die zijn visie van de islam en de wereld niet hadden geaccepteerd. Hij had de dood vele, vele malen onder ogen gezien – zo vaak dat hij er niet bang meer voor was. Het paradijs lag op hem te wachten. Hij probeerde zijn ogen te sluiten om zich bij zijn lot neer te leggen, maar zijn ogen wilden niet dicht. Hij zag nog steeds de elementen van het systeemplafond boven zijn hoofd, gebroken witte rechthoeken die zonder ogen op hem neerkeken. Was dit de dood? Was dit het waar mensen zo bang voor waren? Wat vreemd, observeerde zijn geest, die niet met geduld maar in verwarring wachtte op de definitieve zwartheid die over hem zou komen. Zijn hart bleef slaan. Hij voelde hoe het bonkte en bloed door zijn lichaam pompte, en daarmee het leven bracht, het bewustzijn bracht. Daar zou natuurlijk gauw een eind aan komen, maar het was er nog. Wanneer zou het paradijs tot hem komen? vroeg de emir zich af. Wanneer zou hij het gezicht van Allah zien?

'Ademhaling gestopt bij drie minuten, zestien seconden,' meldde Pasternak. Chavez noteerde dat ook. De arts pakte het beademingsmasker en keek nog eens of het systeem was aangezet. Hij drukte op de knop van het masker en werd beloond met het mechanische geluid van lucht die in het rubberen masker stroomde. Toen pakte hij de paddles van het reanimatieapparaat en drukte ze tegen de borst van de man, waarbij hij zijn blik gericht hield op de ECG op het kleine computerscherm. Normaal sinusritme, zag hij.

Dat zou niet lang duren.

De emir hoorde vreemde geluiden om zich heen, en hij voelde vreemde dingen, maar kon zijn ogen niet op de bron daarvan richten, want die konden alleen maar strak naar de witte plafondelementen staren. Zijn hart sloeg. *Dus dit is de dood*, dacht hij. Was de dood ook zo voor Tariq, die in zijn borst was geschoten? Tariq had gefaald, waarschijnlijk niet omdat hij slordig was geweest, maar omdat de vijand in dit geval buitengewoon bekwaam en slim was geweest. Dat kon iedere man overkomen, en ongetwijfeld had Tariq zich er bij zijn dood voor geschaamd dat hij zijn missie in het leven niet had volbracht. Maar Tariq was nu in het paradijs, daar was de emir zeker van, en genoot misschien al van zijn maagden, als die daar werkelijk waren. Waarschijnlijk niet, wist de emir. Eigenlijk stond dat niet in de Koran. Of hij genoot van de genegenheid van Allah. Dat was zeker, zoals hij, de emir, nu zou ontdekken. Dat zou genoeg zijn.

Het begon een beetje pijn te doen, midden in zijn borst. Hij wist niet dat tegelijk met zijn ademhaling ook de toevoer van zuurstof naar zijn lichaam was gestopt. Zijn hart, een krachtige spier, had zuurstof nodig om te functioneren, en toen er geen zuurstof meer werd aangevoerd, raakten de hartweefsels in nood... en zouden straks afsterven. Het hart zat vol zenuwen, en ze gaven een pijnsignaal door aan zijn nog functionerende hersenen om te kennen te geven dat ze geen zuurstof meer kregen. Een hevige pijn, de ergste pijn die een mens kon meemaken.

Het was nog niet zo ver, maar het ging wel die kant op...

Op zijn gezicht was natuurlijk helemaal niets te zien. De perifere motorische zenuwen waren allemaal dood, of zo goed als dood, wist Pasternak. Maar de gevoelens zouden er nog zijn. Misschien konden ze dat zien op een ECG, maar dat zou alleen maar zwarte inkt op wat harmonicapapier zijn, niet de felle pijn waarvan die inktlijnen de weerslag waren.

'Oké,' zei hij zachtjes. 'Het begint nu. We geven hem een minuut, misschien een beetje meer.'

Saif, gevangen in zijn niet-functionerende lichaam, voelde de komst van de pijn. De pijn begon ver weg, maar nam gestaag toe... en snel. Zijn hart werd uit zijn borst gewrongen, alsof iemand die zijn hand erin had gestoken het eruit trok en daarbij de bloedvaten verscheurde, als nat papier uit een vernield boek. Maar het was geen papier. Het was zijn hart, het middelpunt van zijn lichaam, het orgaan dat leven aan de rest van hem had geschonken. Het leek nu in brand te staan, als aanmaakhout op open terrein, omringd door rotsen, brandend, brandend, brandend... Het brandde in zijn borst. Zijn hart brandde levend op, brandde terwijl hij het kon voelen. Het sloeg niet, het stuurde geen bloed naar zijn lichaam, maar het brandde als droog hout, als benzine, als papier, het brandde, brandde, brandde... brandde terwijl hij leefde. Als dit de dood was, was de dood iets verschrikkelijks, dacht zijn geest... het allerergst. Hij had anderen dit laten ondergaan. Hij had Russische soldaten doodgeschoten – allemaal ongelovigen, maar toch had hij een eind aan hun leven gemaakt, had hij hen dit laten doormaken... en het ook nog grappig gevonden? Ja. Was dit de wil van Allah? Vond Allah dit ook grappig? De pijn bleef toenemen, werd ondraaglijk. Maar hij moest erdoorheen. De pijn zou niet weggaan. En hij kon ook niet weg. Hij kon er niet voor wegvluchten, niet hardop tot Allah bidden dat er een eind aan moest komen. Hij kon het immense pijngevoel niet ontkennen. Het was er. Het werd zijn hele realiteit. Het nam zijn hele bewustzijn in beslag. Het werd alles. Het was een vuur midden in zijn lichaam, en het verbrandde hem van binnen naar buiten, en het was erger dan alles wat hij zich ooit had kunnen voorstellen. Kwam de dood niet vlug? Was Allah niet genadig in alle dingen? Waarom stond Allah dan toe dat dit hem overkwam? Hij wilde zijn tanden op elkaar zetten om tegen de pijn te vechten – hij wilde, hij moest, hard schreeuwen om zichzelf te beschermen tegen de verschrikkelijke pijn in zijn lichaam.

Maar hij kon zijn lichaam niet bevelen iets te doen. De pijn was de enige realiteit. Alles wat hij kon zien, horen en voelen was pijn. Zelfs Allah was pijn...

Allah deed hem dit aan. Als alles op de wereld Gods wil was, had God dan niet gewild dat dit met hem gebeurde? Hoe was dat mogelijk? Was God niet een god van eindeloze genade? Waar was Zijn genade nu? Had Allah hem verlaten? Waarom?

Waaróm?

WAAROM?

Toen zakte zijn geest in bewusteloosheid weg, uitgezwaaid door een laatste golf van verzengende pijn.

Op het ECG-scherm verschenen de eerste onregelmatigheden. Pasternak zag ze meteen. In de operatiekamer had hij als anesthesist de taak om op de levenstekenen van de patiënt te letten. Dat betekende dat hij ook het ECG-scherm in de gaten moest houden, en hij was dan ook vrij goed in staat tot het stellen van een cardiologische diagnose. Hij moest nu heel goed opletten. Ze wilden deze waardeloze schoft niet doodmaken, hoe jammer dat ook was. Hij had hem een dood kunnen bezorgen zoals maar weinig mensen ooit ondergaan, een passende bestraffing van zijn misdaden, maar hij was arts, geen beul, zei Pasternak tegen zichzelf, terwijl hij zich terugtrok van een diepe, dodelijke afgrond. Nee, ze moesten deze man weer tot leven brengen. En dus pakte hij het beademingsmasker. De 'patiënt', zoals hij hem zag, was nu bewusteloos. Hij duwde het masker op zijn gezicht en drukte op de knop, en de machine stuwde lucht in de slappe, leeggelopen longen. Pasternak keek op.

'Oké, let op de tijd. De patiënt krijgt nu beademing. Hij is ongetwijfeld bewusteloos en we pompen lucht in zijn longen. Dit zal drie of vier minuten duren. Kan een van jullie hierheen komen?'

Chavez stond het dichtst bij en kwam meteen.

'Leg die paddles op zijn borst en hou ze daar.'

Ding deed het en keek intussen naar het ECG-scherm. De elektronische uitslag was tot rust gekomen en herhaalde zich regelmatig, maar niet in een sinusritme. Zijn vrouw zou dat meteen hebben begrepen, maar voor hem was het alleen iets wat hij weleens op tv had gezien. Links van hem drukte Pasternak telkens na acht of negen seconden op de knop van het beademingsapparaat. 'Wat is de score, dokter?' vroeg Chavez.

'Zijn hart komt tot bedaren nu het zuurstof krijgt. De succinylcholine is over nog eens een paar minuten uitgewerkt. Als je zijn lichaam ziet bewegen, is het grotendeels voorbij. Ik hou hem nog een minuut of vier aan de beademing,' zei de dokter.

'Wat heeft hij doorgemaakt?'

'Iets wat geen mens ooit wil meemaken. We hebben hem het equivalent van een zware hartaanval gegeven. De pijn zal intens zijn geweest, echt verschrikkelijk. Misschien had hij het verdiend, maar dat maakt het niet minder erg om te ondergaan. We zullen zien hoe hij er over een paar minuten op reageert, jongens, maar in elk geval heeft hij iets doorgemaakt wat niemand ooit zal willen herhalen. Waarschijnlijk denkt hij dat hij zojuist de bodem van de hel heeft gezien. Over een paar minuten zullen we zien wat dat met hem heeft gedaan.'

Het duurde vier minuten en dertig seconden voordat de benen bewogen. Dokter Pasternak keek naar het ECG-scherm op de defibrillator en ontspande. De succinylcholine was uitgewerkt en de zenuwen van de emir beheersten zijn spieren weer, zoals ook de bedoeling was.

'Hij blijft nog een paar minuten bewusteloos, tot zijn hersenen voldoende zuurstofrijk bloed hebben gekregen,' legde de anesthesist uit. 'We laten hem normaal wakker worden, en dan kunnen we met hem praten.'

'Hoe zal hij er dan geestelijk aan toe zijn?' vroeg Clark. Hij had nooit eerder iets gezien wat hier zelfs maar bij in de buurt kwam.

'Dat hangt ervan af. Misschien blijft hij sterk en verzet hij zich nog steeds, maar dat verwacht ik niet. Hij heeft een uitzonderlijke en heel, heel negatieve ervaring gehad, iets wat hij niet nog een keer zal willen meemaken. Hij heeft een pijn gevoeld waarbij vergeleken een bevalling een pleziertje is. Ik kan er alleen maar over speculeren hoe gruwelijk het voor hem is geweest. Ik ken niemand die dit heeft meegemaakt, nou, misschien mensen die een zware hartaanval hebben gehad, maar die kunnen zich de intensiteit van de pijn meestal niet herinneren. Zo werken de hersenen niet. Ze wissen hevige pijn uit; dat is een afweermechanisme. Maar deze keer niet. Hij zal zich alles herinneren. Als die ervaring hem niet banger maakt dan hij ooit is geweest, nou, dan hebben we het over een John Wayne die aan de amfetaminen is. Zulke mensen bestaan niet in de echte wereld. Maar zijn religieuze overtuigingen zijn een extra complicatie. Die kunnen heel krachtig zijn. Hoe krachtig, dat moeten we afwachten, maar het zou me verbazen als hij zich nu nog tegen ons verzet.'

'Als hij dat doet, kunnen we het dan herhalen?' vroeg Clark.

Pasternak keek hem aan. 'Ja, dat kunnen we – bijna oneindig vaak. Ik heb op de Columbia University gehoord dat de Oost-Duitse Stasi deze techniek gebruikte om politieke gevangenen en spionnen te ondervragen, en dat ze er altijd succes mee hadden. Op een gegeven moment hielden ze ermee op, ik weet niet waarom. Misschien vonden zelfs zij het te erg. Zoals ik gisteren al zei, dit is leerstof van de Josef Mengele-universiteit voor geneeskunde. De man die de leiding over de Stasi had was Joods, als ik het me goed herinner – ik geloof dat hij Marcus Wolf heette – en misschien wilde hij er daarom niet mee doorgaan.'

'Hoe voel je je, Rich?' vroeg Hendley.

'Goed. Maar hij niet.' De dokter zweeg even. 'Gaan ze deze man executeren?'

'Dat hangt ervan af wie hem uiteindelijk in handen krijgt,' antwoordde Hendley. 'Als de FBI hem krijgt, gaat hij door het stelsel van federale rechtbanken, en in dat geval komt hij na alle procedures uiteindelijk in Terre Haute, Indiana, aan zijn eind. Maar dat is eigenlijk niet onze zaak.'

Want wat hij zojuist heeft doorgemaakt, was veel erger dan dat, voegde Pasternak er in stilte aan toe. Hij kon zijn geweten beheersen, maar het protesteerde wel. Dit was echt iets uit een draaiboek van Josef Mengele, en daar kon een New Yorkse Jood niet blij om zijn. Aan de andere kant was het lichaam van zijn broer nooit gevonden; het was tot atomen verpletterd door de instortende WTC-toren. Er was niet eens een graf waar hij met Mikes kinderen naartoe kon gaan. En deze schoft had dat laten gebeuren, dus zei Rich Pasternak tegen zijn geweten dat het stil moest zijn. Als hij al niet Gods werk deed, dan deed hij het werk van zijn familie, en dat vond hij genoeg. Zijn geweten zou erover moeten zwijgen.

'Hoe heet die man precies?' vroeg Pasternak.

Clark gaf antwoord: 'Saif Rahman Yasin. Hij was een van de meer dan vijftig kinderen van zijn vader, een man met een bewonderenswaardige vitaliteit en ook iemand die nauwe banden met de Saoedische koninklijke familie onderhield.'

'O? Dat wist ik niet.'

'Hij heeft een nog grotere hekel aan de Saoedi's dan aan de Israëliërs,' vertelde Clark. 'Zo'n zes jaar geleden hebben ze geprobeerd hem uit de weg te ruimen, maar ze verknoeiden die missie. Hij haat ze omdat ze corrupt zijn, zegt hij. Ik geloof dat er inderdaad wat geld – nou ja, een heleboel geld – in handen is van een klein aantal mensen, en dan krijg je altijd wat corruptie, maar het is niets in vergelijking met wat er in Washington gebeurt. Het is lang zo erg niet. Ik ben daar geweest. Ik heb de taal daar in de jaren tachtig geleerd. De Saoedi's die ik heb leren kennen, waren vrij goede mensen. Hun godsdienst is anders dan de mijne, maar ach, dat geldt ook voor baptisten. Of je het nu gelooft of niet, de Saoedi's willen deze kerel nog liever dood hebben dan wij. Ze zouden hem heel graag naar het executieplein in Riad brengen en zijn hoofd afhakken met een zwaard. Voor hen is hij een smet op hun land, hun koning en hun godsdienst – alle drie, en dat is daar heel erg. Dokter, de Saoedi's zijn niet hetzelfde als wij, maar dat zijn de Engelsen ook niet, hè? Daar heb ik ook gewoond.'

'Wat vind je dat we met hem moeten doen?'

'Het is niet aan mij om daarover te beslissen. We kunnen hem natuurlijk doodmaken, het liefst in het openbaar, bijvoorbeeld in de pauze van de Super Bowl-wedstrijd, met direct een herhaling en een kleurrijk commentaar. Daar zou ik mee kunnen leven. Maar het is eigenlijk een veel grotere vraag. Hij is een politieke figuur, en als hij uit de weg wordt geruimd, is dat ook een politieke daad. En de politici maken er altijd een potje van,' zei Clark. Hij had weinig politieke instincten en wilde ze eigenlijk ook niet hebben. Zijn wereld was eenvoudiger: als je mensen vermoordde, verdiende je het zelf ook te sterven. Dat was niet erg elegant of fijngevoelig, maar vroeger had het gewerkt. Zoals het rechtsstelsel veel beter had gewerkt voordat het land vergeven was van de advocaten. Maar er was geen weg terug, en daar kon hij niets aan doen. Clark had niet de illusie dat hij over de wereld zou kunnen heersen. Zo ver gingen zijn gedachten gewoon niet. 'Dokter, was het echt zo erg wat je hem zojuist hebt laten doormaken?'

'Veel erger dan wat dan ook. Ik heb zelf nooit iets meegemaakt wat er zelfs maar bij in de buurt kwam. Het is erger dan alles wat ik mijn zesentwintig jaar als arts heb gezien, erger dan alles wat je iemand kunt aandoen zonder hem dood te maken. Eigenlijk weet ik er alleen in theorie iets van, maar ik zou het zelf onder geen beding willen meemaken.'

Clark dacht weer aan een zekere Billy, en aan diens verblijf in Clarks recompressiekamer. Hij herinnerde zich hoe koelbloedig hij dat klootzakje van een verkrachter had gemarteld en dat hij geen moment last van zijn geweten had gehad. Maar dat was persoonlijk geweest, niet zakelijk, en zijn geweten had er nog steeds niet veel moeite mee. Hij had hem levend achtergelaten op een weiland in Virginia, vanwaar hij later naar een ziekenhuis was gebracht, waar ze hem nog een week vergeefs hadden behandeld voordat barotrauma een eind aan zijn waardeloze verkrachtersleven had gemaakt. Soms vroeg Clark zich af of de hel Billy goed beviel. Maar niet vaak.

Dus dit was nog erger? *Allemachtig.*

Pasternak keek omlaag en zag de oogleden fladderen. Oké, de man kwam weer bij. *Dat was goed. Min of meer.*

Clark liep naar Hendley toe. 'Wie gaat hem ondervragen?' vroeg John.

'Jerry Rounds, om te beginnen.'

'Wil je dat ik eerst met de emir praat?'

'Dat is waarschijnlijk wel een goed idee, als we hier toch met zijn allen staan. Ik bedoel, het zou beter zijn als we een psychiater bij de hand hadden – of nog beter, een islamitische theoloog –, maar dat hebben we niet. We moeten ons behelpen.'

'Kop op. De CIA zou niet het lef hebben gehad om te doen wat wij zojuist hebben gedaan, niet zonder een compleet regiment juristen om mee te overleggen, en een verslaggever van de *Washington Post* om aantekeningen te maken en zijn morele verontwaardiging de vrije loop te laten. Dat bevalt me aan dit alles hier: er lekt niets uit.'

'Eigenlijk zou ik dit met Jack Ryan senior willen bespreken. Hij is geen psychiater, maar hij heeft een goed instinct. Maar dat kan ik niet doen, en je weet waarom.'

Clark knikte; hij wist het. Jack Ryan had ook ervaring met gewetensproblemen. Niemand was volmaakt.

Hendley liep naar een telefoon en toetste een nummer in. Twee minuten later kwam Jerry Rounds binnen. 'Nou?' vroeg Rounds.

'Onze gast heeft een nare ochtend gehad,' zei Hendley. 'Nu moeten we met hem praten. Dat is jouw taak, Jerry.'

'Zo te zien is hij bewusteloos,' merkte Rounds op.

'Dat blijft hij nog wel een paar minuten,' zei Pasternak, 'maar hij komt er wel bovenop.'

'Jezus, hebben we hier genoeg mensen?' zei Rounds nu. Er waren meer mensen aanwezig dan op de gemiddelde directievergadering. Alsof dat nog niet genoeg was, kwam er ook nog een tv-camera naar binnen, die door Dominic op een statief werd gezet. De gordijnen van zeildoek die ze de vorige avond met duct tape aan elkaar hadden gezet, werden om de werkbank heen gehangen. Toen hij knikte, drukte Dominic op de opnameknop van de camera. Hendley nam het over. Hij noemde de tijd en de datum. Later zou Gavin Biery natuurlijk Hendleys stem digitaal veranderen. Dominic speelde de korte opname af en zei dat het goed ging.

'Hersenspoeling?' vroeg Rounds bijna in zichzelf, maar Clark stond vlak naast hem.

'Waarom niet?' zei Clark. 'Er gelden hier geen regels, Jerry.'

'Precies.' De inlichtingenchef had gemerkt dat Clark geneigd was er niet omheen te draaien.

Clark vroeg zich af of iedereen cowboykleding zou moeten dragen – spijkerbroek, pistoolriem, grote hoed – om Saif helemaal uit balans te brengen. Maar waarschijnlijk konden ze het beter eenvoudig houden.

Als je de dingen te ingewikkeld maakte, raakte alles meestal in de war en bereikte je uiteindelijk niets. Eenvoud was meestal beter. Bijna altijd.

Clark liep naar de tafel en zag dat Saif in beweging probeerde te komen. Hij bewoog en draaide in zijn slaap. Hij kon nu elk moment wakker worden. Zou hij verbaasd zijn omdat hij nog leefde? vroeg Clark zich af. Zou hij denken dat hij in de hel was? Het was in elk geval geen paradijs. Hij keek aandachtig naar het gezicht. Daarin bewogen nu kleine spiertjes. Hij stond op het punt om in de wereld terug te komen. Clark besloot te blijven waar hij was.

'John?' vroeg Chavez.

'Ja, Ding?'

'Het was echt erg, hè?'

'Dat zegt de dokter. Dat is de deskundige.'

'Jezus.'

'Verkeerde godheid, man,' merkte Clark op. 'Waarschijnlijk verwacht hij Allah te zien of misschien de duivel.' *Misschien kan ik voor hem invallen*, dacht hij. Hij keek om zich heen. Jerry Rounds voelde zich blijkbaar niet op zijn gemak. Hendley had hem pas aan het eind van de wedstrijd het veld in gestuurd. Het was te begrijpen dat hij een beetje gespannen was, dacht John.

Hij merkte dat hij er steeds meer warm voor liep. De dingen gingen zoals hij wilde; daar was hij zich plotseling van bewust.

O, shit, dacht Clark. Wat moest hij tegen die schoft zeggen? Dit was een klus voor een psychiater, of misschien voor een serieuze islamitische kerkman of theoloog – hoe noemden ze die mensen? Een *mufti*? Zoiets. Iemand die veel meer van de islam wist dan hij.

Maar was deze man werkelijk een moslim? Of was hij een politicus in spe? Wist hij zelf wel wat hij was? Op welk moment werd iemand degene die hij zei dat hij was? Dat waren diepe vragen voor Clark. Veel te diep. De oogleden van de man fladderden. Toen gingen ze open en keken Clark aan.

'Het is een goed gevoel om adem te halen, hè?' vroeg Clark. Er kwam geen antwoord, maar er stond verwarring op het gezicht van de man te lezen. 'Hallo, Saif. Welkom terug.'

'Wie bent u?' vroeg de man, een beetje alsof hij dronken was.

'Ik werk voor de Amerikaanse overheid.'

'Wat hebben jullie met me gedaan? Wat is er gebeurd?'

'We hebben een hartaanval opgewekt, en daarna hebben we je teruggehaald. Dat schijnt heel erg pijnlijk te zijn.'

Clark kreeg geen reactie, maar hij zag een flikkering van grote angst in de ogen van de emir.

'Dit moet je goed beseffen: wat je zojuist hebt doorgemaakt, kan worden herhaald – eindeloos veel keren en zonder dat er langetermijnschade wordt aangericht. Als je niet meewerkt, zullen je dagen uit niets meer bestaan dan de ene hartaanval na de andere.'

'Dat kunnen jullie niet doen. Jullie hebben...'

'Wetten? Nee, die hebben we hier niet. Hier is het een kwestie van mij, jou en een injectiespuit, net zo lang als nodig is. Als je me niet gelooft, kan ik de dokter hier binnen twee minuten terug hebben. Je mag kiezen.'

De emir had nog geen drie seconden nodig om een besluit te nemen. 'Stel je vragen maar.'

Clark en Rounds ontdekten al gauw dat hun contact met de man die de emir werd genoemd geen verhoor zou worden, maar meer een vriendschappelijke debriefing. Yasin had Clarks waarschuwing blijkbaar ter harte genomen.

De eerste sessie duurde twee uur en besloeg van alles, van heel alledaagse tot heel belangrijke dingen. Er waren vragen bij waarop ze de antwoorden al hadden, en raadsels die ze nog moesten oplossen. Hoe lang was hij in Amerika geweest? Waar en wanneer had hij plastische chirurgie ondergaan? Waar was hij geweest nadat hij uit Pakistan was vertrokken? Hoe was het huis in Las Vegas gekocht? Hoe groot was het operationele budget van de URC? Waar hadden ze hun bankrekeningen, hoe was de URC opgebouwd, waar bevonden zich hoofdkwartieren van cellen, wie waren slapende agenten, wat waren de strategische doelen...

En zo ging het door tot in de vroege avond, toen Hendley er een eind aan maakte. De volgende morgen kwam de groep in de keuken bij elkaar om de ondervraging van de vorige dag te bespreken en plannen te maken voor die van de komende dag. Hun tijd was beperkt, legde Hendley uit. Hoe ze er persoonlijk ook over dachten, de emir behoorde niet aan de Campus toe, en het was niet aan hen om recht te doen geschieden. De man behoorde toe aan het Amerikaanse volk, en er zou recht geschieden op grond van de wetten van dat volk. En als Yasin eenmaal in handen van de FBI was, zouden ze maanden- of zelfs jarenlang blijven proberen alle informatie tot op de laatste druppel uit hem te wringen. Intussen zou de Campus kunnen werken met wat de emir tot nu toe had verteld. Ze hadden genoeg sporen die ze konden volgen, en genoeg informatie om hen misschien wel een jaar bezig te houden.

'Ik zou zeggen dat we nog één ding uit hem moeten krijgen,' zei Jack Ryan junior.

'Wat dan?' vroeg Rounds.

'Het "waarom" van dat alles. De manier van denken van die man is te gelaagd. Alle stukken en delen van Lotus – Yucca Mountain, de *Losan*, de aanslagen in het Midden-Westen... Wilden ze Amerika angst aanjagen of streefden ze iets groters na? Het moet meer zijn dan 11 september in het groot, toch?'

Clark hield peinzend zijn hoofd schuin en keek Hendley aan, die even nadacht en toen zei: 'Dat is een verdomd goede vraag.'

In de loop van de ochtend hadden ze wat ze wilden. Ze richtten hun aandacht op de vraag hoe ze Yasin aan de FBI zouden overdragen. Hoe symbolisch en visueel aantrekkelijk het idee ook mocht zijn, ze konden de emir niet als een kerstkalkoen vastbinden en uit een rijdende auto op de stoep van het CIA-hoofdgebouw dumpen. De Campus had wekenlang op een grijze streep gebalanceerd tussen in de schaduw blijven, zoals ze geacht werden te doen, of de Amerikaanse overheid erbij halen.

Het was dus de vraag hoe ze de meest gezochte terrorist ter wereld moesten overdragen zonder dat ze er zelf door in moeilijkheden zouden komen. Uiteindelijk kwam Dominic Caruso, die de les van Brian had geleerd, met de oplossing.

'KISS,' zei hij. '*Keep it simple, stupid.*' Hou het simpel.

'Leg eens uit,' zei Hendley.

'We vergeten iets. We hebben de ideale tussenpersoon al: Gus Werner. Hij heeft mij namens de Campus benaderd, en hij is goede maatjes met Dan Murray, de directeur van de FBI.'

'Dit gegeven paard is wel heel erg groot, Dom,' zei Chavez. 'Denk je dat hij het wil? Betere vraag: denk je dat hij het kan laten slagen?'

'Hoe zou het gaan?' vroeg Jack.

'Hij wordt onmiddellijk gearresteerd en opgesloten op een veilige plaats. Ze lezen hem zijn rechten voor, bieden hem een advocaat aan, proberen wat met hem te praten. Ze halen er een officier van justitie bij. Ze vertellen het aan de minister van Justitie, die het aan de president vertelt. Daarna wordt de sneeuwbal heel groot. De pers bemoeit zich ermee, en wij leunen achterover en kijken hoe het gaat. Gus weet hoe wij werken, en hij weet hoe de FBI werkt. Als iemand dit voor elkaar kan krijgen, is hij het wel.'

Hendley dacht even na en knikte toen. 'Bel hem.'

In het Hoover Building, het hoofdkantoor van de FBI, ging Gus Werners telefoon. Het was zijn privélijn, en er waren niet veel mensen die het nummer wisten. 'Werner.'

'Met Dominic Caruso, meneer Werner. Hebt u vanmiddag een paar minuten de tijd? Een minuut of twintig.'

'Eh, ja. Wanneer?'

'Nu.'

'Oké, ik kom eraan.'

Dominic parkeerde een blok bij het Hoover Building vandaan, liep de hal in en liet zijn FBI-legitimatiebewijs aan de bewakers achter de balie zien. Daardoor mocht hij om de metaaldetectors heen lopen. FBI-agenten droegen nu eenmaal vuurwapens. Overigens had Dominic zijn pistool op dat moment niet bij zich. Hij had het per ongeluk op zijn bureau laten liggen. Dat verbaasde hem zelf enigszins.

De kamer van Augustus Werner was op de bovenste verdieping, compleet met secretaresse, want hij was een van de adjunct-directeuren van de FBI. Het was maar een paar deuren bij Dan Murrays nogal wat grotere directeurskamer vandaan. Dominic vertelde de secretaresse wie hij was, en ze liet hem meteen doorlopen. Hij ging tegenover het bureau van de adjunct-directeur zitten en keek op zijn horloge. Het was precies halfvier.

'Oké, Dominic, wat wil je?' vroeg Werner.

'Ik heb een aanbod.'

'Wat voor aanbod?'

'Wilt u de emir?' vroeg Dominic Caruso.

'Huh?'

Dominic herhaalde de vraag.

'Ja, goed.' Werner keek hem vragend aan: *Wat is de clou van deze grap?*

'Vanavond, op Tysons Corner. Het bovenste dek van de parkeergarage, om kwart over negen. U komt alleen. Ik weet dat u mensen in de buurt zult hebben, maar niet zo dichtbij dat ze de overdracht kunnen zien. Ik draag hem persoonlijk aan u over.'

'Je meent het echt. Hebben jullie hem?'

'Ja.'

'Hoe is dat gebeurd?'

'U vraagt er niet naar en ik vertel het niet. We hebben hem en u mag hem hebben. Als u ons er maar buiten laat.'

'Dat kan moeilijk worden.'

'Maar niet onmogelijk.' Dominic glimlachte.

'Nee, niet onmogelijk.'

'Een anonieme tip, een onverwachte vondst – zoiets.'

'Ja, ja... Ik moet dit met de directeur bespreken.'

'Daar heb ik begrip voor.'

'Blijf bij je telefoon. Ik bel je.'

Zoals iedereen verwachtte, kwam het telefoontje snel – al binnen anderhalf uur – en werden de tijd en plaats van de ontmoeting bevestigd. Het werd gauw genoeg halfnegen, en toen was het tijd om te vertrekken. Dominic en Clark liepen naar het atelier, waar Pasternak de emir onderzocht onder het waakzame oog van Domingo Chavez, die zijn Glock in zijn hand had.

'Kan hij vertrekken, dokter?' vroeg Dominic Caruso.

'Ja. Maar wees wel voorzichtig met zijn been.'

'Als u het zegt.'

Clark en Dominic zetten Yasin overeind, en Dominic haalde de plastic boeien uit zijn achterzak en deed ze om Yasins polsen. Vervolgens haalde Dominic verband tevoorschijn en wikkelde dat een keer of vijf om het hoofd van Saif. Het vormde een goede blinddoek. Toen dat was gebeurd, pakte Clark hem bij zijn arm vast en leidde hem naar de deur, en vervolgens door de tuin en door de achterdeur de garage in. Hendley, Rounds, Granger en Jack stonden naast de Suburban. Ze bleven zwijgen toen Dominic het achterportier aan de passagierskant openmaakte en Yasin naar binnen hielp. Clark liep naar de andere kant en ging naast hem zitten. Dominic ging voorin zitten en startte de motor. Ze zouden over de U.S. 29 via de D.C. Beltway naar het noorden van Virginia rijden. Dominic hield zich strikt aan de maximumsnelheid, wat ongewoon voor hem was. Omdat hij een legitimatie van de FBI in zijn portefeuille had, hoefde hij zich meestal niet aan de maximumsnelheden in Amerika te houden. Via de American Legion Bridge kwam hij in de staat Virginia, en die brug maakte aan de overkant meteen een wijde bocht naar links, de helling op. Na nog eens twintig minuten ging Dominic rechtsaf naar Tysons Corner. Het verkeer werd drukker, maar vooral van de kant van het winkelcentrum. Het was vijf voor halftien. Hij nam de oprit naar de bovenste verdieping aan de zuidkant van het parkeerterrein.

Daar, dacht Dominic. Een auto die onmiskenbaar van de FBI was, een nieuwe Ford Crown Victoria met een extra radioantenne. Hij stopte op tien meter afstand en bleef zitten afwachten. Het portier aan de bestuurderskant van de Ford ging open. Het was Gus Werner, gekleed in een pak zoals hij altijd op kantoor droeg. Dominic stapte uit om naar hem toe te gaan.

'Heb je hem?' vroeg Werner.

'Ja,' antwoordde Dominic. 'Hij ziet er een beetje anders uit. Hij heeft zijn huid gebleekt, hiermee.' Dom gaf hem de half verbruikte tube Benoquin die hij uit het huis in Las Vegas had meegenomen. 'Hij heeft ook het een en ander aan zijn gezicht laten doen. In Zweden, heeft hij ons verteld. Ik ga hem halen.'

Dominic liep naar de Suburban terug, deed het achterportier open, hielp Yasin eruit, gooide het portier dicht en liep met hem naar Werner toe.

'Hij heeft medische behandeling nodig. Een kogelwond in zijn dij. Er is iets aan gedaan, maar hij heeft misschien een beetje meer aandacht nodig. Afgezien daarvan is hij kerngezond. Hij heeft niet veel gegeten. Misschien heeft hij honger. Brengt u hem naar het FBI-kantoor van Washington D.C.?'

'Ja.'

'Nou, hij is helemaal van u.'

'Dominic, op een dag wil ik het hele verhaal horen.'

'Misschien op een dag, maar niet vanavond.'

'Begrepen.'

'Eén ding. Vraag hem eerst naar de aanslagen in het binnenland. Vraag hem naar zijn slapende agenten.'

'Waarom?'

'Hij probeert een truc uit te halen. Het zou beter zijn als niemand erin trapt.'

'Oké.' Toen werd Werners stem formeel. 'Saif Yasin, u staat onder arrest. U hebt het recht om te zwijgen. Alles wat u zegt, zal worden genoteerd en kan tegen u worden gebruikt in een gerechtelijke procedure. U hebt het recht om u door een advocaat te laten bijstaan. Begrijpt u wat ik u zojuist heb verteld?' vroeg Werner, en hij pakte de arm van de man vast.

De emir zei geen woord.

Werner keek Dominic aan. 'Verstaat hij Engels?'

Dominic grijnsde. 'Nou en of. Hij weet precies wat er gebeurt.'

Epiloog

Nationale begraafplaats Arlington

Hoewel het team van de Geheime Dienst dat Jack Ryan senior bewaakte er natuurlijk beducht op was dat er ongeoorloofde foto's werden gemaakt, waren de meeste leden van de Campus – Gerry Hendley, Tom Davis, Jerry Rounds, Rick Bell, Pete Alexander, Sam Granger en Gavin Biery – enkele minuten van tevoren in drie afzonderlijke auto's aangekomen. Chavez en Clark arriveerden in een vierde auto, samen met de pas uit militaire dienst ontslagen en door de Campus ingehuurde Sam Driscoll, die de helft van zijn tijd bij de Campus bezig was geweest zich in te lezen – de andere helft was hij op huizenjacht geweest en had hij aan zijn revalidatie gewerkt. Hoewel Driscoll de gedode Caruso-broer nooit had ontmoet, was hij een soldaat in hart en nieren, en dan maakte het niet uit of iemand familie van je was geweest, zelfs niet of je hem had gekend: een wapenbroeder was een broeder.

'Daar komen ze,' mompelde Chavez tegen de groep. Hij knikte naar het pad tussen de hoge bomen.

Zoals bij het korps mariniers gebruikelijk was, arriveerden Brians naaste familieleden, geëscorteerd door Dominic, in de voorste limousine, die nu achter de lijkwagen stopte. Een escortepeloton van acht dragers uit het korps stond in de houding, hun ogen naar voren, hun gezicht onbewogen. Even later verscheen de tweede limousine, waarin de familie Ryan zat, en ook deze kwam zachtjes tot stilstand. Na een hoofdknikje van geheim agente Andrea Price-O'Day werden de achterportieren van beide limousines geopend en kwamen de inzittenden naar buiten.

Bij het graf stonden Gerry Hendley en John Clark naast elkaar. Ze zagen hoe de leden van het escortepeloton stoïcijns en soepel de kist, waarover een vlag was gedrapeerd, uit de wagen tilden en ermee achter de aalmoezenier gingen staan voor de tocht over het weelderige gazon.

'Het begint tot iedereen door te dringen,' mompelde het hoofd van de Campus.

'Ja,' beaamde Clark. Er waren zes dagen verstreken sinds Yucca, vier dagen sinds Brians lijk uit Tripoli naar huis was gekomen. Nu pas hadden ze de tijd om alles wat er was gebeurd op zich in te laten werken. Voor het land had de Campus een grote overwinning behaald, maar daar was een hoge prijs voor betaald.

Het grootste deel van de ochtend had het geregend, maar nu was het opgeklaard. De rijen spierwitte grafstenen leken bijna licht te geven in de middagzon. Een eind naast de route van de dragers naar het graf marcheerde een contingent van een mariniersorkest in de pas mee, onder het spelen van een sombere trommelcadens.

De kist bereikte het graf, en de familieleden namen hun posities in. De commandant van het escorte blafte zacht: 'Om... wapens...' En toen: 'Parade... rust.'

Op verzoek van Dominic beperkte de aalmoezenier zich tot een korte ceremonie.

'Escorte... attentie. Escorte... Presenteer geweer.'

Toen kwamen het marinierslied en de saluutschoten. De schutters maakten hun scherpe, bijna robotachtige bewegingen, totdat het laatste schot over het terrein was gedaverd. Toen het geluid was weggestorven, speelde een eenzame trompet, terwijl Brians vlag zorgvuldig werd opgevouwen en aan de Caruso's werd gepresenteerd. De mariniersband speelde het marinelied, *Eternal Father, Strong to Save.*

Toen was het voorbij.

De volgende morgen, maandag, ging de Campus verder met zijn werk, al was de stemming uiteraard bedrukt. In de dagen tot aan Brians begrafenis hadden alle betrokkenen natuurlijk hun eigen rapport over de afgelopen actie geschreven en ingediend, maar dit zou de eerste keer zijn dat de leden van de nu ontmantelde Kingfisher-groep voor een nabespreking bijeenkwamen. Met grimmige gezichten kwamen ze de vergaderkamer in. Zonder dat er over was gepraat lieten ze een stoel aan de tafel vrij voor Brian.

Het antwoord op Jacks grote vraag 'Waarom?' had iedereen verrast. De emir had inderdaad hogere aspiraties gehad met Lotus. De aanslagen in het binnenland en de mislukte *Losan*-aanslag waren als een soort dolkstoten bedoeld geweest, met de explosie in het Yucca Mountain-complex als de keiharde vuistslag die de slapende reus wakker zou maken. Met de onbekwame en initiatiefloze Edward Kealty aan het roer van het land zouden de FBI en CIA na verloop van tijd de identiteit van de aanslagplegers ontdekken. Daarna zouden zorgvuldig geconstrueerde en volledig ondersteunde verhalen hen uiteindelijk naar de Pakistaanse inlichtingendienst en geradicaliseerde elementen van de Pakistaanse generale staf leiden, twee instanties waarvan allang werd vermoed dat ze niet veel enthousiasme konden opbrengen voor de oorlog tegen terreur.

Zoals de Verenigde Staten na de aanslagen op 11 september 2001 terecht in Afghanistan binnenvielen, zo zouden ze ook nu snel en openlijk reageren door hun militaire operaties in oostelijke richting uit te breiden over de Safed Koh- en Hindu Kushgebergten. De onvermijdelijke destabilisering van Pakistan, dat toch al een bijna mislukte staat was, zou volgens de emir een machtsvacuüm creëren. De Umayyad Revolutionary Council zou dat vacuüm opvullen en zich meester maken van het grote nucleaire arsenaal van Pakistan.

'Het is geloofwaardig,' zei Jerry Rounds. 'In het ergste geval slaagt het plan. In het beste geval moesten we met een grote legermacht ingrijpen in dat gebied. Misschien zouden we onze troepen daar moeten verviervoudigen.'

'En misschien hadden we daar dan wel twintig jaar moeten blijven,' voegde Clark eraan toe.

'Als we dachten dat er door onze oorlog in Irak meer militanten kwamen...' merkte Chavez op.

'Een win-winsituatie voor de emir en de URC,' voegde Jack eraan toe.

'Ik heb tegen Werner gezegd dat hij zich eerst in de verhalen moet verdiepen. Hij komt er wel achter,' zei Dominic Caruso. 'De vraag is: was dit de enige truc die de schoft achter de hand had?'

Alsof dat een teken was, ging op dat moment de telefoon naast Hendleys elleboog. Hij nam op, luisterde en zei: 'Stuur haar maar naar boven.' Hij hing op en zei tegen de groep: 'Misschien krijgen we antwoord op nog een vraag.'

Even later verscheen Mary Pat Foley in de deuropening. Nadat ze begroetingen hadden uitgewisseld, legde ze een bruine map voor Hendley op de tafel neer. Hij maakte hem open en begon te lezen.

Mary Pat zei tegen Sam Driscoll: 'Onze mensen hebben eindelijk ontdekt wat je zandtafel voorstelde.'

'Echt waar?'

'Laat me raden,' zei Chavez. 'Oud nieuws. Yucca Mountain.'

'Nee,' zei Hendley. Hij schoof de map over tafel naar Clark en Jack, die er samen in lazen. Jack keek op naar Mary Pat. 'Zijn jullie hier zeker van?'

'We hebben het wel tien keer gecontroleerd. We hebben tweeëntachtig perfecte overeenkomsten van geografische punten gevonden.'

'Zeg het maar,' zei Dominic.

'Kirgizistan,' antwoordde Clark zonder op te kijken van de map.

'Wat wil de emir nou met Kirgizistan?' vroeg Chavez.

Gerry Hendley antwoordde: 'Dat is de grote vraag. Laten we op zoek gaan naar het antwoord.'

Na de bijeenkomst gingen ze uit elkaar. Om elf uur at Jack een vroege lunch en reed hij naar Peregrine Cliff. Toen hij de veranda betrad, deed Andrea Price-O'Day de voordeur open.

'Dat noem ik nog eens service,' zei Jack. 'Hoe gaat het?'

'Zoals altijd. Het spijt me van je neef.'

Jack knikte. 'Dank je. Pa?'

'In zijn werkkamer. Hij zit te schrijven,' voegde ze er nadrukkelijk aan toe.

'Ik zal voorzichtig kloppen.'

Dat deed hij, en tot zijn verbazing hoorde hij zijn vader opgewekt zeggen: 'Kom binnen.'

Jack ging zitten en wachtte even tot zijn vader een zin had afgemaakt op zijn computer. Toen draaide Ryan senior zijn stoel opzij en glimlachte. 'Hoe gaat het?'

'Goed. Schiet je een beetje op?' vroeg Jack, knikkend naar de autobiografie op de monitor.

'Ik zie licht aan het eind van de tunnel. Hierna neem ik een tijdje rust, en dan ga ik het herschrijven. Je bent vanmorgen naar je werk geweest.'

'Ja. We hebben de nabespreking gedaan.'

'Wat is het laatste nieuws?'

'De FBI heeft hem. Meer weten we niet. Meer zullen we misschien nooit weten.'

'Hij slaat wel door,' voorspelde Ryan senior. 'Misschien duurt het een paar weken, maar dan gaat hij praten.'

'Hoe weet je dat?'

'In zijn hart is hij een lafaard, jongen. Dat zijn de meesten van hen. Hij zal zich dapper houden, maar op den duur lukt dat hem niet meer. Maar we moeten ook over iets anders praten. Kealty heeft de handschoenen al uitgetrokken.'

'Is hij op zoek naar schandaaltjes?'

De ex-president knikte. 'Arnie is het nog aan het uitzoeken, maar blijkbaar hebben Kealty's mensen het over illegale spionage. Het verhaal staat misschien volgende week al in de *Washington Post*.'

'Illegale spionage,' herhaalde Jack. 'Dat klinkt als de Campus. Kunnen ze...'

'Dat kunnen we nu nog niet zeggen. Misschien. Zo ja, dan zullen ze het als eerste salvo gebruiken. Ze zullen proberen ons uit het water te schieten voordat de wedstrijd echt aan de gang is.'

'Wat kunnen we doen?'

'Er is geen "we", jongen,' zei Ryan vriendelijk, en toen glimlachte hij. 'Ik regel dit.'

'Je kijkt niet erg zorgelijk. Daar maak ik me zorgen over.'

'Het is politiek. Niets meer dan dat. Het wordt nog lelijker, maar Kealty's dagen zijn geteld. Het is alleen nog de vraag hoe lang hij erover doet om het te beseffen. Ik zal je vertellen waar ik me echt zorgen over maak.'

'Wat dan?'

'Dat ik tegen je moeder moet zeggen dat je in het familiebedrijf bent gegaan.'

'Shit.'

'Als de Campus in de openbaarheid komt en ze leest er in de krant over, of ze wordt door een journalist onder druk gezet, dan zijn jij en ik de klos.'

'Hoe doen we het dan?'

'We houden het vaag. Ik vertel haar over de Campus. Jij vertelt haar wat je daar doet.'

'Toch niet alles? Niet het veldwerk.'

'Nee.'

'Het is beter dat jij dat ook niet weet, hè?'

Ryan knikte.

'En als ze ernaar vraagt?' zei Jack.

'Dat doet ze niet. Daar is ze te slim voor.'

'Weet je, pa, ik verheug me daar niet op. Ze zal er niet blij mee zijn.'

'Dat is nog zacht uitgedrukt. Maar beter nu dan later. Geloof me.'

Jack Ryan dacht daarover na en haalde zijn schouders op. 'Oké.'

Ryan stond op en klopte zijn zoon op zijn schouder. 'Kom, dan gaan we samen de vuurlinie in.'